Gertrudis Gómez de Avellaneda

Guatimozín
Último emperador
de México

Notas de la autora

Barcelona **2024**
Linkgua-ediciones.com

Créditos

Título original: Guatimozín. Último emperador de México.

© 2024, Red ediciones S.L.

e-mail: info@linkgua.com

Diseño de cubierta: Michel Mallard.

ISBN rústica: 978-84-9816-000-0.
ISBN ebook: 978-84-9816-921-8.

Sumario

Brevísima presentación

La vida
Gertrudis Gómez de Avellaneda (Camagüey, 1814-Madrid, 1873). Cuba.
Era hija de un oficial de la marina española y de una cubana. Escribió
novelas y dramas y fue actriz. Estudió francés y leyó mucho, sobre todo
autores españoles y franceses. Tras una corta estancia en Burdeos, vivió un
año en La Coruña y después en Sevilla, donde conoció a Ignacio Cepeda,
con quien tuvo un romance. Por esta época ejerció el periodismo y estrenó
su primer drama. Su creciente prestigio literario le permitió establecer amistad con Espronceda y Zorrilla. Poco después se casó con Pedro Sabater,
quien murió tres meses más tarde.

Tras un retiro conventual, la Avellaneda volvió a Madrid y, entre 1846 y
1858, estrenó al menos trece obras dramáticas. Hacia 1853 quiso entrar en
la Academia Española, pero se le negó por ser mujer. En 1855 se casó con
el coronel Domingo Verdugo, conocida figura política que en 1858 fue víctima de un atentado. Más tarde éste fue nombrado para un cargo oficial en
Cuba. Entonces la Avellaneda dirigió en La Habana la revista Álbum cubano
de lo bueno y de lo bello (1860).

Su marido murió en 1863 y ella se fue a los Estados Unidos. Estuvo en
Londres y París y regresó a Madrid en 1864.

Durante los cuatro años siguientes vivió en Sevilla. Utilizó el seudónimo
de La peregrina.

La tragedia
Guatimozín. Último emperador mexicano es una novela ambientada en la
época de la Conquista. La Avellaneda consigue reflejar las aspiraciones
nacionales de la Cuba del siglo XIX a través de un relato épico, y casi
arqueológico, de la conquista de México.

Parte primera

Capítulo I. Hernán Cortés y Moctezuma[1]

La muerte de Maximiliano I colocaba en la frente de Carlos V la corona imperial de la Alemania, y mientras el nuevo Cesar recibía el cetro en Aquisgrán, y la España, presa de la codicia y la arbitrariedad de algunos flamencos, ardía en intestinas disensiones, el genio osado y sagaz de Hernán Cortés, ensanchando los límites de los ya vastos dominios de aquel monarca, lanzábase a sujetar a su trono el inmenso continente de las Indias occidentales.

En vano Diego Velázquez, arrepentido de haberle entregado el mando del ejército, temeroso de su osadía y envidioso de su fortuna, quisiera detenerle en su rápida y victoriosa carrera; en vano también habían conspirado sordamente contra él enemigos subalternos.

Verificando política y oportunamente en Veracruz la dimisión del cargo conferido y revocado por Diego Velázquez, había conseguido el astuto caudillo asegurarse el mando que anhelaba y en el cual se sostuviera hasta entonces con más osadía que derecho.

Un ayuntamiento creado por él le había nuevamente revestido de la autoridad que fingiera deponer, y coronada por el éxito su sagacidad, inspiró mayor confianza a su ambición.

La severidad que desplegó luego que vio en cierta manera consolidado su poder, impuso terror al ejército y quitó a sus enemigos la facultad de dañarle. Muchos capitanes españoles que le eran desafectos, gemían en las cadenas exhalando estériles amenazas contra su arbitraria autoridad, mientras que el ayuntamiento, hechura suya, daba cuenta al rey de sus conquistas, ponderando las riquezas del Nuevo Mundo, enumerando pomposamente las provincias sometidas, representando las ventajas que debían redundar a la Iglesia de la propagación del cristianismo en aquel vasto hemisferio, y pidiéndole por conclusión revalidase al caudillo extremeño el nombramiento de capitán general que le habían concedido la villa y el ejército, con entera independencia de Diego Velázquez, gobernador de Cuba.

Cortés por sí mismo hizo otra representación manifestando más extensamente al rey sus altas esperanzas de conquista, y acompañó ambos

---

1   Las notas de la presente edición han sido confeccionadas por la autora. (N. del E.)

despachos con ricas alhajas de oro y plata debidas a la liberalidad de los príncipes y caciques americanos.

Algunos soldados testigos del embarco de los mensajeros, trataron de fugarse para dar aviso al gobernador; pero descubierta su intención por el vigilante caudillo, sufrieron la última pena; inspirando este ejemplo tan profundo terror al pequeño ejército de su mando, que pudo creerse libre del riesgo de nuevas tentativas.

Tranquilo en este punto, solo se ocupó entonces del gran proyecto que alimentaba desde que tuvo noticias de la existencia del dilatado imperio mexicano, y todos sus pensamientos y todas sus acciones no tuvieron ya otro objeto que la conquista de aquellos ricos dominios.

La alianza que celebró poco después con Tlascala facilitaba su marcha, y tan previsor y político como atrevido y perseverante, había empleado todos los medios imaginables para captarse la amistad y confianza de aquella república, de la cual le convenía mantenerse celoso y fiel aliado mientras no pudiese dominarla como señor.

Fácil, le había sido adquirir un poderoso ascendiente sobre aquellos indios sencillos, aunque fieros y belicosos, pues además del origen sobre-humano que atribuían a los españoles, poseía Hernán Cortés cualidades personales propias para fascinarlos.

Tenía entonces treinta y cuatro años y era de noble presencia y expresivo semblante. La dignidad de sus modales, su admirable destreza en los ejercicios militares y un don particular de persuasión con que la naturaleza le había dotado, cautivaban los corazones de aquellos fieros republicanos, que habían probado su valor en los combates y que se sorprendían de encontrar el más amable de los huéspedes en aquel mismo a quien habían temido como el más maléfico de los dioses.

Ni su temerario empeño en arrancar de los altares los venerados ídolos fue poderoso a destruir el entusiasmo que inspiraba a los tlascaltecas, que perdonándole aquel en su juicio horrendo sacrilegio, se dieron por satisfechos con la promesa que les hizo de desistir de su primer empeño.

Animados de un odio tan grande contra el emperador mexicano como de afecto hacia Cortés, se prestaron voluntariamente a acompañarle en su marcha (cuyo verdadero objeto no les era sin embargo perfectamente conocido), y sesenta mil hombres escogidos en la flor de sus guerreros, se unieron a las tropas españolas, con las cuales emprendió Cortés el camino de México, habiendo obtenido por fin, después de reiteradas negativas, que el emperador Moctezuma consintiese en darle audiencia.

No llegó a México el ejército español sin dejar sangrientas señales de su tránsito. En Cholula, ciudad independiente del imperio, hubo indicios de mala fe por parte de sus habitantes, y dio Cortés una nueva prueba de temeridad y de rigor, haciendo teatro a la desgraciada ciudad de la más horrible carnicería, pero tan peligroso y severo castigo por sospechas de un delito no ejecutado, lejos de inspirar una enérgica resolución a los cholulanos, les causó un terror profundo, y sobre las ruinas de sus templos y entre la sangre de sus compatriotas, corrieron a tributar a los extranjeros los homenajes debidos a seres sobrehumanos: tan cierto es que la mayor parte de los hombres miden el poder por la osadía.

Asegurado con esta señal de la ignorancia y flaqueza de sus enemigos, salió Cortés de Cholula, siendo su viaje hasta México una marcha triunfal.

Recibido en todas las poblaciones del tránsito con honores desmedidos, saludado como un numen bienhechor, muchos régulos tributarios llegaban a quejarse ante él de las tiranías del emperador, prestando sin saberlo mayores alas a las ambiciosas esperanzas del caudillo, que por aquellos síntomas comprendía la poca solidez de un Estado cuya fuerza natural estaba dividida y minada en sus cimientos.

En efecto, no podía emprender su grande obra en circunstancias más favorables.

El sistema feudal en su forma más rígida había prevalecido en México hasta el reinado de Moctezuma II.

Una nobleza numerosa y casi independiente; una clase no menos altiva y poderosa en el sacerdocio; un pueblo esclavizado y un emperador encargado de los poderes ejecutivos, y con la sombra de una autoridad que no residía realmente sino en las dos clases mencionadas, era el aspecto político del imperio cuando subió al trono aquel monarca.

Soberbio, ambicioso y atrevido, descubrió desde luego sus tendencias al despotismo. Sin hacer más blanda la suerte del pueblo, al cual consideraba esclavo de la nobleza por un convenio legal y solemne,[2] puso todo su empeño en limitar los derechos y privilegios de ésta.

Los tlatoanis,[3] que eran otros tantos señores feudales poderosos y altaneros, empezaron a mostrar su descontento.

Rebeláronse abiertamente algunos de ellos; pero como las disensiones particulares que tenían entre sí les impidiesen ligarse y favorecerse mutuamente, fue fácil a Moctezuma reducirlos a la obediencia con la fuerza de tres ejércitos que mantenía constantemente sobre las armas.

El descontento de los nobles no se calmó seguramente; pero las señales ostensibles fueron disminuyendo de día en día.

Las cualidades del emperador eran propias para inspirar respeto y temor. Había dado pruebas de gran capacidad y extraordinario valor, y habiendo sido sacerdote, gozaba reputación de hombre favorecido por los dioses;

---

2   Según las tradiciones, en el reinado de uno de los primeros príncipes de la dinastía azteca, el Estado de México, que aún era poco considerable, sufrió las mayores persecuciones por parte de su poderoso enemigo el rey de los tepanecas. La osadía de éste llegó a tal extremo, que el soberano de México se vio precisado a abandonar sus dominios, y huyendo de montaña en montaña, fue perseguido incesantemente por el usurpador, que parecía resuelto a no dejarle asilo sobre la tierra. Mientras tanto el pueblo mexicano gemía en la más ignominiosa servidumbre.

Un noble azteca, varón señalado por su capacidad, emprendió la gloriosa obra de libertar a su patria y humillar la soberbia del opresor. Púsose al frente de una conjuración, en la que logró comprometer a toda la nobleza mexicana, y procuró reanimar al pueblo con esperanzas de libertad y venganza; pero había caído aquel mísero pueblo en tan completa abyección, que lejos de alentarse tembló al comprender el proyecto, temiendo que frustrada la tentativa, hiciese el tirano más dura y lastimosa su suerte. Viendo imposible el disuadir a los conjurados, les amenazó con descubrir sus designios, y para acallarle e inspirarle alguna confianza en el buen éxito de la empresa, les dijeron los nobles, que en el caso de ser vencidos se pondrían en manos del pueblo, para que entregándolos al vencedor, le diese prueba de no haber favorecido la conjuración y alcanzase gracia a precio de su sangre. Juráronlo así solemnemente, y entonces los plebeyos se obligaron espontáneamente con las mismas formalidades a servirles como a legítimos señores, dándoles una autoridad ilimitada sobre ellos y sus descendientes en el caso de que lograran vencer al tirano. La victoria fue completa.

Algunos años después subió al trono de México el jefe de aquella noble conjuración y reinó con el nombre de Moctezuma I, datando desde entonces la esclavitud del pueblo.

3   Los españoles llamaban caciques a los grandes vasallos del emperador de México: cacique era una voz de la lengua haitiana que significa señor; pero en la mexicana su equivalente era tlatoanis, y este título se daba a los príncipes tributarios. A los nobles en general los llamaban teutlis palabra que Bernal Díaz del Castillo traduce equivocadamente por dioses, y que en nuestro concepto solo quiere decir caballeros.

14

concepto que parecía justificado por la dicha que le acompañaba en todas sus empresas.

Era liberal, magnífico, justiciero; sus parciales le atribuían una sabiduría sobrehumana y virtudes sublimes; sus enemigos le temían porque conocían su rigor y la violencia de su resentimiento.

El pueblo, aunque no menos esclavo en su reinado que en el de sus predecesores, aplaudía sus actos arbitrarios contra la nobleza y amaba en el gran tirano el azote de los tiranos pequeños. La nobleza, aunque desposeída de sus más lisonjeros privilegios, se veía precisada a aceptar con aparente reconocimiento los facticios honores con que compensaba Moctezuma la autoridad que le quitaba, y sin que sea posible creer que aquel monarca gozaba un afecto general y verdadero, puede asegurarse que ninguno de sus antecesores obtuvo igual respeto y sumisión.

Conquistó nuevas provincias en las que puso príncipes o gobernadores de su familia; ensanchó los Estados de los soberanos de Tacuba y Tezcuco, que eran sus deudos y tributarios, y para ligarles, dio su hija mayor en matrimonio al heredero del primero, y ofreció al otro la mano de la segunda, que aun era muy joven para realizar aquel enlace.

Al mismo tiempo aumentó considerablemente el ejército, concediéndole mayores premios y distinciones, y se granjeó crédito de generoso y protector de las artes fundando hospitales y colegios y concediendo derechos de nobles a los artistas más distinguidos.

A la sombra de la celebridad que adquirió con estos actos pudo desplegar con éxito las alas de su ambición y constituirse en verdadero déspota.

Según el antiguo sistema, no podía declarar la guerra, admitir la paz, decidir las graves cuestiones del Estado ni dar ninguna ley, sin la aprobación de un consejo de nobles de primer rango; redújole al número de seis príncipes escogidos por él, y aunque les dejó el honor de llamarse consejeros del trono, los constituyó bien presto en una casi completa nulidad.

Su ilimitado poder se hizo más aborrecido a proporción que fue más respetado, y muchos tlatoanis sufrían con impaciencia un yugo tiránico que adquiría cada día mayor gravedad, dispuestos a aceptar con regocijo la más leve esperanza de sacudirlo.

Cortés y los suyos, vencedores de Tabasco y Tlascala, rodeados con la aureola de un origen celestial, pues eran llamados hijos del Sol; temibles por sus armas y su disciplina; revestidos con el carácter de redentores, porque se anunciaban como amigos de los débiles y vengadores de los oprimidos, necesariamente debían ser recibidos con júbilo por los descontentos de Moctezuma.

La conducta de éste, por otra parte, daba suficientes indicios del recelo con que veía aproximarse a aquellos huéspedes peligrosos; recelo cuyas causas no tardaremos mucho en descubrir. Despachaba embajadores a Cortés con magníficos regalos y órdenes contradictorias, que solo servían para revelar una inconsecuencia o debilidad de carácter de la que se prometía grandes ventajas el caudillo español.

Adelantábase, pues, lleno de lisonjeras esperanzas, y en una de las más hermosas mañanas de noviembre, saludó a la populosa capital de aquel poderoso imperio, que semejante a la antigua, reina del Adriático, se levantaba del seno de las aguas, encumbrando en medio de feraces islotes cubiertos de verdor, las cúpulas de sus innumerables templos, y tendiendo dentro de su ceñidor de ciudades, espaciosas calzadas de piedras, hacia el Occidente, Septentrión y Mediodía.

Mil príncipes y grandes del imperio salieron a recibir a los huéspedes extranjeros, anunciando la próxima llegada del emperador.

En efecto, no tardó en aparecer la brillante comitiva precursora de aquel soberano la cual iba alfombrando el suelo que debían pisar los poderosos tlatoanis que conducían en sus hombros el magnífico palanquín, de oro macizo, en que iba Moctezuma con todas sus insignias reales.

Los sacerdotes y los nobles de primera clase formaban un numeroso acompañamiento, vestidos con anchas túnicas negras, y los otros con airosos mantos, parecidos en la forma a los albornoces morunos, de varios y brillantes colores, en armonía con las altas plumas de sus penachos. Riquísimas joyas adornaban sus cuellos y desnudos brazos, y a vista de ellas encendiéronse de codicia y esperanza los soldados españoles, que devoraban los lujosos arreos de aquellos nobles como el buitre que mira vecina la presa largo tiempo perseguida. Los súbditos de Moctezuma por su parte, asombrados al ver las distinciones concedidas por su soberbio príncipe a los guerreros extranjeros, fijaban en ellos miradas atónitas, preguntándose en voz baja los unos a los otros: ¿serán realmente dioses?

La entrevista de Moctezuma con Hernán Cortés fue sostenida bajo un aspecto de perfecta igualdad, y el afortunado aventurero entró en la capital del poderoso imperio mexicano conducido en triunfo por el mismo monarca, cuya corona debía servir de base al pedestal de su gloria.

Capítulo II. La familia imperial de México

Levantábase el palacio imperial dominando una extensa plaza, cuyo frente ocupaba con su principal fachada de mármol, sobre la cual se veía brillar desde lejos el escudo de las armas de Moctezuma, que eran una águila en campo de plata en el momento de tomar el vuelo, llevando un corpulento tigre entre sus garras.

En torno de aquel enorme edificio, en toda la extensión de la plaza y en las avenidas de las numerosas calles y canales que desembocaban en ella, hormigueaba, por decirlo así, un hermoso concurso, que en literas, a pie y en canoas acudía ansioso a contemplar de cerca al general español, que debía hacer aquel día a Moctezuma su primera visita.

Era una hermosísima mañana: el Sol parecía ávido de acariciar con sus más puros y ardientes rayos a aquella ciudad que le colocaba en el número de sus dioses; sus reflejos argentaban blandamente las aguas del lago, cubiertas en parte, por las pintorescas chinampas, islillas flotantes de ingeniosa invención, sugerida sin duda a los aztecas por la misma naturaleza, porque aquellos jardines movibles no fueron era su principio más que muchos pedazos de césped arrancados por las aguas en las grandes avenidas.

La industria de aquel pueblo consiguió más tarde convertir los trozos aislados, que reunieron artificialmente en tierras cultivadas, y nada debió ciertamente parecer tan curioso a los españoles como la vista de aquellos campos, flotantes, moviéndose a discreción del viento, con la cabaña del cultivador en medio de sus floridos plantíos.

La animación que prestaban al lago las chinampas y las innumerables aves acuáticas de matizados plumajes que se deslizaban por su plateada superficie, en medio de los graciosos bateles que en todas direcciones lo atravesaban, correspondían al movimiento que se observaba en la ciudad en la mañana célebre de la primer visita de Cortés al monarca americano.

México, con sus rectas y anchas calles, sus canales y sus puentes, sus simétricos y ordenados monumentos y sus curiosos habitantes corriendo en tropel a contemplar a los recién llegados, presentaba aquel día un aspecto de fiesta que hubiera enternecido profundamente al que mirándolo alcanzase a levantar una punta del velo del porvenir; de aquel porvenir funesto que a toda prisa se anunciaba, y del cual no se curaba en tales momentos el imprudente pueblo.

Sin embargo, permitiéndosenos la libertad de introducir al lector en lo interior de aquel palacio, en torno del cual se agolpaba la imprevisora multitud, le haremos esperar con menos impaciencia que ella la llegada del capitán español, ocupándole brevemente del monarca indiano.

En un vasto salón de forma circular, cuyas paredes eran todas de riquísimos mármoles, hallábase el emperador Moctezuma aguardando a sus huéspedes.

Su silla era una especie de diván de plata maciza, cuyo asiento estaba cubierto de finísimas plumas: descansaban sus pies calzados con un coturno de forma especial, en un almohadón igualmente de plumas, y a su derecha, sirviendo de apoyo a su brazo, estaba una mesa de piedra tan negra y lustrosa como el azabache, sobre la cual se veía la corona imperial, que, era de oro, primorosamente trabajada.

Estaba el monarca en actitud de profunda meditación; sus vivaces ojos negros fijos en tierra con una mirada triste; su espaciosa frente surcada de arrugas verticales, que no podían ser obra de los años, pues no contaba todavía cuarenta; y mientras una de sus manos sostenía su cabeza doblegada bajo el peso de algún doloroso pensamiento, la otra estregaba maquinalmente y como si quisiera hacerlo trizas, el ancho manto de finísimo algodón, tan luciente y hermoso como la más rica seda, que pendía de sus hombros sujeto encima del pecho con grandes broches de oro y perlas.

A una distancia respetuosa de su persona veíanse tres hombres, cuya perfecta inmovilidad podría hacer imaginar eran estatuas, si no se viese brillar en sus ojos la vida que el respeto debido al monarca paralizaba en sus cuerpos.

El lugar que ocupaban y la riqueza de las joyas que sobresalían en sus adornos, indicaban un alto rango; más no obstante, ninguno era osado a fijar los ojos en el emperador y aguardaban en religioso silencio que se dignase llamarlos.

A pesar de aquel silencio y de aquella inmovilidad, las fisonomías de los tres personajes revelaban con bastante claridad la diversidad de sus caracteres.

El que parecía de más edad y que no llegaba sin embargo a la del emperador, tenía con éste una noble semejanza. Era como él de mediana estatura, esbelto, delgado, de agradable semblante; consistiendo la única diferencia esencial que entre los dos podía advertirse, en que había en la fisonomía del emperador más fogosidad y energía y en la del otro mayor calma y firmeza.

El que estaba a la derecha de este personaje representaba ocho o diez años menos y le aventajaba considerablemente en estatura. Su robusto cuerpo presentaba todas las formas que los pintores y escultores prestan a los antiguos atletas, y el color animado de su rostro, con facciones enérgicamente pronunciadas, estaban manifestando un temperamento fibroso sanguíneo extremadamente activo, así como se advertía en la configuración de su cabeza una exuberancia de orgullo, imprudencia, impetuosidad y valor.

Era el otro de los tres un joven aún no salido de la adolescencia, cuya tez perfectamente blanca y los ojos de un pardo claro, le hacían parecer extranjero entre sus compatriotas. Faltábale mucho para adquirir aquel exterior vigoroso del que acabamos de pintar, y aunque alto y bien proporcionado, no tenía apariencia alguna de robustez. Su hermosa cabeza, prolongada en la región superior, estaba cubierta de finos y sedosos cabellos que sombreaban agradablemente una frente alta, cuadrada, pálida y anchurosa, que parecía, sin embargo, oscurecida por una nube de melancolía. Sus ojos llenos de inteligencia, tenían la mirada penetrante del águila, y aunque la parte posterior de su rostro presentase rasgos notables de bondad y dulzura, la fisonomía del conjunto era triste y grave, pensativa y severa: diríase al observarla que reflejaba al mismo tiempo que el presentimiento doloroso de un infausto destino, la fortaleza invencible que se aprestaba a arrostrarlo.

Los régulos, magistrados, oficiales y criados del emperador llenaban las antecámaras salones y patios del palacio, y solamente aquellos tres individuos parecían tener el privilegio de permanecer cerca de Moctezuma.

Rompió éste por último el silencio que reinara en aquel recinto vedado a los profanos, y volviendo los ojos lentamente hacia los tres personajes mudos, que esperaban al parecer aquel momento, pronunció con voz lenta:

—¡Quetlahuaca!

A este nombre se adelantó respetuosamente el primero de los tres que hemos descrito, y el emperador añadió a media voz y con tono de profunda amargura:

—Quetlahuaca, tu hermano y señor quiere escuchar tus consejos.

Inclinose con humilde acatamiento Quetlahuaca y Moctezuma extendiendo la mano hacia los otros dos que permanecían inmóviles en sus puestos, añadió:

—Acércate también, Cacumatzin; eres un poderoso príncipe de mi sangre, eres primer elector y consejero del imperio y uno de los más valientes guerreros mexicanos, mereciendo por todos estos títulos que tu emperador se digne escucharte.

Acercose con marcial aunque, respetuoso, continente el atlético mancebo, y luego que estuvo junto a Moctezuma, fijó éste los ojos por un momento con cierta expresión de ternura, en el bello adolescente, que quedaba solo a la distancia que le imponía el respeto.

—Ven —dijo después de un instante de pausa—, ven tú también, Guatimotzin, pues aunque tu edad debiera alejarte de los consejos arduos, tu valor, tu talento y tu rango te ponen al nivel de mis más dignos servidores y te constituyen uno de los más firmes apoyos del imperio.

Obedeció el joven y Moctezuma prosiguió:

—Príncipes de Iztacpalapa y de Tezcuco, y tú, Guatimotzin, hijo muy amado de mi ilustre hermano el rey de Tacuba, llegado es el momento en que vuestro emperador necesite de la sabiduría de vuestros consejos.

Unos hombres extranjeros que el vulgo venera como a dioses y cuyas artes prodigiosas han alcanzado a domesticar las fieras, a imitar el rayo y a fabricar sobre las aguas, se han introducido en el seno de nuestros Estados. Las noticias que de esos extranjeros han llegado a nuestros oídos son varias y contradictorias. Unos aseguran que son malos, feroces interesados, sedientos de oro y de sangre, y que no vienen a estos dominios sino con la esperanza de sembrar en ellos la discordia y poder robarnos nuestras riquezas. Otros los pintan benévolos, clementes, generosos y anuncian que son ellos los descendientes de nuestro venerado Quetzalcual, señor de las siete tribus de Nahuatlacas.[4]

Ninguno de vosotros ignora que reverenciamos como a fundador de los pueblos que dieron origen a este poderoso imperio a aquel príncipe sabio y emprendedor, que partió después en busca de otras tierras anunciadas por una tradición tan antigua como popular.

Por ella sabemos que Topilzin, progenitor de Quetzalcoal, desapareció de entre los Nahuatlacas cuando habitaban todavía en sus primitivos campos, y que luego declararon los dioses que se había ido a fundar un reino en tierras apartadas y queridas del Sol, a las cuales irían algún día sus hijos o los descendientes de sus hijos a aprender mejores leyes y ciencias desconocidas.

Ansioso Quetzalcoal de encontrar dichas tierras, abandonó las orillas del lago en que había nacido, y condujo a las siete tribus que le reconocieron por jefe por largos caminos, en los cuales experimentaron innumerables trabajos, hasta que llegaron a estos países, que creyeron serían los anunciados por Topilzin.

Algún tiempo después conoció su engaño Quetzalcoal, y no queriendo seguirle las siete tribus, partió solo en busca de su progenitor, ofreciendo que andando el tiempo vendrían sus descendientes a cumplir las promesas trayendo mejores leyes y ciencias útiles y maravillosas.

Llegadas estas profecías a los aztecas, las hemos respetado y trasmitido de padres a hijos; siendo muy sabido que en el reinado de uno de los príncipes de nuestra familia apareció por muchos días una ixtacihuatl,[5] vestida con una túnica sembrada de soles y signos misteriosos, sobre la cumbre del alto monte que conserva todavía su nombre,[6] la cual consultada por sus

---

4   Nahuatlacas significa vecinos del lago.
5   Dama blanca.
6   El monte Ixtacihual, uno de los montes más elevados de la cordillera mexicana.

teopixques,[7] declaró que llegarían antes de muchos soles,[8] los descendentes de Quetzalcoal, para castigar con rigor a los príncipes tiranos o impíos.

Posteriormente, prosiguió con visible turbación, hemos tenido otras muchas señales y vaticinios, que inducen a creer que es en mi reinado cuan lo deben realizarse las antiguas profecías.

Hizo una pausa para disimular la alteración de su voz, y sus oyentes bajaron la cabeza respetando su silencio.

Nos aprovecharemos de él para manifestar al lector el origen que suponemos a todas: aquellas notables profecías, de las que se muestran maravillados los historiadores españoles, exagerándolas y desfigurándolas a su placer.

Parécenos indudable que todas ellas no eran otra cosa que ingeniosas astucias sacerdotales para imponer terror a los príncipes y sujetarlos, por decirlo así, a los altares. Nunca estuvieron tan en uso estos medios restrictivos del despotismo real como en el reinado de Moctezuma II, cuyo orgullo y ambición no podía tener otro freno que el temor a los dioses.

Entre las muchas amenazas que a manera de oráculos hacían llegar los sacerdotes a oídos de aquel que habiendo sido de su gremio se convirtiera después en su opresor, era ciertamente notable la que anunciaba la próxima llegada de los descendientes de Quetzalcoal, que venían del Oriente, tierra querida del Sol, armados del furor de los dioses, para castigar a los reyes tiranos y redimir a los pueblos de la esclavitud. Los sacerdotes, que conocían a Moctezuma tan soberbio como supersticioso, le obligaban de este modo a recurrir a ellos como a únicos medianeros entre él y las irritadas deidades; pero su objeto no fue completamente conseguido hasta el momento en que se tuvo noticias de la vecindad de los españoles.

Vencedores de Tlascala y Tabasco, con la fama de un valor sobrehumano, armados de rayos, dominadores de fieras venidos del Oriente, según se decía encargados de una misión importante, todo venía perfectamente a la idea que se formaban los mexicanos de aquellos redentores anunciados, y los autores de la ingeniosa mentira quedaron sorprendidos y no menos

---

7   Teopixques, sacerdotes.
8   Llamaban soles a los días.

22

confusos e inciertos que el mismo Moctezuma, al verla inesperadamente convertida en realidad.

Los tres príncipes que hemos dejado al lado del monarca, esperaban en silencio la conclusión de su interrumpida arenga, y venciendo con trabajo su emoción, volvió a tomar la palabra en estos términos:

—Sabéis que desde mi primera juventud he aprendido a arrostrar los peligros de la guerra, y que mis victorias, más que mi sangre real, me levantaron al trono de México. Sabéis que en cerca de quince años que han corrido desde que llevo en mi frente la corona imperial, he ensanchado considerablemente los límites del imperio, haciéndolo temido y respetado de todos los Estados vecinos.

Nunca el enemigo ha visto el miedo en mi semblante, y la fama ha llevado muy lejos el ruido de mi nombre. Así pues, puedo confesaros, sin recelo de parecer cobarde, que siento desfallecer mi ánimo al aspecto de unos extranjeros que se me presentan con carácter dudoso y a los cuales no sé cómo debo considerar ni cómo me convierte recibir.

Los teopixques, esos mismos teopixques que anunciaban con alegría su llegada, parecen ahora consternados, y en las oscuras palabras con que revelan la voluntad de los dioses, se translucen temores incompatibles con sus anteriores anuncios.

Antes nos pintaban a los descendientes de Quetzalcoal como sabios y benignos, después como terribles ministros de la justicia de los dioses que debían arrojarme del trono y libertar a los pueblos; ahora se me avisa que la existencia del imperio está amenazada y que debo velar si quiero precaver funestas calamidades.

Pero ¿qué debo pensar ni qué puedo resolver?

Si los dioses protegen a los hombres de Oriente, ya sean los descendientes de Quetzalcoal, ya una raza desconocida y poderosa, ¿qué resistencia puede oponer un desgraciado mortal a la sentencia de los grandes espíritus? Si los dioses no les protegen, ¿cómo han podido obtener triunfos tan maravillosos, ni cómo entender los oráculos que hace tanto tiempo nos anunciaban su llegada, revistiéndoseles con un irresistible poder?

Príncipes, con tales dudas he luchado toda la noche última, y solo sé que el corazón me anuncia desgracias inevitables y que los dioses no me son propicios.

Calló Moctezuma inclinando la cabeza con profundo abatimiento, y tomando la palabra después de saludarle respetuosamente el príncipe de Iztacpalapa:

—Supremo emperador —le dijo—, permite a un hermano que te haga notar la exageración de tus temores. Tu grande ánimo solo ha podido decaer por la idea de que los dioses han determinado tu ruina y la de tu imperio, y porque consideras los extranjeros como instrumentos de su ira, pero acaso te ciega el vapor de tus cavilaciones.

No creo que sea la llegada de esa gente origen de las calamidades que nos anuncian los teopixques. Poderosas razones, como tú mismo has observado, se unen para persuadirnos que los hombres de Oriente son los descendientes del gran Quetzalcoal, y que cumpliendo las antiguas profecías, vienen solamente a comunicarnos la sabiduría que han adquirido en remotas tierras. Pero aun suponiendo que no fuesen realmente esos hermanos tan deseados, ¿qué mal pueden hacernos unos hombres nacidos en los países que el mismo Sol escogió para su nacimiento y que vienen a visitarnos con muestras pacíficas?

Si el supremo espíritu o alguno de sus hijos los dioses ha decretado castigarnos; si la existencia de tu imperio está amenazada, debemos alentarnos y recibir con un auxilio que otra divinidad benigna nos concede, el afecto y protección del poderoso monarca de Oriente de quien son súbditos nuestros huéspedes.

Suspende, pues, ¡oh soberano tlatoani! Suspende el curso de tus cavilaciones, y desechando una desconfianza indigna de tu grande ánimo, muéstrate como siempre el más valeroso y magnífico de todos los monarcas de la tierra.

Cesó de hablar Quetlahuaca y el emperador volvió los ojos hacia Cacumatzin, mostrando de este modo que esperaba su dictamen. Irguiose con altivez el mancebo y dijo:

—Poco me importa a mí, ilustre emperador, que esos advenedizos, sean o no descendientes de Quetzalcoal, y vengan como amigos o como enemigos.

Si los dioses quisieran destruirnos, no escogerían ciertamente tan flacos instrumentos. ¡Pues qué! ¿Puede algo contra el inmenso imperio mexicano un puñado de hombres que pudiera ser sepultado con el polvo que levantase al marchar nuestro ejército?

Esos rayos que forjan, ¿son otra cosa que unos cañones de metal que a manera de nuestras cerbatanas obran por efecto del aire comprimido, que al escapar arroja con estrépito el obstáculo que dificulta su salida? Esos brutos maravillosos que les obedecen, ¿quién ignora que no son más que una especie de venados más corpulentos y más inteligentes que los que nacen en nuestros montes? Si los extranjeros poseen ciencias que desconocen nuestros sabios, no por eso alcanzan a hacerse invencibles, y mengua sería que una corta porción de simples mortales pusiese miedo al más poderoso y más fuerte de todos los monarcas de la tierra.

Recibamos, pues, a esos extranjeros como a gente amiga, y hagamos en su obsequio, ilustre Moctezuma, todo aquello que el genio de la hospitalidad puede inspirar a un pueblo generoso; pero si la menor acción o palabra nos da indicios de ingratitud o mala fe, yo, Cacumatzin, hijo de Nezahualpili, príncipe de Tezcuco, primer elector del imperio y humilde vasallo y sobrino tuyo, yo me ofrezco a presentar sus cabezas en el teocali[9] de Huitzilopochtli.[10]

Tomó entonces la palabra el joven Guatimozín, y después de saludar con una profunda reverencia al emperador:

—Me hallo muy distante —dijo—, de conceder a los españoles el ilustre progenitor que algunos les atribuyen; ni doy como el noble Quetlahuaca gran valor a sus protestas de amistad, ni tampoco los considero tan despreciables como piensa el valiente Cacumatzin. Cortos son en número, es verdad, pero grandes son las ventajas que deben a esas armas formidables desconocidas entre nosotros, y a esos inteligentes brutos que les obedecen y a esos vestidos impenetrables contra los cuales se doblan como juncos nuestras flechas. Sus triunfos en Tabasco y en Tlascala prueban demasiado la exactitud de esta observación. Es un puñado de hombres, dice el príncipe de Tezcuco; pero ¿olvida que ese puñado de hombres traen consigo máqui-

9   Teocali, templo.
10 Huitzilopochtli, dios de la guerra, en cuyo templo depositaban los mexicanos las cabezas de las víctimas de sus venganzas.

nas de muerte, de las cuales una sola bastaría para aniquilar un ejército? ¿Olvida que ese puñado de hombres aprovechando nuestras intestinas disensiones tiene ya por aliados más de doscientos mil, y puede todavía conseguir muchos más? También el respetable Quetlahuaca ha olvidado al llamarlos pacíficos huéspedes que han llegado a nuestras puertas cubiertos con la sangre de los cholulanos. Creo, sin embargo, que habiéndoles prometido la entrada en tu capital, ¡oh poderoso tatlzin![11] no puedes ya negarte a oír la embajada de que dicen vienen encargados por su rey cerca de tu sagrada persona, así como no debes tampoco permitirles que permanezca la duración de un Sol en tus Estados, cuando no los detenga en ellos causa legítima, y poderosa.

—Príncipes —dijo Moctezuma—, todos habéis hablado cuerda y valerosamente, y mi ánimo se siente menos decaído después de haberos escuchado.

Convengo con vosotros en la necesidad de continuar tratando amistosamente a los extranjeros, que excusan las crueldades cometidas en Cholula diciendo que aquella ciudad infringiendo mis órdenes, les prevenía una alevosa muerte, y cuento con vuestro valor para castigarlos si son bastante ingratos para corresponder con perfidias a nuestra hospitalidad y buena fe. Sin embargo, te encargo a ti, hermano Quetlahuaca, ordenar que nuestros sacerdotes ofrezcan a los dioses públicos sacrificios, procurando, por todos los medios imaginables desarmar su ira y que alejen de mi imperio las calamidades que hace mucho tiempo me está anunciando sin cesar el corazón.

En el momento en que el emperador terminaba estas palabras, oyose en la plaza alegre vocería, y un oficial llegó hasta los umbrales de la habitación en que se hallaban los príncipes, anunciando la llegada, de los españoles.

Púsose en pie Moctezuma, ciñendo su frente con la corona imperial y procurando disipar de su rostro la profunda tristeza que le oscurecía, mientras que los príncipes de Iztacpalapa y de Tezcuco se adelantaban a recibir a los huéspedes, y Guatimozín se confundía entre la multitud de

---

11 Tatl significa padre en la lengua de los mexicanos, y zin era una voz de respeto que acostumbraban añadir cuando daban un título de afecto a una persona de rango superior. También alargaban con ella los nombres de personajes augustos, como Cacumat-zin, Guatimo-zin, y aún Moctezuma, en los manuscritos mexicanos, es designado por el nombre de Moctezuma-zin.

ministros y generales que en un momento llenaron la gran sala que servía de antecámara.

Atravesó rápidamente el joven varios corredores y habitaciones vistosamente adornadas, y detúvose por último al umbral de una ancha puerta, cubierta por cortinas de algodón, que daba entrada a uno de los más hermosos aposentos del palacio. Levantó ligeramente la cortina y permaneció un momento inmóvil y silencioso, contemplando un interesante cuadro que en lo interior de aquel aposento se ofrecía a sus miradas.

Aparecía en primer término en una hamaca de primoroso tejido, sobre una riquísima piel de marta, un niño como de dos meses apaciblemente dormido; junto a la hamaca una joven de dieciocho a veinte años, de noble y hermosa presencia, se entretenía en hacer labores con pluma de diversos matices, habilidad en la que eran tan diestros los mexicanos, que formaban figuras y paisajes que parecían obras de pincel. Interrumpía la joven con frecuencia su trabajo para fijar en el niño una de aquellas miradas de inefable ternura que revelan el corazón de una madre, y en aquellos momentos su rostro, naturalmente sereno y grave, tomaba una expresión casi sublime.

A algunos pasos de distancia sobre una espaciosa estera de variados colores, una jovencita como de quince años y cuatro muchachos, de los cuales el mayor no llegaba a doce, se divertían con un pequeño espejo, regalo de Cortés a Moctezuma, disputándose la posesión de aquella joya y celebrando con voces y demostraciones de alegría la menor apariencia de triunfo. Se decidió éste por fin a favor de la joven, que posesionada del espejo, hacía mil gestos extravagantes, y colocaba de diversos modos los rizos de sus negros cabellos, por el placer de observarse en el mágico cristal.

Guatimozín se adelantó pronunciando con dulzura el nombre de Gualcazinla, y la tierna madre levantando sus bellos ojos:

—¿Eres tú? —dijo—, no te esperaba tan pronto, te suponía ocupado con los huéspedes extranjeros.

—He preferido otra ocupación más dulce —respondió con galantería—; he querido contemplar el sueño de mi hijo y oír la amada voz de mi esposa Gualcazinla.

—¡Y qué! —exclamó con vivacidad la niña del espejo volviendo sus brillantes ojos hacia el príncipe y arrojando con desdén aquella joya tan disputada—, ¿han venido ya los extranjeros?

—Sí, Tecuixpa —respondió Guatimozín—, y leo en tu semblante que cederías sin pena esa maravillosa alhaja que duplica tus lindas facciones, en cambio de ver por un momento a los hombres de Oriente.

—¡Ah! Sí —exclamó la joven poniéndose en pie—; toma al instante mi espejo y condúceme adonde pueda mirar, aunque sea de lejos, a esos seres maravillosos, que según se dice, son más hermosos y más valientes que todos los príncipes aztecas: más que tú, Guatimozín, más que el de Tezcuco, mi primo y futuro esposo, y más que el mismo emperador nuestro padre.

Gualcazinla, cuyo aspecto lleno de nobleza y majestad contrastaba con la fisonomía alegre y casi infantil de Tecuixpa, lanzó sobre ella una severa mirada, y la niña volvió a sentarse lentamente en su estera, diciendo con gracioso despecho:

—¡Ni por ser hoy, según dices, un Sol hermoso[12] para ti, quieres ser complaciente con tu hermana!

—Es verdad —dijo el príncipe sentándose junto a su mujer y mirándola con viva ternura—. Doce lunas hemos visto comenzar y terminar su curso después de la noche feliz en que por primera vez me admitiste en tu lecho. Hoy hace un año[13] que tu padre el supremo emperador te llevó al templo en donde fueron unidas nuestras dos almas; y en aquel mismo salón que en este instante profana la planta de los extranjeros, recibimos juntos el calor del fuego doméstico, y nos declaró el sacerdote que éramos ya perfectos casados.[14]

---

12 Creemos haber advertido ya que los mexicanos llamaban soles a los días.
13 El año de los mexicanos constaba, como el nuestro, de 365 días, divididos en dieciocho meses cada uno de veinte días, excepto el último, que tenía veinticinco.
14 Solís describe con bastante extensión las ceremonias del matrimonio entre los mexicanos. «Hechos los tratados, dice, comparecían ambos contrayentes en el templo, y uno de los sacerdotes examinaba su voluntad con preguntas rituales, y después tomaba con una mano el velo de la mujer y con la otra el manto del marido, y los anudaba por los extremos, volviendo a su casa los contrayentes con este género de yugo nupcial. Visitaban enseguida el fuego doméstico, que a su parecer mediaba en la paz de los casados, y daban siete vueltas alrededor de él, siguiendo al sacerdote, con cuya diligencia y la de sentarse después a recibir juntos el calor del fuego, quedaba perfecto el matrimonio.»

A este dulce recuerdo una sonrisa de felicidad asomó a los labios de Gualcazinla, y mientras los dos jóvenes esposos, enlazándose con los brazos, se inclinaban a la par a besar la hermosa cabeza de su hijo, y Tecuixpa,[15] aprovechando su distracción, se adelantaba ligeramente a una ventana, con la esperanza de ver desde ella a los guerreros españoles; los cuatro muchachos, que eran también hijos de Moctezuma, continuaban disputándose la posesión del espejo que Tecuixpa les había abandonado.

Capítulo III. Visita de Cortés a Moctezuma

Los señores de Tezcuco y de Iztacpalapa salieron a recibir a los españoles hasta el patio principal del palacio, en el cual había un cuerpo de guardia bien ordenado y numerosos sirvientes colocados en dos hileras, por medio de las cuales pasaron los españoles conducidos por los príncipes. Atravesaron innumerables corredores y salas ricamente adornadas y llenas de ministros, generales, nobles y oficiales del imperio, todos lujosamente ataviados y guardando en su rostro severa compostura.

En la antecámara del aposento de Moctezuma hicieron detener a los extranjeros para descalzarlos, pues juzgaban irreverencia el pisar con los pies cubiertos la regia habitación.

Adelantándose después dos oficiales a prevenir la segunda vez al emperador de la visita de sus huéspedes, volvieron a anunciar el permiso con grandes ceremonias.

Entró Cortés con sus capitanes, todos perfectamente armados, mostrando en sus semblante a par del orgullo que les inspiraba su posición presente y las esperanzas de su futura gloria, el asombro de encontrar en la corte de un soberano a quien llamaban bárbaro, la magnificencia ponderada de las antiguas monarquías del Asia.

Adelantose el emperador algunos pasos y tendió la mano a Cortés con una sonrisa benévola, ordenando después que se sentase así él como los capitanes que le acompañaban: distinción inaudita que escandalizó a todos

---

15   Llamaban a esta princesa los mexicanos Tecuixpatzin, según la costumbre que tenían de añadir la sílaba zin, entre ellos voz de respeto, a todos los nombres ilustres. Nosotros suprimimos en éste y en otros varios la sílaba final, por evitar al lector la confusión entre tantos nombres como habremos de emplear con terminación idéntica.

los grandes de su corte, porque apenas solía concederla Moctezuma a los príncipes de su sangre.

Comenzó la conversación el monarca preguntando a Cortés, por medio de los intérpretes, si estaba gustoso en el alojamiento que le había destinado, especificando que era un palacio fortificado de pertenencia suya y construido por su padre Axayacat.

Satisfecho por Cortés, abrió campo a las explicaciones haciendo otras muchas preguntas respecto a las regiones orientales en que habían nacido sus huéspedes y al gran monarca de quien eran embajadores.

Cortés aprovechó la oportunidad para manifestar que su embajada era proponer al soberano de México una amistosa alianza con el gran rey de las Españas, para que abriéndose comercio entre ambas regiones, lograsen una y otra las ventajas consiguientes a esta comunicación.

Moctezuma manifestó el mayor placer, contestando con suma urbanidad que aceptaba desde luego la proposición, congratulándose de que tuviese lugar en su reinado un acontecimiento tan satisfactorio.

Parecía que las sombrías nubes de su imaginación iban disipándose a medida que se explicaba el caudillo español, y que se hacían por instantes más sinceras las demostraciones de benevolencia que le dispensaba.

Hablole largo tiempo afable y casi familiarmente, procurando instruirse de las leyes, usos y costumbres españolas, y descubriendo en todas sus preguntas y observaciones tanto talento como buen juicio. Sin embargo, cuando Cortés hizo caer la conversación sobre la diferencia de sus creencias religiosas, manifestó con un gesto enérgico que no escuchaba con placer ningún género de comparación en este punto, y su desagrado rayó casi en indignación cuando con más fervor que política, le echó en cara lo absurdo de su culto, haciendo irrisión de sus venerados ídolos.

Centelleaban los ojos de Moctezuma mientras hablaba Cortés, y echábanse de ver los esfuerzos que hacía sobre sí mismo para no traspasar los límites de la moderación, notando lo cual el príncipe de Tezcuco iba ya a imponer silencio al orador, cuando levantándose con dignidad Moctezuma:

—Basta —dijo—; yo acepto lleno de gratitud la alianza que me propones a nombre del gran monarca que os envía, y deseo honraros y favoreceros como lo merecéis por vuestro valor y por súbditos de tan ilustre príncipe, a quien ya no dudo en reconocer como a legítimo descendiente de nuestro glorioso Quetzalcoal; pero creo que todos los dioses son buenos y que los míos deben ser respetados por vosotros. Quiero —añadió con cortesana urbanidad—, que no me ocupéis ahora sino en el mejor modo de obsequiaros, y mientras llega la hora de comer os suplico permitáis a mi ilustre sobrino el príncipe de Tezcuco y a mi digno hermano el señor de Iztacpalapa, os acompañen a recorrer la ciudad y os hagan conocer algunas de sus curiosidades.

A una señal casi imperceptible de su cabeza se adelantaron los dos príncipes y Moctezuma despidió a los españoles, concediendo a Cortés el extraordinario honor de volver aquel día para acompañarle a la mesa, e indicando con un gesto a Cacumatzin y a Quetlahuaca que debían usar igual atención con los otros capitanes.

Salió Cortés en medio de los señores de Tezcuco y de Iztacpalapa, siguiendo de dos en dos los otros españoles y varios nobles mexicanos que iban como comitiva de los príncipes. Apenas estuvieron fuera del palacio, aparecieron muchos indios de la servidumbre de éstos, llevando en hombros diferentes palanquines o literas cubiertas de plumas y otros adornos, y obligados los españoles por las instancias de los príncipes a dejarse conducir en ellas, emprendieron su paseo precedidos de Cacumatzin, cuya litera abría la marcha rodeándola algunos nobles de sus Estados, y seguido de Quetlahuaca, que iba el último, acompañado por otra pequeña corte de sus vasallos.

Inmenso era el gentío que se agolpaba en cada calle por donde pasaba aquella especie de convoy, curiosos los mexicanos de ver de cerca a los extranjeros y a los príncipes de la sangre de Moctezuma.

En medio de aquella multitud atravesaron la gran plaza de Tlaltelulco; plaza inmensa, rodeada de un magnífico pórtico bajo el cual todos los manufactureros y mercaderes del reino depositaban diariamente sus obras y mercancías, formando numerosas calles de portátiles tiendas, que ofrecían a la vista el más pintoresco conjunto. Hallábanse allí en determinados sitios toda clase de géneros; a un lado profusa reunión de variadas plumas, a otros exquisitos ornamentos de oro y plata y las más preciosas piedras conocidas en aquellos países. No lejos de los tejidos delicados de los telares de Tezcuco,[16] los blanquísimos alabastros de Telalco[17] y los matizados mármoles de Calpolalcan, cerca de las odoríferas flores y variadas frutas que amontonaban incesantemente las innumerables piraguas,[18] que surcaban los canales, toda clase de artículos de caza.

En medio de la plaza se elevaba una espaciosa tienda de madera, a la que llamaban la audiencia, porque en ella estaban constantemente los jueces del mercado para no permitir ninguna especie de fraude, y siguiendo toda la extensión del pórtico, numerosos almacenes de bebidas, barberías, boticas y perfumerías, adornadas con lujo oriental y provistas las últimas de toda clase de aromas, desde el precioso bálsamo de huitziloxit, en nada inferior al afamado de Palestina, hasta la exquisita goma de la acacia americana, de gran virtud para muchas dolencias, y aun el tecamaca milagroso, que reputaban como talismán infalible contra la fascinación.

El orden admirable, la profusión, diversidad de las mercancías y la mucha afluencia de gentes, prestaban a aquel vastísimo mercado un aspecto tan grandioso, que según la expresión de un historiador español, se venían a los ojos de una vez la magnificencia y el gobierno de aquella corte.

El gran teocali o templo de Huitzilopochtli fue el primer edificio visitado aquel día por los extranjeros. Ocupaba aquel el centro de la ciudad circundándole una muralla dentro de la cual, según Cortés, cabía una gran población. Estaba orientado el monumento mexicano como las pirámides egipcias, revestido todo de pórfido y con entrada por cuatro puertas a los cuatro vientos cardinales. Todo el pavimento contenido dentro del recinto de la muralla estaba primorosamente embaldosado, y decoraban el atrio algunas estatuas de mármol, que sino podían aspirar a la calificación de obras maestras, probaban al menos que, aunque sin el auxilio del cincel, no desconocían los aztecas el arte de la escultura.

Componíase el templo de cinco cuerpos formando el último una plazoleta cuadrilonga a cuya extremidad oriental se elevaban dos torres de cincuen-

---

16   No tenían los mexicanos lana, lino ni seda; pero los suplían con algodón, pelo de conejo y de tlalcoyott, y también con hebras sutiles que sacaban del maguey y de la palma. El traje sacerdotal de algodón que fue enviado a Roma después de la conquista, maravilló a cuantos lo vieron y se le juzgó superior al de la más rica seda.

17   Al presente tecale.

18   La piragua se diferencia de la canoa en que es más grande y tiene quilla. Era la mayor embarcación conocida de los mexicanos antes del arribo de los españoles.

ta pies de altura, coronadas por ligeras y elegantes cúpulas, contiguos a este teocali principal, y en el mismo recinto de la muralla había, además de otros varios consagrados a diversos dioses, el palacio del pontífice, un gran seminario de nobles, un colegio o monasterio de sacerdotes y un hospicio vastísimo para hospedar forasteros que fuesen por devoción a visitar el templo o a admirar por curiosidad la grandeza de la corte.

Bellísimas fuentes, a cuyas aguas se atribuían efectos milagrosos, adornaban aquella plaza, de la cual se salía a las principales calles de la ciudad.

Después de llevar los señores mexicanos a los españoles a los templos de sus dioses, quisieron hacerles admirar los palacios de sus reyes. Varios eran éstos, todos igualmente suntuosos y con extensos jardines. En uno de ellos estaba la armería real y en otro la curiosa colección de hombres deformes y animales de toda especie de que tanto han hablado los historiadores. En ningún país del mundo podía ser tan difícil como en México encontrar un gran número de los primeros, pues apenas se conocía allí la figura humana contrahecha; pero en cambio eran abundantísimas las familias de la segunda clase de habitantes de aquel regio edificio.

En uno de los departamentos se hallaban reunidas todas las aves domésticas, en otro las de rapiña; había magníficas habitaciones para los cuadrúpedos, y algunas no menos bellas estaban destinadas a los reptiles, sin faltar tampoco numerosos estanques de agua salada y dulce para aves acuáticas de río y de mar.

Notábase en aquel singular museo de todas las especies irracionales el siguiente contraste. Después del gigantesco cóndor admirábase el casi imperceptible colibrí; no lejos del corpulento tapir se veía al elegante tlalmototli [el svizero de Buffon], y vecina del feroz cocodrilo la argentada serpiente maquizcoal y la inofensiva tzicatlinan, que vive familiarmente con las hormigas.

Llegaban a trescientos los empleados en aquella casa, contándose entre ellos algunos médicos destinados exclusivamente a asistir en sus enfermedades a las numerosas familias animales.

Saliendo de aquel palacio dijo Cacumatzin a Hernán Cortés:

—Has visto ya, noble embajador, algunas de las grandezas de la antigua Tenoxtitlan[19] y sería preciso pasases muchos años en ella para que conocieras todas las que contiene.

—Yo espero —añadió Quetlahuaca con tono en que se mezclaban el recelo y la urbanidad—, que nuestros ilustres huéspedes no nos dejarán antes de haberlas visto todas.

Hernán Cortés, cuyos penetrantes ojos se habían clavado en aquel príncipe mientras profería estas palabras, se limitó a contestarle que jamás haría cosa alguna que no fuese aprobada por sus ilustres aliados. Regresaron enseguida al palacio que habitaba Moctezuma, y entre las aclamaciones del pueblo, el caudillo español, sumido en honda meditación, pesaba toda la grandeza de la temeraria empresa que había acometido.

Los príncipes llevaron a sus palacios a los capitanes, y Moctezuma declaró a su servidumbre que aquel día comería familiarmente con el embajador.

La mesa fue servida en un gran salón, cuyas numerosas y rasgadas ventanas tenían vistas a un espacioso jardín, y el emperador condujo de la mano a Cortés diciéndole con tono jovial:

—Ven a juzgar si están nuestros cocineros tan atrasados respecto de los vuestros como nuestros sabios.

Ocupó la cabecera de la mesa, y obligó a Cortés a que se sentase a su lado, mandando enseguida a sus criados que hiciesen entrar a sus juglares.

Aparecieron en efecto cuatro o seis hombres vestidos de un modo extravagante, con los rostros pintados de diversos colores, y en seguimiento suyo treinta o cuarenta mujeres ricamente ataviadas, que eran las que servían por lo común la mesa del emperador.

—Aquí tienes —dijo a Cortés señalando con la mano a los juglares— aquí tienes a los únicos hombres de mi imperio que suelen decirme las verdades amargas: por eso los amo y los admito con placer junto a mí en mis momentos de ocio. Qucalutcaco —añadió volviéndose a uno de los juglares—, hoy estás en buena ocasión de lucir tu ingenio delante de un ilustre extranjero

---

19　Llamábase así la ciudad de México al principio de su fundación, y con aquel nombre la designaban comúnmente los naturales, a pesar de que colocada posteriormente bajo la especial protección del dios Mexitli (que según algunos era el mismo Hutzilopochtli) se la dio el nombre de México, que conserva.

que viene de un país donde se saben todas las artes y habilidades de que es capaz el entendimiento humano.

El juglar a quien se dirigían estas palabras empezó a preparar varios trabajos para sus juegos de manos, y sus compañeros tornaron a su cargo justificar lo que había dicho el monarca dirigiéndole algunas chanzas, cuya desvergüenza se perdonaba a favor del chiste de que iban acompañadas. Moctezuma parecía complacido, y a cada instante rogaba al intérprete explicase a Cortés las palabras más necias o atrevidas que salían de la boca de sus juglares, celebrándolas él con sus demostraciones.

Mientras tanto trescientos jóvenes de la nobleza cubrieron las mesas de numerosos manjares en vajillas de oro, y retirándose enseguida, comenzaron a servirlos las mujeres, que eran también las que suministraban el pulque, bebida que en aquel país tenía lugar de vino, y era una especie de cerveza hecha del maguey, de la cual bebía muy parcamente Moctezuma, pues sus efectos no se diferenciaban de los que producen los más fuertes licores de Europa.

Otras de aquellas mujeres quemaban mientras tanto en braserillos de oro exquisitos aromas, y cuatro de las más jóvenes hacían aire al emperador y a su convidado con grandes abanicos de plumas.

Los juglares comenzaron también a lucir su habilidad con varios juegos de manos, en los cuales eran ciertamente sobresalientes, logrando no pocas veces maravillar a Cortés con gran satisfacción de Moctezuma, que parecía envanecerse del talento de sus locos, como él los llamaba.

Sirviéronse más de trescientos platos, bien que Moctezuma, según su costumbre, no probase más que dos o tres, y que el español no fuese menos sobrio. Enseguida aparecieron otras mujeres con canastillos de frutas y flores en aquella variedad y profusión con que las prodiga el feraz suelo mexicano, y cuyos aromas embalsamaron, por decirlo así, el aire de aquel recinto. Llenáronse las copas por última vez; bebió Cortés brindando por Moctezuma, y éste correspondió haciendo otro tanto por el monarca de España y su digno embajador.

Estaba Moctezuma festivo y alegre, como si todas sus cavilaciones, ya atenuadas a las primeras explicaciones de Cortés, hubiesen sido completamente disipadas en la intimidad de aquella comida; y en sus conversaciones de sobremesa tuvo momentos de cordial franqueza con su convidado, hablándole de su familia, de sus disgustos como monarca, y aun de sus flaquezas como hombre. A pesar de haber sido dotado por la naturaleza de una gran sagacidad, tenía aquella especie de candor común a los americanos, y habituado a tratar con súbditos suyos, con los cuales hubiérale parecido indecorosa la confianza, gozaba una especie de placer nuevo para él en la sociedad de un hombre con el cual podía deponer algunas veces el austero carácter de soberano.

Las sirvientas presentaron por último, a manera del café que posteriormente se ha establecido servir en Europa después de la comida, anchas jícaras de espumoso chocolate, y seguidamente quemaron nuevos perfumes y presentaron a Moctezuma y a su convidado unas largas pipas parecidas a las turcas, llenas de tabaco y de resina de xochiocotzol, llamada vulgarmente liquidámbar.

Moctezuma ordenó después que entrasen sus músicos, y como ya fuese casi de noche, se iluminó rápidamente el palacio y el jardín con numerosas teas de maderas resinosas, que daban una luz resplandeciente y pura.

Los músicos, que eran en número de veinte, llevaban por instrumentos flautas, caracoles marinos, tambores, y una especie de bandurria de cuello corto de la que sacaban más ruido que armonía. Al compás de aquellos instrumentos concertados de la manera menos ingrata, comenzaron a cantar las hazañas de los reyes y héroes mexicanos, extendiéndose largamente cuando le llegó su turno a Moctezuma.

«No hay en la tierra, cantaban los trovadores, no hay un ser humano que no sea esclavo del gran Moctezuma. Corre por sus venas la sangre de innumerables héroes, y tiene por vasallos a más de treinta reyes.»

«La sangre de los enemigos vencidos por su brazo bastaría a formar una laguna tan grande como aquella sobre la cual se siente la noble ciudad de México. Así tiemblan ante él todas las naciones de la tierra, y le llaman con respeto Moctezuma.»[20]

«¡Desgraciados de aquellos contra los cuales se levanta la justicia de Moctezuma! Es su justicia como el Sol de los cielos, que alcanza igualmente

---

20   Moctezuma significa príncipe fiero.

a la ceiba gigante y al humilde maní, que apenas osa levantar sus humildes tallos de la tierra.»

«El rayo de la tempestad es menos rápido y temible que la cólera de Moctezuma. Su ira devora como el fuego, y su mirada severa paraliza la sangre de los culpables.»

«Ningún mortal tiene bastante voz para cantar las glorias de Moctezuma. Sus hazañas se pierden en su misma multitud, y su grandeza anonada al que intenta describirla.»

Y dejando el tono bajo y grave en que habían cantado hasta entonces por otro más vivo y agudo, empezaron a gritar haciendo todo el ruido posible con sus instrumentos:

«¡Gloria a Moctezuma! ¡Moctezuma es el más grande y más poderoso monarca del mundo! ¡Gloria a Moctezuma!»

Los sonidos de aquellos instrumentos, que eran los mismos que hacían oír en sus combates, y las palabras del canto que recordaban al emperador todas sus victorias, habían excitado en su alma una especie de ardimiento belicoso. Brillaban sus ojos con el fuego del entusiasmo; colorábase su frente y acelerábanse los latidos de su corazón. En aquel instante no se le venían al pensamiento ni los pronósticos de sus teopixques ni el poder de las armas de los españoles. Sentíase guerrero, valeroso, triunfante, invencible, y levantándose de la silla por un espontáneo movimiento de arrogancia, pareciendo tan alto como si creciese en aquel instante cuatro pulgadas más: «¡Sí —exclamó—, gloria a los valientes! ¡Gloria a los invencibles aztecas! ¡El imperio de México es eterno como el Sol! ¡Gloria a México!».

Mil voces de alegría y entusiasmo respondieron a este exabrupto del monarca, y el grito de: «¡Viva Moctezuma!» repetido por cien bocas, resonó largo tiempo por el palacio, encontrando eco en toda la servidumbre que ocupaba diferentes habitaciones.

Mandó retirar a los trovadores haciendo que sus ministros les ofreciesen varios regalos, y radiante de placer y de orgullo, se volvió hacia Cortés diciéndole:

—Me he criado en los campos de batalla y los cantos belicosos han sido el arrullo de mis sueños de niño. Todas mis grandezas como soberano son a mi corazón menos gratas que mis triunfos como guerrero. Moctezuma ha nacido para los combates, y los peligros son sus fiestas.

En aquel momento llegaron a despedirse los juglares y dijo jovialmente a Qucalutcaco:

—Di, mi ingenioso loco, tú que te precias de adivino, ¿serán mayores mis hazañas futuras que las pasadas? ¿Me reserva el cielo todavía el placer de muchas victorias?

—Principia por vencer tu vanidad —dijo lentamente el juglar— y habrás conseguido el mayor triunfo que puedes esperar ya sobre la tierra. ¿Deseas saber tu porvenir? Los dioses te lo tienen señalado, y en vano sería que consiguieses conocerlo si no has de poder evitarlo.

Estas palabras, a las que no prestaba el mismo que las profería otro valor que el del atrevimiento y agudeza, hicieron tan terrible impresión en Moctezuma, que vieron palidecer su frente y un estremecimiento súbito recorrió todos sus miembros.

El juglar se alejó haciendo contorsiones ridículas, y el emperador cayó desplomado en una silla.

Cortés, de pie junto a él, mirábale con profunda admiración, no alcanzando a explicarse la repentina mudanza ocasionada en el ánimo de Moctezuma, hasta que alzando éste la cabeza y fijándole una mirada de terror:

—¡Es verdad! —exclamó—. De nada sirve el esfuerzo del corazón cuando pesa sobre él la mano del destino. El hombre no puede contrarrestar el poder de los dioses, y los dioses no revocan jamás sus sentencias terribles.

Y despidiendo a Cortés con un silencioso saludo, quedó solo largo tiempo, sumido en honda y tétrica meditación. Atreviose Guatimozín a interrumpirla entrando en la sala para convidarle a una pequeña fiesta que había dispuesto su esposa para aquella noche en celebridad del aniversario de su casamiento; pero Moctezuma se excusó pretextando una ligera indisposición.

Salíase ya el príncipe, un poco enojado de la negativa, cuando levantándose súbitamente y acercándose a él Moctezuma, le tendió los brazos diciendo con voz conmovida:

—Ven, Guatimozín, ven y olvida un instante la grandeza del monarca para que puedas compadecer los tormentos del hombre. Guatimozín, deja que descanse en tu pecho esta frente que se parte, y presta tu oído a las confianzas dolorosas de un padre desgraciado que no por sí, sino por sus hijos y súbditos, siente estallar su corazón de dolor. Pero apresúrate a apagar todas esas luces importunas... apresúrate, príncipe de Tacuba, porque ningún mortal debe ver llorar a Moctezuma.

—¡Llorar! —exclamó el príncipe, como si tal muestra de debilidad le pareciese increíble—. Y apretando las manos del monarca con un movimiento convulsivo: ¡Desgraciado de aquel —añadió—, que vea llorar a Moctezuma y no lave con ríos de sangre tan indigna flaqueza! ¡Desgraciado mil veces el que permita al Sol alumbrar los ojos del hombre impío que haya sido causa de las lágrimas que el emperador de México confía con vergüenza al misterio de la noche! Nombra, ¡oh supremo taltzin! Nombra al miserable que así ha podido trocar tu grande ánimo, y gota a gota caerá su sangre inmunda para cubrir las manchas de tus lágrimas.

Moctezuma levantó las manos y los ojos al cielo, y dijo con sorda voz:

—Allá están, joven presuntuoso; ve pues a pedir cuenta de mi flaqueza a los grandes espíritus que dirigen la suerte de los reyes.

Y volviendo a caer desfallecido en su taburete, hizo una seña al príncipe para que se retirase. Hízolo lentamente Guatimozín, y el emperador, que le siguió con la vista, exclamó con profunda desesperación:

—Todos son valientes, generosos, magnánimos. ¿Qué han hecho?, ¡inexorables dioses! ¿Qué han hecho los heroicos príncipes aztecas para merecer vuestra ira?

Capítulo IV. La fiesta popular

La melancolía del emperador se hizo desde aquel día más constante y profunda, no siendo bastante a disiparla ni aun la llegada de su esposa, que volvió a México después de una corta ausencia.

Ocho años hacía que un feliz himeneo había unido a Moctezuma con la amable Miazochil, cuyas gracias y modestas virtudes le consolaron de la pérdida de la bella y altiva Maxaimazin, objeto de su primer amor y madre de Gualcazinla, de Tecuixpa y de tres niños que dejó en edad tierna. Menos hermosa Miazochil, pero más dulce, había cicatrizado con su ternura la herida dolorosa que aquella pérdida abrió en el corazón del monarca, de cuyo lado solo pudo arrancarla la necesidad de mudar de aires, como único recurso aun no probado para destruir una pasión de ánimo que iba alterando visiblemente su salud.

Sin fuerzas para resistir una larga separación de su esposo y de un tierno hijo, único fruto de su himeneo, volvió Miazochil a la capital después de pasar algunas semanas en la ciudad de Tula, de la cual era señor un hermano suyo, y su regreso, deseado por el emperador, no produjo, sin embargo, el favorable efecto que esperaba.

La afección que iba dejando a Miazochil parecía trasladarse toda al ánimo de Moctezuma, y su familia observaba con dolor aumentarse de día en día aquella enfermedad moral, contra la cual eran inútiles todos los esfuerzos del arte.

Si la llegada de la emperatriz no había sido poderosa a restituir su alegría a Moctezuma, sirvió al menos de pretexto a los príncipes para ensayar otros medios que le distrajesen de sus tristes cavilaciones, y movidos de este deseo y acaso también por la vanidad de lucir su destreza delante de los españoles, pidieron permiso al monarca para celebrar con la mayor pompa una de aquellas fiestas populares frecuentes en México, y a las cuales no se desdeñaban de asistir los mismos soberanos.

Obtenido el consentimiento, se dispuso todo rápidamente bajo la dirección del señor de Iztacpalapa, y se señaló el día y se eligió el sitio para una soberbia fiesta, que bien podremos llamar torneo, aunque no fuese precisamente igual a los de Europa.

Alrededor de un vasto circo formado en la gran plaza de Tlaltelulco[21] se construyeron numerosas gradas en forma de anfiteatro para los espectadores, y algunos, palcos espaciosos destinados a la familia imperial.

El día 10 de diciembre, señalado para la función, amaneció tan sereno y hermoso en aquel clima feliz, como si tomase parte en el lucimiento de la fiesta.

---

21 Según la mayor parte de los historiadores, podía contener aquella plaza de 50 a 60.000 almas.

A las diez de la mañana salió de su palacio Moctezuma con su familia, conducidos en magníficos palanquines y acompañados de brillante comitiva. Apenas entraron en sus palcos, voló por todos los ámbitos de aquel extenso campo, lleno ya de un numeroso concurso, el unánime grito de ¡viva Moctezuma! ¡viva la familia imperial! y las manos tocaron la tierra en señal de veneración.

Ocupó Moctezuma la silla preferente en uno de los palcos, colocando a su derecha a su esposa y a su izquierda a Hernán Cortés, y ordenando se pusiesen detrás varios personajes.

Se colocaron en otro palco las princesas Gualcazinla y Tecuixpa con sus hermanos, y a espalda suya algunos señores y nobles damas de la servidumbre de palacio.

Estaban el emperador y su esposa lujosamente ataviados, deslumbrando con el esplendor de sus joyas, no siendo de inferior magnificencia el ornato de las princesas.

Llevaba la consorte de Guatimozín una ligera túnica de exquisita blancura, ceñida a su esbelto talle con un cordón de hilos de oro, de, cuyos extremos pendían gruesas borlas que casi tocaban en sus pulidos pies, calzados con unas ligeras sandalias de purísima plata. Sus hermosos brazos, descubiertos hasta el hombro, estaban engalonados con diversos brazaletes de plumas de tlanhtototl [pájaro cardenal] y de papagayo, y conchitas marinas de un bellísimo carmesí, engarzadas en arillos de oro. Caía su negra y sedosa cabellera sobre su redonda espalda, y brillaba en torno de su frente una diadema de perlas, que convenía perfectamente a su severo perfil de emperatriz. Dos robustos cangrejos de oro colgaban de sus orejas, y llevaba en las manos innumerables sortijas de diversas y preciosas piedras.

Tecuixpa vestía una corta falda de color de rosa, sobre otra talar pajiza, ajustadas ambas a la cintura por una faja de piel de armiño cerrada por un broche de esmeraldas. Sobre su naciente seno, casi descubierto, se cruzaban varias cadenillas de oro con colgantes de pedrerías, y coronaba su cabeza, cuyos rizos numerosos le cubrían las orejas y parte del cuello, un penacho de plumas azules, sombreando agradablemente su rostro redondo y fresco, iluminado por dos ojos de fuego.

Plumas iguales a las de aquel penacho adornaban sus brazos, y sobre sus torneados tobillos subían trenzadas las cintas de color de rosa que sujetaban sus sandalias de oro.

Cortés y sus capitanes estaban también con todas sus galas militares. En el palco vecino al de las princesas se habían colocado los principales personajes extranjeros. Allí se veían el implacable Sandoval, el prudente Lugo, el fanático Dávila, el elegante Alvarado, que por su hermosura mereció entre los mexicanos el nombre de Tanatioh, que quiere decir Sol, pero en quien los vencidos no encontraron piedad. Allí estaban también Olid y el intrépido Orgaz y el joven y gallardo Velázquez de León.

Las nobles mexicanas, cuyos ojos eran atraídos por un momento hacia las bellas facciones de Alvarado, se detenían con mayor complacencia en la noble y expresiva fisonomía de Velázquez, que por su parte correspondía a aquellas lisonjeras miradas con las suyas llenas de franqueza y de pasión.

Presentó aquel recinto un espectáculo verdaderamente magnífico en el momento en que abriéndose las barreras del circo por orden de los príncipes de Iztacpalapa, de Matalcingo y Xochimilco, que hacían las veces de mariscales de torneo y reyes de armas, aparecieron los contendientes.

Entraron sucesivamente cuatro cuadrillas de jóvenes guerreros vistosamente ataviados, con sus jefes al frente, y fueron desfilando por delante del palco regio, doblando la rodilla al saludar a Moctezuma.

Mandaba la primera el soberbio príncipe de Tezcuco, cuyas atléticas proporciones encubría muy ligeramente el manto de finísimo algodón y de color purpúreo que caía en torno de su cuerpo, sujeto sobre el pecho con una hebilla de oro. Anchas plumas blancas y azules cubrían la especie de zagalejo que le caía desde más abajo de la cintura hasta la mitad de los muslos, dejando enteramente desnudo el resto de su cuerpo.

Un carcaj de primoroso trabajo con labores de oro pendía a su espalda, y llevaba el arco en su mano derecha y en la izquierda un ligero escudo. Entrelazábase con las plumas del alto penacho que adornaba su cabeza una cinta roja, a cuyos extremos colgaban numerosas borlas del mismo color, en muestra de sus muchas hazañas y de su carácter de príncipe y caballero de la más alta orden militar del imperio.[22] Seguíanle más de cincuenta nobles de sus Estados, vestidos de la misma manera y con iguales colores, siendo la mayor parte de ellos caballeros del león o del tigre, como lo advertían las figuras de dichas fieras pintadas en sus escudos.

Componían la segunda cuadrilla jóvenes de la alta nobleza de Tacuba, todos caballeros del águila, llevando por jefe al bizarro Guatimozín, que lo mismo que su primo el de Tezcuco, tenía la insignia de la orden suprema, con una cantidad de borlas que mostraba que eran sus hazañas más numerosas que sus años. Los mantos de esta cuadrilla eran blancos, y sus plumas verdes y encarnadas.

Dirigía la tercera el príncipe de Cuyoacan, mancebo de aventajada estatura y acreditado valor, amigo íntimo de Guatimozín y amante favorecido de una hermana de éste. Mostrábase orgulloso de llevar en su cuadrilla no solamente los primeros nobles de sus Estados, sino también algunos príncipes de los Estados vecinos: todos ostentaban como él mantos azules y plumas negras y blancas.

La última cuadrilla, dirigida por el príncipe de Tepepolco, llevaba mantos matizados de rojo y blanco y plumas blancas y amarillas, formando aquella variedad de colores un conjunto galano y vistoso.

Los músicos, que ocupaban unas gradas bajo los palcos de la familia imperial, hicieron sonar a la vez sus caracoles, bandurrias, flautas y tambores, concertados del mejor modo posible, y cuya armonía, aunque no muy suave, tenía algo de belicosa.

Después de varias danzas guerreras, ejecutadas por las cuatro cuadrillas al son de la música, cuyo compás seguían en el choque de sus escudos, comenzose la lucha por el tiro de flechas.

Dos blancos se habían colocado en un mismo sitio. En la cima de una palma de plata de proporcionada altura se había puesto horizontalmente una varita de unas quince pulgadas de largo, sostenida por un eje, sobre el cual giraba con rapidez el más ligero impulso que diese a alguno de sus extremos. A uno de éstos estaba una fruta de corteza dura, algo mayor que

---

22 Instituyó Moctezuma varias órdenes militares; la más distinguida era aquella a cuyo frente estaba el mismo emperador y a la que no podían aspirar sino los nobles de sangre real. La insignia de esta orden era una cinta roja, cuyas borlas eran en número proporcionado a las hazañas del caballero. (Véase a Solís.)

una manzana, que horadada por el medio, daba paso a un delgado cordón que la sujetaba a unos anillos de plata que había en aquella punta de la varita. Al otro extremo de ésta se veía igualmente sujeto un pajarillo de plata muy ligero para equilibrar con su peso el de la fruta, pues el objeto que en aquella punta debía servir de blanco era una rodelita de madera que apenas llegaba al grandor de una peseta, pendiente del pico del pájaro.

La fruta era el blanco general de los tiros y la rodelita solo se ponía para que los más diestros arqueros pudiesen, si lo deseaban, ensayar algunos tiros de mayor dificultad.

Ninguno, sin embargo, se mostró decidido a aventurar una prueba de tan fácil malogro, y todos eligieron el primer blanco, probando su destreza la mayor parte de ellos. La fruta quedó bien pronto cubierta de flechas, y otro tanto sucedió a varias más que sucesivamente la sustituyeron, pues de 225 flechas que se dispararon, la 200 por lo menos dieron en el blanco, a cuarenta pasos de distancia. A cada tiro feliz la vara giratoria daba vueltas como una rehilandera, durando el aplauso de los espectadores lo que tardaba la vara en detener su giro y otro arquero en presentarse.

Difícil era declarar un vencedor en contendientes tan igualmente hábiles, y ya los mariscales —que este nombre daremos a los directores de los juegos— iban a ordenar se comenzasen otros, cuando saliendo de un grupo de su cuadrilla el arrogante príncipe de Tezcuco, declaró en altas voces que iba a clavar una flecha en la casi invisible rodela que sostenía el pájaro.

Toda la atención se fijó entonces con profundo silencio en el atrevido arquero, que plantándose con serenidad y desembarazo en la línea que señalaba los 40 pasos de distancia del blanco, sacó de su carcaj una flecha, acomodola con cuidado en el arco, que levantó pausadamente hasta nivelarlo con sus cejas, miró de hito en hito al diminuto blanco, que apenas podrían divisar ojos menos perspicaces, y adelantando un pie, hizo volar la flecha, que despedida por tan robusto brazo, imprimió un movimiento rápido a la vara en el momento de clavarse en el centro de la rodela.

Unánime aclamación le proclamaba vencedor, cuando acallándose súbitamente, volvió a reinar un silencio profundo. Guatimozín había aparecido en la línea con el arco en la mano y en actitud de disputar el triunfo a su orgulloso primo. La vara giraba todavía con mucha rapidez, y sonriéndose

Cacumatzin, miraba aquel largo movimiento que probaba la fuerza de su brazo, y comenzó a decir al príncipe de Tacuba con altanera confianza:

—Aprovecha el largo tiempo de reflexión que te impone la volubilidad del blanco y no aventures una prueba en la cual no tienen dos hombres el acierto de Cacu...

No acabó de articular su nombre el príncipe de Tezcuco. La flecha de Guatimozín, sorprendiendo a la varita en su rápido giro, se había clavado en la flecha misma del tezcucano, que cayó en tierra hecha mentidos fragmentos; y recibiendo un impulso contrario al que traía, la varita comenzó a voltear en opuesta dirección.

Un silencio de asombro siguió a este maravilloso tiro, hasta que recobrados algún tanto los espectadores, prorrumpieron en desaforados aplausos.

Ningún arquero osó disputar el premio al esposo de Gualcazinla, que conducido en triunfo por los mariscales, lo recibió puesto de rodillas de manos de aquella idolatrada hermosura.

Felicitáronle a porfía los mismos vencidos, y los guerreros españoles le saludaron como a un arquero sin igual, recibiendo él con modesta dignidad todas aquellas lisonjeras demostraciones y buscando un premio más dulce en las miradas de su bella esposa. Comenzose después el juego de la pelota, que consistía en mantener por largo tiempo en el aire unas bolas elásticas, despidiéndolas con pequeñas palancas cada vez que descendían, hasta llevarlas hacia una línea trazada a mucha distancia. En este juego ninguno de los príncipes pudo igualar la destreza de dos jóvenes hermanos de la cuadrilla de Guatimozín. Eran aquellos adolescentes hijos de un valiente general muy estimado por Moctezuma; llamábanse Naothalan y Cinthal, y nacidos en los Estados del soberano de Tacuba, padre de Guatimozín, habían profesado siempre un particular cariño a este joven príncipe. El triunfo que acababan de obtener en la pelota le fue por tanto sumamente grato, y él mismo los llevó a recibir de mano de Tecuixpa el premio de su habilidad, que consistía en dos ricos brazaletes.

Comenzose después la lucha; cada atleta eligió su contrario, y Cacumatzin, celoso de haber sido superado en el tiro de flechas por su joven primo, le desafió con altas y corteses palabras.

—Ven, pues, admirable arquero —le decía—, y si quieres que te perdone el haberme quitado la dicha de recibir el carcaj de oro de la hermosa mano de Gualcazinla, hazte digno en la lucha de una de las coronas que la augusta emperatriz debe ceñir a la frente de los vencedores.

No esperó segunda provocación el yerno de Moctezuma, y arrojando el manto y el carcaj, dejó descubiertas las bellas formas de su blanco cuerpo; formas delicadas en comparación de las hercúleas que al desnudarse dejó patentes su adversario.

Por grande que fuese la opinión que lo espectadores tenían formada de la destreza del príncipe de Tacuba, no hubo ninguno que al hacer involuntariamente aquel cotejo, se atreviera a pronosticar su victoria; y como era generalmente amado y el carácter violento de Cacumatzin no excitase las mayores simpatías, hubo un momento de emoción general en el cual todas las miradas, fijas en el joven combatiente, parecían suplicarle renunciase a una lucha desigual, cuyo éxito no podía serle favorable.

Notolo Guatimozín, y una imperceptible sonrisa de desdén pasó fugaz sobre sus labios, mientras su arrogante adversario paseaba la vista por todos los espectadores, como si buscase testigos de su infalible triunfo.

A una señal de los mariscales, los contendientes se lanzaron uno sobre otro, y la primera embestida de Cacumatzin es tan vigorosa, que su contrario se bambolea un momento entre sus membrudos brazos, y un grito unánime expresa el temor de los espectadores. ¡Ánimo, valor, príncipe de Tacuba! —exclaman—. La esperanza renace prontamente: Guatimozín ha logrado desembarazarse de su antagonista, como un águila que se escurre de la mano del niño que procura empuñarla, y acometiendo a su vez, echa su brazo izquierdo en torno de la cintura de Cacumatzin, y asiéndole con el derecho por el cuello, le da violentas sacudidas, a las que resiste el atleta como una ceiba azotada por el huracán.

Hace el joven príncipe mayores esfuerzos y no permanece ocioso su enemigo. Sus brazos se enlazan como dos bejucos que se abrazan a un mismo tronco, se sacuden, se oprimen, se rechazan mutuamente y vuelven a trabarse con mayor tenacidad. La fuerza de Cacumatzin agobia repetidas veces a su adversario; la elasticidad y ligereza de éste burlan otras tantas los esfuerzos de aquel y empiezan a fatigarlo.

Aprovecha uno de estos momentos de cansancio Guatimozín y embiste con mayor denuedo; persigue, estrecha a su enemigo; enlázale, sacúdele con todas sus fuerzas y procura inclinarle hacia un lado. En efecto, una de las rodillas del príncipe de Tezcuco, se dobla al impulso y su mano izquierda casi toca la tierra. Los espectadores abren la boca para gritar ¡victoria! cuando enderezándose rápidamente el robusto mancebo y rugiendo como el león que acaba de romper la red que lo aprisionaba, arremete a su adversario con irresistible pujanza.

La lucha entonces es rápida y sin tregua. Los dos cuerpos parecen uno solo; apriétanse pecho con pecho, se enlazan brazos y piernas, la cabeza de cada uno se apoya en el hombro del otro para dar mayor fuerza al empuje; caen a tierra sus penachos, mézclanse en desorden sus negras cabelleras; corre el sudor por todos los miembros de ambos: levántase en torno una negra polvareda y se oye el trabajoso resuello que sale de sus pechos a manera de ronquido.

Una palidez profunda cubre a Guatimozín, mientras parece que brotan sangre las mejillas y el desnudo pecho del tezcucano. Pero ninguno cede, ninguno afloja, y ambos, sin embargo, parecen próximos a sucumbir.

El príncipe de Iztacpalapa da una voz y arroja en medio del circo la insignia de su autoridad, a cuya demostración cesa repentinamente la lucha.

—Príncipes, dice entonces, ambos habéis merecido la gloriosa corona.

El pueblo aplaude con entusiasmo aquella justa decisión, y la emperatriz previene iguales premios para los dos combatientes, que permanecen algunos minutos jadeando, sin voz y casi sin aliento. Mientras habían luchado aquellos dos diestros lidiadores, otros muchos combates del mismo género habían tenido lugar en aquel recinto. Los más notables vencedores habían sido el príncipe del Cuyoacan, que echó por tierra a tres robustos competidores, y el joven Naothalan, que había conseguido derribar al cacique de Otumba, después que éste había triunfado de dos adversarios, uno de los cuales era Cinthal, hermano del osado joven que le arrebató después la victoria.

Premiados los vencedores, la fiesta tomó un carácter más popular. Nobles y plebeyos se mezclaron y confundieron en el vasto recinto; los músicos sustituyeron tocatas alegres a los sonidos fuertes y belicosos, y comenzó el baile, en el cual el más orgulloso príncipe no se desdeñaba de tener por pareja a la hija o mujer del labrador y del artesano.

Sucedíanse los corros, confundíanse los trajes lujosos con los ridículos; la alegría tomaba un carácter como de delirio, siendo de admirar que en medio de aquel aparente desorden que mezclaba las clases y los sexos, no aconteciese jamás la menor desgracia; pues aquel pueblo inmenso, en su casi frenético placer, no incurría en ningún exceso contrario a la razón ni a la decencia.

Comió aquel día en público el emperador y duró la fiesta hasta la proximidad de la noche, hora en la que se volvió con su familia y los capitanes españoles al palacio, donde se había dispuesto un refresco o ambigú en obsequio de los príncipes vencedores.

Cortés, que buscaba todos los medios posibles para imponer respeto e inspirar admiración, aprovechó la oportunidad de aquella fiesta, que se había celebrado con pretexto de la llegada de la emperatriz, para decir a Moctezuma que deseaban también los españoles festejar aquel fausto acontecimiento, y le pedían permiso para tener al día siguiente una de las fiestas militares que se estilaban en su país, la cual esperaba honrarían con su presencia el emperador y su familia.

Concediolo Moctezuma agradeciendo el obsequio, y entró en palacio apoyado en el brazo de Cortés, como dos amigos que se conocen de largo tiempo. No era afectado, sin embargo, el cariño que mostraba a aquel capitán, pues bien que se hubiese persuadido de que una grande y próxima calamidad le amenazaba y de que eran aquellos extranjeros los ministros que había escogido el terrible Tlacatecolt[23] para ejecutores de su ira, sentía como a pesar suyo una especie de inclinación hacia Cortés, y parecía ligado a él por un sentimiento extraño, en que se mezclaban el afecto que le inspiraba por sus prendas militares, atrevido carácter y despejado talento, y el temor que estas mismas cualidades debían darle colocadas en un enemigo.

Estos pensamientos le acompañaron en la fiesta de familia que aquella noche se celebró en palacio, y la expresión adusta y melancólica de su

---

23 Dios del mal. Algunos historiadores españoles han confundido este nombre con el de Tezcalepuzca, que era el dios criador, alma del mundo y rey del cielo.

semblante afligió a la tierna y tímida Miazochil, que ignorante de la causa, creyó haber enojado involuntariamente a su esposo.

Guatimozín, que observaba como ella a Moctezuma, inquietábase al ver que nada alcanzaba a disipar su tristeza, e inquietábase también al notar el valimiento que iban tomando los extranjeros con el atemorizado monarca.

Hernán Cortés por su parte, ajeno de lo que pasaba a su alrededor, fatigado de unos placeres en los cuales no tomaba parte, absorbíase con frecuencia en sus ambiciosas esperanzas y meditaba los medios más seguros de apresurar su realización.

De otro género eran los cuidados que en aquella noche turbaban el ánimo del príncipe de Tezcuco, pero no menos importantes para su corazón.

Veía el fogoso joven con torvos ojos fijos sin cesar los de Velázquez de León en la graciosa Tecuixpa, y el rubor y la emoción que aquella muda preferencia causaba en la joven princesa, hería cruelmente el orgullo y la pasión del tezcucano. Amaba a su prima, que hacía cerca de dos años le estaba prometida por esposa, y aunque este compromiso no hubiese costado repugnancia a Tecuixpa, sabía Cacumatzin que nunca sus palabras más apasionadas habían excitado la dulce agitación que con solo sus miradas producía el extranjero.

Devoraban sus ojos al joven capitán, y era menester todo el respeto debido a Moctezuma! para que contuviese su celosa ira.

En medio de todos aquellos semblantes, que expresaban diversas agitaciones, conservaba únicamente Gualcazinla su majestuosa calma.

No le había revelado su esposo las inquietudes del emperador, ni concebía ella que pudiesen existir. Los españoles eran a sus ojos unos hombres peligrosos por su religión y sus ciencias; acaso los aborrecía como enemigos de sus dioses; acaso los temía como capaces de corromper la sencillez de sus costumbres; pero no se le había ocurrido todavía la idea de que pudiesen ser destructores del más poderoso imperio americano.

Conservaba serena como su alma su hermosa y soberbia frente, pareciendo en aquella imponente tranquilidad un ser de naturaleza superior a la humana.

Retiráronse los españoles concluido el refresco, y Moctezuma se apresuró a encerrarse en su habitación sin dirigir una palabra de cariño a su desconsolada esposa, que con los ojos llenos de lágrimas corrió a exhalar en su solitario lecho mil tiernas quejas por su inmerecido abandono.

Gualcazinla y Guatimozín, privados de su precioso hijo en todo el día, se apresuraron también a retirarse para cubrirle de besos, y solamente Tecuixpa permaneció en su silla, preocupada con sus pensamientos. Acercose a ella Cacumatzin y la dijo con alterada voz:

—¿En qué te distraes tanto, Tecuixpa? ¿Piensas en las atrevidas miradas del imprudente extranjero, y en lo que habrá padecido mi corazón obligado a retardar su castigo?

Volviose hacia él la princesa con un gracioso gesto de desdén, y contestó:

—Cacumatzin, tus palabras son a veces tan desagradables como la voz del cojotl o la del cuguardo,[24] y se parece tu corazón a la gran montaña de Popocatepec,[25] que se embravece sin motivo vomitando fuego, y sin motivo se aplaca.

—¿Piensas pues, Tecuixpa —exclamó indignado el príncipe—, que se calmará mi ira sin castigar al culpable?

—Pienso —respondió ella con impaciencia—, que harías muy mal en castigar una ofensa de la cual no se queja la ofendida, y que tus celos son más atrevidos que los ojos del extranjero.

Juntáronse las cejas del príncipe por la contracción que la cólera produjo en sus facciones; pero reprimiéndose trabajosamente:

—Severa estás conmigo, Tecuixpa —dijo— y acaso te conviniera más guardar esa severidad para aquel que sin ningún derecho ni disculpa ha perseguido tus ojos toda la noche, sin respetar tu rango ni tu modestia; pero supuesto que no te crees ofendida, que llamas celos atrevidos mi justa indignación, yo buscaré a ese extranjero y castigaré en él, no ya la osadía de mirarte, sino la fortuna de no haberte ofendido.

Una sonrisa burlesca y de infantil malicia fue la sola respuesta de la doncella, y marchose dejando confuso y colérico al enamorado príncipe.

Permaneció un momento pensativo, y enseguida lanzose fuera del salón murmurando con amargura:

---

24 Animales feroces de aquella parte de la América.
25 El volcán.

50

—¡Moctezuma! ¡Moctezuma! ¡Desgraciado de ti si fuera tan fácil a los extranjeros conquistar tu imperio como el corazón de tus hijas!

Capítulo V. La revista

En el día siguiente al de la fiesta popular, dispuso Hernán Cortés pasar revista a su ejército en el mismo circo en que se había celebrado el que llamamos torneo, y según lo había ofrecido, asistió a aquella función militar el emperador con todos los príncipes y princesas.

Inmenso era el gentío que se agolpaba a la plaza con el anhelo de ver la fiesta de los extranjeros. No cabiendo el pueblo en las gradas del anfiteatro, coronábanse de espectadores todas las azoteas de las casas vecinas, y pintábase en todos los semblantes una curiosidad mezclada de inquietud.

Formose la tropa española en orden de parada y al frente se puso el general perfectamente armado, oprimiendo el lomo de un soberbio caballo que tascando el freno con impaciencia, le cubría con copos de blanquísima espuma. Estaban igualmente a caballo todos los capitanes, entre los cuales se distinguían Alvarado y Velázquez de León, el uno por su elegancia y hermosura y el otro por su gallardía y nobleza.

Previniéronse algunas piezas de artillería bajo la dirección de los más diestros oficiales, y a la sola vista de las formidables máquinas reinó un silencio de asombro en aquella inmensa multitud.

Al entrar Moctezuma en el palco dispuesto para él y su familia, hiciéronle las tropas los honores militares debidos a su clase, y Velázquez de León, cuyos ojos se fijaron en la linda Tecuixpa, hizo caracolear su yegua torda al bajar con respeto delante de la joven la aguda punta de su espada de Toledo.

El dócil bruto, como si comprendiera y participase de los deseos de su dueño, enderezó las orejas, sacudió con orgullo la espesa y larga crin, y comenzó a lucirse, ya piafando con lentitud, ya dando graciosos corcovos, ya levantando con altivez la cabeza u ocultando la con coquetería entra sus delgadas piernas.

Púsose pálida Tecuixpa temiendo que la fiereza del bruto no pudiese ser dominada por el imprudente, jinete que no pensaba más que en mirarla, y le expresó con un gracioso gesto que no quería por entonces se ocupase tanto de ella. Aquel interés inocente lisonjeó infinito al joven castellano, que dio gracias a la princesa con una mirada que fue perfectamente comprendida, pues volvieron los colores al gracioso rostro de la niña. En aquel instante una espuela diestra y oportunamente clavada mientras se sujetaban muy cortas las bridas obligó a la yegua a dar un bote, y cubriéndose los ojos Tecuixpa, arrojó un grito creyendo que el jinete había caído.

Cuando descubrió sus ojos y miró ansiosamente buscando al temerario, encontrole muy firme en su silla, con una sonrisa sobre los labios y una expresión de amor y gratitud en la mirada. Su agitación y alegría fueron entonces tan excesivas, que algunas dulces y cristalinas lágrimas acudieron a sus párpados, y apresurose a ocultarlas bajo el velo de sus negros y rizados cabellos. ¿Pero qué cosa perteneciente al objeto querido puede ocultarse a los ojos de un amante? Velázquez de León vio el precioso llanto y hubiera dado diez años de su vida por poder secarle con el fuego a sus labios.

Pasó Cortés revista al ejército haciéndolo desfilar en columna, hasta situarse en el frente de la plaza opuesta al palco de Moctezuma, y ordenó enseguida varias evoluciones, todo lo cual veían los mexicanos con atenta admiración. Moctezuma, Guatimozín, Quetlahuaca y aun Cacumatzin, celebraban con entusiasmo aquellos ejercicios militares, en los que se descubría la pericia del general, el cual mandó terminar las evoluciones con un fuego bien sostenido por la artillería e infantería, que hizo perder su presencia de ánimo a los mexicanos.

Al prolongado estruendo viose huir a los unos despavoridos; los otros se tendieron por el suelo cubriéndose las caras con las manos, y aun los más animosos sostuvieron con gran trabajo una serenidad afectada.

Tembló Moctezuma, aunque valiente, al estampido, perdiendo la color del rostro; pero un instante después procuró sonreírse aparentando complacencia.

Volviose Guatimozín al de Tezcuco y le dijo:

—¿Crees todavía, príncipe, que son despreciables como enemigos esos extranjeros que dominan así la feracidad de los brutos y roban al cielo la ciencia misteriosa con que cría el fuego y hacer bramar al rayo?

Movió la cabeza y respondió con arrogancia:

—Aun cuando fuesen hijos del mismo Huitzilopochtli no pudieran imponer miedo al ánimo de Cacumatzin.

—Eso no basta —dijo con amarga sonrisa el príncipe de Tacuba—; de poco sirve tu valor personal (que sin duda no admira a ninguno de cuantos sienten correr por sus venas la sangre de Moctezuma), mientras no logres inspirarlo a ese pueblo que huye o se postra al oír los truenos de las armas extranjeras.

La conversación de los dos príncipes fue interrumpida desagradablemente. La emperatriz se había desmayado de resultas del terror, y las princesas, no menos asustadas, enviaron a llamar a Guatimozín para que las hiciese conducir al palacio.

Imposible fue a Cortés calmar el terror del pueblo, aunque debemos confesar que no hizo grandes esfuerzos para conseguirlo. Disolviose en un momento la multitud, y las tropas españolas volvieron a su cuartel por calles desiertas, de las que se alejaban los mexicanos con una especie de religioso miedo.

Cortés y algunos de sus capitanes acompañaron a caballo las literas del emperador y su familia, hasta dejarlas a las puertas de palacio, donde se despidieron con atentas y respetuosas palabras, manifestándose pesarosos del susto que habían causado a la emperatriz y princesas.

Apenas se vio dentro de su palacio Moctezuma, cuando ordenando a las mujeres del servicio de las princesas que las llevasen a sus habitaciones e hiciesen venir a sus juglares y enanos para distraerlas y alegrarlas, se encerró en su aposento, llevándose consigo a los príncipes de Tezcuco, de Tacuba y de Iztacpalapa.

Echose de repente en una silla, y dijo con voz alterada:

¿Habéis visto, príncipes, habéis visto a ese pueblo inmenso huir al estruendo de las armas españolas, como una tropa de tímidas palomas al grito del gavilán?

—Castiga, gran señor —dijo airado Cacumatzin— castiga esa vergonzosa cobardía, indigna del nombre mexicano.

—¡Castigarla! —exclamó Guatimozín—. ¡Pues qué! ¿Puede el castigo inspirar el valor? ¿Y por qué llamar cobardía el espanto natural que produce la primera vista de un fenómeno desconocido? No castigos, seguridades es lo que necesita el pueblo mexicano: en vez de aumentar el terror, ocupémonos en disiparle; hagamos comprender la naturaleza de esos rayos que creen bajados del cielo a las manos de los españoles; familiaricémosle con esas armas, que apenas han visto, inspirémosle confianza en su valor y en nuestra prudencia, y sobre todo, lancemos cuanto antes de nuestro suelo a esos extranjeros a quienes ningún motivo plausible detiene ya entre nosotros.

Movió Moctezuma la cabeza y dijo con profunda emoción: ¡Lanzarlos!... ¿Qué os han hecho para justificar tal ultraje? ¿Y pensáis que lo dejarían impune? Los dioses que los han traído a nuestro suelo por ocultos designios de su sabiduría o de su ira, ¿les abandonarán en aquel trance?

—No les protege otro Dios que nuestra flaqueza —exclamó con indignación Cacumatzin—, y, sobrado crimen es en ellos el haberla inspirado.

Poderoso emperador —dijo Quetlahuaca— me atrevo a aconsejar a tu sabiduría que ordenes nuevos sacrificios y que consultes al gran sacerdote para que nos revele la voluntad de los dioses.

—Hágase como lo dice mi ilustre hermano —respondió Moctezuma, y mandó al instante que se previniesen los sacrificios y avisasen al pontífice que iría aquella tarde el mismo emperador a consultarte sobre importantes negocios del Estado.

Mientras estas cosas pasaban en la regia cámara, los capitanes españoles, que tenían ya recogida su tropa, se esparcían por la ciudad buscando entretenimiento.

Visitaban unos las armerías reales, examinando con curiosidad y admiración los trabajos de los artífices mexicanos; otros se iban a palpar por los jardines de los palacios del emperador, en todos los cuales tenían entrada franca por particular obsequio; algunos se embarcaban en las piraguas que surcaban las aguas, de la gran laguna, y los de más talento buscaban útil recreo instruyéndose de las costumbres de aquel imperio, recorriendo los colegios y escuelas de enseñanza pública y visitando a los artistas oradores, poetas historiadores de más fama en el país.[26]

---

26 En una nación que poseía el más bello y expresivo lenguaje (dice el abate Clavijero hablando de México) no podían faltar oradores y poetas. Los embajadores y consejeros aprendían la elocuencia, y las escasas muestras que se han conservado de las arengas gratulatorias que se hacían a los reyes, dan testimonio de la precisión, elegancia y gra-

Muy distinto pasatiempo era el de Velázquez de León. Rondaba el joven por las cercanías de palacio buscando en su pensamiento algún medio para poder explicarse con Tecuixpa. Ora determinaba aprender la lengua mexicana, ora, pareciéndole muy lento aquel recurso, se resolvía a intentar medios extraordinarios para darla a entender su pasión.

Vagaba todavía pensativo por la plaza atisbando indiscretamente las ventanas de la habitación de la joven princesa, cuando vio salir sin acompañamiento al emperador con los príncipes de Iztacpalapa, Tezcuco, Tacuba y los otros consejeros de Estado, que subiendo silenciosamente a sus literas, tomaron el camino de uno de sus más cercanos templos.

Atreviose entonces a aproximarse a palacio, y como iba ya oscureciendo, pudo situarse sin ser notado debajo de las mismas ventanas de Tecuixpa, e inspirándole su amor temeridad, sacó una pequeña flauta y comenzó a tocar muy pianito una canción amorosa que había aprendido en su niñez.

Cuando sentía las pisadas de alguno que atravesaba la plaza, suspendía su música y se ocultaba detrás de una disforme estatua que allí había; y cuando la plaza estaba sola, volvía a su puesto y a su música.

La ventana, sin embargo, permaneció cerrada, y ya muy entrada la noche se retiró el enamorado joven, asaz mohíno del poco éxito de su tentativa.

Poco después regresó el emperador, y cualquiera que hubiese visto la expresión de su rostro, habría adivinado que los oráculos celestiales no habían sido en manera alguna satisfactorios. Al observar su profunda tristeza no osaban hablarle los príncipes que lo acompañaban, a los cuales despidió secamente, retirándose solo y sombrío a su aposento.

—Las palabras de Hueiteopixque[27] —dijo uno de los consejeros— no han sido propicias a lo que parece. El dolor ha aferrado entre sus garras el corazón de Moctezuma.

---

vedad que caracterizaba a los oradores aztecas. La poesía, a juzgar por los fragmentos llegados a nosotros, estaba aún más adelantada, que la elocuencia oratoria: brillante y figurada como la oriental, distinguíase además por la delicadeza de la expresión.

Solís hace también mención de los historiadores y poetas aztecas, entre los cuales sobresalían los tezcucanos por ser su ciudad el centro de la civilización mexicana. Un distinguido escritor ha dicho hablando de Tezcuco, que era la Atenas de América.

27 En la lengua, mexicana, como en la griega, se compone una palabra de dos, tres o cuatro simples. Teopizque, que significa sacerdote, como hemos advertido antes, es una voz compuesta de Teotl, que quiere decir Dios, y del verbo pia, que es custodiar.

—Son las hechicerías de los extranjeros —repuso Cacumatzin—, las que trastornan su grande espíritu.

—Príncipes —dijo Guatimozín— lo más sensible en todo esto es que el soberano entregado a sus cavilaciones, descuide lastimosamente los importantes cuidados del imperio. Preciso es que le estimulemos a sacudir esa indigna pereza, y que dejando por ahora las consultas con los sacerdotes, conceda audiencia a sus súbditos y vuelva a mostrarse poderoso príncipe y padre benigno.

—En vano intentarás devolver su grandeza y sabiduría al desgraciado monarca —exclamó Cacumatzin—, mientras no alejes de su sagrada persona a esos advenedizos que empiezan haciéndole perder la razón y serán causa al fin de que pierda también la corona y la vida.

Dijo, y se alejó, muy ajeno de sospechar él mismo toda la exactitud de aquel vaticinio.

Capítulo VI. La audiencia

Las instancias de los príncipes y consejeros, y acaso también el deseo del mismo Moctezuma, que creía conveniente ostentar a los ojos de los españoles toda la sabiduría de su gobierno para hacerles olvidar en cierto modo sus atrasos en el arte de la guerra, le decidieron a conceder una solemne audiencia a sus vasallos, convidando para presenciar el acto a Cortés y sus capitanes.

Una hora antes de abrirse la audiencia se trasladaron éstos al palacio del emperador, donde fueron recibidos por los ministros, que les instruyeron de algunas particularidades de su gobierno.

Anteponiendo a dicho nombre compuesto el adjetivo huei, que significa grande, formaban una nueva composición que significa gran custodio de Dios, pero que debe traducirse gran sacerdote o pontífice. Daban también los mexicanos al individuo revestido de la suprema dignidad sacerdotal el título de Teoteouctli, otra voz compuesta que quiere decir caballero de Dios, o, según Clavijero, señor divino.

Por medio de tales composiciones daban en una sola palabra el nombre y la definición de la cosa.

Conveniente nos parece observar aquí que no hay lengua que abunde tanto como la mexicana en nombres verbales y abstractos: no hay en ella verbo del cual no se hagan numerosas diferencias verbales, ni sustantivo o adjetivo de que no se formen abstractos.

Aquella conversación no fue desagradable a Cortés, y sus curiosas preguntas dieron vasto campo a los ministros para extenderse en explicaciones.

—Las leyes por medio de las cuales gobiernan nuestros reyes a sus numerosos súbditos —dijo Cortés— constan escritas y pasan fácilmente de este modo de soberano a soberano y de siglo a siglo. Pero vosotros, ¿de qué manera conserváis y perpetuáis vuestras leyes?

—Aunque no haya alcanzado nuestra sabiduría —respondió Guacolando, que era el más anciano de los ministros— a comprender esos signos que llamáis letras, no carecemos de otros que suplen su falta, y por cuyo medio trasmitimos a nuestros nietos las historias de nuestros reyes y grandes generales y los acontecimientos memorables de que somos testigos. Los signos a que me refiero no se parecen a los vuestros, ni podemos trazarlos en el lienzo o en el icxolt[28] con tanta rapidez como pintáis vosotros en esas hojas finísimas que llamáis papel; pero tienen igual uso y destino y nos bastan para glorificar los nombres y hechos dignos de eterna alabanza.

Por lo que hace a nuestras leyes, jamás hemos pensado que tuviésemos necesidad de escribirlas. Nuestros ascendientes nos las transmitieron sin este auxilio, y nosotros cuidaremos de trasmitirlas a nuestros descendientes, siendo la costumbre un monumento más indestructible que todos los signos inventados para dar forma a la palabra. Pensamos además que no deben existir leyes absolutas; que no pueden preverse en ellas todos los casos posibles, y que la sabiduría de los reyes debe solamente juzgar con equidad las diferencias que pueden existir entre aquellos que aparentemente sean iguales. Por eso damos a nuestros monarcas el derecho de alterar la costumbre cuando lo aconseje la justicia.

Nosotros creemos que la sabiduría de los dioses ilumina el entendimiento de los reyes; pero como comprendemos que un solo hombre no puede atender a todos los cuidados de un gran pueblo, nos resignamos a que llame en su auxilio a los nobles de conocida virtud, capacidad y experiencia. Así es que tenemos varios ministros con diversas atribuciones y prerroga-

---

28   El icxolt de los mexicanos era una especie de papiro. Algunos historiadores españoles le llaman amalt.

tiva: uno que cuida de la hacienda pública y del real patrimonio, otro que administra la justicia, otra que atiende al sostenimiento del ejército y a sus premios y castigos, otro para el comercio y abasto público, y el supremo consejo de Estado, que preside siempre el rey. En este consejo no son admitidos sino los ancianos electores de sangre real, y los príncipes de Tezcuco y de Tacuba, en quienes es hereditaria esta prerrogativa.

Tenemos además varios tribunales. En todas las principales capitales hallaréis un magistrado revestido de extensa autoridad, destinado exclusivamente a administrar justicia. Subordinados a éste existen otros jueces inferiores, que conocen en las causas civiles o criminales en primera y segunda instancia; en las causas de la primera clase su sentencia es inapelable: en las de la segunda puede apelarse al magistrado supremo. Aparte de los expresados tribunales de justicia, existen en México algunos otros para velar por la seguridad pública y perseguir a los ladrones y perturbadores del orden; para cuidar de la limpieza de las calles y buena dirección de los trabajos públicos; para el arreglo y distribución de los correos,[29] y uno al fin, cuya única atención es el inspeccionar las escuelas de la enseñanza. Tenemos muchas de estas gratuitas para la gente vulgar, y seminarios de nobles, y colegios de niñas presididos por matronas.

Absorto estaba Cortés escuchando al ministro mexicano, y lo dijo sin esforzarse por encubrir su admiración:

—Vuestro gobierno me maravilla; paréceme: que hay en él tanto acierto como armonía, y quisiera saber cuáles son los delitos que en vuestras leyes penales merecen el castigo capital.

—El robo sin necesidad probada —respondió Guacolando—, la rebelión o desacato al emperador, la herejía, la falta de integridad, en los ministros y funcionarios públicos, el adulterio, el asesinato y la embriaguez repetida. También tienen entre nosotros gravísimas penas los que cometen incesto en primer grado de parentesco, los reos de delitos nefandos contra la cas-

---

29 Había correos establecidos en todo el imperio, por cuyo medio se comunicaban rápidamente las disposiciones del gobierno a las más remotas provincias. En aquella época no existía en Europa igual establecimiento.
Imponíanse en México gravísimas penas a cualquiera que detuviese o maltratase a un correo.

tidad, mayormente, si son sacerdotes, y el oficial que pierde por cobardía o descuido el estandarte sagrado del imperio.

—Y estas audiencias extraordinarias, unas de las cuales vamos hoy a presenciar —dijo Cortés—, ¿qué objeto tienen, siendo así que la justicia es constantemente administrada por el tribunal competente?

—En estas audiencias, satisfizo el ministro, escucha el emperador por sí mismo las quejas de sus vasallos; ¿y cómo pudiera saber de otro modo si sus ministros desempeñan con acierto e integridad sus cargos y destinos?

—Y sin embargo —repuso el español—, he oído quejarse a muchos señores mexicanos del despotismo y arbitrariedad de Moctezuma.

—Muchos tlatoanis —respondió el anciano—, son soberbios y descontentadizos y tienen mala voluntad a su monarca, cuya justicia castiga severamente sus demasías; pero lo que más les desagrada, es que se les haya despojado del injusto privilegio de ejercer enormes exacciones sobre sus vasallos, sin estar ellos obligados a pagar tributo al emperador. Cumplían en otro tiempo con acudir al ejército con sus vasallos en tiempos de guerra; más al presente están obligados a venir por turno a prestar sus servicios personales en palacio, y hallándose impuestos los tributos con más justa regla saben que tienen que soportar una parte del fondo público. Estos tributos son a proporción de las tierras que se posean, ya heredadas, ya adquiridas; los mercaderes y artesanos contribuyen también con una parte de sus efectos y manufacturas, que se venden en el mercado, y los que ejercen cargos o empleos lucrativos, ceden una pequeña utilidad de las que gozan por sus sueldos u honorarios.

—¿Goza del derecho de propiedad la clase plebeya entre vosotros? —preguntó Cortés.

—Sí, aunque de un modo diferente que la nobleza —contestó su interlocutor—. Las tierras del imperio se hallan divididas entre el emperador, los nobles, los sacerdotes y el pueblo. Las primeras las distribuye el soberano a su albedrío a los empleados especiales de palacio, para que las posean en clase de usufructuarios. Las segundas son hereditarias; las terceras pertenecen perpetuamente al templo, y las cuartas, que son las del pueblo, se dividen y reparten a proporción del número de las familias. Estas forman asociaciones que conocemos con el nombre de altepetlalli[30] (comunidad), y no pueden enajenar las tierras que poseen, porque su propiedad, permanente e indivisible, está destinada a su manutención.

El cultivo de dichas tierras es común, como la propiedad, a todas las familias que componen la altepetlalli; la recolección se deposita en almacenes públicos, de los que se saca y reparte bajo la dirección del ministerio de hacienda, según las necesidades respectivas de las familias.[31]

—¿Y es esa clase del pueblo —preguntó Cortés—, la más pobre y humilde que existe en México?

—No ciertamente —respondió Guacolando—; entre nosotros son muchas las distinciones de rango. Sin mencionar a la alta nobleza, que posee vastos territorios y ha sido largo tiempo casi independiente, hay una clase distinguida cuyos individuos designamos con el título honorífico de teutlis.[32] A ella pertenecen los magistrados y todos los que ejercen empleos considerables; de ella salen la mayor parte de los jóvenes que se dedican a las armas y al sacerdocio; y en el día logran entrar en ella los poetas y artistas célebres, como también aquellos que por haber prestado grandes servicios al Estado, merecen del emperador una distinción tan honrosa.

Hay otra clase libre y estimada, aunque no es noble; tal es la del comercio, artesanos, etc., e inferior a la expresada la muy numerosa de los mezecuales,[33] cuyas familias componen las altepetlalli o comunidades. Pero existe aún otra ínfima clase que se emplea en la servidumbre doméstica; a ella pertenecen los tamemes y los que trabajan en las obras públicas. Una parte considerable de los individuos de esta última clase es esclava, porque no obstante que en México solo están condenados a suerte tan infausta los prisioneros de guerra que no son sacrificados, hay hombres en esta vil clase de que os hablo que venden voluntariamente a sus hijos. Esto, empero, no

---

30 Así las designa Clavijero; Robertson las llama Calpulé.
31 Éstas y todas las noticias que damos del gobierno y policía de los mexicanos, han sido tomadas de Robertson, Clavijero, y aun algunas de Solís y otros historiadores españoles.
32 Ya hemos dicho que en nuestro concepto la traducción más exacta de la palabra teutlis es caballeros. Clavijero la traduce señores. Bernal Díaz del Castillo dice erróneamente que significa dioses.
33 Villanos, Robertson los llama mayegues; pero la verdadera significación de mayeques es labradores.

puede hacerse sino cuando el interesado tiene edad suficiente para ser consultado y después de haberse justificado su libre asentimiento.

—Y los hijos de los esclavos —preguntó Hernán Cortés—, ¿participan de la mísera condición de sus padres?

—No —respondió el ministro—; todo mexicano nace libre: la esclavitud no es hereditaria, y si algún perverso se atreve a sujetar a tan triste condición un niño, ya sea o no su hijo, pierde en castigo su libertad propia.

—¿Tiene el amo derecho de vida y muerte sobre un esclavo? —interrogó el español.

—El esclavo fugitivo, contumaz, que ha sido inútilmente amonestado por tres veces, delante de testigos, solo puede ser castigado por su amo imprimiéndole una señal de infamia y haciéndolo vender públicamente en el mercado. Si con el nuevo amo persiste en su delito, entonces es vendido por poca cosa al templo para el sacrificio. Pero el esclavo más delincuente queda absuelto infaliblemente si consigue pisar los umbrales del palacio imperial.

—Quisiera saber —dijo Cortés— ¿quiénes son los que entre vosotros tienen el derecho de elegir emperador, y qué cualidades se requieren para merecer dicha elección?

—El derecho de elección residía antiguamente en todos los individuos de la alta nobleza —respondió el ministro— y era elegido el emperador por mayoría de votos; pero al presente solamente son seis los electores. Los príncipes de Tacuba y Tezcuco gozan esta prerrogativa por herencia, y los otros cuatro son siempre los más ancianos señores de aquellos que componen la alta nobleza.

Para merecer la suprema dignidad de emperador le basta al ciudadano noble haberse distinguido con grandes virtudes y acciones gloriosas; pero por respeto a la familia del monarca difunto se elige por lo común a un príncipe de su sangre. No se observa la mayor o menor aproximación al trono, pues se prefiere al orden de nacimiento el mérito distinguido; y el príncipe más digno es siempre el que se considera con mayores derechos.

—Son numerosos, según tengo entendido, observó Cortés, los ejércitos que puede levantar en sus dominios el soberano de México.

—Treinta príncipes vasallos de Moctezuma —respondió Guacolando— pueden presentar en campaña cien mil hombres de guerra cada uno.

En el momento en que terminaba estas palabras llegaron algunos oficiales de palacio a advertir que iba a abrirse la audiencia, y los españoles fueron conducidos con grandes ceremonias al gran salón del consejo, donde debía verificarse.

Era éste uno de los más espaciosos departamentos de aquel gran edificio, y sorprendió a Cortés la riqueza y magnificencia de su ornato.

Estaban las paredes entapizadas de plumas, formando simétricos matices; el pavimento y los techos se hacían notables por el primor y delicadeza de sus embutidos y labores, y en las muchas ventanas que daban luz al recinto se veían cortinajes de trasparente blancura en forma de pabellones, suspendidos de grandes flechas de oro adornadas con pedrerías.

En todo el circuito del salón había escaños de caoba sin respaldo para los príncipes y señores que asistían al acto, y al frente se levantaba el trono imperial, sostenido sobre las tendidas alas de cuatro águilas de oro. Del mismo metal era el trono, cuyo asiento y respaldo lo formaban cojines de piel de armiño. El solio era de plata recamado de esmeraldas y coronado con una águila de oro, sostenido sobre delgadas columnas de jaspe, de cuya piedra eran también las gradas, y dos corpulentos tigres que guardaban sus extremos con las garras extendidas y abiertas las anchas fauces.

A los lados había seis magníficos divanes para los electores del imperio, y un poco más atrás otros muchos, formados en semicírculo, para los consejeros y ministros. En medio de la sala estaban las mesas y sillas para los secretarios, que con sus jeroglíficos iban anotando las cosas dignas de conservación.

Subió Moctezuma al trono sosteniéndole por los brazos los príncipes de Tezcuco y de Tacuba, y sentándose con majestad procuró disimular la melancolía de su espíritu.

Ocuparon después sus respectivos puestos las demás personas, y Cortés y sus capitanes se sentaron entre los señores mexicanos que eran espectadores del acto.

No tardaron en llegar los pretendientes, que fueron introducidos sucesivamente en el salón los pies descalzos y con excesivas ceremonias, que cansaban extrañeza a los españoles.

Presentáronse varios régulos con quejas o pretensiones. El de Guacachula acusaba al de Izucan de ladrón y facineroso, pues introducía sus vasallos en los dominios de aquel, y talaba y robaba sus campos. El de Izucan se defendía diciendo que el de Guacachula le insultaba continuamente y se declaraba su enemigo, obligándole a cometer aquellas tropelías para vengarse de sus ultrajes. Los señores de la serranía se quejaban de estar mal mirados por los de la tierra llana, y los de la tierra llana clamaban contra los de la serranía. En fin, los unos pidiendo justicia y los otros mercedes, fueron tantos los indios que acudían a la audiencia, que prolongándose ya demasiado aquel acto, empezó a cansar a los españoles.

No podían, sin embargo, dejar de admirar la paciencia y atención con que escuchaba Moctezuma a todos los solicitantes, animando con su bondad a los que llegaban turbados y torpes y dando sus fallos con equidad y energía. En los casos que le parecían dudosos o difíciles consultaba a sus consejeros, y bien que muchas veces no siguiese su dictamen, les oía siempre con suma amabilidad.

La audiencia aún no terminaba y Cortés ideaba ya el modo mejor de evadirse de tan larga sujeción, cuando se presentó un mancebo de aventajada presencia, que después de las formalidades de estilo —dijo con un desembarazo poco común en los pretendientes:

—Señor, mi señor, gran señor,[34] tu humilde vasallo Zimpanzin, hijo de Qualpopoca, solicita de tu bondad un momento de audiencia; pero siendo cosas reservadas e importantes las que tendrá el honor de comunicarte, te suplica le escuches tú solo o con tus ministros y consejeros.

—Habla —dijo el emperador—; los extranjeros que aquí se hallan, son como miembros de mi propia familia y nada les reserva mi confianza.

El joven lanzó una rápida e iracunda mirada sobre los españoles, y bajando la cabeza guardo silencio.

—¡Habla! —repitió el monarca con tono absoluto.

---

34 Esta especie de encabezamiento en el discurso era fórmula imprescindible. Las palabras en lengua mexicana eran: ¡Tlatioani! ¡Notlatocatzin! ¡Hueitlatoani!

—No puedo —dijo resueltamente el mancebo.

Una nube de cólera pasó sobre la frente de Moctezuma; pero antes que tuviese tiempo para hablar, uno de los consejeros se atrevió a dirigirle la palabra, no sin alguna timidez, haciéndole observar que acaso aquel joven tendría que quejarse a su justicia de algún ultraje vergonzoso, de aquellos que un hombre noble no confiesa sino a Dios y a su rey, y que sería una cruel humillación obligarle a hacer casi pública su vergüenza.

Estas palabras parecieron tener alguna fuerza en el ánimo de Moctezuma, y no queriendo hacer exclusión notable de los españoles, mandó salir igualmente a todos sus ministros y consejeros, quedando solo con Zimpazin. Aguardó el joven escuchando con atención, hasta que atenuándose gradualmente el rumor de las pisadas, conoció que se hallaban los que habían salido a bastante distancia para no poder oírle; entonces inclinándose profundamente delante del trono:

—Señor —dijo—, tu humilde vasallo Qualpopoca, que manda la gente de guerra que tienes en las fronteras de Zempoala, me envía a ti a comunicarte noticias importantes. Señor los extranjeros que hospeda tu benignidad en esta corte son gente maligna y sediciosa, que solo aspira a sembrar la discordia entre tus vasallos y a deprimir tu grandeza. Muchos de esos españoles han hecho una nueva población en tus dominios, y no contentos con que tu bondad los deje tranquilos sin castigar su atrevimiento, andan excitando a la rebeldía a tus vasallos y apoyan con sus armas la resistencia que por consejo suyo hacen algunos pueblos de la serranía negándose a pagar el tributo establecido. Los totonaques, gente servil y revoltosa, se han enorgullecido de tal manera con el apoyo de los extranjeros, que excusan hasta darte el nombre de emperador, y provoca tan insolentemente a tus soldados, que Qualpopoca se ha visto precisado a entrar en sus poblaciones con las armas en la mano.

Los españoles han acogido en su población a los rebeldes que abandonaron las suyas, y aunque mi padre no atreviéndose a castigar su insolencia sin tu permiso, excusó la persecución de los rebeldes, el capitán de aquella gente se ha atrevido a enviarle unos emisarios reconviniéndole agriamente por el justo castigo dado a los totouaques.

Calló un momento el joven viendo la alteración que sus palabras producían en el rostro de Moctezuma; pero notando en éste un ademán de impaciencia, continuó:

Contestó mi padre manifestando que no recibía órdenes sino de su soberano, y que era hacerse culpable para con tu grandeza el oponerse al castigo de tus rebeldes.

Despachados los emisarios con esta contestación resolvió, Qualpopoca enviarme a ti para poner, en tu soberano oído la noticia de los desafueros, que ejecutan esos extranjeros, en desprecio de tu autoridad, pidiéndote permiso para castigarlos; pero en el momento de mi salida recibió aviso cierto de que los españoles, auxiliados por un ejército de tus rebeldes, marchaban contra tus tropas en ademán de presentarles la batalla.

Calló segunda vez el joven emisario. El rostro de Moctezuma había cambiado cien veces de color durante su relación, y cuando la concluyó permaneció largo rato en agitado silencio y como si dos opuestos impulsos luchasen en su corazón.

—Retírate —dijo después a Zimpanzin—, y a nadie comuniques las noticias que acabas de darme.

Llamó enseguida a sus ministros, les ordenó declarar que había terminado la audiencia por aquel día, y solo, torvo, meditabundo, se encerró en su habitación, en la cual solo permitió la entrada a Guacolando, su ministro favorito, con el cual quiso tener una secreta conversación.

—Fiel vasallo —le dijo con acento concentrado y triste—, muchos soles han salido sin que se alegrasen con su luz mis ojos que no cierra el sueño, ni hallase manjar grato mi paladar. El grande espíritu hábil algunas veces al corazón de los reyes, y el mío ha sabido de este modo cosas terribles.

Una voz que no suena en el oído pero que encuentra eco allá en lo más hondo de mi pecho, me dice sin cesar que el tiempo de mi reinado va a terminar; pero no es eso lo que abate mi ánimo ni hace desfallecer mi cuerpo.

La corona pesa más que adorna, y la mano de Moctezuma sabe empuñar un cetro con dignidad y soltarle con alegría. Si el cielo me indicase cuál es el hombre más digno que yo de gobernaros; si supiese que bajo su potestad seríais más grandes y más felices, yo mismo buscaría al nuevo rey y de mi mano recibiría la corona. Pero otro temor, otra calamidad más grande es la que me intimida. Horribles pronósticos anuncian hace algún tiempo la destrucción de este poderoso imperio, y desgracia menos grande no pudiera abatir el fuerte ánimo de Moctezuma. El infausto Tlacatecolt, que acaso nos castiga por alguna falta grave de nuestros abuelos, puede solo revelarnos la extensión de los males que nos prepara.

Ve a consultar a los teopixques del formidable dios, Guacolando, y para hacerle propicio ofrece nuevos sacrificios de sangre y de oro. Yo quedo en oración esperando tu vuelta y rogando a los grandes espíritus se apiaden de mi pueblo y descarguen en mí solo todo el peso de su ira.

Salió Guacolando a cumplir las órdenes del emperador, y tardó poco en volver con semblante triste y grave. Hallole en el mismo sitio y postura que le había dejado, orando mentalmente con profundo fervor.

Levantó los ojos, y al ver el aire melancólico del ministro, movió tristemente la cabeza, diciendo con amarga sonrisa:

—Nada tienes que decirme, habla por ti tú tristeza.

—Señor —dijo compungido Guacolando—, el dios se niega a todos los conjuros; pero los teopixques han comprendido por mil signos notables que es grande su enojo contra ti.

—¡Ya lo sabía! —exclamó con abatimiento Moctezuma.

—¡Gran señor y dueño mío! —prosiguió el ministro—, contra ti más que contra tu pueblo dirige la implacable divinidad los rayos de su ira, y yo te suplico de rodillas salgas, de los términos de México y evites los primeros golpes del castigo. En México es en donde te amenaza la calamidad; no la esperes, señor, y poniendo en salvo tu sagrada persona, da tiempo a tus vasallos para que puedan aplacar a la divinidad con preces y sacrificios.

¡No! —dijo Moctezuma levantándose con majestad y como si acabase de recobrar súbitamente todo su perdido brío—. Venga la calamidad, caiga el cielo sobre mi cabeza; no es razón que me encuentre fugitivo.

Y decayendo progresivamente de ánimo a medida que hablaba, prosiguió:

—¡Pero sálvese mi pueblo! Tengan los dioses piedad de él, y sobre todo, de los pobres ancianos, niños y mujeres que no pueden defenderse.[35]

---

35   Esta contestación de Moctezuma exactamente histórica.

Cayó en su silla casi desfallecido al concluir estas palabras, y algunas lágrimas humedecieron sus pálidas mejillas.

Guacolando se puso de rodillas delante de él, y acompañando las lágrimas del monarca con las suyas:

—Señor —exclamó—, manda a tu esclavo; no hay cosa, por grande o arriesgada que sea, que no intente para aliviar tu aflicción.

—¿Y qué podemos hacer? —dijo con desesperación Moctezuma—. ¿Qué podemos hacer iinsensato!, si nos desamparan nuestros dioses?

Capítulo VII. Prisión de Moctezuma

Eran las cinco de la tarde del día 22 de diciembre, y Cortés, que hacía algunos días no dejaba su cuartel, pareciendo más pensativo y preocupado que lo estaba regularmente, recibió aviso de sus centinelas de que dos soldados tlascaltecas disfrazados con el traje de los mezecuales mexicanos, acababan de llegar al cuartel y pedían ansiosamente hablarle.

Mandoles entrar y recibió de ellos una carta del ayuntamiento de Veracruz, con las noticias que el joven Zimpanzin había dado pocos días antes a Moctezuma; añadiendo el resultado de la batalla entre las tropas españolas y las mexicanas. Escalante, que mandaba a las primeras, había obligado a las segundas a retirarse a la población más cercana al lugar de la batalla, y prendiéndola fuego, hizo perecer a la mayor parte de los refugiados. Pero este triunfo había costado caro a los españoles. Un cabo llamado Argüello fue herido y hecho prisionero, y el mismo Escalante y algunos soldados murieron de las heridas que habían recibido en el combate.

Causó bastante disgusto al caudillo la temeridad de Escalante y sus sensibles consecuencias, y comunicó reservadamente a sus capitanes aquellas noticias, que no creyó conveniente hacer saber a los soldados.

La noche no fue más grata para Cortés que lo eran para Moctezuma todas las que habían pasado desde su llegada a México.

Muchos días hacía que el caudillo español cansado de su inacción, ansioso de adelantar en sus proyectos y detenido por la prudencia, buscaba recursos en su talento y sagacidad para encontrar un medio plausible de salir de vacilación.

Es fama que aquel día mismo o el anterior había descubierto en una pieza recientemente tabicada grandes tesoros que allí guardaba Moctezuma, y que la vista de tanta riqueza no fue uno de los estímulos menos poderosos que tuvo para decidirse a proseguir a todo trance su temerario empeño.

Como quiera que fuese, aquella noche no se cerraron ni un minuto sus ardientes párpados, y al verle ora recorriendo a pasos largos su espacioso aposento, ora permaneciendo horas enteras abismado en profunda meditación, cualquiera hubiera adivinado que alguna grande y atrevida resolución fermentaba en aquella cabeza poderosa.

Al amanecer convocó a sus capitanes para una junta, y luego que estuvieron reunidos:

—Compañeros —les dijo—, los mexicanos, que acaban de batirse con españoles, saben ya que no somos inmortales. Avisos fidedignos he tenido en estos últimos días de que Moctezuma nos teme más que nos estima, y que los príncipes de su sangre empiezan a censurar que nos permita tan larga permanencia en la capital de sus Estados.

En efecto, oída y contestada, nuestra supuesta embajada, ningún pretexto plausible podemos dar a nuestra dilación, y las ocurrencias de Veracruz deben forzosamente acrecer el descontento de los mexicanos y debilitar acaso el terror de Moctezuma. Tengo por indudable que lo más satisfactorio que podemos naturalmente prometernos, es la orden de dejar sin dilación a México, si no es que quieran castigar de otra manera más violenta las hostilidades del difunto Escalante. Hallámonos, pues, en la alternativa forzosa de renunciar completamente a nuestras esperanzas, retrocediendo en el camino con tanta fortuna comenzado, o dar un paso largo, enérgico, decisivo, que sacándonos con gloria de esta crisis peligrosa, nos aproxime evidentemente al término de nuestros deseos.

Calló Cortés esperando la opinión de sus amigos, aunque muy decidido a no seguir otra que la suya.

—¿Qué duda queda, pues? —dijo el prudente Lugo—. Si la voluntad de Moctezuma es arrojarnos de mis dominios, ¿qué fuerza tenemos para resistirle? Ningún recurso se me presenta que pueda salvarnos con gloria del presente conflicto, y solo podremos evitar la humillación de ser despedidos. Mi dictamen es que se pida hoy mismo pasaporte a Moctezuma, y acudamos a Veracruz, donde la muerte de Escalante hace más necesaria la presencia del general.

El codicioso Sandoval opinó que convenía mejor salir ocultamente de México para poder llevarse todas las riquezas sin riesgo de ser despojados; y Velázquez de León, Alvarado y otros creyeron que debían permanecer a todo evento, sin darse por entendidos de los sucesos de Veracruz, esperando la resolución de Moctezuma.

Oyoles Cortés con apariencias de grande atención, y dijo después, que aunque conocía la prudencia de todos y alababa el celo con que deseaban el acierto, no podía considerar la retirada sino como una renuncia total de sus esperanzas, como un indicio de flaqueza, que destruyendo todo su prestigio les haría perder hasta la amistad, que más por temor que por afecto, les concedían sus aliados. Mostró inclinarse al partido de permanecer, pero ponderó las dificultades que debían naturalmente encontrar en Moctezuma.

—Compañeros —exclamó al concluir sus reflexiones, poniéndose en pie con marcial denuedo y teniendo en su fisonomía un aire de inspiración que fascinó a los que le miraban—. Compañeros —repitió con voz enérgica—, solamente una grande, una temeraria y asombrosa resolución puede sacarnos con felicidad o hacernos morir con gloria. Es preciso que el emperador de México venga preso a nuestro cuartel.

Dijo, y el asombro dejó mudos a los capitanes.

Aprovechando aquel síntoma de sorpresa, prosiguió el caudillo:

—Conozco en vuestro silencio que nada tenéis que oponer en contra de mi atrevida pero conveniente y casi forzosa empresa. La paz ha sido quebrantada, y de esta infracción debemos acusar a los mexicanos. Escalante, Argüello y otros españoles han muerto y de su muerte debemos pedir cuenta a los mexicanos. La persona de su rey entre nuestras manos es una arma que nos hará invencibles, y rey y vasallos habrán de aceptar la capitulación que queramos proponerles.

Grande es el riesgo y grande será la gloria. Difícil es, muy difícil; pero Dios nos ha favorecido hasta ahora y no nos abandonará en el día del peligro. Ea, pues, valerosos capitanes, mandad disponer una prisión digna del emperador de México, que con el auxilio del cielo vendrá a ocuparla dentro de algunas horas.

Saliose de la sala al concluir estas palabras, y obrando su poderoso ascendiente el efecto que siempre sobre sus compañeros, aplaudieron con voces de alegría el proyecto que un momento antes les hubiera parecido efecto del delirio de un calenturiento.

Mientras esto pasaba en el cuartel español, Moctezuma visitaba los templos y consultaba a los sacerdotes, sin conseguir nada que calmase sus interiores inquietudes.

Había decaído física y moralmente en términos que apenas parecía el mismo. Los pesares habían blanqueado prematuramente sus cabellos, y sus ojos tan vivos y expresivos tenían un mirar amortecido y lánguido.

Volvió a palacio cerca de mediodía, y ya iba a encerrarse en su habitación, como lo hacía por lo común en aquellos últimos tiempos, cuando le anunciaron una visita de Cortés. Recibiole con la misma urbanidad que otras veces; pero las vigilias y disgustos le tenían tan decaído, que no pudiendo apenas tenerse en pie, volvió a caer en la silla de la que se había levantado a la llegada del jefe español.

Acompañaban a éste los intérpretes y algunos capitanes, todos armados, como lo tenían de costumbre, y por las inmediaciones de palacio vagaban muchos de sus más fieles soldados, que en aparente desorden y como por mera curiosidad, habían seguido al general. Todas las tropas tlascaltecas y españolas estaban sobre las armas, y se notaban centinelas apostados en las avenidas de las calles desde el cuartel hasta el palacio.

Ninguna de estas hostiles prevenciones había llegado a noticia del emperador, y luego que se hubieron sentado los españoles, mandó, como lo hacía regularmente, retirar a sus criados, quedando solo con Cortés y sus compañeros.

Antes de que hubiese tenido tiempo para dirigirles los cumplimientos de estilo, tomó la, palabra Cortés, y se quejó amargamente y con todas las apariencias de un profundo resentimiento de la infracción de la paz, que atribuyó con osadía a Qualpopoca, pidiendo pública satisfacción de la muerte de Escalante y Argüello y del agravio hecho al monarca de Castilla en las personas de sus servidores.

70

Sorprendido y turbado Moctezuma al oír el tono atrevido con que le hablaba, permaneció un instante en silencio, hasta que haciendo un penoso esfuerzo sobre sí mismo para recobrar o aparentar al menos serenidad, respondió:

—La paz no ha sido quebrantada por orden mía ni con mi consentimiento; te lo aseguro por mi honor, puro como el Sol de los cielos, y si el general Qualpopoca ha cometido algún desafuero contra vosotros, te prometo castigarle con la mayor severidad.

Inmediatamente llamó a sus oficiales y dio orden de que se trajese a Qualpopoca preso, para que contestase a los cargos que el embajador español hacía contra él, y volviéndose nuevamente hacia Cortés, luego que salieron los oficiales, continuó diciendo:

—Nunca dejaré en duda la inviolabilidad mi palabra, ni toleraré me hagáis el ultraje de creerme capaz de pagar con ofensas las amistosas muestras que recibo de vuestro rey.

—No es mi ánimo hacer a vuestra majestad semejante agravio —respondió Cortés vivamente—. Estoy muy convencido de su perfecta inocencia en el ultraje de que me quejo; pero no hay la misma seguridad en mis tropas, y no podré convencerlas si vuestra majestad no nos concede una satisfacción pública y solemne, que sea al mismo tiempo una prueba de estimación y de confianza.

—¿Y cuál otra mayor satisfacción puedo daros —dijo Moctezuma— que la de hacer prender y juzgar al general a quien acusáis?

—Dudo —contestó Cortés—, que esa justicia dejase satisfecho al poderoso monarca de quien soy ahora representante, y creo que por el decoro de aquel y por el de vuestra majestad debéis dar un testimonio público, grande, extraordinario, que desmienta los rumores que corren de haberse infringido la paz por vuestra orden. En esta convicción, prosiguió atrevidamente, suplico a vuestra majestad se sirva trasladarse por algunos días a mi alejamiento, hasta que sufriendo su castigo Qualpopoca, no quede la menor duda de la indignación que ha sentido vuestro real ánimo al saber su desacato.

Cesó de hablar Cortés, y la sorpresa y la cólera dejaron mudo y como petrificado a Moctezuma, hasta que vuelto en sí, se levantó con fiereza exclamando:

—Los príncipes de mi sangre saben morir antes que deshonrarse; y aun cuando yo olvidase mi dignidad hasta el extremo de constituirme vuestro prisionero, ¿pensáis que mis súbditos consentirían tan enorme bajeza?

No se desconcertó Cortés, antes por el contrario —respondió fríamente—, que no había entrado en su pensamiento la desatinada idea de prender a un monarca en su palacio; que si le proponía trasladarse a otro, cedido a él para su alejamiento, y en el cual el mismo emperador había residido algunas veces, era para servirle y obedecerle mejor; y que como representante del más grande soberano del orbe, no se creía indigno de alojar en su vivienda a otro soberano, al cual juraba solemnemente que sería respetado como merecía.

Había vuelto a sentarse Moctezuma durante estas palabras de Cortés, y el exceso de la indignación alteraba de tal manera su máquina, que parecía sin fuerzas para contestar.

El intérprete que traducía al emperador lo que decía Cortés, era una joven indiana, que bautizada con el nombre de Marina, seguía al caudillo con el carácter de intérprete en público, y con otro más íntimo en secreto. Notando ésta la poca apariencia de docilidad que tenía Moctezuma:

—Señor —le dijo en voz baja—, soy una súbdita tuya que no puede desearte mal, y una confidenta de ellos que sabe sus intenciones. Cede, te ruego, por amor a tu vida y para evitar grandes males a sus vasallos.

—¡No, no! —murmuró con voz ahogada Moctezuma—; ¡sería una infamia!

Levantáronse a la vez con señales de impaciencia los capitanes españoles, y uno de ellos:

—¿En qué nos detenemos? —dijo— es preciso que nos siga o matarle.

El tono y el gesto hicieron comprender a Moctezuma el sentido de las palabras. En aquel momento su imaginación, exaltada por los insomnios y la abstinencia de tantos días, le sugirió en tumulto todos sus presentimientos, todas las profecías. Considerose como el objeto de la ira de los dioses, como la víctima escogida para expiar algún recóndito y horrendo delito de sus antepasados, y con voz desfallecida:

—¡Basta! —exclamó—, hágase la voluntad de los dioses. Estoy pronto a seguiros.

Al instante hizo llamar a sus criados, mandó qué le dispusiesen la litera y que hiciesen entrar a sus ministros, a los cuales dijo qué consideraciones de Estado le obligaban a mudar de alojamiento por algunos días, y había elegido el de su amigo Hernán Cortés. Que se comunicase así a sus súbditos, y que supiesen todos que esta determinación era voluntaria y conveniente.

Salió enseguida apoyado en el brazo de uno de sus oficiales, sin despedirse de sus hijas, sin ver a los príncipes, por medio de su guardia atónita y de sus ministros consternados.

Iba en litera, y los españoles a pie a sus lados, siguiéndole sus criados en tétrico silencio.

El pueblo, que se agolpaba a las calles del tránsito, y para quien era novedad ver tan sin séquito a su soberano y rodeado de extranjeros, comenzó a agitarse presentando síntomas de tumulto; pero notándolo Moctezuma, procuró manifestarse alegre, y con un movimiento de su mano impuso silencio cada vez que se levantaron algunas voces de descontento.

Así llegó, sin que ocurriese novedad particular, al cuartel español. Así fue preso por un puñado de hombres, en mitad del día, en el centro de su imperio, en su propio alcázar aquel poderoso monarca.

La historia de los siglos no contiene ningún hecho tan atrevido, ni jamás víctima real ha visto caer de su cabeza con menos ruido la sagrada corona.

Capítulo VIII. Situación de la familia imperial

En el momento en que se verificó la prisión de Moctezuma no se hallaba en palacio ninguno de los príncipes de su familia; pero extendiéndose rápidamente la noticia de aquel suceso, no tardó en llegar a sus oídos.

Volaron inquietos y dudosos de la verdad al palacio imperial, notando la consternación general y viendo el terror pintado en los semblantes de todas los personas que encontraban. La terrible palabra «está preso el emperador» llegaba de todos lados a sus oídos, en medio de sollozos y alaridos, y al entrar al palacio, el desorden que reinaba en él no les dejó duda de la asombrosa verdad.

La esposa, hijas y esclavas de Moctezuma hacían resonar por el palacio sus penetrantes gritos; los jóvenes príncipes, hijos del desgraciado monarca, se tendían en el pavimento, arrancándose los cabellos con hondos gemidos, y los consejeros y ministros vagaban desatinados por el palacio, tratando de apaciguar la guardia, que a grandes gritos demandaba venganza.

La vista de los príncipes de Tezcuco, Iztapalapa y Tacuba, que entraban juntos, prestó mayor ánimo a los guerreros; y adelantándose por entre la multitud que se agolpaba alrededor de los príncipes, los dos hermanos Naothalan y Cinthal, hijos de Qualpopoca y oficiales de la guardia del emperador:

—Ilustres príncipes —dijo el uno—; la sagrada persona de Moctezuma ha sido ultrajada por los extranjeros, y sus ministros pretenden que estén ociosos nuestras manos mientras el emperador gime en las prisiones de sus bárbaros enemigos.

—Los españoles que están fuera de México —añadió el otro—, sublevan los pueblos, calumnian al soberano, insultan a sus generales... así lo ha sabido seis días ha el mismo Moctezuma de boca de nuestro hermano Zimpanzin, que ha venido de orden de nuestro padre Qualpopoca; y no contentos con la impunidad de tantos delitos, han atacado con los rebeldes las tropas del imperio, reduciendo a cenizas el pueblo en que se refugiaron. Estos hechos bastarían a decidirnos si otro mayor crimen no reclamase imperiosamente el castigo de los culpables. ¡Príncipes, a vosotros toca dirigirnos, pero que sea a la venganza!

—¡A la venganza, sí!, gritó con furor Cacumatzin. Perezcan en un día los pérfidos y traidores advenedizos que tan vilmente pagan nuestras bondades. A ninguna mano cederá Cacutmazin el honor de presentar en el teocali de Huizilopochtli la primera cabeza de mil voces unánimes.

—¡A la venganza! ¡A la venganza! repitieron aquellos monstruos.

—¡Sí, valientes mexicanos! —dijo el señor de Iztacpalapa—. ¡Sí! Cobarde e infame sería aquel corazón que no respondiese a tan justo voto; pero no nos expongamos por una imprudente fogosidad a malograr tan legítimo deseo. Convóquense a palacio a todos los príncipes, consejeros, ministros y generales del imperio, y formando un plan y nombrando un jefe supremo, cuidemos de cortar la retirada al enemigo antes de emprender el ataque.

—Los consejos de tu prudencia, noble Quetlahuaca —contestó con altanería Cacumatzin—, son más útiles para las cosas del gobierno que para las de la guerra. No es éste el momento de detenernos en convocatorias y formalidades pueriles, y si no hay entre tantos príncipes ninguno que se atreva a conducir un ejército para salvar a su rey, yo solo soy bastante para emprenderlo conseguirlo o perecer con gloria.

—Ninguno de cuantos sientan hervir en sus venas la sangre de Moctezuma

—exclamó con dignidad el joven Guatimozín, te cedería exclusivamente esa gloria— y si en casos tan arduos hablase tan solo el corazón, no sería tu oído el primero que le hubiese escuchado, ni fuera tu voz la primera que se hubiese levantado.

—Príncipes —dijo el señor de Xochimilco—, antes de pasar adelante en inútiles cuestiones, oigamos de las personas que estaban con el monarca en el momento de su salida, la explicación de un hecho tan temerario y escandaloso, y por qué tantos señores y guerreros han permitido se ultrajase tan indignamente a su soberano. Yo encuentro en estas circunstancias un misterio que no alcanzo a comprender, y sobre el cual nos darán alguna luz los que presenciaron el increíble desacato.

—¡Los ministros! —gritaron los guerreros—; ¡los ministros del emperador nos han impedido defenderle!

—Poderosos príncipes —exclamó Guacolando adelantándose con semblante triste y grave—. El supremo emperador nos ha ordenado reprimir, como una sedición, cualquier género de resistencia que quisiesen oponer sus súbditos a su traslación al cuartel de los españoles. El gran Moctezuma nos ha comunicado que altas y secretas consideraciones de política le determinaban a la extraña resolución de mudar de alojamiento, y que era voluntaria y conveniente la elección que hacia. S. M. suprema nos mandó comunicarlo así a sus vasallos, y que cualquiera que se opusiese ya a su manifiesta voluntad, se haría reo de inobediencia.

—Estas palabras produjeron un efecto tan rápido como general. Una sola voz no hubo que tuviera bastante osadía para replicar a la orden del emperador, y acatando con una profunda reverencia al ministro que acababa de pronunciar la voluntad soberana, se disolvió en un momento aquella inmensa reunión, y los nobles y los guerreros, mohínos y cabizbajos, se separaron en diversas direcciones, mientras los príncipes acudieron a consolar a las princesas, recomendando a los ministros y empleados de palacio hiciesen observar el orden y que nada se alterase hasta nuevos mandatos del emperador.

Estaban la esposa e hijas de Moctezuma tan preocupadas de su dolor, que no echaron de ver la entrada, de los príncipes.

—Consuélate, madre mía —decía Tecuixpa a la afligida Miazochil—, los españoles son buenos y generosos y no se habrán llevado a Moctezuma con ánimo de hacerle mal. Yo he visto al más amable de los extranjeros dar la mano al emperador para subir a su litera, y el respeto estaba pintado en sus facciones. ¡Ah! ¡Si yo pudiese hablarle! Velázquez de León dicen que es su nombre, y mis ruegos bastarían para que al instante dejasen libre a tu esposo.

—¿Tanto confías, Tecuixpa —dijo con violenta sonrisa Cacumatzin—, en el poder de tus palabras sobre el corazón de ese guerrero bárbaro? ¿Tienes mucha fe en su bondad y en su nobleza, en el momento en que acaban de hacer a la sagrada persona de tu augusto padre el más vil de los ultrajes?

Tecuixpa, que hasta el momento en que escuchó su voz no había visto al príncipe, volvió a él sus bellos ojos con gracioso espanto, y Gualcazinla al oír la confirmación de una desgracia que aun le parecía increíble, comenzó a quejarse con mayores lamentos.

—¿Es pues cierto —exclamó—, que está preso el emperador? ¿Es cierto ese ultraje ignominioso? ¿Y tú —prosiguió volviéndose hacia su marido—, tú, Guatimozín, y vosotros, príncipes de Tezcuco y de Iztacpalapa, vosotros venís, a las hijas del ofendido monarca con las manos desarmadas? ¡Oh! ¡Muriera yo cien veces antes de presenciar la vergüenza que ha caído sobre la familia imperial!

—Gualcazinla —dijo Guatimozín, tomando casi por fuerza una mano que le rehusaba su indignada y afligida esposa—; las órdenes supremas del emperador pudieran solamente, desarmar nuestros brazos, y si con lágrimas y no con sangre lavamos el ultraje del monarca, su voluntad sagrada es la causa.

—Princesas —añadió el señor de Iztacpalapa—, el emperador ha declarado a sus ministros que iba voluntariamente al cuartel español y que castigaría como a sedicioso y rebelde a cualquiera de sus súbditos que osase oponer resistencia a su soberana determinación.

A estas palabras las princesas bajaron con humildad la cabeza, y Gualcazinla, arrojándose en los brazos de su joven esposo, dio libre curso a su llanto, que endulzaba él con tiernísimas caricias, mientras el celoso Cacumatzin decía con sarcasmo a Tecuixpa:

—Debes en efecto estar tranquila y aun gozosa, princesa. Tu padre tiene tantas simpatías como tú por los advenedizos de Oriente, y si es cierto que voluntariamente ha dejado su palacio para ir a habitar entre ellos, posible es también que traslade a sus hijas a tan digno alojamiento.

—No escoges con acierto el momento de manifestar tus celos, Cacumatzin —dijo la princesa—, y debieras tenerme alguna compasión ya que no te merezca ningún respeto.

A estas palabras, acompañadas de una cristalina lágrima que rodó desde los lindos párpados por todo lo largo de la redonda y fresca mejilla, sintió súbitamente desarmar su enojo el enamorado príncipe, y trocando en afectuoso acento el áspero tono usado hasta entonces:

—Perdóname, ¡oh adorada niña —exclamó—, y no agraves con tu llanto una falta que quisiera reparar a costa de mi vida! Olvida mis celos indiscretos y mis palabras insensatas. En el corazón de Cacumatzin no pueden reinar otros sentimientos que el más ardiente amor y la más profunda veneración por ti, Tecuixpa: ¿perdonas a tu amante?

—Le perdonaría —respondió con un gesto de infantil coquetería— si no creyese necesario guardar mi clemencia, para la frecuente repetición que ha de tener su falta.

Capítulo IX. Moctezuma en la prisión

La habitación destinada a Moctezuma por los españoles, era uno de los más grandes salones del palacio que aquel monarca les había cedido para su alojamiento, y apenas hubo encontrado en él cuando se colocaron a la puerta numerosas guardias.

Doblose además la ordinaria del cuartel, y mantuviéronse en sus puestos los centinelas avanzados que guardaban las avenidas desde aquella mañana.

—Tomadas estas y otras medidas de seguridad, pasó Cortés a visitar al ilustre preso, que le recibió sin muestras de enojo ni de temor.

—Ya me tenéis en vuestro poder —le dijo—, y podéis manifestarme sin ningún género de desconfianza vuestras intenciones y deseos, pues no me persuado me supongáis tan necio que crea no habéis tenido otro objeto al conducirme aquí que el de satisfacer a vuestro rey de la infracción de la paz que atribuís uno de mis generales. Decid, pues, qué es lo que pretendéis de mí y os escucharé con toda mi atención.

—Mis deseos al presente —contestó el astuto caudillo—, no pueden ser otros que el de complacer a vuestra majestad en todo aquello que guste ordenarme, y hacerle gratos, cuanto de mí dependa, los días que nos honre con su compañía.

—¡Y qué! —dijo el emperador con alguna sorpresa—, ¿nada más deseáis?

—Que permita vuestra majestad a mis oficiales entren a ofrecerle sus respetos y a tributarle gracias por el honor que nos dispensa viniendo a habitar entre nosotros.

No pudo Moctezuma reprimir una sonrisa al oír hablar de su prisión como de un acto voluntario; pero disimulando su observación y adoptando un lenguaje en armonía como el de su interlocutor:

—Yo me congratulo —dijo— de que me hayáis dado esta ocasión de probaros el aprecio y confianza que me merecéis, y para ahorraros la pena de custodiarme y la inquietud que os causa no saber cómo tomarán mis vasallos esta determinación, e j empeño mi real palabra de que no me moveré de este sitio y que respetando el pueblo mis órdenes, no intentará ningún medio violento de libertarme. Todavía —añadió con cierto orgullo—, todavía Moctezuma es temido y respetado por sus súbditos.

—Vuestra majestad —respondió con impávida serenidad el caudillo— no será menos respetado de los españoles, y las guardias que se han colocado, cerca de la habitación que os habéis dignado favorecer, menos están para nuestra seguridad que para el decoro de vuestra real persona. Vuestra majestad —prosiguió levantándose y haciendo al emperador una profunda reverencia—, puede mandar aquí lo mismo que en su palacio, y recibir a los príncipes, ministros o señores que sean de su real agrado.

Saliose al concluir estas palabras repitiendo sus cortesías, y Moctezuma recibió después a otros varios capitanes que lo trataron con no menos consideración, y a los cuales correspondió con suma afabilidad. Antes de despedirlos regaloles algunas joyas preciosas de las que adornaban su persona, y les rogó pasasen algunos de ellos a visitar a su esposa e hijas y a los príncipes de su familia, para manifestarles que podían verle y que se encontraba complacido y obsequiado entre sus amigos españoles.

Luego que quedó solo depuso su semblante la forzada serenidad que había ostentado a vista de sus opresores, y levantando los ojos al cielo con profundo dolor:

—¿Estáis ya satisfechos, formidables espíritus? —exclamó—. Si la humillación a que me he sometido no es bastante para mi castigo, si vuestra ira no queda todavía satisfecha, imponedme mayores vergüenzas y más ignominiosos ultrajes, que no os opondrá resistencia mi voluntad. Pero básteos mi expiación y sed clementes con mi familia y con mis pueblos. Pronto estoy a devolveros la corona que me habéis concedido; pero no me arranquéis con ella pedazos del corazón.

Algunas lágrimas acudieron a sus párpados, que fueron devoradas rápidamente oyendo que alguno se aproximaba.

Uno de sus centinelas anunció que el ministro Guacolando deseaba ver al emperador, y aunque fuese uno de los hombres a quienes dispensaba mayor confianza, procuró Moctezuma que lo encontrase sereno.

—Gran señor y soberano mío —dijo el anciano ministro con acento conmovido—, el general español nos ha comunicado el permiso que concedes para que vengan a asistirte tus criados y puedan visitarte tu augusta familia y tus nobles y ministros, advirtiéndome es tu real determinación que no haya alteración ninguna en el gobierno de tus Estados, los cuales continuarás rigiendo como hasta ahora con tu gran sabiduría y acierto; y vengo a escuchar de tus sagrados labios la confirmación de tan fausta noticia, para hacerla pública entre tus leales vasallos, que se inquietan y agitan en la duda y en la ignorancia.

—El general español —contestó Moctezuma—, te ha dicho exactamente la verdad. Puedes comunicar al pueblo en vil nombre cuanto has escuchado de su boca, y que sepan todos que será severamente castigado cualquiera que se atreva a interpretar tu conducta o a contravenir mi expresada voluntad.

Bajó la cabeza Guacolando con aire de tristeza, y con algún temor dijo que los príncipes y las tropas ansiaban libertarle con las armas en la mano, exterminando hasta el nombre español; pero que lo habían intentado creyendo que se hubiese empleado la astucia o la violencia para arrancarle de su palacio. Luego que han oído de mi boca, prosiguió mirando a Moctezuma, las palabras que tuve el honor de escuchar de la tuya, todos se han sometido a tu voluntad suprema, y solamente con tu leal aprobación se armarán contra los extranjeros.

—¡Nunca! —dijo con viveza el monarca dominado un instante por la emoción que en vano quería ocultar—. Nunca consentiré que por defender esta vida desgraciada, objeto de tal venganza del cielo, atraigan sobre si mis generosos parientes y mis leales vasallos la cólera divina que pesa sobre mi cabeza. Si sucumbo en esta calamidad, los dioses quedarán satisfechos, y no faltará a los mexicanos un príncipe digno de gobernarlos, tan grande y más dichoso que yo.

Las lágrimas que inundaron las mejillas del anciano ministro le impidieron contestar, y Moctezuma continuó después de una breve pausa, suficiente para recobrar alguna serenidad:

—Ve, leal y animoso vasallo, ve a comunicar a los mexicanos mis inmutables resoluciones, y vele tu prudencia sobre los príncipes mis hermanos y sobrinos, para que no se precipiten en ningún empeño peligroso, que castigarían los dioses cuando no lo hiciera Moctezuma. Asegúrales que estoy aquí por mi voluntad y por consejo de los dioses, y que prohibo solemnemente se hagan sobre esto temerarias suposiciones.

Despidiose Guacolando besando repetidas veces la mano del emperador, y éste volvió a su tétrica tristeza luego que no hubo quien pudiese ser testigo de ella.

Mientras tanto Velázquez de León, que deseaba volver a ver a la linda Tecuixpa, tomó a su cargo el desempeño de la misión que les había confiado el monarca, y se dirigió a palacio perfectamente armado en compañía del intérprete Aguilar.

Circulaba ya por la ciudad la voz de que el emperador había ido por voluntad suya a habitar con los extranjeros, y aumentando el prestigio de éstos tan extraordinaria demostración de afecto por parte de Moctezuma, en vez de los síntomas de descontento que esperaba encontrar en el pueblo, notó Velázquez mayores demostraciones de respeto.

Llegó al palacio, cuya entrada le fue franqueada inmediatamente que manifestó venía con un mensaje del emperador a su familia, y le condujeron a las habitaciones de las princesas, obtenido que fue el necesario permiso.

Aún estaba reunida la familia imperial, cuando llegó el joven extranjero, y acababa de comunicarles Guacolando las órdenes del monarca, asegurando con su propia convicción que su traslación al cuartel de los españoles había sido un acto voluntario, dictado por los mismos dioses a la sabiduría de Moctezuma.

Con estos antecedentes fue Velázquez benévolamente recibido, excepto del celoso Cacumatzin, que viendo teñirse de púrpura las mejillas de Tecuixpa al presentarse el joven capitán, perdió la serenidad necesaria para corresponder dignamente a las corteses demostraciones de éste.

Tomó asiento el extranjero a las instancias de los príncipes, y dijo que tenía el honor de ser enviado por el gran Moctezuma para saludar en su augusto nombre a las princesas y príncipes de su familia, advirtiéndoles al mismo tiempo que S. M. imperial les permitía visitarle siempre que lo tuviesen por conveniente.

Contestó a nombra de todos el príncipe de Iztacpalapa, agradeciendo al emperador el permiso que les enviaba, y dando gracias a su embajador por su eficacia en comunicarles tan fausta noticia.

La tierna Miazochil preguntó después con vivo interés si estaba contento y satisfecho su augusto esposo, y el joven castellano no vaciló en asegurar que jamás había visto tan alegre a Moctezuma.

Ponderó la felicidad y gloria que era para ellos hospedar al gran emperador, la gratitud que le debían por aquella extraordinaria demostración de afecto, los obsequios con que procuraban corresponder a ella; y como conviniese lo que decía con cuanto antes habían oído a Guacolando, quedaron las princesas muy persuadidas de la inocencia de los españoles, y los mismos príncipes, aunque menos crédulos, empezaron a juzgarla posible.

Manifestaron a Velázquez que haciendo uso del permiso del emperador, irían a visitarle al siguiente día, repitiendo las expresiones de su agradecimiento, y mientras que el joven correspondía, con mudas reverencias, arrojaba furtivas y ardientes miradas sobre Tecuixpa, que en su turbación dejó caer de sus manos un grueso cordón de hilos de oro que solía ceñir a su cintura, y con el cual jugueteaba entonces por tener algo con que disimular su agitación.

Precipitose el príncipe de Tezcuco para levantarle; pero más ligero o más dichoso Velázquez, le alcanzó primero, excitando tan violenta ira en el impetuoso Cacumatzin, que interponiéndose entre la princesa y el extranjero, tendió la mano hacia él para pedirle el cordón, diciendo con altanería:

—Nadie sino yo tiene derecho de servir a la princesa Tecuixpa.

Retrocedió un paso Velázquez de León, retirando con violencia el cordón, que casi llego a tocar la mano de Cacumatzin, y contestó con tanta altivez como su rival, que estaba resuelto a no ceder a otro, con derecho o sin él, el honor de presentar aquella joya a la princesa.

Ya iba el soberbio príncipe a hacer valer de una manera más violenta sus pretendidos privilegios, cuando Guatimozín se interpuso entre los dos rivales, y procurando dar un tono jovial a la cuestión, dijo que ambos eran poco galantes en disputarse un honor que solo debía ser estimado siendo merecido, y Tecuixpa solamente tenía derecho a decidir a cuál de los dos concedía la gracia de servirla.

Ambos guerreros mostraron por su silencio conformarse con aquella decisión, y la princesa dijo, mirando con hechicero rubor al castellano:

—Llevad a mi augusto padre esa prenda, valiente capitán, y decidle que la ate a su brazo para que no me olvide.

Salió Velázquez con aire de triunfo de la habitación de las princesas, llevando consigo el codiciado cordón, y el príncipe de Tezcuco, detenido por Guatimozín, rugió como el león que se siente encarcelado en el momento de lanzarse a la anhelada presa.

—¡Perezcan —gritó furioso—, perezcan esos advenedizos engañadores, cuyos sortilegios han conseguido hacer perder el juicio al emperador y el pudor a sus hijas!

—¡Príncipe de Tezcuco! —exclamó con severidad Guatimozín—: perecer debe antes el sacrílego vasallo que ose mancillar con temeraria lengua los sagrados nombres del emperador y las princesas de México.

El príncipe de Iztacpalapa se apresuró a interponer su respeto entre los dos primos, mandándolos con la autoridad de no que se separasen y no volviesen a verse hasta que la reflexión diese lugar a uno y a otro para medir el valor de sus palabras.

Capítulo X. Qualpopoca

Pasaron muchos días sin que se desmintiese la benignidad que al principio usaron los españoles con el augusto preso. Servíanle sus mismos criados, hacíanle compañía, con muestras de satisfacción por este honor, Cortés y sus capitanes; visitábanle diariamente los príncipes y princesas de su familia, a los cuales trataban con todas las consideraciones debidas a su rango, y continuaba el preso gobernando sus Estados y dando audiencia lo mismo que si estuviera en plena libertad y en todo el goce de su poder.

Vigilábanle, sin embargo, cuidadosa mente, y con el pretexto de evitarle la molestia de una numerosa reunión en su aposento, no se permitía que estuviesen muchos mexicanos dentro del cuartel, haciendo salir a unos cuando entraban otros.

No se ocultaba a la perspicacia de Moctezuma la verdadera causa de estas prevenciones; pero aparentaba no echarlas de ver y esperaba con resignación el desenlace de aquella extraña conducta de los españoles. Disimulaba, cuidadosamente su indignación y tristeza, aparentaba una grande amistad por Cortés, pasando horas enteras entretenido con él en un juego del país llamado el totoloque, mostrándose en estas ocasiones siempre sereno y atento y algunas veces jovial y festivo.

A ninguno de sus parientes dejaba traslucir su verdadera posición y el estado de su espíritu; y aquella larga y violenta disimulación, aquel combate sin treguas que sostenía consigo mismo, enflaquecía su cuerpo, encanecía sus cabellos, arrugaba sus mejillas, sin que se echase de ver descaecimiento en su razón.

Con tan penosos esfuerzos creía el infeliz aplacar la ira de sus dioses sin desmerecer de su carácter de rey, y por superstición y orgullo aceptaba con una especie de alegría la humillante posición en que se veía constituido.

Hacíanle tertulia todas las tardes su esposa e hijas, y algunas los príncipes, con los cuales sostenía con aparente interés conversaciones insignificantes, evitando se menciónase directa ni indirectamente el asunto que más debía interesar a sus allegados, su traslación al cuartel español.

El único príncipe que apenas le visitaba era Cacumatzin, porque el celoso mexicano no podía soportar la vista de su dichoso rival, admitido con frecuencia a la sociedad de la real familia y constituido con permiso de Moctezuma en maestro de su hija. En efecto, Tecuixpa había manifestado tan vivos deseos de aprender la lengua española, que la india Marina, que ya la conocía regularmente, se ofreció a darla lecciones, y poco después obtuvo Velázquez de León el honor de ser nombrado director de aquellos estudios.

Tenía Tecuixpa gran comprensión, vivísimo ingenio, y sus progresos fueron tan rápidos, que en pocos días se entendían a maravilla la discípula y el maestro, sin necesitar la intervención de Marina.

No ignoraba ninguna de estas particularidades Cacumatzin, y mil veces se hubiera precipitado en las más ruidosas imprudencias si no velasen para reprimirle la prudencia del príncipe de Iztcpalapa y la amistad de Guatimozín.

Su odio a Velázquez de León, extensivo a todos los españoles, se hacía más profundo cuando era más reprimido, y deseando alejarse de México, pero sin resolución bastante para dejar libres a Tecuixpa y a su amante, pasaba en aquella ciudad unos días tristísimos, abandonando sus Estados, olvidándose hasta de Moctezuma y su situación, y viviendo solo en su amor, en sus celos y en sus proyectos de venganza.

No eran todos insensibles a los sufrimientos del enamorado príncipe. Gualcazinla, que le estimaba con extremo, condenaba severamente a su hermana, haciendo inútiles esfuerzos para cortar su naciente inclinación; Guatimozín manifestaba su descontento por la intimidad de la princesa con el joven español hasta en presencia del mismo emperador; pero Moctezuma o no daba valor a aquella afición de niña que juzgaba pasajera, o ciego en su superstición, crecía deber aceptar como castigo de los dioses todo género de disgustos, o lo que es más probable, se hallaba demasiado preocupado con más graves intereses, para poder atender a los amores de su hija.

Un mes había transcurrido, poco más o menos, desde la prisión del monarca, cuando sus enviados volvieron a México trayendo presos al general Qualpopoca, a su hijo Zimpanzin y otros muchos oficiales de los que tomaron parte en la batalla contra Escalante.

Comunicaron los ministros esta noticia a Moctezuma, que mandó inmediatamente se presentasen los presos a Cortés, enviándole a decir que le mandaba al general a quien acusaba de infractor de la paz, para que se oyesen sus descargos y se averiguase la verdad.

Convencido Moctezuma de la injusticia de aquella acusación y creyendo firmemente que no había sido sino un pretexto para cohonestar en cierto modo su prisión, se persuadió que Cortés no la llevaría adelante y que aquel asunto se dejaría dormir, de manera que sin necesidad de confesarse engañado, excusase Cortés a Qualpopoca la recriminación de un delito que no había cometido, puesto que no había usado de las armas sino en el caso de legítima defensa.

No comprendía Moctezuma al raciocinar así la política del jefe español, aquella política del terror que siguió constantemente.

Poseía Hernán Cortés la fría razón que pesa matemáticamente las ventajas de los resultados, las conquistas a cualquier precio, cuando las ha perfectamente comprendido y apreciado. Los medios eran siempre para él cosas accesorias, y persuadíase con facilidad de su justicia siempre que tocase su utilidad.

Participaba también de aquella feroz superstición de su época, en que un celo religioso mal entendido hacia que no se considerasen como hombres a los que no profesaban, las mismas creencias. Venía de una tierra poblada de hogueras inquisitoriales, donde casi era un rito religioso o un artículo de dogma el aborrecimiento a los infieles y herejes. Su gran talento no bastaba a hacerle superior al espíritu de su siglo y al carácter de su nación, y lo que le hubiera parecido un vil asesinato tratándose de cristianos, era a sus ojos poco menos que una acción meritoria cuando pertenecían las víctimas a la reprobada gente que no conocía a Jesucristo. Hernán Cortés poseía además con esta superstición feroz y con aquellas cualidades que son comunes a los grandes conquistadores y a los grandes bandidos [destinos que filosóficamente examinados no se diferencian mucho], otra cualidad o talento que le era no menos útil en aquellas circunstancias, la de saber dar a sus lecciones más arbitrarias un colorido de justicia.

Aconsejábale su política respetar la vida de Moctezuma; pero dictábale igualmente mantener y aumentar el terror, que podía únicamente allanarle el camino de la conquista.

No quería, sin embargo, inspirar aquel a fuer de asesino; preciso era que su rigor pudiese vestir el traje de la justicia, y para designar víctimas necesitaba improvisar culpables.

Los manes de Escalante y Argüello reclamaban un sacrificio expiatorio, los mexicanos necesitaban terribles ejemplares; Qualpopoca y sus compañeros eran idólatras y estaban acusados por él. Aquellos desgraciados podían servir de instrumentos para el terror y de víctimas a la venganza, dándose al sacrificio hecho a la conveniencia el carácter de un castigo. Cortés era demasiado sagaz para desconocer esta ventaja y sobrado prudente para despreciarla.

Un consejo de guerra formado de españoles fue el tribunal que escogió el caudillo de los mismos para juzgar a los extranjeros acusados por él.

Capítulo XI. Acusadores, jueces y verdugos

Serían las doce de la mañana de uno de los primeros días del mes de febrero, y se hallaban reunidos en la sala en que tres meses antes hemos visto a Moctezuma esperar la primera visita de los españoles, los mismos príncipes que en aquella ocasión le acompañaban.

Estaban, como entonces, inmóviles y silenciosos; pero su silencio y su inmovilidad, que, antes eran hijos del respeto, nacían aquel día de cólera y dolor.

El príncipe de Iztacpalapa, sentado tristemente en un ancho sitial, exhalaba de vez en cuando suspiros profundos. El señor de Tezcuco, de pie y extático junto a una ventana, fijaba miradas ardientes en el abandonado trono, mientras sus uñas ensangrentaban sus manos cerradas con fuerza. Guatimozín apoyaba los codos en el respaldo de la silla de su tío y cubría con ambas manos su rostro pálido, en el que se pintaba un dolor enérgico.

Más de veinte minutos trascurrieron sin la menor variación en aquel silencioso grupo, hasta que saliendo Cacumatzin de su iracunda meditación, comenzó a pasearse a largos, pasos por toda la longitud de la sala.

Levantó entonces la cabeza el joven príncipe de Tacuba y profirió como si hablase, consigo mismo:

—¡Será, pues, forzoso sufrir pacientemente todavía!

—¡No! —gritó el tezcucano deteniéndose de pronto—. El sufrimiento en tales casos mereciera el nombre de cobardía y flaqueza. ¿No lo habéis oído hace una hora de boca del mismo Guacolando? ¿No habéis oído a ese fiel pero, pusilánime ministro, asegurar que son españoles los que deben juzgar a un general del imperio?

Si Moctezuma ha sido capaz de degradar con tamaña flaqueza su augusto carácter, si ha depositado su autoridad suprema en las manos de esos extranjeros, ¿qué veneración debemos a un soberano que así se degrada y nos humilla? Y si los extranjeros usurpan su autoridad por medio del engaño o la violencia, ¿qué necesidad tenemos del permiso de un monarca oprimido para libertarle de su vergonzosa servidumbre y restituirle su poder primitivo?

—Pero ¿sabes con certeza —observó Quetlahuaca—, que los españoles se hayan arrogado autoridad de jueces sobre unos hombres de quienes son acusadores? ¿Crees cierto que se atrevan a condenar por sí mismos el general Qualpopoca.

—Tú lo has oído de los labios de Guacolando —respondió el príncipe de Tecuco— y por todo México se murmura.

—Las tropas españolas y tlaxcaltecas están sobre las armas —añadió Guatimozín—, y la agitación que se ha observado hoy desde muy temprano en su cuartel, prueba bastante que se preparaban a alguna cosa extraordinaria.

—¡Y qué! —dijo con aire de duda Quetlahuaca—, ¿podrá Moctezuma consentir en tan enorme maldad?

—¿Y sabes tú príncipe de Iztacpalapa —exclamó con amargo acento Guatimozín—, sabes tú si el mismo Moctezuma es libre, o si esos advenedizos pedirán aprobación a un príncipe prisionero?

—¡Prisionero! —repitió con un estremecimiento de ira Quetlahuaca—; ¡prisionero el emperador de México!

—Si acaso no lo está en el riguroso sentido de esta palabra —dijo Cacumatzin—, sufre por desgracia nuestra y para vergüenza suya un cautiverio cien veces peor. Si esos extranjeros no han tiranizado su cuerpo, tiranizan su corazón, y entre la esclavitud de su espíritu o la de su persona, os dejo escoger la que mejor os plazca, con tal que, sea una u otra, sepáis romperla y vengarla.

—Quiero oír otra vez al ministro Guacolando —dijo el príncipe de Iztacpalapa—, y antes de ejecutar resolución ninguna, os ruego que, toméis informes cuidadosos y que me ayudéis a conseguir del emperador la explicación de una conducta que acaso por demasiado sabia y profunda nos parece culpable.

Iba Cacumatzin a replicar con alguna impaciencia, cuando se oyó un gran ruido en palacio, y adelantándose unos pasos, distinguió las voces de los dos hermanos Naothalan y Cinthal, que porfiaban con las guardias pidiéndoles dejasen entrar hasta la presencia de los príncipes.

Apenas lo supo Guatimozín, salió presuroso para conducir él mismo a los dos hijos del desgraciado Qualpopoca. Todos ellos habían nacido en los dominios del rey su padre, todos ellos amaban con fanatismo al joven príncipe, y Cinthal había tenido la dicha de salvarle la vida en una batalla.

Apenas le divisaron, corrieron hacia él y echáronse a sus pies los dos hermanos.

—¡Príncipe —gritó Cinthal—, tú eres nuestra única esperanza!

—¡Valiente Guatimozín —exclamó Naothalan—, quítanos la vida o salva la de nuestro padre y la de nuestro hermano!

Levantolos el príncipe con visible emoción y los condujo a la sala en que había dejado a Quetlahuaca y a Cacumatzin.

—Aquí tenéis —les dijo—, a los afligidos hijos de Qualpopoca que vienen a rogarnos no permitamos sea juzgarlo por extranjeros el valiente general que ha sostenido con gloria el sagrado estandarte del imperio.

—¡Ya está juzgado! —exclamaron a la vez los dos hermanos con profunda desesperación.

—¡Ya está juzgado! —repitieron con asombro los príncipes—. Y bien —añadió Quetlahuaca—, ¿cuál ha sido la sentencia de ese tribunal, intruso?

—¡La muerte! gritaron los dos jóvenes con pavoroso acento, ¡la muerte!

—Sí, príncipes —dijo Naothalan—, la muerte para todos los valientes que supieron sostener con las armas en la mano la dignidad del nombre mexicano.

—¡La muerte! ¡oh! La muerte no es nada —añadió Cinthal con sorda voz y con los cabellos erizados—; pero es una muerte horrible, ignominiosa... ¡Quemados, príncipes, quemados vivos!, repitió por tres veces apretando los dientes con violenta contracción.

Un grito de horror resonó en la sala, y siguiose a él un instante de tétrico silencio.

Rompiéronle los hijos del infeliz sentenciado, que volvieron a arrodillarse delante de los príncipes exclamando con lastimosa ansiedad:

—¡No lo consentiréis, príncipes aztecas, raza de héroes, no consentiréis que sufran los desventurados esa muerte horrible! Pero si nada merecen, si su oscura suerte no es digna de ocupar vuestros reales ánimos, hacedlo por el gran emperador, cuyos derechos se ven usurpados, cuya voluntad es despreciada y que yace preso como un delincuente. Su gloria os manda no permitáis ejerzan esos extranjeros actos tan inicuos en sus dominios; vuestra propia seguridad os aconseja no dejar tomar alas a esa gente atrevida, que acaso ensaya en vuestros vasallos las crueldades de que más tarde seréis vosotros mismos grandes y lamentables víctimas.

—¡Piedad! ¡Piedad! —repetía el uno.

—¡Justicia, príncipes! —gritaba el otro.

—No perdáis tiempo —decían luego los dos—; hemos visto la leña para las hogueras: ¿oís, príncipes? ¡La leña para quemar sus cuerpos la hemos visto con nuestros propios ojos!

—¡Levantaos, valientes y desgraciados jóvenes! —exclamó Guatimozín—. ¿No escucháis en la plaza confuso ruido de voces? El pueblo se subleva sin duda a la noticia del arrojo criminal de esos tigres feroces. Partid, presentaos a ese pueblo, decidle que los príncipes aztecas no permitirán jamás sea su sangre el pasto de esas fieras. Volad, jóvenes, mientras nosotros, convocando a los nobles y ministros, justificamos la inobediencia que vamos a cometer haciendo comprender su necesidad.

Arrojáronse a tierra los dos hermanos besando con lágrimas de alegría las plantas del príncipe de Tacuba, y haciendo después otro tanto con Cacumatzin y Quetlahuaca, salieron presurosos a cumplir la orden que acababan de recibir.

—¡Perezcan esos monstruos! —dijo el príncipe de Tezcuco—. Borremos con sangre hasta la memoria de sus odiosos nombres.

—¡Sí! —respondió con alegría Guatimozín—. La sentencia pronunciada por ellos es la sentencia contra ellos. ¡Quetlahuaca! ¡Cacumatzin! Llegado es el día de libertar a nuestro rey de sus opresores y lavar con sangre la mancha de nuestra afrenta.

—Mis emisarios —dijo el tezcucano— volarán de provincia en provincia a convocar a los príncipes, y el Sol de mañana verá reunida bajo el estandarte del imperio a toda la grandeza mexicana; pero si su asistencia nos es necesaria para dar a nuestro levantamiento un carácter de justicia y solemnidad que disculpe nuestra inobediencia, no lo es en manera alguna para volar sin demora a salvar a Qualpopoca y a sus compañeros de un espantoso suplicio.

Tropas bastantes encierra la capital y solo falta un jefe que se ponga a su frente. Sélo tú, ilustre Guatimozín, te cedo esta gloria como al más digno. Yo me encargo de traer a este sitio a los consejeros y ministros; yo me encargo de presidir la asamblea y volar en tu auxilio si fuese preciso con toda la población de México. ¡Corre, pues, príncipe! En estos momentos no hay rango, no hay dignidad fuera de la del valor. Vuela a reunir las tropas y salva de la garra de esos tigres a sus indefensas víctimas.

—¡Lo haré —dijo Guatimozín— y no pienso que sea larga la gloriosa tarea que me impones para honrarme, príncipe de Tezcuco! Reuníos en este sitio: ¡en breve me veréis volver triunfante o muerto!

Lanzábase con ardiente prisa fuera de la sala, cuando precipitándose a su encuentro pálida y conturbada Gualcazinla:

—¡Detente! —le dijo—, ¿a dónde vas? ¿En qué momento intentas salir solo y desarmado? ¿Ignoras por ventura lo que pasa en la plaza? ¿No has oído ese sordo rumor que hiela de espanto mi corazón?

—¡Y bien! —preguntó el príncipe—, ¿qué es lo que ocurre? ¿De qué proviene ese ruido?

—Tú lo habías adivinado ya —respondió Cacumatzin—. El pueblo se agolpa a las puertas del palacio y pido y espera venganza.

—¡El pueblo! —exclamó con dolor la princesa—. ¡Ah! El pueblo no clama, sino llora. ¡Príncipes! —prosiguió estremeciéndose—, desde las ventanas de mi habitación he visto yo y han visto todas las mujeres de mi servidumbre el más horrible espectáculo. Los extranjeros guardan la plaza armados de manera que causa miedo solamente verlos. El pueblo es arrastrado por muchos de ellos para ser testigo de la sangrienta escena. ¡Oh! —añadió apretando las manos sobre sus ojos y temblando en todos sus miembros—: ¡el resplandor de aquellas hogueras me ha lastimado los ojos y el corazón!

—¡Hogueras! —repitieron a la vez los tres con un movimiento convulsivo.

—¡Ya han devorado sus presas! —dijo una voz profunda y lúgubre a espaldas de los príncipes. Volviéronse con espanto y vieron a Naothatan, pálido como un difunto, el cabello levantado de horror, los dientes apretados con horrible rechinamiento; pero con los ojos secos, los brazos cruzados sobre el pecho y con aquella especie de calma que es el último período de la desesperación.

Cinthal llegó al mismo tiempo, y como si sus fuerzas solo le hubiesen auxiliado hasta conducirle junto a los príncipes, cayó a sus pies articulando débilmente:

—¡Quemados!

Una especie de estupor se había apoderado de los príncipes; pero la rabia que le siguió fue frenética.

—¡A ellos! —gritó Cacumatzin—; ¡a ellos! ¡Solos, desarmados... de cualquier modo! ¡A ellos! ¡A ahogarlos entre nuestros brazos, a despedazarlos con nuestros dientes!

—¡A llevarles nuevas y más grandes víctimas! —dijo Naothalan con indescriptible sonrisa—. Los infelices que no pueden ya ser salvados, pueden ser vengados todavía. ¿Pensáis que mis dientes no tenían hambre de su carne y mis labios sed de su sangre cuando los veía mirar con rostro sereno los horribles visajes de sus víctimas, cuyas carnes chirriaban en el fuego? Pero la vida me es ahora demasiado querida para arriesgarla así neciamente. La vida es necesaria para la venganza.

—¡Venganza! —murmuró con débil voz Cinthal, que comenzaba a recobrar los sentidos.

—¡Sí, príncipes! ¡Venganza! —repitió Naothalan con acento terrible—. ¡Venganza os piden esas cenizas que humean delante de las puertas de vuestro palacio! ¡Pero venganza segura, atroz, inaudita!

—¡La obtendrán! —exclamó solamente Guatimozín—. Yo lo juro por esas mismas cenizas y por el formidable nombre de Huitzilopochtli.

—Pero tened presente —dijo Quetlahuaca— lo que acaba de deciros Naothalan. Es preciso venganza, pero venganza segura. Yo marcho a prevenir los medios. Consultad a la prudencia para satisfacer mejor a la ira.

Saliose de la sala.

—¡No intentéis nada! —exclamó con angustia la princesa—. Acordaos que la sagrada persona del emperador está en manos de esos feroces enemigos

—A romper sus cadenas nos preparamos —dijo Cacumatzin—. Retírate, princesa, y no quieras apagar con las lágrimas de tus ojos el incendio de nuestros corazones.

—¡No! —repuso con dignidad y entereza la esposa de Guatimozín—. No es tan flaco el ánimo de la hija de Moctezuma que desconozca o desapruebe vuestra justa ira; pero debéis considerar como primera obligación no poner en peligro la vida del emperador. Pensad, pues, en ella, pensad que esos bárbaros extranjeros que acaban de dar tan atroz muestra de su osadía, pueden vengar en su augusto prisionero los daños que reciban de vosotros: si podéis salvarle de este riesgo, Gualcazinla misma vendrá a colocar en vuestras manos las armas vengadoras.

—Eres sabia como un anciano y brava como una miztlit[36] —dijo Cacumatzin—. Retírate, que no olvidaremos tus consejos.

Retirose Gualcazinla, y los dos príncipes haciendo llamar a los consejeros, empezaron a concertar con ellos los medios mejores de ejecutar su venganza sin exponer la persona sagrada de Moctezuma, mientras Quetlahuaca hacia convocar a palacio a todos los nobles del imperio.

---

36   Miztlit. La leona americana.

Capítulo XII. La conjuración

Mientras ocurrían las escenas que acabamos de referir en el palacio imperial, otras no menos interesantes y tristes pasaban en el cuartel español. Condenados a muerte el general mexicano y su hijo Zimpanzin y los otros oficiales y soldados presos con ellos como cómplices de su supuesto delito, ocurriósele a Alvarado el loco pensamiento de que para aumentar el terror que debía inspirar aquel castigo y para que Moctezuma no osase oponer ningún género de resistencia, convenía asegurar su persona durante la ejecución. Estas fueron al menos las razones en que apoyó el inhumano capitán aquel odioso consejo, que solo se puede comprender como un capricho de crueldad tan bárbaro como inconveniente. El caudillo español tuvo la flaqueza de escucharle, y no sin alguna se presentó en el aposento del monarca, que le recibió con menos serenidad que de costumbre. Fuese que los concentrados dolores y los largos insomnios que iban a toda prisa arruinando su físico empezasen ya a debilitar mi espíritu; fuese que en el rostro fiel castellano leyese la amenaza de un nuevo y mayor ultraje, lo cierto es que se turbó extraordinariamente a vista de Cortés.

—Señor —dijo éste— ya quedan sentenciados a muerte Qualpopoca y sus cómplices; pero la justicia humana, a imitación de la divina, no distingue las jerarquías; y es forzoso expiéis vos mismo con alguna mortificación los indicios que hay contra vos de haber ordenado el crimen.

Concluidas estas palabras, mandó a sus soldados pusiesen al emperador unos pesados grillos que traían visibles, y su orden impía se ejecutó con presteza increíble. Estuvo presente Cortés, como si temiese alguna resistencia en el desgraciado príncipe; pero el exceso del ultraje había anonadado a Moctezuma.

Sin voz, sin movimiento, fijos los ojos, inmóviles las facciones, sufrió la ignominiosa maniobra sin dar muestras de sensación, física ni moral.

Concluida que fue, saliose Cortés, acaso avergonzado de sí mismo, y dio orden para que no permitiesen ninguna comunicación al augusto preso.

Los criados que asistían a éste y que veían sin acertar y dar crédito a sus ojos, la inaudita afrenta, echábanse a sus pies con lágrimas y gemidos, besando la cadena y sosteniéndola para aligerar su peso; pero nada decía, nada parecía sentir Moctezuma, conservándose en un verdadero estado de estupor las horas que tardó Cortés en volver a su aposento.

—Ya no existen los culpables —dijo al presentarse con rostro sereno— y la justicia del cielo queda satisfecha con su muerte y vuestra penitencia. Estáis libre.

A estas palabras, los soldados que le acompañaban quitaron los grillos al emperador con la misma prontitud con que se los habían puesto, y éste, a quien las últimas palabras de Cortés sacaron algún tanto de su enajenamiento, repitió con aire de insensatez:

—¡La justicia del cielo está ya satisfecha!

—Sí, noble Moctezuma —dijo el caudillo con una reverencia respetuosa, que era indudablemente el más cruel sarcasmo al infortunio—. Ya está libre vuestra majestad y puede salir y entrar según su soberana voluntad lo determine.

—¡La justicia del cielo está ya satisfecha! —volvió a decir Moctezuma mirando a todas partes con temor y duda.

—Y vuestra majestad está libre —repitió Cortés sin poder defenderse de un impulso de compasión.

Sentose junto al monarca y le habló con respeto y cariño; pero el golpe había sido demasiado violento. Escuchaba a Cortés dando muestras tan pronto de una insensata alegría, tan pronto con una especie de miedo pueril, y a veces con absoluta distracción.

—Disipáronse algún tanto con el tiempo aquellos síntomas de demencia; pero ¡ay! ¡Aquel grande y valeroso príncipe no volvió a ser nunca lo que había sido!

Todos sus actos interiores se explican por su superstición de terrible fatalismo; sus actos desde aquel día no pueden comprenderse sino como los resultados de aquella gran convulsión moral que quebrantó para siempre los resortes de su espíritu.

Cortés le permitió salir a sus templos y visitar a su familia. Sabía bien que la flaqueza y el temor encadenaban más al desventurado que pudiera hacerlo con todos sus hierros.

Mientras tanto, los príncipes proseguían infatigables en su proyecto. La aparente libertad concedida al monarca no les había alucinado, y más decididos porque veían menos difícil sustraerle de manos de sus opresores, cuya vigilancia algo relajada, apresuraban el momento de para siempre, el vergonzoso yugo.

La noble conjuración era dirigida con sagacidad y prudencia; estaban tomadas todas las medidas, previstos todos los casos, vencidos todos los obstáculos; y sin embargo, muchos nobles y oficiales del ejército mostraban cierto disgusto en acometer una empresa sin permiso del emperador.

Había sabido Moctezuma inspirar a su pueblo tan fanática veneración, que aun en utilidad de él mismo creían un delito la más leve infracción de sus órdenes supremas. Los que con más franqueza y decisión habían mostrado estos sentimientos eran los ministros, y aparentaba sus mismas opiniones el señor de Matalcingo, que por enemistad con Cacumatzin condenaba cualquiera, resolución de éste. Como pariente próximo de Moctezuma y varón muy respetado entre los mexicanos, aspiraba a sucederle en el trono, y temía que el buen éxito de aquella conjuración, a cuyo frente se había colocado su enemigo, le hiciese adquirir un prestigio que favoreciese las pretensiones que le suponían al trono imperial.

La autoridad y violento carácter de Cacumatzin, la prudencia y la dulzura de Quetlahuaca y la dignidad y política de Guatimozín, lograron imponerle lo bastante para que no diese ninguna pública señal de oposición a sus designios; pero pasó secreto aviso a Moctezuma de la conjuración y del día y hora en que debía estallar.

Los espías de Cortés, por otra parte, habían concebido sospechas que comunicaron sin demora a aquel general, que no encontró gran dificultad, en saber del mismo Moctezuma todo cuanto respecto a la conjuración le había descubierto su pariente.

Conociendo el monarca el carácter atrevido del señor de Tezcuco, no dudó fuese el principal, ya que no el único agitador de aquella rebelión, y la elevada clase del reo y su extenso poder fueron pesados rápidamente por la prudencia de Cortés. Conoció que si había exaltado los ánimos la muerte de Qualpopoca, la condenación de Cacumatzin atraería más graves consecuencias; que por muy acobardado que estuviese el pueblo mexicano, no dejaría verter impunemente por manos extranjeras la sangre de sus príncipes, y que para fallar en la causa de tan ilustre culpable, debía colocarse bajo la autoridad de Moctezuma.

Hecha esta reflexión, encontró en su talento fáciles medios de obligar al desventurado monarca a que le concediese aquella salvaguardia que le excusaba los peligros, dejándole entera la utilidad. Ponderó la enormidad del desacato cometido por el príncipe de Tezcuco contra la autoridad de su soberano; manifestose más resentido de la ofensa hecha a su cautivo que temeroso de su propio riesgo, y se ofreció a conducir presos a los rebeldes si se dignaba Moctezuma concederle el honor de ser el vengador de su agravio.

Por muy enflaquecidas que estuviesen las facultades morales del monarca, tuvo todavía, un momento de dignidad y de energía para negarse resueltamente a aquella proposición.

—No —dijo— nunca emplearé armas extranjeras para castigar a mis súbditos, mayormente siendo hombres de tan alta y respetable jerarquía. La inobediencia de mi sobrino es efecto de la imprudencia de la juventud y de la demasiada viveza de su carácter, y bastará para su corrección que yo le amoneste con suavidad, recordándole sus deberes.

Llamó al concluir estas palabras a uno de sus oficiales, y le mandó pasase a ver al príncipe de Tezcuco y le intimase la orden de comparecer sin demora a la presencia de su soberano.

No creyó prudente Cortés mostrarse disgustado por esta resolución, antes bien añadió con finura que podía el mensajero saludar en su nombre al príncipe, invitándole, a venir a su cuartel como a la casa de un sincero amigo.

Agradeció Moctezuma aquella inesperada urbanidad, y dijo casi enternecido:

—No eres malo, capitán; sin duda un maligno espíritu, posesionado a veces de tu ánimo, es el que te ha dictado algunas acciones que nunca pudieran ser hijas de tu corazón.

—La gloria —contestó Cortés, más bien como hablando consigo mismo que contestando al emperador—, la gloria es a veces una deidad cruel que vende muy caros sus favores.

—¡La gloria! —repitió Moctezuma con acento amargo—; también yo he ambicionado su posesión y creía haberla conseguido. Pero todo puede perderse en un día, y la gloria no siempre es independiente del genio caprichoso que vosotros llamáis fortuna.

Mientras continuaban hablando de este modo el jefe español y su augusto prisionero, circulaba velozmente entre los conjurados el alarmante rumor de haber sido vendidos, y que el emperador, altamente indignado, se disponía a descargar sobre sus cabezas todo el rigor de su ira.

Tales voces produjeron una inquietud general, y en muchos un visible terror. Formábanse grupos por todas las calles; hablábase misteriosamente en cada uno de ellos y parecía discutirse opuestos pareceres.

Sin embargo, ninguna muestra clara hubo de arrepentimiento o desaliento, hasta que se supo que el príncipe de Tezcuco había sido citado a comparecer delante de su soberano, y que el altivo mancebo había rehusado la obediencia, lo cual no podía considerarse sitio como un acto de declarada rebelión.

Muchos de los conjurados se escaparon secretamente entonces huyendo de la cólera del monarca; otros de propia voluntad impetraron su perdón, y los más resueltos halláronse turbados y vacilantes al ver la dispersión de sus coligados.

Juntáronse nuevamente en palacio los príncipes y señores más empeñados en aquella causa para determinar de común acuerdo el partido que debían tomar en circunstancias tan críticas; pero imposible fue convenirse.

Guatimozín opinaba que se hiciera al emperador una franca manifestación de sus designios y de los motivos poderosos que los habían inspirado, esforzándose todos a convencerle de a necesidad de expulsar a los españoles de aquellos dominios, levantando una voz unánime contra sus desacatos y tiranías.

Simpatizaban con este dictamen Quetlahuaca y otros señores poderosos; pero negábase obstinadamente Cacumatzin, arrastrando a su partido a algunos de sus amigos. Decía, no sin alguna razón, que nada podía esperarse de Moctezuma en el estado de abatimiento y opresión en que se encontraba y que entregarse a él era lo mismo que entregarse a Cortés. Que la desobediencia era justificada por los motivos, y que el mismo emperador les daría gracias cuando libre de los sortilegios de los extranjeros, se viese restituido a su antiguo poder y gloria. Sostuvo que descubierta la conjuración, era forzoso llevarla a cabo, y que solo debían tratar de apresurar su realización sin ningún género de misterio ni debilidad.

Vacilaban muchos entre éstos dos pareceres que sostenían algunos con igual calor, y muy avanzada la noche se disolvió la junta sin que he hubiese tomado resolución decisiva.

Impaciente y asaz disgustado entró Cacumatzin en el palacio que habitaba, murmurando palabras de desprecio contra la pusilanimidad de los mexicanos. No inspiraba el amor aquella noche los pensamientos del fogoso indiano; o mejor diremos, se amalgamaban de tal modo en su alma los intereses de la patria y los de su corazón, que las amenazas que dirigía en su interior a los españoles, como opresores de su libertad, eran acogidas con placer y sancionadas, por decirlo así, por los celos que ardían en su pecho, y cuyo objeto veía entre aquellos enemigos detestados.

Muchas horas pasaron sin que pudiese sosegar un momento, concibiendo mil proyectos temerarios que acogía y desechaba alternativamente, hasta que rendida su naturaleza a tan vivas agitaciones, se quedó adormecido.

Diez minutos a lo más habrían transcurrido desde que logró aquel ligero reposo, cuando le sacó de él súbitamente un extraordinario ruido en su mismo aposento. Abrió los ojos, quiso incorporarse; pero se sintió en el mismo instante, fuertemente asido por arribos brazos, y a la luz de una especie de linterna que apareció como por encanto delante de su rostro, conoció, a uno de los oficiales de Moctezuma, que exclamó con solemne acento:

—Date preso al emperador.

Rugió Cacumatzin como la fiera que acaba de caer en la trampa del astuto cazador, y comenzó a insultar a los soldados haciendo inútiles esfuerzos para escapar de sus manos.

—¡Traidores! —les decía—, ¡estáis vendidos a los españoles y habéis comprado a mis criados para sorprenderme indefenso en mi lecho! ¡Mexicanos indignos! ¿Cómo osáis poner las manos en un príncipe de la sangre real? ¡Soltadme, cobardes!, o lavaré en la sangre de vuestras mujeres y vuestros hijos la afrenta que intentáis hacerme.

El oficial que mandaba la pequeña tropa solo respondía a tantos denuestos:

—Estáis preso por orden del emperador.

—¡Mentís, traidores! —gritaba el príncipe—, imentís, siervos infames! Los extranjeros de quienes sois esclavos, pueden solamente cometer esta bajeza.

Diciendo estas palabras forcejeaba por desasirse, defendiéndose con increíble fuerza; pero todo fue en vano, pues a pesar de su obstinada resistencia, los soldados le cubrieron la boca y le sacaron de su palacio, sin que acudiese en su auxilio ninguno de sus sobornados servidores.

Conducido con la mayor prevención y diligencia al cuartel español, fue encerrado en un pequeño aposento, donde le dejaron solo, entregado al más violento furor, y Cortés pasó a la habitación de Moctezuma, que tampoco dormía, y estaba más pálido y decaído que nunca.

—Señor —le dijo—, según nuestras órdenes, el príncipe de Tezcuco ha sido preso en su propio palacio y acaba de ser trasladado a este cuartel. Vuestra majestad únicamente tiene derecho para disponer de tan alto delincuente.

Estremeciose Moctezuma.

—El príncipe ha cometido sin duda una grave falta —dijo—. ¡Nunca hasta ahora —añadió con amargura—, habían despreciado los príncipes mexicanos la autoridad de su rey! ¡Nunca tan abatido su había visto Moctezuma! Pero, ¿qué quieres de mí, capitán? No creo que me aconsejes haga morir como un facineroso al señor de Tezcuco, a un príncipe de mi sangre!

—La sangre de Moctezuma —contestó el caudillo—, será siempre sagrada para mí, y nunca aconsejaré a vuestra majestad medidas de rigor que pudieran serle penosas. Prisiones de estado hay para los delincuentes de condición tan elevada como el soberano de Tezcuco, y la prisión basta, a mi entender, para castigar la rebelión de que se ha hecho reo.

—Pues bien —dijo con voz lánguida Moctezuma—, manda en mi nombre que sea conducido a una prisión de nobles, y excúsame el disgusto de ver a ese insensato joven.

Apenas amaneció cuando hizo Cortés que Moctezuma repitiese la sentencia en presencia de sus ministros, cuidando de que se le diese la mayor solemnidad posible; y cuando supo que había sido notificada al reo, se presentó a él con afable semblante, ofreciéndose como medianero cerca del emperador, pues más que sepultado en una prisión, le convenía tener obligado y agradecido al más poderoso príncipe del imperio.

Al verle Cacumatzin:

—¿A qué vienes? —exclamó—. ¿Traes para el señor de Tezcuco las cadenas con qué oprimieron tus sacrílegas manos al emperador de México?

Hizo Cortés que los intérpretes explicasen al príncipe sus amistosas ofertas; pero encendido de ira:

—¡Aléjate, hipócrita! —exclamó—, y ve a engañar con tus palabras embusteras al monarca infeliz a quien has entontecido con tus hechicerías.

Guardáronse los intérpretes de transmitir al general estas palabras, temiendo los primeros efectos de su cólera; pero comprendiendo por el tono y el gesto su sentido, salió de la habitación del preso arrojándole una mirada entre desdeñosa e iracunda.

Fue conducido sin demora a su prisión el soberbio Cacumatzin por entre las oleadas del atónito y consternado pueblo, y algunos minutos después un enviado del príncipe de Tacuba se presentó pidiendo permiso para hablar al emperador.

Estaba tan abatido Moctezuma que se negó abiertamente a dejarse ver de nadie, y solo a las repetidas instancias de Cortés consintió por último en oír el mensaje de su yerno.

Dejáronle solo con Cinthal, que era el mensajero de aquel príncipe, siempre bien guardada la puerta de su habitación por los acostumbrados centinelas; y apenas tuvo licencia para hablar el hijo de Qualpopoca, cuando dijo con voz clara y bastante alta:

—Gran señor, tu hijo y sobrino el príncipe Guatimozín me envía a ti, porque habiendo jurado por los dioses no entrar en este edificio sino con las armas en la mano, no puede presentarse personalmente.

—¡Calla, imprudente! —exclamó el emperador mirando con inquietud a un lado y a otro—; Guatimozín no puede haber hecho semejante juramento.

—Así lo dice al menos, gran señor —repuso el joven—, y me envía a ti para que sepas que ha sido uno de los jefes de la conjuración que tan severamente castigas en la persona del ilustre Cacutmazin. El príncipe mi señor te suplica absuelvas al sentenciado y arrojes de tus Estados a los extranjeros, contra los cuales se han armado, o que de lo contrario le impongas el castigo que quieras, puesto que confiesa ser reo de la misma culpa que has castigado en el señor de Tezcuco.

—¡Silencio! —exclamó con terror el infeliz soberano—, ¡silencio, joven insensato! Es falso todo eso que acabas de decir.

—Protesto, señor, y afirmo por tu augusto nombre que es verdad, y que tales cuales acabas de oírlas, son las palabras que el príncipe Guatimozín me encargó comunicarte.

—Todo lo han oído esos soldados —murmuró con dolor Moctezuma echando una ojeada hacia la puerta—, y no faltará por allí un intérprete, si es que alguno de ellos no ha entendido a este loco. Y levantando enseguida la voz:

—Bien —dijo—, si el afecto que Guatimozín tiene a su primo le hace atribuirse su mismo: delito, mi justicia sabrá castigar la locura del uno como ha castigado el crimen del otro. Sal al instante, joven, y ve a decir a tu señor que le ordeno salir de esta capital en el término de dos horas. Adviértele además que le prohibo detenerse en las inmediaciones, y que señalo para su destierro la provincia de Xocotlan, donde permanecerá cerca del venerable Olinteth, hasta que mi voluntad levante su destierro.

Inclinose Cinthal hasta tocar el pavimento con su mano derecha, que aplicó enseguida a sus labios, y salió de la habitación sin replicar una palabra.

Quedó Moctezuma profundamente pensativo hasta que entrando Guacolando:

—¿Será cierta, gran señor —le dijo—, la noticia que acaban de comunicarme? ¿Es verdad que destierras de tu capital al príncipe Guatimozín?

Asiole por un brazo Moctezuma, y acercando su boca al oído del ministro, le dijo en voz muy baja:

—¿Hay algún otro medio de evitarle una imprudencia? Ese generoso y valiente joven no puede estar en esta capital mientras haya en ella hombres que debe aborrecer y a los que no le conviene irritar.

Capítulo XIII. La partida

Teniendo en sus brazos a su precioso hijo, cuya cabeza acariciaba con amorosos besos, estaba Gualcazinla sentada en un almohadón a los pies de su marido, que echado en un banco, en uno de los sitios más retirados del jardín de palacio, parecía respirar con avidez la brisa fresca de la mañana, que le era sin duda necesaria, pues se notaba por la dificultad de su aliento y la alteración de su semblante, que se hallaba oprimido su pecho e irritada su sangre por una noche de agitación e insomnio.

Mirábale de hito a hito la princesa con afectuosa inquietud, y el tierno Uchelit tendía sus manecitas maquinalmente, formando con su garganta dulces y confusos gorjeos, como si a falta de voz quisiese llamar de aquel modo la atención de su padre; pero Guatimozín, preocupado con sus pensamientos, no atendía ni a las tiernas miradas de su mujer ni a las infantiles gracias de su hijo.

Contraste singular a la verdad presentaba el aspecto adusto y pensativo de aquel joven con el conjunto risueño y voluptuoso del paraje en que se hallaba.

En aquel jardín ameno, bajo doseles de verdura, escuchando el blando murmullo de las fuentes y el variado canto de las aves; respirando en las benignas auras matinales los penetrantes aromas del níveo floripondio, del nacarado jolozochitl, que en su forma imita la figura de un corazón, como lo indica su poético nombre,[37] de la vistosa Macpalxochit, que exhala de su capullo, semejante a un canastillo, el más grato de los perfumes, y de la magnífica occloxohil,[38] de atigrado matiz; rodeado, en fin, de las más lindas y amenas producciones de la naturaleza y el arte, parecía extraña la grave y melancólica disposición de aquel adolescente, cuya vida se hallaba, como el día a que nos referimos, en su apacible mañana.

Después de larga y profunda meditación levantose de repente y comenzó a pasearse a largos pasos con aspecto de suma agitación. Gualcazinla se levantó también y le siguió en silencio, sin apartar la vista de su alterado

---

37 Joloxochitl significa flor del corazón, o según otros, flor del amor. Es la más fragante de cuantas flores indígenas mencionamos aquí. El arbusto que produce es alto, las hojas ásperas, la flor blanca con el centro nacarado: cerrada figura una estrella y abierta un corazón.

38 Flor del tigre: llámase así por la semejanza que tenían sus colores con la piel de la expresada fiera.

rostro. La brisa que revolvía su negra cabellera, la arrojaba como un velo de seda sobre el blanco cuerpo del niño que abrigaba en su pecho, y cuyas manecitas se enredaban entre las brillantes hebras.

—¿Cómo has podido envilecer así tu augusto carácter? —exclamó pronto Guatimozín hablando consigo mismo, pero arrojando en torno una mirada colérica, como si buscase a la persona a quien era aplicable aquella pregunta—. ¿Cómo has perdido en pocos días todas las altas cualidades que veneraban más de cien provincias?

La princesa, que llegaba en aquel instante, cerca de su marido, se detuvo confusa y sorprendida, y mirándole, aunque sin verla, prosiguió Guatimozín:

—Todos sabemos los ultrajes que has sufrido, y tú solamente pareces olvidarlos. ¿Te has vuelto, pues, tan cobarde como la liebre montaraz, que huye al ruido que el viento forma en las hojas de los árboles? ¿Te alimentas ya con tu oprobio o has perdido el juicio para no conocerlo?

—¡Guatimozín! —dijo con dolor la princesa—, ¿por qué flaqueza he merecido tan duras reconvenciones?

Sacando estas palabras a Guatimozín de su enajenamiento, vio a su esposa bañada en lágrimas y tendiéndole los brazos.

—¡No se dirigen a ti —exclamó—, arroyo purísimo que corres por el desierto de mi vida! ¡No mereces tú sino mis bendiciones, blanco cisne, que encantas con tu voz las agonías de nuestra común felicidad!

Y aproximándose a ella y contemplándola con una mirada enternecida:

—Estás hermosa con tu llanto —la dijo—, como la rosa que en la madrugada aparece salpicada por las perlas del cielo, y te asemejas, con tu hijo entre tus brazos, a una tortolilla cobijando su nido bajo las maternas alas. Pero el esposo de la tortolilla cae herido por la flecha del cazador, y el tuyo, Gualcazinla, está herido también por la mano de la desventura.

—Soy tierna como la tortolilla, y frágil e inútil como la rosa —respondió Guacazinla—; pero si mi esposo es perseguido, me volveré fiera y terrible como la hembra del jaguar[39] y robusta como la ceiba. Dime, pues, tu pena, Guatimozín, y nómbrame a tus enemigos.

Condújola el príncipe a un banco de verdura, y atrayéndola sobre sus rodillas, comenzó decirla:

---

39 El jaguar: de la familia del tigre.

—Tu padre abandona su pueblo a la tiranía de los extranjeros, cuyas cadenas ha soportado con indigna resignación. Un general del imperio ha muerto quemado como traidor: un príncipe de la sangre está preso como facineroso... ¿Me preguntarás todavía por qué padezco?

Calló Guacalzinla, bajando tristemente sus soberbios párpados, y el príncipe prosiguió:

—El imperio no tiene soberano; el pueblo mexicano no tiene padre. Moctezuma es siervo de los españoles y sus vasallos una tropa de conejos abandonada al furor de los perros. Y sin embargo, ese mismo pueblo, imbécil y loco, infama con el nombre de rebeldes a los que quieren libertarle, y tu padre solo tiene poder para castigar a sus defensores.

¡Oh esposa querida de mi alma! ¡En Sol aciago ha venido al mundo nuestro hijo! Los genios de la desgracia han mecido la cuna de este pobre infante, y sus ojos solo se han abierto para mirar la vergüenza de sus padres.

Una lágrima corrió de los ojos del príncipe cayendo sobre la cabeza de su hijo. ¡Bautismo del infortunio, sello de dolor fue aquella gota amarga, que pareció consagrar a la desventura la tierna existencia de aquel niño!

Apretole la madre como si hubiera querido esconderle dentro de su pecho, y mirando con espanto a Guatimozín:

—¡Qué debemos temer! —exclamó—. Mi entendimiento no alcanza a comprender toda la extensión de, tus inquietudes, y sin embargo, el corazón ha saltado de terror en mi pecho, como si por instinto súbito presintiese insólitas desventuras.

—¡Qué debemos temer! —repitió Guatimozín con amarga sonrisa—. Y estrechando a su esposa y a su hijo entre sus brazos con una especie de furor:

—Nada —dijo—, nada se debe temer cuando hay valor bastante para saber morir.

—¡Morir! —gritó temblando la princesa y cayendo de rodillas a los pies de su marido: no, no quiero morir—. ¿Por qué morir? ¿Qué sería de nuestro hijo sin su padre y sin su madre? Matemos si es preciso a todos los españoles, antes que abandonar a nuestro hijo o arrancarle de la tierra como a una tierna planta que no ha saludado al Sol dos veces todavía. Todas las madres me maldecirían, exclamando al ver mi sepultura: aquí duerme la cruel Gualcazinla, que se llevó su hijo a la pira antes de que sus labios hubiesen aprendido a bendecir a los dioses, ni su mano a lanzar una flecha defendiendo a la patria. Y las almas de mis abuelos me arrojarían indignadas de las ciudades eternas donde habitan, diciéndome: has sido en la tierra como el árbol infecundo que cae, sin dejar ningún fruto, o el insecto maligno que devora sus hijos.

Tomó Guatimozín en sus brazos al tierno infante, grabó en sus labios, que sonreían, un beso paternal, y levantándolo sobre su cabeza y alzando los ojos al cielo con patético fervor:

—¡Proteged su inocencia, espíritus divinos! —exclamó—. Proteged a esta indefensa criatura y a la tierna madre que llora a mis pies; y si no estoy destinado a la dicha de salvar mi patria, concededme la gloria de morir por ella y sed los defensores de la viuda y del huérfano.

Al acabar esta oración patética, un ligero ruido advirtió al príncipe que se acercaba alguno, y volviendo la cabeza hacia el paraje de donde salía, vio por entre unos plátanos aparecer a Cinthal con semblante triste.

Puso al niño en brazos de su madre y salió a encontrarle.

—Nada debes esperar, señor, del emperador tu padre y tío —dijo el mensajero—, y solo te quedan dos horas para prepararte a partir. Estás desterrado a la provincia de Xocotlan donde permanecerás cerca del tlatoani Olin thet hasta que se haya aplacado la cólera de Moctezuma.

—Bien está —dijo el príncipe después de un instante de silencio—; ve, pues, a disponer lo necesario para nuestra partida.

Y acercándose a su esposa:

—Tu padre me destierra de su capital —le dijo—, y los opresores triunfan.

—El cielo castigue su maldad —respondió la princesa— y abra los ojos al desgraciado emperador. Tu esposa y tu hijo te acompañaremos.

—Eres la luz de mío ojos y el bálsamo de mi corazón —exclamó Guatimozín—; pero no debo, consentir en que expongas a tu niño a las molestias de un viaje.

—Yo cuidaré de su comodidad —repuso la princesa—, y aun cuando hubiese de sufrir algún trabajo, mi hijo, si fuese capaz de elegir, lo aceptaría con placer por amor a su padre.

Reflexionó un instante Guatimozín y luego abrazó a su mujer, diciéndola.

—Ven, sí, que no estaría tranquilo mi espíritu dejándote en esta infeliz ciudad, donde mandan los extranjeros. Dos horas tenemos para disponernos; aprovéchalas despidiéndote de tu familia, porque antes de que el Sol llegue a la mitad de su carrera debemos estar fuera de la capital.

Separaronse los dos esposos, y la noticia del destierro del príncipe, esparcida rápidamente por el palacio, produjo un sentimiento de pena general que se manifestó con lágrimas y alaridos.

Miazochil y Tecuixpa se despedían de Gualcazinla con tan extremado dolor como si jamás hubiesen de volver a verla, y todos los príncipes y nobles que se hallaban en la capital acudieron en tropel a dar tierno adiós a los ilustres desterrados.

Los tamemes[40] cargados con el equipaje llenaron en un momento los patios de palacio, y las literas cubiertas cm grandes doseles de telas de algodón, verdes y encarnadas, estaban ya preparadas con todo lo necesario a la mayor comodidad.

Salió Gualcazinla de los brazos de en madrastra y hermana, cubierta la cabeza con un velo blanco y llevando en la mano derecha una especie de quitasol de plumas verdes y amarillas. Tomole su marido la otra mano y la condujo a la litera destinada a ella, en la cual se había dispuesto un pequeño lecho formado de pieles para su tierno Uchelit.

Colocadas en sus respectivos palanquines algunas mujeres de la servidumbre de la princesa, Naothalan, Cinthal y dos o tres criados de Guatimozín, que habían jurado no apartarse nunca de su lado, tomó la suya el príncipe y salió la caravana de palacio, atravesando algunas calles, a las que corría el pueblo a despedirlos con lamentos y bendiciones.

Correspondían Guatimozín y su esposa a aquellas afectuosas muestras saludándoles con la mano, y arrojando a los grupos de gente pobre algunas joyas de su adorno, que recogían con ansia y besaban con respeto, como cosas sagradas.

Gualcazinla lloraba amargamente y dirigía en voz baja fervientes oraciones al dios protector de los viajeros para que los condujese sin contratiempo al término de su destierro. Jamás se había alejado la joven princesa

---

40   Llamábanse así los indios que se empleaban en llevar las cargas, los cuales soportaban pesos enormes y suplían en aquel país con su fuerza y ligereza la falta de las caballerías.

de las orillas del lago, y al comenzar inesperadamente un viaje de más de sesenta leguas, acometía una empresa que se le representaba tan ardua como peligrosa.

La caravana atravesó un gran trecho por agua en engalanadas piraguas y emprendió silenciosamente su camino, al través de un país el más propio para fijar la atención más distraída, disipando pesares sombríos.

La campiña de México, reputada con razón como una de las más extensas y hermosas de la tierra, ofrecía por todas partes vistas risueñas y agradables. Hacia un lado y otro veían los viajeros terrenos cultivados, donde tan pronto se encontraban vastísimos maizales, cuyas mazorcas coronadas de hilos de oro resaltaban entre las hojas de un verde muy vivo, como sotillos de chirimoyas y aloes, o largos platanales que se balanceaban al impulso de la brisa; aquí abrían los algodoneros sus verdes capullos brotando copos tan blancos como la nieve, y allá se extendían inmensos cacahuatales, entretejiendo sus ramas cubiertas de vainas matizadas de amarillo y grana.

Por campos de anonas se llegaba a pintorescos prados de maguey, planta curiosa, admirable fuente vegetal que mana un zumo precioso de que fabrican su apreciado pulque los mexicanos, y en medio de alamedas de majestuosos zapotes se admiraba en abundancia el inestimable nopal que cría la cochinilla.

En segundo término encontraba con frecuencia la vista colinas pintorescas, coronadas de cocos y soberbias palmas, y en el fondo del cuadro dilatadas montañas, cuyas cimas azuladas iban a envolverse en cendales de purpurinas nubes.

Bandadas de papagayos, de guacamayos, de cateyes y otras muchas aves de vistosos plumajes aparecían a menudo por uno y otro lado del camino, y de vez en cuando veíase dirigir su vuelo hacia las alturas algún águila solitaria.

El hermoso cielo que cubría tan amenos paisajes comenzó a oscurecerse con sombras que robaban por grado los vivos colores a los campos; y el príncipe, que no se había detenido en todo el día sino lo necesario para cambiar de tamemes y dar algún descanso ala princesa, determinó hacer alto en una pequeña población que ocupaba próximamente el sitio en que hoy se encuentra el mal mesón conocido por el nombre de Venta de Córdoba.

Como la caravana andaba despacio, sobrevino la noche antes que pudiesen entrar en aquella aldea; pero era noche de las más deliciosas que pueden gozarse en aquel clima.

Una multitud de brillantes luciérnagas pobló los árboles en pocos minutos, como si por una benéfica previsión hubiese cuidado la naturaleza de proporcionar claridad a los viajeros de aquellos campos.

Llegó por fin la caravana al sitio de su descanso, donde no pudo excusarse Guatimozín de recibir las visitas de algunos indios principales de las cercanías, que después de disputarse el honor de hospedarle, acudían a ofrecerle víveres y tamemes para la carga.

El país por donde al día siguiente continuaron su marcha presentaba un aspecto enteramente diferente al que acababan de atravesar. Empezaron a subir, dejando al Sur el gran volcán de Popocatepec y al Norte los soberbios montes Matlalcueyes: el príncipe se detuvo un momento para echar una mirada sobre la fértil llanura que se tendía a su espalda, y a cuyos últimos términos se descubrían a vista de águila las poblaciones del gran lago de México. Aquella extensión de agua, comparable a un ancho brazo de mar, se veía en lontananza sembrada por todos lados de hermosas ciudades, cuyas torres doradas parecían flotar sobre su superficie. Descollaba entre todas las poblaciones la gran Tenoxtitlan, y queriendo casi rivalizarle, tendía Tezcuco su alto caserío por la orilla oriental, a manera de una ancha cinta de plata, metal que imitaban las barnizadas paredes de sus edificios; mientras al extremo opuesto, orgullosa de su antigüedad, se levantaba Tacuba, ciudad de las flores, cuyos terrados eran otros tantos jardines. En medio de ella y de Tacubaya erguíase la desnuda roca de Chapoltepec, en cuyo vértice se veía un soberbio palacio del emperador: y no muy distante la colina de Tepeyac, donde estaba el templo de Ben Teott, diosa de la agricultura. Cuyoacan al Sur, daba las manos, por decirlo así, a las ciudades de Xochimilco, Mezquique y Churubusco, y más distante de la capital se encontraba la montaña cónica de Tecozingo, a cuyo pie conservan, todavía su nombre los célebres baños de Moctezuma.

Un hondo suspiro se escapó del pecho de Guatimozín.

—Ve —dijo a su esposa con acento amargo—, ve allá tantas grandes ciudades, capitales de los dominios de tantos príncipes poderosos, sobre los cuales reina un supremo emperador... ¡Unos pocos hombres extranjeros esclavizan a todos esos soberanos!

—El grande espíritu les volverá la razón —respondió la princesa.

Guatimozín ordenó continuase la marcha. Si eran hermosos los puntos de vista que podían gozar los viajeros volviendo los ojos hacia atrás, no eran a la verdad menos dignos de atención los que naturalmente se les presentaban.

La tierra alta por donde caminaban, ofrecía una sucesión continua de magníficos cuadros. Por cualquier parte que se tendiese la vista encontrábase algún rasgo valiente de aquella naturaleza que parece obra de una mano más atrevida que la que formó el resto de la creación.

Pronto saludaron los viajeros las risueña márgenes de Río Frío, y desde aquel punto la vegetación más vigorosa comienza a presentar un verde sombrío, renovándose a cada instante el aspecto del terreno. Tan pronto llanos floridos como profundos valles aquí horribles precipicios y escarpadas rocas; allá bosques espesos impenetrables a los rayos del Sol, en los que al canto del sinsonte y de la calandria responden los discordantes maullidos de los gatos monteses, y de vez en cuando el ronco rugido del cuguardo y el agudo silbido de la serpiente canauhcoatl. A veces en medio de la verdura de una colina se levanta la pintoresca cabaña de un mezecual; a veces la truncada pirámide de algún teocali consagrado a las divinidades campestres, mientras que, como atalayas gigantescas de aquel país de encantos, levantan en lontananza sus ignívomas cumbres los volcanes de Pinahuizapan y de Orizava, unidos por una cadena de escarpadas montañas.

Pronto el terreno ofrece nuevo carácter. Al través de una vasta llanura, un fenómeno de óptica presenta a los asombrados viajeros largos y jardines ondulando blandamente en medio de los aires, y al último término de la inmensa sábana, pasando por las cercanías del monte Pizarro, encuentran la vía más recta que conduce a Xocotlan, aproximándose a la cual va haciéndose progresivamente más grave la naturaleza del terreno. Como todos los volcánicos, tiene aquel algo de triste y uniforme. Sin embargo, hay un género de solemne hermosura en aquellas lavas amontonadas en toda especie de formas, que ora ofrecen a la vista ligeros arcos aéreos, como si al salir líquidas se hubiesen congelado en la atmósfera, ora semejan a los ojos de la fantasía las olas de un torrente que se precipita de las rocas.

A las faldas empero de aquella cordillera, que puede llamarse semillera de volcanes, aparece de súbito un fértil y risueño valle bordado de aldeas, en medio de las cuales tenía Olinteht la capital de sus dominios.

La imaginación pudiera concebir perfidia en la amena belleza de aquella tierra, dominada por tan temible enemigo. Pudiera decirse que es como la sirena, que seduce al hombre para atraerlo al peligro.

¡Pero qué grandioso espectáculo el de aquella montaña gigantesca de pórfido basáltico, tan caprichosa en su forma, y desde cuya cumbre, cubierta de perpetua nieve, puede abarcar de un golpe la vista todo el recuesto oriental de las cordilleras de México, vestido de bosques de balsamina y helecho arborescente, y el Océano tendiendo al otro lado sus arenosas costas!

Entró el príncipe en Xocotlan en una tarde fría pero serena, y salió a recibirle al umbral de su palacio el respetable Olinteht.

—¿En qué situación dejas al emperador? —preguntó al príncipe—. ¿Prosigue dispensando sus favores a los advenedizos de Oriente?

—El soberano de Tezcuco arrastra cadenas como un malhechor —respondió Guatimozín— y yo vengo a tus dominios en clase de desterrado. Por aquí puedes inferir el grado de favor que tienen con Moctezuma los extranjeros.

—¡Está preso el príncipe de la lanza mortal![41] —exclamó asombrado el tlatoani de Xocotlan—. ¡Viene desterrado el héroe de Tacuba!... ¡Los dioses se compadezcan de nosotros!

Bajó tristemente la cabeza, y sin decir más, condujo a sus huéspedes a las habitaciones más espaciosas de su palacio, donde dejándolos en libertad, fue a disponer alojamiento para las personas de su comitiva.

Capítulo XIV. Progresos de Cortés

Preso el príncipe de Tezcuco, desterrado Guatimozín, vueltos a sus respectivas provincias los príncipes que se habían reunido en la capital, ningún

---

41 Cacumatzin era muy conocido por aquel sobrenombre, que debió a sus grandes hazañas.

obstáculo podía encontrar la influencia de los españoles. Moctezuma, cada día más debilitado física y moralmente, se abandona a sus opresores con aquella especie de resignación con que cedemos a un destino que creemos inevitable y Cortés le trataba con mayores respetos y le revestía de más alucinadoras apariencias de autoridad, cuanto era más extenso el poder que iba adquiriendo en aquel ánimo abatido.

Por una ceguedad de política que parece ajena de la época en que vivió, supo adquirirse una autoridad más extensa y sólida que la que hubiera podido conquistar con las armas y desenvolver su usurpación bajo la salvaguardia del mismo soberano a quien precipitaba del trono.

Hizo que se despojase a Guatimozín de sus dominios hereditarios, y que muerto civilmente por traidor a su rey, fuese sustituido por uno de sus hermanos, príncipe, ambicioso y de mala índole, pero sin inteligencia ni resolución, del cual se prometía con fundamento tanta docilidad y afecto como odio y enemistad le profesaba el desposeído. Moctezuma sancionó este acto escandaloso de tiranía, que fue el anuncio de otros infinitos.

Muchos ministros y generales, que por su capacidad o poder le parecieron obstáculo a su proyecto, fueron degradados por acusaciones sin fundamento ni probabilidad, y se opusieron en su lugar hombres ineptos o adictos a los españoles. Los emisarios de éstos recorrían el imperio bajo la protección inmediata de personajes distinguidos que le daba Moctezuma, y a nombre de éste y por su autoridad ejecutaban todo aquello que creían conveniente a sus miras.

Escudado de este modo por su víctima; teniendo por instrumentos de su dominación las mismas leyes y magistrados del país; contando, por decirlo así, todas las convulsiones de aquel imperio moribundo, esperaba Cortés con admirable sangre fría el término de la grande obra con tanta dicha comenzada. Sin embargo, aunque resuelto a continuarla con toda la infatigable perseverancia de su carácter, supo prever su prudencia el caso de una retirada forzosa, y para proporcionársela segura, mandó construir por los mexicanos dos grandes bergantines, bajo la dirección de los carpinteros españoles.

Para realizar esta prudente medida excitó de antemano la curiosidad de Moctezuma, hablándole con frecuencia del arte de la navegación, y aparentó no llevar otra mira en la construcción de los buques que la de entretener al monarca, y enseñar a los carpinteros de la ciudad el modo de fabricar aquellos palacios flotantes, que tanta admiración les causaban.

El éxito feliz de todos sus empeños, la debilidad que encontraba en Moctezuma, la apatía del pueblo, que al parecer no se inquietaba por sus operaciones, el favor que le dispensaban algunos nobles, y la excesiva lealtad de otros que devoraban su descontento sin atreverse a resistir ninguna orden sancionada por el soberano, eran más que suficientes para excitar y fortalecer la audacia natural de Cortés. Por considerables que hubiesen sido los progresos de su obra, no le parecieron bastantes para detenerse en ellos; y cuando lo juzgó oportuno determinó prestarles nuevo impulso, con un rasgo de atrevimiento mayor aun que todos los anteriores.

Presentose una tarde en el aposento del monarca, y comenzando la conversación en los términos respetuosos que acostumbraba, ponderó el placer que daría al rey de las Españas la alianza y amistad del emperador mexicano, al cual [dijo] debía considerar como individuo de su propia sangre, puesto que según las noticias que se tenían del gran Quetzalcoal, don Carlos de Austria era indudablemente descendiente de aquel rey, y aun su legítimo sucesor en el imperio de México.

Expresó, como observaciones rápidas de aquel momento, que no sería extraño que el rey su señor creyese que de rigurosa justicia debía su digno aliado reconocerte vasallaje, aunque no fuera más que de mera fórmula; y como notase que empalidecía el rostro de Moctezuma al escuchar estas palabras, añadió con prontitud:

—Esto es solo una suposición mía, porque interesado en mantener la amistad y alianza entre dos grandes príncipes, de los cuales el uno es mi legítimo soberano y el otro me ha colmado de atenciones y beneficios, preveo acaso con sobrada anticipación todos los casos desagradables que pudieran alterar aquella paz y armonía, cuya conservación juzgo tan ventajosa para ambos.

—Yo haré por conservar esas ventajas —respondió Moctezuma— todo aquello que sea posible a un rey sin hacerse indigno de este título.

—La mayor parte de los vasallos de vuestra majestad —prosiguió Cortés desentendiéndose de las palabras de Moctezuma—, está en la íntima convicción de que es una disposición del cielo la que nos ha conducido a estos dominios para descubrir el derecho que tiene a ellos nuestro gran monarca, y no faltan señores mexicanos que digan secretamente que el grande espíritu quebranta el corazón y la salud de vuestra majestad, indignado al ver que continuáis ocupando un trono cuyo legítimo propietario está ya descubierto y conocido.

Turbose notablemente Moctezuma, y dijo con alterada voz:

—No hay duda en que los dioses han derramado sobre mí su ira, el motivo no alcanza mi entendimiento; pero ¡ojalá pudiese aplacarles con el sacrificio de una corona que me pesa más que me adorna! Los electores de mi imperio tienen solamente el derecho de nombrar los reyes, y si ellos quisiesen escoger otro, cualquiera que fuese, yo pediría solamente el honor de ceñirle por mi mano la sagrada diadema.

—Los mexicanos no pueden encontrar sienes, más dignas de llevarlas que las del gran Moctezuma —repuso Cortés—, y el rey de España no consentiría nunca en que se despojase de su carácter supremo a un soberano aliado y amigo suyo. Pero vuestra majestad debe conocer las exigencias que impone algunas veces su dignidad a los príncipes que ocupan un trono, así como los sacrificios que les ordena la política. Don Carlos de Austria puede ceder a las primeras, reclamando el vasallaje que según los mismos mexicanos, le debe en justicia vuestra majestad; y tal vez sea preciso que atendiendo a la segunda haga vuestra majestad el pequeño sacrificio que debe asegurarle la corona, y conservarle la amistad de un poderoso príncipe.

—¿Si accediese a ello —dijo Moctezuma después de un momento de silencio—, os marcharíais enseguida?

—Yo lo prometo solemnemente a vuestra majestad —respondió Cortés poniendo la mano derecha sobre su corazón.

Ven a verme, mañana y trataremos de eso —dijo Moctezuma—, pues antes de responderte quiero consultar a mis ministros.

Despidiose Cortes, y el emperador ordenó a uno de sus oficiales fuese a buscar a Guacolando.

Mientras tan atrevida proposición ocupaba al augusto preso, su esposa Miazochil meditaba el modo mejor de hacerle otra no menos importante y osada. Aquella princesa imprevisora y sencilla, satisfecha con el aparente respeto que tributaban a Moctezuma los españoles, y seducida por la amabilidad y cortesía del jefe, se había aficionado sinceramente a ellos, concibiendo además una amistad muy viva por la indiana Marina, mujer de gran talento y hermosura, que gozaba el afecto de Cortés y era apreciada entre sus capitanes.

Aquella infiel convertida por amor, ponderaba a la esposa de Moctezuma las virtudes de los españoles y la excelencia de su religión, hasta el punto que Miazochil se decidió a promover a su marido abandonase unos dioses de cuya ira le oía quejarse continuamente y escogiese al Dios extranjero que tantos favores dispensaba a sus adoradores.

Quiso consultar su resolución con Tecuixpa; pero aquella joven princesa no se ocupaba de otro interés que el de su amor. Era la primera vez que aquel sentimiento se posesionaba de su fogoso corazón, y la apasionada indiana hubiera visto sin terror desplomarse el universo, si sobre sus ruinas pudiese levantar un altar para tributar culto a su pasión.

Aquel amor vehemente era correspondido: Velázquez de León, cuyo ídolo hasta entonces había sido la gloria, se ocupaba más de Tecuixpa que de los proyectos grandiosos de su general.

Jamás una belleza europea le había encantado como la sencilla americana. Jamás corazón tan virginal y tan cándido le había ofrecido un afecto tan vivo.

Era hechicera aquella niña con su ignorancia y su talento natural; con sus delirios y sus caprichos; con su altivez de princesa y su sumisión de amante.

—Te prohibo —decía a Velázquez—, te prohibo absolutamente que me hables jamás de tu vuelta a España. Quiero que vivas en mi patria, y que mi padre te haga príncipe tan poderoso como lo era Cacumatzin, mi primer amante.

Y añadía enseguida poniéndose de rodillas delante del joven:

—¿No es verdad que no abandonarás nunca a tu pobre Tecuixpa, que moriría de dolor? Dime que no, te lo suplico por el amor de la madre dichosa que te llevó nueve lunas en su seno, y que al echarte al mundo conoció en tu hermosura que te había concebido en una de las más bellas noches que mira desde el cielo la hermana del Sol, y en la hora en que los espíritus de amor bajan a murmurar dulces palabras en los oídos de las vírgenes y de los

114

amantes. Por eso es tu frente blanca y hermosa como la Luna y tus acentos encantan al corazón.

Escuchábala Velázquez embelesado, y la juraba un eterno amor.

—Cuando conozcas a mi Dios —la decía—, recibirás el nombre de mi madre, y un sacerdote cristiano nos unirá con vínculos eternos.

—¿Y será preciso ir muy lejos para conocer a tu Dios? —preguntaba cándidamente la joven.

—Él está en todas partes, Tecuixpa mía, y ahora mismo nos escucha y habla a tu corazón aunque invisible a tus ojos.

—Si es así, yo te aseguro que ya le conozco y que puedes darme el nombre de tu madre y escogerme por esposa. Muchas veces mientras estamos juntos y me hablas de tu amor y de nuestra felicidad futura, siento que gira en torno mío un aire de fuego, y que mis ojos se ofuscan, y que mi corazón se dilata y se engruesa, como si no pudiera contener alguna cosa que le llena. En aquellos momentos me parece que escucho sonidos del cielo mezclados a tu voz, y que no es todo tuyo el resplandor de tus ojos que me abrasan. Entonces está sin duda tu Dios al lado tuyo, y todo lo que yo siento en mí es efecto de su presencia.

Sonreía Velázquez besando la delicada mano que Tecuixpa en el calor de su discurso colocaba cerca de la suya, y ella añadía:

—Los dioses mexicanos son muy feos, si hemos de juzgar por sus retratos, que habrás visto en nuestros templos. El tuyo debe ser hermoso, porque si no, no se hubiesen enamorado de él todas aquellas vírgenes que me contabas ayer se dejaron matar antes de abandonarle, porque le habían elegido por esposo. Yo no aspiraré nunca a tan grande honor; me contento con ser esposa tuya.

Desistía Velázquez de hablar de religión con Tecuixpa, y se creía sobrado feliz con pintarla cien y cien veces su fogosa pasión.

¡Ay! La dicha imprevisora de aquella joven y enamorada pareja, podía causar tanta compasión al que lograse, penetrar los secretos del porvenir, como la misma amargura que devoraban en su destierro Guatimozín y su esposa.

Parte segunda

Capítulo I. La convocatoria

Era la hermoso tarde de uno de los últimos días del mes de mayo: el Sol en su ocaso doraba con sus últimos rayos las nevadas cumbres de las montañas, y dejaba traspasar una claridad melancólica en el ameno valle donde se levantaba la linda ciudad de Xocotlan. Las aves buscaban ya el abrigo de sus nidos, y los mayeques[42] se retiraban a sus hogares entonando la canción del reposo, cuando deteniéndose de improviso y cesando el canto se les vio correr con aire de curiosidad, y una vez, circulando rápidamente de unos en otros, explicó la causa de aquel movimiento, que en los más había sido efecto de mera imitación.

La curiosidad tenía por objeto al príncipe Guatimozín que volvía de una montería, único ejercicio que podía sacarles de su tristeza, y que Olinteth le había aconsejado, conociendo la necesidad de dar algún empleo a la gran actividad de su joven huésped.

Los monteros más diestros y atrevidos no igualaban en agilidad y arrojo al yerno de Moctezuma, que en las batidas en que se entretenía llevaba siempre al palacio de Olinteth como trofeos de su valor, al voraz y astuto cojotl, al indómito tlalmototli y al tlalcoyot de codiciada piel.

Retirábase aquel día algo más temprano que de costumbre con sus amigos Naothalan y Cinthal, siguiéndoles los monteros con las muestras de su victoria; pero aunque el joven príncipe saludase a los labradores que salían a la vereda del camino con su habitual amabilidad, díjose entre ellos que parecía más melancólico y disgustado que de costumbre, y que se notaban en sus dos compañeros síntomas de inquietud.

En efecto, las pocas palabras que trocaban entre sí los desterrados confirmaban aquella suposición.

—¿No sospecháis vosotros quiénes puedan ser esos personajes? —preguntaba Guatimozín a los dos hermanos.

—El cazador que me dijo haberlos visto llegar a Xocotlan por el camino de México —respondió Cinthal— aseguraba solamente que parecían hombres de suposición, y que viajaban con grande prisa.

—¡Serán tal vez nuevos desterrados! —murmuró el príncipe bajando con tristeza su altiva frente.

---

42   Mayeques, labradores.

—Temo que sean más bien —dijo Naothalan— agentes de los tiranos.

Guardaron silencio y se apresuraron a llegar a la ciudad, en la cual creyeron notar indicios de agitación. En efecto, al conocer al príncipe algunos grupos que se formaban en las calles, prorrumpieron en voces, y pudieron entenderse estas palabras:

—¡Mueran los españoles! ¡Viva Guatimozín!

Llegó el príncipe al palacio de Olinteth seguido por pelotones de pueblo que hacían oír por intervalos aquellas dos aclamaciones, y al bajar de su litera se volvió a ellos y les dijo:

—Regresad a vuestras casas, amigos míos, y dejad a cargo de nuestro legítimo soberano Moctezuma el castigo de los extranjeros, si es que algún desacato han cometido.

Era tan extremado el respeto que aquel pueblo profesaba a sus príncipes que aunque descontentos y de mal talante, obedecieron al instante los de Xocotlan la orden de Guatimozín, que entró en el palacio ansioso de conocer la causa del tumulto que acababa de apaciguar.

Salió a su encuentro Olinteth con aire pensativo, y le dijo suavemente:

—Tu destierro ha terminado, y debes salir conmigo esta misma noche de Xocotlan, para ir a una gran asamblea a que convoca Moctezuma todos los señores de las provincias.

—¿Cuál es el objeto de esa asamblea extraordinaria? —preguntó con ansiedad Guatimozín.

—Reconocer vasallaje al rey de los españoles —respondió Olinteth con acento amargo.

Quedó mudo y estático por algunos minutos el príncipe de Tacuba, y el de Xocotlan prosiguió:

—Tu padre, anciano y enfermo, acaso no pueda asistir, y serás tú quien lo represente en la asamblea.

—¡Nunca! —exclamó Guatimozín haciendo pedazos el grueso chuzo que llevaba en las manos.

—¡Es forzoso! —dijo con triste sonrisa Olinteth—. Un enviado de Quetlahuaca, y Huasco, príncipes de Iztacpalapa y de Cuyoacan, ha llegado casi al mismo tiempo que los emisarios de Moctezuma, y estas son las palabras que a nombre de nuestros ilustres amigos me ha dicho el mensajero:

120

«El pueblo acata todas las órdenes del emperador, y sería en vano intentar persuadirle de que para obedecerlo sin bajeza es precisa antes libertarlo de los opresores que mandan en su nombre.»

«Tlascala, Zempoala, Tabasco, Zimpazingo y otras muchas poblaciones de la serranía están por los españoles. El nuevo soberano de Tezcuco es hechura de ellos y está interesado en conservar la influencia que lo ha colocado en el trono. La mayor parte de las provincias se horrorizarían a la proposición de desobedecer un mandato de Moctezuma, y son muy pocos los tlatoanis, aun entre aquellos menos seducidos por los españoles, que se atraviesen a combatir a cara descubierta esta excesiva y perjudicial fidelidad del pueblo.»

—¡Pues qué! —exclamó Cinthal con desesperación—, ¿no hay medio ninguno de libertad y venganza?

—La muerte liberta de todo —dijo con voz sombría Naothalan—, y nunca falta la venganza a la desesperación.

—La desesperación, joven —dijo Olinteth—, es un consejero peligroso, y la venganza deja de serlo cuando nos atrae un mal mayor que aquel que cansamos. Yo pienso, y es igual la opinión del noble príncipe de Iztacpalapa, según me ha manifestado su mensajero, que debemos acudir todos al llamamiento de Moctezuma, nuestro legitimo soberano, suplicándole como a tal arroje de sus dominios a los extranjeros que lo extravían. Según ofrece el monarca, esos hombres inicuos saldrán del imperio tan pronto se reconozca el vasallaje; y si solo se nos exige el sacrificio de algunas riquezas y se cumple el ofrecimiento de despedir a los españoles, soy de opinión que debemos resignarnos y callar.

—¿En dónde están Quetlahuaca y Huasco? —preguntó Guatimozín.

—En México —respondió Otinteth— a donde acuden todos los tlatoanis al llamamiento del emperador.

—Vamos pues allá —gritó Guatimozín—. Vamos a pedir a Moctezuma la libertad o la muerte.

Apenas despuntó la aurora salieran con numeroso séquito. Gualcazinla lloraba en su litera al ver el sombrío aspecto de su marido; nunca aquel joven de semblante noble y expresivo había tenido un ceño tan adusto. Cerca de él iba Olinteth no menos silencioso y taciturno, y los seguían

Naothatan y Cinthal, el uno con todas las apariencias de concentrado furor, y el otro con el aspecto de un desaliento profundo.

Viajaban los príncipes con precipitación; apenas descansaban algunas horas de la noche: no se tenía consideración con la princesa y el tierno Uchelit: Guatimozín parecía impaciente por llegar a México y como olvidado de aquellas caras prendas.

Sin embargo, cuando las asperezas del camino le hicieron salir de su abstracción, arrojose de la litera y corrió a colocarse junto a la de su esposa para atender de cerca a su seguridad.

Ni los consejos de Olinteth, ni las repetidas instancias de Naothalan y Cinthal, que le rogaban confiase a ellos el cuidado de la princesa, consiguieron desde entonces apartarle de junto a ella, ocupado sin cesar en atenderla, aunque siempre repitiendo la orden de apresurar la marcha.

Andaban efectivamente, como ya hemos dicho, muy deprisa hasta en las horas más calorosas del día. Fatigábase Guatimozín, y Gualcazinla le rogaba en vano volviese a su litera, pues fingía no oírla.

Mirábale ella entonces con cariñoso enfado, y sacando fuera de la litera su delicada mano, la extendía para enjugarle el sudor que le cubría la frente.

—El Sol abrasa —le dijo—: los mismos tamemes acostumbrados a su rigor, parecen rendidos y obedecen con trabajo las órdenes de tu impaciencia. Por amor de tu vida te suplico que vuelvas a tu litera. Tu cabeza arde, y están ensangrentados tus pies.

—Cuida solamente de Uchelit —respondió el príncipe— no sea que reciba algún daño en los vaivenes que da la litera por la desigualdad del camino.

—Duerme en mis brazos tranquilamente —repuso Gualcazinla—, y ningún riesgo corre del género de los que temes; pero ¡ay! Aunque el pobre inocente no pueda todavía conocer y sentir los pesares, recelo mucho que el dolor que padezco al ver el tuyo, envenene las fuentes de su vida, y que beba la muerte en la leche de su madre.

Estremeciose Guatimozín y tendió una mano, sobre mi hijo, como si hubiera querido defenderlo de aquel peligro; pero una nube sombría cubrió súbitamente la expresión de tierno sobresalto que animaba su semblante, y cruzando los brazos sobre el pecho, dijo con acento melancólico:

—¡Dichoso el hijo que recibe la muerte de los pechos de su madre, cuando no tiene un padre que pueda darle la libertad!

—Uchelit no está en ese caso —respondió con prontitud Gualcazinla—. El padre de Uchelit, aunque joven, es el primer guerrero entre todos los príncipes aztecas: cuando la madre se presenta con el niño en algún concurso, hasta los ancianos la saludan con respeto diciendo:

—«Es Gualcazinla, hija de Moctezuma y esposa de Guatimozín, y el infante que trae en sus brazos es un hijo de, héroe, dos veces bisnieto del grande Axayacat.»[43]

Mientras pasaba esta conversación entre los dos esposos, el día, que se hallaba en la mitad de su curso, empezó a oscurecer súbitamente como si quisiese usurpar los dominios del Sol una noche extemporánea.

Aquella novedad sorprendió por el pronto a los viajeros; pero en breve los estremecimientos de la tierra y los sordos bramidos subterráneos les anunciaron que el volcán de Popocatepec, en cuyas cercanías se hallaban, disponía una de sus más violentas erupciones. Diose prisa la caravana en alejarse de tan formidable vecino; pero no pudieron lograrlo tan pronto que no fuesen testigos de aquella escena amenazante y magnífica.

A las espesas columnas de negro y sulfúreo humo que despedía el cráter, empiezan a mezclarse llamaradas rojizas que coronan las montañas con una aureola de fuego. Bien pronto los bramidos se suceden sin intermisión, cada vez más recios y prolongados: el ancho cráter arroja con violencia ardiente lava, piedras y materias, combustibles, que vuelven a bajar como un diluvio de centellas llegando sus oleadas a considerable distancia.

La inmensa mole de la montaña retiembla en sus cimientos como si fuese a desplomarse: su cabeza encendida se reproduce en lotananza, como en un espejo, en las aguas del gran lago de Chalco, y el cielo y la tierra parecen dos océanos de fuego.

Los tamemes prorrumpieron, en lastimosos gritos, y se vio palidecer a los nobles que acompañaban, a Otinteth. Aquel terror no provenía únicamente del peligro en que se hallaban, sino también de la creencia general entre

---

43 Axayacat, nombrado Axayacazin por los mexicanos, fue uno de los más célebres monarcas de aquel imperio. Conquistó muchas provincias, hizo edificar uno de los mejores templos de México y dos grandes palacios, uno de los cuales sirvió de cuartel a los españoles.

los mexicanos, de que las erupciones de aquel volcán eran anuncios ciertos de grandes calamidades.

La luz fatídica que coronaba al Popocatepec, reverberaba en la nevada cumbre del monte Ixtacihualt, y Guatimozín en su exaltación creyó divisar sobre aquel enorme pedestal a la siniestra profetisa, contemplando la desgraciada ciudad próxima a sucumbir al destino fatal que tantos años antes le había anunciado.

Aquel delirio febril fue tan vivo que, deteniéndose de pronto.

—Gózate, pues —exclamó—, gózate, cruel mensajera de Tlacatecolt, en la realización de tus vaticinios.[44] Ven a contemplar a la luz de los rayos, subterráneos los triunfos de los hombres de tu color, y desploma tu asiento de montañas, sobre la raza infortunada, cuyo exterminio ha decretado el formidable espíritu a quien sirves de intérprete. Ven, pues, y entonaremos la canción de la muerte sin que tiemblen nuestros labios, ni veas al resplandor de esas sangrientas luminarias palidecer nuestras frentes.

El ruido de los truenos del volcán apagaba aquellas voces. Era un espectáculo extraño y sublime ver a aquel adolescente desafiando al destino, en medio de aquellos dos colosos de la tierra.

—¡Huyamos, Guatimozín! —gritó la princesa—. Las almas de los tiranos quieren llegar hasta mi tierno hijo.[45]

Naothalan y Ciathal, asiendo al príncipe de entrambos brazos, te obligaron a huir, y la caravana, no se detuvo, a tomar aliento hasta que se encontró a considerable distancia de la montaña.

El volcán fue calmando su furor progresivamente, y, cuando los viajeros llegaron al pueblo en que se proponían pernoctar, conocieron que todo el peligro había pasado ya.[46]

---

44 En una nota de la primera parte de esta obra hemos advertido que Ixtacihualt significa damablanca. Este nombre, dado por los mexicanos a aquel monte, tuvo origen, según la tradición popular, en la aparición de una mujer misteriosa que entronizada en aquella cumbre, pronosticó la destrucción del imperio. Nuestros lectores no habrán olvidado que Moctezuma en su primera conferencia con los príncipes de su sangre hizo mención de este hecho, que era generalmente acreditado.

45 Era una creencia popular que los volcanes arrojaban en sus erupciones las almas de los reyes tiranos para que castigasen a los pueblos.

46 La erupción que aquí se describe acaeció algunos meses antes del tiempo en que la coloca la autora, la que no ha creído tomarse libertad excesiva atrasándola un poco para darla lugar en su novela.

Al siguiente día continuaron su marcha incorporándoseles los príncipes de Atlisco y Matlalla, que iban también a la asamblea general convocada por Moctezuma.

En todos aquellos señores se notaban señales de descontento, pues aunque no hubiese Moctezuma declarado públicamente el objeto de la asamblea, decíase como cosa cierta, acaso por haberlo revelado alguno de los ministros, que era para reconocer vasallaje al rey de Castilla.

Las provincias a donde habían llegado estas voces mostrábanse inquietas y disgustadas; pero conservaban todavía tanto temor a Moctezuma y tan alto concepto de su prudencia, que no osaban ni nobles ni plebeyos quejarse abiertamente, y aunque hubo algunos gritos dirigidos contra los españoles, y muchos vítores a Guatimozín, todo cesaba y se convertía en respetuoso silencio al oír el nombre de Moctezuma.

Entraron en México los viajeros a las nueve de la mañana del octavo día de su salida de Xocotlan, y apenas dejó Guatimozín en el palacio imperial a su esposa y a su hijo, entregados a las caricias de Miazochil y Tecuixpa, corrió a reunirse con varios personajes, citados por Quetlahuaca, al palacio que poseía en México. Acudieron a su llamamiento los tlatoanis de Xochimilco, Tlacopan, Zopanco, Ateneo, Tepepolco, Matalcingo y otros muchos, entre los cuales se contaban algunos de lejanas provincias, como eran Miltepec, Canolvacac, Ahualolco y Ajotla, ansiosos todos de inquirir el objeto día la próxima asamblea. Daban los unos por indudable que la intención de Moctezuma era reconocer vasallaje al rey de España; otros vacilaban, y otros lo creían imposible. De esta última opinión era el príncipe de Matalcingo, el cual aseguró que si cierta fuese tan culpable flaqueza en Moctezuma, desde aquel día le negaría la obediencia, por más que fuese su pariente.

—Por mí —dijo— se desbarató la conjuración formada contra los españoles; por mí, que creyendo todavía rey y caballero a Moctezuma, desaprobé altamente la inobediencia a su voluntad suprema. Pero después que el ilustre Guatimozín ha contado muchas lunas en el destierro, y que algunos ministros han sido depuestos de sus destinos sin motivo justo, solo necesito una última prueba de la flaqueza de Moctezuma para ser el primero que aclame a un rey más digno de gobernarnos, y que sepa conservar la gloria del nombre mexicano.

—No sé si debemos, nosotros súbditos e ignorantes, juzgar al gran Moctezuma —dijo el anciano príncipe de Tlacopan—, pues es tan superior su sabiduría, y los dioses le hablan y aconsejan con tanta frecuencia, que aquello que nos parezca más injusto o fuera de razón, puede ser un acto de acierto y sabiduría.

—Los dioses no son ya propicios a Moctezuma —dijo Huasco—, señor de Coyoacan, yo he oído de boca de los mismos teopixques estas palabras dignas de atención: «Moctezuma es perseguido por los espíritus, y no habrá soles felices para el país que sea dominado por él».

—No hay duda en que los dioses han cesado de proteger a mi desgraciado hermano —repuso Quetlahuaca—, y que los extranjeros se han convertido en fieras y le tienen entre sus garras. Yo detesto a esos malvados tanto cuanto en otro tiempo los estimaba, y antes que permitir nos esclavicen a su rey, que será más tirano si cabe que sus representantes, derramaría contento la última gota de mi sangre. Pero acaso la asamblea de que se trata, aunque tiene indudable mente por objeto reconocer vasallaje a aquel monarca desconocido, no sea tan perjudicial a nosotros como parece a primera vista. Sé con la mayor certeza que el Malinche[47] ha jurado al emperador marchar de estas tierras tan luego se le den los tributos que debe llevar a su rey; y como esos hombres temibles por sus armas y sus fieras domesticadas, tienen ya aliados poderosos, Moctezuma habrá creído prudente desembarazarse de ellos sin irritarlos.

—Así lo creo —añadió Olinteth—, y si solo se trata del sacrificio de algunas riquezas, pronto estoy a hacerlo sin pesar alguno. El rey de los extranjeros está muy lejos, y cuando ellos salgan de estos dominios bien seguro es que no volveremos a dejarlos entrar.

—¿Y crees tú, príncipe de Xocotlan —exclamó Huasco—, que ellos se marcharán satisfechos y nos dejarán tranquilos, cuando nos vean tan flacos que accedamos a reconocernos vasallos de su rey? Su soberbia crecerá con este nuevo triunfo, y lo que ahora sería usurpación parecerá entonces

---

47 Solían llamar así a Cortés. La traducción literal de esta palabra no es conocida en nuestra lengua. Parece, sin embargo, que, el título de Malinche era honorífico.

un acto de derecho. Jamás consentiré en tan indigno medio: para arrojarlos de México tenemos armas y corazón.

—Hablas como joven —dijo Quetlahuaca—. Yo seré el primero que muera defendiendo nuestra libertad; el primero que si esos extranjeros faltan a su palabra, se presentará para expulsarlos con las armas en la mano; pero no creo conveniente negarme ahora a las medidas de prudencia que proponga Moctezuma, y si él me manda prestar vasallaje, obedeceré como leal súbdito. Moctezuma ha ofrecido que saldrán los extranjeros y jamás ha tenido que recordarle nadie sus promesas a Moctezuma.

—Mi opinión es igual a la del noble Quetlahuaca —dijo el príncipe de Tepepolco.

—La mía también —añadió el de Otumba—; pero quiero que antes de todo roguemos a Moctezuma satisfaga la codicia de los españoles sin someternos a una vergüenza. ¿Qué necesidad hay de reconocer vasallaje si damos los tributos voluntariamente, y tributos es lo que quieren esos hombres hambrientos?

—¡Sí, príncipes! —exclamó Guatimozín—: pidamos al emperador que se excuse y nos excuse tan grande humillación; y no importa dar montones de oro que satisfagan la codicia de los tiranos extranjeros.

—¡A ello, pues! —gritó el príncipe de Xochimilco—. Hagamos venir al ministro Guacolando, y que hoy mismo sepa el emperador nuestra súplica.

Todos consintieron, y un oficial del príncipe de Iztacpalapa partió en busca de Guacolando. Algunos otros tlatoanis llegaron a la junta mientras se esperaba al ministro favorito, y todos se mostraron satisfechos de la resolución; de sus amigos, y dispuestos como ellos a comprar a cualquier precio la salida de los españoles y la dignidad de su monarca.

Llegó por fin Guacolando, y tomando la palabra Quetlahuaca, le explicó el objeto de aquella reunión, encargándole de manifestar a Moctezuma las súplicas de los príncipes sus tributarios.

—Es inútil, nobles señores —respondió el ministro—. Moctezuma ha empeñado su palabra al Malinche, y todos sabéis que su palabra es inviolable.

En efecto, era tan conocida aquella caballeresca exactitud del emperador, que al saber estaba empeñada su palabra, todos conocieron que sería en vano intentar oponerse.

—¡Pues qué! —exclamó colérico el señor de Matalcingo—, ¿es cierto lo que se dice? ¿Quiere Moctezuma reconocerse súbdito de un rey extranjero?

—No será sino vana ceremonia —respondió Guacolando—, y satisfechos con ella y algunos regalos, los españoles dejarán libre y tranquilo el imperio. Así lo ha exigido el gran Moctezuma y lo ha ofrecido solemnemente el jefe extranjero.

—Yo me despido ¡oh tlatoanis! —dijo levantándose con impetuosidad el de Matalcingo—. Vuélvome a mis Estados y niego la obediencia a un soberano que quiere reconocer por suyo al de los forajidos de Oriente. Cuando necesito un brazo para su defensa y la de su imperio, me volverá a ver Moctezuma; pero nunca —díselo así, Guacolando— nunca me hallará para ser partícipe y testigo de sus flaquezas.

Saliose aquel príncipe, y poniéndose en pie Guatimozín, dijo con menos ira, pero con más grave tristeza:

—Dirás en mi nombre al emperador, que a mi padre y señor el soberano de Tacuba toca decidir si debe o no prestarse la humillación que se le exige, que yo no puedo representarle tratándose de un acto que desapruebo, y que calificaría muy duramente si no respetase la autoridad que lo decreta. Que puede desterrarme otra vez a donde la parezca o encadenarme como a Cacumatzin. Soy su vasallo y no resistiré.

—De mí, le dirás —añadió Huasco—, que no reconozco más autoridad sobre la mía que la de los dioses y la del emperador.

—De mí —dijo el prudente Quetlahuaca—, que a su sabiduría atañe el pesar la gravedad de la resolución que tome, y a mi lealtad toca obedecerla; pero que si faltan los extranjeros a la palabra que han empeñado a su grandeza, sabré castigarlos vengando su engaño.

Igual manifestación hicieron la mayor parte de los príncipes, y disolviéndose la junta volvió Guatimozín al palacio imperial, en donde encontró la novedad de haber llegado un momento antes su padre el digno rey de Tacuba.

Pasó a visitarle ansioso de saber su intención en las circunstancias difíciles en que se hallaban, y le encontró sin otra compañía que la de su hijo Netzalc, joven de la misma edad que Guatimozín, pues no eran nacidos de la misma madre. Era permitida a los reyes la bigamia; y aunque esta licencia tuviese poco uso, el señor de Tacuba, que casó al subir al trono con una hermana de Moctezuma, conservó en calidad de mujer legítima a una señora noble con que se había unido antes de reinar. Fruto de aquella unión era Netzalc, tiernamente querido de Guatimozín su hermano, nacido de la princesa de México.

La poca salud del señor de Tacuba le obligaba a no salir casi nunca de sus Estados, y aunque la capital de aquellos estuviese muy cercana de México, hacia muchos años que no se le había visto en dicha corte, cuando le trajo a ella la solemne convocatoria.

Aunque físicamente muy debilitado, conservaba aquel príncipe toda la energía de su carácter, y apenas vio con firmadas por Guatimozín las voces que habían llegado a sus oídos respecto al objeto de la asamblea, cuando levantándose con resolución:

—Basta —dijo—; haz preparar las literas, Netzalc, que quiero volverme inmediatamente a mis Estados.

Besole la mano Guatimozín.

—Eres un digno príncipe —exclamó—, y te reverencio como a padre y como a un verdadero Tepaneca.[48] Te suplico, sin embargo, que no te alejes tan pronto de mis brazos y que me permitas escuchar algunas horas la sabiduría de tus palabras y traerte mi hijo para que los bendiga.

Volvió a sentarse el señor de Tacuba, y dijo con grave y triste acento:

—El gran Moctezuma I, que derrotó los ejércitos de mis antepasados,[49] jamás pudo imaginar que el segundo de su nombre que reinase en México,

---

48 La dinastía Tepaneca era una de las más antiguas e ilustres del Anáhuac.
49 El imperio de Atzcupuzalco, fundado por los Tepanecas, era el más poderoso de todos los reinos del Anáhuac. Las tiranías y usurpaciones de su último soberano, llamado Moctlaton, obligaron a los nobles mexicanos y a los de Tezcuco a coligarse para hacerle guerra: bajo las órdenes del valiente general Moctezuma dieron una batalla, célebre en los fastos de la historia mexicana, pues murió en ella Moctlaton, quedando destruido casi todo su ejército. El imperio de los Tepanecas desde entonces hizo parte del mexicano.
Un solo vástago quedó de la dinastía destronarla y el emperador de México, que sin duda era hombre político, creó para aquel príncipe el reino de Tacuba.

Muerto el emperador Izcoal, le sucedió por aclamación general su sobrino el célebre guerrero Moctezuma que reiné con gloria 28 años, y murió casi al mismo tiempo que el rey de Tacuba. Sucedió a este último su único hijo llamado Alcoyolt, y ocupó el trono imperial uno de los que dejó Moctezuma I, bajo el nombre de Tizoczin. Murió este antes que el nuevo rey de Tacuba, que alcanzó el reinado de Axayacat, sucesor y primo de Tizoczin, pues era hijo de un hermano de Motezuma I. Algunos años después de la coronación de Axayacat acabó su vida el vástago de los Tepanecas. y de los hijos que tuvo solo le sobrevivió uno, que le sucedió en el trono, casándolo Axayacat con una princesa de su familia.

Para dar al lector mayor conocimiento de la genealogía de nuestro protagonista, añadiremos que muerto Axayacat le sucedió Almitzonzin, reinando todavía en Tacuba el hermano político del difunto emperador, que tenía de la princesa mexicana un hijo que le sucedió en 1497. Este príncipe es el que reinaba en Tacuba cuando Hernán Cortés llegó a México, y el mismo que ha dado lugar a esta explicación. Casó al subir al trono con una hija de Axayacat su tío, hermana por consiguiente del príncipe que siete años después subió al trono imperial con el nombre de Moctezuma II, y con el cual ya debe estar el lector asaz familiarizado.

Por esta explicación se verá claramente que Guatimozin era hijo de un primo y de una hermana de Moctezuma II; nieto de Axayacat. por su madre, y por parte de padre vástago, por línea recta de varón, de la real familia Tepaneca.

En aquel joven príncipe y en su padre se habían mezclado la sangre de los aztecas a la de los antiguos dominadores del Anábuac.

Creemos interesantes estas noticias genealógicas respecto a nuestro héroe, por no hallarse en los historiadores europeos que han tratado de la conquista de México. Bernal Díaz del Castillo, que es el más minucioso, no hace mención de Guatimozin hasta el momento en que sube al trono, y no da de él otros antecedentes sino que era deudo cercano de Moctezuma y casado con una hija de aquel monarca. Solís no dice ni aun esto. Presenta a Guatimozin electo emperador por unanimidad, en una edad tan temprana que el mismo historiador español se admira, y dice que debió a sus grandes hazañas el olvido que se tuvo de sus pocos años. El célebre Roberston, que en su imparcial y filosófica Historia de la América tributa una especie de homenaje a la capacidad y valor de aquel desventurado príncipe, no nos instruye mejor acerca del origen y antecedentes del héroe que nos pinta, y que hace su pincel más interesante. Se limita a expresar que era sobrino, y yerno de Moctezuma; pero nunca nos le presenta hasta la época de su coronación.

Extraña cosa me ha parecido que en la historia en que se hace particular mención de los señores más notables del imperio mexicano, se diga tan poco de aquel que por grandes hazañas (según dice Solís) mereció ser elevado al imperio a la edad de veintidós años, con preferencia a los reyes de Tezcuco, Matalcingo, Coyoacan y otros muchos señores poderosos y como él de sangre real. No concibo cómo está oscurecido hasta el momento de su coronación un personaje que tanto figura después en la historia de la conquista, y que es indudable debió figurar antes, puesto que tan alto aprecio se granjeó entre sus compatriotas, que le elevaron al solio a pesar de sus pocos años y en circunstancias tan críticas.

El talento y extraordinario valor que mostró el joven rey en la heroica defensa de la ciudad imperial, aumentando el interés que inspira su desventura, hace más vivo el deseo de conocer su vida anterior y los antecedentes que le condujeron a la elevación de la que le precipitaron los conquistadores. Este deseo me ha obligado a registrar cuidadosamente

y al cual reconocería vasallaje el descendiente de aquellos mismos soberanos vencidos por él, deshonrase con tan indigna flaqueza su trono y su
nombre. Apresurate, Guatimozín, a traerme tu hijo para bendecirle, pues no
quiero permanecer por más tiempo en esta corte envilecida.

—Respetado Taltzin —dijo el joven Netzalc—, ¿quieres pues abandonar al
monarca en el momento de su flaqueza? ¿Cumplirás tu deber de consejero y
leal súbdito volviendo la espalda a un trono que se viene abajo? ¿No cree tu
prudencia que obraría más dignamente presentándote a Moctezuma, para
fortalecer su corazón y levantar su espíritu?

Estas palabras hicieron fuerza en el ánimo del señor de Tacuba, que
permaneció algunos instantes pensativo.

—Es inútil —dijo Guatimozín—; el emperador ha empeñado su palabra, y
su palabra es inviolable.

—No debe serlo —exclamó con indignación el anciano—. No está
empeñada una palabra exigida, no se concede lo que la fuerza arranca.
Moctezuma es un rey prisionero. Sí, Netzalc, tienes razón: sal y ordena
preparar nuestros literas, quiero hablar a ese monarca oprimido y pedirle
permiso para sacarte de su vergonzosa esclavitud.

Obedeció Netzalc y el señor de Tacuba añadió volviéndose a Guatimozín:

—Ve tú mientras tanto a visitar a nuestros deudos los príncipes de
Matalcingo, Coyoacan, Iztacpalapa y Xocotlan, y hazles saber que los esperamos esta noche en nuestro palacio México.

Salieron juntos padre e hijo. El uno tomó su litera para ir al cuartel español, y el otro para la casa de Olinteth.

Capítulo II. Nuevos presos

Estaba solo Moctezuma cuando llegó Guacolando a presentar el mensaje
que le habían encargado los príncipes. Al verle entrar el monarca le tendió
afectuosamente la mano, pues había depuesto en la esencia de la adversidad aquel excesivo orgullo con el cual se imaginaba un Dios, haciéndose
tratar como si efectivamente lo fuese.

---

cuantos libros se han publicado sobre México, así en Europa como en América; y si las
noticias que doy no son perfectamente exactas, puedo creer al menos que son verosímiles
y no infundadas.

—Y bien, mi querido ministro —le dijo—, ¿qué quiere decir ese semblante triste?

—Los dioses, gran señor —respondió el anciano— han dispuesto que yo no venga a ti sino para comunicarte noticias desagradables.

—¿Qué ha sucedido, pues? —dijo con inquietud Moctezuma—. ¿Han cerrado los ojos a la luz mi esposa o alguno de mis hijos?

—No, gran señor, la emperatriz vendrá como de costumbre a visitarte con la princesa Tecuixpa y el príncipe tu hijo menor; tus hijos mayores, que están por orden tuya en éste tu nuevo domicilio, siguen sin novedad, como sin duda sabes.

—¿Ha llegado de Xocotlan alguna mala nueva? —volvió a preguntar el emperador—; ¿mi hija Gualcazinla y su esposo han experimentado alguna desgracia?

—La princesa Gualcazinla y su esposo —contestó el ministro—, han llegado a esta ciudad hace algunas horas, y ninguna desgracia los han enviado los dioses.

—Dime, pues, tu pena y no tenías la que puedas causarme —repuso Moctezuma—. Mi corazón está encallecido.

—Los príncipes de Matalcingo y Coyoacan —dijo Guacolando—, te niegan la obediencia y te declaran que jamás aprobarán tus flaquezas. El príncipe Guatimozín se excusa de asistir a la asamblea que has convocado, y dice que su padre y no él debe de entender en lo que intentas, pues no te parece conveniente tu resolución.

Palideció de cólera Moctezuma. Por muy abatido que estuviese su espíritu, no fue insensible a aquel, en su concepto, horrendo desacato. Acostumbrado a una ciega obediencia en sus vasallos, venerado hasta entonces por los príncipes sus tributarias, muchos de los cuales eran sus deudos o sus hechuras, considerose más ofendido y humillado por aquella muestra de inobediencia y falta de respeto, que por todos los ultrajes recibidos de los españoles. Levantose de la silla trémulo de indignación y gritó con voz tan alta que fue perfectamente oída de todas las personas que estaban en su antesala:

—¡Me niegan la obediencia! ¡Ellos! ¡Mis parientes! ¡Me niegan obediencia los príncipes de Coyoacan y de Matalcingo! ¡Y Guatimozín! ¿También

Guatimozín me desobedece y me insulta? ¡Presos todos ellos! ¡Presos al instante con cadenas, como rebeldes y traidores!

Aquel acceso de ira quebrantó de tal modo su cuerpo, que cayó casi desfallecido en la silla de que acababa de levantarse, y ya Guacolando iba a llamar a los criados de su servicio para que le diesen algún socorro, cuando abriéndose la puerta se presentó Cortés.

Había oído las palabras del emperador; pero consecuente a lo que se había propuesto de persuadirle que todo lo adivinaba su talento o lo indagaba su vigilancia, le dijo al presentarse con aire de enojo:

—Señor, vengo a pedir a vuestra majestad el permiso de castigar las ofensas que recibe de una corta porción de vasallos desleales. Sensible me es deciros que los príncipes de Coyoacan, Matalcingo y Tacuba conspiran contra la legítima autoridad de su soberano, y que divulgan su desobediencia acusando a vuestra majestad de tirano y perverso. El pueblo indignado espera que haga vuestra majestad obrar a su justicia, y yo, como tan interesado en vuestra gloria, reclamo el honor de conducir a vuestros reales pies a esos rebeldes vasallos.

Quedó Moctezuma como fuera de sí algunos minutos, y fijando en Cortés sus ojos atónitos, dijo por último con voz alterada por diversos sentimientos:

—¿Lo sabías tú, pues, Malinche? ¿Han tenido los ingratos la imprudencia de hacer llegar a tu oído la noticia de su crimen?

—Nada se me oculta, señor —respondió el caudillo— de cuanto pasa en los dominios de vuestra majestad, y por dicha vuestra tengo tanto poder como vigilancia. De, pues, vuestra majestad mandamiento de prisión contra los rebeldes, y yo aseguro por mi conciencia que antes de una hora estarán encadenados.

Turbose más y más Moctezuma, y se veía en su rostro el combate que pasaba en su alma. Su autoridad despreciada y el miedo del disgustar a Cortés le impulsaban al castigo, y su afecto a los culpables y la convicción secreta de que obraban noble y cuerdamente en desobedecerle, le hacían desear salvarles sin parecer débil.

Cortés, que notaba aquella vacilación, hizo un movimiento de impaciencia, y este movimiento decidió su victoria.

—No te enfades —dijo con viveza Moctezuma—. Conozco bien los deberes que me impone la justicia y los sabré llenar por mucho que cueste a mi corazón. Las palabras que andan divulgando esos desacordados príncipes prueban solamente que tienen pocos años y menos reflexión. No te inquietes por ello ni te molestes en tornar a tu cargo su castigo. Guacolando —añadió dirigiéndose al ministro—, comunica a los oficiales de mi guardia la orden de arrestar inmediatamente a los príncipes de Matalcingo y Coyoacan...

—Y al de Tacuba —dijo Cortés.

—También —añadió con voz lánguida el emperador—, también al príncipe Guatimozín para que sea conducido a los Estados de su padre y permanezca junto a él hasta que adquiera mejor juicio.

Salió Guacolando y tras él Cortés, que después de hablar un instante con alguno de sus capitanes, volvió al aposento de Moctezuma con semblante tranquilo.

—Quiero que mañana mismo tenga efecto la junta de los príncipes —dijo éste apenas le vio—, y que reconocido el vasallaje puedas volverte contento y rico a tu país, y no sufras los disgustos que te causan cada día mis inquietos vasallos. Cuando no estés aquí, yo te aseguro que sabrán respetarme y no tendrán pretextos para decir mal de su rey. La prisión de los señores de Matalcingo y Coyoacan es útil para que no puedan con su ejemplo retraer de la obediencia a los otros tlatoanis, y por lo que respecta a Guatimozín, es un niño que entregaré a su padre. El tlatoani de Tacuba es súbdito leal, hombre venerable y prudente que asistirá a la asamblea, porque así se lo ordenaré expresamente por un correo que quiero despacharle esta tarde. Verás en él un príncipe digno y un vasallo sumiso.

En el mismo instante un criado de Moctezuma entró en el aposento, anunciando que el señor de Tacuba pedía permiso para hablarle.

Regocijose el emperador, como si en las circunstancias en que se hallaba recibiese un poderoso auxilio con la llegada de aquel deudo respetable y prudente.

Mandó que le hiciesen entrar al instante y se puso en pie para recibirle, atención que jamás hasta entonces había usado con ninguno de los reyes tributarios suyos.

También Cortés se levantó de su silla y aun se adelantó algunos pasos para salir al encuentro del anciano; pero éste le pasó por delante, apoyado en el brazo de Netzalc, sin siquiera mirarle, y llegando junto a Moctezuma le hizo la reverencia de costumbre, tocando el suelo con la mano derecha y llevándola enseguida a los labios.

A pesar del gozo que sentía el emperador con la llegada de su deudo y amigo, notó el insultante desdén que había usado éste con Hernán Cortés, y apenas le hubo dado la bienvenida, se apresuró a señalarle con la mano al jefe español, diciendo:

El guerrero que aquí ves es nada menos que el ilustre embajador y valiente general del gran rey de Castilla, nuestro aliado y señor, pues es descendiente legítimo del antiguo y venerable Quetzalcoal, fundador de este imperio.

Volvió los ojos hacia Cortés el tlatoani de Tacuba, haciéndole un saludo de cortesía pero no de respeto, y dirigiéndose nuevamente a Moctezuma:

—Señor —le dijo—, te suplico me concedas un momento de atención.

—Habla —repuso el monarca sentándose y haciendo seña a Cortés y a los príncipes para que lo imitasen—. Habla lo que quieras, noble vasallo, pues nada reserva mi corazón a mi digno amigo Hernán Cortés, y ese joven que ve al lado es un pajecillo español destinado a mi servicio y que nos sirve de intérprete muchas veces, por conocer la lengua, mexicana y gozar la confianza de su amo como también la mía.

—Hablaré, puesto que así lo exiges —dijo el anciano príncipe sentándome con gravedad—, y te manifestaré la indignación que me agita por haber oído ciertos rumores populares en agravio de tu decoro y sabiduría. Dícese, gran señor, que convocas a tus príncipes para reconocer vasallaje a un monarca extranjero, y te suplico, me des permiso para hacer acallar esas voces injuriosas, desmintiéndolas en tu real nombre.

Estaba tan turbado Moctezuma, que muchos minutos después de haber cesado de hablar el señor de Tacuba aún no había acertado con lo que debía contestarle. La impaciencia que se dejó ver en el semblante de Cortés, a quien el intérprete había trasmitido fielmente las palabras del príncipe, le obligó por fin a vencer su embarazo, y dijo no sin notable esfuerzo:

—Es cierto que quiero reconocer vasallaje al descendiente de Quetzalcoal, porque así lo ordenan los dioses.

—Los dioses —exclamó colérico el príncipe—, los dioses te han retirado su protección desde que permitiste a los españoles pisar los umbrales de sus templos y erigir altares a divinidades extranjeras.[50] Los dioses, Moctezuma, te castigarán con su ira si te haces reo de tan indigna flaqueza.

Levantose Moctezuma entre ofendido y avergonzado, y exclamó:

—¡También tú, príncipe de Tacuba, también tú me ultrajas y me desprecias!

—¡Nadie ultrajará ni despreciará al emperador de México delante de Hernán Cortés! —dijo levantándose también el caudillo español.

El pajecillo se apresuró a traducir esta declaración de su amo, y lleno de ira el príncipe, se dirigió a él diciendo:

—¡Tú eres el único que lo desprecias y lo ultrajas; tú, huésped ingrato, que le has arrancado de su palacio para traerle entre tus soldados; tú que abusas de su debilidad para cometer bajo la salvaguardia de su nombre toda clase de injusticias y tiranías; tú que le aconsejas la humillación de reconocerse vasallo de un rey extranjero!

No esperó Cortés la traducción de estos terribles cargos, pues comprendiendo lo necesario por el tono y los gestos, se apresuró a llamar a sus soldados, indicando a Moctezuma con una mirada que debía dar la orden de prender al temerario anciano.

Antes, sin embargo, de que hubiese obedecido el desventurado prisionero aquel mandato mudo, corrió Netzalc a la defensa de su padre, y aunque no llevaba arma ninguna, levantó sus robustos brazos en ademán de amenaza, encarándose a los soldados.

Era aquella demostración un desacato a Moctezuma según las leyes mexicanas, pues ningún vasallo podía levantar la mano contra otro en presencia del emperador. No lo ignoraba Cortés, y aprovechando el nuevo pretexto:

—Señor —dijo a Moctezuma—, ¿qué espera vuestra majestad que no manda el castigo de estos culpables?

---

50 Cortés había pedido permiso a Moctezuma para hacer una capilla a la Madre de Jesús, y el emperador no solamente se lo permitió, sino que le envió sus mejores albañiles y carpinteros para que los empléase en el trabajo.

—Que sean presos —articuló con trabajo el prisionero—, yo lo mando; pero no necesito tus soldados, general. Que se hagan entrar mis oficiales.

Partió corriendo el paje a llevar esta orden, y cruzando los brazos sobre el pecho el anciano príncipe y mandando a su hijo hiciese lo mismo:

—Bien está —dijo—; eres nuestro rey y ninguna resistencia pudiéramos oponer a la fuerza de tantos soldados, cuando no bastase a contenernos el respeto que te debemos. Cárguennos de cadenas por tu mandato los que te las han impuesto a ti mismo; pero que sepan ellos por mi voz, que este nuevo acto de tiranía y barbarie es el que necesita el pueblo mexicano para decretar su exterminio. Sepan que millones de brazos van a levantarse para romper los hierros que carguen en los nuestros, y...

No concluyó su amenaza. Los soldados mexicanos llamados a cumplir las órdenes de Moctezuma, se le echaron encima, y escoltados por los españoles, sacaron violentamente al noble anciano y a su hijo para conducirlos a la prisión.

Imposible creemos dar al lector idea de la situación en que se encontraba en aquel momento el espíritu de Moctezuma. Sus facciones desencajadas, su frente lívida y sus miradas vagas y ardientes revelaban lo mucho que padecía. Hablábale Cortés, pero no le escuchaba, y le interrumpía a cada instante gritando con una especie de delirio:

—¡Me escarnecen todos! ¡Todos me mandan! ¡Soy ya un objeto de odio o de desprecio! ¡Quiero vengarme! ¡Quiero acabar con todos mis enemigos! ¡Soy todavía Moctezuma! ¡Soy el gran Moctezuma!

Y se ponía en pie dando fuertes golpes con el puño en la mesa que cuando estaba sentado le servía de apoyo.

Luego caía rendido y prorrumpía en lágrimas, entendiéndose, entre las muchas palabras que sofocaban sus sollozos, éstas y otras semejantes:

—¡Soy un miserable a quien los dioses persiguen! ¡Soy un monarca indigno a quien maldicen sus vasallos! ¡Soy un padre infeliz a quien abandonan sus hijos! ¡Quiero morir.

Cansado Cortés de hacer inútiles esfuerzos por calmarle, le dejó entregado a sus criados, y mandó lo llevasen sus tres hijos mayores, que vivían también en el cuartel, para que procurasen distraerlo.

Mientras tanto, ocupose él en hacer cumplir las órdenes del emperador, y antes que el Sol hubiese llegado a su ocaso, una misma cadena había asegurado a los príncipes del Tacuba, al de Coyoacan y al de Tezcuco, que fue transportado por mandato de Cortés al cuartel español, a fin de que una, misma guardia pudiese vigilar por la seguridad de todos los presos.

Escapó entonces el príncipe de Matalcingo por haber salido de México huyendo con gran prisa; pero pocos días después le alcanzaron los enviados de Cortés y sufrió la misma suerte que los otros príncipes de la familia real.[51]

La impresión que hizo en la ciudad de México la prisión de aquellos personajes es verdaderamente indescriptible. Reinó todo aquel día una tristeza y perturbación general; parecía que en cada casa había muerto algún individuo de la familia que la habitaba. Las calles estaban desiertas, y se veía pintado el más sombrío dolor en las caras de las pocas personas que transitaban por algunas.

Por la noche formáronse algunos grupos en la plaza del palacio imperial, y aun se notaron síntomas de tumulto, que lograron apaciguar los vigilantes ministros de Moctezuma.

Todos los tlatoanis reunidos en la capital acudieron al palacio a la primera noticia de la prisión de sus amigos; pero no se recibía a nadie: la emperatriz

---

51 Solís no dice nada de la prisión de estos personajes, y solo hace mención de la del señor de Tezcuco. Bernal Díaz del Castillo dice que fueron presos, y justifica el hecho alegando que no visitaban a Moctezuma y que habían sido cómplices en la conjuración de Cacumatzin. No habiendo sido presos al mismo tiempo que dicho príncipe, no es presumible fuese la causa aquella conjuración, y el no visitar a Moctezuma no podía considerarse delito digno de tan gran castigo. El mismo B. D. del Castillo expresa que fueron presos los príncipes de Tacuba y Coyoacan en vísperas del reconocimiento del vasallaje del rey de España, y al tratar de esto dice: «Como el capitán Cortés vio que ya estaban presos aquellos reyecillos, dijo a Moctezuma que pues ya había entendido el gran poder de nuestro rey y señor, y que de muchas tierras le dan parias y tributos y le son sujetos muy grandes reyes, que será bien que él y todos sus vasallos le den la obediencia, etc. etc.»

Es de inferir por esto que la prisión de aquellos príncipes tuvo por objeto quitar todo obstáculo al reconocimiento del vasallaje, y que la pasada conjuración, si para algo se recordó, solo fue como pretexto y no como verdadera causa. Bernal Díaz del Castillo dice que también fue preso el príncipe de Iztacpalapa; pero esto se ve desmentido por él mismo algunas páginas después, en que dice fue proclamado emperador y asistió personalmente al sitio del cuartel español en que murió Moctezuma.

y Tecuixpa se hallaban en el cuartel español, a donde habían corrido para interceder por los príncipes, y permanecían eran por el cuidado que daba el estado de Moctezuma: la princesa Gualcazinla en el exceso de su pena se había ido a encerrar con su hijo y sus criados en el palacio del duelo,[52] jurando que no saldría de él sino cuando fuese a buscarla su marido libre ya de los hierros de sus opresores.

Sin embargo, no ejecutó la resolución de encerrarse en aquel gran sepulcro sin tentar primero todos los medios posibles de libertar a los queridos reos: había hablado con los consejeros y ministros; pero cuando ellos le dijeron que sería inútil rogar a Moctezuma mientras no se alcanzase la aprobación de Cortés:

—¡Basta! —exclamó la digna esposa de Guatimozín—. ¡Basta! Mi marido, no estimaría una libertad que arrancase su mujer con humillaciones A la dureza de un bandido.

Capítulo III. El vasallaje

Dos días después de aquel en que se verificaron los acontecimientos que ocupan el capítulo precedente, efectuose la gran asamblea que había sido objeto de tantos disturbios y discusiones.

Abriéronse de par en par desde las diez de la mañana las puertas del gran palacio que servía de cuartel a los españoles y de prisión a los mexicanos, doblándose las guardias y esparciéndose por los alrededores algunas patrullas, encargadas de no dejar que se acercasen sino los señores convocados a la asamblea y a los cuales se había dado contraseña.

Acudieron todos exactamente a la hora señalada, y en un momento llenose de mexicanos, no solamente el vasto salón destinado para la junta y en el cual se había levantado un trono para el emperador, sino también otro que le servía de antesala.

Estaban los tlatoanis lujosamente ataviados con todos sus distintivos o divisas; el aspecto grave y silencioso; los ojos bajos, como si no quisiesen distraerse del pensamiento que les ocupaba; mientras que los soldados

---

52   Tenía Moctezuma entre sus palacios uno que llamaba del duelo o de la tristeza, porque en él pasaba el tiempo del luto siempre que moría, alguna persona de su familia. Todas las paredes de aquel extraño edificio eran de mármol negro, y según dice Solís al describirle, solo tenía la luz necesaria para ver su oscuridad.

españoles que guardaban la entrada del salón armados de pies a cabeza, les miraban con aire de desconfianza.

Era un espectáculo verdaderamente notable y extraño el que presentaba aquella reunión de señores feudales, de los cuales treinta por menos eran príncipes poderosos, en el cuartel de un puñado de soldados aventureros al pie de un trono irrisorio, levantado para un rey prisionero por sus mismos carceleros.

A los dos lados de aquel simulacro regio había algunas sillas destinadas a los consejeros y ministros: delante se veían las mesas para los secretarios mexicanos y escribanos españoles, y a la espalda bancos para los señores del servicio del emperador.

Cuando se halló completo el número de los convocados, un oficial del emperador anunció su entrada, y abriéndose una puerta lateral, cerrada hasta entonces presentose Moctezuma apoyado en los brazos de Guacolando y de uno de sus consejeros y rodeado de los demás ministros y de varios capitanes españoles. A su derecha iba Cortés con todas sus insignias militares, y después de todos aquellos personajes marchaban con grande orden los soldados que custodiaban al augusto preso, los cuales se colocaron en semicírculo junto al trono a espaldas de los ministros.

Estaba Moctezuma, tal flaco y desfigurado, que apenas podía reconocérsele, y circuló por la asamblea un sordo murmullo que alarmó a los españoles. Subió, sin embargo, al trono, mirándolo con señales de admiración y pena todos los mexicanos, notándose en algunas demostraciones de ira y en otros lágrimas de compasión y de ternura.

También Moctezuma pareció conmovido al tender la vista por el concurso, y dos veces ahogáronse entre sus labios las palabras que quiso articular.

Observando su debilidad, corrió Cortes a colocarse a su frente, fijándole una de aquellas miradas fascinadoras que siempre tuvieron un poder irresistible sobre el augusto cautivo, que al instante recobró el ánimo y dijo con voz débil, pero bastante inteligible:

—¡Príncipes y señores de las más ricas provincias del Anáhuac! Inútil es recordaros los beneficios de que me sois deudores. Muchos de vosotros ocupáis los tronos de reyes tiranos exterminados por mí o por mis grandes antecesores y otros muchos, después de vencidos por mi valor, habéis debido a mi generosidad la conversación de vuestra corona. En el tiempo que he ocupado el trono imperial, sabéis con cuántas victorias he extendido y consolidado el poder de México con cuántos útiles establecimientos he enriquecido y de qué modo he aumentado el esplendor de la corte. Grandes y numerosos templos han tenido los dioses durante mi reinado; soberbios palacios, que son admiración de los reyes extranjeros, deja mi munificencia por patrimonio a los reyes mexicanos mis sucesores; colegios mayores y bien dirigidos que los que habíamos tenido, se han abierto por mí para la instrucción de la juventud, premios y honores he inventado para el estímulo de nuestros guerreros, y castigando severamente la ociosidad, he fomentado las artes y los trabajos mecánicos.

Yo he levantado este imperio a una altura que jamás había alcanzado, y lo he hecho temido y admirado de todos los Estados vecinos.

Tantos cuidados por engranderceros y aumentar vuestra gloria, han sido recompensados hasta ahora por vuestra fidelidad y obediencia, pudiendo decir con orgullo que jamás monarca alguno ha reinado sobre vasallos tan nobles y leales, ni vasallos ningunos han obedecido a un príncipe tan agradecido y magnífico.

Inútil es, repito, recordaros todas estas cosas que sin duda no podéis olvidar, y solo debo manifestaros que después de miles de soles que han brillado para nuestra gloria, ha aparecido el que debe alumbrar nuestra justicia.

Las antiguas profecías se han cumplido ya, y los descendientes de Quetzalc han venido de las tierras amadas del Sol, que descubrió Topilziu, para darse a conocer en estos dominios y derramar en ellos los beneficios de su sabiduría. Los extranjeros que hemos hospedado son esos mismos hermanos esperados por tanto tiempo; mil señales de ello nos han dado los dioses, y yo les he tributado honores y respetos que jamás concedí a mortal ninguno pero que no son suficientes pruebas de la veneración y lealtad que debemos al sabio de quien descienden. Por eso he determinado reconocer vasallaje al monarca que los envía desde aquellas tierras lejanas, y enviarle por tributo las más ricas joyas y los tesoros de plata y oro que heredé de mis padres y que habéis aumentado con vuestros donativos; teniendo el más vivo placer en mostrarle de este modo mi afecto y obediencia... Al llegar aquí, las lágrimas que brotaron de los ojos de Moctezuma y los sollozos que embargaron su voz, desmintieron las palabras que acababa de proferir y levantaron un sordo rumor en la asamblea conmovida.

Logró reponerse un poco Moctezuma y terminó su estudiado discurso con estas palabras que escucharon con visible disgusto los señores mexicanos:

—Os mando, pues, y os ruego, tlatoanis generosos y leales, que imitando a vuestro emperador, ofrezcáis obediencia y riqueza al gran descendiente del antiguo fundador de estos pueblos. Corto sacrificio será para vosotros, que tan dadivosos y sumisos habéis sido conmigo, y yo sufro con alegría esta humillación, porque por el bien de mis pueblos me sacrificaría gustoso como el gran Chimalpopoca.[53]

Nuevos sollozos acompañaron estas últimas palabras de Moctezuma, y toda la asamblea prorrumpió también en lágrimas y en gemidos.

A vista de tan extremada aflicción se apresuró Cortés a declarar en alta voz que la intención de su soberano no era desposeer a Moctezuma ni variar en lo más mínimo la constitución del imperio, y sus intérpretes repitieron por tres veces aquellas palabras, que calmaron algún tanto el pesar y la agitación de los mexicanos.

Callaban, sin embargo, como indecisos en lo que debían responder a la proposición de Moctezuma, hasta que adelantándose el nuevo soberano de Tezcuco, y un hermano del rey de Tacuba que lo representaba en la asamblea, dijeron que estaban dispuestos a obedecer ciegamente a su legítimo emperador aprobando todos los consejos de su sabiduría.

La declaración de aquellos dos personajes, apoyada al instante por algunos régulos afectos a los españoles, decidió a os demás, y no sin grande y doloroso esfuerzo sobre sí mismos, suscribieron a aquel acto de suprema humillación. Verificose al instante que dieron su consentimiento, con toda la solemnidad que quisieron los españoles, y Moctezuma acompañó su homenaje con magníficos presentes para su extranjero señor.

---

53 Era una creencia, popular que Chimalpopoca, tercer rey azteca, perseguido por el odio del poderoso emperador Tepaneca, quiso inmolarse antes que atraer sobre sus vasallos la cólera de aquel enemigo formidable. Hízose degollar efectivamente en el altar de su dios Huitzilopchtli, ofreciese en holocausto a la libertad de su pueblo. ¡Rasgo de heroísmo sin ejemplo en la historia de los reyes!

Todos los tesoros que guardaba en aquel palacio habitado por los españoles y que había descubierto Cortés la víspera del día en que determinó prenderle, fueron cedidos al rey de Castilla. Eran tan grandes aquellas riquezas, que solamente del oro, que se pesaba por arrobas, se hicieron al fundirlo muchas y gruesas barras, conservando en granos otra gran cantidad, y muchísima plata, que desestimaban en vista de la abundancia del metal más precioso. Además, dio Moctezuma infinitas joyas de perlas y piedras preciosas, y escudos, carcajes y cerbatanas de un trabajo exquisito. Los príncipes sus tributarios contribuyeron con casi igual liberalidad, siendo verdaderamente asombrosa la magnificencia de las joyas que enviaron a Moctezuma para que acompañase con ellas el gran presente destinado a su nuevo soberano.

Además de tan ricos tributos para Carlos de Austria, el emperador mexicano entregó a Cortés gran cantidad de oro para que repartiese a sus soldados, y obsequió a todos los capitanes con algunos de sus más ricos anillos y lujosos penachos.

La posesión de tan inmensa riqueza no satisfizo en manera alguna los ambiciosos deseos de Hernán Cortés, y solo sirvió para alterar la buena armonía que hasta entonces reinaba entre sus compañeros.

Con motivo o sin él, divulgose la voz de que aquel jefe y algunos favoritos habían escondido gran porción del oro regalada por Moctezuma. Censurose también que además del, quinto separado para el rey y otro para sí, hubiese sacado Cortés grandes cantidades en resarcimiento de los gastos hechos por él en el ejército, llegando a presentar síntomas alarmantes aquel descontento de la tropa.

No se limitó a esto, sin embargo, la desavenencia y murmuración. Entre los mismos oficiales se suscitaron rivalidades y envidias, por creerse algunos menos enriquecidos que otros, y como si la fatal manzana hubiese renacido en el americano suelo, la discordia se introdujo con toda su comitiva de calumnias: y rencores entre los guerreros españoles.

La prudencia de Cortés supo acudir con tiempo al remedio. Cedió generosamente parte de la riqueza que le había cabido entre los soldados descontentos, y recordando a los capitanes la unión que necesitaban para llevar a cabo su gran empresa, procurando inspirarles el desprecio de aquellos tesoros alimentando la codicia de otros mayores, logró por entonces aplacar sus rencillas y ocuparlos más vivamente de las altas esperanzas cuya realización les anunciaba próxima.

Capítulo IV. Agitación

Mientras esto pasaba, los tlatoanis mexicanos, que veían no se marchaban los españoles como lo habían prometido, empezaban a inquietarse seriamente, y los más decididos a mostrar sin rebozo su descontento.

Así en México como en las provincias, notábanse señales positivas de alarma, y aun se hablaba secretamente —según noticias que recibieron los ministros de Moctezuma— de la necesidad de proclamar otro emperador, abandonando a aquel, que tan flaco se mostraba.

Fue la primera y la más explícita en manifestar este deseo la ciudad de Tacuba, altamente indignada por la prisión de sus príncipes, y aun llegó a susurrar el nombre de Guatimozín, como único que pudiera libertar al imperio de la esclavitud en que lo había constituido Moctezuma. Pero aquel príncipe estaba preso; estábanlo también los señores de Tezcuco, Tacuba, Matalcingo y Coyoacan, que eran los personajes de mayor prestigio y de bastante poder y capacidad para dirigir y sostener un levantamiento.

Los nobles, aunque deseosos en su interior de sacudir el yugo de los españoles, que mandaban a nombre de Moctezuma con mayor arbitrariedad y tiranía que lo había hecho éste, no se resolvían a mostrar sus sentimientos al pueblo, cargando la responsabilidad de una rebelión: el pueblo por su parte, acostumbrado a una obediencia pasiva, estaba muy lejos de suponer que podía en aquel caso decidir con su voz el destino de sus amos.

Comprendían perfectamente esta situación los ministros, y todo se lo comunicaban a Moctezuma, que sin bastante firmeza para intimar a Cortés la salida de sus dominios, empezaba a sentir arrepentimiento de haberse sometido inútilmente a tantos sacrificios y humillaciones.

Solamente sus ministros eran sabedores de estos sentimientos, pues ningún príncipe lo visitaba ya, ningún sacerdote quería hablarle, y aun su misma familia estaba descontenta de él por contrarias causas.

Miazochil, enteramente catequizada por Marina, creía obstinación absurda la resistencia de su marido en mudar de religión, y tanto más le desagradaba la fidelidad del monarca a la creencia de sus padres, cuanto conocía una más íntima la convicción de aquel respecto al aborrecimiento que creía inspirar a sus dioses.

Pensaba que el único modo de salvarse de la cólera de unos espíritus poderosos, era colocarse bajo la protección de otros, y en la persuasión de que toda la familia imperial sería víctima de las irritadas deidades mexicanas si no oponían a su poder el de los dioses españoles, reconvenía de buena fe a Moctezuma que se cuidase tan poco de la ruina de su casa sacrificando sus hijos por una necia fidelidad a divinidades ingratas.

Quejábase Gualcazinla del desgraciado por muy distinto motivo: creíale injusto y duro con los príncipes sus deudos, encadenados por su orden, y avergonzábase de su debilidad para con los extranjeros. Encerrada con obstinación en el palacio del duelo, se negaba a todos los consuelos que querían darla sus parientes y amigas, pasando los días y las noches llorando sobre la cabeza de su hijo o implorando a los dioses a favor de su patria y de su familia.

No estaba tampoco satisfecha Tecuixpa: enojábanla los votos que hacía su padre por la partida de los españoles, a la par que se dolía de las humillaciones que le habían impuesto.

Luchaban en su corazón mil encontrados impulsos: los españoles, caros a su alma, como compatriotas y amigos de Velázquez, inspirábanle horror como opresores de los suyos; y vacilante entre el interés de su país y de su casa y el interés de su amor, no acertaba a desear ni la ausencia ni la permanencia de los extranjeros. Cien veces triunfando el amor de los sentimientos más santos, buscaba a su amante, resuelta a declararle que seguiría su suerte cualquiera que fuese, no teniendo otro Dios que su Dios, otra patria que su patria, ni otra familia que su familia. Cien veces también avergonzada y pesarosa de aquellos ímpetus de amor, se presentaba abatida y llorosa en el aposento de su padre, y le decía violentándose con verdadero heroísmo.

—Señor, tu pueblo desea la partida de los españoles y tu familia llora amargamente la prisión de los príncipes: debes a tu pueblo y a tu familia el sacrificio de tu amistad para con los extranjeros, y es tiempo ya de que los mandes salir de tus dominios.

A veces interpretando sagazmente algunas palabras que en sus con-versaciones íntimas se escapaban a Velázquez, sospechaba que tenían el designio de destronar a su padre y esclavizar su pueblo, y aun llegaba a temer por la vida de los príncipes prisioneros: entonces despedían sus ojos rayos de ira, y levantándose con indignación:

—Tus compañeros son unos perversos —decía a Velázquez—, y tú eres un ingrato a quien quisiera aborrecer. Pero sabe que yo misma descubriré a los mexicanos las malas intenciones que aquí os detienen, que todos moriréis, y tú el primero.

Lograba Velázquez casi siempre, aplacarla protestándole que nada deseaba ni pretendía sino hacerla dichosa con su amor y ver igualmente felices a todos los individuos de su familia. Jurábala, y juraba con sinceridad, que amaba tiernamente a Moctezuma, y arriesgaría su vida si preciso fuese en defensa de la del monarca; entonces Tecuixpa vertía lágrimas de gratitud y de ternura y pagaba con mil dulces caricias las palabras de su amante.

Otras veces llegaban a oídos de la enamorada princesa los dicterios que algunos señores de la servidumbre real proferían contra los españoles, y testigo a su pesar en más de una ocasión de los votos de su hermana, que imploraba venganza contra ellos, retirábase entristecida, y al ver a Velázquez:

—No temas —le decía—: aun cuando todos los dioses y los hombres se conjuren contra tu vida, Tecuixpa te salvará o morirá contigo.

Tal era la situación de las cosas y de algunos de los personajes de nues-tra historia, mientras Guatimozín y los otros presos, privados de toda comu-nicación con sus compatriotas, ignorantes de cuanto acontecía y temiendo por momentos el último sacudimiento de aquel imperio que se derrocaba, pasaban días de furor y noches de desesperación, insultando en vano a sus carceleros para acelerar una muerte preferible sin duda a la ignominiosa esclavitud que les amenazaba.

Hubo, sin embargo, por entonces un acontecimiento que sacando de su inercia a los mexicanos, pudo hacer inútiles todas las ventajas obtenidas por los conquistadores. Hernán Cortés, llevado de un celo religioso inoportuno y asaz confiado en su buena estrella, olvidó el mal éxito, que tuvo en Tlaxcala cierta tentativa, y resolvió abolir el culto de los ídolos sustituyendo en los templos con imágenes santas las monstruosas figuras de los mexicanos dioses.

Aquel pueblo sufridor se levantó entonces de súbito, enérgico, decidido, furibundo, y corriendo veloz a la defensa de sus teocalis, hizo retroceder asombrados a los imprudentes, a quienes su propio fanatismo no había permitido comprender la fuerza de aquel que se atrevían a desafiar.

Hubo de ceder Hernán Cortés, mal su grado, y pronto echó de ver que aun no quedaban satisfechos los mexicanos.

En el mismo día dio Moctezuma audiencia secreta al supremo pontífice y a su hermano el señor de Iztacpalapa, cosa que no había hecho hasta entonces, pues él mismo invitaba a los españoles a asistir con sus intérpretes a todas las audiencias que concedía a cualesquiera de sus vasallos. Alarmose Cortés cuando tuvo noticia de aquella novedad, y acrecentose su inquietud después que algunos indios de la plebe que había ganado para que le trajesen noticias de lo que sucedía en la ciudad, se presentaron muy medrosos a decirle que no querían servirle en lo sucesivo, pues sabían que los dioses y Moctezuma se habían ya concertado para matarlos a ellos y a todos los que les fuesen adictos.

Tomó Cortés incontinenti todas las precauciones que juzgó oportunas a su seguridad, y doblando los centinelas de Moctezuma, encargó no se le permitiese hablar con ninguno de los suyos sin hallarse presente el pajecillo español que le servía u otro de los intérpretes.

Aquella prevención pareció, sin embargo, inútil, pues ningún mexicano, excepto los criados del servicio del emperador, apareció en toda la tarde por el cuartel, y la noche se pasó con la misma tranquilidad que las anteriores.

No confió empero el caudillo en aquella aparente calma, y el resultado justificó sus recelos. Al día siguiente enviole a llamar Moctezuma, y notó Cortés a la primera mirada gran novedad en la expresión de su rostro. El celo religioso del monarca idólatra no era menos ciego e intolerante que el de los cristianos de aquel tiempo, y el ultraje cometido contra sus dioses había reanimado un espíritu que tanto se abatiera al peso de la adversidad.

Salió al encuentro de Cortés con tal decisión, que hizo detener al caudillo, y antes de darle tiempo para que le saludase:

—Malinche —le dijo—, Huitzilopochtli ha declarado que abandonará para siempre estas tierras si en ellas continuáis vosotros. La cólera de Tlacatecolt se ha aplacado por fin, y promete que no volverá a perseguirme con tal que os haga salir de mis Estados, y en caso que os neguéis a ello, ordena absolutamente sean presentados vuestros corazones en su sagrado altar. Nada os detiene en estos países, pues habéis conseguido cuanto deseabais, y os he colmado de riquezas: partid, pues, sin tardanza todos vosotros, que así conviene y yo lo mando.

El tono con que profirió estas palabras causó sorpresa a Cortés, que permaneció un instante atónito y sin saber qué contestar. Notando su indecisión Moctezuma, añadió con mayor firmeza:

—Prepara tus tropas para la marcha, y que se alejen antes de que declarada la guerra os persigan hasta exterminaros.

Comprendió Cortés que no hablaría tan atrevidamente su prisionero a no tener tomadas de antemano sus medidas de seguridad. En efecto, 60.000 hombres de guerra, a las órdenes de Quetlahuaca, solo esperaban ver tremolar una bandera encarnada en la más alta torre del teocali de Huitzilopochtli, cercano al cuartel, para correr a sitiar éste acabando con los españoles. Aquella señal de guerra debía ponerla uno de los criados de Moctezuma a la primera demostración del monarca; pero si los españoles consentían en la marcha, pondríase en vez de la encarnada una bandera blanca, a vista de la cual debían deponer las armas los mexicanos.

Aunque ignorase Cortés este concierto, comprendió, como ya hemos dicho, que con grande apoyo contaba Moctezuma, puesto que tan decididamente le intimaba saliese del imperio, y fingiendo hallarse muy dispuesto a sátisfacerle, cumpliendo la promesa que le había hecho y que no tenía olvidada, solicitó como última gracia se le concediesen algunos días para la construcción, de dos o tres buques que necesitaba para regresar a España.

Puso algunas dificultades Moctezuma, pero cedió al fin, y dijo a Cortés que hiciese llamar en su nombre a los carpinteros que habían trabajado en los dos bergantines construidos en México, y que a toda prisa se pusiesen la obra, pues no sin dificultad esperaba aplacar a los dioses y detener la guerra.

Salió Cortés asaz pensativo y agitado, y Moctezuma mandó tremolar la bandera blanca, no sin secreto placer de que pudiese evitarse la guerra. Indudablemente la cobardía de aquel príncipe para con los españoles, era efecto de la superstición que le hacia considerarlos como ministros elegidos por los dioses para ejecutar los decretos de su ira; y al oír de boca del pontífice la declaración de haberse aplacado las deidades que te perseguían, las cuales se convertían en enemigas de los españoles, se dirigió en gran parte su temor a éstos. Pero la larga costumbre de respetarlos, el poderoso ascendiente que Cortés había alcanzado sobre su espíritu, el deseo de evitar a los suyos nuevos desastres, y acaso también un cierto género de afecto incomprensible que siempre tuvo por sus opresores, fueron causas más que suficientes para causarle alegría cuando vio posible alejarlos sin necesidad de declararles la guerra.

Avisó al hueiteopixque (gran sacerdote) y al príncipe Quetlahuaca que podían estar, tranquilos, pues los españoles saldrían del imperio tan pronto como se concluyesen las naves que con grande prisa habían mandado construir, y el mismo Cortés lo prometió segunda vez en presencia de los ministros.

Calmose con esto la cólera y agitación de los mexicanos; pero creció rápidamente la inquietud de Cortés, complicándose los embarazos de su posición.

Moctezuma y sus súbditos habían despertado por fin de su letargo. No era ya posible permanecer sin arrostrar una guerra inevitable y de éxito no dudoso, pues cualesquiera que fuesen las ventajas de sus armas y disciplina, eran muy débiles para resistir las fuerzas reunidas de aquel imperio. La muerte era, pues, el destino que podía esperar en México; pero ¿qué iría a buscar fuera de él? Harto comprendía que solo la victoria podía justificarle; que su temeraria empresa, que conseguida le elevaría al colmo de la gloria, calificándose de sublime y heroica, solo merecía el nombre de locura y crimen, atrayéndole el castigo y la afrenta si le era contraria la fortuna. Si en México se lo entreabría el sepulcro, divisaba el presidio en Cuba o en España. Rebelde a la autoridad constituida en aquella isla, podía ser infamado con el nombre de traidor a su rey; por más que conquistador de un mundo, su emancipación de Velázquez haya aparecido un rasgo de noble osadía y de alta inspiración. Para él no había pues otra alternativa en aquel conflicto que el deshonor o la muerte. La elección de un noble español no podía ser dudosa.

Capítulo V. Agravase la situación de Cortés

Una mañana envió Moctezuma a llamarle, y con semblante inquieto:

—Malinche —le dijo—, he tenido aviso de que en el puerto en que desembarcaste con tu gente, acaban de llegar dieciocho buques como, los tuyos, llenos de hombres de tu nación; aquí lo verás —añadió desenrollando sobre una mesa un lienzo grande—. Mis pintores acaban de traerme este dibujo en que han copiado la armada de tus compatriotas, y me he dado prisa en comunicarte tan buena noticia y manifestarte que no tienes ya necesidad de construir los navíos que te hacían falta, pues puedes irte al instante en los que traen tus hermanos.

Tan gran regocijo sintió Corté, que apenas cuidó de dar gracias a Moctezuma por el aviso, pues su primera idea fue la de que aquellos buques venían de España en su auxilio y que en ellos volvían, desempeñada felizmente su misión, los compañeros que había enviado con cartas y regalos para el emperador.

Diose prisa en comunicar a sus tropas tan fausta noticia, y hubo salvas de artillería en su celebridad. Mientras se regocijaban dando gracias al cielo por aquel inesperado auxilio en circunstancias tan críticas, el príncipe de Itzacpalapa se presentó solicitando audiencia de Moctezuma. Estaban los españoles demasiado gozosos para negar cosa alguna en aquel momento, y el príncipe fue introducido sin dificultad en el aposento del augusto cautivo.

—¿Qué traes, Quetlahuaca? —dijo éste luego que vio la alegría de su semblante—. ¿Han declarado los dioses alguna cosa que nos sea propicia?

—Los dioses no han dicho nada de nuevo —respondió en voz baja el príncipe—; pero los hombres españoles que acaban de llegar a nuestras costas, han dicho mucho.

—¿Qué han dicho? —preguntó con ansiedad el monarca—. ¿Prometen que nos harán mal y que se llevarán sus compatriotas?

—Más gratas son sus palabras —repuso el tlatoani—. Sabe, gran señor, que a los españoles recién llegados se han unido tres soldados del

Malinche, que por su orden y con tu permiso andaban tomando conocimiento de las minas que hay en el país, y que dichos soldados, que entienden ya la lengua mexicana, han servido de intérpretes para que el capitán de la nueva gente española se explicase con algunos de tus oficiales que iban en compañía de aquellos.

—¡Acaba! —exclamó con impaciencia Moctezuma—. ¿Ha dicho por ventura el nuevo capitán que su rey no quiere ya nuestro vasallaje?

—Ha dicho que su rey no te ha enviado embajada ninguna, y que los huéspedes ingratos que acogiste en tu seno, no son más que unos vasallos rebeldes y traidores, dignos de la muerte. El nuevo capitán y sus tropas, que son los verdaderos servidores del gran monarca de Castilla, vienen en su nombre a castigar los desacatos que contigo han cometido aquellos rebeldes facinerosos, y a devolverte tu libertad y tus tesoros.

Movió la cabeza Moctezuma con semblante de duda, y dijo después de un momento de reflexión:

—Eres crédulo como una mujer, hermano Quetlahuaca; ¿piensas que el Malinche y los suyos se regocijasen tanto si esa gente recién llegada viniese realmente contra ellos? Temo que cuanto te han dicho sea una mentira dictada por la astucia, para que les demos entrada franca en nuestra capital y reunirse a sus compatriotas. ¡Quetlahuaca, Quetlahuaca! tú no conoces la malicia de esos hombres de Oriente.

Quedose pensativo el príncipe, como si pesase el valor de la sospecha de su hermano, y el resultado de aquella meditación fue decirle con amargura:

—¿Cómo has podido, pues, entregarte y entregarnos a ellos, si tan pérfidos y embusteros los juzgas?

—Malas son las pestes —respondió Moctezuma— y malas las tempestades, y sin embargo, cuando una peste se declara o estalla una tempestad, no hacemos otra cosa que sufrirlas y dejarlas pasar. Los males que nos envían los dioses son inevitables, y todo cuanto puede hacer el hombre más prudente y valeroso, es aceptarlos con resignación.

—Los dioses dicen cada día a los sacerdotes que ya están aplacados, repaso Quetlahuaca, y te ordenan, gran señor, arrojes de tus Estados a esos perversos enemigos.

—Mil gracias doy por ello al grande espíritu, que se ha dignado despertar la piedad de las irritadas deidades que me perseguían —dijo el emperador—; pero ¿qué más puedo hacer? Los extranjeros han ofrecido abandonar el imperio tan pronto como estén corrientes sus embarcaciones, y si los compañeros que vienen a prestarles ayuda quisieren entrar en México, os permito resistir con las armas en la mano.

—¿Y si es cierto que vienen a librarte y a castigar al Malinche?

—¡Y si mienten!

—¡Si mienten!... —Vaciló el príncipe sin acertar con el partido que deberían tomar en el caso de ser verdad esta hipótesis, y después preguntó humildemente su opinión a Moctezuma, como si en tan grave cuestión no se creyese capaz de determinar cosa alguna.

—Mi dictamen —dijo el emperador— es que no debernos tratar como enemiga a esa gente recién llegada, ni tampoco confiar en ella. Hoy mismo despacharás mensajeros que en mi nombre la obsequien y regalen; pero que sea advertida no debe pensar en acercarse a esta capital. Mientras tanto, haz espiar cuidadosamente a unos y a otros españoles, y veremos lo que de su respectiva conducta podemos deducir.

—Cumpliré tus órdenes, supremo emperador —dijo levantándose, Quetlahuaca—; pero de todos modos ya sabes que tengo 60.000 hombres sobre las armas dentro de la ciudad, y que a no respetar la palabra que has empeñado a Cortés de dejarle tiempo para concluir sus embarcaciones, sabría evitar a sus compatriotas recién vertidos el trabajo de favorecerle o castigarle.

Salió concluidas que fueron estas palabras, y vio que no reinaba ya en el cuartel la misma alegría que notó a su entrada. Los soldados parecían inquietos y los oficiales estaban en consulta.

Aquella mudanza era producida por una carta que acababa de recibir Cortés por un tlaxcalteca. Era de Gonzalo Sandoval, que ocupaba en Veracruz la plaza del difunto Escalante, y en ella le avisaba que los dieciocho buques arribados a las costas mexicanas, eran procedentes de Cuba y enviados por su gobernador y adelantado Diego Velázquez, al mando del capitán Pánfilo de Narváez, con orden de prenderle como traidor y despojarla de sus conquistas. Según había podido indagar Gonzalo, eran respetables las fuerzas de Narváez, pues traía ciento sesenta caballos, ochenta infantes y doce piezas de artillería, que componían un ejército muy superior al que mandaba Cortés.

Viendo trocadas las más lisonjeras esperanzas en una realidad tan triste, cayeron de ánimo la mayor parte de los soldados que componían éste último. Algunos hubo que maldijeron con desesperación el momento en que se habían puesto a las órdenes de un jefe temerario que a tantos peligros los exponía, y que con escasísima fuerza tenía la locura de intentar a la vez dos grandes empresas, cuales eran la absoluta emancipación de la autoridad constituida en Cuba y la conquista de un poderoso imperio.

A excepción de algunos capitanes tan osados como su caudillo o demasiado soberbios para confesar su arrepentimiento, todos aquellos aventureros, que solo eran movidos por la codicia y cuyas esperanzas no habían ido nunca tan altas como las de Cortés, murmuraban de su atrevimiento y se quejaban de que los hubiese engañado con falsas promesas para arrastrarlos a una empresa loca y desesperada. Pero aquella difícil situación, que desalentaba a los más animosos, parecía creada de intento para que desplegase aquel jefe su poderoso genio y su invencible constancia.

Prodigando oro, elogios y promesas, pronosticando triunfos con la expresión de una completa confianza en la protección del cielo, y ostentando un desprecio del peligro que parecía contagioso, logró sin gran dificultad acallar a los más maldicientes, alentar a los más tímidos, entusiasmar a los más apáticos.

Apenas obtenido éste triunfo, puso en práctica todos los consejos de su talento y su prudencia para evitar una guerra con sus compatriotas. Enviole Sandoval seis prisioneros de la armada de Narváez, todos ellos personas de suposición que se habían atrevido a entrar en Veracruz, a ordenar a aquel capitán se presentase a éste como a representante de la legítima autoridad. Cortés aparentó enojarse de que Sandoval hubiese recibido tan mal a sus compatriotas, púsoles en libertad inmediatamente, y después de obsequiarles con magnificencia, los devolvió al campo enemigo, cargados de regalos y con cartas para Narváez y muchos de sus oficiales. En ellas los felicitaba por su feliz arribo a aquellas costas, recordábales sus antiguas relaciones de amistad, pintábales el buen estado en que se hallaban sus proyectos de conquista, rogándoles no diesen ocasión a que los mexicanos, perdiendo el respeto y temor con que le miraban, sacudiesen el yugo haciendo inútiles tantos trabajos y sacrificios como habían costado las ventajas obtenidas. Lisonjeaba diestramente a cada uno, ponderando las buenas cualidades que con el más leve fundamento podía atribuirle: a éste decía que contaba ciegamente con su reconocida prudencia; a aquel que todo lo esperaba de su talento; a muchos que no ultrajaría nunca su lealtad hasta el punto de creer posible hiciesen cosa alguna que redundase en perjuicio del empera- dor don Carlos, a quien esperaba ofrecer en breve la sumisión perfecta de todos los Estados mexicanos, y despertaba la codicia dejando comprender cuán grandes riquezas podían prometerse todos de aquella importante conquista. En señal de ellas envió gran cantidad de joyas preciosas que encargó se repartiesen entre los principales oficiales del ejército enemigo, y mucha plata y oro en grano para los soldados.

No satisfecho con esto, despachó enseguida por embajador un fraile que siempre le acompañaba, y que gozaba, además del respeto que en aquel tiempo era común a todos los de su estado, crédito de hombre prudente y virtuoso.

Tan activas diligencias, si bien inútiles con respecto a Narváez, no lo fueron para con los suyos. Recibiéronse con alegría y gratitud, los regalos; oyéronse con atención las promesas, y la inflexibilidad de Narváez, que llegó al extremo rigor de poner precio a la cabeza de Cortés, le hicieron perder tanto, como ganó éste con sus dádivas y esperanzas.

Instruido de esta ventaja y cansado de emplear vanamente todos los medios decorosos de entrar en composición con el enviado de Diego Velázquez, aconsejose solamente de su intrepidez y resolvió tentar la suerte de las armas y morir antes que entregarse a su enemigo.

Comunicó su pensamiento a las tropas mandándolas disponer la marcha, y la seguridad que aparentaba les inspiró una confianza de la cual no par- ticipaba él mismo.

Observando los mexicanos aquellos movimientos e instruido por el mismo Narváez de las proposiciones de Cortés y del desprecio con que las había rechazado, conocieron cuán cierta era la enemistad entre los dos jefes españoles, y muchos nobles opinaron que debían aprovechar la crítica situación de Cortés para atacarle y destruirle con todos los suyos. Quetlahuaca se opuso con tesón a este prudente consejo, que el emperador desechaba como indigno de su nobleza, por tener empeñada su palabra de no declarar la guerra hasta la conclusión de los buques mandados construir por orden de Cortés. Debemos confesar que no era la fidelidad debida a aquel empeño única causa de la resistencia de Moctezuma al voto de sus vasallos, pues también tenían no pequeña parte en su negativa el recelo que le inspiraban la fortuna y la superioridad de Cortés, y aquella especie de afecto singular que se mezclaba en su corazón con los movimientos de temor y resentimiento que sentía hacia aquel huésped ingrato.

Algunas veces hemos sospechado que el odio encierra una grande dosis de entusiasmo, y que nunca aborrecemos mucho sino a aquellos a quienes no nos sería difícil amar con extremo.

Sea como quiera, Moctezuma, que se felicitaba del mal aspecto que iba tornando la suerte de sus opresores, no podía resolverse a darles el último golpe, y escuchaba con cierto género de inexplicable emoción los preparativos de su marcha.

Un momento antes de emprenderla entró en su habitación Cortés con algunos de sus capitanes, y aparentando serenidad:

—Señor —le dijo—, venimos a despedirnos de vuestra majestad y a rogarle se digne permanecer en este palacio hasta nuestra vuelta, que será pronta. Quedan para la guardia y servicio de vuestra majestad el capitán Alvarado y ochenta o cien hombres más, que todos merecen mi confianza y que desean ser honrados con la de vuestra majestad

—Ya sabía yo —respondió el monarca— que tratabas ir de guerra contra tus hermanos de Oriente, y sé también que ellos te infaman con el nombre de traidor y quieren prenderte o matarte. Habla con franqueza, Malinche, que todavía puede Moctezuma hacerte mucho bien y darte un ejército con el cual destruyas a tus enemigos.

—Doy mil gracias a vuestra majestad por su excesiva fineza —respondió Cortés—; pero me es enteramente innecesario el auxilio que se digna ofrecerme. Es cierto que mis compatriotas divulgan calumnias en mi daño; pero muy en breve conocerán su desacuerdo. vuestra majestad tiene provincias que apenas saben lo que pasa en la capital de su imperio; mientras otras, más próximas y cultas, tienen conocimiento de sus más ligeras resolucio- nes. Esto mismo sucede al rey mi amo: nosotros somos de una provincia importante que se llama Castilla, y los recién llegados pertenecen a otra que se denomina Vizcaya, cuyos naturales, comparables a los otomíes vasallos de vuestra majestad, son hombres rudos, poco acostumbrados a la corte, y que ni aun hablan la lengua pura de Castilla. Posible es, pues, que los ignorantes que me injurian no tengan conocimiento de la embajada que me confió el rey mi señor y que crean servirle persiguiéndome; pero muy luego conocerán su locura y verá vuestra majestad su arrepentimiento.

Miraba el monarca fijamente a su interlocutor, como, queriendo sorpren- der en rostro algún indicio de turbación; pero Cortés se mantuvo sereno, y cuando se puso en pie para abrazarle, añadió con acento, seguro y con- fiado:

—Dios guarde la vida de vuestra majestad hasta mi próxima vuelta, como guardará vuestra majestad la palabra que se ha dignado empeñarme de reprimir cualquiera rebelión de sus súbditos.

Abrazole Moctezuma, y también, a Velázquez de León, que se acercó a besar su mano con visible emoción.

—Que el gran Huitzilopochtli le proteja —le dijo el monarca—, y si fueses vencido ven a Moctezuma, que no te abandonará su clemencia. Has sido por mucho tiempo el jefe de mi guardia en esta prisión, y ninguna queja puedo tener de ti, pues te he hallado siempre atento y respetuoso con tu cautivo.

—Señor —respondió el joven castellano— que el Dios verdadero a quien adoro vele por la preciosa vida de vuestra majestad y derrame beneficios, sobre toda vuestra familia.

Enternecido extremadamente al concluir estas palabras, lanzose fuera del aposento para ocultar su debilidad; pero hízole volver Moctezuma, y echán- dole al cuello una gruesa cadena que llevaba siempre en el suyo:

—Conserva esta prenda —le dijo—, y si la suerte se cambia algún día, ten presente que te he dado con ella un testimonio de amistad que nunca será desmentida. Si alguna vez mi oído fuese sordo a tus súplicas, presenta esa prenda delante de mis ojos, y ella me recordará que he visto en los tuyos lágrimas de ternura al separarte de mí.

Besó Velázquez repetidas veces las manos que habían ceñido a su cuello aquella preciosa, prenda, que juró conservar hasta el último suspiro, y salía del aposento devorando en silencio algunas lágrimas que juzgaba indignas de su entereza, cuando se encontró frente por frente con Tecuixpa y Miazochil, que como lo hacían de costumbre, entraban a visitar al emperador:

Detúvose la princesa, y sin la menor consideración por su decoro, exclamó poseída de dolor:

—¿Es cierto que marchas a la guerra? ¿Es cierto que vas a pelear con infinitos ejércitos de tu nación que traen rayos y fieras como vosotros?

Turbado con la imprudencia de Tecuixpa y traspasado de su pena, procuró en vano calmarla.

—¡Ay de mí! —prosiguió ella—: bien sabía que debía perderte, pero esperaba verte partir a tu patria y ser yo únicamente infeliz. ¿Era preciso agravar mi abandono con tu peligro? ¿Saldrás de mi lado para marchar a la muerte? ¿Te dejaré ir a morder la tierra sangrienta de un campo de batalla sin que encuentres allá ni madre que cierre tus ojos, ni amante que riegue con flores de un Sol tu sepultura, ni hermano que pueda vengarte?

Embargaron, su voz los sollozos, y Velázquez la condujo a un lugar apartado donde echándose a sus pies la dijo:

—Sosiega tu corazón, Tecuixpa mía, pues con el auxilio de Dios espero volver pronto a tu lado para gozar completa felicidad como esposo tuyo. Moctezuma me ha dado una memoria de amistad, jurando que nada me negaría que le pidiese a nombre de esta prenda. ¡Ah, Tecuixpa!, tu mano será el bien que yo reclamaré a mi vuelta. Pero si la suerte me es contraria, si muero en el campo de batalla... escucha, hermosa mía, la súplica postrera de tu amante. Si muero, reconoce por tuyo al Dios de mis padres, y recibe en el bautismo el nombre querido de Isabel: ¡era el de mi madre! Ella y yo te esperamos en el cielo, y ante el trono eterno del Dios verdadero serán unidas nuestras almas con los santos vínculos del inmortal amor.

—Lo prometo —dijo entre sollozos la princesa.

Pensó entonces el joven en que iba a dejar el objeto de su cariño en una ciudad en la que de un momento a otro podía estallar una rebelión, y otro temor, además de éste, le asaltó al mismo tiempo.

Sabía que los dos oficiales que quedaban en México no eran indiferentes a las gracias de Tecuixpa. Alonso Grado disimulaba mal la pasión que había concebido por la joven princesa, y Alvarado, acostumbrado a ser el ídolo de las damas, no veía sin una secreta envidia la preferencia que aquella concedía a otro.

La audacia y la imprudencia que caracterizaban a Alvarado eran bien conocidas de Velázquez, que no juzgaba suficientemente afianzada la inocencia de Tecuixpa, ni por su clase, ni por la consideración que debía tener su compañero a una mujer que le era tan querida.

Estos temores le decidieron a rogar a la princesa que no permaneciese en México después de su partida.

—Algunas veces —la dijo—, me has hablado de una tierna amiga que tienes en Tacuba, y de dos matronas respetables de las cuales una es hermana de tu padre, y ambas esposas del señor de aquella ciudad, que se halla en este cuartel. Ve, pues, Tecuixpa mía, a colocarte bajo la protección de ambas reinas, y espera mi vuelta al lado de ellas y de la joven princesa tu amiga.

—Sí —respondió Tecuixpa—; con ella podré llorar libremente, porque también sabe amar. Otalitza gime ahora la prisión de Huasco, como gemiré yo la ausencia de mi Velázquez. Iré a Tacuba, te lo prometo; pero déjame seguirte con las miradas hasta que no alcance a distinguirte.

Los tambores anunciaron en aquel momento la marcha. Oprimiose el corazón de Velázquez. Aquel intrépido capitán que rivalizó con su jefe en valor y osadía, sintió desfallecer su espíritu al abrazar por última vez a aquella adorada virgen.

Sus lágrimas corrieron sobre el hermoso seno de la princesa americana, como las de ésta bañaron su acerada cota. Tres veces se arrancó de sus brazos y otras tantas volvió a precipitarse en ellos. ¡Parecían presentir que aquel momento de amargura era el más dichoso que podían ya esperar sobre la tierra!

El tambor continuaba su llamada, y oíase la voz varonil de Hernán Cortés ordenando la marcha.

Estampó Velázquez un último beso en la frente de Tecuixpa y salió presuroso, dejándola desmayada.

Capítulo VI. Guerra

Cortés sin otra fuerza, que la de trescientos hombres, pues los tlaxcaltecas, prontos siempre a batirse con mexicanos, rehusaban pelear contra españoles, tornó el camino de Zempoala punto donde se había detenido Narváez. Regocijáronse los mexicanos de su salida, aunque en nada hubiese variado la situación de la capital. Había Moctezuma mandado que se estuviesen todos en expectativa, y aunque el pueblo clamaba por la libertad de sus príncipes, fácil de conseguir entonces que tan corta defensa tenía el cuartel, el señor de Iztacpalapa logró calmarle hasta saber el resultado de la guerra entre los extranjeros; porque según decía Moctezuma, si Cortés era vencido, como debía esperarse de la inferioridad del número de sus soldados, los pocos que quedaban en México lo abandonarían sin necesidad de ser arrojados por las armas, o se entregarían a la clemencia del emperador.

Sosegados los ánimos con esta esperanza, que fomentaban los sacerdotes pronosticando la total ruina de los teutlis extranjeros, el pueblo continuó tranquilamente sus ocupaciones, y habiendo llegado uno de aquellos días festivos entre ellos, que se celebraban siempre con fuegos y bailes en las plazas, dispusieron sus fiestas con la alegría de costumbre.

Súpolo Alvarado y determinó concurrir a ellas con algunos de sus soldados. Para hacer creíbles los hechos que vamos a referir, necesario, es que instruyamos al lector más detenidamente que hasta ahora lo hemos hecho, del carácter de aquel capitán, que ocupa el primer lugar después de Cortés en la conquista de la Nueva España.

No le caracterizaba ciertamente la ambición del caudillo; valiente, ágil, activo, hallaba un placer en las batallas y buscaba en los peligros un alimento para su carácter, inclinado naturalmente a vencer obstáculos y a superar posiciones difíciles; pero rara vez por sí mismo se proponía un objeto grande en aquellas mismas luchas. Sus acciones gloriosas fueron más bien hijas de aquella innata predisposición, que efecto de una resolución premeditada que trabajase por algún fin loable. Más tarde, cuando se vio en una posición superior, cuando conoció la gloria y los honores que había conquistado casi sin proponérselo, es indudable que aprendió a darles valor y que sintió la ambición de aumentarlos; pero en la época de nuestra historia, no siendo más que uno de tantos aventureros rapaces, sus miras estaban en una escala muy inferior a las de su jefe, y nunca se desveló como éste en pesar las dificultades de la empresa que acometían, como tampoco en considerar la grandeza de sus resultados.

Con un talento limitado y con un corazón cruel, dio en aquella conquista pruebas repetidas de una ferocidad que no puede ser explicada por ninguna razón de conveniencia política.

Existía una notable diferencia entre Cortés y Alvarado. El primero no sacrificaba jamás la conveniencia a la humanidad; pero rara vez fue inhumano sin conveniencia. Su fría prudencia podía pesar con serenidad las ventajas de una crueldad, y su sagaz talento le sugería mil medios de disfrazarla cuando llegaba el caso de ponerla en ejecución. Alvarado, por el contrario, jamás conoció la prudencia ni necesitó motivo para la crueldad. Colérico, imprevisor, violento, feroz por instinto, no sabía sacrificar a la conveniencia el menor de sus inhumanos caprichos, uniendo a este natural sanguinario una codicia insaciable.

La ambición y una política cruel pudieron endurecer el fuerte corazón de Cortés; la dureza del corazón de Alvarado no supo someterse jamás a la política. Con sus crueldades conquistó el uno un imperio; con sus crueldades arriesgó el otro, más de una vez, el éxito de aquella grande empresa. Pero la naturaleza al dotarle de un corazón tan fiero, por un capricho no extraño de ella, se había complacido en revestir a aquel capitán de un exterior apacible y hermoso, y aquellas dotes físicas alcanzaron tanto aprecio entre los mexicanos, que creyó Cortés lo más acertado dejarle para defensa del cuartel, como a hombre bien quisto y capaz de suplir con su prestigio la falta de fuerza real.

No pasaron muchos días sin que recibiese un desengaño y conociese su mala elección.

Dejó Alvarado solamente treinta soldados bajo las órdenes de Alonso Grado para la guardia de cuartel y los presos, y marchó con los demás a la fiesta popular que se celebraba en una de las grandes plazas de México.

Nobles y plebeyos mezclábanse allí en corros y danzas alegres, adornados los unos con sus más preciosas joyas, y los otros con sus vestidos de fiesta, que reservaban para días como aquel. Era para los españoles una fuerte tentación la vista de tanta riqueza en un pueblo desarmado, que se abandonaba sin desconfianza a la alegría del baile, y animaba la natural crueldad del capitán el recelo que tenía de que aprovechasen los mexicanos la ausencia de sus compañeros para atacar el cuartel, y acaso también el mezquino resentimiento de que no le hubiesen saludado, a su entrada en la plaza, con el respeto que antes lo hacían. Notaba al mismo tiempo las miradas codiciosas con que examinaban los soldados las ricas joyas que llevaban los nobles; y como el cazador que se complace en ver a su jauría seguir la pista de la liebre y despabilar los ojos y afilar los dientes para estar pronta a la arremetida, así se gozaba Alvarado observando los movimientos de su tropa, deseosa de arrojarse sobre sus indefensas víctimas. No les niega este placer: una señal de su cabeza y la palabra ia ellos! pronunciada en voz muy inteligible, les advierten que tienen el permiso de ceder a los impulsos de su codicia, y continuando el objeto de nuestra anterior comparación, podemos decir que nunca los más valientes ligeros lebreles obedecieron con igual presteza y ferocidad.

Arráncanse los hermosos cabellos de las mujeres para no detenerse en despojarlos de las gruesas perlas que los enlazan; un golpe de acero divide del brazo la mano adornada con ricas sortijas, que se guardan a vista del mutilado. El noble ostentoso que ha taladrado la membrana de su nariz para colgar de ella un magnífico anillo, deja membrana y anillo en manos de los soldados. Los más ligeros huyen despavoridos; pero las balas los alcanzan en su fuga, y sobre el cadáver todavía palpitante se disputan los soldados las joyas que le arrancan. Los más animosos resisten con desesperada obstinación; pero sus desnudos cuerpos no tienen defensa alguna y están cubiertos de acero sus contrarios. Los más débiles se arrojan en tierra implorando compasión, pero sus voces se pierden en el clamor general, y se pasa sobre sus cuerpos para llegar a los más ricos.

Mujeres y hombres, nobles y plebeyos, todos tienen la misma suerte; y saciados de asesinatos y de robos, retiráronse a su cuartel los españoles, dejando sembrada de muertos y de heridos la plaza destinada al regocijo.

Alvarado se despojó de sus vestidos, salpicados de sangre, y adornándose con el esmero y elegancia que acostumbraba, entró a visitar a Moctezuma con semblante risueño, mientras los soldados se repartían el botín que su capitán les había cedido, reservándose solamente las joyas más ricas, entre ellas algunos anillos que apenas limpios de la sangre que los manchaban, pasaron a adornar sus blancas y torneadas manos.

Sin embargo, su tranquilidad fue muy corta.

Los mexicanos escapados de la matanza, desnudos unos, mutilados otros y todos furiosos, corren a las casas de los príncipes tlatoanis, pidiéndoles venganza. Quetlahuaca se ve sorprendido en su mismo aposento por una multitud de frenéticos que gritan:

—¡Lévanos a matar a los españoles!

Duda el señor de Iztacpalapa de la verdad de los que refieren aquel hecho bárbaro; pero llévanlo al teatro de la sangrienta escena, y ve horrorizado las pruebas de su exactitud.

Entonces no conoce límites su ira. Cuanto era más prudente y apacible el carácter de aquel príncipe, es más terrible su furor cuando supera el ultraje los términos del sufrimiento.

No aguarda a reunirse con otros jefes, no se cuida de organizar un ejército.

—¡Seguidme! —grita al pueblo, y se dirige al cuartel español.

No bien ha saludado con gritos de venganza aquel fuerte edificio, cuando le llegan por diferentes lados poderosos auxiliares. Además de la gente guerrera que estaba sobre las armas y que llega bajo el mando de un general del imperio, preséntase Olinteth al frente de pelotones armados de chuzos, piedras y grandes hachas de pedernal y cobre.

El ataque no encuentra desprevenidos a los españoles: tócase al arma, y cada oficial y cada soldado ocupa su puesto sin turbación ni desorden. Alvarado es el primero en presentarse, y a los menos animosos hubiese infundido ardimiento a la serena intrepidez del capitán.

Su primer pensamiento fue hacer una salida contra los mexicanos; poco al ver el gran número de éstos, se limitó a la defensa del palacio, parapetándose del mejor modo posible y colocando las piezas de artillería que le habían dejado en los parajes que más dominaban la plaza, ocupada por los sitiadores.

A pesar de la buena defensa, la fortaleza hubiera cedido al furor y perseverancia de los mexicanos, si sobreviniendo la noche y siendo ya excesivo el número de los muertos, no hubiese ordenado Quetlahuaca una retirada, a la cual debieron su salvación los del cuartel.

Antes de volverse a sus casas los mexicanos, quemaron los dos bergantines que tenían los españoles en la laguna, y recorrieron enseguida la ciudad publicando la guerra; mientras que Quetlahuaca con el mismo objeto despachaba correos a las provincias cercanas.

A los primeros albores del nuevo día se juntaron en la gran plaza de Tlaltelulco todos los príncipes, generales y oficiales que encerraba México, y ya les aguardaban allí numerosos nobles y multitud de pueblo. El príncipe de Iztacpalapa, fue aclamado jefe supremo, y el esfuerzo de que había dado pruebas en la víspera justificaba aquella distinción. Revestido de tal autoridad, hizo del ejército varias divisiones, y puso al frente de cada una un general de reconocida capacidad. Mandó distribuir armas de las armerías reales, y ordenó se destruyesen todos los medios de retirada al enemigo, rompiendo los puentes y las calzadas. Tomadas estas medidas, dispuso un nuevo asalto, que fue más vigoroso y tenaz que el de la víspera.

Dirigió aquel príncipe las operaciones con tanta serenidad como intrepidez, y las pruebas de su valor personal no fueron inferiores a las de los más afamados guerreros mexicanos. Igualmente se acreditaron aquel día los tlatoanis de Xacotlan, de Xochtmilco, de Zopanco, de Alixco, y otros muchos que sería enfadoso y difícil designar por sus nombres: los dos hijos del desgraciado Qualpopoca merecieron ser comparados por su bravura y osadía con su mismo ilustre, príncipe, entonces prisionero, y que había sido muchas veces jefe suyo en los combates.

La resistencia fue tan tenaz como vigoroso el ataque; pero después de toda una mañana de continuado combate, el valor de los españoles cedió al número de los enemigos. Heridos la mayor parte de los soldados, quemada una de las puertas del cuartel y abierta una brecha en el muro, los mexicanos habían penetrado ya en el patio, y todo lo que Alvarado pudo hacer, fue reunir las tristes reliquias de su pequeña tropa y salirles al encuentro, resueltos a vender caras sus vidas.

Los mexicanos todos se lanzaron a ellos como enfurecidos leones, y sin duda dentro de algunos minutos no hubiera quedado de los animosos defensores del cuartel sino algunos troncos sangrientos, cuyas cabezas y corazones sirviesen de holocausto en los altares de Huitzilopchth, si un rumor súbito, circulando por el ejército triunfante, no hubiese divulgado distintamente estas palabras:

—El Malinche entra en la ciudad con un ejército más numeroso que el que sacó de ella. El Malinche ha pasado una de las calzadas, mientras destruían otra nuestros soldados. El Malinche está entrando en la ciudad!

Los más animosos piden que se le salga al encuentro para presentarle la batalla; los más tímidos se amedrentan al nombre de aquel afortunado caudillo, que vuelve triunfante de un ejército de sus compatriotas dos veces mayor que el suyo, y claman por la retirada. Ordénala al instante Quetlahuaca, aunque por motivo muy distinto al que se le hacía desear a algunos de los suyos. El valeroso príncipe quiere dar tiempo a los españoles para entrar en la ciudad, y atacarlos cuando no pudiesen tener ningún medio de retirada.

Abandonan, pues, el cuartel, dejando atónito a Alvarado, que ignora, todavía la causa de aquella inconcebible retirada, y pocos minutos después toma posesión Cortés de su maltratado alojamiento, apresurándose a reparar el deterioro que ha sufrido.

Su triunfo sobre Narváez había sido efectivamente completo, aun cuando no fuese el más glorioso.

Atacándole en la oscuridad de la noche, obtuvo en pocas horas una victoria, no tanto debida a su atrevimiento y valor, como a su liberalidad y a su fortuna, pues la mayor parte de los soldados del enemigo, ganados por las dádivas, codiciosos de la riqueza que se prometían en la conquista de aquel imperio y disgustados con la severidad de su jefe, ardían en deseos de aliarse, en vez de combatir, a sus afortunados compatriotas, y el apresuramiento con que corrieron después de la batalla a prestar obediencia a Cortés, prueba el poco empeño que debieron poner en resistirle.

Orgulloso con este nuevo triunfo, volvió a entrar en México al frente de un ejército de mil trescientos infantes, cien caballos, doscientos ballesteros, y los seis mil traxcaltecas que volvieron a reunirse después de su victoria, salvando con su llegada la vida del imprudente y cruel Alvarado y las reliquias de su gente.

164

Apenas supo, Moctezuma el arribo del caudillo, enviose a llamar, felicitándole por su triunfo el desgraciado monarca, que se creía despreciado por los suyos y sospechoso a los españoles, había sentido los ataques de los mexicanos al cuartel sin atreverse a mandarles retirar, porque dudaba ya de su obediencia, sin osar tampoco a aprobar su declaración de guerra por temor de los españoles.

Al saber que había llegado Cortés y que volvía vencedor, intimidose aún más con aquella nueva prueba de la fausta estrella de su opresor, y creyendo que la retirada de los sitiadores había sido efecto de igual sentimiento:

—Hacen bien —decía—, hacen bien en ceder a su destino: los dioses nos engañan para más fácilmente llevarnos a nuestra ruina.

Esperó con inquietud a Cortés, pero lo esperó inútilmente. Fuese que ensoberbecido por su victoria y por el aumento de su tropa creyese ligeramente que podía arrancar la máscara a sus designios, fuese que supusiese a Moctezuma cómplice de los que en tanto aprieto pusieron a Alvarado, lo cierto es que se negó desabridamente a verle, y aunque reconvino a Alvarado por sus impolíticas crueldades, mostrose dispuesto a tratar a los mexicanos con el desprecio de enemigos vencidos.

Presto conoció su error.

Unos soldados despachados por Velázquez de León en busca de la princesa Tecuixpa y de sus criadas que estaban en Tacuba, llegaron muy heridos al cuartel, diciendo que les habían quitado a las damas que escoltaban y que por todas las calzadas estaban entrando gentes de guerra.

Alarmose Cortés con el aviso, aunque se crea entonces bastante fuerte para arrostrar con éxito cualquier peligro, y mandó al instante que saliese uno de sus capitanes con doscientos infantes, ochenta ballesteros y cien caballos, a dispersar el ejército que estaba reuniendo el enemigo. Su admiración y desengaño fueron grandes cuando antes de media hora los vio volver en desorden, heridos, desbaratados, y con una pérdida considerable de hombres y caballos, y seguidos tan de cerca por los mexicanos, que un pelotón de ellos se entró en el cuartel, detrás de los fugitivos.

Desplegó entonces toda su actividad y energía, y pelearon sus tropas y las tlaxcaltecas con imponderable decisión; pero el enemigo les atacó por todas partes, y abriendo camino los que habían entrado al patio a los que quedaron fuera, precipitáronse algunos batallones, que prendiendo fuego a muchas habitaciones, se atrevieron a subir las mismas escaleras defendidas por numerosas guardias. El humo del incendio y de la pólvora les obligó a abandonar el patio; pero mientras el fuego continuaba dentro sus estragos, por de fuera se oscurecía el aire con la nube de flechas, varas y piedras que lanzaban a las azoteas y ventanas.

Cada descarga de la artillería cubría de cadáveres un gran trecho de la plaza, pero sucedían a los muertos nuevos combatientes, y crecía, lejos de menoscabarse, el número y el vigor.

Encontrábase Cortés en todas partes en donde era mayor el peligro, y cada uno de sus capitanes le rivalizaba en actividad y bravura, alcanzando en no poco trabajo detener los progresos del fuego y sostener heroicamente la defensa, hasta que llegando la noche, se retiraron los sitiadores.

Comprendiendo Cortés que al día siguiente volverían al combate y habiendo conocido ya por experiencia el valor y la fuerza de aquellos hombres, que hasta entonces creyera débiles y cobardes, determinó enviarles una embajada conciliatoria, y para ese efecto hizo salir al joven Netzalc y lo despachó con proposiciones de paz. Exigía que depusiesen las armas los mexicanos y se volviesen los tlatoanis a sus respectivas provincias, ofreciendo marcharse de México cuando los viese desarmados y restituidos a la obediencia de su emperador, al cual eran rebeldes declarando una guerra por él desaprobada.

Partió Netzalc comprometiéndose a mandar la contestación cualquiera que fuese, y pasose la noche en el cuartel español curando los heridos y reparando los daños causados por el enemigo,

¡Ay! Alguien hubo que la pasó más tristemente aún. Velázquez de León, herido de un brazo, sentía mucho menos aquel dolor físico, que el que le causaba el pensamiento de que acaso moriría en aquella guerra sin haber vuelto a escuchar una dulce palabra de Tecuixpa.

Capítulo VII. Muerte de Moctezuma

Serían apenas las nueve de la mañana cuando los guardias del cuartel español pasaron aviso de que un embajador mexicano pedía permiso para hablar a Cortés. Reunió éste incontinenti a sus capitanes y mandó conducir a su presencia al parlamentario. Era Noathalan el encargado de aquella misión, y aunque sus años no llegabas a veintitrés su aspecto grave y guerrero, y sus miradas llenas de decisión y energía, inspiraron a primera vista un sentimiento de consideración. En señal del luto que todavía llevaba por su padre, estaba su cabeza despojada de la negra y profusa cabellera con que la naturaleza le dotara y no llevaba el penacho de plumas que tenía derecho a usar, como noble y guerrero distinguido. Sujetaban sus sandalias correas sencillas y negras, y del mismo color era el sagalejo o faldellín que le llegaba hasta la rodilla. Llevaba en vez de aquella especie de albornoz que era el traje de los mexicanos, una hermosa piel de Bisonte que le cubría toda la espalda y parte del pecho, y empuñaba en la mono derecha una flecha con la punta en alto,[54] mientras que con la izquierda manejaba con gracia y soltura su mando de piel.

Aunque sus miradas, al recorrer rápidamente la asamblea de los españoles, tuviesen una expresión iracunda y casi feroz, que fue más pronunciada al fijarse en Hernán Cortés, observó sin embargo, todas las fórmulas de urbanidad que le imponía su carácter de embajador; y rehusando la silla que le ofreció el general, dijo con voz clara y firme, vuelto hacia el intérprete que se había colocado junto a aquel:

—El ilustre Quetlahuaca, hijo de Axaya cat, príncipe de Iztacpalapa y jefe supremo de los ejércitos armados por la libertad de su patria y de su rey, me envía a mí, Naothalan, hijo de Qualpopoca, para que os haga saber a vosotros, general y capitanes castellanos, que ha oído las proposiciones que habéis enviado con el príncipe Netzalc, hijo del soberano de Tacaba mi señor, y que las ha considerado atentamente. El ilustre jefe sabe que pueden recibir sus ejércitos innumerables daños de vuestras perfectas armas y máquinas de guerra; pero ha calculado que aunque por cada uno de vosotros que muera hayan de perecer veinticinco mil mexicanos, todavía habréis de acabaros primero que nosotros.

Además, el noble Quetlahuaca os advierte que están destruidos todos los puentes y las calzadas, excepto una, y que aun cuando no empleásemos las armas contra vosotros, habrías de morir de hambre. Esto sabido,

---

54 Los embajadores mexicanos llevaban una flecha en la diestra a guisa de insignia: si iban de paz, la punta de la flecha se inclinaba al suelo; si de guerra llevábanla en alto.

solo me resta deciros, a nombre del ya expresado príncipe, que no se halla dispuesto a entrar en tratados de paz con los que tienen encarcelado al gran Moctezuma y a los más altos señores de su imperio; con lo que han sacrificado mil víctimas inocentes, cuya sangre pide venganza; con los que han hollado todos los deberes de la hospitalidad y escarnecido nuestra confianza; en fin, con los que han profanado nuestros templos y ultrajado a nuestros sacerdotes: Apercibíos, pues, a una guerra sin tregua; a una guerra sangrienta que no puede acabar sino con vosotros o con nosotros, lo cual os declaro en nombre de Quetlahuaca y de todo el imperio mexicano.

Echaron mano a las espadas dos capitanes mostrándose dispuestos a castigar al atrevido embajador; pero contúvolos el caudillo con un ademán imperioso, y respondió al mexicano:

Di en mi nombre al señor de Iztacpalapa que acepto la guerra, y que se queje a su obstinación de los males que tan temeraria resolución de parte suya va a traer sobre el imperio. Que los españoles no tememos ni sus numerosos ejércitos ni el hambre con que nos amenaza; porque nuestro Dios y padre puede convertir las piedras en delicado manjar, y no sería la vez primera que hiciese caer del cielo el alimento para sus hijos. Que por humanidad y agradecimiento a las bondades del gran Moctezuma, deseábamos y proponíamos la paz; pero ya que prefieren la guerra, los trataremos sin compasión, y les castigaremos como a traidores a su rey y desagradecidos a nuestra clemencia.

Ordenó, luego que hubo dado esta contestación, que se pusiese fuera del cuartel al embajador sin que nadie se propasase a hacerle el menor ultraje so pena de pagarle con la vida; y Naothalan salió sin apresuramiento ni muestra alguna de desconfianza o temor.

—¡Compañeros! —exclamó Cortés— nuestros progresos hasta ahora han sido más felices que gloriosos: debemos agradecer a los mexicanos que sacudan por fin su largo entorpecimiento; y nos den ocasión de manifestar que sabemos conquistar con la espada lo que no nos conceda la fortuna.

Aunque no todos tuviesen la misma confianza que sentía o aparentaba el jefe, ninguno fue tan pusilánime que se mostrase entristecido, y todavía hablaban los capitanes sobre aquella inesperada obstinación de los mexicanos, cuando los gritos agudos y el sonido de sus instrumentos de guerra, les avisaron que volvían a repetir el asalto.

Ningún ataque, por brusco que fuese, encontraba desapercibidos a los españoles. Inmediatamente se puso Cortés al frente de su ejército, y dejando por guarda del cuartel algunos ballesteros y toda la artillería, salió con el resto de su fuerza a presentar la batalla a los mexicanos; cuyas tropas se veían desde las azoteas del cuartel, llenando varias calles, y avanzando en tropel hacia la plaza.

La caballería dio una carga haciendo espantoso estrago en la apiñada multitud; y mientras avanzaba, haciéndola retroceder, pegaba fuego a las casas que dejaba a su espalda, y desde cuyas azoteas les arrojaban piedras y maderos que no dejaban de causar bastante daño.

A pesar de la decisión y coraje con que pelaban los mexicanos, en aquel primer encuentro todos las ventajas estuvieron de parte de los españoles, que supieron aprovechar la superioridad de sus armas y de su disciplina, así como el auxilio de sus caballos; pero no tardaron mucho en conocer la dificultad de sostenerlas.

Después de cuatro horas de combate, durante las cuales habían muerto algunos caballos y considerable número de soldados de infantería, el cansancio se empezó a sentir en el ejército de Cortés, mientras que nuevas tropas mexicanas se sucedían sin cesar como las olas de un mar tempestuoso. La superioridad del número logró alcanzar por fin las ventajas obtenidas al principio por la superioridad de las armas, y aunque los españoles sostuvieron gloriosamente su fama militar, viéronse obligados a retroceder, procurando con increíbles esfuerzos ganar la entrada de su cuartel.

Seguíalos el enemigo empeñado en cortarles la retirada, dando en aquella ocasión repetidas muestras de decisión y arrojo los príncipes Quetlahuaca, Olinteth, Netzalc y otros cuyos nombres esclarecidos por la gloria, ya que no por la fortuna, han sido tragados por el olvido, sin que exista nación que los consigne en su historia ni poeta que intente revivirlos.

Lograron por fin los españoles, ni sin experimentar considerable pérdida, ganar su cuartel, donde se limitaron a la defensa del terrible asalto que sufrieron hasta la caída de la tarde.

Siguiendo su costumbre de no pelear durante la noche, se retiraron entonces los mexicanos, y sin pensar en el descanso, que parecía necesario a su fatigada gente, empleó Cortés aquellas horas en hacer concluir ciertas máquinas de madera a manera de torres, de las cuales esperaba, además de la utilidad material o positiva, la de causar asombro y confusión al enemigo.

A los primeros albores del día, concediendo apenas dos horas de reposo a la tropa y sin haber gozado él mismo diez minutos de quietud, dispuso otra salida de todo el ejército, haciendo entrar dentro de cada una de las torres de madera de veinte a treinta soldados, que defendidos por aquel parapeto, podían disparar sus tiros y ballestas por muchas aspilleras hechas al intento. Con dichas máquinas, toda la caballería y el resto que quedaba de los seis mil tlascaltecas verificó la salida, aprovechando el desamparo en que encontró las calles para prender fuego en las casas de buena apariencia que veía al pasar.

Saliole, por fin, al encuentro Quetlahuaca con considerable fuerza, y atacándole al mismo tiempo por la espalda otro ejército numeroso, bajo las órdenes del hermano de Guatimozín, ni las torres ni los caballos pudieron resistir a su impetuosidad. Deshechas las unas, heridos los otros y la infantería en completo desorden, apenas pudieron los españoles abrirse paso hasta su alojamiento con el auxilio de la caballería.

Un nuevo asalto más vigoroso y tenaz que los anteriores tuvo lugar en aquel día memorable, y fue la defensa verdaderamente heroica.

La plaza se alfombró de cadáveres; pero los mexicanos, cada vez más furiosos, hacían de ellos escaleras para trepar a las ventanas. Caían innumerables; pero eran sustituidos inmediatamente, y mientras se empeñaban en la escalada bajo las bocas mismas de los cañones, otras corrían a romper a hachazos las puertas, aunque por las aspilleras lloviesen balas, que rara vez eran perdidas. Tan denodada resolución, obtuvo por fin decisivas ventajas. Cayeron bajo los golpes de las hachas algunos trozos de las paredes, y todo el valor y fortaleza de los españoles era poco para resistir al torrente de enemigos que corrió a precipitarse.

El talento de Cortés le sugirió en tan crítica situación el único recurso que podía salvarlo. Entró en el cuarto de Moctezuma, a quien no había visto después de su vuelta, y presentose a él con aspecto severo.

—Ya estás oyendo —le dijo—, la guerra impía que me dan vuestros rebeldes. No satisfechos con faltar vilmente a su rey, osan acusaros de haber ordenado su levantamiento. Si queréis que os crea inocente, si queréis todavía salvar de mi venganza vuestra familia y a vuestro pueblo, venid, presentaos a los sitiadores y mandadles con toda la autoridad de un rey, que depongan las armas y se estén tranquilos hasta que mi ejército haya salido de los términos del imperio.

Moctezuma, que había pasado todos aquellos días de combates privado de comunicación con los suyos e ignorantes del éxito de las batallas, comprendió que no era éste favorable a los españoles supuesto que recurrían a él. Esta creencia y su despecho de haberse visto a la vez desatendido de sus súbditos y despreciado por Cortés, le dieron bastante resolución para contestar:

—Déjame en paz, Malinche; mis palabras están tan desacreditadas entre los mexicanos como las tuyas lo están para conmigo. Déjame en paz, que no deseo ya sino morir.

Hinchósele a Cortés la vena frontal, lo cual era en él un indicio infalible de cólera; pero conociendo en el tono decidido con que hablaba Moctezuma que no cedería por temor, reprimió su impaciencia y determinó emplear únicamente medios de persuasión.

No queriendo, sin embargo, rebajar su dignidad a los ojos del prisionero, salió de la habitación diciendo que no era responsable de las desgracias que aquellas negativa pudiera original al mismo que la hacía, y seguidamente mandole el fraile de la Merced, Bartolomé de Olmedo, para que le persuadiese.

Agotó éste inútilmente súplicas y reconvenciones, y ya iba a salir también desesperanzado de vencer la resolución de Moctezuma, cuando entró en la habitación Velázquez.

Herido en el brazo derecho, llevábale suspendido al cuello por un pañuelo negro, y su rizada cabellera medio encubría una contusión que tenía en la frente, ocasionada por el golpe de un trozo de madera de los que arrojaban los mexicanos. No estaba armado; su traje, aunque sencillo, era de rica seda, permitiendo conocer las buenas proporciones de su cuerpo, y llevaba al cuello la cadena de oro que le regalara Moctezuma.

La palidez de su rostro, efecto de sus padecimientos morales más bien que de su herida, contribuía a hacerle más amable, imprimiendo en su figura un aire de melancolía que no tenía habitualmente.

Conmoviose al verle el monarca y alargó la mano diciendo con acento triste:

—¿Estás herido, pobre mancebo? ¡Todos, pues, sufrimos y somos infelices!

—¡Ah señor! —respondió Velázquez inclinándose con respeto para besarle la mano—; nadie más infeliz que yo, que deseando estrechar cada día más los lazos de amistad que me unen a la familia de vuestra majestad, me veo en la dura necesidad de tratarla como enemiga. Un hermano vuestro, señor, manda el ejército que tiene sitiado este palacio, y si la piedad propia de un ánimo real no mueve a vuestra majestad a cortar tan desastrosa guerra, no puede tener otro término que la total ruina de uno de los dos ejércitos.

—Vuestra majestad —dijo fray Bartolomé de Olmedo—, será responsable delante de Dios de tanta sangre como su obstinación va a hacer derramar.

—Señor —añadió Velázquez—, no es mi vida la que quiero salvar, pues yo la consagro a vuestra majestad desde este instante y me ofrezco a la muerte si es necesaria una víctima; pero que no se interpongan ríos de sangre entre los mexicanos y los españoles, que no sean enemigas dos naciones que deben ligarse con vínculos de afecto y conveniencia recíproca... ¡que me quede, si vivo, alguna esperanza de felicidad, y si muero no sea pelando contra vuestro parientes y amigos, y llevando al sepulcro la maldición de vuestra hijas!

Comprendió Moctezuma el pensamiento que dominaba al joven castellano, y que no osaba expresar claramente, y dijo con emoción:

—¡Joven! Tú no eres indigno de la felicidad que deseas, y pluguiese a los dioses que en este instante pudiera concedértela Moctezuma...

Velázquez reprimió con dificultad la dulce agitación que le causaban tan lisonjeras palabras, y volviendo a besar la mano del monarca:

—¡Oh, señor, noble y generoso señor! —exclamó—, el Dios verdadero recompense vuestras bondades, cuyos recuerdos vivirán eternos en mi corazón. Sí, gran rey, esa ventura inmensa que es el objeto de mi ambición, debía yo demandarla a vuestros reales pies, presentado a vuestra majestad esta prenda preciosa de amistad que se dignó concederme; pero otro es en este instante mi ruego, el ruego que dirijo a vuestra majestad llamando en mi auxilia a esta misma prenda que me inspira la persuasión de no ser desatendido. Señor, el capitán Cortés promete solemnemente salir de México en el preciso término de ocho días, y os suplica mandéis suspender la guerra. Si los mexicanos necesitan una víctima, yo pongo en vuestras manos una vida, que lejos de estos países, me será en adelante odiosa; pero salvad, señor, a vuestros vasallos y a mis compañeros de los horrores de eta guerra sangrienta.

Al concluir este discurso presentaba a Moctezuma la cadena que debía recordarle su promesa, y el monarca indiano no quiso faltar por primera vez en su vida a la religiosa observancia de sus empeños.

—¡Bien! —dijo levantándose—; Moctezuma no empañará con un perjurio sus últimos días. Joven, te ofrecí solemnemente conceder lo que me pidieses a nombre de esa prenda de mi gratitud, y estoy pronto a cumplirlo.

Pidió enseguida su manto y su corona imperial, y revestido con aquellas insignias tan sagradas para el pueblo mexicano, se apoyó en el brazo izquierdo de Velázquez, y salió de su aposento con paso trémulo, pero con semblante tranquilo.

Al atravesar por las habitaciones que ocupaban sus hijos, saliole al encuentro el mayor de los tres, y el emperador se detuvo para abrazarlo. Haciendo acercar enseguida a los otros dos, los acarició sucesivamente y los bendijo, encomendando su protección al grande espíritu y al poderoso Huitzilopochtli. Los príncipes se pusieron de rodillas, y como si un fatal presentimiento oprimiese a la vez al padre y a los hijos, unos y otros derramaron algunas lágrimas que arrancaron también las de Velázquez.

Por dos veces volvió a abrazar el monarca a los tiernos príncipes, y al articular por último aquellas palabras —¡Protegidos seáis por los dioses!— poniendo las manos sobre sus cabezas, que era la fórmula de su bendición, su voz casi apagada reveló el exceso de su enternecimiento.

—Continuó andando volviendo la cabeza repetidas veces para mirar a sus hijos, y cuando ya no pudo verlos levantó los ojos al cielo con patético fervor, y los bajó enseguida con aire resignado.

Hiciéronle subir a la azotea, y anunciándole con grandes voces los intérpretes, se presentó a la vista de los sitiadores apoyado en el brazo de Velázquez, en el hueco de dos almenas. Apenas le conocieron los jefes mexicanos, mandaron suspender el asalto, y mientras todo el ejército doblaba la rodilla respetuosamente, Quetlahuaca, Netzalc y los señores de Xochimilco y de Alixco se acercaron hasta ponerse en paraje en que pudieran oír y hablar a Moctezuma, al cual saludaron profundamente exclamando:

—¡Señor, gran señor, protéjante los dioses! —correspondió el monarca con cordiales muestras y dijo después con voz pausada y triste:

—¡Parientes y amigos míos! ¿Por qué afligís mi corazón encendiendo una guerra sangrienta e innecesaria?

—¡Supremo emperador y hermano mío! —respondió Quetlahuaca—, hemos jurado a los dioses vengar los ultrajes cometidos contra ellos y contra tu agrada persona: hémosles rogado también que te liberten de todos los peligros, y te restituyan tu antigua libertad y poder. Confía, pues, en su clemencia, soberano señor, y deja al cuidado de tus vasallos castigar a tus opresores.

—¡Hermano mío! —repuso Moctezuma—; yo agradezco vuestros buenos deseos, y juro igualmente a los dioses que sus ofensores saldrán de estos dominios muy en breve; pero esto basta para su castigo y nuestra tranquilidad. Téngoles empeñada mi palabra de dejarlos salir libremente, y os mando suspender una guerra que miraría desde hoy, si la continuaseis, como un acto de declarada rebelión.

Bajaron tristemente la cabeza los cuatro príncipes; pero un murmullo de descontento circuló por todo el ejército, y una voz que nadie supo de donde había salido, dejó entender estas palabras: —¡Otro emperador!— Palideció de cólera y de dolor Moctezuma, y creyéndole medroso Alvarado corrió a colocarse junto a él, animándole con la voz y con el gesto. A vista de aquel bárbaro enemigo cuyas inauditas crueldades estaban tan recientes en la memoria de los mexicanos, sucedieron gritos de furor a los murmullos de descontento, y una flecha lanzada por mano certera, vino a quebrantar su aguda punta en el excelente peto del extranjero, mientras dos enormes piedras mal dirigidas dieron en la descubierta cabeza de Moctezuma.

La sangre que brotó a torrentes bañó el rostro del desgraciado y saltó sobre Velázquez, que recibió en sus brazos el desmayado cuerpo ya casi cadáver.

Violo Quetlahuaca, y su voz, semejante al trueno, dejó oír distintamente estas palabras:

—¡Miserables: habéis muerto al emperador!

Consternados los mexicanos arrojáronse por tierra lanzando sordos gemidos; y viendo levantar a Velázquez el sangriento cuerpo de Moctezuma, echaron a correr desalentados, como si se creyesen perseguidos por la indignada sombra de su regia víctima.

En vano los jefes intentaron contenerles; en un momento quedó desierta la plaza y los españoles en salvo.

Moctezuma fue atenta y cariñosamente asistido por Velázquez y otros oficiales; pero negose a recibir ningún auxilio; desechó con indignación la proposición de hacerse cristiano recibiendo el bautismo, y murió con serenidad y entereza, dignas de su antiguo brío y capaces de hacer olvidar sus posteriores flaquezas.

Capítulo VIII. Heroísmo

La muerte de Moctezuma, que quitaba a Cortés toda esperanza de acomodamiento con los mexicanos, le causó un pesar verdadero, en el cual no tenía parte únicamente el interés propio. Apreció entonces debidamente los favores que debía al desventurado monarca, y recordando todos los sufrimientos con que había emponzoñado los últimos días de su vida y las altas cualidades que había marchitado en su alma, sintió una especie de remordimiento que fue, sin embargo, sofocado por ideas menos inútiles y por intereses más perentorios.

Conociendo que pasados los primeros momentos de espanto y confusión que causara en los enemigos la muerte del emperador, volverían más furiosos y sedientos de venganza, pensó en los medios de resistirles, y contemplando los estragos del cuartel, que necesitaban muchos días de continuado trabajo para ser reparados, determinó posesionarse del teocali vecino, cuya torre sólida y elevada dominaba todas las cercanías, y podía servir considerablemente a la defensa del cuartel. Resuelta esta prudente medida, púsola en ejecución con la presteza y actividad con que acostumbraba obrar, y a pesar de hallarse herido y estarlo igualmente la mayor parte de sus oficiales, salió sin demora con toda la fuerza disponible.

Uno de sus mejores oficiales marchó directamente a posesionarse del teocali con la mitad del ejército, y Cortés con la otra se encargó de aumentar el terror y la consternación de los mexicanos, incendiando sus mejores edificios y disipando los pocos grupos de gente armada que solía encontrar a su paso. Pero aunque no se organizase fuerza alguna, aunque los ejércitos mexicanos, dispersos y acobardados, no se presentasen a sostener el combate a que parecía provocarlos el enemigo, el capitán enviado por Cortés a tomar posesión del teocali halló en la empresa mayores dificultades de las que imaginaba. Dos guerreros habían logrado vencer con la fuerza de su elocuencia y de su ejemplo el terror y desaliento de algunos batallones mexicanos. Su voz enérgica y poderosa resonó, deteniendo como por encanto a aquellos soldados supersticiosos que huían despavoridos de las visiones creadas por su propio terror, y haciendo retumbar como el trueno el nombre ilustre de la víctima real, lograron vences el espanto con la causa misma que lo infundiera:

—¡En vano huís, cobardes! —gritaban con terrible y enfática entonación—. ¡En vano huís, regicidas! La sombra sangrienta os perseguirá hasta el seno de la tierra, si no cuidáis de aplacarla obedeciendo el mandato que acabamos de oír de su boca.

Muchos de los fugitivos caen en tierra al oír estas palabras, poseídos de invencibles espanto; otros corren a los pies de los guerreros que, blandiendo en las manos sus ponderosas lanzas, y descubriendo sus semblantes cubiertos hasta aquel momento por una ligera visera de las que usaban en la guerra, dejaron ver las juveniles facciones de los hijos de Qualpopoca. Un fuego sobrehumano centelleaba en los soberbios ojos de Naothalan, y entre sus negros arreos resplandecía su morena frente con una majestad semisalvaje; mientras que el rostro de su hermano, bello y melancólico, cobraba nuevo encanto por el santo entusiasmo que en aquel instante lo encendía.

–¿Cómo pensáis escapar, insensatos? –grita el primero de los dos jóvenes–: ¿cómo pensáis salvaros de la sombra indignada que os acosa? ¿Creéis que va solo Moctezuma?... ¡No! Una terrible cohorte de fantasma va en pos de los cobardes, para cebarse en sus corazones.

Envueltos en llamas invisibles, que todavía hacer hervir su sangre y calcinar sus huesos, se levantan de la hoguera Qualpopoca y sus compañeros, y pisando sobre huellas de caliente ceniza marchan detrás de ellos las innumerables víctimas, cuya sangre formó arroyos en la plaza del regocijo. Ese fúnebre cortejo de hombres mutilados, de vírgenes violadas, de niños degollados sobre el seno de sus madres, rodea y oprime la sombra de Moctezuma, y pidiéndole cuenta de su sangre y acosándole con sus venganzas, fuerzan al débil monarca a refugiarse entre sus mismos asesinos. ¿Adónde iréis que no os alcance la sombra perseguida?... ¿No escucháis como habla a vuestras almas y les pide descanso? «Reparad los males causados por mi flaqueza, os dice; satisfaced los manes de las víctimas; exterminad a los opresores que mancharon mi gloria... ¡Pelead, vended o morid! Solo así podré perdonaros y solo así seré perdonado.»

Mirad cual arden nuestros hogares, y escuchad los lamentos que salen de entre las llamas. Estas voces que no entendéis están repitiendo las palabras de Moctezuma: ¡pelead, venced o morid! Ved a esos impíos que corren con rabiosa ira a nuestro santo teocali. Los dioses tiemblan de ira en sus altares de oro, y ellos también os gritan, pelead: ¡venced o morid! ¡cuántos muertos corren por instantes a aumentar el ejército invisible de las sombras! ¡Desgraciados los que vivan deshonrados y esclavos en medio de esa corte de muertos ilustres! ¡Deteneos, irritados fantasmas! Esperad un instante y veréis lo que puede nuestro arrojo. ¡Oh gran Tezcalepuzca! ¡Suspende los rayos de tu ira! Cierra ¡formidable Mictlanteuctli, la eterna mansión de las almas condenadas![55] No hay entre nosotros impíos que quieran entrar en ella. Nuestra sangre vertida y la de los sacrílegos que osaron profanar vuestros teocalis santos, apagará en incendio de vuestro furor. ¡A la guerra! ¡A la guerra! ¡Vencer o morir! ¡Descanso a los muertos! ¡Libertad a los vivos!

---

55 Mictlanteuctli, que significa Señor de las tinieblas, o según otros caballero del oscuro palacio, era el dios de Mictlan, o sea el infierno. Según las creencias mexicanas, los cobardes, los impíos y los asesinos iban a habitar después de la muerte aquel lugar de tinieblas, del cual no podían volver a salir. ¡Notable semejanza la que existe entre todas las religiones!

177

A esta enérgica alocución, a la que prestaba inconcebible fuerza el gesto y el tono del orador, todos lo que pudieron verle u oírle respondieron con voces de entusiasmo, y aquel pueblo impresionable y exaltado, pasando rápidamente del desaliento al heroísmo, pide ansiosamente venganza y se agita ávido de sangre y de destrozo. Los jóvenes héroes aprovechan aquel momento, y marchan seguidos de considerable gente a defender el teocali, a tiempo que los españoles tocaban casi el muro que lo cercaba.

Empresa superior a nuestras fuerzas sería la de pintar dignamente aquel combate, que de todos los consignados en la historia de la conquista, fue sin duda uno de los más gloriosos para ambos partidos.

Tres veces dio el asalto el bravo capitán Escobar con indecible ardimiento, y tres veces fue rechazado con pérdida de consideración. El esfuerzo creciente de los españoles no logró entibiar o enflaquecer ni un minuto la tenaz resistencia de los mexicanos; y al ver los prodigios de valor con que se distinguieron aquel día los ilustres huérfanos de Qualpopoca, pudiera creerse que los genios de la libertad y de la venganza se habían personificado en aquellos dos seres tan jóvenes, tan desgraciados y tan heroicos.

Desesperado de poder llevar a cabo su empeño, despachó Escobar un ayudante para que pidiese auxilio, y Cortés en persona acudió con toda su fuerza a sostener a los ya derrotados sitiadores. El valor de los mexicanos no desmayó un punto; pero la carga del enemigo fue esta vez tan vigorosa y decisiva, que arrollados muchos batallones, pudo penetrar Cortés hasta la escalera de la torre. Precipitáronse a defenderla los mexicanos, y disputaron el terrero palmo a palmo; pero resbalando sobre la sangre que corría a arroyos y hollando montones de cadáveres, logró subir el jefe español hasta desplegar su bandera en lo alto de la balaustrada que corría por todo el cuerpo principal de la torre. Los gemidos de los mexicanos moribundos respondían a los gritos de victoria que arrojaban los españoles; y Cortés de pie sobre un trono de cuerpos muertos, apoyada una mano que tenía herida sobre la balaustrada, y alzando con la otra su estandarte invencible, apareció tan grande y tan terrible, que los mexicanos creyeron ver en él al mismo Tlacatecolt.

Entonces fue cuando, atravesando por entre el tropel de vencedores y vencidos, se vio correr hacia el conquistador dos guerreros que durante el combate se encontraran siempre en los parajes de mayor peligro. Los mexicanos no necesitan mirar sus rostros descubiertos para conocer a Naothalan y Cinthal; bástanles para ser conocidos los formidables golpes de lanza con que se abrían camino hasta llegar a Cortés. El caudillo los reconoce también: cien veces en aquel día ha probado su valor; la sangre que corre de su mano publica la fuerza con que la mano certera de Naothalan arroja sus saetas.

Muchos capitanes se precipitaron sobre los dos jóvenes, dispuestos a castigar el atrevimiento con que parecían amenazar todavía al general vencedor; pero los hermanos parten sus lanzas, arrojando los pedazos a los pies de éste; se despojan de sus armas con pasmosa presteza, e inclinando la soberbia cerviz doblan la rodilla delante de Cortés. Un grito de sorpresa e indignación sale de entre los mexicanos: una sonrisa de lástima y de desprecio contrae apenas los labios del vencedor; pero ciegos a la una y sordos al otro, los dos hermanos se arrastran sobre sus rodillas y murmurando palabras de súplicas, van aproximándose más y más al general.

—¡No merecen perdón! —exclama Alvarado— los conozco; son hijos del traidor que fue quemado delante del palacio, y ellos solos han sostenido la obstinada defensa de la torre.

—Uno de ellos —observó otro—, es el atrevido embajador que nos declaró la guerra.

—¡Que mueran! ¡Que mueran! —gritó la soldadesca.

Cortés impuso silencio con un gesto, mientras que Cinthal inclinaba hasta el sangriento pavimento su rostro extraordinariamente pálido, y se aproximaba arrastrándose a tocar con sus extendidas manos las rodillas del caudillo. Naothalan se había detenido un instante; y sus ojos animados de una desesperación feroz se pasearon rápidamente por todos los grupos que lo cercaban; pero vuelto en sí al eco de un lastimero grito de su hermano, que imploraba piedad, lanzose también por medio de un salto de su cuerpo tendido casi horizontal, a los pies de Cortés, y se enlazó a sus muslos como una serpiente que va estrechando sus espirales en torno de la res que quiere ahogar. Cinthal, por su parte, asido tenazmente de las piernas del general, parecía querer ponerse de alfombra de sus pies, y aquellas extravagantes demostraciones de humildad dejaron tan sorprendidos a los españoles, que ninguno pensó en que podían encubrir un designio siniestro, hasta el momento en que una gran voz de Cortés les reveló el extraño combate que sostenía.

En efecto, los dos hermanos hacían vigorosos esfuerzos para arrojarse con él por encima de la balaustrada, elevada más de sesenta pies del suelo de la plaza; y toda la agilidad y toda la fuerza de Cortés no eran bastantes a salvarle de aquel peligro. Notándolo aunque tarde sus capitanes, se arrojan a libertarle, y los dos jóvenes, que temen verse arrebatar su presa, hacen un último y desesperado esfuerzo. Enlazados estrechamente al cuerpo de su enemigo, sacan sus cabezas fuera de la balaustrada, y haciendo un empuje vigoroso con los pies, se dejan ir con todo su peso, llevando entre sus brazos al objeto de su rencor.

—¡Ya estás vengado, padre mío! —grita con ronca voz Naothalan.

—¡Ya estás libre, oh patria, de tu opresor! —exclama casi exánime Cinthal.

Un momento de terrible silencio sucede a estas voces. Se ven las cabezas de los jóvenes pendientes sobre la balaustrada, y sus cuerpos, cuya mitad yace ya fuera de aquel parapeto, arrastran con la gravedad de su peso la otra mitad, que sin embargo no obedece al impulso, pues Cortés, al cual se han enlazado con brazos y piernas, está asegurado por los suyos que trabajan por sacarle de las garras de sus dos terribles adversarios. Las piernas de ambos salen ya fuera de la balaustrada, y dando una vuelta en el aire, quedan colgadas, asidas las manos del cuello y de los brazos de Cortés, las cabezas en alto, los pies buscando inútilmente apoyo, y mecidos sus cuerpos en el aire como dos yedras desprendidas del muro en que se extendían.

Cortés hace un último esfuerzo; una mano ha caído ya raspando contra el muro; otra salta al golpe de un acero que la divide del brazo; y mientras el miembro solitario rueda frío y sangriento sobre el pecho del caudillo, el cuerpo de Naothalan cae de lo alto y se estrella sobre las losas del pavimento de la plaza. El otro cuerpo aun se mece en los aires dos minutos: las mano, que han soltado su presa, se crispan nerviosamente a los palos de la balaustrada, y un instinto de conservación parece alentar al desventurado, que hace esfuerzos para subir. Pero aquella lucha horrible contra la muerte solo dura un instante. La voz de Cortés manda salvar a aquella heroica víctima: en medio de su agonía lo ha entendido Cinthal, y dándole fuerzas la indignación postrera:

—¡No! —grita— ¡muerto, pero no esclavo!

Velázquez se ha precipitado a auxiliarle; pero antes de que pueda tenderle una mano bienhechora, las de Cinthal abandonan los balaustres y su cuerpo va a caer a dos pasos del de su hermano.

Cortés suspendió la alegría de su triunfo para hacer recoger aquellos cadáveres. Las almas grandes nunca se preocupan tanto que desconozcan a sus semejantes. El caudillo español contempló largo rato con religioso silencio aquellos restos lastimosos, y entregándolos a los mexicanos que había hecho prisioneros, les ordenó llevarlos al príncipe Quetlahuaca para que los sepultara con la pompa debida a tan ilustres guerreros.

¡Este ha sido vuestro único holocausto, víctimas generosas! Hechos menos heroicos han inmortalizado el nombre romano; pero vosotros pasasteis oscuros y seréis desconocidos de la posteridad! ¡Vosotros no recibiréis otro homenaje que aquel respeto que inspirasteis al jefe de una tropa aventurera y las lágrimas estériles que a vuestra memoria tributa hoy una mujer!

Los mexicanos encargados de transportar al campo de los suyos los restos de los hijos de Qualpopoca, no anduvieron doscientos pasos sin encontrarse con un grueso ejército que habían reunido trabajosamente los príncipes y que bajo las órdenes del mismo Quetlahuaca acudía presuroso a la defensa de teocali.

A vista de los dos cadáveres, que le fueron presentados en medio de lágrimas y alaridos, comprendieron sin necesidad de oírlo que los españoles se habían hecho dueños de la torre, y el hermano de Moctezuma juró por la sombra del difunto emperador no permitir a sus opresores aquel asilo sagrado. Ordenó en efecto un ataque violento, en el cual peleó personalmente con notable bravura, secundado por todos lo príncipes y guerreros más distinguidos, alcanzando por fin que abandonase la torre el enemigo y se refugiase a su antiguo alojamiento, pues herido Cortés, estropeados la mayor parte de sus oficiales y fatigados todos, era imposible defenderse sin la artillería que aun estaba en el cuartel.

Los mexicanos suspendieron la persecución tan luego vieron desocupado el templo, y se consagraron exclusivamente al cuidado de llorar a su rey y elegir al que debía sucederle. Algunos de los electores estaban presos por los españoles, los otros discordaban en sus opiniones, y como las circunstancias hacían inoportunas las formalidades usadas en casos tales, el ejército y los sacerdotes proclamaron emperador a Quetlahuaca, y el pueblo todo lo reconoció sin otra fórmula ni solemnidad.

Aquel mismo día se presentaron varios teopixques de los que tenía presos Cortés, y en nombre de éste entregaron al nuevo rey el cadáver de su antecesor, declarando que los españoles no [...] al hijo mayor del difunto que estaba en su poder, y que para él reclamaban el trono vacante por la muerte de Moctezuma. Ofrecían de nuevo abandona a México inmediatamente que fuese coronado el príncipe cuyos derechos sostenían, y amenazaban de lo contrario con un poderoso ejército que enviaría el soberano de Castilla contra el que usase usurpar el cetro al hijo de su difunto aliado.

Comprendieron fácilmente los mexicanos el interés que tenía Cortés en hacer elegir por emperador a un prisionero suyo, sobre el cual contaba sin duda ejercer ampliamente el mismo influjo que había gozado con Moctezuma, y así es que después de recibir con grandes ceremonias de respeto y amor los mortales restos de su antiguo dueño, cuya vista no dejó de producir el más vivo terror y violento pesar en el ejército mexicano, convinieron los nobles jefes en responder al mensaje del enemigo en términos dignos y razonables.

Manifestaron que la monarquía entre ellos no era hereditaria, ni podía recaer en ningún caso en un príncipe niño, que aun no estaba en situación de defender su trono y dar leyes a su imperio. Que habían ya proclamado un emperador digno de suceder a Moctezuma, y capaz de reparar los males que en los últimos meses de su reinado había producido la flaqueza moral en que cayera el difunto. Que la guerra declarada no podía concluir sino con la ruina total de uno de los ejércitos, y que tan luego consagrasen algunos días a las sagradas ceremonias de las exequias del rey muerto y la coronación del vivo, volverían a probar sus armas con los advenedizos que se atrevían a amenazarlos aun viéndose vencidos y maltratados.

Esta contestación acabó de arrancar a Cortés las últimas palabras de acomodamiento, y sintiendo todas las dificultades de su posición, tuvo un cruel instante de desaliento, en el cual llegó a desconfiar de su talento y a desesperar de su fortuna.

Pasó una noche terrible: aunque muy fatigado por tantos días de continuos combates y desvelos, un insomnio febril le impidió cerrar los párpados ni un minuto. Sus heridas, enconadas con la humedad de la noche, le hacía sentir dolores agudos, a los cuales parecía, sin embargo, indiferente, pues se paseaba a largos pasos sobre la azotea del palacio, tan pronto con los ojos bajos y la cabeza caída sobre el pecho cual si una mano de hierro pesase sobre su pensamiento, tan pronto fijando en el cielo sus ojos de águila, como si intentase penetrar sus bóvedas eternas para arrancarle los secretos del porvenir.

Muchas horas habían corrido sin que pensase todavía en buscar un reposo que conocía imposible, cuando creyó divisar un bulto negro que se levantaba en medio de dos almenas, desplegando gradualmente una estatura casi colosal. En aquel mismo sitio había visto el día anterior el cuerpo sangriento de Moctezuma: en aquel hueco habían levantado los brazos de Velázquez el cadáver coronado, cuyo manto imperial ondulaba destilando sangre sobre aquellas dos blancas almenas, en las que apoyó la víctima sus manos, ni más ni menos lo mismo que apoya las suyas en este instante el negro fantasma que contempla Cortés con un sentimiento que si conociera el miedo hubiera podido compararlo a él.

Imaginó al punto que padecía una violenta fiebre y que era víctima de cruel alucinación; mas el bulto dejó de ser mudo, percibió Cortés algunos sonidos inarticulados que no podían llamarse palabras, que procedían indudablemente de una voz humana, y persuadido entonces de que natural o sobrenatural, aquel bulto era un ser real y no una visión de su cerebro, se adelantó dando un ¿quién vive? sonoro y alto.

Capítulo IX. El consejo del astrólogo

—Soy yo, mi general —respondió al punto una voz varonil— aunque cascada por los años y Cortés reconoció a un soldado designado en el ejército por el sobrenombre de astrólogo, y cuya charla de grosera pedantería solía divertir a los oficiales en sus momentos de ocio.

—¿Qué haces aquí, Botello? —interrogó el caudillo, que creyó entrever algún misterio en la conducta del viejo aventurero.

Fuese que habiendo seguido a Cortés por curiosidad hubiese tenido oportunidad de observar su agitación y desvelo y quisiese justificar sus pretensiones de adivino dando un carácter misterioso a aquel sencillo descubrimiento, fuese que todos sus pasos aquella noche se dirigieran a proporcionar la ocasión de darle un consejo que encerraba el voto de la mayor parte de su ejército, Botello respondió sin turbarse, que estando dormido había visto en sueños a su general paseándose agitado por triste incertidumbre, y que despertándose con terror había corrido a consultar a los astros respecto de la suerte de un jefe tan querido y que parecía ya tan dudoso de su fortuna.

Aparentó burlarse el general de los sueños del viejo; pero no olvidó preguntar como por distracción, qué había leído en los astros tocante a su destino.

Volvió a fijar los ojos en el cielo el astrólogo, permaneció algunos minutos observando atentamente las estrellas escasas que aquella noche habían sembrado a trechos el firmamento y que iban apagando sus pálidas luces a vista de los primeros albores del día, que comenzaba a iluminar las nubes del Oriente. Luego se reclinó sobre una almena y aparentó consultar un librote viejo que sacó del bolsillo, murmurando palabras sin sentido que hicieron asomar la risa a los labios de Cortés.

—¡Y bien! —dijo con la jovialidad que encontraba cuando quería, aun en sus momentos más amargos—, ¿qué declaran a tu sabiduría las obedientes constelaciones?

Volviose lentamente hacia él el pretenso adivino, y procurando adquirir una grotesca gravedad, que estaba en oposición con su rostro naturalmente risueño y en el cual se notaban todavía ciertos vestigios de la truhanería que le había caracterizado en sus días juveniles, dijo con énfasis y atrevida resolución:

—Leo en los cielos, ilustre señor, que las aves carnívoras tendrán un abundante banquete con nuestros cuerpos si antes del nacimiento de un nuevo Sol no hemos abandonado esta ciudad. Leo también que el destino de vuesa merced se halla en un momento de crisis, y que si sale bien de ella llegará a adquirir mucha honra y dinero; pero si por desgracia no acierta a vencer las influencias del signo maléfico que ahora mismo está pesando sobre su cabeza, ya podemos empezar a llorarle el poco tiempo que logremos sobrevivirle.

Esto es tan claro como la luz del Sol, que se viene a más andar a ocupar su puesto en el firmamento. Vuesa merced no tiene más que este día para escoger, y si el astro le vuelve a encontrar en México cuando torne dentro de 24 horas a comenzar su curso visible, bien puede encomendar su alma a Dios, que a todos nos debe juzgar muy en breve.

Al concluir estas palabras aparentó hallarse sobrecogido de espanto, y se alejó exhalando gemidos profundos, que a pesar suyo hicieron conmover la fuerte alma del general.

Tenemos observado que todos los grandes talentos son un tanto supersticiosos, y si esto no basta para explicar la impresión que hicieran en el ánimo de Cortés las palabras del adivino, creemos más que suficiente recordar al lector el carácter de su época. Permaneció algunos minutos profundamente preocupado; volvió a pasearse con más visible agitación, y cuando al toque de diana se levantaron sus oficiales, convocó una junta en la cual declaró que creía indispensable abandonar la ciudad en la próxima noche. Su resolución no encontró resistencia, pues todos estaban convencidos de la imposibilidad de conservarse en aquella posición violenta y extraordinaria. No dejó de susurrarse en el ejército que aquel consejo se lo había prestado al general el viejo Botello; pero Cortés recogió todo el honor de la prudente medida que había adoptado, y solo cuando el éxito le fue contrario, se hizo mención del desventurado astrólogo, que acaso por dicha suya fue una de las primeras víctimas de su razonable pero desgraciado consejo.

Mientras todo se disponía en el cuartel para realizar aquella noche la fuga y se procuraba apartar las sospechas del enemigo enviándole nuevos embajadores con proposiciones cuya contestación no se exigía sino en término de ocho días, Cortés, que no se resignaba a desistir completamente de su empresa, pensaba en el mejor medio de dejar abierto un campo a su intervención en aquel imperio. El resultado de sus meditaciones fue la resolución de llevar consigo a los tres hijos mayores de Moctezuma y a los príncipes de Tezcuco, de Tacuba, Coyoacan y Matalcingo, que tenía prisioneros.

So pretexto de hacer valer los derechos que suponía en los primeros, podía volver a México cuando las circunstancia le fueran más favorables, y creyó que manteniendo en su poder a los demás personajes, se proporcionaba un medio de entrar en composición con los mexicanos si llegaba el caso de abandonar completamente su empresa. La libertad de tan altos señores debía ser pagada muy cara por sus vasallos, y cuando fuese preciso renunciar a la gloria de una conquista, sería siempre muy conveniente aumentar las riquezas que debían ser el único premio de tantos trabajos y peligros. Pero ¿cómo se lograría sacar de México a los príncipes y guardar el sigilo indispensable para realizar la fuga? Alvarado hallaba muy fácil remediar este inconveniente poniendo a los presos unas ásperas mordazas que no les permitiesen exhalar ni un gemido; pero Cortés, que deseaba evitar en cuanto se lo permitiese su conveniencia, nuevos ultrajes y humillaciones a los parientes de Moctezuma, quiso emplear la persuasión antes de recurrir a la violencia.

Presentose, pues, en las primeras horas de aquella tarde en la prisión de los príncipes. Era una sala alta, bastante espaciosa, pero oscura, como lo eran la mayor parte de las habitaciones interiores de las casas de México. La poca luz que tenía le entraba por dos ventanas rasgadas que miraban a uno de los pasadizos interiores, llenos siempre de centinelas, y por una especie de tronera muy alta que tenía en la pared que daba hacia una calle muy ancha, de las que desembocaban a la plaza en que tenía el edificio su principal fachada.

Una larga y gruesa cadena, que de trecho en trecho tenía una argolla para cerrarse en el tobillo, sujetaba a los cinco presos. El anillo de la una punta se asía al pie izquierdo del príncipe de Tezcuco; el del otro extremo al derecho del rey de Tacuba, y los tres del centro sujetaban a Guatimozín, a Huasco y al señor de Matalcingo, siendo notable casualidad que este enemigo particular del soberbio tezcucano fuese el más próximo a él. Al menor movimiento de cualquiera de ellos, el ingrato ruido de los hierros hacía estremecer a los otros, y no podía ninguno dar un paso sin arrastrar consigo a sus compañeros de infortunio.

186

Aquel espectáculo no pudo menos de causar penosa impresión en Cortés, y apartó los ojos de sus víctimas, que a su aspecto se habían estremecido de horror.

Aunque los sufrimientos inauditos de aquellos cinco meses de prisión hubiesen influido notablemente en el físico de Cacumatzin, todavía conservaba la impetuosidad violenta que le hacía esclavo de sus primeros impulsos, y encendido en furor a vista del jefe español, levantose tan vigoroso y altivo como en los días de su poder, extendiendo sus brazos desnudos, cuya varonil musculatura hacía más visible su enflaquecimiento.

—¡No te acerques, traidor! —exclamó con voz de trueno—, no te acerques, si no quieres tener la gloria de morir ahogado entre mis brazos.

Desentendiose Cortés de aquel desahogo de una justa ira, y manifestó con atenta y terminantes palabras, que cansado de una guerra que repugnaba a su corazón y deseoso de arreglar amistosamente las desavenencias que existían entre sus tropas y el pueblo mexicano, había resuelto salir de aquella capital en la misma noche y esperaba le acompañasen sus prisioneros, hasta que terminadas las diferencias se le diesen otras garantías de los empeños que debían contraerse.

—Moctezuma no existe —prosiguió—, y ese pueblo que le ha asesinado levanta tumultuosamente un nuevo emperador, en desprecio de sus leyes y en perjuicio de otros príncipes cuyos derechos quiero y debo sostener, como representante de un monarca aliado y amigo del difunto emperador. Fuera ya de esta capital, que no debe servir de teatro a una lucha sangrienta, enviaré mis embajadores al usurpador Quetlahuaca, y luego que el orden y la justicia se hayan restablecido, que el sucesor de Moctezuma sea elevado al trono, conforme lo exigen las leyes del imperio, y que los tratados de alianza entre España y México se formalicen y cumplan exactamente, entonces abandonaré para siempre esta tierra y os devolveré gozos a vuestros vasallos.

Pero para poder salir sin excitar nuevas disensiones y derramamiento de sangre, he resuelto verificarlo con el mayor sigilo, y exijo vuestra palabra de seguirme voluntariamente conservando el secreto de nuestros movimientos. Si así lo juráis, en este instante serán rotas vuestras cadenas y yo descansaré con entera confianza en la fe de vuestra promesa; pero si rehusáis prestarme esta garantía, me veré en la dura necesidad de valerme de medios violentos para asegurarme de vuestro silencio.

Ya se disponía el impaciente Cacumatzin a responder al jefe español, cuando tomó la palabra el anciano príncipe de Tacuba.

—¡Moctezuma ha muerto! —dijo, y después de breve pausa añadió:

—Retírate, guerrero de Castilla; deja que meditemos las palabras extrañas que acabas de proferir.

—Dentro de una hora —repuso Cortés—, vendré yo mismo a escuchar la contestación.

Salió saludando con cortesía a sus prisioneros, y Cacumatzin gritó en alta voz, haciendo crujir todos los eslabones de la cadena al fuerte sacudimiento de sus brazos atléticos:

—¡Y qué! ¿Entraremos en convenios con el luilon[56] que huye cobardemente después que se ha saciado de robos y asesinatos?... Muramos todos, pero muramos con honor. Yo escupiré en la frente al primero que pronuncie la palabra convenio.

—¡Y yo te arrancaré la lengua! —exclamó furioso el anciano príncipe, que aunque cadavérico ya, todavía conservaba el fogoso orgullo y la severa firmeza que en otros tiempos le habían distinguido—; yo te arrancaré la lengua, joven presuntuoso, si vuelves a articular tan indigna sospecha!

—Respeto tus canas —dijo con violenta sonrisa el de Tezcuco—; pero te aconsejo no abuses de ellas al hablar a Cacumatzin. Moctezuma ha muerto, tenlo en la memoria; pues si los dioses nos vuelven algún día la libertad, te has de desvelar para hacer olvidar al emperador los ultrajes que te perdona el príncipe.

—¿Y a quién esperas ver ensalzado al trono imperial? —exclamó con vehemencia el de Matalcingo—. ¿Supones que existe algún temerario que se atreva a disputarme el derecho que me dan mi nacimiento y mis hazañas?

—¡Yo! —gritó furioso Cacumatzin—, ¡yo que soy el primero y más poderoso de todos los príncipes aztecas! Yo, que sabré sostener mis prerrogativas con la punta de mi lanza y que no conozco rival que pueda blasonar de más valiente ni de más ilustre!

---

56 Luilon equivale o villano, canalla, y aun expresa más que ambas voces castellana.

—Mientras exista yo —dijo con altivez el padre de Guatimozín—, ni tu ni nadie, joven soberbio, debe llamarse el primero de los príncipes mexicanos. ¡Pues qué! ¿Piensas que ceñirías a tu frente la corona imperial y que iría a rendirte vasallaje el que puede ser tu padre por los años y tu maestro por la sabiduría? ¿Piensas tener derechos comparables a los del soberano de Tacuba?

—¡Vástago seco de un árbol caído! —prorrumpió con fingido desprecio Cacumatzin— ¡rama deshojada de los tepanecas vencidos! ¿cómo te atreverías a entrar en competencia con el hijo de Nezajualpili, con el nieto de Nezahualcoyot?[57]

Esta extraña rivalidad sobre un trono vacilante entre tres hombre encadenados y a merced de un capitán extranjero, hizo sonreír a Huasco y avergonzar a Guatimozín. Interpusieron ambos sus esfuerzos para aplacar la ira de los aspirantes al solio de Moctezuma, y hablaron con tanta razón como energía.

—La salida precipitada y sigilosa de los españoles —observó el de Coyoacan—, prueba suficientemente que están perdidas todas sus esperanzas, y que al ocupar el trono de México ha sabido Quetlahuaca llenar dignamente su puesto y libertar la patria del yugo vergonzoso que se le impuso bajo el manto que prestaba la autoridad del desventurado Moctezuma. Demos gracias a los dioses por este favor inmenso y tributemos a Quetlahuaca el justo homenaje de nuestras alabanzas. Solo cuando la paz sea completamente restablecida y que el consejo de los electores se

---

57 Cacumatzin se gloriaba con razón de tener por ascendientes a aquellos dos grandes príncipes chichimecas. Nezahualcoyot fue el Solon de Anáhuac: promulgó ochenta leyes, entre ellas una que ordenaba no pudiese durar más de sesenta días ningún proceso, ya fuese criminal, ya civil. Aquel monarca fue además astrónomo, poeta y orador, debiéndole Tezcuco la indisputable superioridad que alcanzó por su civilización entre todos los reinos que formaban parte del mexicano imperio.
Su hijo y sucesor Nezahualpili se distinguió tanto por su talento como por su severa justicia. Como bruto condenó a muerte a uno de sus hijos por haber infligido las leyes del Estado, y a pesar de la desesperación de su esposa y de las súplicas del pueblo, aquella terrible sentencia fue públicamente ejecutada.
Estos dos grandes reyes, como todos los de Tezcuco, eran descendientes de los chichimecas, tribus que emigrando, según se cree, de las regiones del Norte, aparecieron en el Anáhuac antes que no nahuatlacas.
De todos los pueblos habitadores de aquellos países, el más antiguo después del tulteca, era chichimeca, así como el más moderno era el azteca, fundador del imperio mexicano.

reúna para votar en la elección de un emperador, se podrá saber si existe algún príncipe que pueda disputar el derecho de reinar sobre los mexicanos al héroe que ha salvado su libertad. Ahora solo debemos ocuparnos de la contestación que nos pide el general enemigo.

—Preveo —dijo Guatimozín—, que se querrá someternos a nuevos ultrajes si negamos, como sin duda lo haremos, el consentimiento que se nos pide. Prestarnos al silencio, hacernos cómplices en cierto modo de la fuga de los enemigos y entregarnos a él como armas de que pueda servirse para arrancar a nuestros compatriotas concesiones indignas de su gloria, sería un acto de cobardía y de bajeza que no juzgo necesario afear delante de vosotros. Creo que nuestra causa triunfa y que debemos morir entonando el himno de victoria.

—Has hablado como un anciano —dijo de señor de Matalcingo tendiendo su mano al joven príncipe de Tacuba.

—Has hablado como debe hablar un valiente azteca —dijo con orgullo Cacumatzin.

—Y como siempre piensa un tepaneca —respondió lanzándole una mirada altiva el vástago de la dinastía vencida.

El príncipe de la lanza mortal tuvo a bien no contradecir esta vez, y conformes todos en que se respondiese a Cortés que no se obligaban al silencio ni a seguirle en manera alguna en su fuga, se resignaron a morir antes que tolerar nuevos ultrajes de unos enemigos abandonados ya por la fortuna.

Iban a llamar a un centinela para que llevase a Cortés su resolución, pidiendo les ahorrase el disgusto de volverle a ver y excitándola a librarse de ellos por medio de una sentencia de muerte, que les sería menos amarga que la misma libertad si habían de recibirla de su mano; cuando una flecha, entrando por la tronera del muro exterior. Pasó silbando sobre sus cabezas y fue a quebrantar su punta contra las piedras de la pared opuesta. A la primera mirada que los sorprendidos presos echaron rápidamente sobre aquel objeto, tan inesperadamente aparecido, conocieron en el tamaño y color de las plumas que la adornaban, que había salido del carcaj de un guerrero de sangre real, y lo certero del tiro, que no podía haber sido despedido sino de alguna de las azoteas de la calle a que daba aquel costado del edificio, distante de él veinte pasos al menos, probaba también que aquel guerrero no era un arquero vulgar. La tronera era pequeña y más alta que la azotea que estaba al frente de ella; por consiguiente el tiro presentaba dificultades que no hubiera superado fácilmente un tirador mediano.

Adelantándose los presos levantaron la flecha y vieron atado en ella un pedazo de lienzo encerado, que desarrollado presurosamente dejó patentes varias figuras jeroglíficas de las que usaban los mexicanos para expresar sus ideas. Al pie de aquellos signos se veía pintado el escudo de la casa real de Tacuba.

—¡Es de la mano de Netzalc! —exclamó Guatimozín—, y todos se ocuparon en descifrar la alegoría del escrito.

El sentido era claro para personar inteligentes en aquellos signos. Netzalc advertía a los presos que la fuga del enemigo no era un secreto para Quetlahuaca; que este príncipe tenía fijos los ojos en los españoles, y que convenía al interés de la patria que los augustos cautivos guardasen el silencio que aquellos reclamaban como indispensable para la realización de su fuga.

A consecuencia de esto, cuando Cortés se presentó a saber la respuesta, tomó la palabra el señor de Tacuba y declaró a nombre de todos que juraban observar silencio y no descubrir por su resistencia la salida proyectada; pero que ni se obligaban a desechar los medios de libertad que un feliz acaso pudiera proporcionarles, ni se prestarían jamás a ningún convenio o acomodamiento que pudiese desdorar la gloria de su patria.

Cortés se dio por satisfecho y mandó que inmediatamente se les quitasen las cadenas, aunque no relajase la vigilancia de los centinelas que les guardaban.

Nadie se ocupó desde entonces sino en preparar la marcha, llevándose los tesoros que debían a la liberalidad de Moctezuma, y los prisioneros y las mujeres que tenían en su poder. Todos parecían gozosos de salir por último de tan crecidos y multiplicados peligros: solamente Cortés y Velázquez de León estaban tristes y pensativos. El uno retrocedía con dolor en un camino emprendido con tanta fe y decisión; el otro pensaba en Tecuixpa, a quien no esperaba volver a ver jamás.

¡Si pudiese al menos darla un último y tiernísimo adiós! ¡Si pudiese verter en su seno las lágrimas acerbas que desbordaban en su corazón! ¡Si aun la oyese, una vez sola, decirle con su gracioso acento americano en mal pronunciado español: ¡yo te amaré siempre! Pero no era posible verla; no era posible revelar en una carta, que acaso ella no entendería y que podía caer en manos de sus mismos compañeros, un secreto importante de que dependía la salvación de todos.

Era pues preciso partir sin una despedida, sin una caricia, sin una lágrima de la virgen querida. Nunca su imagen se había presentado tan seductora a la imaginación del castellano, nunca había conocido como entonces el precio de la felicidad pasada. Creía ver a sus pies a la tierna princesa rogándole con lágrimas que no la abandonase: contemplaba sus negros ojos, devoradores como el Sol de su patria, clavados en los suyos con irresistible pasión; y apretaba Velázquez a su pecho y a sus labios el cordón de oro, primera prenda de su dicha, dirigiendo al fantasma hechicero mil y mil protestas de inmortal amor y mil y mil reproches contra una suerte impía.

Avergonzado luego de su delirio, procuraba aparentar serenidad, daba órdenes, las pedía, se ocupaba de la marcha, fingiendo interés por su seguridad; pero tanto esfuerzos servían solamente para quebrantar más y más las fuerzas de su espíritu; y cuando el Sol desapareció del horizonte y recordó que no volvería a verlo salir en la ciudad donde habitaba Tecuixpa, un dolor profundo y silencioso sucedió a todos aquellos combates del deber y la ternura.

—¡Pasó ya el último día de mi dicha! —exclamó—. ¡Esta noche triste y muda será eterna en mi alma!

Hubo entonces un instante en que se sintió poseído de una especie de vértigo, y estuvo impulsado por una fuerza irresistible a salir del cuartel, a volar a palacio a ver a Tecuixpa hollando todos los obstáculos y a jurar a sus pies sacrificar religión, patria y honor a la pasión inmensa a que quería consagrar exclusivamente su vida.

Felizmente para su gloria, aquel loco pensamiento pasó rápido, y el noble castellano conservó de él sino un recuerdo confuso y vago, como aquel que suelen dejarnos los sueños.

Capítulo X. La noche triste

La noche apareció sombría y amenazadora, digna ciertamente de las escenas terribles que debía cobijar bajo su lúgubre manto, digna de la calificación que conserva en la historia de la conquista, donde está designada con el sobrenombre de triste.

Un cielo profundamente oscuro, en el cual no aparecía otra luz que la de algunos relámpagos fugitivos, cuyos fuegos eléctricos serpenteaban rápidamente por entre las nubes aplomadas; una llovizna menuda y con frecuencia interrumpida, que no templaba en lo más mínimo la sofocante temperatura de la atmósfera; algunos truenos sordos que partían de las montañas, sobre cuyas volcánicas crestas paseaba su carro la tempestad, contribuían poderosamente a aumentar la impresión de tristeza que producía en los españoles una fuga forzosa y arriesgada.

Sin embargo, el astrólogo Botello cantaba alegremente un romance morisco que sin duda tarareaba su madre cuando lo mecía en la cuna, y al compás de su canto ayudaba a los carpinteros del ejército en la conclusión de un puente portátil, necesario para la fuga por haber roto los suyos los mexicanos.

El viejo aventurero, demasiado habituado a los peligros y acaso también lleno de confianza en su pretendida ciencia, que a fuerza de aparentar llegó a creer él mismo, no parecía inquietarse en manera alguna por el éxito de su consejo y enronquecía su voz cascada, y taladraba los oídos de sus vecinos, repitiendo tan recio como lo permitía la fuerzo de sus pulmones:

> Llora un día y otro día
> la bella Zaida al cristiano;
> mas ya de tanto llorar
> se van sus ojos cansando.
> Y está distante el querido
> y el no querido cercano,
> y cuando llora por uno
> el otro enjuga su llanto.
> ¡Guay del ausente amador!
> ¡Guay del que gime lejano!

¡Un viento lleva sus dichas!
¡Otro viento sus quebrantos!
Siempre es tardío el ausente,
y lentos son sus cuidados,
y son mentira sus glorias,
y son ciertos sus agravios.
¡Guay del ausente amador!
¡Guay del que gime lejano!

—¡Basta ya con mil demonios! —exclamó impaciente Velázquez, en
quien las palabras del romance excitaban ideas que no sospechaba ni
remotamente el cantor—. ¿No es suficiente que la atmósfera nos ahogue
y los relámpagos nos cieguen, sino que también nos has de ensordecer,
viejo brujo, con tus malditos graznidos? ¿Qué entiendes tú de amores ni de
ausencia, esqueleto ambulante? Ve a consultar las estrellas o a pedir consejos al demonio familiar a quien has vendido tu alma, y déjanos de Zaidas
y de cristianos.

El testarudo viejo no obedeció exactamente esta orden, y contentándose
con bajar un poco la voz y variar el asunto de su canto, prosiguió lentamente
y mirando a Velázquez con la pueril desvergüenza de un niño que ensaya
una travesura, dispuesto sin embargo a retroceder si nota que su atrevimiento no consigue intimidar a los que le miran.

¡Naciste en signo funesto!
¡Naciste en hora menguada!
¡Saludaron tus vagidos
de un martes la luz aciaga!
Y no en zenit refulgente
te dio el Sol su pura llama,
ni asomó sobre tu cuna
la Luna su faz de plata.
Una tarde en su descanso
melancólica y opaca,
que no era noche ni día,

194

ni borrascosa ni calma;
una tarde que sin ruido
abandonaban las auras,
y que miraban sin voces
los pájaros en las ramas;
una tarde que era imagen
de marchitas esperanzas,
anuncio de vida breve,
presagio de suerte amarga;
una tarde moribunda
fue tu primera alborada,
y presurosas tinieblas
robaron su luz escasa.
Así serán tus placeres,
breves y tibios, y raudas
pasarán las ilusiones
de tu juventud nublada.
¡Despídete, pues, del día
que aunque espirante te halaga!
Despídete de venturas
que siempre miras lejanas!
Despídete, que ya llega
la noche profunda y larga;
¡y naciste en signo triste!
¡Y naciste en hora infausta!

Esta vez hubiera podido cantar hasta más no poder el viejo soldado sin
que le interrumpiera Velázquez. Cavada la barba en el pecho, casi cerrados
sus largos párpados y sin cuidarse de nada de cuanto pasaba a su lado,
parecía sumido en una triste y honda meditación; mas conocíase sin embargo que atendía a la música y que sus pensamientos no eran muy extraños
al sentido de las palabras.

No se ocultó a Botello la emoción que despertaba en el joven capitán, y
orgulloso con el triunfo se disponía a comenzar de nuevo, cuando fue con-

trariado por Alvarado, que dando un golpecito con la mano en el hombre de Velázquez:

—¿Qué es eso, amigo don Juan? —le dijo—, ¿duerme vuesa merced o se ocupa de una oración mental?

Estremeciose el joven, como el que es despertado bruscamente de un sueño profundo.

—No por cierto —respondió—; pensaba solamente...

—¿Y se pueden saber los pensamientos que ocupaban a tan afortunado galán? De amor sin duda.

La palabra amor en boca de Alvarado, siempre causaba a Velázquez una sensación penosa, semejante a la que cualquiera de nuestros benévolos lectores experimentaría sin duda si viese los castos velos de su virginal querida sirviendo de bandera en un lupanar.

—Pensaba —se apresuró a decir—, que la lobreguez de la noche favorece nuestra fuga.

—Sí en verdad —respondió Alvarado—; creo que escaparemos felizmente. La ciudad parece desierta, no se ve un alma por esas calles y pienso que esos perros indios que sin dudan celebran las exequias del rey muerto y la coronación del vivo con su maldito brebaje que emborracharía a un muerto, no habrán salido aun de las dulzuras de su primer sueño cuando hayamos llegado al territorio de Tlaxcala.

—Así sea como vuesa merced dice y como yo espero —respondió el astrólogo— que a fuer de hombre que leía en las estrellas, tenía el derecho de tomar parte activa en todas las conversaciones, y aun en las más serias discusiones de los capitanes. Pero lo que yo no hubiera permitido, a ser el Molinche, como le llaman estos idólatras, es que hubiese salido del cuartel la gazmoña india que regaló el señor Moctezuma a nuestro compañero Olea. ¿Qué demonio ha ido a hacer esa bronceada hermosura cuando salió esta mañana?

—Nada hay que temer de ella —dijo Alvarado—; es una esclava fiel, y muy cristiana y honrada desde que recibió el agua del bautismo.

—Es verdad que está bautizada, pues el buen compañero Olea es hombre de conciencia y no quiso (a imitación del general), que en virtud como en todo lo demás es el primero en dar ejemplo, no quiso, digo, hacer vida con ella mientras no recibiese el sello de la gracia. Lo que es de eso estoy muy seguro, porque lo mismo hizo con otros dos o tres indias que le pertenecen, y sé que no es hombre de permitirse franqueza con mujer que no sea tan cristiana como la misma Judit. Pero aunque esa india conozca y la santísima ley de Jesucristo, tengo acá para mí mis sospechas de que, como hija que es de un señorón de éstos que andan ahora revueltos contra nosotros, y se dice que allá en otros tiempos no tuvo mala voluntad a cierto mozo y que solo por miedo consistió en venir a vivir al cuartel... digo que por todas estas cosas soy de opinión que no conviene fiarse mucho de ella.

—¡Quita allá con tus observaciones! —dijo Alvarado—. Esa pobre india ama como una loca a Olea y está muy sinceramente convertida. Además, ha sido enviada por nosotros mismos para que nos diese noticia de las operaciones del enemigo, y ha desempeñado fielmente su comisión.

—Así sea —volvió a decir el viejo—; pero creo que ya la noche está bastante adelantada y que es tiempo de partir.

La opinión del astrólogo convenía sin duda con la de Cortés, pues en el mismo instante se dio la orden de marcha.

Cuatrocientos tlaxcaltecas y algunos soldados españoles fueron los encargados de llevar el puente portátil; otros doscientos tlaxcaltecas y cincuenta o sesenta españoles cargaron con la artillería, que era presidida por una partida de a caballo al mando de Sandoval, que formaba la vanguardia. Tras de la artillería salió el bagaje, algunos caballos y ochenta indios cargados con barras de oro. Todos los capitanes y soldados llevaban también su parte de peso de esta clase, pues no bastando los caballos y los indios disponibles al transporte de tan inmensa riqueza, permitió Cortés que cada cual se apropiase lo que pudiese llevar sobre sí.

Cortés con otros oficiales y lo más selecto de la tropa ocupó el centro del ejército, y Velázquez de León, Alvarado y otros varios de a caballo, con cien infantes, tuvieron la retaguardia, llevando delante a los prisioneros y a las mujeres.

A pesar de que Cortés había hecho salir a los prisioneros enteramente sueltos, Alvarado juzgó oportuno mandarles atasen entrambos brazos hacia la espalda, y todas las instancias y aun las reconvenciones de Velázquez fueron inútiles para evitar a los príncipes este nuevo ultraje.

Mientras cuatro soldados forcejeaban con el indomable Cacumatzin, que resistía con tenacidad, una mujer, que parecía ocupada exclusivamente en ayudar al transporte del bagaje, pasó muy cerca de él, y con un tono bajo y pronunciación clara, aunque rápida, le dijo en lengua mexicana:

—Cede, nada temas: la patria vela y reclama de ti este sacrificio.

Siguiola con los ojos Cacumatzin y presentó los brazos a las ligaduras, aconsejando a sus compañeros de infortunio que imitasen su ejemplo.

Botello, que casualmente estaba cerca, quedó maravillado de aquella súbita mudanza, y echando una ojeada recelosa sobre la india, que ya estaba distante —dijo a un oficial que pasaba por su lado:

—Perdóneme vuesa merced, mi capitán; pero quisiera saber si la esclava de Olea, que salió esta mañana a observar al enemigo, sabía entonces que debíamos partir esta noche.

—¡Qué diablo te importa! —respondió bruscamente el interrogado—. Ve a ayudar a tus compañeros y déjate ahora de preguntas misteriosas, que por mi fe no estoy de humor de contestarte.

—¡Pronto en marcha! ¡Pronto en marcha! —gritó Cortés— es cerca de media noche y la plaza está desierta y oscura como la boca de un lobo.

Todos se apresuraron a obedecer, y ocupando cada uno su puesto, se puso en marcha el ejército con todo el silencio posible.

México estaba en efecto tranquilo y silencioso: no se veía una luz, no se oía ni el alarido de un perro. El puente se echó sin que nadie turbase la maniobra, y el ejército comenzó a pasar sosegadamente. Entonces los prisioneros principiaron a desconfiar de los anuncios que habían recibido; entonces sus ojos tendieron por todos lados miradas inquietas y dolorosas... ¡Pero nada se veía! ¡Nada podía verse en la profunda oscuridad de la noche! Prestaron toda su atención: ¡nada se oía!

—Nos han engañado —dijo con sorda voz Cacumatzin a los compañeros que caminaban a su lado y cuyas facciones no podía distinguir en medio de la lobreguez.

—¡No! —respondió con acento lleno de convicción Guatimozín— ¡no!, he oído el roce de muchas piraguas que se deslizan ligeramente por la superficie del lago. Se van acercando, no hay duda.

—Te engaña el deseo, príncipe de Tacuba. ¡Nada oigo!… solo el ruido de las pisadas de estos facinerosos y de sus caballos.

—Ese ruido cubre el de las piraguas. ¡Bendito sea Huitzilopochtli! ¡He oído un golpe de remo! ¡Otro! ¡Muchos! ¡Aquí están!

A estas últimas palabras, pronunciadas con un grito de júbilo, respondieron al punto cien y cien alaridos penetrantes, que eran el hurra de los mexicanos; y un relámpago que en aquel momento rasgó las negras nubes que cubrían el lago, alumbró el espectáculo de un sinnúmero de canoas cuajadas de guerreros.

Arrójanse multitud de ellos a quitar el puente que habían echado los fugitivos; cargan otros infinitos sobre la vanguardia; llueven por todas partes flechas, piedras, chuzos, y los españoles cercados, desordenados, apenas aciertan a defenderse.

El puente cede por fin a los esfuerzos multiplicados y cae hechos pedazos, arrastrando consigo a muchos de los que estaban sobre él: el lago se llena de hombres, y los sofocados gritos de los que se ahogan forma una armonía terribles con los alaridos feroces de los mexicanos.

Sin embargo, los españoles, repuestos algún tanto de la primera confusión, pelean con su acostumbrado valor y se deciden a vender caras sus vidas. La carnicería se aumenta con la resistencia; el desorden es espantoso: amigos y enemigos, caballos e infantes, jefes y soldados, todos se confunden en el calor del combate, y se hiere a diestro y siniestro sin saber a quién.

En medio de aquella sangrienta confusión, Velázquez busca a los hijos del desgraciado Moctezuma, a los hermanos de la tierna Tecuixpa, que niños e indefensos van a ser víctimas acaso de sus propios deudos o vasallos. Los llama con fuertes gritos; se abre paso con su acero por entre el tropel de amigos y enemigos, hacia el paraje donde los ha visto antes. ¡Pero no están ya! A la luz de los relámpagos, que se hacen por momentos más frecuentes, solo descubre un prisionero que se esfuerza vanamente por romper sus ligaduras. Le ven al mismo tiempo varios soldados españoles y corren hacia él gritando:

—¡Muere vil traidor, que acaso eres el que nos has vendido!

Velázquez mete espuelas a su caballo y se interpone entre aquel infeliz y los furiosos agresores.

—¡Atrás! —grita con voz de trueno— acometed a los enemigos armados y no a los indefensos.

Enseguida corta veloz de un sablazo las ligaduras del preso: le mira, le reconoce, le da su acero y le dice:

—Procura reunirte con tus compañeros, príncipe de Tezcuco: un hombre más no es nada para intimidar nuestro valor, y un hombre menos, asesinado vilmente, sería mucho para manchar nuestra gloria.

Dice, y enristrando su lanza se aleja buscando siempre a los hermanos de Tecuixpa. Cacumatzin libre se vuelve a un lado y a otro procurando descubrir a sus compañeros, uno solo encuentra: es Guatimozín, a quien acaba de salvar su hermano, pero que acaba de ver espirar a su anciano padre herido en el corazón por una bala enemiga.

—¡Mi padre ya no existe! —dice a Cacumatzin— salvemos, si es posible, a los hijos de Moctezuma y al desgraciado Huasco, a quien he visto amenazado por un tropel de españoles.

Ambos se precipitan en la confusión de la refriega, y bien pronto son separados por la multitud que se choca y se repele. Guatimozín, peleando como un león, logra reunirse con algunos jefes mexicanos a los que reconoce por la voz; Cacumatzin, que en la exaltación de su coraje recuerda que tiene un enemigo particular entre los españoles, cuida menos de su vida que de llamar a Velázquez retándolo en alta voz.

—¿Dónde te escondes ahora, arrogante rival de Cacumatzin? —gritaba mitad en mexicano mitad en español, pues en su larga prisión había aprendido medianamente esta lengua—. ¡Ven, que yo te busco, galán afortunado! ¡Ven, que por tu vida daré la de cien amigos, si es preciso! ¡Ven, cobarde! ¡Ven, traidor! —añadía cada vez más exaltado.

Nada lo detiene: parecen triplicadas sus fuerzas, invulnerables sus carnes e infatigable su aliento. Muchos mexicanos que lo han reconocido en la voz se apiñan a su lado para servirle de escudo; pero él los rechaza y discurre furioso por entre compatriotas y contrarios, como si solo tuviese sed de la sangre de Velázquez: tan cierto es que las rivalidades en amor son las que encienden odios más implacables.

De repente una mano desnuda le agarra fuertemente por un brazo, y con voz conocida grita a su oído:

—¡Cacumatzin, ven a recibir a tu rival: es prisionero y te he conservado su vida: soy tu enemigo el de Matalcingo!

En aquel instante otros ejércitos mexicanos que acudían de refuerzo, llegan por el lado de México con teas o coabas que alumbran de repente aquel teatro de carnicería.

—La suerte te es propicia —dice el de Matalcingo—; esas luces vienen muy a tiempo para que puedas recrearte en la agonía de tu víctima.

Le lleva casi con violencia hacia un lado, algo distante de la confusión de la refriega, y Cacumatzin, que recela un engaño, levanta el sable que le ha regalado Velázquez, al cual no había conocido en el momento en que salvándole la vida, le concediera aquel don.

—¡Aquí le tienes! —dice el de Matalcingo, y desaparece.

En efecto, en medio de un grupo de indios cubiertos de sangre, se veía un guerrero español que se defendía bravamente con la única arma que le quedaba, que era un trozo de su lanza rota. Descargaba con él golpes terribles a todos lados, y su solo aspecto mantenía a los contrarios a respetuosa distancia, porque su solo aspecto revelaba un héroe. Pero estaba sin yelmo, y de su cabeza descubierta corría con abundancia la sangre de dos heridas, bañando su frente y sus mejillas, que tenían ya una palidez de cadáver, que hacía increíble el ardimiento y vigor con que se defendía.

—¡Es él! —exclama Cacumatzin, y nombrándose manda apartar a los mexicanos. A aquel nombre respetado, los soldados retroceden, le dan paso, y Velázquez arroja su rota lanza como si hubiese esperado aquel momento para sentir su desfallecimiento. La sangre le cubre los ojos y la limpia con entrambas manos para mirar a su enemigo, haciendo ademan de querer hablarle.

—No deshonres a Tecuixpa, —le dice Cacumatzin con una sonrisa de despreciativa lástima—, pidiendo una vida que el cielo te concede perder con gloria.

Y arrancando a uno de los soldados mexicanos una espada que había quitado al cadáver de un español, se la alargó a Velázquez diciéndole:

—¡Defiéndete!

—Es inútil —responde con voz apagada el héroe—; el valor no me abandona pero me huye presurosa la vida: acaba de arrancármela; más después...

Su voz se apagó, vacilaron sus rodillas, se oscureció su vista... esforzándose, empero, mientras Cacumatzin levantaba el sable con repugnante gesto de impaciencia, feroz contra la muerte que iba a arrebatarle su presa, díjole con desmayado acento:

—Descarga el golpe, pero que sea pronto; no pierdas unos momentos preciosos: los hijos de Moctezuma, los hermanos de Tecuixpa, reclaman tu defensa. Yo les he servido de escudo con mi cuerpo... pero me he visto cercado por los tuyos y los príncipes quedaron en poder de una soldadesca desenfrenada. Sus mismos vasallos tal vez los hieran sin conocerlos... en la confusión, en el furor de la carnicería, no se oye más que el grito de la venganza. Hacia aquel lado los he visto en medio de un tropel de hombres feroces que parecían ávidos de sangre. ¡Descarga el golpe y vuela a salvarlos!

—¡Te comprendo! —dice con insultante sonrisa el tezcucano— ¿pretendes conmoverme fingiéndote defensor de los hijos del desventurado rey que habéis asesinado después de envilecerlo?... ¡No, pérfido; no, traidor! Morirás, aunque no mancharé mis manos con la sangre de un hombre que se finge moribundo. ¡Hola! Vosotros los que no os avergonzabais de no poder matar a un solo hombre que no tenía más arma que un pedazo de madera... ya no puede defenderse: yo os lo entrego.

Apenas le oyeron los rabiosos soldados, se abalanzaron a la víctima, como alanos al jabalí rendido.

—¡Deténlos! —gritó Velázquez— óyeme antes, Cacumatzin; te lo pido por las cenizas de tu madre.

—¡Es un cobarde! —murmuró el tezcucano— ¡matadle al punto! ¿Qué tardáis, villanos?

—Salva a los hijos de Moctezuma —gritó Velázquez cayendo al mismo tiempo desfallecido—. No miento; no quiero la vida ni puedes dármela tú; mas dame esa promesa... ¡sálvalos!... si por ellos no, por mí. Ese precio pongo a la vida que te conservé. Emplea ese sable... que te he dado... en... salvarlos...

Cerráronse sus ojos al tiempo mismo que se extinguió su voz; pero los bárbaros conocen que aun respira, y se arrojan sobre el postrado cuerpo con aullidos de hiena.

Lánzase como un rayo Cacumatzin y derriba al primero que se ha atrevido a levantar una mano sacrílega sobre aquella cabeza que cuasi ya es despojo de la muerte.

—¡Atrás, jaguares![58] ¡Atrás, luilones![59] ¡Desgraciado el que toque a ese cuerpo!

Se inclinó sobre el moribundo doblando una rodilla en tierra, y procuró asegurarse de que aun vivía.

—¡Era él! —decía mientras tanto—. ¡Era él, no hay duda! ¡Recuerdo en este instante su voz!...

Levantose con resolución y dijo con acento y ademán imperioso:

—Hacia aquel lado, en aquel tropel que veis de hombres que se destrozan los unos a los otros, están vivos o muertos los hijos de Moctezuma. Corred, y vivos o muertos sacadlos del campo de batalla.

Apenas dada esta orden, inclinose hasta el suelo; asió entre sus robustos brazos el cuerpo de su rival, y echándoselo al hombro, como si fuera un niño recién nacido, a pesar del peso de la armadura, echó a andar en dirección a la ciudad, sosteniendo con el brazo izquierdo el cuerpo que conducía y abriéndose paso con el otro a favor de repetidos sablazos.

—Mirad al que nos llama jaguares —decían los soldados—. Se lleva al muerto para comerse él solo su corazón.

—No —decían otros—, lo lleva al altar de Huitzilopchtli: había jurado que sería presentada por su mano la primera cabeza española que fuese cortada por mano mexicana.

—Ese cuerpo nos pertenecía —decían los primeros.

—¡Dejádselo! —respondían los otros— ¡hartos tendremos mañana! ¡El lago estará muchas horas vomitando muertos, pues bastantes ha tragado esta noche!

---

58 El jaguar, según creemos haberlo dicho ya, es una fiera de la América la más carnívora que se conocía en aquellos países antes de la conquista.

59 Luilones ya hemos dicho que equivalía a villanos canallas.

El combate no se enfriaba mientras pasaban estas y otras escenas a algunos pasos de distancia del lugar en que se verificaban las más tumultuosas y sangrientas.

Cortés y otros capitanes y soldados, que a favor de la confusión habían podido pasar por sobre un puente de cadáveres y ganar la tierra firme, volvieron después ordenadamente a favorecer la retirada de sus compañeros, animándoles con su voz. Algunos lograron reunírsele; pero la mayor parte de los que lo intentaron hallaron su sepulcro en las aguas.

Mientras tanto seguía Cacumatzin andando con su carga a paso redoblado y sin tomar descanso. Encontrábase a cada paso con tropas mexicanas que acudían al puente y les gritaba:

—Yo soy Cacumatzin; volad a ayudar a los compañeros que combaten en el lago.

Y los mexicanos repetían:

—Es Cacumatzin que se ha libertado, y lo que lleva a cuestas es un cadáver de español que sin duda va a ofrecer a los dioses. Volemos a ayudar a los compañeros que combaten en el lago. —Y seguían su camino.

Capítulo XI. Fin de la noche triste

La noche no era triste únicamente para los actores en aquellas terribles escenas de matanza: el calor del combate, las emociones del peligro, el entusiasmo por la patria, el odio y la venganza agitaban sobradamente las almas de los que combatían para que les fuese posible experimentar el miedo de la muerte, ni los sentimientos tiernos y dolorosos, que se reservan en casos tales para los seres pasivos, cuyos combates pasan todos en el corazón.

Más dignas de piedad que los que hallaron una muerte gloriosa entre los horrores de aquella noche memorable, eran sin duda las infelices mujeres, que soportando en el silencio y en la inacción choques más destructores que los de las armas, contaban en la agonía de la ansiedad las largas horas de la noche, ignorando si la que acababa de pasar las había arrebatado para siempre un hijo, un padre o un esposo.

Dentro de los marmóreos muros del palacio imperial, dos de estos seres infelices padecían tormentos cien veces más atroces que cuantos pudiera inventar el odio para martirio del enemigo más cruel.

¡Dichosa Miazochil, que llorando sobre la cabeza de su hijo la reciente pérdida de un esposo, debía a aquel inmenso dolor la triste ventaja de ser insensible en cierto modo al resto del universo! Para ella no había en aquellos momentos ni patria, ni parientes, ni amigos; no había más que un sepulcro y un hijo, un recuerdo y una esperanza, un dolor y un deber. A ellos se entregaba exclusivamente, sepultada en lo más interior de sus aposentos, mientras que Gualcazinla y Tecuixpa, reunidas por sus respectivos pesares, vertían una en el seno de la otra la amargura que en vano hubieran intentado reprimir.

¡Ay!, ¿cuál de ellas padecía más y era más digna de lástima? Difícil fuera decidirlo. La una es esposa, la otra es amante. Aquellas tristes huérfanas, que aun no han tenido tiempo para convencerse de que han perdido a un padre querido, miran ya delante de sí la viudez y la desgracia. La esposa tierna aprieta entre sus brazos al hijo adorado, que acaso en aquel instante queda como ella huérfano sobre la tierra. La virgen enamorada, cuya felicidad no ha sido todavía sino esperanza, pregunta al cielo si es un sepulcro el tálamo nupcial en que debe buscar a su amante y la realización de sus brillantes sueños. Y ambas tienen también entre los mismos peligros que a aquellos objetos de su elección, a tres hermanos tiernos, a los amigos que les dio la naturaleza, a los compañeros con quienes las han unido los vínculos de la sangre.

Si los dolores de la esposa son más profundos, si la agonía que sufre por el padre de su hijo lleva consigo un carácter más solemne, son al menos más legítimas sus penas, más acordes sus sentimientos. Sufre pero no combate. Tecuixpa, se encuentra en una posición más violenta. ¡De un lado la patria, tres hermanos queridos, el esposo de una hermana idolatrada, mil deudos, mil amigos, mil intereses poderosos! ¡Del otro Velázquez! ¡Velázquez, que es su vida, su felicidad, su Dios! ¡Velázquez, a quien adora, y a quien acaso está condenada a ver despedazar por manos impías sobre las aras sangrientas de sus cruentos ídolos!

¡No hay otra alternativa! Si los españoles triunfan, la esclavitud del imperio será firmada con la sangre de sus príncipes: ¡de sus príncipes, que son los hermanos, los deudos y los amigos de Tecuixpa! ¡Si los españoles son vencidos no habrá para ellos clemencia, no habrá para Tecuixpa esperanza! ¡Será un crimen a los ojos de los vencedores aun el llanto que derrame sobre la más noble de sus víctimas!

¿Qué votos formará aquel corazón combatido entre los más santos afectos y la pasión más poderosa?... ¿Qué deseo se atreverá a expresar o a acoger siquiera? ¡Oh!, no lo sabe la desventurada. Nada dice, nada piensa, pero siente una lucha interior que la despedaza, siente un dolor tempestuoso y terrible. No tiene lágrimas, no tiene palabras, discurre como loca; tan pronto se posterna delante de una estampa de la Virgen que le ha regalado en días más dichosos su idolatrado amante, tan pronto invoca con fervor a los dioses de sus padres, sin acertar a proferir la súplica que les dirige.

A veces aprieta a su hermana contra su seno agitado, y bebe sus lágrimas amargas cual si necesitase contagiarse con nuevos dolores y abrevarse de tantos tormentos que le fuese imposible soportarlos; a veces se desprende con espanto de los brazos de Gualcazinla, y huye de ella como si la cobrase horror: en aquellos momentos se le viene al pensamiento que su hermana forma votos contra aquella vida por la cual inmolaría ella cien veces la suya; se le ocurre que la esposa de Guatimozín solo ve en Velázquez a un español, a un enemigo.

Pero aun en el colmo de la propia desgracia no puede ser insensible Gualcazinla a los pesares de aquella hermana que es la mitad de su alma.

—Ven, Tecuixpa —la dice—, ven y lloremos juntas; que juntas suban al cielo nuestras súplicas demandando consuelo. ¡Vele un espíritu benigno por todos aquellos que sean amados y que sepan amar!

Tecuixpa se arroja entonces a sus pies.

—Eres hermosa y buena como la madre del Dios de Velázquez —la dice—: tu hermana es una criatura frágil y atormentada, que no ha servido todavía sino para hacerte padecer; pero tú eres la felicidad de cuantos te quieren. Los dioses te conservarán al esposo de tu corazón y tendrás todavía otros muchos hijos tan hermosos como tú, que se colgarán de tu cuello y besarán tu seno fecundo, llamándote madre. Pero yo seré la flor que se seca antes de dar el fruto; cuyas hojas esparcidas pisaron los amantes felices, sin conocer que también en ellas hubo vida y color.

—Déjame a mí sola las lágrimas y a mí solo los dolores; ¡sé tú feliz, porque eres esposa y madre, y las esposas y las madres son queridas de los dioses!

—¡Ay de mí! —responde Gualcazinla—. ¡Dichosa la mujer que baja a la sepultura con su corona de virgen! Con dolores echa al mundo sus hijos la esposa del hombre, y los hijos salen llorando como si entrasen con pesar en esta vida oscura cuyo camino está lleno de asperezas y precipicios. ¡Dichosos los que no bajan nunca del mundo de los espíritus para habitar en el seno de la mujer; porque el seno de la mujer es contagioso, y no se sale de él sin llevar el germen de los dolores! El amor arrebató el alma de Uchelit a las moradas de la luz eterna y la hizo descender a mi seno; ¿pero qué será de mí y de mi hijo si Guatimozín deja de existir? El amor se irá con él y el alma de Uchelit querrá volverse al cielo en pos de su padre; porque el amor solamente lo trajo a la tierra, y el seno de las viudas es una hoguera apagada y un manantial exhausto.

Tú no entiendes estas cosas, Tecuixpa. ¡Dichosas las que bajan a su sepultura con su corona de virgen!

Tecuixpa, ocultó el rostro sobre las rodillas de su hermana y murmuró con acento patético:

—¡El amor nunca se va! ¡Felices las que llevaron en su seno el fruto del fuego de su esposo, y que cuando le siguen a la sepultura dejan sobre la tierra los monumentos de su ventura!

En aquel instante se siente algún ruido en los patios de palacio. Las princesas quedan inmóviles prestando atención, y perciben rumores de alarma entre los centinelas; pero cesan bien pronto cuando una voz varonil y clara, que ningún mexicano desconoce, hace oír estas palabras:

—Soy Cacumatzin, príncipe de Tezcuco, y quiero ver a la princesa Tecuixpa.

—¡Es Cacumatzin! —gritan a la vez las dos hermanas—. ¡Han vencido, pues! —añade Gualcazinla levantando al cielo las manos con una mirada inefable de regocijo y gratitud.

—¡Han vencido! —repite Tecuixpa sobrecogida de un temblor general. Pero la desesperación le presta valor y se precipita al encuentro del tezcucano.

Antes de que haya franqueado el umbral del aposento, las mujeres de su servicio se presentan anunciando al guerrero, y casi al instante mismo entra Cacumatzin con su carga.

Retrocede la virgen espantada y arroja un grito Gualcazinla a la vista de aquel cadáver cuya cabeza pendiente sobre la espalda de Cacumatzin, va manchando de sangre el pavimento.

—Sosiégate, Gualcazinla —dice el príncipe—. Tu marido está libre, combate con gloria, y yo volveré ahora mismo para combatir a su lado. Tú, Tecuixpa, recibe de mis manos a tu amante. Vive todavía y acaso podrás salvarle.

Puso el sangriento cuerpo en brazos de la princesa, que lo estrechó a su pecho lanzando un grito capaz de conmover los marmóreos muros de aquel palacio, y añadió con voz menos segura:

—Si tu amor lo reanima, dile que Cacumatzin, cuya vida ha defendido, velará por la suya y le proclamará su hermano y esposo tuyo, dándole tierras y señoríos en sus dominios hereditarios. Si muere, dile que su cuerpo será honrado cual si fuese el de mi mismo padre, y que sobre su sepultura juraré solemnemente no tocar jamás a la mujer que te fue querida. Adiós, hija de Moctezuma, acaso también será esta mi última noche: si así fuere, si somos vencidos, si la patria sucumbe... dile, ¡oh Tecuixpa!, que no lleve al sepulcro el peso del beneficio odioso de un enemigo; que le he pagado lo que me dio y que muero aborreciéndole.

Al concluir estas últimas palabras salió presuroso del aposento, y plantándose en la calle antes que las princesas hubiesen vuelto de su primera sorpresa, echó a correr con la ligereza de un gamo en dirección al teatro sangriento que había dejado poco antes.

Sin avistarle todavía, llegaron a sus oídos los gritos de victoria que lanzaban los mexicanos.

En efecto, la mayor parte de los españoles habían perecido, y los pocos que lograron escapar con Cortés a favor de la misma confusión, eran perseguidos por un grueso trozo de los ejércitos mexicanos. Los correos despachados por Quetlahuaca, salían ya presurosos a todas las poblaciones del imperio que se hallaban hacia el camino que seguían los fugitivos, con orden de que en ninguna se les concediera asilo, y que se les persiguiese hasta exterminarlos.

El Sol empezaba a disipar con sus primeros rayos las densas sombras de aquella noche de horror, cuando Cacumatzin se reunió a sus compañeros, cuya alegría fue bien presto turbada por el espectáculo que la luz del día alumbró delante de sus ojos.

¡Ay!, ¡sí en aquel campo de matanza contemplaron con feroz placer montones de cadáveres enemigos, también encontraron los restos lastimosos de mil objetos queridos! Allí dormían su sueño eterno, en un lecho de sangre, el anciano rey de Tacuba, los tres hijos del desgraciado Moctezuma, el soberbio señor de Matalcingo, y Huasco, el valiente Huasco, el ilustre príncipe de Coyoacan, el amigo de Guatimozín, el amante adorado de su hermana! Huasco también había abandonado el mundo, que solo habitó veintiséis años, y cerca de él yacían mutilados los cuerpos de otros muchos guerreros, gloria de la juventud mexicana.

Todo aquel día de triunfo fue destinado por los vencedores al triste deber de sepultar a los amigos que habían sucumbido, y nadie pensó en celebrar una victoria que privaba a la patria de muchos de sus más gloriosos defensores.

Entre los varios ataúdes que eran conducidos con pompa al triste Micoatl,[60] distante siete u ocho leguas al N. E. de México, iba uno que se vio salir con gran misterio del palacio imperial.

El cadáver que contenía estaba cubierto por un tupido velo, y los mexicanos que asistían a la solemnidad funeral hacían diversas suposiciones sobre el nombre de aquella víctima.

—Es la esposa de Moctezuma —decía uno—, que sin duda ha ido a buscar a su esposo al mundo de los espíritus.

---

60 Micoatl, que quiere decir, según Clavijero, camino de los muertos, pero más exactamente a nuestro entender campo de la muerte, era un llano de bastante extensión que servía de cementerio general a los mexicanos. Excepto los emperadores, cuyas cenizas, según indicios, se conservaban en los templos, todos los muertos eran sepultados en aquel campo, donde se veían innumerables sepulcros en forma de pirámides, y dos teocalis consagrados al Sol y a la Luna.

—Es el último hijo del muerto emperador —pensaba otro—, que no ha querido quedar solo sobre la tierra que abandonaron sus hermanos.

—¡Mirad! —exclamaba un tercero—, ¿no veis junto al lecho fúnebre de aquel muerto misterioso al soberbio Cacumatzin? Su rostro revela una interna agitación que no puede nacer sino del remordimiento. El cadáver que traen en esas andas algunos nobles de sus dominios, no puede ser otro que el de su hermano Cuicuitzcat. Moctezuma le dio la corona de Tezcuco cuando despojó de ella a Cacumatzin, y el desposeído, al recobrar su libertad, ha dado la muerte al nuevo poseedor.

—Ha hecho bien —decía un joven—; Cuicuitzcat era un cobarde que amaba a los españoles y que no ha querido armarse contra ellos.

—Era un luilon —añadían varios—, que incapaz de resoluciones nobles, ha andado escondido en estos días, no atreviéndose ni a defender su patria ni a declararse por los extranjeros, a cuyos ruegos debió la corona que le ciñó el flaco Moctezuma.

—Los tezcucanos lo despreciábamos —dijo enseguida un anciano que se gloriaba de haber sido favorito de Nezahulpili, padre de los dos hermanos objeto de la conversación.

Aun continuaba ésta sobre el mismo tema, cuando llegó el fúnebre convoy al sitio de las exequias.

Colocadas por su orden las varias andas en que habían sido conducidos los muertos, apiñáronse en torno de cada una los respectivos dolientes. Solo el misterioso ataúd se veía poco acompañado; mas en cambio tenía el honor de que hiciesen el duelo Cacumatzin y algunos de sus más ilustres vasallos, lo cual hacía inferir generalmente que fuese el difunto algún miembro de su poderosa familia.

Pronto se salió de la duda: el príncipe de Tezcuco, notando que todas las miradas se dirigían hacia el encubierto cadáver, se adelantó algunos pasos haciendo un ademán que reclamaba atención, y arrancando el velo que cubría al difunto, dejó ver a la sorprendida multitud el cuerpo de un guerrero español. Siguió al primer movimiento de sorpresa otro de indignación, y aun se oyeron algunas voces pronunciar distintamente palabras de amenaza contra el que se atrevía a colocar entre los muertos ilustres los restos aborrecidos de un enemigo; pero Cacumatzin enarboló su sable e impuso silencio con un gesto imperioso.

—Este que veis aquí —dijo con voz tan clara y vigorosa que resonó de un extremo al otro del campo— es Velázquez de León, capitán castellano y uno de nuestros más valientes y temibles enemigos.

Yo lo he buscado en el calor del combate, y ávido de su sangre hubiera dado por ella la mitad de la mía, porque el odio de mi corazón perseguía mucho tiempo ha a este extranjero impío. Mas los dioses habían determinado que aquel cuya vida detestaba, fuese el salvador de mi vida. Sí, mexicanos; encadenado y perseguido por multitud de enemigos, iba a recibir la muerte de manos villanas y cobardes que no respetaban a un guerrero indefenso, cuando este hombre, que ya no es más que tierra, me salvó y me dio esta arma que debía abrirme camino hasta reunirme a mis compatriotas. Gracias a su generosidad, conserva Tezcuco su legítimo príncipe; pero más dichoso mi salvador, halló una gloriosa muerte defendiendo heroicamente, contra vosotros mismos, a los hijos del desventurado Moctezuma.

¿Quién negará tina tumba en el suelo mexicano al que lo regó con su sangre, vertida en defensa de sus príncipes? ¿Quién se atreverá a separar de las inocentes e ilustres víctimas al guerrero que los escudara, y cuyo cadáver fue preciso pisar para llegar a ellas? Solamente alguno de los que dispararon las piedras contra la sagrada cabeza del emperador, alguno de los que se mancharon en la sangre de sus hijos, sería bastante infame para levantar la voz contra el muerto, que no pide más que siete pies de tierra para dormir en paz su último sueño.

Si tal hombre se encuentra entre los que me escuchan, salga al punto y responda; pues yo, Cacumatzin, hijo de Nezahualpili, príncipe de Tezcuco, primer elector y consejero del imperio, ¡yo le reto por regicida y cobarde, y le proclamo vil a la faz de los cielos y de la tierra! ¡Salga al punto y responda, cualquiera que sea, pues esta arma que el guerrero español puso en mi mano, sabrá conquistarle un sepulcro, aun cuando para estorbarlo se uniesen todos los ingratos y todos los cobardes que abundan en el mundo!

Al concluir estas palabras blandió el acero con ademán soberbio y provocativo, volviendo la vista a un lado y a otro como si buscase opositores; pero nadie se presentó en calidad de tal, nadie tomó la voz para combatir su generoso intento, y Guatimozín, que al extremo opuesto del campo custodiaba los cadáveres de su padre y de los hijos de Moctezuma, se adelantó presuroso hasta tocar con su mano derecha la de su primo, que empuñaba el sable de Velázquez.

—¡Cacumatzin! —exclamó con emoción— el príncipe de Tacuba se encargaría de vengarte si en tal empeño perdieses la vida, y el cadáver del castellano no quedaría insepulto mientras hubiese en el imperio un solo hombre de corazón noble.

Muchas voces se alzaron entonces victoreando a los dos príncipes, y Guatimozín dijo con no menos expresión pero con voz más baja:

—Más que por todas tus hazañas, te has ilustrado con esta acción generosa, hijo de Nezahualpili, y si la corona imperial no estuviese ya en las sienes del ilustre Quetlahuaca, yo retaría al primero que osase negar que tú eres más digno de llevarla.

Estas palabras, proferidas con aquel acento que revela una emoción profunda, agitaron dulcemente el alma del fogoso tezcucano. Apretó la mano de su primo, y venciendo en aquel instante su justicia y su generosidad a su ambición y a su orgullo, respondió:

—Y yo sería en ese caso tu adversario, príncipe de Tacuba, pues a ningún hombre reconoceré jamás por más digno que tú.

Comenzose al instante mismo la ceremonia de las exequias,[61] y cada uno de los dolientes ocupó su respectivo puesto.

---

61 Las ceremonias de las exequias se limitaban a depositar los parientes algunas joyas y el retrato del difunto en el sepulcro que le estaba destinado. En seguida los teopixques llevaban el cadáver a la pira, que era de maderas odoríferas, y lo quemaban con muchas aromas. Recogían las cenizas en una copa de plata o de oro y la colocaban en la tumba, que cerraban después al compás de un canto fúnebre, en el cual imploraban al Sol y a la Luna para que alumbrasen siempre con serena luz el solitario campo de los muertos. También se enterraban algunas veces, en los últimos tiempos del imperio, cadáveres enteros, que colocaban sentados cubiertos de sus mejores galas; pero era más general la costumbre de quemarlos.

Parte tercera

Capítulo I. Amor sin esperanza

De los muchos corazones afligidos que solemnizaban con lágrimas aquella costosa victoria, ninguno había ciertamente tan digno de compasión como el de la princesa Tecuixpa.

Velázquez, depositado en sus brazos por su magnánimo rival, solo había abierto los ojos para darla una última mirada y cerrarlos para siempre. Aquella voz querida solo volvió a sonar en sus oídos pronunciando el adiós eterno.

Con el cadáver estrechamente abrazado, pálida y fría como él, la encontró Cacumatzin al volver al palacio con la noticia de su completo triunfo. Gualcazinla, participando del dolor de su hermana, retuvo las señales de su alegría, y cuando el tezcucano exclamó en su presencia —¡hemos vencido!— la esposa de Guatimozín solo contestó: ¡él ha muerto!

—¡Ha muerto! —repitió Tecuixpa agitada de una convulsión general y pegando sus labios descoloridos a los yertos de su amante— ¡ha muerto tu rival, Cacumatzin; pero con él ha muerto también mi corazón!

—¡Tu corazón —respondió con trémula voz el de Tezcuco— será un sepulcro cerrado que jamás intentaré profanar! Conserva en él al esposo que te arrebatan los dioses, hija de Moctezuma, y dame ese cuerpo, que no es ya más que tierra, para que honre en él las proezas del alma que lo animaba.

—¡Oh!, ¡no!, ¡jamás se apartará de mis brazos! —gritó la desolada princesa; pero sucumbiendo al exceso de su dolor, quedose desmayada al punto mismo, y Cacumatzin se aprovechó de su parasismo para llevarse aquel objeto de lástima y desconsuelo.

Mientras él se ocupó en darte sepultura tan dignamente como hemos visto en el capítulo que precede, Gualcazinla se consagraba exclusivamente al cuidado de su hermana y de la viuda de Moctezuma.

En vano la sensible princesa ha estrechado ya a su amoroso seno al padre adorado de su tierno hijo; en vano también destrozan su corazón las tristes nuevas que recibe de haber perecido cien personas queridas; todavía tiene lágrimas para las ajenas desventuras, todavía su noble y generoso pecho encuentra consuelos de ternura que ofrecer a los otros.

Discurre de Miazochil a Tecuixpa como un ángel de piedad, con lágrimas en los ojos, y en los labios palabras de dulzura. Ora pinta con sencilla elocuencia y con fe sublime la beatitud eterna de las almas que salen puras de la tierra para volver a su patria primitiva. Ora recuerda las penalidades de la vida pasajera de los hombres, y envidia a aquellos cuyo tránsito no fue al menos sembrado de crímenes y remordimientos.

—¿Lloras la ausencia de un amante que deseabas poseer? —dice a Tecuixpa—. Levanta los ojos a esa bóveda brillante, y piensa que ya tu amor no está sujeto a las leyes del tiempo; que ya ninguna otra hermosura podrá robarte el corazón de tu adorado, y que te espera allá, en campos más fértiles y en ciudades más grandiosas, donde tus abuelos tejen con rosas inmarchitables, que jamás regarán lágrimas, la corona feliz de tu desposorio.

—¿Deseas un padre para tu tierno hijo? —decía a la desconsolada Miazochil, uniendo entre sus brazos a los dos infantes—. Mírale cómo se abraza con Uchelit sobre mi seno materno, y Uchelit le sonríe como a un hermano. Ambos tendrán desde hoy un mismo padre. Guatimozín verá el más querido de sus hijos en el huérfano de Moctezuma.

Así procuraba Gualcazinla calmar la desesperación de las dos princesas, y sus esfuerzos generosos no fueron por cierto inútiles. Cuando terminadas las exequias, volvieron al palacio Guatimozín y el de Tezcuco, notaron que habían calmado los primeros transportes del dolor, y aquellas tristes mujeres, restos de la familia imperial, se prestaron resignados a su traslación al alcázar del duelo, en el que debían habitar el tiempo que durase el luto por Moctezuma.

Verificose dicha traslación con gran solemnidad, y el mismo día tomó posesión del palacio imperial el nuevo soberano, cuya coronación no encontró obstáculo ni aun en Cacumatzin, cuyo carácter parecía muy cambiado durante aquellas últimas horas.

Las ceremonias del acto solemne fueron sin embargo sumamente simplificadas, pues Quetlahuaca, desdeñando la pompa de que se rodeaba su antecesor, solo quiso ocuparse en asegurar la tranquilidad del vasto imperio que se le confiaba.

Con una inteligencia menos perspicaz y rápida que la de Moctezuma, y acaso también con un carácter menos atrevido, poseía el nuevo monarca otras cualidades que compensaban ventajosamente la inferioridad de aquellas. Un juicio sólido, una consumada prudencia, mucha calma al resolver y una gran perseverancia en la ejecución, eran dotes que unidas a la fe inmensa que tenía en la justicia de su causa, bastaban a hacerle digno del alto puesto a que se veía elevado, y a darle los medios de sostenerse en él.

No dudando que Cortés no desistiría de su empeño mientras pudiese contar con un soldado, y temiendo la llegada de nuevas tropas españolas, fue su primer cuidado poner la capital en estado de defensa. Pero no se limitó a estas prudentes prevenciones. En tanto que fortificaba la ciudad con todas aquellas obras de que eran capaces sus súbditos, y almacenaba armas de toda especie, sus emisarios recorrían las provincias excitándolas contra el común enemigo, y ofreciéndolas para mayor estímulo, que tan luego fuesen expulsados los españoles de los términos del imperio, sería descargadas por el nuevo emperador de la mayor parte de los tributos impuestos por sus predecesores.

Nuevos ejércitos llegaban de día en día a la inmediación de México, y Guatimozín, reconocido rey en los dominios de su difunto padre, armaba a sus vasallos y disponía en Tacuba todos los medios de auxiliar eficazmente a la metrópoli del imperio. Iguales prevenciones ejecutaban con diligencia el príncipe sucesor de Huasco, el de Xochimilco y todos aquellos cuyos Estados estaban vecinos a la capital; solamente Cacumatzin se veía embarazado en sus operaciones, precisándole las discordias civiles de su reino a desatenderse algún tanto de la causa general.

Su hermano Cuicuitzcat aunque desacreditado entre los tezcucanos por su carácter solapado y flojo, había encontrado apoyo en varios príncipes comarcanos enemigos de Cacumatzin. La impetuosidad de éste, su excesivo orgullo y algunas ligerezas de su juventud le habían granjeado en sus dominios y fuera de ellos desafecciones peligrosas, y además de estos enemigos particulares del desposeído, favorecían al poseedor todos aquellos que por miedo o por afecto a los españoles, habían aprobado el acto injusto que aquellos dictaron a Moctezuma, en agravio de los derechos de Cacumatzin.

Aquel partido, sin ser muy numeroso, era por desgracia resuelto y tenaz; Cuicuitzcat, que aunque cobarde y desidioso no hallaba pesado el cetro, dejaba a sus parciales el cuidado de conservárselo, limitándose a protestar contra la arbitrariedad del nuevo emperador, que le ordenaba entregar sus Estados a un príncipe despojado de ellos por desleal a su antecesor Moctezuma, y sobradamente preocupado Quetlahuaca con el plan de defensa que creía conveniente a la futura seguridad del imperio, desatendía a Cacumatzin, dejándole dueño de terminar por sí solo las disidencias de sus vasallos y recobrar la usurpada corona.

El tezcucano, sin embargo, parecía haber sepultado con su rival las cualidades activas de su poderosa y ardiente organización, y por primera vez en su vida daba muestras de una prudencia que en aquellas circunstancia no podía serle favorable. Deseoso de evitar la guerra civil, limitose a poner en uso los medios más suaves de persuasión para atraerse a los partidarios de su hermano, que juzgando sospechosas tan inesperadas señales de blandura en un príncipe violento y vengativo, solo vieron en su aparente benignidad un pérfido lazo que se les tendía para desarmarlos más fácilmente y destruirlos sin oposición. En tal creencia bien se echa de ver que no era posible correspondiesen a lo que esperaba Cacumatzin, que son su indecisión entibiaba el [...] de sus partidarios, mientras que cada día se aumentaba el de los amigos de su hermano, que sabía por su parte engrosar su bando y captarse popularidad, fingiendo una modestia desconocida de sus predecesores. En vez del fausto regio que desplegara Cacumatzin durante su reinado, el nuevo soberano hacía gala de extrema sencillez, y para asegurar en sus sienes la corona, aparentaba hallarse abrumado por su peso y menesteroso del apoyo de sus nobles, sin los cuales no se atrevía a resolver. Mostrábase con este objeto a vista de sus orgullosos cortesanos afable en sus modales y llano en su vestidura, como para formar contraste con su hermano, de cuya altivez y arrogancia se conservaban recuerdos muy recientes. De este modo se granjeó fama de modesto y bondadoso, aunque nadie pudiese creerle ni valiente ni magnánimo.

Los mismos parciales de Cacumatzin, a cuyo frente se hallaban Coanacot su hermano y otros señores jóvenes y estimados, de la sangre real de Tezcuco, juzgaban a Cuicuitzcat príncipe débil y mal aconsejado; pero no le creían malvado, y al mismo tiempo que querían arrojarle del usurpado trono, compadecían la suerte de aquel infeliz, que no dudaban sería la primera víctima de la venganza del legítimo señor si lograba recuperar su cetro.

Comprendía todo esto Cacumatzin, y sin embargo, nada hablaba, nada emprendía. Sombrío y apático hallábase en México cual indiferente espectador de la general actividad. ¿De qué nacía tan extraño cambio en su espíritu? Tecuixpa solamente podría explicarlo, si su dolor por la reciente pérdida que había tenido, no la volviese ciega al espectáculo del amor tan profundo como desventurado que tenía de continuo a la vista.

Sepultada la joven princesa en la más honda y lúgubre de las habitaciones del palacio del duelo, negábase a toda sociedad y solo admitía a su lado, como a partícipes de su pena, a su hermana y a Cacumatzin. ¡A Cacumatzin, a quien consideraba ya como a un amigo de su adorado difunto, y cuyos tormentos secretos estaba muy lejos de adivinar!

¡Oh poder milagroso de una gran pasión! El impetuoso tezcucano pasaba los días cerca de la virgen adorada, y más enamorado que nunca, y más que nunca encendido en deseos, que irritaba la vista de sus descuidadas gracias poetizadas por la melancolía, sepultaba en el fondo de su alma los transportes de su amor, y sus labios ardientes, ávidos de secar con besos de fuego el llanto que humedecía de continuo las pálidas mejillas de Tecuixpa, solo se abrían para pronunciar el nombre de un rival dichoso aun bajo la losa del sepulcro.

Había jurado respetar a la que consideraba como su viuda, y no pensaba quebrantar nunca tan solemne promesa. Sabía además que no era amado: esta triste certeza no se apartaba un instante de su pensamiento; pero sin proyectos de ningún género, amaba todavía, y amaba con aquel sentimiento desolador e implacable que produce en un corazón apasionado y orgulloso la absoluta privación de la esperanza.

Experimentaba la triste necesidad de abrevarse de su propia desventura: buscaba en Tecuixpa el alimento amargo de su insaciable dolor. Veía las lágrimas que tributaba todavía a la memoria del amante perdido; escuchaba los entusiastas elogios que prodigaba sin cesar a sus malogradas prendas, los juramentos solemnes de ser fiel eternamente a sus heladas cenizas. Envidioso de aquel rival contra el cual nada podía, cuya sombra excitaba sus celos sin acertar ya a encender su ira, pasaba Cacumatzin junto a Tecuixpa aquellas horas que eran toda su vida, devorando en el secreto de su alma aquellos combates, aquellos tormentos inexplicables que solo pueden ser producidos por una pasión inmensa y soportados por un vigor de espíritu nada común.

Tan crueles padecimientos no eran sin embargo comprendidos. Tecuixpa creía curado de su pasión al tezcucano, o mejor diremos, Tecuixpa había hasta olvidado la existencia de aquella pasión. Para ella no había en el mundo otra cosa que la tumba de Velázquez, y cuando despedazaba el corazón de Cacumatzin depositando en él los apasionados recuerdos que consagraba a su perdido ídolo, no recordaba ni remotamente que era un amante al que escogía por confidente.

Escuchábala el príncipe con atención; no la interrumpía jamás; no la ofrecía consuelos inútiles, que hubieran irritado su dolor. Esto solamente veía Tecuixpa; esto bastaba para que no evitase la compañía de Cacumatzin, y el heroico americano, aparentando estar satisfecho con aquella amistad fraternal que le aceptaba por confidente de un amor que hubiera comprado para sí a precio de su vida, se consagraba exclusivamente con profunda abnegación a la mujer ingrata que no comprendía siquiera el mérito de su sacrificio.

Así pasaban días y días: patria, corona, gloria, venganza, todo lo olvidaba Cacumatzin cerca de Tecuixpa. Aquel carácter indómito yacía como un corcel fogoso a quien se sujeta con un freno de hierro: si todavía le tascaba impaciente y se agitaba por sacudirle, tales esfuerzos solo servían para hacerle sentir su impotencia, y aquellas postreras convulsiones de orgullo verificadas en lo interior de su alma, solo se traslucían en su rostro por medio de un abatimiento más profundo, haciéndose difícil de comprender el poder de voluntad que alcanzaba a dominar las pasiones terribles de un hombre a cuya genial impetuosidad se unía el larga hábito de obrar con absoluta independencia y sin contrariar jamás sus impulsos.

Por un inexplicable capricho del corazón humano, sucede comúnmente que no nos interesamos a favor de aquellos amantes que no son correspondidos: esto acontece tanto en el mundo real como en el de las novelas; en todas las obras de dicha clase notaremos que nuestras simpatías están siempre por el amante favorecido. El menor contratiempo que le sobrevenga excita nuestra compasión; nos condolemos profunda y sinceramente, como si la dicha de ser amado fuese un derecho incontestable a todo linaje de privilegios. Y sin embargo, natural parece que creyésemos, que sintiésemos que la persona que ama y es amada no puede ser jamás completamente feliz; así como es imposible que todos los bienes terrestres alcancen a hacer dichoso al que alberga en su seno una pasión sin esperanza. ¿Por qué, pues, somos tan propensos a simpatizar con las pasajeras penas del dichoso y no nos merece una justa piedad el amante profundamente desafortunado? Diríase que castigamos como un crimen la falta de buen éxito en el amor, y que la persona desechada por su ídolo se nos presente, como aquellos individuos de cierta raza india, marcada con un sello de reprobación divina.

Nada tan injusto, tan absurdo como este sentimiento caprichoso, porque la fortuna en el amor, como en todas las cosas de la vida, es con harta frecuencia independiente del mérito, y aun puede decirse que rara vez se aúnan.

Además de esta observación general, tenemos hecha, respecto a la buena fortuna en el amor, otra que acaso todo el mundo conoce como nosotros, aunque no todo el mundo se detenga en ella; es la de que casi nunca el amor enciende al amor. A despecho del moralista que estampó al frente de un libro curioso la máxima si quieres ser amado ama, vemos continuamente un resultado contrario.

Si intentásemos justificar al corazón humano de sus extraños caprichos, diríamos que es el amor una pasión tan libre y generosa, que se niega a ser comprada hasta por el amor mismo; que todo lo concede por gracia y nada otorga a quien demanda con los derechos importunos de acreedor. No haremos, sin embargo, semejante apología de un instinto tan opuesto a la justicia, contentándonos con observar sencillamente, que el amado no es por lo común el verdadero amante: el merecimiento rara vez se encuentra de parte del premiado, y hemos notado, para mengua y vergüenza de la imperfecta humanidad, que las grandes pasiones que debieran poseer una fuerza magnética que todo lo subyugase a su poder, los afectos sublimes que suelen aparecer de tarde en tarde y que se nos figuran adecuados para hacer la felicidad y el orgullo de la persona que los inspira, pasan desconocidos o desdeñados, acaso con la triste gloria de ser citados inútilmente como modelos dignos de imitación, a aquellos corazones vulgares y dichosos a quienes fueron sacrificados.

Hombres y mujeres somos iguales en este punto; nos quejamos todos de la dificultad de encontrar un amor grande, generoso, perfecto, que aseguramos anhelar con ardor; pero todos mentimos. Si la suerte nos presenta aquel amor que ponderamos, lo desconocemos, lo ultrajamos... ¡y nos quejamos sin cesar de desengaños crueles, sin confesar nunca que tuvimos la insensatez de pedir donde no había, de no recibir donde nos daban!

Las grandes pasiones, que son tan raras cuando menos como las inteligencias superiores, tienen como estas la suerte de ser más admiradas que comprendidas, más maravillosas que simpáticas. Todo mortal capaz de una pasión grande y profunda, lleva, como el genio, un augusto sello de desventura; pero desventura que no conoce el vulgo de los hombres y que por eso mismo pocos compadecen.

Sentid o pintad uno de estos sentimientos desoladores y sublimes: a los unos parecerá inverosímil, a los otros ridículo, a los más uno de aquellos fenómenos brillantes que se admiran, pero con los cuales nunca se adquiere familiaridad, nunca se cobran simpatías.

La buena fortuna tiene por otra parte cierto don de fascinación: en todas las cosas nos sentimos involuntariamente inclinados a aquellos que protege la caprichosa suerte, y desviados de los que maltrata. Por eso un célebre ingenio estableció como axioma la opinión que hemos consignado como nuestra, porque en realidad participamos de ellas, y es que es casi imposible al novelista hacer interesante a un amante despreciado.

Trabajo cuesta persuadirse de esta verdad que acredita la experiencia, porque, lo repetimos, es altamente injusta y extraña. Nada tan digno de piedad, nada que deba ser tan interesante como el alma devorada por el santo fuego de una pasión sin premio.

No hay existencia, por criminal que sea, que no se purifique en el crisol de tamaña desventura; no hay inteligencia que no se ensanche y engrandezca a impulso de un amor concentrado; y allí debemos buscar secretos de virtud y heroísmo donde hallemos al mártir de una pasión sin esperanza.

El amor recíproco es un comercio de mutua conveniencia; el amor solitario es un culto generoso y santo. Todo hombre puede amar cuando es amado, y aun suele, como hemos dicho ya, no amar por lo mismo que es amado; pero el corazón capaz de alimentar por largo tiempo un deseo sin porvenir, una religión sin cielo, no puede ser un corazón común. Tiene forzosamente gran caudal de poesía y entusiasmo, inmenso poder de generosidad y firmeza; y si no le consagramos el más ardiente afecto, si no nos inspira un interés profundo, es porque no somos capaces de sentir como él.

¡Ah! ¿por qué fatalismo incomprensible las almas superiores se engañan casi siempre en su elección? ¿Por qué el amor sublime escoge por lo común ídolos mezquinos?... Nuestro héroe no se halla precisamente era tal caso, pero su destino no es por eso menos infeliz, Tecuixpa no lo ama, no puede amarlo nunca. Sábelo así Cacumatzin, y su inexorable pasión parece alimentarse con aquella absoluta ausencia de toda esperanza, porque los espíritus vulgares cifran su gloria en los afectos que inspiran y los corazones grandes solo se enorgullecen de los que sienten. Puede decirse que los unos por su escasez tienen necesidades de recibir, y solo entonces reconocen en sí mismos alguna valía; mientras los otros se gozan en ostentar su inmensa riqueza, cuando prodigan tesoros sin recibir nada en cambio.

Gualcazinla, cuyo tierno corazón adivinaba los secretos sufrimientos del príncipe, intentaba en vano mitigarlos, ofreciéndole disponer en su favor el ánimo de Tecuixpa. El tezcucano la escuchaba con amarga sonrisa y respondía con entereza:

—He jurado sobre el cadáver de Velázquez respetar los encantos de la que lo ama aun bajo la losa del sepulcro. La sombra del muerto está de continuo entre Tecuixpa y Cacumatzin, y el corazón de Tecuixpa es tan frío para Cacumatzin, como el fantasma de aquel cadáver.

Gualcazinla conmovida se alejaba llorando, y el príncipe, que la seguía con la vista, solía murmurar con ahogado acento:

—Ella llora por mí sobre la cabeza de su hijo: ¡Tecuixpa no será nunca madre! ¡Su corazón no tiene ya amor, ni su seno fecundidad: la muerte reina en el alma joven y virginal de Tecuixpa! ¡Desgraciada niña! ¡Cuán hermosa parece la mujer de un guerrero cuando tiene en sus brazos la prenda de su ternura y le enseña a pronunciar el nombre de su padre!... ¡Así veo muchas veces a la esposa del príncipe de Tacuba; pero nadie verá así a la esposa del de Tezcuco!

Un día en que estaban solos, díjole Tecuixpa:

—Me acuerdo que fuiste despojado de tus dominios hereditarios, príncipe de Tezcuco, y anoche pensando en aquella injusticia, rogué a los dioses se la perdonasen al desgraciado Moctezuma, y me decidí a rogarte perdonases también a tu usurpador hermano, al cual sin duda has arrojado ya del trono de tus padres,

—Tezcuco conserva a su nuevo rey —respondió Cacumatzin—. Mi hermano es pérfido y desleal; pero no lo aborrezco: él debe apetecer el trono y apreciar la vida, porque es amado: posee una mujer y dos hijos hermosos como la esperanza.

—Tú también serás esposo y padre —dijo suspirando la princesa—; yo sola estoy condenada a vivir solitaria sobre la tierra, como árbol sin raíz y sin frutos, porque mi alma está sin calor y no hay ya quien me diga: ¡yo te amo!

Al escuchar aquellas palabras olvidó el tezcucano su habitual reserva, exclamando con exaltación:

—No dices verdad, hija de Moctezuma; porque la tierra no ama tanto al astro que la fecunda, como ama tus encantos, y aun tus desvaríos, un guerrero que calla en tu presencia como si los dioses no le hubiesen concedido jamás el don de expresar sus sentimientos.

La princesa preocupada con su perenne idea, respondió tristemente:

—La muerte ha cerrado aquellos labios que me decían yo te amo, el corazón en que reinaba Tecuixpa no es más que polvo. Pero es verdad que fue amada. ¡Cuán dichosa me contemplaba entonces! —prosiguió con cierta enajenación, como si hablase consigo misma—. ¿Qué música es aquella que enseñaron los dioses al hombre que dice: yo te amo? ¿De dónde proviene el rayo devorador que lanzan los ojos de un amante? ¡Oh!, ¡Tú, querido de mi alma! ¡Tú, más hermoso que el Sol y la Luna; tú, cuyas palabras, más suaves que los vientecillos de la noche y que la voz del sinsonte que se querella en los bosques, eran para mi corazón lo que es el rocío para las plantas agostadas, vuelve una vez siquiera a mirarme con tus ojos que me hacían morir de felicidad! ¡Vuelve, vuelve a besar mi frente como lo hiciste en aquel día dulce y terrible en que nos separamos! ¿No sientes arder mi cabeza bajo el fuego de tu boca?... Tu boca ha robado sus llamas al Popocatepec y sus perfumes al floripondio y al jocoxochilt! ¡Tu boca es la puerta del cielo, y por ella salen tus suspiros que abrasan y tus palabras de amor que se parecen a los cánticos divinos de los espíritus benéficos! ¡Ven, y déjame sentir el movimiento de tu seno, que se agita como las olas de la gran laguna al recibir el soplo de Tlaloc![62] No me dejes, te lo suplico, invocando el nombre de la mujer feliz que te dio vida en su seno; quiero seguirte a la batalla. Los genios del amor irán conmigo y te cubrirán con invisible escudo para que no puedan llegar a tu cabeza las flechas del enemigo.

Estremeciose la princesa de repente, y completamente enajenada, los ojos fijos, los cabellos erizados, las manos trémulas y los labios convulsos, prosiguió:

—¡Tu cabeza!, ¡ay!, ¡tu cabeza está ya cubierta de sangre, que cae a raudales manchando el pavimento!... ¿Quién tiende sobre tu rostro ese velo amarillo que no pueden traspasar ni mis ojos ni mis labios?... ¡Es la muerte!, ¡huye!, ¡sálvate!, ¡escóndete dentro de mi pecho!...

En su apasionado delirio, los brazos de Tecuixpa ciñeron el cuello de Cacumatzin, y su hermosa cabeza se inclinó desfallecida sobre el agitado seno del joven príncipe.

¡Martirio inconcebible! ¡El amor recibía las caricias de la demencia!...

Tecuixpa recobraba lentamente su razón, y como se sentía amorosamente sostenida, articuló con acento dulcísimo, creyendo probablemente que hablaba a su hermana:

—¿Eres tú mi consolador espíritu? ¿Eres tú mi único apoyo sobre la tierra? He padecido mucho; pero siempre que padezco, que pierdo el juicio, que me siento morir, te hallo a ti, que me abrazas y me dices: «Vive, Tecuixpa, porque yo también te amo; y Tecuixpa, que te escucha, vive para ti».

Tembló de pies a cabeza el príncipe de Tezcuco. ¿Eran dirigidas a él aquellas palabras? La sangre suspendió su curso a la violenta impresión de miedo y de esperanza que súbitamente recibía. Hubiera querido que el tiempo inmóvil hiciese eterno aquel instante en que le era dada la dicha de dudar. ¡Oh!, ¡cuán atroz destino el de aquel para quien es una felicidad la duda!

---

62   Era el dios de las aguas.

La princesa, cerrados con languidez sus largos párpados, pálida y desfallecida aun añadió con acento débil y afectuoso:

—He estado loca; háblame, llama mi razón con tu dulce voz, pronuncia las palabras bienhechoras que el genio de la piedad coloca en tus labios.

—¡Yo te adoro! —exclama fuera de sí el tezcucano.

La princesa como si despertase de un sueño, arroja un penetrante grito, y desasiéndose de los brazos que la oprimen, huye despavorida.

De este modo ve disiparse el desgraciado amante su loca y fugitiva esperanza; su antigua impetuosidad renace bajo tan brusco golpe, y arrancándose los cabellos grita con desesperación:

—¡Mujer más feroz que los jaguares! ¡Maldito sea aquel, Sol que alumbro tu salida al mundo de los hombres! ¡Malditas las entrañas de pedernal en donde se formó tu corazón!

Escucha empero en aquel instante los lastimeros sollozos de la princesa, y apagados al punto los estallidos de su enojo desbordado por un instante, cae trémulo y confuso a las plantas de su adorada virgen.

—Perdóname, la dice, yo te amo y no puedo sepultar por más tiempo en mi pecho este fuego que me devora. Pero me alejo de ti para siempre, hija de Moctezuma, y te pido por último favor que olvides la flaqueza de que has sido testigo. Si algún día necesitas un corazón enérgico y un brazo jamás vencido, llama a Cacumatzin, y si acaso la muerte me llama antes que tú, acuérdate alguna vez cuando vayas a llorar sobre la tumba de Velázquez, que el que le conquistó aquel lecho para su eterno sueño, duerme también olvidado en otro que tus lágrimas no regarán jamás.

La princesa conmovida quiso contestar: ¿iba tal vez a conceder a aquel amor sublime una benéfica esperanza?... Nadie puede saberlo; cuando Tecuixpa desplegó sus labios, ya Cacumatzin había desaparecido.

Capítulo II. Terminación del amor

Tres días después de aquel en que se verificó la escena que hemos referido, Cacumatzin trataba con el príncipe su hermano y muchos nobles de sus Estados sobre los medios más convenientes que podían adoptarse para recobrar su cetro. Súpolo Cuicuitzcat, y se dispuso a resistir con toda la confianza que le inspiraban sus partidarios; pero aguardábale al desdichado próximo y triste desengaño.

Cacumatzin, reuniendo rápidamente un considerable ejército, le acometió con aquel irresistible ardor del desesperado que no teme arriesgar una existencia aborrecida.

El usurpador, derrotado, intentó buscar la salvación en precipitada fuga; pero fue hecho prisionero, y como todos los que habían abrazado su partido, se encontró a merced del vencedor, que ostentó con general sorpresa una clemencia que le fue fatal.

Perdonó generosamente al desleal hermano, teniendo la imprudencia de dejarle en absoluta libertad y con todas las prerrogativas debidas a su rango, contentándose con emplear su rigor en los principales jefes del partido usurpador.

Restituido, pues, en pocos días a su antiguo poder con júbilo de una gran parte de sus súbditos, ocupose exclusivamente en preparar auxilios a Quetlahuaca para en el caso de que se viera el imperio nuevamente invadido por los españoles; y aunque todos echasen de ver la mudanza verificada en su carácter, nadie podía reconvertirle con justicia de que descuidase sus dobles deberes de súbdito y de monarca.

El destino empero parecía ensañado contra aquel ilustre príncipe, como contra toda la familia de Moctezuma. El ingrato hermano tan magnánimamente perdonado, conspiraba en secreto contra su clemente vencedor, y los viles partidarios del desnaturalizado príncipe se hallaban dispuestos a emplear los medios más inicuos con tal que les asegurasen el triunfo de su causa, ya en apariencia desesperada.

Paseábase una tarde Cacumatzin a las orillas del lago, sus ojos procuraban distinguir entre las torres de la vecina México los lúgubres capiteles del palacio del duelo. Allí respiraba Tecuixpa; aquel vasto sepulcro de mármol negro encerraba a la que era la vida de su alma; pero iah!, el corazón de la ingrata estaba tan frío como los muros de su fúnebre morada, y al tender el príncipe sus miradas por la extensión de aquel lago tranquilo, buscando a lo lejos un punto negro perdido entre los vapores del crepúsculo, pensó que estaba viendo la imagen de su destino.

Aquel rayo reposado y desierto era su existencia, antes tan agitada, ahora sin movimiento ni interés, monótona, fría, estancada, por decirlo así. Aquel punto negro que perseguían sus ojos al través de las brumas de la cercana noche, era su porvenir oscuro y triste, perdido en una inmensidad de vacío, como aquella torre aislada y lúgubre en los campos de la atmósfera.

Un sentimiento profundo de melancolía llenó su corazón, y por la primera vez de su vida sintió bañarse de lágrimas sus mejillas.

—Pensó en Tecuixpa y en los días felices en que esperaba poder llamarla suya. Amábala entonces, aunque apenas salía de la infancia la hija de Moctezuma, y recordaba ahora con tristísimo placer sus juegos inocentes, sus candorosas coqueterías, sus pueriles enfados. Algunos meses han bastado para hacer de aquella niña hechicera una mujer adorable. En poco tiempo su risueña figura ha adquirido gracias que seducen y atractivos que inflaman. ¡Pero qué mucho si el amor ha sido el astro a cuyos rayos abrió aquel tierno capullo sus perfumadas hojas!... Algunos días de amor son para la mujer una existencia. ¡Dichoso el mortal que hizo desenvolver con su mirada los encantos virginales de la niña, que se convierte en mujer para entrar en los campos del porvenir, como la crisálida que despliega sus alas a los destellos del Sol y se lanza a beber la luz, meciéndose blandamente en el imperio de los céfiros!

—¡Ese mortal feliz no he sido yo! —decía amargamente el de Tezcuco—. La tierna planta que cultivaba mi esperanza dio sus flores a otro, y ahora riegan mis lágrimas sus estériles raíces.

En el mismo instante en que se entrega el príncipe a tan tristes ideas, una piragua que se desliza silenciosamente por la superficie del lago, se dirige al sitio en que se ha detenido para abandonarse con libertad a sus cavilaciones. El príncipe hace ademán de alejarse; pero las brisas de la noche, que ya enluta la tierra, traen a sus oídos ecos que pronuncian su nombre. Se detiene entonces y aguarda sorprendido. La piragua se acerca con mayor rapidez.

—¿De dónde viene? ¿Quién la conduce?

Ignóralo Cacumatzin; pero su corazón se agita y presiente que algún acontecimiento va a señalar aquella hora de su vida.

La piragua toca ya la orilla y un hombre salta en tierra.

—¿Puedes decirme —exclama dirigiéndose al príncipe—, en dónde encontraré en este instante al soberano de Tezcuco?

—La oscuridad de la noche te ha impedido conocerle; responde, estás hablando con el que buscas.

Inclinose respetuosamente el de la piragua y dijo en voz baja:

—Vengo de México y soy enviado a ti por la princesa Tecuixpa.

A tan poderoso nombre estremécese Cacumatzin y dice con acento conmovido:

—¿Ocurre alguna novedad en la familia de Moctezuma?

—Dícese en palacio —respondió el mensajero— que los espíritus han hablado al nuevo emperador en el desvelo de sus noches y que le mandaron en nombre de Moctezuma sentar en su trono a la princesa Tecuixpa, de la que soy humilde esclavo.

Dícese igualmente que tu prometida se niega con lágrimas a enlazarse al emperador; pero que los sacerdotes la obligan a ello, porque los dioses han declarado que solo cumpliendo este mandato se desarmará su ira.

—¡Mientes, esclavo! —exclamó con impetuosa impaciencia el de Tezcuco—; Quetlahuaca no ama a la hija de Moctezuma.

—Y sin embargo, poderoso tlatoani —respondió sin inmutarse su interlocutor— la tomará por esposa antes que la noche recoja su manto. Así se asegura en palacio, y la princesa me ha dicho:

«Di a Cacumatzin que antes moriré que ser esposa del emperador mi tío; que si algún hombre recibe los juramentos de Tecuixpa, solo será aquel a quien la destinaba su padre, que mora en lo alto.»

Pasose Cacumatzin las manos por los ojos como si quisiera cerciorarse de que estaba despierto, y el esclavo añadió:

—La princesa, que sabe lo que debe a tu amor y constancia, te llama en su auxilio, y este cordón de oro, que habrás visto muchas veces ciñendo su talle, es la prenda que me ha fiado para que me acredite por su enviado.

—Mientes, esclavo, mientes para adularme, volvió a decir el príncipe, cuyo corazón palpitaba, sin embargo, con violencia. Todo lo que has dicho carece de fundamento y de verosimilitud. Antes que la noche se encuentre a la mitad de su carrera estaré en el palacio del duelo, hablaré a la princesa, y descubierto tu vil engaño, serás castigado severamente, aun cuando fueses el mismo Tlacatecolt.

—La princesa te aguarda al punto, y si tardas un momento, llegarás tarde —respondió impasible el de la piragua—. Tengo orden de conducirte yo mismo.

—¡Mientes! —volvió a decir vacilante ya el de Tezcuco.

—Adiós, pues —dijo el esclavo—; antes de una hora Tecuixpa será esposa del emperador: así lo mandan los espíritus y así lo aconseja Moctezuma.

—¡No lo será mientras yo exista! —gritó Cacumatzin—; ¡no lo será, aun cuando lo manden todos los espíritus que pueblan la inmensidad de los cielos y cuantos muertos ha devorado la tierra!

Saltó ligero a la piragua al pronunciar estas palabras, y le siguió presuroso el enviado de Tecuixpa. Dos hombres más que se habían quedado en la embarcación y que parecían remeros, saludaron en silencio al recién llegado, bajando sus frentes hasta el piso de la piragua, que virando rápidamente al impulso de los remos, comenzó a surcar las sosegadas aguas.

Cacumatzin se sumergió en sus pensamientos. Era increíble cuanto había escuchado, y encontraba todas las apariencias de un cuento absurdo en aquel repentino enlace de Quetlahuaca con la hija de Moctezuma. Pero ¿con qué objeto se había de inventar aquella novela? ¿Quién tendría el atrevimiento de burlarse así de un soberano?

Mientras hacía tales reflexiones, la piragua se encontró en la mitad del lago, desierto completamente en aquellas horas. Cacumatzin se puso en pie, y saludando la torre del palacio que se distinguía claramente a los primeros rayos de la Luna que acababa de aparecer:

—¡Vamos! —gritó a sus compañeros—. Si Tecuixpa espera, ¿cómo no hacéis volar vuestra piragua? ¡Dad más vigoroso impulso a los remos; la noche es hermosa, el lago está tranquilo, cumplid vuestro deber!

—¡Cumplido está! —gritó con voz trémula, y una hacha de pedernal descargada por el robusto brazo del fingido esclavo, hizo caer al príncipe bañada en sangre su cabeza.

—¡Traidores! —fue lo que pudo articular con voz moribunda.

—¡Tirano! —respondieron las tres voces de sus asesinos—; tu reinado acabó.

Perdida la voz y casi el conocimiento, aun se defendía Cacumatzin, que acababa de conocer en los agresores a tres nobles de sus Estados; pero sus fuerzas no ayudaban ya a su valor. Cayó segunda vez desfallecido, murmurando confusamente el adorado nombre de Tecuixpa, y el último aliento de su pecho, traspasado de heridas, fue apagado entre las dormidas olas que sepultaron su cadáver sangriento.

Al ruido que produjo su caída se unió esta alegre exclamación que alzaron sus verdugos:

—¡Viva Cuicuitzcat-zin, rey de Tezcuco![63]

La piragua, rápida como una saeta, comenzó a alejarse con dirección a Tezcuco, mientras que todavía señalaban los oscilantes círculos del agua el paraje en que se había sepultado Cacumatzin. Pronto empero recobró aquella superficie su terso cristal; dejó de oírse de lejano rumor de los remos de la piragua, y los regicidas desembarcaron silenciosamente en Tezcuco, que brillaba a la claridad de la Luna como una serpiente de plata dormida a las orillas del lago.

Capítulo III. Otra pérdida

Mientras preparaba la más villana traición el fin desastroso que acabamos de referir al valiente príncipe de Tezcuco, Quetlahuaca experimentaba en México inquietudes y temores que hacían honor a su previsión y prudencia, pues cuando algunos incautos mexicanos, enorgullecidos con su pasado triunfo, se creían a salvo de una segunda invasión española, el nuevo monarca se aprestaba a resistir nuevos y mayores peligros, temiéndolo todo de aquellos hombres que hasta en su derrota y fuga parecían auxiliados por un poder aterrador e invisible.

En efecto, la célebre batalla de Otumba, en que salieron vencedores contra todas las probabilidades, prestaba sobrado fundamento a los temores de Quetlahuaca, y era a sus ojos una clara señal de favor que dispensaba el destino a los atrevidos usurpadores. Sabido es que Cortés, fugitivo con las míseras reliquias de su pequeño ejército, debió a su intrepidez y su admira-

---

63   Ya hemos advertido a los lectores que la sílaba zin con que terminaban muchos nombres mexicanos, es una voz de respeto con que se distinguía a los personajes elevados, y especialmente a los reyes.

ble serenidad una nueva victoria contra las numerosas huestes del imperio, que le iban persiguiendo resueltas a destruirle.

Aquellos soldados maltratados, faltos de víveres, que huían en desorden por un país enemigo, sin esperanzas de salvación, vieron todavía retroceder acobardado ante sus destrozadas banderas al ejército mexicano, por una de aquellas felices inspiraciones del genio que más de una vez han dado el triunfo a Napoleón y que entonces salvaron de una muerte cierta al osado aventurero, a quien llamaban los destinos al rango formidable de conquistador de un mundo.

Nadie ignora que el caudillo español supo aprovecharse, en medio del conflicto de su deshecha tropa, del conocimiento que tenía de la superstición mexicana, que hacía depender la victoria de la conservación del estandarte imperial. Poniendo todo su empeño en hacerse dueño de aquella venerada insignia y consiguiendo su objeto a fuerza de personales proezas, vio huir despavoridos a sus innumerables vencedores, dejándole poseedor de un riquísimo botín, que le permitió continuar su marcha y llegar felizmente al día siguiente al territorio de Tlaxcala.

En vano Quetlahuaca se apresuró a despachar embajadores a aquella república con magníficos presentes y proposiciones patrióticas, brindándole la paz y una ventajosa alianza, a fin de exterminar, unidos a los invasores extranjeros, a quienes debía considerar como enemigos comunes, los tlaxcaltecas, fieles al pacto que habían jurado, se mostraron sordos a los ruegos y amenazas del imperio, y recibieron a Cortés con tanta alegría y entusiasmo cono si con él se hubiese salvado la libertad de la república.

Perdiendo Quetlahuaca la esperanza de vencer aquella funesta fidelidad que guardaban sus vecinos a la alianza contraída con los enemigos, solo trató de reanimar el valor de sus súbditos, a quienes la pérdida del estandarte había parecido una señal aterradora de la cólera celeste, y Guatimozín, llamado por él, acudió a México al frente de la juventud tacubense, dispuesta a seguir a su bizarro príncipe, que ardía en deseos de penetrar en Tlaxcala, y arrancar del propio seno de los fieros republicanos al odioso enemigo que se empeñaban en proteger.

No se opuso Quetlahuaca a tan generosa impaciencia, y se dispuso a sostenerle con toda la fuerza de sus ejércitos; pero estaba decretado por el destino que no fuese aquel monarca el defensor glorioso y desdichado del trono vacilante, que debía caer arrastrando consigo a un príncipe más grande y más infeliz.

Cuando todos los mexicanos se prestaban gozosos a la guerra con Tlaxcala y el joven rey de Tacuba entusiasmaba y enardecía los ejércitos, orgullosos de verle a su frente, una funesta enfermedad que recibió América de sus conquistadores[64] asaltó súbitamente al nuevo emperador, y sus progresos fueron tan rápidos y terribles, que no permitían la menor esperanza de salvación.

Conociendo Quetlahuaca tan triste verdad, hizo llamar a su presencia a Guatimozín, y aunque ya moribundo, tuvo con aquel príncipe una larga conferencia, en la que manifestó tanta previsión como serenidad y prudencia.

—Los dioses no me conceden la dicha de morir defendiendo a mi patria —dijo con voz débil pero con semblante sereno—. Soy llamado cerca de Moctezuma sin haber tenido tiempo para reparar los males que ocasionó al imperio su funesta ceguedad; pero muero tranquilo porque preveo que el imperio al perderme ganará un monarca más grande que yo, a quien los espíritus celestes llaman a la gloriosa suerte de salvar a estos pueblos o perecer heroicamente por ellos y con ellos. Tú eres ese monarca, héroe de Tacuba; a ti llaman los destinos al trono de los desgraciados aztecas, y veo en tus ojos el fuego sagrado de aquel entusiasmo que si no siempre manda a la fortuna, jamás encuentra inexorable a la gloria. Tu frente ciñó las coronas del triunfo cuando todavía no tenías la estatura de un hombre, y en la edad juvenil, en que solo se anhelan las conquistas del amor, vas a encargarte con otra corona de la gran empresa de conquistar la veneración de un imperio, al mismo tiempo que su libertad. Porque no te hagas ilusión respecto a nuestros peligros; que son graves y numerosos.

¿Qué hay que temer, dicen algunos imprudentes, de un capitán rebelde y proscrito por su rey, que con un puñado de aventureros hambrientos ha ido a implorar la piedad de una república, que no hemos sujetado sino para tener enemigos que ofrecer en holocausto a nuestros dioses?

No lo creas así, Guatimozín; no te duermas en la seguridad de una loca confianza.

---

64   La viruela.

Aquel capitán rebelde es un gran guerrero que ningún rey puede proscribir cuando conozca lo que vale. Su ingenio esclavizó el espíritu del gran Moctezuma; su osadía lo ha hecho permanecer entre nosotros y mandarnos a pesar nuestro; su sagacidad ha sabido arrancarnos las ventajas obtenidas en el último combate; su fortuna, en fin, y su valor le acompañan por todas partes, y le hacen más temible que si le cercase un ejército tan numeroso como las arenas de la gran laguna. Tlaxcala, esa república orgullosa y guerrera que ha resistido a todas las fuerzas del imperio, Tlaxcala acoge en su seno al afortunado enemigo y se dispone a sostenerlo. Tezcuco ha perdido recientemente por la más cobarde traición al valiente Cacumatzin, y el fratricida que ocupa su trono es una hechura de Cortés, y que sabe que nada debe esperar de los legítimos príncipes del imperio sino el castigo de su odiosa y vil usurpación. ¡Cuántos otros señores poderosos no han dado muestras, para oprobio del nombre mexicano, de más afecto por los extranjeros que por sus propios conciudadanos! ¡Cuántos pueblos que seducen las pérfidas promesas del enemigo, no creen ver en sus príncipes tiranos aborrecidos por los dioses, y en los advenedizos regeneradores divinos! La enfermedad que mina las fuerzas del imperio está en su propio seno, y los enemigos exteriores no son ciertamente más temibles que el germen funesto de destrucción que alimentamos nosotros mismos.

No, Cortés no tiene un puñado de hombres; tiene a Tlaxcala, a Tezcuco, a otros muchos pueblos a quienes ha cegado Tlacatecolt. No nos amenazan solamente las máquinas de muerte de los extranjeros; también se aprestan a aniquilarnos nuestras disensiones, nuestras rivalidades, nuestros odios y el desaliento de unos pueblos que han visto sucumbir como un arbolillo que destroza el huracán, al grande, al fuerte Moctezuma, a la llegada de esos hombres que se anuncian como hijos del Sol. La discordia y la superstición son en nuestro propio seno los más poderosos auxiliares de aquellos enemigos que tienen ya en lo exterior el sostén de una república belicosa; de un momento a otro pueden recibir nuevas fuerzas, porque no es creíble que su rey desdeñe el imperio con que le brindan.

¡Están proscritos, dicen, están hambrientos!, ¡ay!, ¡tanto peor para nosotros! Están proscritos, tienen detrás la muerte y delante un imperio, cuyas puertas les abren los mismos que debieran defenderlas; están hambrientos y ven nuestro suelo cargado de riquezas: ¿cómo han de resolverse a dejarlo? Nada teme el que nada tiene que perder, y el valor de la desesperación es el más invencible.

Hizo una pausa Quetlahuaca porque su lengua se iba entorpeciendo y turbándose su corazón: Guatimozín inclinado sobre el lecho, le escuchaba con profunda emoción y quiso entonces contestarle; mas no lo permitió el moribundo, que volvió a tomar la palabra, si bien ya con acento más confuso, todavía con tranquilo semblante.

—Los dioses —dijo— te han concedido un corazón y una inteligencia clara como el Sol; tu razón se ha madurado temprano porque has vivido en días de agitación y desventura.

Tú eres, pues, el elegido para oponerte al desborde fatal de un volcán que va a reventar bajo tus plantas. Si el triunfo corona tus esfuerzos, tú serás grande entre los grandes, dichoso entre los dichosos, y harás que tu reino sea famoso y respetado mucho más allá de toda la extensión de las aguas; pero si sucumbes... ¡oh Guatimozín!... tu nombre no morirá contigo y él bastará a salvar la gloria del nombre de los aztecas y a... ¿qué es esto?... ¿te has ido, Guatimozín?... No siento tu mano que apretaba la mía... no te veo... y me falta... me falta la voz. ¡Ven!, acércate... que te bendiga un rey moribundo... ¡Guatimozín!... quiero ceñirte por mi... mano... la... coro...

No acabó la comenzada frase, y rindió la vida en los brazos del esposo de Gualcazinla, que arrodillándose a su lado:

—¡Yo lo juro por tu alma que abandona la tierra —exclamó—, ilo juro por tu cadáver que aprieto contra mi corazón! ¡Descansa en paz, hijo de Axayacat! ¡La tierra que te cubre no será hollada por plantas extranjeras mientras no sea regada con la última gota de mi sangre!

Levantose cuando hubo prestado ante la muerte aquel juramento solemne, y presentándose a los príncipes y guerreros que llenaban los salones del palacio:

—Quetlahuaca ha muerto, les dijo, y he jurado sobre su cadáver que antes que se haya convertido en polvo en el seno de la tierra, la regaré con la sangre de los enemigos de México, o con la de mis venas.

Un grito unánime respondió:

—¡Viva el emperador Guatimozín! ¡Mueran los enemigos de México!

Capítulo IV. Guatimozín emperador

En el transcurso de algunas semanas habían ido a reunirse a los héroes que sucumbieron en la noche triste, el príncipe de la lanza mortal y el prudente Quetlahuaca, dejando vacante el trono, que se disputaran tantas ambiciones, apagadas entonces por la muerte, para que subiese a ocuparlo el amable adolescente, destinado a lavarle con su sangre del baldón de las ajenas flaquezas, sepultándose con gloria en los míseros escombros. Tenoxtitlan había levantado la voz unánime de sus seiscientos mil habitantes, aclamando emperador al joven soberano de Tacuba, y aquel grito encontró un eco fiel en todas las provincias a donde los veloces correos de la metrópoli hicieran llegar rápidamente la inesperada noticia de la muerte de Quetlahuaca.

Los electores no tuvieron que hacer más que confirmar el voto general del imperio, y apenas se celebraron las exequias fúnebres del difunto, solo se pensó en la coronación del nuevo emperador. General era el regocijo que causaba al pueblo la elección del joven héroe. La mayor parte de los poderosos príncipes del imperio acudían a la capital con séquito verdaderamente regio para asistir a la ceremonia que se disponía, y el movimiento extraordinario que en todas partes se notaba, era indicio del general entusiasmo con que se esperaba.

Cubiertas estaban de continuo las espaciosas calzadas por la multitud diligente que de minuto en minuto aumentaba el número de los moradores de Tenoxtitlan; los canales se veían surcados a todas las horas del día, y aun en las primeras de la noche, por innumerables piraguas cargadas de mercancías y víveres; así es que no escaseaba nada en la gran plaza de Tlaltelulco, a pesar del aumento de consumo, y en todos los templos y palacios se hacían preparativos de fiesta, que el pueblo acudía a contemplar invadiendo los pórticos y llenando las plazas.

Amaneció despejado y brillante el día señalado para la inauguración del nuevo reinado: jamás el Sol espléndido de la zona ecuatorial iluminó con más puros rayos las felices regiones mexicanas. Diríase que el astro propicio se gozaba en asociarse por última vez, en toda la plenitud de su gloria, a la de los reyes aztecas, próxima a hundirse en un eclipse eterno.

A los primeros albores, la inmensa ciudad de México apareció engalanada, presentando un aspecto singularmente pintoresco. Las fachadas de las casas ostentaban colgaduras de varios colores que ondulaban graciosamente al soplo de las auras matinales, relumbrando a los rayos del naciente día las franjas de oro y de plata con que estaban recamadas las que adornaban los palacios de la alta nobleza. Las azoteas, cubiertas de tiestos de flores bajo de arcos simétricos de enredaderas floridas, parecían jardines aéreos cuyos perfumes se elevaban cual una ofrenda a la aurora, que teñía de azul y rosa las ligeras nubes que flotaban bajo la magnífica bóveda de aquel cielo privilegiado.

El empedrado de las calles desaparecía bajo una alfombra de verdes palmas que el pueblo tendía con alegre clamoreo, y las jóvenes mezecualas [plebeyas] adornadas con su vestido de fiesta, corrían a los templos llevando colgados de ambos brazos cestillos de mimbre, llenos de resinas olorosas y de flores exquisitas, que depositaban con religioso respeto en los umbrales de las sagradas puertas. Todos los habitantes abandonaban las casas para acudir a las plazas, especialmente a la de Tlaltelulco, donde se notaba una afluencia tal, que apenas había en aquella extensión inmensa un palmo de tierra para cada individuo. Los almacenes y las droguerías que cobijaba el grandioso pórtico, rivalizaban aquel día en el lujo con que ostentaban sus efectos, patentes en ricas anaquelerías de oloroso cedro y de ébano rojo, conocido vulgarmente por el nombre de granadillo.

Todos los teocalis, abiertos desde el amanecer, exhalaban de los descubiertos altares blancas nubes del precioso tecopalli,[65] que se perdían entre las azules de la atmósfera; mientras el Sol reflejaba sus rayos en las láminas de oro e innumerable pedrería que adornaba a los colosales ídolos.

En el gran templo de Huitzilopochtli debían inmolarse las víctimas humanas que un uso bárbaro prescribía desde el principio de la monarquía mexicana coma requisito indispensable del ceremonial de la coronación. Las víctimas eran por lo común prisioneros de guerra hechos por el monarca electo, que los presentaba a los sacerdotes como trofeos de su valor y testimonio de su veneración por los dioses. Los destinados a la sangrienta

---

65   El tecopalli, en nada inferior al incienso de la Arabia, se quemaba únicamente en honor de los dioses.

hecatombe en el día a que nos referimos, eran seis españoles trasladados a la capital desde Tepeaca, donde habían sido hechos prisioneros cuando salieron fugitivos de México, conservándolos para ser inmolados a las formidables deidades del imperio. Esta circunstancia aumentaba excesivamente la curiosidad con que por lo común asistía el pueblo a aquellos horribles sacrificios, y tanto al menos como la coronación de Guatimozín excitaba la alegría de los mexicanos en aquella ocasión solemne, la certeza de ver correr en las aras de sus dioses la sangre aborrecida de los opresores de su suelo.

Serían apenas las diez de la mañana cuando los grupos que cercaban el palacio del joven electo, vieron abrirse sus puertas para dar entrada a los electores, que magníficamente ataviados y con las insignias de su dignidad, venían a buscarle para conducirlo al templo. Formaban el séquito de aquellos príncipes todos los grandes señores, ministros, consejeros, generales y magistrados del imperio, llevando los primeros su correspondiente acompañamiento y los pendones de sus Estados.

Netzalc, a quien la elevación de su hermano al trono imperial hacia dueño de Tacuba, ocupaba su puesto entre los electores, y Coanacot, legítimo señor de Tezcuco por la muerte de Cacumatzin, aunque no posesionado todavía de sus dominios, venía también con un lucido cortejo de súbditos leales, que como la mayor parte de los nobles del imperio, le habían aclamado sucesor del desventurado amante de Tecuixpa, brindándole su apoyo para arrancar el cetro al fratricida Cuicuitzcat. Saludaron todos a Guatimozín inclinándose respetuosamente, y el más anciano de los electores, alzando la voz con acento y ademán grave, dijo:

—Grande ha sido la pérdida del imperio mexicano al morir el prudente y animoso príncipe que acababa de salvar su gloria, arrojando de este suelo a los feroces enemigos que lo ensangrentaban con sus enormes crímenes, y que todavía no han perdida tal vez la esperanza de volver a oprimirlo y a deshonrarlo con sus plantas.

La desgracia que hemos tenido perdiendo a un monarca amado, se hace doblemente funesta por haber acaecido en tiempos tan turbulentos, cuando la guerra civil, ya encendida en Tezcuco, germina ocultamente en casi todos los dominios mexicanos; y nos amaga además la audacia de aquel enemigo abominable a quien sostiene Tlaxcala y mira propicio Mechoacan.

No te desalientes sin embargo, generoso joven, a quien llaman los dioses al solio de los aztecas: ellos acaban de dar una clara muestra del amor que dispensan a estos pueblos, iluminando nuestro entendimiento en una elección difícil, a fin de que unánimemente te ofrezcamos la imperial corona, a cuyo peso no bastaría menor fortaleza que la de tu invencible corazón. Regocíjate tú también, ¡oh tierra bendecida!, el señor que te damos no usará de su poder para oprimirte, ni se enervará entre la pompa de la grandeza, haciendo estériles tus entrañas fecundas. ¡Regocijaos todos, pueblos del Anáhuac, porque tenéis un soberano que será el padre del huérfano y el apoyo de la viuda! Y tú, nieto dignísimo del gran Axayacat, vástago doblemente glorioso de dos dinastías supremas, confía en el omnipotente Tezcalepuzca, creador y alma del mundo, rey del cielo y juez de los hombres, que así como te ha elevado a tan eminente dignidad, te dará fuerzas para llenar los graves e importantes deberes que son anexos a ella.

Ven pues a recibir en presencia del grande Huitzilopochtli, cuya imagen eres, la corona que te otorga el cielo, y dígnate aceptar con ella la fidelidad constante que te juramos.

Guatimozín respondió con voz notablemente conmovida estas breves y sentidas palabras, que perderán en nuestra traducción literal la singular expresión y elegancia que tenían en la lengua mexicana:

—Concédanme los dioses, ¡oh dignos y poderosos príncipes!, la dicha de merecer la gloriosa elección con que me honráis, y no dispensen a mi alma ventura alguna sino me es dado asegurar la del imperio de México.

Apenas terminó estas palabras, salió de su palacio en medio de los electores, dos de los cuales llevaban en primorosas bandejas de oro las insignias imperiales: en pos seguía la numerosa comitiva de aquellos príncipes y de otros muchos que acompañaban al electo, dirigiéndose todos en procesión al templo de Huitzilopochtli, donde los esperaba un inmenso gentío.

Notable era a todos los curiosos espectadores la profunda palidez impresa en el semblante del héroe de Tacuba. En aquel día solemne, una nube de tristeza parecía cubrir sus hermosas y varoniles facciones, que reflejaban la expresión grave y pensativa de un presentimiento infausto. Hubo algo de contagioso en aquella melancólica disposición del augusto adolescente, pues a su presencia enmudeció el alegre clamoreo del pueblo, y muchos ojos, fijos en él con afectuoso respeto, se humedecieron de involuntario llanto.

La procesión llegó al templo en medio de un grave silencio, y solo en el momento en que Guatimozín puso el pie en la primera grada, la inmensa multitud, animada como por movimiento eléctrico, levantó unánime voz dejando oír esta aclamación solemne, que repitieron dilatadamente los ecos del enorme edificio: ¡Gloria a Guatimozín! ¡Gloria a México!

Los sacerdotes, envueltos en sus anchos mantos negros, recibieron al príncipe y los señores que lo acompañaban en la meseta cuadrilonga en que se alzaba el altar del sacrificio, sobre el cual ardían a los pies del ídolo colosal los más preciosos perfumes, envolviendo a los circunstantes en una blanca nube de aromático vapor. Inclinose respetuosamente el joven electo ante la formidable deidad, imitándole su comitiva, y abriéndose al propio tiempo dos puertecillas de aquella sangrienta capilla, apareció por la una el hueiteopixque o sea gran sacerdote, con su ancha túnica escarlata y su blanco manto en que se veían pintados varios acontecimientos de su mitología, y por la otra los seis sacrificadores llevando a las infelices víctimas. El teopilzin o jefe vestía de encarnado, como el pontífice, y llevaba en la cabeza, a imitación de éste, un gran penacho de plumas verdes y amarillas, distintivo de su alta dignidad. Los otros sacrificadores tenían hábitos blancos que hacían resaltar singularmente los extravagantes matices de sus rostros, pintados con tintas de diversos colores, entre los cuales predominaba el negro, y en medio de aquellas caprichosas y repugnantes figuras se veían a los prisioneros españoles, totalmente desnudos, enflaquecidos y pálidos; pero con la frente serena y la mirada desdeñosa.

Eran aquellos desventurados seis soldados jóvenes de la tropa aventurera en quien había impreso Cortés la marca de su genio; porque no hay duda en que los hombres superiores levantan a todos aquellos que están en contacto con ellos. Avezados a los peligros, familiarizados con la muerte que tantas veces habían desafiado en los combates, aprestábanse tranquilos para el horrible sacrificio, y aun se notó en sus labios una sonrisa burlesca al contemplar el singular aspecto de su repugnante escolta.

Sin embargo, cuando vieron vibrar en la nervuda mano del teopitzin el agudo iztli[66] que debía despedazar sus pechos y la rojiza luz de veinte teas de maderas resinosas, reverberó en la enorme piedra del sacrificio, aun no bien seca de la última sangre que sobre ella se vertiera, horrorizadas las víctimas no pudieron reprimir un movimiento espontáneo y retrocedieron un paso. Alarmados los verdugos, se abalanzaron presurosos como aves de rapiña encima de su presa, y arrastrándolos al ara, comenzaron con bárbara complacencia los preparativos del sacrificio.

Reinó por un instante silencio profundo; oyose enseguida el áspero sonido de la carne que rasgaba lentamente el filo del pedernal; viose saltar la sangre sobre los mármoles de la capilla, manchando los blancos hábitos de los sacrificadores... pero ni un gemido indicó los atroces tormentos de las víctimas, y el dios de la guerra vio sucesivamente sobre su altar nefando seis corazones heroicos que fueran antes templo de tan ingrato numen.

El pontífice, haciendo levantar a Guatimozín, que durante el sacrificio había permanecido inclinado sobre las gradas del altar, le mostró los sangrientos despojos de las víctimas, cuyos cuerpos privados del corazón y la cabeza (que eran las ofrendas gratas al dios), fueron enseguida arrojados al pueblo que llenaba la plaza, desde lo alto de la meseta en que se celebraba la hecatombe.

Cumpliendo las fórmulas de la ceremonia, Guatimozín rogó a Huitzilopochtli aceptase grato el holocausto, y tras su breve plegaria entonaron los sacerdotes un himno semiguerrero y semirreligioso, del cual apenas acertaremos a dar imperfectísima idea en la libre traducción siguiente.

CANTO DE LOS SACERDOTES DE HUITZILOPOCHTLI

¡Numen de gloria! ¡Espíritu de guerra!
Tú que la tierra recorriendo próvido
cobras tributo, dispensando fama;
¡Huitzilopochtli!
¡Tú, a cuyo acento se estremece el orbe!
Tú, a cuyo soplo que amontona ruinas,
leyes se borran, desaparecen pueblos.

---

66   Llamábase iztli una piedra singularmente bella, de la que hacían lanzas, cuchillos, etc.

¡Tronos se abisman!
¡Tú que el derecho a tu capricho fundas,
fallo dictando a la victoria dócil,
arbitra siempre en las sangrientas lides,
¡Huitzilopochtli!
¡Tú, que a palacios donde el Sol reposa,
palmas ciñendo de verdor eterno,
llevas del campo a las invictas almas,
dignas de premio![67]
¡Tú que a la muerte su pavor le arrancas,
grato brindando al corazón inmóvil
fresco, sepulcro en el sangriento campo,
Huitzilopochtli!
¡Huitzilopochtli! ¡Espíritu sublime!
¡Tú que fijando nuestra incierta planta
rápida hiciste descender del cielo
águila osada![68]
Tú que dominio en extranjera tierra
diste al azteca peregrino, indómito,
nunca olvidado de tu nombre excelso,
Huitzilopochtli!
¡Huitzilopochtli! ¡Espíritu potente!
¡Tú que alentando al pueblo perseguido,
ante sus plantas humillar le viste
reyes altivos!
¡Huitzilopochtli, que valor y gloria

---

67 Hablando de la religión de México, observa Clavijero que el imposible encontrar dogma
    más propio para excitar al heroísmo. Según las creencias mexicanas, el guerrero que
    sucumbía en el campo de batalla, el prisionero de guerra inmolado en los altares, y tam-
    bién las mujeres que perecían a consecuencia de leal dolores de la maternidad, eran aco-
    gidos por el Sol en sus celestes alcázares, en los que ceñidos de inmarchitables palmas,
    gozaban una eternidad de sublimes regocijos.
68 Según las profecías, los aztecas debían fundar su imperio donde encontrasen una águila
    sobre un nopal. Fugitivos y perseguidos por los coluhuas y otros reyes del Anáhuac,
    encontraron en efecto al águila predicha en el paraje en que se fundó Tenoxtitlan, y tuvo
    principio aquel reino, que se hizo en poco tiempo tan poderoso y tan temido.

siempre al azteca dispensaste pródigo!
¡Hoy te imploramos, nuestra voz escucha,
Huitzilopochtli!
¡Huitzilopochtli! ¡Nuestra humilde ofrenda
grato recibe, y tu favor divino
dale al valiente que en tu templo augusto
miras ungido!
¡Sea su brazo de tu imperio apoyo!
¡Sea su pecho tu inmutable teocali!
¡Sea tu nombre de sus triunfos prenda,
Huitzilopochtli!

Terminado este himno, cuyos ecos repitieron dilatadamente las bóvedas del templo, el pontífice se acercó a Guatimozín y le ungió solemnemente con un aromoso óleo; enseguida los príncipes de Tezcuco y Tacuba, primeros electores, le ciñeron la augusta copilli[69] y le revistieron con el manto imperial. El joven monarca, bello y majestuoso con aquel atavío, que no incienso a los pies del ídolo y demandó la bendición del pontífice, que se la otorgó conmovido, articulando con acento grave estas palabras solemnes:

¡Guatimozín emperador! ¡Sé justo!
¡Guatimozín emperador! ¡Sé fuerte!
¡Guatimozín emperador! ¡Sé religioso!

Todos los circunstantes exclamaron después: ¡Gloria a Huitzilopochtli! ¡Gloria al emperador! ¡Gloria a México!

La ceremonia había terminado: los sacerdotes se retiraron y el emperador y su comitiva salieron de aquel templo para ir a visitar otros que cercaban al del numen predilecto.

Tezcalepuzca, dios creador y juez de los hombres; Tlaloc, divinidad de las aguas; Tonatioh, genio de la luz, que era el Sol; Meztli, diosa de la noche, que era la Luna; Yacateuctli, dios del comercio; Benteott, diosa de la agricultura, en fin, todos los genios de su mitología recibieron propicios

---

69   Copilli era la corona imperial.

el puro tecopalli que quemó en sus aras el nuevo soberano, y los ecos de innumerables santuarios devolvieron las preces, dirigidas al cielo en su favor por los cinco mil sacerdotes que estaban consagrados al servicio de aquella inmensa reunión de templos.

No siéndonos posible reproducir aquí, sin cansar al lector todos los himnos religiosos compuestos o improvisados en aquel día, nos limitaremos a traducir, tan imperfectamente, como el anterior, el que dedicaron los teopixques al formidable Tlacatecolt, genio tan maligno como poderoso.

CANTO DE LOS SACERDOTES DE TLACATECOLT

Tú, que en la noche lóbrega
bajo tu solio de ébano,
teniendo de cadáveres
alfombras a tus pies;
dictas con ecos lúgubre
a la discordia pérfida,
asoladoras órdenes
que obedecidas ves.
Tú que a los vientos rápidos
prestas silbidos hórridos,
y centenarios árboles
descuajas a su voz.
Tú que a la muerte escuálida,
que es de tu imperio súbdita,
armas el brazo impávido
con imbotable hoz.
Tú cuyo aliento férvido
rasga la nube grávida,
y en el fugaz relámpago
haces tu luz brillar.
Tú que en las altas cúspides,
que cubre nieve cándida,
bocas abres ignívomas
con sordo rebramar.

Tú que a la tierra sólida
mandas se agite trémula,
y cual los llanos líquidos
vorágines abrir.
Tú que a las pestes lívidas
prestas veloces hálitos,
y oyes cual grata música
las ánimas gemir.
¡Tú el de mirar terrífico!
¡Tú, el de la voz horrísona!
¡Tú, de los pechos tímidos
fantasma aterrador!
No con ojos maléficos
mires al pueblo impávido,
que palpitantes víctimas
sacrificó en tu honor.
Y haz que el ilustre príncipe
que hoy a tu sacro teocali
llega con alma intrépida
tu poder a admirar;
¡nunca con ecos flébiles,
ni con cobardes lágrimas,
manche las aras fúnebres
de tu sangriento altar!

Era ya de noche cuando Guatimozín, terminada la procesión, fue instalado solemnemente en el palacio imperial, donde debía recibir al siguiente
día el juramento de los príncipes tributarios. Algunos minutos después toda
la población se había convertido en inmensa escena de públicos regocijos.
Nobles y plebeyos se confundían en alegres danzas que se formaban en
las plazas, y los teatros no podían contener la excesiva concurrencia que en
aquella fausta noche los favorecía.

Se nos ocurre de súbito que al oírnos mencionar por primera vez los
teatros de México, algunos de nuestros lectores, si no todos, se sonreirán

245

con aire discretamente incrédulo, y se creerán con derecho por lo menos de compadecer nuestra ignorancia, a la cual pueden atribuir caritativamente el error absurdo de conceder tan notable distintivo de civilización a un pueblo que aprendieron a llamar bárbaro desde que supieron leer la historia de su conquista. ¡Historia bien incomprensible por cierto, pues desmiente en cada una de sus páginas el epíteto que consigna, aplicado a aquella gran nación cuya conquista no sería sin duda tan gloriosa como la pinta y como a nuestros ojos aparece, si aquella calificación fuese verdaderamente exacta!

Nosotros, que acabamos de describir con imparcial veracidad y con profundo horror los sacrificios cruentos que deshonraban la religión azteca, como en otros tiempos la egipcia, la griega, etc., no olvidamos tampoco que la culta Europa inmolaba también víctimas humanas al Dios de amor y de misericordia, con tan fanáticos celos como los bárbaros de México a sus belicosas deidades. ¿Buscaremos rasgos de una civilización más adelantada que la que se lee en la sangrienta piedra de los teocalis mexicanos, en las hogueras de la inquisición, a cuya fatídica luz celebraba España el acrecentamiento de su poder y los nuevos resplandores de su gloria?...

No nos detendremos, sin embargo, en estas observaciones, y volviendo a nuestro objeto, diremos con sencillez, justificándonos anticipadamente con aquellos de nuestros lectores que intenten poner en duda la veracidad de que nos jactamos, que los bárbaros de México tenían teatros, si no miente Cortés, y como él muchos respetables escritores.

La poesía, primer arte conocido en todos los pueblos del mundo, no era meramente entre los aztecas el inspirado lenguaje consagrado a los dioses; era en realidad un arte progresivamente perfeccionado, según puede juzgarse por los pocos fragmentos que escaparon de la devastación de los conquistadores.

Un docto jesuita milanés ha publicado algunos versos mexicanos en una gramática de dicha lengua, y solo el miedo de no acertar a traducirlos dignamente nos retrae del deseo de hacérselos conocer a nuestros lectores.

Pero no cultivaban solamente la poesía lírica, sino también la dramática. Boturini dice que la comedia mexicana era excelente, y que conoce dos composiciones dramáticas religiosas, en las que ha admirado, a par del ingenio de sus autores, la expresión y armonía de la lengua. Acosta describe una función teatral de Cholula, que según observa Clavijero, hace recordar el comienzo del teatro griego.

En la ciudad de Tenoxtitlan había varios sitios destinados a representaciones dramáticas: el principal era un gran terraplén de piedra en la plaza de Tlaltelulco, alto para que los actores fuesen vistos y oídos por todos los espectadores, y descubierto para que se inspirasen aquellos con la vista del magnífico cielo ecuatorial.

En la noche a que nos referimos, las funciones teatrales, así como los bailes, abundaban en todos los pórticos de los templos y de los palacios.

Cómicos, músicos, juglares y titiriteros vagaban de una en otra plaza, y aunque la habilidad de los primeros no nos sea notoria y la ciencia de los segundos no nos preste ocasión de encarecerla, bien podremos disimular sus imperfecciones a favor de la inimitable destreza de los últimos, y asociándolos en nuestra descripción con aquellos bailes ingeniosos que creemos haber mencionado antes, y de los que acaso nos convendría hacer particular análisis en un tiempo como el presente, en que tanta boga alcanza el talento coreográfico.

Resistiendo, sin embargo, a la seductora tentación, solo añadiremos que los bailes mexicanos no indignos de figurar al lado de la Sílfide y la Ondinna, que tantas coronas han conquistado a los alados piececitos de la encantadora Guy,[70] eran alegóricos, expresivos, notables por su elegancia y su variedad. Acompañábanse regularmente con el canto, comenzando por andante y concluyendo en alegro. Representaban con ellos batallas, amores o hechos memorables de su historia, siendo tan honestas y graves algunas de aquellas danzas, que se conservan todavía y se ejecutan en los templos de México en ciertas solemnidades religiosas. Mientras el pueblo

---

70   Los frenólogos, que colocan en la cabeza todos los talentos y pasiones, declarándola en consecuencia (lo que ya era de hecho antes que la asistiese el derecho) única parte del cuerpo humano digna de llevar lauros, nos perdonarán si, a fuer de veraces, y a propósito del ingenio que se admira en la invención de algunos bailes, mencionamos las coronas que ha tributado el público madrileño a la célebre bailarina, cuyos pies reconocemos y proclamamos muy dignos de ceñirlas, digan lo que quieran los secuaces de Gall, y por mucho que se indigne la sombra de aquel loco de Tasso, que después de cantar la Jerusalén solo obtuvo la corona sobre el mármol de la tumba.
     Aquellas gentes no prodigaban coronas: verdad es que entre ellas no sucedía lo que hoy nos acontece, que haya pies de más valor que muchas cabezas.

se divertía en aquellas fiestas, Guatimozín fatigado por las emociones del día, iba a deponer en brazos de su esposa el envidiado peso de aquella corona imperial, que debía trocar en breve por la más augusta y santa de un glorioso martirio.

Capítulo V. Esposo, padre y rey

En el mismo aposento del alcázar imperial en que presentamos por primera vez a nuestros lectores la prole de Moctezuma, hallábanse reunidos al comienzo de la noche a que nos referimos en el anterior capítulo, los restos preciosos de aquella infortunada familia.

Despojada la cabeza de sus negras trenzas en muestra de su profundo duelo, y sin otro atavío que una larga y ancha túnica de lúgubre color, estaba la viuda de Moctezuma acurrucada en silencio a un extremo del aposento mientras su hijo se entretenía en arrancar una a una las marchitas hojas de una guirnalda de ciprés y de cempoalxochitl[71] que acababa de desceñirse Tecuixpa.

Esta joven princesa, cuya hermosura parecía crecer al riego de sus lágrimas, como las flores con el rocío del cielo, en vez del espejo que disputara meses antes a sus tiernos hermanos, llenos de vida entonces como ella, hoy despojos de la muerte, tenía en sus manos un velo negro y tupido, que salpicaban las perlas de sus ojos: era el paño mortuorio que cubrió el cadáver de Velázquez hasta el instante de las exequias.

Tecuixpa contemplaba tristemente aquel lienzo funeral, menos oscuro que los largos cabellos que caían en desorden seductor sobre su desnuda espalda, y cantaba en voz baja el estribillo de una canción española que le había enseñado su malogrado amante.

«¡Mas pasan las dichas
cual humo veloz,
y solo en el alma
se arraiga el dolor!»

---

71 Cempoalxochitl quiere decir flor de los muertos. En Europa se conoce dicha flor con el nombre de clavel de India.

—Triste es tu canto, hermana —dijo Gualcazinla, que dormía a Uchelit meciéndolo en sus rodillas.

—Triste como mi corazón —respondió Tecuixpa—. ¿Ves este paño teñido con el color de la noche? Pues mira, Gualcazinla, más negros son todavía los pensamientos de tu hermana. Los dioses arrojan algunas veces al alma de los mortales tinieblas más profundas que las que dieron por ropaje a la noche.

—No hables así, ¡oh Tecuixpa! —dijo la esposa de Guatimozín— hoy ha lucido un Sol hermoso para las hijas de Moctezuma. Guatimozín acaba de elevarse al solio de Acamapit[72] y los dioses han mirado benignos al pueblo de Mexitli.[73]

—Esas cosas —repuso Tecuixpa moviendo su linda cabeza—, las saben y las celebras los que viven ente los vivos; ¡pero triste de aquella que ha apacentado su alma en la memoria de los muertos!... ¿Por qué ciñe la frente de tu esposo la sagrada copilli?[74] ¿Qué se ha hecho su padre el de los cabellos blancos, bajo los cuales como bajo la nueve de los volcanes, ardía el santo fuego de la virtud y del valor? ¿Dónde están el soberbio tlatoani de Matalcingo, el sabio Quetlahuaca, sin rival en el consejo, y aquel Cacumatzin, bravo entre los más bravos e ilustre entre los más ilustres? ¡Sopló Tlacatecolt y desaparecieron como el polvo que se levanta en los caminos! ¡Así se disipan también las esperanzas del hombre: sus esperanzas son, como él, frágiles y fugaces! ¡Son semillas sembradas en arena, palacios levantados sobre olas!

—Desecha esas ideas, te lo suplico a nombre de los dioses —exclamó la nueva emperatriz—. Los muertos descansan tranquilos en sus lechos de piedra, bajo la protección de Tanatioh y Meztli (el Sol y la Luna): sus hazañas empero viven eternas en los recuerdos de sus compatriotas, que han sembrado de pálidas cempoalxochitl el silencioso Michoal.[75] ¿Por qué,

---

72 Acamapit o Acamapitzin, según le llamaban sus súbditos, fue el primer rey azteca: comenzó a reinar, según se infiere, por los años de 1325 a 1328.

73 Mexitli, según unos, era el mismo Huitzilopochtli; según otros, el jefe de los aztecas, que los guió durante su peregrinación.

74 Ya hemos dicho que copilli era el nombre que daban a la corona imperial.

75 Michoal, como en otra parte hemos dicho, quiere decir campo de la muerte: en él habían sido sepultadas las cenizas de aquellos que sucumbieron en la noche triste; pero no las de Cacumatzin, según se infiere de lo que en breve oiremos a Tecuixpa.

pues, entristecer a los que aman con memorias de los que ya no padecen?...
Deja a los muertos, ¡oh Tecuixpa! ¡Déjalos dormir tranquilos en sus lechos
de piedra!

—¡Lechos horribles! —dijo estremeciéndose la princesa—, ¡lechos jamás
calentados por el amor, y en los que la eterna noche no derrama nunca sus
sueños embalsamados por halagüeñas mentiras! ¿Cómo yace allí encadenado por el brazo invisible de la muerte, aquel que nunca conoció el reposo?
¿Cómo duerme olvidado de todo aquel cuyo pensamiento era grande y
fecundo como el Sol? ¡Velázquez, pasan días y días, y siglos y siglos pasarán sin que sacuda tu corazón el letargo del sepulcro!... ¡Siempre allí en ese
lecho en donde se reposa sin fatiga, donde se duerme sin sueño, donde
se existe sin vida!... ¡Dichoso tú, Cacumatzin! ¡Dichoso tú, que al menos no
yaces perpetuamente clavado al mármol de una estrecha sepultura! ¡Tú
descendiste entre argentadas olas acariciadas por la Luna, al fresco abismo
donde tiene sus palacios el caprichoso Tlaloc, y te adornaste de corales y
perlas para el festín de las almas!

—Te empeñas en hablar de eso —dijo Gualcazinla— como un niño en
jugar con la flecha que le puede herir. ¡Hermana! Tus acentos amargos
asustan a los genios benignos que guardan el sueño de mi hijo.

—Tienes razón —repuso Tecuixpa—; perdóname y callaré: suenan mal
los recuerdos cerca de una vida que no tiene pasado todavía. Imitaré a
Miazochil; mira cómo calla y se bebe sus lágrimas en silencio. Es más sabia
que yo.

La viuda de Moctezuma respondió solamente con un suspiro y besó la
cabeza de su hijo que reclinara en su pecho.

—¡También tú eres madre! —murmuró Tecuixpa—. ¡Algo te queda de tu
esposo: una chispa de su alma, una gota de su sangre! En ese hijo posees
todavía el amor de tu esposo. ¡Desgraciada de aquella que con el corazón
abrasado de amor no vio jamás fecundarse su seno! ¡Desgraciada de aquella que llora sobre las cenizas de su amado sin tener un hijo que la diga:
«¡Consuélate, madre mía! Tu ventura vive en mí; yo soy el fruto de tu amor».

—Tecuixpa —dijo Guacalcinla disimulando su enternecimiento bajo aparente severidad—. Esas palabras suenan mal en boca de las vírgenes. Los
labios de aquellas que aun no han recibido los ósculos del hombre, son

puros como las flores que acaban de abrirse, y no deben exhalar sino aromas suaves, dignos de volar al cielo en alas de los vientecillos. Los gemidos de desesperado amor, los suspiros de estériles deseos, los recuerdos de placeres perdidos, solo son justos en aquellas que como Miazochil, ven y sienten en medio de la fría y lóbrega sombra de sus noches de duelo, que tienen de menos la mitad de su alma.[76]

En aquel instante la puerta de caoba de aquella cámara regia se abrió de par en par y apareció Guatimozín ornado con las insignias imperiales.

—Tu esposo es ya padre del imperio —dijo a Guacalzinla, y ella se arrodilló sin soltar a su hijo, diciendo con fervoroso acento:

—¡Que el supremo Teotl[77] ilumine tu entendimiento! ¡Que el gran Huitzilopochtli vigorice tu corazón, y siempre te sean propicios los apacibles tepixtotones![78] Bendice a tu hijo y pon sobre su cabeza tu mano imperial, a fin de que digan algún día los guerreros aztecas: «Es digno de aquel barón que lo engendró y a quien llamaron los dioses al trono de Acamapit, a pesar de que todavía no habían visto sus ojos las flores de veintidós primaveras en los campos de su patria».

Guatimozín se acercó respetuosamente a la viuda de Moctezuma y la dijo:

—Da treguas a tu llanto, hija de héroes, y ruega también a los espíritus divinos miren con benignos ojos al que hoy encumbra el imperio al solio de Moctezuma. Los dioses escuchan siempre las súplicas de los infelices y ratifican la bendición de las viudas.

---

76   No tratando de apropiarnos este delicado pensamiento, rendimos homenaje, de paso, al antiguo poeta que nos lo ha sugerido.
77   Teotl quiere decir, y creemos que no es esta la primera vez que lo advertimos, grande espíritu o espíritu supremo. En el politeísmo mexicano, Teotl ocupa el primer lugar. Considerábanle como divinidad soberana, absoluta, incorpórea, origen de la sabiduría y foco de las virtudes. No se le consagraban templos ni se le representaba bajo ninguna especie de forma. El único templo que juzgaban digno de aquel omnipotente espíritu, era el cielo, donde reinaba sobre todos los dioses. Es merecedora de observación la semejanza que existe entre el nombre Teotl dado por los mexicanos a su dios supremo, y el de Theos, con que los griegos designan a la Divinidad. Nótese también cuánto se parece en ambas lenguas la composición de las palabras en que entra aquel nombre teocali, que quiere decir palacio de Dios; teopixque, que significa custodio o guardador de Dios, son nombres muy semejantes en su formación a los de Teocracia, Teófilo, etc.
78   Tepixtotones o dioses domésticos: protegían la paz de las familias.

—¡Bendito seas, pues! —dijo con débil voz pero con viva ternura la enlutada emperatriz—. Los dioses presten fortaleza a tus hombros juveniles para que no te encorves jamás bajo el peso de la corona.

—No lo temas —repuso el héroe—; mis miembros han recibido el óleo santo y se han vuelto como el hierro. Siento que a la solemne voz del hueiteopixque ha descendido a mi alma, desde los alcázares celestes donde habitan olvidados de sus antiguos rencores, el sublime aliento de los héroes de Atzcapuzalco[79] de los descendientes de Chimalpopoca. ¡Viuda de Moctezuma!, la sangre de los viles enemigos o la propia de mis venas lavará las manchas de la gloria azteca, y la sombra de tu esposo podrá entrar sin vergüenza en los palacios del Sol, porque su hijo habrá borrado para siempre el recuerdo de sus flaquezas.

—¡Tú, Tecuixpa depón el luto y ciñe tu frente con guirnaldas, porque hoy el pueblo canta el himno de los guerreros, y hasta los muertos se estremecen en sus tumbas con ardor de gloria y con sed de libertad!

El pueblo, en efecto, atronaba la plaza con los jubilosos gritos: ¡viva México!, ¡viva el emperador! Guatimozín entusiasmado respondió a sus voces:

—¡Sí, gloria a México! ¡Gloria o muerte! ¡Palmas en la frente o sobre la sepultura!

—¡Guatimozín! —dijo la joven soberana—, ¿no piensas ya sino en la gloria? ¿Olvidas que eres padre porque te ves rey? ¿No tienen ya tus labios besos para Uchelit, y solo guardas en el pecho deseo de venganza y ambición de triunfos? Mira, mira a tu hijo; lo has despertado con tus gritos y te tiende los brazos llamándote padre.

—Ellos también son mis hijos —respondió Guatimozín señalando a la plaza que llenaba multitud de gente—; también me llaman padre los mexicanos. Augusto es hoy mi carácter, princesa, y tremenda la responsabilidad que contraigo. Pero nada temas, ¡sabré ser rey como esposo y padre!... Ven; ¿por qué humedeces tus ojos con el llanto?... Ven, Gualcazinla, y apóyate con tu niño sobre mi corazón, lleno de amor por ambos. Esta noche feliz soy todo tuyo; mañana seré de ellos: mañana, hija de Moctezuma, no me pidas caricias de ternura ni lágrimas de felicidad, porque mañana me pedirá

---

79 Los héroes de Atzcapuzalco eran los Tepanecas, de quienes descendían.

252

el imperio desvelos que aseguren su reposo, esfuerzos que restablezcan su gloria.

—Tu mujer no es una esclava incapaz de comprender esas cosas —dijo la emperatriz—. Soy hija, nieta y esposa de reyes: no hay cobardía en mi corazón ni bajeza en mis pensamientos.

—Eres la mitad más querida de mi alma —repuso abrazándola su esposo—. Si algún día mi nombre suena en los cantos de los trovadores y las generaciones futuras me llaman grande, a ti lo deberé, Gualcazinla. Tus ojos encienden a la vez la llama del amor y la del heroísmo. La mujer hermosa y digna tiene el poder de los dioses y merece culto como ellos.

Los esposos habían quedado solos. Miazochil fue a buscar en vano en su desierto tálamo un reposo que la huía, endulzando las amarguras de su insomnio con las caricias de su huérfano hijo. Tecuixpa, indignada y a la par enternecida por el espectáculo del amor casto y venturoso que estaba condenada a no conocer jamás, desapareció también arrastrando el lúgubre manto en que se había envuelto; y mientras Guatimozín y Gualcazinla olvidaban uno en brazos del otro las grandezas y los pesares del mundo, la desolada virgen respondía a los alegres vítores del pueblo, blando arrullo del sueño de los regios esposos, con el triste estribillo de la canción española que entonaba al compás de sus gemidos:

> ¡Mas pasan las dichas
> cual humo veloz,
> y solo en el alma
> se arraiga el dolor!»

Capítulo VI. Disposiciones del emperador

Guatimozín realizó exactamente lo que indicara a su consorte. Digno del excelso puesto a que le encumbraran los destinos, dedicose con ardor desde el primer día de su reinado a restaurar al imperio de sus recientes desastres, restableciendo el orden, robusteciendo el gobierno, reorganizando el ejército, fortificando la metrópoli, acabando, en fin, con rapidez y acierto cuanto había comenzado el prudente Quetlahuaca, cuyos últimos consejos guardaba en su memoria con veneración religiosa.

Fue además una de sus primeras disposiciones, despachar embajadores a Tlaxcala proponiendo a aquella república paz y ventajosa alianza si consentía en expulsar de su seno al común enemigo, y declarándola una guerra sin tregua en el caso de que, tenaz en su funesto empeño, prosiguiese prestando asilo y concediendo estima a las míseras reliquias de la gente extranjera.

Otros embajadores salieron al mismo tiempo para el vecino reino de Mechoacan, antiguo enemigo del imperio; pero al cual la política del nuevo emperador, proponiendo el olvido de los pasados rencores, brindaba concordia duradera y cordial amistad, al participarle la derrota de los adversarios y su elevación al trono de los aztecas.

Mientras tanto desempeñaban dichas misiones los nobles encargados de ellas, Coanacot, legítimo heredero del reino de Tezcuco, se disponía a arrojar de él al fratricida Cuicuitzcat con la fuerza de numerosa hueste que puso a su disposición Guatimozín, comprendiendo el peligro de dejar por más tiempo la posesión de uno de los más importantes y cercanos dominios, a un príncipe usurpador que solo podía hallar interesado apoyo en los enemigos del imperio.

No era flaco todavía el bando o partido que se había identificado a la causa de Cuicuitzcat, a pesar de que de día en día se hiciese mayor el descontento de aquel príncipe, y más atrevida la oposición que le hiciera desde su encumbramiento al trono de la nobleza que había permanecido fiel a la legitimidad; pero en vano el usurpador, lleno de miedo al saber las disposiciones del imperio, procuró ganar los desafectos y entusiasmar a los parciales; en vano estos correspondieron a sus deseos defendiendo a costa de la propia sangre el cetro que indignamente empuñara; Coanacot se abrió con las armas las puertas de Tezcuco, arrancó de las sienes del usurpador la corona de sus abuelos, y se hubiera ceñido a la par los laureles de la gloria, si no castigando un crimen odioso con otro igual, ahorrase a la gloriosa dinastía chichimeca el borrón del doble fratricidio de que dio en sus últimos días triste y escandaloso ejemplo.

Murió Cuicuitzcat, según se dijo, a mano de su propio hermano.

Tezcuco empero solemnizó con públicos regocijos la coronación del nuevo rey, que ratificando su vasallaje al imperio, estrechó aun más los vínculos de alianza que de largo tiempo los unían, tomando por esposa a una hermana del nuevo emperador y enviando la única suya al tálamo de Netzalc, príncipe reinante de Tacuba.

Aquel doble himeneo colocaba en los solios más antiguos del Anáhuac dos jóvenes princesas célebres por su hermosura: Otalitza, la adorada del malogrado Huasco, la bella de tez pálida, de ojos negros y lánguidos, de talle flexible, de cuello delgado, de diminuto pie y filigranada mano, la delicada y hermosa flor nacida para adornar la última rama del árbol imperial de Atzcapuzalco; y la encantadora Teutila, de mórbidas formas, de abultado seno, de centelleantes miradas, postrero y precioso fruto de los regios amores de gran Nezahualpili, delicia y orgullo del pueblo de Acolhuacan.[80]

Jamás tantas beldades en la primavera de la vida habían prestado su esplendor al de los solios del Anáhuac; jamás tantos jóvenes y valerosos príncipes habían empuñado al mismo tiempo los cetros de aquellos florecientes Estados: diríase que el destino se gozaba en adornar el imperio, condenado a muerte, poniendo a su cabeza la más gloriosa y bella juventud de sus varias dinastías; como en un tiempo se coronaba de las más hermosas flores la víctima destinada al sacrificio.

Nada, sin embargo, anunciaba en tan bonancibles días la catástrofe que se iba preparando. Los pueblos gozosos celebraban la imperial clemencia que acababa de disminuir considerablemente los tributos establecidos hasta entonces; la mayor parte de los nobles, que esperaban recuperar sus prerrogativas en el nuevo reinado, se adherían sinceramente a la causa del imperio, y Guatimozín infatigable no perdía ningún medio de captarse el general afecto, imponiendo respeto a los enemigos con la rectitud y vigilancia de su gobierno, la fuerza y buena disciplina de sus ejércitos y la cordial armonía que procuraba establecer entre todos sus poderosas tributarios.

Fortificada Tenoxtitlan, guardadas por respetables tercios las fronteras que separaban al imperio de la república de Tlaxcala, creyéndose en vísperas de celebrar alianza con ésta y con el reino vecino, considerose Guatimozín a salvo de cualquiera invasión extranjera, y sus imprudentes súbditos comenzaron a despreciar y a poner en olvido aquellos ante quie-

---

80   Acolhuacan era el primitivo nombre del reino de Tezcuco.

nes temblaran pocos meses antes, y que ya imaginaban tan perdidos que se desdeñaban de aborrecerlos.

Tan errónea confianza no se alteró ni aun cuando se supo de positivo que los tlaxcaltecas, desechando con indignación las proposiciones de alianza, se apretaban a defender con sus armas a los refugiados en su suelo, y que el altivo y rencoroso tarasco[81] en vez de corresponder a los prudentes y cordiales deseos del nuevo emperador, revivía pasadas contiendas, amenazando con la guerra si no accedía el imperio a sus absurdas exigencias.

Guatimozín en medio de aquellos dos Estados que se declaraban enemigos, redobló su vigilancia y su actividad, disponiéndose a sostener la doble lucha y aspirando tal vez a ilustrar su reinado con la conquista de los únicos dominios que hubiesen logrado mantenerse hasta entonces independientes del imperio; circunstancia notable y casi increíble si se considerara el poder y la ambición de los emperadores aztecas.

Los aprestos de la doble guerra no inquietaron en manera alguna a los mexicanos; creíanse seguros del triunfo, pues no les intimidaba la arrogancia de la belicosa república ni el arrojo de los implacables tarascos; solamente las armas y la pericia de los españoles podían infundirles pavura; pero los españoles derrotados parecían sumidos en desaliento profundo; nada se sabía de ellos, yacían en aparente inercia, y los mexicanos pudieron suponerlos abandonados a la vez por la ambición y la fortuna.

¡Ay! ¡No sabían los míseros que se iba minando sordamente la tierra que pisaban; que era pérfida aquella calma, que adormeciendo sus sospechas preparaba la tempestad, y que al reposo de Cortés, semejante al del león que se espereza con un rugido que estremece la selva, terminaría en breve con la espantosa sacudida que haría retemblar en sus cimientos los tronos americanos, desde las fragosas crestas de la Sierra Verde, hasta las incultas orillas del lago de Nicaragua!

Capítulo VII. Cortés en Tlaxcala

En ninguna de las varias y difíciles circunstancias que rodearon a Hernán Cortés mientras caminaba con más o menos velocidad al término de su

---

81 Tarasco era el nombre de las tribus que poblaron el país de Mechoacán, y los naturales lo conservaron siempre.

grandiosa empresa, se manifiesta tan superior su espíritu y tan firme su voluntad, como en aquellas de que actualmente tratamos.

Refugiado con las reliquias de su pequeño ejército en una república extranjera que había sido su enemiga y de cuya reciente e inmerecida amistad no podía prudentemente fiarse; no teniendo, sin embargo, otras esperanzas de salvación que las fundadas en aquel inseguro apoyo, era además muy débil contra las fuerzas de un imperio próximas a caer sobre él; proscrito en Cuba, execrado en México; condenado por sus mismos compañeros que creían ya eclipsada para siempre su feliz estrella; desprovisto de fuerza para efectuar la retirada; perdida su artillería; escaso de armas y aun de pólvora; en situación, en fin, la más deplorable y desesperada, Cortés meditaba en el silencio de su aparente desaliento el plan más vasto y atrevido que jamás concibiera entendimiento humano: ¡el de bloquear a México! Apenas se hace creíble tal audacia de pensamiento y tal perseverancia de intención.

Érale de suma importancia para llevar a cabo su colosal proyecto captarse completamente la confianza de la república, y no desdeñó medio alguno para conseguirla, como en efecto sucedió, no obstante el imprevisto obstáculo que a su empeño oponía la naciente enemistad de un personaje poderoso.

Xicotencalt, joven y esclarecido guerrero, primer general de la república, hasta entonces el más encarnizado enemigo del imperio, comenzó a mirar con ojeriza la extraordinaria popularidad que de día en día iba adquiriendo el caudillo extranjero, que no solamente conquistaba el ciego entusiasmo de la multitud, sino que también ejercía incontrastable influencia en el senado[82] y en la nobleza, que poco a poco iban dejándole en posesión de una especie de dictadura. Xicotencalt, para poner límites a aquel poder intruso y disfrazado, tenía que luchar con su mismo padre, varón generalmente vene-

---

82 El gobierno de Tlaxcala, republicano aristócrata, es digno de atención. El senado o consejo, revestido del poder ejecutivo, reunía también el supremo judicial, y en cierto tiempo del año tenían obligación de viajar los senadores por sus respectivos distritos, en los cuales administraban justicia. ¡Cosa singular! (dice Beltrami) las secciones inglesas y las Assises francesas, cuya creación se atribuye con orgullo la Gran Bretaña, eran conocidas y practicadas por pueblos a quienes llamamos bárbaros cuando aquellas grandes naciones europeas gemían bajo el yugo vergonzoso de aquella tiranía que más tarde hicieron pesar sobre los pueblos americanos.

rado por su virtud, querido por su bondad, y al cual había Cortés ganado de tal modo el corazón, que llegó hasta el punto de preferirle a su propio hijo cuando vio imposible conciliar la amistad de ambos.

En vano el joven hizo cundir alarmantes rumores respecto a los secretos designios del jefe español, en vano se afanó por intimidar al senado, pintando con vivos y verdaderos colores las humillaciones que se atrajera Moctezuma por su ciega adhesión a aquellos pérfidos huéspedes; en vano, en fin, intentó sublevar al ejército para arrojar violentamente del suelo de Tlaxcala a los que eran a la par objeto de su envidia y de sus prudentes temores; todo fue inútil y hubo por último de resignarse a sufrirlos, y aun creyó conveniente deponer en apariencia sus sospechas y transigir con Cortés, para no perder completamente el favor de la república.

Llegado a este punto de valimiento, siéndole notorias la entereza y decisión con que desecharan los tlaxcaltecas las proposiciones del imperio, y habiendo visto desbaratarse a su soplo, por decirlo así, todas las impotentes maquinaciones de Xicotencalt, único enemigo temible que tuviese en la república, resolvió Cortés dar principio a la ejecución de sus deseos allanando el camino que debía conducirle directamente al término glorioso de que no apartaba ni un instante su pensamiento.

Alarmando diestramente al senado con las hostiles prevenciones de México, que cubría con sus tropas las fronteras; quejándose al mismo tiempo amargamente del sacrificio que había hecho Tepeaca de los prisioneros españoles enviados a México e inmolados, como hemos visto, en la coronación de Guatimozín, y jurando por su conciencia que no dejaría impune aquella sangrienta barbarie, pidió decididamente a la república fuerzas suficientes para marchar contra el común enemigo, que así llamaba a México, y ejecutar en él escarmiento tan terrible, que fuese proporcionado a la magnitud de la ofensa.

Natural era que vacilase el senado antes de acordar lo que reclamaba con empeño Cortés, juzgando cuerdamente que no debía la república tomar la iniciativa en una guerra en que era más débil; mayormente después de haber desechado proposiciones de alianza por parte del imperio, al cual correspondía comenzar las hostilidades si proseguía constante en sus manifiestas intenciones; pero una circunstancia favorable a las miras del jefe extranjero decidió aquella cuestión cuando más acaloradamente se ventilaba, y la resolución del senado fue cual aquel la deseaba.

Desmanes de algunos de los soldados mexicanos de los apostados en la frontera, que se propasaron a penetrar en una aldea del territorio de Tlaxcala, suministraron causa o pretexto al senado para ceder a las exigencias del caudillo, que en pocos días vio robustecidos sus aguerridos restos por algunos miles de tlaxcaltecas escogidos, y marchó atrevidamente sobre Tepeaca.

Era dicha ciudad otra pequeña república bajo la protección del imperio, y si hemos de seguir a Bernal Díaz del Castillo, que a fuer de testigo ocultar merece el crédito que alguna vez le rehusamos por no considerarlo bastante imparcial; además de la defensa de sus propios guerreros, estaba guardada Tepeaca por tropas mexicanas. Como quiera que fuese, su resistencia no mereció encomio y Cortés tomó tranquila posesión de la ciudad, enviando a la república por trofeo de la victoria una gran parte de sus habitantes, a los que declaró esclavos por auto solemne ante sus escribanos.

Ondulando ya en las torres de sus teocalis la bandera española, trocó Tepeaca su nombre por el de Segura de la Frontera, y fijando su cuartel en ella el vencedor, repartió sus emisarios por todas las pequeñas poblaciones de las cercanías, recordándoles el vasallaje jurado al rey de Castilla, acusando al nuevo emperador mexicano de desleal y rebelde, como infractor de aquel solemne convenio, brindando, en fin, la paz, y jurando guerra y servidumbre a los que desechasen aquella. Cortés no se limitó a atemorizar por medio de tales amenazas, sino que dispuesto a llevarlas a efecto, mandó trabajar públicamente en la ciudad sometida el hierro con que se proponía imprimir a los vencidos la marca de esclavitud.

A la vez que con muestras de tan excesivo rigor procuraba infundir espanto en los que se mostraban reacios en acudir a su llamamiento, ostentábase benigno y clemente con aquellos que llenos de pavura, corrían a ratificar su homenaje.

Sin embargo, pequeñísimas eran todavía las ventajas alcanzadas: los sometidos hasta entonces no pasaban de ser pueblecillos de poca monta; gente labriega y pacífica, que ni como amiga ni como enemiga merecía consideración; mientras que numerosos ejércitos mexicanos acudían veloces a atajar los pasos del invasor, cuya audacia no hubiera acaso bastado a sacarle airoso de aquel trance si no le asistiese entonces, como siempre, decididamente la fortuna.

Un buque procedente de Cuba fondeó en aquellos días en el puerto de Veracruz: era portador de algunos peones y caballos que, con cartas para Narváez, a quien suponía ya desembarazado de Cortés, enviaba el gobernador Diego Velázquez. No tardó el caudillo (favorecido por los leales amigos que había dejado en la nombrada villa cuando emprendió su viaje a México) en posesionarse por medio de un ingenioso engaño del buque y de su cargamento, que fue enviado in continenti a la nueva villa sometida, con tan poco pesar de los emisarios de Velázquez, que llegados apenas al cuartel del enemigo, se pusieron espontáneamente bajo su mando, dándole aviso de la próxima llegada de otro barco que con igual misión que el suyo debía llegar de un momento a otro. Cortés aprovechó la advertencia, los engañados le ayudaron a engañar a los llegados posteriormente, que con no mayores escrúpulos se unieron gustosamente a los declarados rebeldes y traidores por la autoridad que los enviara.

Fortalecido el ejército español con tan inesperado auxilio y con nuevas huestes de Tlaxcala que le mandó en recompensa de sus prisioneros la agradecida república, presentó Cortés batalla a los ejércitos mexicanos que se habían acampado a la inmediación. Largo y encarnizado fue el combate; batíanse los aztecas con desesperado furor; pero derrotados completamente, buscaron su salvación en la fuga, y el enemigo triunfante recorrió las inmediatas poblaciones, que llenas de espanto se daban prisa en ratificar el juramento de vasallaje prestado al monarca español, admirándose al mismo tiempo de la blandura y agasajo con que las trataba el vencedor, que así se interesaba en hacerse amado por su clemencia como temible por su severidad.

Vuelto apenas a Tepeaca, comenzó a recoger Cortés los frutos de su política en la sumisión voluntaria que acudieron a prestarle algunos señores feudales de los que conservaban al nuevo emperador parte de aquel odio que les habla inspirado la tiranía del segundo Moctezuma, al mismo tiempo que otros buques enviados a Pénuco y arribados a aquellas costas, prestaban refuerzo a sus tropas con más de cien hombres de guerra, varias caballerías y abundante pertrecho de armas y municiones.

Pensó entonces en asegurarse la comunicación con Veracruz, sujetando las provincias intermediarias, lo cual consiguió a pesar de la resistencia tenaz de muchas cortes mexicanas que le disputaron palmo a palmo el terreno. Infatigable como atrevido, llevó sus armas vencedoras hasta Xocotlan, que defendido con igual valor que desgracia, hubo de entregarse a discreción, logrando escapar con gran dificultad el venerable Olinteh para llevar a la metrópoli la triste nueva de los triunfos del enemigo.

Rico de gloria y de botín, volvió a entrar en Tlaxcala el ejército, dejando defendida a Tepeaca y asegurada la paz con muchos de los pueblos comarcanos. Viose entonces a la feroz república celebrar con fiestas populares los desastres del imperio y apacentarse en las lágrimas de las numerosas greyes, que con señal de esclavitud eran vendidas como rebaños en las plazas públicas, mientras Cortés dejándoles embriagar con el placer de la venganza, disponía la construcción de trece bergantines que le eran necesarios para la realización del proyecto de bloqueo.

Un solo individuo, ajeno al general regocijo que reinaba en Tlaxcala, seguía como su propia sombra al afortunado jefe extranjero; espiaba sus acciones y hasta sus pensamientos; clavábale frente a frente alguna vez miradas torvas y rencorosas, y aun se arrojó últimamente decirle de súbito, con ademán esquivo y arrogante:

—¡Cuida de lo que haces y aun de lo que imaginas, guerrero vagabundo! Cuida, que no son todos ciegos y locos los hijos de Tlaxcala, y antes de dejar se ceben tus fieras en la sangre y en la carne de los pueblos del Anáhuac, habrá alguno que sepa a dentelladas devorar las tuyas.

El osado que a tanto se aventuraba era el joven general de la república, Xicotencalt, el animoso cuanto infortunado Xicotencalt, digno de una patria menos insana y de un conquistador más benigno.

Capítulo VIII. Visita inesperada

«¡Los teutlis de Oriente han sometido a Tepeaca! ¡El Malinche ha derrotado al gran general Tlochotloc, que mandaba las fuerzas del imperio! El Malinche y sus teutlis han llegado vencedores hasta Xocotlan!»

Tales eran las exclamaciones que por doquier se oían en la ciudad de México; tales las que circulaban por Tezcuco, Tacuba, Xochimilco, Tlocopan, Quanahuac, Zopanco, Atenco, Tepepolco, Cuyoacan, Iztacpalapa y otras muchas poblaciones que cercaban a aquella; tales también las que circulaban con espanto los habitantes de Nopalocca, Mizantla, Nopalutna e Iztac, vecinos al teatro de los nuevos desastres, y tales, en fin, las que llevadas por veloces correos a las distintas provincias, iban a estremecer en sus fragosos dominios al agreste tlatoani de Xaltepec; a empalidecer de miedo en su suntuoso palacio basado sobre oro, al opulento dueño de Chihuahua,[83] y a quitar el sueño al voluptuoso príncipe de Totonilco, cuya regia capital, hundida en un abismo de verdor y flores, perpetua mansión de los céfiros y de las aves canoras, yacía arrullada de continuo por el murmullo soñoliento de sus numerosos ríos.[84]

No se abate, sin embargo, el esforzado ánimo del emperador: aunque sorprendido por aquel desastre, reúne sus ejércitos, los reanima, los entusiasma, y resuelve marchar en persona al frente de ellos, para poner sitio a Tlaxcala.

La situación de aquella república, defendida por los montes matlalcueyes y otros igualmente escarpados, la hacían casi inexpugnable para gentes desprovistas de máquinas de guerra y cuyas armas eran tan imperfectas; pero al ver tanto y tan bizarros ejércitos correr ansiosos y ardiendo en coraje a ponerse bajo el estandarte del imperio; al escuchar el varonil acento del joven soberano que debe llevarlos al combate y que ya les anuncia la victoria, aliéntanse en México los más tímidos y tiemblan los más valientes en Tlaxcala.

Dispútanse príncipes poderosos el honor de pelear bajo el mando del emperador, y acuden a la capital con la juventud guerrera de sus Estados, el nuevo señor de Coyoacan, hermano del malogrado de Huasco, el brio-

---

83 La residencia de tlatoani de Chihuahua estaba próxima al lugar conocido posteriormente por dicho nombre. Tenemos motivo para creer que la capital de aquel principado ocupaba la falda de la montaña llamada Primería alta, célebre por el oro que ha producido. Decíase que por sus ríos llevaban en sus arenas infinidad de partículas de aquel metal precioso.

84 Totonilco está situada en el fondo de un valle profundo, dominado por escarpadas montañas. Atraviesan dicho valle arroyos y pequeños ríos que confluyen en un solo punto y forman la ribera que lleva el mismo nombre que el pueblo. Es uno de los más hermosos países de México.

so tlatoani de Xochimilco, el sucesor de Quethahuaca en los dominios de Iztacpalapa, y los reyes de Tezcuco y de Tacuba, Coanacotzin y Netzalc, que abandonan el trono y el tálamo nupcial, apenas poseídos todavía, al grito de guerra lanzado por la metrópoli.

¡Oh! ¡Cuántas lágrimas suceden entonces a los recientes regocijos! ¡Cuántos hermosos ojos se anublan por el dolor, y de qué bocas tan puras salen mil maldiciones contra los crueles deberes que impone la patria contra las funestas ambiciones que enciende la guerra!

La linda y antes risueña Teutila, esposa y reina de un día pero amante antigua y fiel del gallardo Netzalc; Teutila, que ha llorado en poco tiempo la pérdida de dos de sus hermanos muertos por manos fratricidas; Teutila que no ha heredado de Nezahuapili la fortaleza del alma, sino la ternura de su madre, muerta de pesar cuando un bárbaro heroísmo la privó de un delincuente hijo; Teutila llena con su duelo el regio alcázar de Tacuba, y como si presintiese el funesto término de aquella lucha que le arrebata a su esposo cuando no se han secado todavía las flores de su nupcial corona, se viste de lúgubre color y pasa los días en el templo implorando con gemidos a las sordas deidades.

Otalitza, de frágil y delicada organización, criatura semiaérea, nacida en los vergeles de Tacuba para los dulces amores y las blandas caricias; Otalitza, cuyo primer cariño fue apagado por la mano de la muerte y que necesita todos los desvelos de un nuevo amor para endulzar las amarguras de su acerba desventura; Otalitza también suspira en soledad y tiembla al eco del clarín guerrero, que anuncia la contienda horrible que la priva ya de un padre, y de un amante que han sido sus primeras víctimas.

Mas heroica, aunque no menos amante, la emperatriz de México adornaba con sus colores el casco de su marido, y al colocarlo por sus propias manos en la cabeza querida, dice con acento trémulo pero con ademán firme:

—Sean las plumas de este casco la enseña que sigan los valientes, y herédelas tu hijo chamuscadas por el fuego del enemigo, pero nunca holladas por sus infames plantas. ¡Guatimozín! ¡Esposo de mi vida! Yo clamaré a los dioses mientras combatas por la patria, y enseñaré a Uchelit a levantar sus manecitas al cielo en favor de su padre.

—¡Mitad la más hermosa de mi alma! —responde el héroe conmovido—
¡sublime es el aliento que se enciende al fuego de tus besos de amor, e
invencible debe ostentarse el que pelea por la libertad de su pueblo y la
gloria de su familia! Los tepixtotones velen propicios en tu hogar durante
mi ausencia, y concédame el gran Huitzilopochtli volver pronto a él, para
arrullar el sueño de mi hijo con el cántico de la victoria. Si otro es mi destino —añadió después de breve pausa—, si el casco que me ciñe tu mano
se queda adornado en el campo de la lucha... en ese caso, Gualcazinla, di a
los tlatoanis mexicanos que Guatimozín suplica y ordena al que le sustituya
en el trono, sea padre del huérfano... que lo haga vivir libre con el imperio,
o lo entierre libre entre sus escombros.

—Eso sabrá hacerlo tu mujer —dijo la emperatriz con inspirado tono—; tu
mujer no se ha amamantado con leche de cierva, ni está enseñada a doblar
la cabeza de su hijo delante de los hombres. Si el enemigo triunfa, no temas
que venga a dormir al alcázar de mis padres al arrullo de nuestros lamentos:
la sangre de mi hijo y la mía les saltará a la cara para manchar su triunfo, y
entrarán pisando nuestros cadáveres.

Y decayendo de ánimo súbitamente, añadió la digna princesa con voz
menos segura:

—Tristísima es la separación de los que se aman, y más todavía cuando
se separan al clamor de la guerra; pero hemos de reunirnos pronto, cualquiera que sea la terminación que den los dioses a la terrible contienda;
hemos de reunirnos pronto, esposo adorado de mi alma, ya vengas a bus-
carme triunfante y glorioso, ya deba ir a encontrarte en los palacios del Sol.
La muerte que me daré delante del enemigo me hará digna de entrar en
ellos, y te llevaré al hijo de nuestro amor, que no sabe todavía el lenguaje de
los hombres, pero que aprenderá allá la lengua de los dioses para rogarles
por su esclavizada patria.

Prorrumpió al acabar estas palabras en copioso llanto, y díjola su esposo
consolándola:

—Los teopixques anuncian en altas voces que se muestran benignas las
deidades, y los ejércitos del imperio arden en aquel furor que promete la
victoria. Sosiega, pues, tus temores, hija de Moctezuma, y no me anticipes

una despedida dolorosa. Estamos a la mitad de la tarde y no debo partir hasta que no abra Tonatioh las puertas de la luz.

—Ve, pues, a preparar tu partida —dijo reprimiendo su dolor Gualcazinla— y vuelve luego a esperar la salida de la lumbre celeste en brazos de la que enviará su alma en pos de tus ejércitos.

—Juntos ofreceremos dos tórtolas viudas a los tepixtotones —respondió el emperador— luego que aparezca en su trono de ébano la pálida Meztli sacudiendo las líquidas perlas de su manto azul: después saludaremos juntos a Tonatioh, su refulgente hermano, y no partiré sin que hayas cantado un himno en honor de Huitzilopochtli.

—Será todo como lo dispone mi dueño —respondió Guacalzinla, y se retiró enjugando el llanto que a pesar suyo corría por sus hermosas mejillas.

Guatimozín la siguió con lastimosa mirada hasta que la vio entrar en la cámara de su hijo, y llamando a sus generales, dictó con serenidad las disposiciones para la próxima partida.

La noche se acercaba mientras tanto, y ya sus sombras, no aclaradas todavía por la Luna, que estaba en menguante, iban enlutando la gran ciudad y apagando el ruido de su movimiento, cuando se te anunció al emperador que un mezecual de la frontera de Tlaxcala, de los muchos que habían huido internándose al rumor de la guerra, demandaba ansiosamente un momento de atención, pues según aseguraba, tenía que comunicar a su dueño noticias importantes.

Mandó Guatimozín que le fuese presentado al instante, y lo recibió solo en una magnífica sala, que ya conoce el lector por haberse presentado en ella por primera vez a nuestro héroe.

Adelantose el mezecual hacia el diván regio en que se había sentado el monarca, con desembaraza tan poco común en gentes de su clase, que sorprendido éste, mirole al punto con más detenida atención.

Era un mancebo de hasta veintiséis años, alto, membrudo, de bellas proporciones. Su rostro, largo, de prominentes cejas y ángulo facial muy agudo, tenía un gesto naturalmente severo, y sus ojos negros y brillantes, miradas a la par altivas y melancólicas.

Su aspecto desmentía tan indudablemente su traje, que el emperador le dijo, en el instante que con una rápida observación lo hubo notado:

—¡Teutli! ¿Qué te obliga a llegar disfrazado a mi presencia?

—¡Tlatoani de México! —respondió sin turbarse el fingido mezecual—mírame bien: al conocerme, comprenderás el motivo por qué llego a ti cubierto con el hábito de tus siervos.

—No recuerdo tus facciones —dijo el emperador mirándole atentamente.

—Y sin embargo —repuso sonriendo con orgullo el incógnito—, debieras no haberlas olvidado, porque siempre me hallasteis de frente, tú y los tuyos; nunca os he vuelto la espalda ni os he vedado acercaros a mi sino hasta el alcance de mi lanza.

Hizo un movimiento Guatimozín como si de súbito acabase de descubrir una sorprendente semejanza, y mandando acercar al falso mezecual con un ademán de su diestra, dijole con voz muy baja:

—Me parece, en efecto, que no te veo por primera vez, ¡oh teutli! ¡Y pluguiese a los dioses que no tornase a encontrarte en el paraje en que te he conocido!

—¡Dichoso aquel tiempo! —exclamó con melancólico acento el incógnito— ¡dichoso aquel campo de batalla en que peleaban dos pueblos valerosos por su libertad y por su gloria! ¡Entonces no huían del suelo de Tlaxcala sus esforzados hijos para no deshonrarse en una pugna infame! ¡Entonces, oh tlatoani, entonces no armaba México sus guerreros para vengar vergonzosos ultrajes, ni Tlaxcala, adoptando como causa propia la de los enemigos de sus dioses, se disponía a regar con sangre de sus hijos el suelo que defiende para extranjeros!

La voz del joven se ahogó en su garganta y una contracción nerviosa que revelaba los esfuerzos con que reprimía el llanto, alteró por un momento la gravedad de su rostro.

Guatimozín, no menos conmovido, respondió tendiéndole la mano:

—¡Y tú, digno enemigo de los aztecas! ¡Tú Xicotencalt, hijo de Xicotlant! ¡Tú, general y apoyo de la república! ¿Cómo has podido consentir en la afrenta de tu pueblo? ¿Cómo toleras que se armen los libres para defender a los tiranos; que se vierta la sangre de los protegidos de los dioses para conservar la de enemigos de éstos? México ha enviado a Tlaxcala sus embajadores con la flecha inclinada a la tierra y con los labios rebosando palabras de cobardía; México reclamaba los fugitivos de su suelo, y recordaba a Tlaxcala que juntas habían tenido su cuna ambas naciones a las orillas del lago. ¡Tlaxcala levantó la punta de la flecha y declaró guerra a sus hermanos con la misma voz con que jurara fraternidad a los hijos de extranjeras tierras, a los adoradores de extranjeros dioses!

—Yo no soy más que un guerrero —respondió el jefe tlaxcalteca, y nada podía contra el senado, que es padre de la república—. ¿Piensas que Xicotencalt bailaría gozoso en las plazas de su pueblo, el día en que Tlaxcala, como una mujer borracha, hollando su dignidad y olvidando su honor, se lanzó entre vértigos de locura en brazos de extranjeros? ¿Concibes tú, tlatoani, que Xicotencalt estuviese orgulloso la noche en que una virgen formada en el mismo seno en que comenzó su vida, animada por la misma sangre que corre por sus venas, fue entregada a los livianos caprichos de uno de aquellos impíos, que después de degradar a los hijos de la república, han envilecido a sus doncellas? ¡Reflexiona esto, soberano de México! Estoy articulando palabras que me queman y me desgarran el alma. Yo he visto lo que te digo y algo más que callo. Yo lo he visto, como tú mismo miraste con tus ojos al más poderoso de los monarcas arrastrando las cadenas de esos pérfidos huéspedes... y como tú he devorado mi inútil furor, porque en mi país hay un senado como en el tuyo un emperador.

La vergüenza excitada por aquel recuerdo tiñó de púrpura las pálidas mejillas del adolescente coronado, y después de breve silencio dijo Xicotencalt:

—Grandes son alguna vez las pruebas a que someten los dioses la fidelidad de los súbditos, y grande debe ser por lo tanto la responsabilidad de los reyes. Un juez superior a los jueces mortales habrá ya juzgado a Moctezuma, y ese mismo juzgará algún día al senado tlaxcalteca. Por lo que a ti respecta, harto has demostrado tu firmeza y tu virtud al abandonar una patria que se hace indigna de tu apoyo. Guatimozín te recibe en sus brazos, y mañana México regocijado te adoptará por hijo.

—El que nació en Tlaxcala —respondió el guerrero— no reconoce otra madre; si la ve deshonrada, lava con sangre o con lágrimas su vergüenza; pero nunca la abjura.

—Con sangre, no con lágrimas, se borran esas manchas que empañan la honra —repuso Guatimozín levantándose y apretando fuertemente entre las suyas la mano de Xicotencalt que tenía asida–. ¡Guerrero! –añadió con expresión– apenas iluminen el horizonte los primeros albores de la luz, tendrás un ejército a tus órdenes, y marcharás con él bajo mi estandarte imperial a arrancar del seno de tu patria a los advenedizos que la deshonran.

–Un tlaxcalteca –repuso con acento firme Xicotencalt–, no marcha nunca contra Tlaxcala, ni bajo otro estandarte que el de Tlaxcala.

Guatimozín guardó silencio un instante, luego, tornando a estrechar la nervuda mano de su interlocutor:

–Respeto tus escrúpulos –le dijo–, y no serán causa de que deseche el imperio a un guerrero de tus prendas, que viene a acogerse a su seno. El rey de Mechoacan se atreve a provocarnos, y fuerza bastante tiene México para sostener con gloria entrambas contiendas. Tendrás un ejército, tan numeroso cuasi como el que llevo contra Tlaxcala, y marcharás a castigar la osadía del tarasco.

–¡Un tlaxcalteca, replicó con mayor calor y energía el general republicano, no pelea sino por Tlaxcala!

Mirole sorprendido el emperador.

–¿Entonces –dijo–, qué quieres de mí? ¿Para qué huyes de Tlaxcala y llegas disfrazado a mis dominios?

–¡Para qué huyo de Tlaxcala! ¡Y qué! ¿No me has entendido, tlatoani mexicano? Tlaxcala prostituye el pudor de sus hijas entregándolas a la lascivia de los extranjeros. Tlaxcala desdora la gloria de sus hijos armándolos en defensa de los impíos. ¡Tlaxcala va a luchar contra el imperio, no por su libertad, no por su poder... por la ambición de aventureros rapaces, por la impunidad de huéspedes traidores!.. Xicotencalt no ha nacido para prestar su brazo a la infame causa de esos hombres desconocidos; Xicotencalt abandona su suelo natal porque el aire que allá se respira es corrompido y contagioso, porque la guerra que allá se enciende es vergonzosa y aciaga... ¡pero Xicotencalt es enemigo irreconciliable de los enemigos de su patria, ora se llamen españoles, ora mexicanos! Xicotencalt que no debe, que no quiere, que no puede esperar a tus ejércitos bajo la bandera de la república, viene a buscarlos al centro de tu imperio. Solo, disfrazado, inerme, llego a ti, tlatoani, sin otra garantía que tu generosidad, sin otra guía que mi desesperación, sin otro deseo que el que cumple a mi honor y dicta mi intrepidez.

Llego a pedirte una lanza y un pedazo de tierra donde pueda probar a tres de tus más valientes campeones, que no es la flaqueza ni el miedo los que me alejan del campo de batalla en que lidiarán mis compatriotas, y que fuera de aquel sé todavía abrillantar con sangre mexicana los blasones de la república, cuyo pendón abandono porque cobija a malvados. ¡He ahí mi pretensión: responde!

—Mengua sería del imperio —contestó el monarca—, lanzar sus guerreros contra el jefe glorioso que conserva intacta en su corazón la antigua virtud de Tlaxcala, cuando millares de sus ilusos y pervertidos hijos provocan nuestra saña y someten al juicio de Huitzilopochtli el fallo de su causa inicua. El dios decidirá entre la república y el imperio; pero Guatimozín no verá nunca un enemigo en el hombre de ánimo recto y esforzado, que llega a él desarmado, llorando la vergüenza de su patria. Lanza te daré y campo, pero no adversarios: en la situación presente, buscar debes éstos entre los desleales y corruptores enemigos de Tlaxcala, no entre sus nobles enemigos.

—Piensa en lo que dices —repuso el general republicano—, porque si te negases resueltamente al reto que propongo, me obligarías a volver adonde no quisiera. Xicotencalt no puede estar como una mujer cuando suena el clarín y corre la sangre.

—Guatimozín no reconoce otros enemigos que los que defiendan a los extranjeros en la frontera de Tlaxcala.

—Allá, pues, nos veremos —dijo Xicotencalt—; tú me fuerzas a ello, porque no es permitido a un guerrero permanecer ocioso mientras lidian sus iguales. Hubiera preferido hallar sepulcro en el suelo de tu imperio para que mi ingrata patria no hiciese hollar mis cenizas por extranjera planta; ¡pero tú me lo niegas!

—Yo te ofrezco mi imperial protección —repuso el monarca—; te ofrezco un ejército que con orgullo te aclamará su jefe, y dominios tan vastos y ricos como los que posean los más poderosos señores del imperio.

—Por mi honor he venido, que no por tus dádivas —dijo secamente el joven general—. Mañana marchas contra Tlaxcala; yo emprendo desde este instante mi camino y voy a esperarte. Si en la lucha sucumbe la república, un favor quiero merecerte y de tu magnanimidad lo espero. Haz sepultar mi cadáver, y di en alta voz delante de tus ejércitos: «el hombre que aquí yace no murió defendiendo la causa que adoptó Tlaxcala; murió para lavar con su sangre la deshonra de aquella». Si por el contrario, triunfa la suerte que protege a los advenedizos, y salen derrotados tus valientes, yo te juro que romperé mi lanza y agotaré mis flechas contra cualquiera que ose decir que no es más gloriosa tu derrota que nuestro triunfo.

Dijo, y en vano intentó detenerlo el monarca: envuelto en su manto de grosera tela desapareció por uno de los corredores, buscando a los oficiales que le habían introducido y que volvieron a acompañarle hasta ponerle fuera de las puertas de la imperial morada.

—Mezecual —díjole entonces uno de ello—, ¿eres por ventura fugitivo de Tepeaca?

—Eres un ignorante —respondió con altanería el caudillo disfrazado—. En ciudades que han sido vencidas y esclavizadas, no quedan hombres como yo.

Alejose rápidamente, y los oficiales sorprendidos quedaron formando mil conjeturas sobre quién sería aquel desconocido, cuyo aspecto y arrogancia desmentían tan a las claras la humilde vestimenta con que se disfrazara.

Novedad más importante vino empero a distraerlos de aquel objeto. Serían apenas las nueve de la noche: el momento de la partida aun estaba distante, y sin embargo, numerosos tlatoanis llegaban de minuto en minuto al palacio, pidiendo con instancia ver al emperador, y un movimiento inusitado indicaba que algún motivo de alarma arrancaba de su habitual apatía a los habitantes de México. Aumentábase por momentos la reunión de príncipes que iban acudiendo a palacio, y comenzose a susurrar, entre los grupos que se formaban en las plazas, que un grave e inesperado acontecimiento acababa de trastornar los proyectos del emperador.

Quién suponía que Tlaxcala atemorizada se hallaba por fin decidida a aceptar la paz, entregando los españoles a la venganza de México; quién aseguraba que el rey de Mechoacan venía con toda la fuerza de sus Estados a saquear a Tenoxtitlan tan pronto como la abandonasen el emperador y sus ejércitos; quién, en fin, fundado sin duda en las sospechas que excitara el disfraz de Xicotencalt, comunicaba en voz baja a un corro trémulo de miedo, que se sabía de positivo que el mismo Hernán Cortés estaba en la ciudad, encubierto bajo los harapos de un triste mezecual.

La verdad del hecho no era todavía conocida del vulgo; pero nosotros se la vamos a confiar a nuestros benévolos lectores en el siguiente capítulo.

Capítulo IX. Hernán Cortés en Tezcuco

No había sido posible al general español esperar tranquilo la conclusión de sus naves.

Por grande que fuese la diligencia de los trabajadores, la obra no podía llevarse a cabo con la prontitud que reclamaba la impaciencia de aquel, y habiendo recibido nuevo refuerzo de gente aventurera llegada a las costas de Veracruz con un buque cargado de provisiones de guerra, juzgose bastante fuerte para emprender la toma de Tezcuco, donde aun suponía reinante a su adicto Cuicuitzcat. Sin embargo de las probabilidades que a favor de su empresa se le presentaban, atendida aquella falsa suposición, no se decidió a salir de Tlaxcala sin el auxilio de un ejército de la república, que se le concedió gustosa prefiriendo hacer la guerra en suelo mexicano a tener que sostenerla en el suyo. Sabedor el senado de la grande fuerza que aprestaba contra la república el monarca mexicano, no podía menos que acoger con tanto regocijo como asombro la intrépida decisión de aquel jefe, que lejos de participar de sus temores, se lanzaba el primero a elegir por campo de la lucha la segunda ciudad del imperio.

Breves fueron por consiguiente las disposiciones, y propicias todas las circunstancias a la actividad de Cortés, que marchó sobre Tezcuco, con tanto sigilo como diligencia, el mismo día que el príncipe y la juventud guerrera de aquel Estado salía para unirse en Tenoxtitlan a los ejércitos imperiales que se aprestaban contra Tlaxcala.

A pesar de los repetidos refuerzos que en aquellas últimas semanas recibiera tan inesperada como oportunamente el ejército español, no contaba mil hombres entre artillería, caballería e infantería; mas estaban todos perfectamente armados, disciplinados y animosos, y llevaban por auxiliares diez o doce mil tlaxcaltecas de lo más escogido de aquella república, al mando de uno de sus acreditados generales.

El senado se comprometió además a activar y auxiliar a los carpinteros españoles que quedaban construyendo los bergantines, obligándose también bajo los más solemnes juramentos a enviar cuantas fuerzas reclamase

Cortés y tuviera Tlaxcala, al mando de Xicontencalt, cuya ausencia aun no había sido advertido.

El ejército aliado abandonó, pues, las tierras de la república animado de las más gratas esperanzas, lleno de confianza en las promesas del senado y de entusiasmo por su intrépido caudillo, que marchaba a tamaña empresa, con la misma serenidad que si se tratase de un torneo.

Al traspasar la frontera presentáronse osadamente algunos tercios mexicanos intentando atajar el paso a los invasores; pero fueron derrotados completamente, porque además de las armas y de la pericia, tenía Cortés en aquella ocasión la superioridad del número. Ni uno solo quedó de los guerreros mexicanos para llevar la alarma a la capital de los dominios invadidos, y Cortés continuó sin estorbo y en el mayor orden su camino.

Sin embargo, algunos fugitivos de los pueblecillos del tránsito hicieron llegar la noticia de su marcha a otros más considerables, desde los cuales voló rápidamente a Tezcuco, que hizo salir incontinenti la poca fuerza armada que la guarnecía a detener al invasor. Aquel esfuerzo era insuficiente: Cortés arrolló a la primera carga de su caballería a la denodada pero escasa gente tezcucana, y avanzó resueltamente sobre la capital.

No era con todo verosímil que a pesar de sus limitados medios de defensa, se entregase cobardemente la gloriosa ciudad de Xoltl,[85] fuerte contra tanto enemigos que la combatieron largo tiempo, codiciosos por su hermosura y envidiosos de su gloria. Para que consiguiese Cortés un triunfo tan fácil para él como vergonzoso a los tezcucanos, preciso era que la

---

85 Xoltl, primer rey chichimeca, fundó la ciudad de Tezcuco y la hizo capital de sus dominios antes de la aparición de los nahuatlacas. Llegados estos, recibiolos con cordial benevolencia, dando mujeres de su real familia a los jefes de las seis tribus tepaneca, tlaxcalteca, colhua, xochimilca, chalquena y tlahuica, que tales eran los nombres de dichos jefes y de sus respectivas tribus.

Ingratos los nahuatlacas con aquel monarca hospitalario, apenas tomaron posesión de sus tierras y fundaron Estados, declaráronle la guerra, y necesitó Xoltl la poca energía y perseverancia para defenderse de tantos enemigos. Logró por fin con su valor y prudencia conservar la independencia de su reino, y lo dejó floreciente a sus sucesores, que lo engrandecieron cada vez más, hasta que el conquistador tepaneca, rey de Atzcapuzalco, se posesionó de todo el Anáhuac. Reconquistó a Tezcuco Nezahualcoyot, ayudado por Moctezuma I, como ya otra vez hemos dicho en la célebre batalla en que, derrotado Maxtlaton, quedó sometido su imperio al naciente de los aztecas.

fatal discordia intestina que le inspiró aliento para su empresa, la coronase entonces abriéndole las puertas de aquella ciudad regia.

Ausente Coanacotzin y su leal ejército, quedaba Tezcuco presa de las dos facciones que se levantaron en su seno desde la destitución de Cacumatzin por Moctezuma. La una, sostenedora de Cuicuitzcat, oprimida después por su triunfante contraria, que se mantuviera fiel a la legitimidad representada en Coanacotzin desde que murió el desventurado amante de Tecuixpa, no era entonces bastante fuerte para declararse en completa rebelión contra el nuevo rey, sostenido no solamente por el ejército y gran parte de la nobleza, sino también por el emperador mexicano que lo había colocado en el trono; pero estaba muy lejos de haber renunciado a sus esperanzas de trastornos, y hallábase resuelta a no perder la menor ocasión que pudiera ofrecérsele de recobrar su influencia, coronando en Tezcuco al hijo menor de Nezahualpili, habido en la misma mujer que Cuicuitzcat, y dotado como éste de un carácter flexible y aparentemente modesto, que contrastaba de un modo notable con la altivez y arrogancia de sus hermanos paternos, el difunto Cacumatzin y su legítimo sucesor Coanacot, nacidos del matrimonio de Nezahualpili con una hermana de Moctezuma.

Aquel príncipe era pues el jefe que se había buscado la facción vencida después que perdiera a Cuicuitzcat, y al llegar a entender la proximidad de los españoles, a quienes tan adicto había sido el usurpador por ellos coronado, juzgó llegado el momento favorable a sus ambiciosos y hasta entonces ocultos designios. Así, mientras las autoridades de Tezcuco procuraban con loable actividad, aunque con igual perturbación, reunir nuevas huestes y defender la ciudad hasta el último trance, esperando el socorro de Tenoxtitlan a donde despacharan correos; los partidarios de la rama ilegítima[86] prepararon rápidamente e hicieron estallar una rebelión, que acabó de consternar a las ya turbadas autoridades. Detenidos y presos por los revoltosos los correos, tomados los cuarteles de la poca fuerza militar que quedaba en la ciudad; arrestadas en sus casas las autoridades, que en vista del doble conflicto, solo aspiraban ya a salvar sus vidas con la fuga, y

---

86 Ilegítima no porque fuera bastarda, pues ya hemos advertido era permitida la poligamia, sino por ser hijos habidos en matrimonio posterior al que celebró Nezahualpili con la princesa azteca, madre de Cacumatzin y Coanacot, que eran preferibles en el orden de sucesión.

sin temor de encontrar resistencia en los aterrorizados habitantes, los facciosos pasearon las principales calles de Tezcuco victoreando a su príncipe y a Hernán Cortés, en tanto que algunos cabecillas salían al encuentro del último de los nombrados, desplegando al aire la bandera de paz y entonando cánticos de alegría.

Los ejércitos aliados, que avanzaban en buen orden y con no escasa diligencia, vieron llegar gozosos sus corredores de campo a noticiarles la pacífica embajada que al parecer de ellos, despachaba el rey de Acolhuacan[87] su antiguo amigo; pues aun creían reinante, como ya dijimos, al usurpador Cuicuitzcat. Poco más adelante encontráronse, en efecto, con los teutils tezcucanos, que abatiendo su bandera ante el jefe español, le dieron la bienvenida a nombre del Estado, rogándole se dignase aceptar su alianza y acogerlo bajo su protección. Informáronle a su manera de la muerte de Cuicuitzcat, de la coronación de Coanacot, al cual acusaron de fratricida e intruso; y haciendo valer los derechos del hijo menor de Nezahualpili, reclamaron para él el firme apoyo del emperador Carlos de Austria, único soberano a quien reconocía vasallaje el nuevo rey chichimica, según declaración de sus parciales.

Cortés prometió solemnemente, a nombre de su monarca, la protección demandada; aparentó condolerse de la suerte de su amigo Cuicuitzcat, a quien declaró legítimo señor de Tezcuco, y juró por su conciencia que no dejaría impune al fratricida Coanacot.

Radiantes de alegría los facciosos, acompañaron al ejército hasta ponerlo en posesión de la capital; pero halláronla casi desierta. La mayor parte de los moradores habían huido de ella con la reina Otalitza, y solo recibieron a los recién llegados los pelotones de revoltosos que recorrían la ciudad abandonada, cometiendo toda clase de desórdenes.

Mientras los fugitivos llevaban a la metrópoli el inesperado aviso de aquel desastre, infundiendo la alarma que hemos visto en el palacio imperial, Cortés aprovechaba los instantes para hacerse fuerte en Tezcuco. Dócil instrumento de su política la facción rebelde, proclamó rey al joven príncipe, hermano de Cuicuitzcat, y celebró su coronación al mismo tiempo que su bautismo; pues Cortés no le concedió su protección y amistad sino con la

---

87   Ya hemos dicho que así se llamaba también el Estado de Tezcuco.

precisa cláusula de abolir el culto de los ídolos, haciendo la de Jesucristo religión de la monarquía. A todo suscribieron el príncipe y su bando. El hijo de Nezahualpili se llamó desde entonces Fernando Cortés, como su protector; aceptó con su nombre su Dios y su ley, y convocó los pueblos de su dominio para que jurasen eterna fidelidad al nuevo culto y a la nueva soberanía.

Cortés por su parte se dio prisa en enviar guarniciones españolas a las principales ciudades del sometido reino: reunió trabajadores indios para que ensanchasen las acequias y zanjas por donde se habían de sacar al lago los bergantines, y despachó embajadores a Tlaxcala con la fausta nueva de su fácil triunfo.

El destino, en efecto, no podía mostrársele más propicio; ni más ensañado se ha declarado jamás contra monarca alguno, que lo fue entonces con el magnánimo príncipe a quien acababa de encumbrar al solio imperial de los aztecas.

Hémosle dejado al final del capítulo precedente escuchando de boca de varios tlatoanis que acudieran consternados a su alcázar, el sorprendente aviso de la entrada del enemigo en Tezcuco. El joven emperador no acertaba a creer tal exceso de audacia; pero Coanacotzin que acababa de adquirir la dolorosa certeza escuchando el relato de los sucesos de boca de su esposa y de los sacerdotes fugitivos, bramaba de coraje y comenzaba a mostrarse ofendido de la incredulidad de aquel.

—En vano, hueitlatoani[88] —decía—, en vano rebuscas en tu mente fundamentos para la duda. Tu hermana desolada, llegando entre las sombras de la noche a buscar refugio en mis brazos; los teopixques, que abandonando la casa de Dios yacen tendidos de dolor y de fatiga a las puertas de mi palacio; innumerables familias que vagan desatinadas por las poblaciones cercanas, atestiguan por desgracia el hecho inaudito que tu razón inútilmente rechaza. ¡El forajido de Oriente es dueño del alcázar de mis padres!... ¡La ciudad fundada por Xoltl es guarida de los tigres, que no se entorpecen todavía, aunque repletos del oro y de la sangre de los mexicanos! ¿Será que permanezcamos en estúpida sorpresa, en tanto que nos insulta Mechoacan, que nos escarnece Tlaxcala, que nos oprime Cortés? ¿Será que permitamos

---

88 Hueitlatoani, gran señor.

a la audacia del enemigo ostentarse impunemente a las puertas mismas de la metrópoli imperial? ¿Qué piensas hacer, ¡oh soberano tlatoani! de tantos ejércitos reunidos contra Tlaxcala, mientras Tlaxcala, burlándose de ellos, se lanza a hollar los tronos mexicanos a la voz siniestra de los enemigos de sus dioses? ¿Guardaremos nuestros guerreros para que lloren nuestra deshonra con el estéril llanto de las mujeres?

—Te enardeces sin justicia, príncipe de Tezcuco —dijo con impaciencia el joven Netzalc—; ¿qué indicio has visto de flaqueza en el emperador o en sus vasallos para que así nos reconvengas? Jamás el nombre de Guatimozín ha salido de humanos labios sino con la exclamación del aplauso o el temblor del miedo. ¡Tlatoanis mexicanos!, vosotros todos los que os halláis en este instante a presencia del emperador, decidlo en alta voz: ¿habéis visto alguna vez palidecer su frente a la proximidad del enemigo? ¿Ha podido alguno con razón dudar de la entereza de su carácter y de la intrepidez de su ánimo?

Todas las miradas se dirigieron involuntariamente al monarca; pero ¡cosa rara!, el semblante de aquel joven, tan sereno en el peligro, tan irritable a la ofensa, parecía desmentir entonces las palabras de su hermano y los antecedentes de su corta cuanto gloriosa vida. Estaba profundamente pálido, sus ojos sin brillo se nublaban en medio de dos aureolas azuleadas que casi llegaban a sus mejillas; sus labios blancos temblaban convulsivamente, y su postura indicaba general descaecimiento.

Hubo entonces un momento de pavoroso silencio. Los circunstantes mirándose asombrados unos a otros, parecían sentir la influencia de aquellos síntomas funestos de incomprensible cobardía que se manifestaban en su soberano; mientras que los primeros albores de la aurora, reverberando débilmente en los blancos mármoles de aquella cámara regia, hacían más visible la alteración creciente del rostro del emperador.

Circuló entonces un susurro ininteligible, pero elocuente, y como si saliese de un síncope profundo, se estremeció el que lo motivaba y tendió una mirada severa en torno suyo.

—¿Quiénes —dijo con acento trémulo pero airado—, quiénes son los que pierden el tiempo en inútiles consejos mientras el enemigo huella con los pies de sus caballos el solio de Nezahualcoyot?

Hirió sus ojos la luz del día naciente, y cerrolos involuntariamente estremeciéndose todo pero diciendo al mismo tiempo con extraña vehemencia:

—Ya abre Tonatioh las puertas del Oriente; Tlaxcala generosa nos ahorra la mitad del camino y quiere fecundar con su sangre los campos de Tezcuco. ¡A las armas, guerreros mexicanos! ¡Enristra tu lanza, hijo de Nezahualpili! ¡Las austeras sombras de tus ascendientes, los heroicos reyes chichimecas, se alzan de sus sepulcros clamando venganza contra los infames que deshonran su trono!

Los dioses de tus padres claman también, desde sus desiertas aras, contra los impíos que llevan a sustituirlos divinidades extranjeras. ¡Prontos todos! ¡Ved la luz! ¡Mis ojos no pueden resistirla, porque lastimados por la ofensa necesitan recobrar vigor, lavándose con sangre española! ¡Mi lanza! ¡Pronto mi lanza!... ¿Dónde están mis ejércitos? ¡Suene la trompeta de los combates!... No más ese silbido incesante que taladra mis oídos y me enfría el corazón. ¡Fuego!, ¡fuego!, ¡encended fuego! ¡Piras para los muertos que cubren las orillas del lago! Esta atmósfera es fría... como la misma muerte.

Hablando así daba diente con diente, poseído de temblor tan general, que sus rodillas se chocaban también, por más que hiciese visibles esfuerzos para mantenerse derecho y firme. Gruesas y ardientes lágrimas se desprendían de sus azulados párpados, regando su rostro, que adquiría por instantes una palidez más lívida, y nadie pudo desconocer en la incoherencia de sus palabras que su cabeza comenzaba a turbarse.

—¡Le han hecho maleficio! —dijo con pavura el señor de Xochimilco.

—¡Los dioses le han privado de la razón como a Moctezuma! —observó suspirando el tlatoani de Zopanco.

—¡Es la ira que le aferra el corazón! —exclamó Netzalc, no sin desmentir con su aspecto la seguridad que quería aparentar—. Mi hermano no ha perdido el juicio ni es víctima de maleficios: antes de lanzar el rayo, los cielos se cubren de nubes de luto; así el espíritu del emperador se ofusca algún tanto antes de asombrarnos con toda la grandeza de la venganza que medita.

Guatimozín se había vuelto a sentar en la postura de un hombre que sostuviese un fardo enorme sobre su cabeza y espalda; pero levantose segunda vez con mayor denuedo, y aun acertó a dictar ordenadamente las disposiciones de marcha, pues según manifestó, quería ir en persona contra los enemigos.

No obstante que fuesen en aumento los síntomas alarmantes de su trastorno físico, hablaba en aquel momento con tal acierto y cordura, que los príncipes se decidieron a obedecerle, y ya iban a salir para cumplir sus mandatos, cuando agotadas las fuerzas del emperador por la violencia del esfuerzo, cayó en tierra con horribles convulsiones.

La consternación cundió al instante por el palacio, y en breve por la ciudad toda. Acudieron presurosas las princesas y llenose de médicos la regia habitación. Guatimozín yacía aletargado bajo la fuerza de una fiebre voraz; pero se reanimaba de vez en cuando y pedía su lanza con desentonadas voces, haciendo esfuerzos extraordinarios para escaparse de los brazos que le retenían en el lecho. Pronto empero tornaba a rendirse, cayendo en un deliquio silencioso y por instantes más profundo.

Los médicos no acertaban a caracterizar aquella dolencia súbita; la afligida Gualcazinla creía ver en ella indicios sobrenaturales, que revelaban que su infeliz consorte era víctima deplorable de la cólera celeste: los príncipes sus deudos comenzaban a recelar que algún brebaje venenoso, suministrado por oculto enemigo, abrasase las entrañas del joven monarca; en fin, los oficiales de la guardia que hubieron visto entrar al misterioso mezecual, divulgaban la voz de que un emisario de Cortés o Cortés mismo, había llegado encubierto para hechizar con sortilegios al desventurado príncipe.

Súpose, empero, pocas horas después, una coincidencia notable. Más de cien personas conocidas habían sido casi simultáneamente asaltadas por la misma especie de dolencia que postraba a Guatimozín, y averigüose además que aparecieron varios casos idénticos en los anteriores días. Los enfermos habían parecido cubiertos de una erupción lastimosa, y los médicos declararon que reconocían en ella los mismos caracteres observados en la que llevó al sepulcro a Quetlahuaca.

En efecto, no podía quedar duda. La mortífera epidemia de la viruela (¡plaga la más horrible que llevaron los conquistadores a aquel infortunado país!) acababa de declararse en Tenoxtitlan con imponderable violencia, siendo el joven emperador una de sus primeras víctimas.

Así el destino encrudecido contra la raza americana, mandaba por auxiliar de Cortés la peste asoladora, y mientras aquel jefe dichoso preparaba sus cañones contra la ciudad imperial, la muerte cobijada en su seno, iba recorriendo y diezmando, diligente y silenciosa, las huestes armadas para defenderla.

Capítulo X. La epidemia

¡Horrible es el cuadro de una ciudad apestada! ¡Ninguna impresión nos parece comparable a la que su vista produce!

En medio de un campo de batalla en el que nadan en sangre mutilados cadáveres, sentiréis aquel horror que tiene algo de sublime: allí todo anuncia la reciente lucha; se ven manos que aun empuñan el acero; semblantes que conservan amenazante gesto, sangre que todavía humea, hirviente de coraje, y que no emponzoña el aire con contagiosos vapores. ¡Parece que aquellos muertos, entre sus trofeos de guerra, entre su ambiente perfumado de pólvora, están proclamando con elocuente silencio el poder del orgullo, la heroicidad del entusiasmo, la nada de la vida, la gloria de la muerte!

¡Pero qué triste y lastimoso espectáculo el de la matanza sin sangre, el de la derrota sin combate! ¡Una ciudad convertida en vasto cementerio donde se hacinan los cadáveres cárdenos, hinchados, nauseabundos! ¡Dónde se respira con el aire necesario a la vida el germen invisible de la muerte! ¡Dónde solo se abren aquellas casas, habitadas por el pálido terror y el silencioso duelo, para arrojar los despojos mortales de los que fueron sus dueños! ¡Dónde solo halláis por las desiertas calles conductores de muertos tan amarillos como ellos! ¡Dónde escucharéis únicamente los ecos lúgubres del templo, la plegaria dolorosa que eleva la desesperación a las impenetrables bóvedas del cielo!... ¡Todo es allí triste sin poesía, terrible sin sublimidad!

¡Sentís la pequeñez humana sin que os asombre la resistencia de su orgullo! ¡Sentís el brazo de Dios sin que su poder os revele su providencia benéfica!

Tenoxtitlan, invadida por la viruela, presentaba ese cuadro asolador que acabamos de bosquejar.

Los médicos aztecas, comparables a los árabes por su conocimiento exacto de todas las propiedades de las plantas; aquellos médicos inventores desconocidos de los baños de vapor, tan maravillosos por sus efectos sobre muchas enfermedades y cuyo método higiénico haría honor a nuestros modernos esculapios, se afanaban en vano por encontrar antídoto a la exótica ponzoña que iba cundiendo rápidamente por los campos mexicanos. Los milagrosos bálsamos que cicatrizaban en un día heridas profundas y úlceras envejecidas[89] eran ineficaces contra aquella erupción funesta, cuyo indeleble sello marcaba el semblante de sus víctimas, arrebatándoles la hermosura cuando les dejaba la vida. Los más acreditados febrífugos no alcanzaban a vencer la actividad de aquella calentura incesante que solo cedía al hielo de la muerte.

El terror se había apoderado de todos los ánimos. El gobierno apenado por el triple conflicto de la dolencia del monarca, la calamidad pública y la proximidad del enemigo, hallábase entorpecido en sus operaciones; el comercio se estancaba, porque todas las provincias cortaban sus comunicaciones con la ciudad apestada: la agricultura perecía, huyendo los mayeques de aquella tierra que no se hartaba de devorar cadáveres; veíanse los campos abandonados, desiertos los talleres, perturbado el orden, y el hambre comenzó a asomar entre los vapores del contagio su faz lívida y amenazadora.

La magnífica plaza de Tlaltelulco escaseaba más de día en día, y aconteció alguna vez que atravesaran su inmensa extensión famélicas tropas de mezecuales sin encontrar en toda ella ni un pedazo de pan de cazabe[90] con que apaciguar su necesidad.

Agravaba la consternación general el fundado recelo de ver huérfano nuevamente al imperio, pues no se aseguraba la vida de Guatimozín ni aun después de haber pasado el periodo de mayor peligro. Aquella cruel enfermedad, mal curada, dejaba en el joven príncipe reliquias deplorables; y los padecimientos de su ánimo al verse clavado, por decirlo así, a un lecho

---

89 Un médico tlaxcalteca curó brevemente a Hernán Cortés una peligrosa herida con uno de aquello bálsamos incomparables de que hacemos mención.

90 El cazabe, que aun todavía suple por el pan de trigo entre las gentes pobres de América, se hace de una raíz blanca y harinosa llamada yuca, que es muy abundante en aquellos países, especialmente en los más cálidos.

calenturiento, mientras el enemigo aborrecido le insultaba con su audacia a las puertas mismas de la capital, no eran indudablemente los que auxiliaban menos la pereza con que volvía la salud, sorda por muchas semanas a las demandas de su impaciencia.

Pero aun no era bastante aquel tormento. Guardábale el destino nueva agonía, capaz, de enflaquecer el más vigoroso espíritu. Vio luchar largos días con la muerte a la tierna esposa que aspirara en sus labios el veneno, velando día y noche a la cabecera de su tálamo; vio emponzoñarse sobre el seno materno al hijo que era su delicia; y apartado apenas de los bordes del sepulcro, vino la desesperación a arrastrarle segunda vez a ellos, en pos de las dulces prendas de su constante cariño.

¡Oh!, ¡qué horas de indecible amargura las que pasó entonces, casi moribundo, al lado de aquellos seres queridos que agonizaban a su vista entre atroces dolores, y en cuyos ojos, espejos de su ventura, buscaba en vano una mirada de amor! Inflamados, ciegos por la cruda enfermedad, negábanse a la luz que acaso iba a arrebatarles muy pronto la sempiterna noche de la tumba.

Tres días habían corrido en aquella indescriptible ansiedad; tres días durante los cuales se esperó por momentos el último suspiro de la madre y del hijo. En la tarde del último de los tres, la crisis se hizo evidente; todos comprendieron que la noche sería decisiva.

¡Y cuál apareció aquella noche!... Cubriose el Sol en su ocaso de nubes cinéreas y sangrientas, que apagaron el crepúsculo. Una calma espantosa reinó en las primeras horas; más tarde la voz del huracán reinó en las montañas, y creciendo su incesante ira, desatose de ellas impetuoso, rugiente, asolador.

Pavoroso era aquel ruido del viento embravecido en medio de aquella ciudad desierta en que solo se veían casas cerradas como sepulcros; cementerios improvisados donde se amontonaban cadáveres en las profundas zanjas, y de vez en cuando algunos grupos de desnudos o andrajosos tamemes y mezecuales que levantaban sus discordantes gritos entre los silbos de la tormenta, pidiendo ansiosamente pan.

Digna de tan triste cuadro destacábase de las sombras la enorme mole del palacio imperial, grave, majestuosa, triste. No se veían guardias ni se sentía el más leve rumor dentro de sus muros sombríos. Silenciosos estaban los príncipes y magnates, que apiñados en la antecámara regia, aguardaban el fallo de vida o muerte para la familia imperial.

En el aposento nupcial, convertido en estancia mortuoria, cercaban el lecho de la emperatriz la afligida Miazochil, la apasionada Tecuixpa, la tierna Otalitza, su joven esposo Coanacot, el gallardo Netzalc y su bella Teutila: todas las miradas se fijaban en los dos médicos reales, que inmóviles a los lados de la cabecera, espiaban con atentos ojos el curso de la crisis. En medio de los blancos lienzos que vestían el espacioso tálamo, aparecían cerca uno del otro el desfigurado pero todavía hermoso semblante de Gualcazinla y el infantil de Uchelit, medio velado por sus finos cabellos negros y lucientes como el azabache.

De rodillas Guatimozín, pálido, flaco, las facciones desencajadas, más manos crispadas contra el pecho, ahogaba sus gemidos besando una vez y otra aquellas frentes queridas abrasadas por el ardor de la fiebre.

Todos callaban: las horas se arrastraban con insoportable lentitud; la temida y deseada se iba aproximando sin embargo. Era media noche ya, el huracán rugía furioso, el silencio del palacio era profundo, había llegado el momento, la crisis tocaba a su término.

Aun trascurrieron algunos minutos de muda ansiedad en la cámara regia y de ruidoso desorden en la naturaleza: después el silencioso grupo comenzó a agitarse y los vientos a calmar su furia. Cuatro horas más tarde el Sol apareció por fin puro y radiante, en un cielo despejado por la tormenta; los vientos habían huido llevándose en sus alas los mortíferos miasmas de la epidemia; Gualcazinla y Uchelit se habían librado de la muerte y Tenoxtitlan de su azote.

—La madre del Dios de Velázquez ha obrado este prodigio —decía a las princesas la joven Tecuixpa—. He puesto su imagen a la cabecera del lecho y al momento Gualcazinla y su hijo volvieron a la vida. La madre del Dios de Velázquez se llama Salud de los enfermos, así me lo decía mi amante.

—Ruégale, pues, hija de Moctezuma —contestaba cándidamente Otalitza—, que sane mi corazón que está herido.

—Lo está el suyo también por siete grandes dolores —repuso la doncella—, y por eso no puede curar esa clase de dolencias. ¿Piensas que lloraría yo tantas lágrimas si la madre del Dios de Velázquez no hubiese estado inútilmente un día y otro sobre de mi pecho? Pero Mira, Otalitza, en el rostro de la santa imagen hay lágrimas que nunca se secan: así es que ama a los que lloran, y se llama también Virgen de los Dolores.

—Tú eres como ella una virgen de dolores —dijo suspirando la hermana de Guatimozín—, y guardas entre tu llanto le fe jurada a tu amante. Yo, más digna de lástima, recibo las caricias de un hombre y ofendo a las cenizas de aquel que me hizo palpitar de amor cuando apenas comenzaba a abultarse mi seno. No me quejo, sin embargo —añadió echando una dulce mirada a su esposo que estaba distante—; no me quejo de mi suerte, porque sería culpable si no supiese estimar las prendas de Coanacot, y cuando he dicho soy tuya y te seré fiel, no manché con mentira mis labios.

—Huasco te perdona —repuso Tecuixpa—, porque tu casamiento ha sido la alegría de dos reinos, y porque debes dar a Tezcuco reyes formados en tu seno, que sean hermosos y buenos como tu y valientes como Coanacot. Yo no puedo hacer lo que has hecho, porque Velázquez me juró una vez que su Dios nos casaría en el cielo, cuando yo saliese del mundo de los hombres, y ya conoces que debo conservarme virgen.

—¡Tú eres dichosa! —dijo entonces la joven reina de Tezcuco—, y ya que la madre del Dios del extranjero ha despedido la muerte del lecho de la emperatriz y que Guatimozín consiente en reposar un momento junto a ella, vamos las dos a orar en soledad. Quemaremos tecopalli a los pies de la imagen que amas, y rogando por los muertos lloraremos como ella.

—Siempre estoy pronta a llorar; pero atiéndeme, esposa de Coanacot: hoy ha lucido en las alturas un Sol venturoso, pues a su luz vuelve a encenderse la llama de la vida en el pecho de mi hermana: hoy no es justo llorar, sino vestir galas y ceñirse flores.

—Yo no tengo flores, Tecuixpa; las de mi suelo natal, que son tan fragantes, pertenecen ya a Teutila, que es esposa del rey de Tacuba, y las que nacen en la tierra que dominaba mi marido son holladas ahora por plantas extranjeras.

El coloquio de las dos amigas fue interrumpido por un gran clamor que se elevaba en la plaza. Guatimozín, convaleciente apenas y rendido por las agitaciones de aquella penosa noche, saltó, sin embargo, presuroso del lecho en que se acababa de reclinar, y salió apoyado en el brazo de Netzalc a indagar el origen del tumulto.

Uno de sus ministros le salió al encuentro y te dijo turbado:

—Señor, los dioses te favorecen mejorando la dolencia de tu esposa y de tu hijo, pero te afligen con otro linaje de desgracia: el Malinche y sus gentes son dueños de Iztacpalapa.

—¡Netzalc! —exclamó el emperador—; el brío del corazón no alcanza a suplir las fuerzas que me ha quitado la enfermedad; pero ¿habréis de dejar al impío insultarnos impunemente con su audacia?

Netzalc dio el brazo del ministro por apoyo a Guatimozín, y respondió:

—Los cuarteles de tus ejércitos han sido hasta ahora pestilentes hospitales; la epidemia ha quintado a tus valientes; pero ¡no importa! Antes de que el Sol se oculte, tu hermano habrá hecho abandonar su nueva presa a los atrevidos robadores.

Dijo, y salió corriendo a reunir la gente sana del ejército para acudir a Iztacpalapa.

Apenas llegaba el Sol al zenit, cuando se le vio dejar a Tenoxtitlan al frente de numerosa hueste, con marcial continente y ceñudo semblante. Coanacot le seguía, mandando otra fuerza respetable y reflejando en sus facciones la enérgica resolución que había tomado de no soltar la lanza hasta haber castigado a los usurpadores de sus dominios. Antes, empero, de haber llegado a la mitad de su camino, encontraron un correo del tlatoani de Iztacpalapa, y supieron por él que la ciudad había sido evacuada por el enemigo.

En efecto, la osadía y el valor de los españoles se había estrellado esta vez en la furiosa desesperación de los mexicanos. En vano habían batido los tercios guerreros que les opusiera Iztacpalapa; en vano la severidad del jefe, castigando rigurosamente la heroica resistencia que se le hizo, manchó con sangre innecesaria aquella nueva victoria: los iztacpalenses, determinados a perecer antes que someterse a la ignominia de la esclavitud, soltaron en mitad de la noche las acequias, rompieron las calzadas, e inundándose al punto la ciudad hubiera servido de tumba a los vencedores, si la incesante vigilancia de Cortés descubriese el peligro a tiempo todavía de poder huir, abandonando en desorden la enaguada población.

284

No se verificó aquella fuga sin pérdidas en el ejército. Ahogáronse algunos soldados que no sabían nadar; perdiose la pólvora que llevaban todos; y mojados, ateridos de frío, pues era el mes de enero, perseguidos por los iztacpalenses, que los afrentaba con sus denuestos y burlas, volvieron a tomar el camino de Tezcuco, no poco corridos y disgustados del imprevisto revés.

Pero no era solo aquel el que debía en aquella ocasión poner a prueba su constancia. Sabedores de su fuga los príncipes Coanacot y Netzalc, volaron con sus huestes a atajarles el palo, y alcanzándose casi a las mismas puertas de Tezcuco, cayeron sobre ellos con imponderable furia.

Necesaria era toda la serenidad de espíritu que caracterizaba al general español para salir bien de aquel trance. Fatigada su caballería, mal parados sus peones, inutilizadas las armas de fuego y cercado de enemigos que se ensañaban más a proporción que obtenían mayores ventajas, conoció que su única salvación era Tezcuco, y dirigió todos sus esfuerzos a proporcionarse entrada en aquella ciudad.

Difícil era la empresa: los mexicanos interceptaban el camino, defendiéndolo con un coraje que rayaba en frenesí. El caudillo mandó cargar sobre ellos a sus escuadrones, y animándolos con su voz y con su ejemplo, lanzose con tal ímpetu, que logró abrir paso a la infantería y verificar por último su retirada, siguiéndola siempre el enemigo, que no cesó de combatirle hasta que le vio penetrar en Tezcuco.

No se juzgaron bastante fuertes Netzalc y Coanacot para intentar arrancarle de aquel asilo, y acampando a alguna distancia, despacharon correos a la metrópoli pidiendo nuevos ejércitos para acometer la empresa.

Capítulo XI. Nuevas alianzas

¡Funesta ceguedad la de los pueblos que divididos por contrarias opiniones, enflaquecidos por civiles discordias, piden y fían su remedio a extranjera intervención! Jamás fue generosa la política; jamás hicieron abnegación de sus propios intereses las naciones llamadas a decidir en intereses extraños.

No, no le hubieran bastado a Hernán Cortés su luminoso genio, su intrépida audacia, sus instintos políticos, su posición singular, sus aventureros valientes y sufridores; no le hubieran bastado la superioridad de sus armas y de su disciplina, ni los prestigios que le prestaba la ignorancia de los pueblos mexicanos, para someter aquel imperio poderoso que tembló en sus cimientos desde que las afortunadas plantas del caudillo español se estamparon por primera vez en la arena de sus opulentas costas. ¡Ay!, ministros estaban ya aquellos cimientos por las intestinas disensiones, y todavía para descargar el último golpe que lo desplomara, hubo menester del apoyo que prestaron a su mano las mismas discordias que lo habían socavado.

Vuelto apenas a Tezcuco de su malaventurada expedición a Iztacpalapa, recibió a Hernán en aquella ciudad la facción dominante con fiestas y regocijos públicos; aprestándole al mismo tiempo cuanta gente de guerra pudo reunir para que se engrosara su ejército.

No estaba, sin embargo, satisfecho el jefe extranjero; aspiraba a conseguir otros aliados en las ciudades del lago, y los embajadores tezcucanos recorrían con este objeto las inmediaciones, anunciando un sostenedor a los príncipes y un redentor a los pueblos.

Aquellas diligencias no fueron infructuosas.

La viruela acababa de dejar vacante el trono de los Estados de Chalco; disputábanse su posesión dos jóvenes teutlis parientes del difunto; ambos contaban ya numerosos parciales y parecía próximo el estallido de una guerra civil, cuando los emisarios del conquistador se presentaron en aquel principado, encareciendo la justicia y sabiduría de su extranjero aliado, declarando sus pacíficas intenciones y designándole único juez digno de decidir con imparcialidad y rectitud la contienda suscitada.

Cada uno de los dos aspirantes al dominio de Chalco creía tener de su parte la razón, y prometíase fallo favorable del árbitro desapasionado que se les proponía. Cada uno también recelaba, no sin fundamento, que el emperador mexicano, que abrigaba contra ellos justos motivos de queja, intentase oponerles un tercer pretendiente, que teniendo igual derecho que ellos y además el favor del monarca, no se daba prisa en tomar parte en la contienda, haciéndose por lo mismo más temible a entrambos rivales.

Con tales circunstancias, la intervención de Cortés no podía ser desdeñada. Los dos bandos chalquenos se convinieron en someter sus respectivas causas a la decisión de aquel jefe, y aceptando la alianza que se les proponía y demandando perdón por haber tomado parte en la guerra contra él, despacharon a los embajadores con magníficos presentes y con encargo especial de alcanzar del nuevo aliado una audiencia solemne para los aspirantes al solio vacante, a fin de que oyesen el dictamen de su sabiduría.

Apresurose Cortés, como era de esperar, a aceptar la investidura de juez, y dejó satisfechas entrambas partes, dividiendo el principado en dos señoríos, independientes uno de otro, pero ambos sometidos al emperador Carlos de Austria, en cuyo nombre prometió poderosa protección a los nuevos súbditos. Encareció el rey de Texcuco la justicia de aquella sentencia, y como la aplaudiesen también a la par los interesados, no tardó Cortés en recibir nuevas demostraciones amistosas de otros tlatoanis desafectos a Guatimozín y amigos de los príncipes chalquenos. Era uno de ellos el señor de Otumba, que siendo casado con una hermana de Moctezuma y descendiente por línea recta de varón del rey Izcoal,[91] se juzgaba más digno que ningún otro del solio imperial, y por consiguiente alimentaba profundo rencor contra el joven esclarecido a quien le pospusieran. El otro era uno de los magnates que poseían ciudades en el lago, pariente próximo del nuevo soberano de Tezcuco, como hijo que era de un hermano de la madre de éste, y unido además a los chalquenos por su enlace con una señora de la familia reinante en dichos dominios. Estas circunstancias bastaron para decidirles a seguir el ejemplo de Tezcuco y Chalco; celebraron ambos la paz con Cortés ratificando su vasallaje al soberano español, y a este precio fueles concedida la amistad que demandaban.

Los ejércitos mexicanos al mando de los príncipes de Tezcuco y Tacuba no podían permanecer impasibles, en tanto que sus ilusos compatriotas prestaban al enemigo, con tan vergonzosos pactos, ventajas que no podían desatender los interesados en destruirle.

No habiendo recibido todavía el refuerzo necesario para emprender el sitio de Tezcuco, dividiéronse Coanacot y Netzalc para ir contra Chalco, Otumba y Mexquique, castigando a los señores de dichas provincias por la alianza concedida al enemigo del imperio; mas apenas tuvo Cortés noticias de aquel movimiento, cuando hizo marchar a algunos de sus capitanes con toda la fuerza tlaxcalteca y una parte de sus ballesteros a caballo, para pres-

---

91 A Izcoal sucedió en el trono Moctezuma I, hijo de Huitzcihuint, segundo rey de México, por votación unánime de los electores, a pesar de haber dejado hijos el monarca difunto, que fue el cuarto de los monarcas aztecas.

tar auxilio a sus nuevos aliados, asegurándose el afecto de aquellos pueblos del camino de Tlaxcala, que le convenía en alto grado mantenerse abierto, para comunicarse libremente con la república.

Las huestes mexicanas no retrocedieron en su empeño a pesar de haber sido informadas de la salida de los enemigos para socorrer a los rebeldes. Llenas de brío salieron al encuentro de los capitanes Sandoval y Lugo, que comandaban el ejército auxiliar, y se batieron con tal decisión, que hicieron por algún tiempo vacilar a la fortuna. Declarose ésta por último a favor de los protegidos; las tropas del imperio tuvieron que retroceder, y Sandoval y Lugo, después de alentar con su presencia a las capitales amenazadas por ellas y de haber dirigido una carta de Cortés a Veracruz pidiendo al gobernador enviase a Tlaxcala toda la gente útil que existiese en aquella población española, volvieron triunfantes a Tezcuco, llevando por trofeos de su victoria muchos prisioneros mexicanos, condenados a ver impresa en su cuerpo la funesta marca de perpetua servidumbre.

No eran Netzalc y Coanacot hombres capaces de abatirse por el primer desastre, y reuniendo segunda vez sus ejércitos, tornaron sobre las provincias sublevadas, que resistieron heroicamente hasta que el mismo Cortés acudió a su defensa, obligando a los príncipes a salvar su derrotada gente embarcándola en un gran número de piraguas que tenían prevenidas, y en las que lograron ganar con ligereza la entrada de Tenoxtitlan.

Tan repetidos triunfos no ocasionaban, sin embargo, en Cortés una presuntuosa confianza. Escaso todavía de fuerza española; receloso de Xicontelcatl, que lo detestaba y quizás aprovecharía su ausencia para hacer cambiar con su influjo la favorable disposición del senado; sin ninguna fe en la amistad jurada por el inconstante príncipe de Otumba y los otros tlatoanis sus aliados; conocedor del intrépido y firme carácter de Guatimozín, que por último veía desaparecer de sus Estados la plaga asoladora, y escapando él mismo de ella se levantaba del sepulcro más fiero y ansioso de venganza, según lo indicaban los formidables aprestos de guerra que siguieron en todo el imperio a la derrota de los ejércitos de Coanacot y Netzalc, comprendía perfectamente y pesaba con la exactitud de su previsora prudencia todos los riesgos de aquella situación; todas las eventualidades prósperas o adversas que podían sobrevenirle, primero que llevase a término su gigantesco designio.

Deseando agotar los recursos de su política antes de aventurar la acción decisiva del cerco de México, no perdonó medios para captarse nuevas alianzas con los grandes vasallos del emperador, y aun resolvió enviar embajadores a éste con proposiciones capciosas de reconciliación y concordia.

Entre los prisioneros que hicieron Sandoval y Lugo, hallábanse tres teutlis mexicanos que le parecieron los más a propósito para aquella misión, así por la circunstancia de poder entrar sin resistencia en la metrópoli, como por ser personas de alguna importancia, que podrían influir tal vez en el ánimo de Guatimozín y sus consejeros decidiéndolos a aceptar la paz, que fingía desear tanto por su propio interés como por los del imperio.

Dedícose, pues, a ganarse el afecto de aquellos prisioneros con la gracia especial que poseía cuando juzgaba conveniente a sus miras emplear otra arma que la del terror, y luego que juzgó conseguido su objeto, manifestó sus deseos a los que debían propender a realizarlos.

Aceptaron gozosos la pacífica embajada aquellos cándidos guerreros, que completamente seducidos por la aparente sinceridad del jefe extranjero, no vacilaron en afirmar que se haría altamente culpable el monarca mexicano si no correspondía dignamente a la generosidad de su enemigo, condenando a perpetuo olvido los anteriores rencores y afianzando con un solemne pacto la buena armonía que debía reinar entre las dos naciones.

Hallándolos tan favorables a sus designios, despacholos Cortés a Tenoxtitlan cargados de regalos y con embajada conciliatoria, que se apresuró a divulgar para hacer más pública y odiosa la negativa de Guatimozín, en el caso de que aquel soberano se atreviese a desechar su alianza.

Aquella afectación de benignos anhelos y esperanzas obtuvo efectivamente el resultado que se proponía. Muchos príncipes de los dominios cercanos que se le manifestaran hostiles hasta entonces, variaron de conducta súbitamente, y comenzaron a buscar disculpas a las pasadas crueldades del caudillo extranjero en la inconsecuencia de Moctezuma y en la ensañada persecución de Quetlahuaca.

Cortés, aunque fingiendo con sagacidad vivos deseos y esperanzas de paz, no se descuidaba en activar sus preparativos de guerra, mientras aguardaba la contestación del monarca mexicano. Sandoval marchó por orden suya a Tlaxcala con una buena escolta, encargado de apresurar la conclusión de los buques y de reunir los ejércitos de la república, no perdonando medio alguno de captarse la amistad de Xicotencalt y de obligarlo a venir al frente de aquellos, para auxiliar a los aliados en la grande empresa que iban a acometer.

Tomadas tales disposiciones, esperó tranquilamente el caudillo el éxito de ellas, ganando cada día más el corazón de su protegido don Fernando de Tezcuco, y mostrándose más benigno y afable con los príncipes comarcanos que habían aceptado su alianza o indicaban desearla.

Los portadores de su embajada llegaron en tanto a Tenoxtitlan sinceramente deseosos de obtener favorable acogida, y habiendo hecho saber al emperador que venían encargados de importante misión, concedioles una audiencia solemne a presencia de sus ministros y generales.

El día señalado para escuchar las proposiciones del enemigo, notábase en la ciudad extraordinaria agitación. Libres apenas del terrible azote que por largos días los maltratara, volvían los habitantes a recobrar su actividad, y una multitud curiosa llenó la plaza del palacio muchas horas antes de que sonara aquella señalada para la audiencia.

Pintábase en todos los semblantes vivísima ansiedad; los tlatoanis y guerreros que acudían a la morada regia, parecían inquietos y pensativos, porque susurrábase en todas partes que la embajada era pacífica y nadie tenía sin embargo indicio alguno de cuál sería la resolución del monarca.

A las once de la mañana aparecieron por fin los teutlis plenipotenciarios, ricamente ataviados, y observando en el gesto y ademán majestuosa compostura.

Atravesaron en silencio toda la extensión de la plaza por medio de apiñados grupos, que les abrían paso saludándolos respetuosamente, y recibidos con graves ceremonias por los oficiales de palacio, fueron introducidos en el gran salón de audiencias, donde los esperaba Guatimozín sentado en el trono y rodeado de su brillante corte.

Aun estaba delicado y pálido el joven príncipe; pero brillaban con altiva expresión sus hermosos ojos pardos, y notábase en todo su aspecto cierto carácter de decisión y energía que se comunicaba a sus cortesanos, cuyo gesto y ademán indicaban bien a las claras no se hallaban abatidos por los recientes reveses, ni aguardaban como merced la anunciada paz, que según las apariencias, solo dependía de ellos desechar o admitir.

Entraron con digno continente los plenipotenciarios haciendo las reverencias de costumbre, y el de más edad explicó su misión de la manera que vamos a ver en el siguiente capítulo.

Capítulo XII. Embajadas de paz y proclamas de guerra

—¡Tlatoani! ¡Notlatocatzin! ¡Hucitlatoani![92] —dijo el teutli—. Prisioneros de guerra hemos visto despuntar quince soles en el campamento de los hijos de Oriente, y restituidos generosamente a la patria por nuestros clementes vencedores, venimos a ti con un importante mensaje, que ha fiado a nuestra prudencia el general extranjero, y que juzgará tu sabiduría si se digna escucharlo tu benignidad de boca de éste tu servidor Tamatlan, hijo de Nezabul.

Inclinose profundamente, y Guatimozín respondió:

—Permiso tienes para explicarte, Tamatlan, hijo de Nezabul, y atentamente te escuchará tu rey.

El teutli levantó entonces el tono sumiso que usara en sus primeras palabras, y dijo con respetuosa firmeza:

—Mucha sangre mexicana ha cubierto ya los campos de tu imperio, y claman por la paz tus afligidos súbditos. Las ciudades del lago, todavía dolientes por los recientes estragos de la peste que se ha atrevido a señalar su huella hasta en tu frente coronada, no tienen voz sino para lamentar sus desgracias, y apagado el rencor con las lágrimas, perdonan al que aborrecieron hasta ahora, y que ahora desea como ellas la terminación de la infausta lucha que nos ha ocasionado ya tantos desastres y que todavía puede producirlos mayores. Deseoso de evitarlos y ansiando regresar a su remota patria el Malinche Hernán Cortés, grande y fiel embajador del poderoso monarca de Castilla, tierra amada del Sol, te propone solemnemente la suspensión de la guerra a fin de que, llegando a tu soberana presencia

---

92   ¡Señor! ¡Mi señor! ¡Gran señor!

con sus capitanes, se celebre un pacto ventajoso para ambas naciones, que restablezca la alianza jurada por Moctezuma, asegurando al emperador de Oriente el vasallaje que lo reconocimos, y del cual es digno como descendiente de Quetzalcoal, sabio jefe de los pueblos tultecas, que fueron los primeros descubridores de los países en que hoy reina tu soberana justicia.

Tal es ¡oh Notlatocatzin! tal es la misión de que viene encargado tu vasallo Tamatlan, hijo de Nezabul, que espera humildemente la contestación de tus labios.

Había Guatimozín escuchado al teutli con reflexiva atención, y volviéndose a los ministros apenas hubo concluido su discurso, dijo con pausado acento y expresiva mirada:

—Excesiva candidez supone en nosotros el que tal mensaje nos envía. Talar nuestros campos imprimir con hierro en la tez de nuestros compatriotas la marca de esclavitud, destronar a nuestros príncipes, proscribir a nuestros dioses... tales son las demostraciones benignas con que nos juraba el caudillo extranjero la verdad de sus pacíficos deseos y de sus benévolos sentimientos. La peste fatal que lanzaron sus naves en nuestras costas como primera prenda de la pérfida amistad que proponían, no ha asolado bastante nuestras ciudades para dejarlas sin defensores; el sepulcro en que me deseaban cerrose a su pesar bajo mis plantas y saben ya los advenedizos que aun alienta Guatimozín y arma su brazo para vengar las afrentas del imperio: he aquí por lo que fingen aplacarse; he aquí por lo que han creído más conveniente a sus inicuas miras la proposición de una engañosa paz que la continuación de una guerra sangrienta. El éxito de ésta se les presenta dudoso: las ventajas de aquella conocidas le son por experiencia. ¡Mas nosotros también las conocemos, tlatoanis y tleutis mexicanos! ¡Grabados conservamos sus recuerdos en las paredes que sirvieron de cárcel a Moctezuma, en la piedra que cubre sus cenizas!

Encumbrado al solio de Acamapit por el voto de los electores, que tan alto aprecio concedieron al derecho que me presta mi nacimiento y mis hazañas, rechazo con inmutable firmeza el vergonzoso vasallaje que arrancó la violencia a un monarca cautivo, y eximiendo del juramento inválido que con repugnancia pronunciaron a todos aquellos que han contraído la más digna y sagrada obligación de obedecerme, proclamo en altas voces la libertad del imperio. Para conservarla ilesa apresto mis ejércitos y enristro mi lanza; para conservarla ilesa desecho con indignación la capciosa paz que nos brindan los profanadores de nuestros templos, mancilladores de nuestra gloria... y antes que sacrificarla sabré rendir mi cabeza en holocausto. ¡Tal es, consejeros y ministros del trono, tal es, ¡oh tlatoanis y teutlis mexicanos!, la respuesta que doy a la proposición del enemigo y que someto al juicio de vuestra acreditada prudencia.

—¡Viva el emperador! ¡Mueran los enemigos de México! —fue la única contestación que dieron los magnates.

Ardiendo todos en patriótica ira, demandan enseguida sus armas, y el grito de guerra, que estremeció los marmóreos muros del palacio, voló velozmente por la ciudad; se difundió en las plazas, retumbó en los teocalis, encontró atronadores ecos en Tacuba, Iztacpalapa, Xochimilco, Zopanco, Tepepolco y Tlacopan y llegó el espanto a los infieles habitantes de Tezcuco, Chalco, Mexquique, Otumba y Talmalanco, que se habían deshonrado con ignominiosos pactos.

Oyolo también Cortés y comprendió que era llegado el momento decisivo y todo debía hacerlo el arrojo y la perseverancia.

—Resuelto a perecer antes que abandonar su empresa, esperaba impaciente aquel caudillo la vuelta de Sandoval procurando inspirar entusiasmo a sus tropas y confianza a sus nuevos aliados, mientras Guatimozín mandaba guarniciones de gente de guerra a todas las ciudades vecinas de las sublevadas, reorganizaba sus ejércitos y disponía abundante pertrecho de sus usuales armas, inventando otras nuevas para desjarretar los caballos.

Cruzábanse en todas direcciones los emisarios del diligente príncipe, haciendo resonar en las provincias enérgicas proclamas dictadas por aquel, en las que pintaba con los más negros colores el carácter y la conducta de Cortés; desenmascaraba sus designios, y amenazaba tratar con inflexible rigor a cualquiera de los príncipes tributarios que escuchase proposiciones de aquellos a quienes declaraba el imperio guerra a muerte y sin tregua.

Formidable era el aspecto que en aquellos días presentaba Tenoxtitlan.

Entraban de continuo nuevos tercios armados que no cabiendo en la capital se derramaban por las poblaciones inmediatas. Redoblaban en todas ellas la vigilancia y policía: cuajábase de piraguas la gran extensión del lago, y el emperador en persona revistaba los ejércitos, arengándolos y prometiéndoles premios gloriosos si, como esperaba, defendían dignamente la libertad de la patria.

—No os halláis armados —les decía—, por la ambición de un monarca que os pide mayores dominios donde extender su poder: no os halláis armados por el orgullo de una nación que ve ajado su decoro y os demanda venganza: más grande, más justa, más sagrada es vuestra causa, porque estáis armados por el honor de vuestras mujeres, por la libertad de vuestros hijos. Yo no os hablo hoy a nombre de aquella antigua gloria que os dejaron por herencia vuestros abuelos y que jamás deben perder los aztecas, no os hablo por el interés de mi casa, que siempre ha sido para vosotros un objeto venerado; no os hablo siquiera con el deseo de vuestra propia conveniencia al mandaros destruir un enemigo cuyos despojos serán herencia de sus vencedores; os hablo para explicar el mudo espanto en que yacen vuestras familias; para haceros oír el grito lastimero que ahoga el terror en sus gargantas. Ante sus ojos despavoridos, paréceles que ven arder ya el hierro ominoso que debe imprimirles un sello de esclavitud: vuestras esposas amedrentadas aprietan al materno seno sus hijos pequeñuelos y se imaginan que están escuchando las roncas voces de la soldadesca que viene a arrancar de sus brazos aquellas dulces prendas de sus castos amores... ¡de sus castos amores, que serán sustituidos por los torpes antojos de los bárbaros vencedores!... Os hablo a nombre de esos seres amados a quienes debéis protección; a nombre de aquellos hijos que engendrasteis para la patria y que serán esclavos con ella; a nombre de los dioses que adoraron vuestros padres y que quieren quitar a vuestros hijos los impíos que profanan sus templos; a nombre de un inmenso pueblo que pone su libertad en la punta de vuestras lanzas, y que ve detrás de los caballos del español, no siquiera la muerte, ¡no!... ¡la herradura del siervo!

Alaridos de furor respondían a estas palabras del príncipe, y esfuerzos tenían que emplear los jefes para contener a los guerreros anhelantes por lanzarse a la sangrienta lacha.

No era posible ya se retardase ésta, pues iguales al ardimiento y coraje de los mexicanos eran los que animaban al ejército contrario, y Cortés acababa de recibir de Veracruz y de Tlaxcala el reclamado auxilio.

Dieciocho o veinte mil guerreros enviados por el senado al mando de dos de sus más famosos generales encontraron en Tezcuco con Sandoval y su gente, desplegado al aire el arrogante pendón de la república, y atronando la ciudad con el ruido de sus instrumentos marciales.

El enviado de Cortes se había afanado en balde por traer a la cabeza de aquella hueste al joven Xicotencalt; pero la tenaz resistencia de éste había indignado altamente al senado, y Sandoval aseguró a su jefe que podía deponer todo recelo, pues si no conseguía la república dominar el ánimo de Xicotencalt, tampoco alcanzaría éste a hacer jamás la disposición de aquella respecto a sus aliados.

Cortés, sin embargo, no olvidó en medio de sus graves cuidados despachar un segundo mensaje al senado, recomendándole no dejase de emplear todos los medios imaginables para vencer la constancia del héroe tlaxcalteca, encubriendo la desconfianza que alimentaba de que la influencia de aquel lograse contrarrestar la que ejercía él mismo en la república, bajo el velo de una exagerada estima al objeto de sus sospechas, a cuya asistencia en el ejército aparentaba dar la mayor importancia.

Después de esto no pensó más que en prepararse el asedio, acobardando antes a los mexicanos con una nueva demostración de su audacia: a este fin reunió a la hueste tlaxcalteca 8 o 10.000 guerreros tezcucanos, y dejando la mitad de la fuerza española en Tezcuco a cargo de Sandoval, se puso a la cabeza de la otra y marchó contra una ciudad del lago que había hecho sacrificar a un teutli tezcucano enviado a ella con proposiciones de alianza.

Ascendía el número total del ejército con que emprendía la marcha a 29.000 hombres; pero era gente escogida y belicosa, de la que podía sacar grandísimo partido un jefe tal como Cortés. Además, la ciudad amenazada no era de las más populares del lago, y por muy fuerte que fuera la guarnición destinada por Guatimozín a su defensa, el caudillo español no podía dejar de prometerse un triunfo tan rápido como inapreciable, pues le aseguraría la sujeción de una de aquellas poblaciones vecinas a la capital, que era el principal objeto a que se encaminaban sus proyectos y afanes.

Tan furiosos estaban los pueblos mexicanos, que apenas traspasó el ejército de los aliados los límites de Tezcuco, comenzó a tener diferentes encuentros con pelotones armados que se arrojaban temerariamente a cerrarles el paso. Desbaratábalos la caballería sin necesitar grandes esfuerzos, y atravesando pequeños caseríos que abandonaban a su proximidad los pacíficos dueños, continuó su camino el ejército, dirigiéndose a Tlacopan, que era la ciudad contra la cual se emprendiera la expedición.

—¡Compañeros! —exclamó Cortés luego que avistaron las torres de la ciudad—, rico será el botín que recogerán hoy nuestros guerreros: el tlatoani asesino a quien vamos a castigar es uno de los más opulentos señores del imperio. En su alcázar descansaremos esta noche, y mañana limpiarán el polvo a nuestros caballos las más hermosas damas de su corte.

Apenas acababa de articular estas palabras, que aunque apenas entendidas fueron celebradas con grandes voces por los jefes tezcucanos y tlaxcaltecas y acogidas con sonrisa de confianza por los capitanes españoles, cuando llegó a sus oídos aquel grito particular que como ya otra vez hemos dicho, era el hurra de los guerreros mexicanos, y no tardaron en distinguir un sinnúmero de piraguas llenas de guerreros que cercaban a Tlacopan y cubrían los esteros ahondados por el hacha y convertidos en lagunas.

Asombrose Cortés observando tal previsión, y cuando estrechándose más la distancia pudo conocer la insignia que tremolaban aquellos adversarios inesperados, dijo volviéndose a su gente:

—¡Amigos!, los mexicanos van aprendiendo nuestra osadía: jamás hubiera creído, a no verlo, que el príncipe de Tlacopan quisiera evitarnos el trabajo de ir a arrancarle de su alcázar.

En efecto, las piraguas se aproximaban con buen orden y en actitud hostil los que en ellos venían, que bien podían llegar a 120.000. Entre ellos, en la más grande y engalanada embarcación, se distinguía el brioso señor de la ciudad amenazada; al lado suyo, ondeando sobre su cabeza, se veía en mano de uno de sus teutlis la brillante insignia de su ilustre casa, que era una bandera azul celeste, en cuyo centro se enroscaba una gran serpiente de plata, cuya trilingüe cabeza coronaba una diadema de preciosas piedras y gruesas perlas de las costas de las Californias.

Capítulo XIII. Batalla de Tlacopan y Tacuba

El paraje en que tan súbitamente se vio atacado el ejército español no podía serle más desfavorable, pues en manera alguna permitía maniobrar a la caballería. La ciudad situada a la orilla del lago, estaba casi por todas partes rodeada de agua; los esteros convertidos en laguna, como ya hemos dicho, y rota la calzada que servía de comunicación con la tierra. Aun cuando los tlacopanos no se presentasen tan denodados a la defensa o aun cuando se consiguiese desbaratarlos, la entrada en la población parecía imposible. Conociolo Cortés, y viendo maltratada a su gente por la lluvia de piedras, flechas, varas y saetas con que la acosaba el enemigo, tuvo por conveniente retirarse o retroceder al menos, hasta ponerse fuera de tiro y obligar a los de las piraguas a entablar el combate en tierra firme, donde tuviesen sus caballos las ventajas que no podían aprovechar en medio de aquellos pantanos. En efecto, ordenó la retirada sin volver espaldas al contrario, obedecieron aunque murmurando sus belicosos batallones. Más atrevidos los tlacopanos a vista de aquel movimiento, redoblaron su coraje y comenzaron a denostarlos con los más insultantes epítetos, hasta que saliendo repentinamente de sus filas un guerrero tezcucano que parecía avergonzado y colérico de la burla que se les hacía, dijo con alta voz y resuelto ademán:

—¡Malinche! Si se atreven tus soldados a seguirme, yo les haré entrar en Tlacopan, a despecho de esa muchedumbre de luilones que nos afrenta llamándonos mujeres. Pasando por la derecha esos esteros, que bien se puede, y metiéndonos en la acequia que han hecho rompiendo la calzada, hallaremos ésta más adelante, pues no toda ha sido destruida, sino solamente el pedazo que se tendía sobre la tierra firme. La única dificultad consiste en el miedo que puedan tener tus soldados, pues habrán de pasar con el agua a la cintura y oyendo silbar sobre sus cabezas las flechas del enemigo.

Dijo, y enojados los españoles por el expresado recelo, pidieron a grandes gritos la ejecución del designio. Hubo de acceder el jefe permaneciendo en tierra con la caballería para guardarles la espalda, y al punto mismo arrojáronse al agua las numerosas huestes, dejando suspensa con su arrojo a la orgullosa gente que las perseguía creyéndolas intimidadas.

El paraje designado por el tezcucano y por el que se abrían camino los de Cortés, no era bastante profundo para que pudiesen entrar las canoas; pero volaba de ellas espesa granizada de piedras y saetas, que rara vez eran perdidas; los invasores, sin embargo, continuaban avanzando con imponderable serenidad hasta encontrar la calzada. Halláronla al cabo, y apoderándose de ella, no tardaron en penetrar en el pueblo, a pesar de la desesperada resistencia que se les opuso. ¡Horriblemente se vengaron de ella! Entrada a saco la ciudad, cebáronse en la matanza y se entregaron al pillaje con vergonzoso extremo. El desventurado tlatoani salvo con dificultad su vida escapándose a México en una piragua.

Después de terminado el saqueo, abandonó Cortés la población, llevándose consigo numerosos prisioneros, y pernoctando en un caserío cercano emprendió al día siguiente el camino de Tacuba, imaginando en el orgullo que le inspiraba su nuevo triunfo, que podía aventurar con buen éxito en aquella ciudad, tan próxima a la metrópoli, un ensayo igual al que con tanta dicha acababa de hacer en Tlacopan.

Su confianza creció de punto cuando atravesando aquel reino solo encontró pueblos abandonados. Llegó pues sin estorbo hasta plantar su campamento delante de Tacuba, y sus moradores no dieron la menor señal de apercibirse de ello. Sorprendido de tan completa inercia, pero no recelando el designio que encubría, ordenó Cortés la entrada en la ciudad, y solo entonces vio aparecer, como por magia, un formidable ejército a cuya cabeza reconoció por sus reales insignias al gallardo Netzalc. Sin embargo, la actitud de aquella fuerza no era acometedora; parecía dispuesta únicamente a la resistencia, y aun fue ésta tan floja en el primer encuentro, que pudo el caudillo español prometerse sin pecar en presuntuoso, tan rápida como infalible victoria.

Aunque haciendo cara al enemigo, iban retrocediendo los tacubenses y avanzando aquel, muy ajeno de sospechar el artificio de aquella retirada. Mandaba Cortés al paso prender fuego en las casas que dejaba a su espalda, y a la lúgubre claridad de las llamas y entre los alaridos lastimeros de las mujeres y niños, que perecían víctimas de ellas o huían despavoridos por las calles, resonó el grito de triunfo que arrojó aquel jefe, cuando vio huir precipitadamente al adversario, que aunque con notable debilidad, se había defendido hasta aquel instante.

Corría en efecto desordenada la hueste tacubense, ansiosa de ganar la calzada que comunica su capital con la del imperio, y lanzose en pos de ella el ejército invasor hasta cubrir toda la longitud del puente, que retembló bajo el peso de la muchedumbre que lo oprimía. En el mismo instante vuélvense de súbito los fugitivos, cúbrese de piraguas el lago, y atronadora la voz de Netzalc deja oír estas palabras, entre los feroces gritos que lanzan sus súbditos:

—¡Malinche! ¡Llegó por fin tu hora! ¡Pisando estás tu sepulcro!

Conoce, aunque tarde, Cortés el engaño de que ha sido víctima. Oprimido por el enemigo, flanqueado el puente por más de dos mil canoas llenas de guerreros que hacen caer sobre él copiosa lluvia de piedras y flechas, y sintiendo a la espalda el furioso pueblo que le perseguía, contúrbase el ánimo del intrépido caudillo y abandónale por primera vez su serenidad. Una circunstancia, funesta en aquel conflicto, viene además a completar la consternación de su ejército y a llevar a colmo la arrogancia del adversario. El abanderado español, peligrosamente herido, cae del puente y rueda con el pendón que tremolaba a las ensangrentadas ondas del lago. Infinidad de canoas se dirigen al punto al paraje donde señalan la caída los círculos que se forman en la tersa superficie, celebrando ya con desentonadas voces la adquisición de aquel trofeo inapreciable.

¡Trofeo glorioso en efecto, que ya imaginan presentar en las aras de Huitzilopochtli, con mengua vergonzosa de los héroes de Castilla, que verán su veneranda insignia presa de aquellos bárbaros despreciados!

Ambos caudillos han sentido instantáneamente la impresión de este pensamiento, pues suspendiendo el combate, fijan sus ansiosas miradas en el sitio a que se aproximan a fuerza de remos sus veloces piraguas.

De repente adquieren aquellas aguas mayor oscilación: confúndense los círculos, ábrense las ondas y aparece el infortunado alférez enturbiando con su sangre el líquido cristal; pero llevando en su diestra, apretada por nerviosa contracción, la codiciada bandera.

Resuena unísono en aquel instante el grito de ambos ejércitos:

—¡A él! —exclaman los mexicanos.

—¡A él! —prorrumpe Cortés con imperioso acento: y el heroico herido, que comprende la diversa ansiedad de que es objeto, aprieta con mayor tesón la prenda apetecida y redobla sus esfuerzos para ganar el puente. Manda Cortés se le auxilie alargándole algunas lanzas para que asido a ellas, logre subir si le es posible librarse de los perseguidores que le van al alcance; pero antes de que pueda valerse de aquel apoyo el nadador, siente sobre sí la quilla de una piragua, y el jefe que la manda extiende el nervudo brazo y consigue echar mano al asta de la bandera. Defiéndese en vano con desesperado furor el fatigado castellano; debilitado por la sangre que pierde y por la desventajosa pugna que sostiene, va por fin a ceder, tal vez rindiendo la vida a la par que el pendón.

—¡Ya es nuestro! —grita entonces el mexicano con orgulloso ademán. Una bala sella los labios con que acaba de articular aquellas palabras; salta su sangre a la cara de sus compañeros y escápase de sus manos, heladas por la muerte, la presa que tenía asida.

Reanimado de súbito el oficial perseguido, aventura un último esfuerzo; invoca el nombre de Jesús; levanta en alto con rápido movimiento de su diestra la bandera tan valerosamente defendida; apoya su larga asta en el fondo del lago, y al grito de ¡Viva Castilla! que arroja con entusiasta acento, ásese con ambas manos de su extremo superior y salta ligero sobre el puente, a vista de los numerosos enemigos que dirigían contra él sus piraguas, y que quedan suspensos por el asombro. Aquel esfuerzo extraordinario no se realiza sin embargo impunemente. El valeroso defensor del pendón mancha con su sangre, que salta a borbotones, aquella insignia ilustrada siempre con tantas victorias, y apenas la pone en manos de Cortés, cae a sus plantas desmayado.

Enarbólala el caudillo, sacudiendo al aire sus empapados pliegues, y con inspirado tono:

—¡Compañeros! —exclama—: el pendón de Castilla es invencible; la lealtad lo sostiene y lo protege Santiago.

—¡Santiago y a ellos! gritan entusiasmados sus guerreros, y sucediendo frenético coraje al primer trastorno producido por la sorpresa, arremeten con tal ímpetu, que la multitud compacta retrocede simultáneamente, como si fuese un solo cuerpo.

La lucha se encarniza: enrojécese el agua con los arroyos de sangre que recibe: obstruyen los cadáveres el puente; pero no afloja al valor de los españoles, ni se debilita un momento la bravura de sus adversarios.

Aparecen inútilmente por la calzada de México nuevos ejércitos del emperador; y Cortés, que ha logrado, no sin grandes afanes, despejar su espalda y salir de la estrechura del puente, comienza a retirarse con el mejor orden posible en tal situación, dando siempre la cara al enemigo.

El incendio mientras tanto había consumido muchísimas casas y amenazaba convertir en cenizas toda la ciudad de Tacuba. A vista de aquellas fúnebres luminarias que alumbran el camino de Cortés, detiénense turbados sus perseguidores, y aunque algunas horas después, apagado ya el fuego, volvieron a emprender su marcha en pos de los que se retiraban, era ya inútil la diligencia. Cortés y los suyos habían alcanzado a largas jornadas la frontera de Tezcuco.

—¡Compañeros! —dijo entonces el héroe a sus soldados rendidos de fatiga—: el botín se ha perdido, pero se ha conservado la gloria, y yo juro por Santiago que la bandera española, que hoy milagrosamente hemos salvado, ondeará dentro de un mes sobre la más alta torre de Tacuba.

Parte cuarta

Capítulo I. Cortés de vuelta a Tezcuco y nueva expedición

Preciso era para devolver la confianza a los aliados de Cortés, recelosos ya en cierto modo y acobardados por el mal éxito de la última tentativa de aquel jefe, que algunas casualidades felices probasen la continuidad con que lo protegía la fortuna. En efecto, pocos días después de su regreso a Tezcuco recibió aviso de haber arribado a las costas de Veracruz un navío procedente de España que no solamente conducía noticias favorables para él respecto a la impresión que produjeron en la corte sus cartas y regalos al rey, sino también un refuerzo considerable de gente joven y entusiasta, que espontáneamente venía a alistarse bajo su bandera, con abundante cargamento de armas y municiones.

Casi al mismo tiempo que tan agradable nueva, llegaron también a Tezcuco embajadores totonaques a ratificar el pacto de alianza y a brindarle el auxilio de aquellos pueblos revoltosos, que eran sin embargo los más valientes y vigorosos de todos los del imperio.

Tan inesperadas ventajas reanimaron a las tropas haciéndolas olvidar el reciente desastre, y habiendo implorado por entonces los chalquenos la protección de sus aliados contra un ejército mexicano que iba sobre ellos, disputáronse animosamente los soldados el honor de afrontar el nuevo peligro, acompañando a Sandoval, que fue el capitán nombrado por Cortés para marchar inmediatamente al socorro de sus amigos. Interesábale demasiado conservar libre de enemigos los pueblos que le comunicaban con Tlaxcala y Veracruz, y creíase además en el deber de resarcir a su gente de las últimas pérdidas, proporcionándole algún botín.

Con tal objeto concedió amplias facultades a Sandoval para que después de alejar de Chalco la hueste mexicana, pudiese, si lo juzgaba oportuno, saquear a su placer las poblaciones cercanas. Con tal permiso, que se proponía aprovechar, partió de Tezcuco el capitán con suficiente fuerza; y mientras su jefe aparejaba los trece bergantines destinados al asedio de Tenoxtitlan, llegó él a Chalco, desembarazole sin gran dificultad de los tercios mexicanos que lo cercaban, con los cuales ya se habían batido valerosamente los del país, marchó contra Huaxtepec, llevando consigo toda la gente de guerra que tenía disponible Chalco, y, después de un reñido combate con su guarnición, entrola a saco, dejola convertida en teatro de desolación y cayó sobre la bella ciudad de Acapizla, cuya heroica resistencia ensañó de tal modo a sus soldados y auxiliares, que durante muchas horas tuvieron que padecer el tormento de la sed, por haber convertido en sangre las claras aguas del río que regaba con sus ondas los cimientos de la ciudad.

Cargado de pingües despojos y seguido de innumerables prisioneros de ambos sexos, entró por fin en Tezcuco, volviéndose enseguida, aligerado de aquellos, para defender a Chalco, amenazado nuevamente por cohortes mexicanas. Llegó tarde para partir el peligro y la gloria de aquella pugna; pero a tiempo de asistir a los festejos con que se celebraba el éxito, que había sido tan desastroso para los imperiales como fausto para los rebeldes, habiendo auxiliado oportunamente a éstos con uno de sus ejércitos la diligente república de Tlaxcala.

Llenos se vieron entonces los mercados de Tezcuco de las infelices gentes mexicanas, que cual si fuesen rebaños eran herradas y vendidas en pública almoneda.[93]

Aquel fue el espectáculo primero que presentó Cortés a las curiosas miradas de los recién venidos de España, y ciertamente no era el menos a propósito para excitar su codicia y justificar el anhelo y la confianza con que venían de tan larga distancia a participar de la suerte del audaz aventurero.

Allí, en aquellas plazas convertidas en inmundos bazares, regateaban el precio de las hermosas vírgenes americanas los soldados españoles, y acu-

---

93 Las pinceladas más enérgicas que pudiéramos emplear para dar al lector un cuadro exacto de los horrores de aquella guerra, en que la muerte o la esclavitud más cruel seguían forzosamente al vencimiento, no llenarían tan bien nuestro objeto como creemos conseguirlo copiando únicamente algunas líneas de B. Díaz del Castillo, que con aterradora sencillez y naturalidad refiere los más horribles hechos de aquella conquista. He aquí algunas palabras de dicho historiador, que probarán la exactitud de nuestra observación. Como hubo llegado (dice) Gonzalo de Sandoval con gran presa de esclavos, fue acordado que luego se herrasen, y cuando se hubo pregonado, todos los más soldados llevamos las piezas que habíamos habido para echarles el hierro de S. M. que era una G que quiere decir guerra.
[...]
Aunque Cortés nos había dicho y prometido que las buenas piezas se habían de vender en almoneda por lo que valiesen, y las que no fuesen tales por menos precio, tampoco hubo buen concierto en ello, porque los oficiales del rey que tenían cargo de ellas hacían lo que querían, y desde allí adelante muchos soldados que tomábamos buenas indias, las escondíamos y no las llevábamos a herrar.

dían a insultar a los prisioneros sus feroces enemigos tlaxcaltecas. Allí, en medio de aquellos denuestos y de las obscenas chanzas de los compradores, exhalaban estériles amenazas los esposos, los padres, los amantes, que veían rasgar los velos sus mujeres, de sus hijas, de sus amadas, para exponerlas desnudas al examen de los mercaderes, que palpaban sus carnes para conocer su mayor o menor morbidez, su frescura más o menos intacta.

¡Inaudito cambio! Las princesas de Acapizla y de Huaxtepec, que tres días antes se adormecían en sus ricas humacas mecidas blandamente entre paredes de caoba, al eco halagador de sus damas que las cantaban hazañas de sus abuelos, están hoy allí, en aquel lugar de vergonzoso tráfico, desnudas, mancilladas, aguardando como su mayor fortuna que el liviano antojo de algunos de los capitanes extranjeros, las salve de ser presa de la soldadesca desenfrenada, que suele hacer bienes comunes las adquisiciones de aquel género.

En uno de los días de mercado, el sitio a que nos referimos fue teatro de escenas verdaderamente trágicas.

Una bella esclava de catorce años que se disputaron varios compradores, había sido por último vendida al hermoso Alvarado, que siempre era espléndido cuando se trataba de dispendios como aquel. La joven, ruborosa y afligida, es presentada a su dueño, que devorando con lascivas miradas sus nacientes atractivos, la dirige palabras cariñosas que no comprende la infeliz, pero que la reaniman, pareciéndole proferidas con acento blando. Pónese entonces de rodillas y señala, hacia el extremo opuesto de la plaza, un hombre robusto y de noble aspecto que forcejeaba por desasirse de los brazos de algunos soldados que querían obligarle a seguirlos.

—¡Tatli, Tatli!⁹⁴ —decía entre sollozos la desgraciada niña. Comprendiola el capitán y compró a los soldados aquel esclavo para llevarlo consigo. Agradecida la doncella, besole los pies regándolos con sus lágrimas, y corrió ligera como una gacela a presencia del dueño.

Al recibirla en su seno hizo aquel desventurado tan extrañas demostraciones de gozo, que llamó la atención de los concurrentes. Besaba los cabellos de su hija como si quisiera devorarlos, clavaba en sus ojos miradas

---

94   Tatli quiere decir mi padre.

delirantes y llevó entrambas manos a su torneada garganta, acariciándola con vehemencia.

Un ligero gemido se escapa en el instante mismo del pecho de la joven; estremécense enseguida todos sus delicados miembros, y críspanse sus manos encima de aquellas que la ciñen. Sorprendido Alvarado, se acerca presuroso: el esclavo rechaza entonces el hermoso cuerpo, que se ha doblado en sus brazos como flexible liana, y arrójalo a los pies del capitán exclamando con ronco acento:

—¡Tómala!

Bájase Alvarado... ¡toca aquellos hechizos que le pertenecen: aun conservan el suave calor! ¡Pero la linda sierva es libre ya! ¡Su dueño solo abraza un cadáver!

En aquel mismo sitio, algunas horas después, se ahogaba con su propia lengua un general mexicano, que comprara por seis mantas de algodón un mercader tlaxcalteca.

Tezcuco, sin embargo, hacía fiestas en honor de Cortés; y sus aliados de Chalco, Mezquique, Otumba, Zempoala y demás ciudades de la serranía, llamábanle en altas voces (desafiando el poder de México), redentor de los pueblos y azote de los tiranos.

Aceptando el conquistador tan inmerecidas calificaciones, no cesaba de despachar emisarios a las provincias, ofreciéndolas su apoyo contra la tiranía del emperador mexicano; ¡y cosa singular!, aquellas gentes ilusas, que veían a sus compatriotas vendidos como rebaños en público mercado por los que se decían libertadores, eran sordos a la voz de su benigno monarca, y quejándose de su autoridad legítima y paternal, acudían al llamamiento del advenedizo que llevaba tras sí el hierro marcador de servidumbre. No bastaban, sin embargo, a Cortés los aliados que se traía en el seno mismo de la nación que se disponía a esclavizar; érale sumamente importante privar a la metrópoli del auxilio de aquellas grandes ciudades que le servían de ceñidor, ganándoselas con la política o arrancándoselas con la fuerza. Aun cuando no se consiguiese ni lo uno ni lo otro, siempre le convenía recorrer por sí mismo todos aquellos puntos de comunicación que tenía la capital a cuyo asedio se aprestaba, y elegir los de ataque según cuadrase a su plan.

Dispuso a consecuencia una nueva expedición, y ofreciéronse gustosos para acompañarle en ella, no solamente los caudillos tlaxcaltecas, sino también los texcucanos, chalquenos, otumbeños y totanaques, componiendo con sus ejércitos una fuerza de más de cuarenta mil hombres, que aumentó el jefe español con la mitad de su caballería y cuatrocientos de sus peones.

Con tan respetable hueste emprendió su marcha el día 5 de abril de 1521, y tuvo Guatimozín el dolor de verle caer sobre sus más hermosas o importantes ciudades con un ejército formado la mayor parte de propios súbditos.

Capítulo II. Gloriosa defensa de Xochimilco

Los desastres que había experimentado en Chalco el ejército destinado a sujetar aquel principado rebelde; el mal éxito con que otros tercios leales habían intentado posesionarse de Mezquique y Otumba; el incendio que devoró la mitad de Tacuba, siendo causa de que perdiesen la mejor ocasión que hasta entonces se les presentara de alcanzar decisivas ventajas sobre el invasor; la deslealtad de muchos de sus tributarios, el amilanamiento de algunos, y hasta el mal estado de su salud, jamás restablecida completamente desde que padeció las viruelas; todo se adunaba para conturbar el ánimo del desgraciado monarca mexicano; pero todo era poco para hacer flaquear su constancia.

Presintiendo con aquel instinto maravilloso que se observa en ciertas organizaciones privilegiadas, la catástrofe que se le iba aproximando, deciose sin embargo a afrontarla con faz serena, oponiendo al inexorable destino la resistencia sublime de un corazón impávido.

Con antelación a los primeros movimientos de Cortés contra las ciudades del lago, había puesto en ellas fuertes guarniciones para su defensa, conservando las mayores por guarda de la capital; pero apenas fue sabedor de la respetable fuerza con que se aproximaba aquel jefe, hizo salir a su encuentro las dos terceras partes de los ejércitos existentes en Tenoxtitlan, al mando de sus mejores caudillos. Volaron al mismo tiempo sus oficiales a todas las poblaciones del lago, excitándolas a la defensa y llevando a sus régulos las disposiciones dictadas por el emperador a fin de que no se perdonase medio para cortar la retirada al enemigo si se conseguía derrotarlo.

Cubría el ejército imperial, mientras tanto, toda la inmensa extensión del llano de Chimaloacan, situado en medio de ásperas sierrezuelas, y érale preciso a Cortés pasar por él si había de continuar vía recta el camino comenzado. Sabían esto los mexicanos, y se aprestaron a una batalla que según todas las apariencias, debía ser decisiva, pero que acaso por lo mismo no quiso entonces aventurar el caudillo español. En vez de dirigirse al llano, atravesó la sierra con tal sigilo y diligencia, que todavía le aguardaba en la llanura el ejército contrario, cuando ya el suyo había traspuesto la sierra, cruzado el valle de Yautepec, y hecho ostentación de su arrojo y perseverancia con la toma de un peñón casi inaccesible, donde se habían fortificado numerosas familias fugitivas de los pueblos del tránsito.

La sed y las fatigas que sufrieron durante aquel ataque temerario las tropas españolas y sus auxiliares, no enflaqueció en manera alguna su decisión: ganada apenas aquella fortaleza natural, emprendieron el asalto de otra más inaccesible aun, y mejor defendida por los poseedores, que después de tenaz resistencia, hubieron, sin embargo, de capitular, vencida por último su resistencia por la sed que padecían entre tan áridos peñascos, privados absolutamente de agua.

Examinó Cortés con detención aquellos puntos de defensa, que acaso podrían serle necesarios algún día; halagó a las gentes que en ellos encontró, impidiendo que la soldadesca usase de las acostumbradas violencias y rapiñas, y después de exigir a aquellas promesa solemne que no tornarían a hacer armas contra los ejércitos del emperador Carlos de Austria, de quien se reconocieron vasallas desde en tiempo de Moctezuma, continuó su marcha hasta la pequeña ciudad de Tepuzlan, que habiendo opuesto inútil resistencia a las fuerzas superiores del enemigo, fue saqueada al cabo y reducida a cenizas.

Ricos con sus despojos, cayeron enseguida los invasores sobre otras poblaciones inmediatas. En vano confió Coadalvaca[95] en la defensa de sus profundas barrancas; cayó también al golpe del acero castellano, y vio a

---

95 La ciudad de Coadalvaca (hoy por corrupción Cuernavaca) está situada en medio de hondísimas quiebras, llenas en gran parte de agua pantanosa. Entrábase a ellas por puentes que rompieron los naturales al aproximarse Cortés: el lector formará juicio de las dificultades que tendría que superar aquel caudillo para conseguir hacer penetrar no solamente sus peones, sino también sus caballos.

sus vírgenes y a sus matronas seguir encadenadas la huella sangrienta del vencedor.

Otro deseo, sin embargo, agitaba a Cortés en aquellos momentos. No eran Tepuzlan y Coadalvaca objetos principales de su atención, ni le satisfacía el botín conquistado, no obstante ser abundantísimo.

Consistía su empeño en sujetar por amistad o por las armas las capitales de Xochimilco, Iztacpalapa y Tacuba, que tan importantes eran para la realización de su plan de asedio; y sin dar descanso a su gente, encaminola hacia la primera de las nombradas ciudades, haciendo un pequeño rodeo a fin de engañar al enemigo, que no dejaría de ser instruido de sus movimientos por los fugitivos de aquellas cercanías.

A pesar de esta precaución, encontró apercibidos a los xochimilecos; habían roto las calzadas y levantado albarradas, aguardándolo denodadamente y en amenazadora actitud.

Acometieron los españoles con su acostumbrada valentía rompiendo por entre los ejércitos de la ciudad y aun por medio de las aguas, que eran tan profundas en algunas partes, que muchos murieron ahogados, y otros quedaron hinchados por la mucha que tragaron. Nada detenía empero a aquellos intrépidos aventureros, avezados a acometer imposibles: nada tampoco a los bravos auxiliares a quienes daban de continuo tan brillante ejemplo, y habíanselas en aquella ocasión con gentes tan decididas como ellos, que peleaban además en ventajosa situación. El combate debía ser por lo tanto encarnizado y fiero, y fuelo efectivamente, con tal exceso, que los cadáveres sirvieron de puente a la caballería para penetrar en la ciudad.

Cada calle fue entonces un campo de batalla, y cercado Cortés en una de ellas por los enfurecidos defensores, que dirigían contra él solo sus mayores esfuerzos, se batió con tan extraordinaria bravura, que hízolos repetidas veces retroceder asombrados. Su posición era sin embargo desesperada; no tenía a su alrededor sino a uno de sus soldados de a caballo y a algunos guerreros tlaxcaltecas, en tanto que crecía por instantes el número de adversarios, cerrándole el paso por ambos lados de la calle. Entonces fue cuando cargando sobre ellos con desesperada resolución, cayó el caballo traspasado de una lanza, arrastrando en su caída al esforzado jinete, que vio al punto arrojársele encima, como bandada de hambrientos buitres, un tropel de rabiosos enemigos.

Ya ha saltado sobre ellos la sangre del héroe, herido en la cabeza por uno de sus propios aceros (pues muchos de los jefes mexicanos empleaban entonces contra los españoles las espadas y lanzas que aquellos les dejaron por despojos en la terrible noche en que salieron fugitivos); ya cien gritos de júbilo han celebrado aquel triunfo que parece infalible, y Cortés juzgándose perdido, levanta su voz poderosa, domina todas las otras, y creyendo hacerlo por última vez, aclama con fervoroso acento el nombre de Santiago y la gloria de Castilla.

El acero, que ya ha probado su temple traspasando el yelmo que defendía aquella heroica cabeza, se levanta otra vez sobre ella, y diez y diez más brillan al punto delante de su impávido pecho; no estaba empero decretado que acabase allí una vida destinada a tanta gloria. El bizarro Olea (que tal era el nombre del soldado de caballería que le ayudara en el desigual combate) arroja un grito que atruena a los vencedores: lánzase a ellos como un león: hiere, atropella, destroza como si por inaudito milagro se triplicasen sus fuerzas y sus manos, y secundándola los tlaxcaltecas, que con sus cuerpos escudan al de Cortés, logra éste por último levantarse y defenderse por el mismo, aunque herido y desmontado, hasta que, llegando en su auxilio uno de sus escuadrones, dispersa a la ensañada multitud, que tan próxima estuvo a decidir con un golpe, no solamente el éxito de la batalla, sino acaso también los destinos del imperio.

Todavía se prolongó la lucha por algunas horas; mas era imposible continuar sosteniéndola. Estaban heridos o contusos la mayor parte de los oficiales españoles; habían perecido más de diez mil indios de los aliados auxiliares, y el único recurso posible en tal situación era acogerse y hacerse fuerte en uno de los teocalis más grandes de la ciudad. Con este objeto procuró Cortés reunir en gente, y tal empeño puso en realizar su pensamiento, que a pesar de la tenaz oposición que hubo de arrostrar, consiguió ganar aquel asilo a tiempo que oscureciendo completamente la noche, suspendieron su persecución los xochimilecos, fatigados de todo un día de incesante, combate.

Pasaron la noche los retraídos en el templo curando sus heridos, preparando saetas los ballesteros, y fortificándose del mejor modo posible en tan corto tiempo y con medios tan escasos como los que tenían. Amaneciendo apenas, asaltaron el edificio los ejércitos enemigos, aumentados con nuevas fuerzas llegadas de la metrópoli durante la noche; pero fueron rechazados tres veces consecutivas, y aun pudo Cortés mantenerse todo el día en aquel fuerte, haciendo su caballería algunas salidas por la noche, en las cuales siempre alcanzó ventajas considerables sobre el enemigo.

No eran aquellas bastante, sin embargo, para hacer posible la prolongación de tan extraña cuanto difícil situación, y acudiendo por tierra y agua nuevas fuerzas mexicanas, tuvo Cortés que abandonar su refugio, cifrando ya todo su anhelo y esperanza en proporcionarse la retirada, que no parecía dispuesto a permitirlo el contrario.

Cortés, empero, hallábase asaz habituado a vencer con su poderosa voluntad todo linaje de obstáculos, y tan extraordinarios recursos le sugerían en los más apretados trances su ingenio y su osadía, que entonces, como otras veces, salió airoso de una empresa al parecer imposible.

Sacó, pues, a su gente de Xochimilco, no sin pérdida considerable, y sosteniendo todavía victoriosamente, durante el camino que emprendió, otros varios ataques de los ejércitos del imperio, que unos le seguían, otros le salían al encuentro atajándole el paso, llegó por fin a territorio de Tezcuco, a donde le aguardaba, sin que él lo recelara, peligro mayor y más sensible que todos aquellos de que a fuerza de valor y de sufrimiento acababa felizmente de libertarse.

Los xochimilecos, en tanto, corrían gozosos a Tenoxtitlan a presentar al emperador los prisioneros hechos al enemigo, entre los que había tres soldados españoles, cuyos corazones palpitantes reclamaban al punto, como imprescindible tributo, los teopixques de Huitzilopochtli.

Capítulo III. Conspiración de Villafaña

Nunca se ejerce impunemente la superioridad de genio. Nunca los hombres que dominan a sus iguales por la sola alteza de su pensamiento logran inspirar aquella ciega veneración que sin dificultad tributamos a la excelsitud del nacimiento. Esta rareza se explica muy bien. El uno es un derecho concedido por nosotros; el otro lo dispensa solamente el cielo. En aquel reconocemos nuestra fuerza; en éste vemos probada nuestra debilidad. Obedecemos sin repugnancia al dueño que nos elegimos; pero jamás con gusto a aquel que nos manda por decreto más alto de la naturaleza.

Al levantarse los grandes hombres de todos los siglos, de todos los países, han sido siempre anunciados por el instinto repulsivo de las medianías, presienten estas, aun antes de probarla, aquella fuerza extraña que debe dominarlas a su pesar, y afánanse por sacudirla, así como el caballo, todavía indómito, bota, relincha y huye al aproximársele el hombre; porque la naturaleza, próvida y maternal con todas sus criaturas, le dio, para advertirle del peligro, un ojo de aumento que le presenta con colosales formas el ser inteligente cuya débil mano debe enfrenarle a su capricho.

Para el bien, como para el mal, encuentran resistencia tenaz los que nacen con gran capacidad de obrar el uno o el otro. Sus actos todos son otros tantos triunfos, porque su vida entera es un perpetuo combate: combate disculpable y aun legítimo mientras no sea alevoso, mientras solo presente por espectáculo la resistencia de muchos al dominio forzoso de uno; la vanidad común, oponiendo un dique al orgullo invasor de la inteligencia privilegiada.

No siempre empero se sostiene de aquel modo la lucha; no emplea en su defensa la multitud únicamente las armas permitidas, y ni aun bastan alguna vez las del odio, de la calumnia, de las asechanzas pérfidas: a veces realzando a su pesar la fuerza que combate, reconoce su poca insuficiencia, comprando con el crimen la victoria.

¡Cuántos bajaron al sepulcro con el nombre de tiranos, solo por haberse apropiado el de libertadores los asesinos!

Nosotros no formaremos jamás el juicio de Cesar sobre el puñal de Bruto, y ni aun quizá buscaremos su condenación en las destrozadas entrañas de Catón, porque la sangre que brota de ellas nos ahoga con vapores de orgullo, y ocúrresenos preguntar: ¿abriose el célebre romano las puertas de la tumba por no ser testigo de la opresión y mengua de su patria, o por negarse a los rayos de una gloria que le deslumbraba, de una fortuna de que su soberbia se ofendía?...

Hernán Cortés, una de las más grandes figuras que puede presentar la historia, Hernán Cortés que, no ha sido elevado a toda su altura ni aun por aquellos desacertados panegiristas que han alterado la hermosura de los rasgos del hombre, queriendo deificarlo; Hernán Cortés, tipo notable de su nación en aquel siglo en que era grande, guerrera, heroica, fanática y temeraria; Hernán Cortés, que hubiera sido un Napoleón si arrullase su sueño de niño el trueno de la revolución francesa, y que hoy, más glorioso que Napoleón, se nos presenta con la aureola de la conquista de un imperio en la nomenclatura de los ilustres vasallos; Hernán Cortés, digámoslo en fin, debía tener y tuvo la suerte común a todos los hombres justamente célebres. Persiguiolo anticipadamente la envidia; afanose por denigrarlo hasta después de muerto la calumnia, y acechole la traición, abrigada en aquellos mimos corazones que aprendieran del suyo a no temblar jamás en tantos peligros de que reportaron en común indestructible gloria.

Mientras infatigable el caudillo rodeaba la gran extensión del lago, examinando y eligiendo los puntos de ataque convenientes a su gran proyecto, mientras afrontaba los mayores riesgos para privar a México del baluarte, por decirlo así, que le prestaba su ceñidor de ciudades; mientras dejaba impreso con su propia sangre el testimonio de su arrojo y constancia en el suelo de Xochimilco, la cautelosa perfidia minaba sordamente aquel en que debía reposar sus fatigadas plantas después de tantos y tan honoríficos afanes.

Villafaña, uno de sus oficiales, era el principal corifeo del alevoso complot tramado contra una vida ilustrada ya por tantas proezas y reservada por el destino a mayores y más gloriosas vicisitudes.

Muchos de aquellos soldados hazañosos, compañeros suyos en las fatigas, habían (con vergüenza lo decimos) habían trocado la siempre victoriosa espada por el ominoso puñal; y el héroe escapado milagrosamente de las lanzas del enemigo, entró en Tezcuco rodeado sin sospecharlo de traidores amigos.

Pálida la faz, trémula la mano que aun empuñaba indignamente un acero de Castilla, saliole al encuentro Villafaña. Los ojos del águila habituados a los rayos del Sol no se detienen por lo común a examinar los pliegues imperceptibles del reptil que arrastra por el fango su venenoso diente: así la mirada penetrante de Cortés, fija constantemente en su porvenir de gloria, no se paró ni un instante en aquella frente, marcada ya por la pavura del crimen, y permitió manchase la suya, húmeda todavía de honroso sudor, el beso inmundo de aquel nuevo Judas.

Tembló, sin embargo, el traidor, y era ahogado su acento cuando dijo:

—Bendito sea Dios nuestro Señor que ha sacado con bien a Vd. de las garras de esos perros indios. Graves cuidados nos han aquejado durante la ausencia de nuestro gran capitán, recelándonos de las traiciones de esa gente descreída; pero pues ya, con el favor del cielo, tenemos la dicha de veros salvo y glorioso, dígnese Vd. aceptar un leve obsequio que le tenemos aparejado, viniéndose a comer con nosotros.

—Me place vuestro convite, señor Villafaña —respondió jovialmente el caudillo— pues tan de cerca nos ha seguido la pista el enemigo y tan mal nos recibían en esos pueblecillos del tránsito, que no me desmentirá mi estómago si os digo que nada ha entrado en él hace más de cuarenta horas. No han sido, como presumir podéis, más felices mis compañeros, y si vuestra dispensa está tan bien provista como infiero de vuestras rollizas carnes, os estimaré muy mucho hagáis extensiva vuestra fineza a los oficiales que vienen conmigo y a algunos de los jefes tlaxcaltecas, chalquenos y tezcucanos, pues todos se han portado a maravilla.

La asistencia de tanta gente a un banquete de muerte no convenía a Villafaña, que se excusó diestramente pretextando que no había dispuesto sino los cubiertos necesarios para los ya convidados, y el general, ajeno de toda sospecha, dijo alegremente, vuelto hacia el príncipe tezcucano, que estaba a su derecha:

—Espero, señor don Fernando, que ordenareis se trate bien a nuestros aliados y a vuestros súbditos, de los cuales vengo completamente satisfecho; y mañana me convido yo mismo a vuestro desayuno, ya que hoy quiere hacerme conocer la habilidad de su cocinero tlaxcalteca nuestro buen amigo Villafaña.

Los ojos del príncipe, clavados tenazmente en el rostro del traidor, se volvieron en aquel momento hacia Cortés con extraña expresión de inquietud, y dijo en mal castellano:

—Yo ruego al Malinche que honre mucho a su buen capitán Villafaña no comiendo nada que aquel no le dé con su mano y pruebe con su boca.

El tono con que acompañó las últimas palabras el joven tlatoani llamaron, sin fijarla empero, la atención de Cortés: distraído al punto por los otros capitanes españoles y magnates tezcucanos, que le felicitaban a porfía, no volvió a pensar en aquello, y algunas horas después atravesaba las calles de la ciudad galanamente ataviado y asido familiarmente del brazo de Villafaña, en cuya casa le aguardaban ya los conspiradores infames, dispuestos a sentarse con él a la mesa en que se debía brindar por su vida al comienzo del banquete en las mismas copas que a los postres habían de llenarse con su sangre.

La casa que habitaba Villafaña, que le había sido cedida por uno de los opulentos teutlis de Tezcuco, estaba situada en la misma plaza en que descollaba un gran edificio que había sido templo y era en la actualidad uno de los cuarteles españoles. La mayor parte de los aposentos en él estaban comprendidos en la trama y debían ponerse sobre las armas a una señal convenida. Designado estaba el sustituto de Cortés en el mando del ejército, aprestado el barco que debía salir inmediatamente que se consumase el crimen a llevar aviso a Diego Velázquez, adelantado de Cuba, con cuya protección y gratitud contaban fundadamente los que se proponían libertarle de aquel que era objeto de su antiguo odio y ensañada envidia.

Tomadas, pues, todas las medidas que juzgaron conducentes al buen éxito de su plan, esperaban a Villafaña los convidados, no sin aquel pavor inseparable de la maldad, en tanto que el infame conducía por sí mismo a la víctima, mintiéndole afecto con la almibarada, aunque trémula voz de la perfidia.

Un soldado de mala traza y que según los traspiés que daba y los ángulos que describía en su marcha, podía calificarse de borracho, iba siguiéndolos constantemente, bien que ni uno ni otro se apercibiesen de ello. Con todo, al entrar en la plaza, viéndose ya la casa a que se dirigían, el beodo apretó el paso encaminándose en línea recta a los que le precedían, y solo al emparejar con ellos tornó a dar muestras de su vergonzoso estado, hasta el punto de hacerse notar por el caudillo, que naturalmente severo, no echó de ver sin indignarse las señales positivas de un exceso que jamás dejó impune. Soltose con brusco movimiento del brazo de su compañero, y con ceñudo semblante se acercó precipitadamente al soldado, que en vez de aguardarle se alejaba aumentando la distancia entre su persona y la de Villafaña, con más celeridad que la que debía esperarse de un hombre en aquella situación.

—¡Pícaro! —dijo el jefe con tremendo tono—; ¿cómo te atreves a presentarte en estas calles después de haberte llenado del maldito brebaje que solo un borracho de profesión como tú pudiera tragar sin repugnancia?

—Mi general —articuló rápidamente el soldado—, no entre usted en casa de Villafaña; le va en ello la vida.

Quedose suspenso Hernán; pero decidiéndose con la presteza que acostumbraba, volviose sereno a donde estaba el traidor, y díjole cordialmente:

—Seré con usted, al instante, señor Villafaña; pero hame indignado la desvergüenza de ese miserable y quiero presenciar su castigo.

—Acompañaré a usted —respondió cortésmente el oficial—, si es que se empeña en hacer por sí mismo lo que corresponde a subalternos, que a una voz acudirán del vecino cuartel.

—En manera alguna —repuso decididamente Cortés—; háseme antojado ir solo y por mí mismo a ver apalear a ese bergante, y ruego a usted me aguarde diez minutos en su casa.

Alejose apenas concluyó estas palabras, y viole Villafaña llegar airado al fingido beodo, darle un empellón para hacerlo andar y seguirlo en su marcha oblicua, con aquella paciente perseverancia que era rasgo distintivo de su carácter.

Luego que estuvieron a suficiente distancia, se detuvieron a la vez como si obrasen de acuerdo el general y soldado, y dijo el primero:

—¡Habla!

—Estáis vendido, mi jefe: Villafaña es traidor, cómplices suyos los convidados con quienes debéis comer y los que se alojan en este cuartel, a cuyos umbrales tocamos. Si usted llega a traspasarlos o entra en mala hora en casa del que lo espera, no saldrá con vida seguramente. Usted debe pensar lo que le conviene hacer, pues concertado tienen el traspasaros a puñaladas, y son muchos los conjurados y veo inminente el peligro.

No pregunta más el caudillo; no se nota turbación en su rostro ni embarazo en su espíritu. Da sus órdenes al soldado sin aturdimiento ni indecisión; despídelo apretándole la mano con franca y honrosa familiaridad, y se encamina con mesurado paso a la morada de su amigo Sandoval, a donde halla casualmente a Alvarado, Lugo, Otea y algunos otros capitanes.

Instrúyeles detalladamente del suceso con la misma serenidad que si se tratara del hecho más natural o insignificante; pero previéneles al mismo tiempo que está resuelto a ejecutar en los culpables aterrador escarmiento.

Al decir esto, su penetrante mirada pasaba sucesivamente con la expresión terrible de uno a otro de sus oyentes: ninguno empalideció: en el semblante de todos alternaban únicamente la sorpresa y la indignación. Abrazoles Cortés, y lo que no consiguiera la ira de la inesperada traición ni el sentimiento del grande peligro, obtúvolo entonces la dulce certeza de la amistad: flaqueó la firmeza del héroe, y una lágrima corrió de sus ojos en brazos de sus leales compañeros.

Una hora después Villafaña le vio atravesar sus umbrales con faz risueña, y los cómplices de su alevosía acudieron con él a festejarle sin que ninguno alcanzase a descubrir indicios del más leve recelo en aquel rostro, que examinaban con mal disimulada turbación.

—La sopa se enfría y solo por usted se espera —dijo el dueño de la casa alargando la mano a su víctima.

Tomósela Cortés y apretola con tal fuerza, que arrancó un gemido a Villafaña.

—Tenéis unos dedos de hierro, mi general —exclamó balbuciente; pero enmudeció, temblando al encontrar la mirada que en aquel instante pesaba sobre él.

—Ya lo conocéis, señor Villafaña —dijo con amarga sonrisa el héroe—; tengo una mano de hierro y una mirada de hielo, puesto que os hace temblar; pero no sabéis todavía, y quiero probároslo, que tengo también un corazón invulnerable al puñal de los asesinos, porque lo escuda esta penetración que llega hasta el fondo del vuestro y lee en él la traición como en vuestra frente el miedo.

Dijo, y dando una voz; precipitáronse en la sala sus capitanes y muchos soldados armados, que cercaron al punto a los reos, aterrados por tan súbito e imprevisto desenlace. Cortés arrancó por su mano del pecho de Villafaña la lista de los conspiradores que descubrió, queriendo rasgarla, y leyola de principio a fin, no sin muestras de admiración y dolor. Ambos sentimientos debió experimentar realmente si, como por entonces se dijo, estaban comprendidos en aquella vil conspiración algunos de sus más estimados compañeros: jamás, empero, se han podido averiguar sus nombres.

Villafaña murió por justa sentencia con la muerte de los traidores; los que con él estaban fueron expulsados con ignominia de aquellos dominios con tanta gloria conquistados; pero cuando Sandoval preguntó a Cortés en presencia de todos los capitanes, quiénes eran los demás culpables que había descubierto en la lista cogida a Villafaña y qué castigo se daría a los batallones complicados en el delito, aquel grande hombre respondió con magnánima resolución:

—La lista, señores, se borró en el pecho de Villafaña, y solo en él dejó la mancha de tan vergonzosa infamia. Yo espero que los nombres que contenía sean de hoy más inscritos solamente en la nomenclatura de los valientes y leales, según conviene a la gloria de nuestra común patria y al servicio de nuestro augusto rey, a cuyo cetro debemos sujetar estos vastos dominios. Por lo que respecta a la tropa seducida para tomar parte en el pasado complot, lavarla he del baldón que contrajo por ignorancia, haciéndola verter arroyos de sangre del enemigo.

Capítulo IV. El senado de Tlaxcala y Xicotencalt

Era el primer día de las Pascuas de Espíritu Santo; día en que Cortés, aparejados sus trece bergantines y tomadas todas las disposiciones convenientes para el próximo sitio que iba poner a México, pasaba revista a su ejército, después de haber asistido a las fiestas religiosas que se celebraron por su orden en los templos de Tezcuco, según requería aquella solemne conmemoración.

También los neófitos de Tlaxcala practicaban aquel día algunas ceremonias católicas, adulteradas con reminiscencias de sus antiguos ritos, y asistía a ellas el senado, que no perdonaba medio alguno de hacerse grato a Cortés.

Don Lorenzo de Vargas (que tal era ya el nombre del padre de Xicotencalt) edificaba a los nuevos cristianos con las muestras de su devoción, y al verlo de rodillas en el blanco pavimento de la capilla, iluminada su devastada cabeza, salpicada apenas con algunos mechones de plata por la rojiza luz de resinosas caobas; cruzadas sobre el ancho pecho sus flacos y nervudos brazos, cerrar los ojos y levantar la voz rogando fervorosamente al cielo por la causa de la justicia [ila causa de los conquistadores!], un observador imparcial se hubiera maravillado, creyendo encontrar en aquel indio republicano la personificación exacta del fanatismo de sus extranjeros dueños; el tipo perfecto de aquella época de fe y aberración, en que la causa de Dios no era en Europa la de la humanidad, en que se enseñaba el dogma de la misericordia con la punta de la espada, con la llama de la hoguera, y se plantaba el altar de la hostia, cándida y pura, afirmando sus cimientos en un suelo enrojecido por inocente sangre.

Cuando terminaron las ceremonias, el senado se retiró gravemente; no, empero, sin comunicarse en voz baja una observación que todos hicieron igualmente, y era la de que el general Xicontencolt no se había presentado en el templo, no obstante habérsele ordenado expresamente.

El anciano don Lorenzo se apresuró a disculpar a su hijo, bien que allá en sus adentros no se hallase tampoco muy contento de la conducta de éste.

Aparentaron los senadores quedar completamente satisfechos, y aconteciendo que se les trajese aviso en aquel instante de haber llegado de Tezcuco un mensaje urgente, expresaron con tono absoluto que era indispensable asistiese al consejo, que iba a reunir para oírlo, el joven general de los ejércitos de la república.

En efecto, algunos minutos después, hallándose juntos aquellos magnates en el vasto salón de las asambleas, compareció casi al mismo tiempo que los emisarios de Cortés el enemigo de éste.

Eran los primeros los teutlis tezcucanos, un caudillo tlaxcalteca y el intérprete Aguilar, al que daban escolta algunos soldados españoles. Todos iban con atavíos marciales, y Xicotencalt se presentó también en traje de guerra, realzado con las insignias de su elevado rango. Blanco y encarnado eran habitualmente los colores que usaba aquel caudillo, y ellos formaban en el día a que nos referirnos el matiz vistoso del rico penacho que coronaba su casco de plata. Descendíale hasta las rodillas un tonelete, admirablemente tejido, de pelo de conejo tres veces empapado en líquido carmín, guarnecido con una franja o cenefa de plumas de cisne, entretejidas con notable primor. Debajo de esta falda, cubríale, los muslos una coraza de algodón, roja también, impenetrable a las saetas más agudas, la cual le subía hasta el cuello, sin embarazar sus movimientos, prestando sujeción en aquel extremo superior a un airoso manto blanco que se unía a ella por medio de brochecitos de oro, y que caía hacia atrás formando multitud de pliegues. Sobre éste llevaba a la espalda el arco y el carcax, el escudo al brazo, en la diestra una corta pica laminada de plata, y alta la visera, que dejaba ver la expresión ceñuda y melancólica de su varonil semblante.

Colocose a la derecha de los senadores, que ocupaban sentados en hilera magníficos divanes de maciza caoba, y se mantuvo en pie inmóvil y silencioso mientras duró el discurso del enviado español, que se limitó a expresar los sinceros votos que formaba incesantemente su jefe por la gloria y prosperidad de la república, a la que daba aviso de estar ya aparejados como convenía los buques destinados al asedio de México, abierta la zanja por la cual debían sacarse al lago, y tomadas todas las disposiciones conducentes a asegurar el éxito de aquella grande empresa. Que para comenzar su realización solo faltaba al caudillo la reunión completa de toda su fuerza, rogando en consecuencia al senado se sirviese enviarle con la brevedad posible toda la gente de guerra con que tuviese a bien auxiliarle.

Que habiendo reclamado igual servicio de sus aliados de Tezcuco, Chalco, Mezquique, Otumba y demás provincias adictas a la justa causa, esperaba poder juntar un ejército formidable, con el cual y la protección del cielo se prometía pronto y completo triunfo, mayormente si el invicto Xicotencalt, accediendo a los deseos de la patria, consentía en dirigir por sí mismo las invencibles huestes de la república.

El senado, sin deliberación alguna, votó propiciamente a las exigencias de su extranjero amigo, ordenando con tono absoluto al joven caudillo, que fuera hasta entonces mudo espectador de aquella escena, que reuniese sin pérdida de tiempo todas las fuerzas de Tlaxcala y marchase al frente de ellas a prestar el debido auxilio al general de Castilla, a fin de que llevase a cabo con menos dificultades aquella empresa de común interés.

Adelantose con paso mesurado y aspecto grave el hijo de Vargas, y deteniéndose al frente de los senadores, la espalda vuelta a los emisarios y apoyada ligeramente la robusta diestra en la pica de que iba armado, dijo con desenfado, aunque sin faltar a la moderación que aquel lugar requería:

—¡Padres de la república!, si la voz de un guerrero, ya tantas veces desatendida por vosotros, pudiera resonar más alta en este día o encontrar menos sordos vuestros oídos, levantárala resueltamente para deciros, con franca lealtad, que Tlaxcala no puede sin eterno oprobio adoptar por suya la causa de dioses y de reyes extranjeros; que no es ya México el mayor enemigo de nuestra libertad; que no es contra él que debiéramos armarnos, y que más que el nombre de amiga de los hombres de Oriente, sería honroso a la república el de esclava del imperio.

Un murmullo de indignación cubrió un instante la enérgica voz del orador; pero sobrepúsola a fuerza de pulmones, y añadió con entereza:

—Convencido por desgracia de que tales reflexiones son perdidas en este sitio, solo quiero rogaros, ¡oh padres de la patria!, que carguéis vosotros la responsabilidad de actos que no puedo aprobar, que no acierto a comprender y para los que no creo necesario en manera alguna el auxilio de mi humilde brazo.

El más anciano de los senadores tomó la palabra, y desentendiéndose de cuanto acababa de expresar el joven guerrero, manifestó con acento solemne y severo que la república exigía la obediencia que le era debida y le ordenaba ocupar el puesto que le había conferido, so pena de ser declarado indigno de él y exonerado como traidor.

La profunda indignación que aquellas palabras produjeron en Xicotencalt solo pudiera compararse al amargo pesar que causaron en su padre.

Impelidos por tan contrarios sentimientos, entrambos se lanzaron a la par en mitad de la sala; dispuesto el uno, según las apariencias, a arrancarse por su mano los distintivos del rango de que amenazaban degradarle, y el otro a interponer sus ruegos para evitar, si era posible, la realización de aquella amenaza.

Al encontrarse, empero, uno al frente del otro, el joven y el anciano, que tan tiernamente se amaron hasta el día en que se interpuso entre ellos el guerrero de Castilla, se detuvieron de súbito, clavándose recíprocamente una mirada de dolorosa inquietud. Cada uno, en efecto, recelaba con razón de las intenciones del otro: Xicotencalt temía se humillase su padre en presencia de aquel concurso, intercediendo por él con el senado, el neófito don Lorenzo preveía, por su parte, que el imprudente mancebo iba a agravar su culpa con algún nuevo exabrupto de importuna soberbia.

Miráronse los dos un momento entre sobresaltados y tristes; pero rompió el silencio Xicotencalt y dijo con tono de respetuosa queja:

—¡Todavía, oh padre, todavía te empeñas en causarme disgustos! El senado de Tlaxcala, ese senado que...

El anciano se dio prisa en interrumpir una frase cuyas primeras palabras anunciaban acerba acusación, y con las lágrimas en los ojos, trémulas las manos, balbuciente la voz y presuroso el acento, dijo al fogoso caudillo en ademán suplicante:

—¡Xicotencalt! ¡Hijo mío! Hoy cumplen veintisiete años que tu madre, pálida y desfallecida por los atroces dolores con que anunciaste tu venida al mundo, te puso en mis brazos diciéndome: «Los dioses te han dado un hijo y un ciudadano a la patria».

¡Xicotencalt!, hoy hace veintisiete años, y la patria llama inútilmente a su ciudadano, e imploro yo en vano a mi hijo. ¡Xicotencalt!, en el instante en que la patria te diga ¡yo te rechazo, mal ciudadano!, tu padre responderá a su voz: ¡yo te maldigo, mal hijo!, pero la luz de aquel día será la postrera que verán mis ojos: ¡Xicotencalt!, ¡piensa en esto!, hoy hace veintisiete años que viniste al mundo, atormentando a tu madre, que sonreía orgullosa, sin embargo, en medio de sus lágrimas, porque yo la decía: «¡Me das un hijo que será mi ventura!».

Aquel tierno recuerdo, expresado con sencillas voces y patético ademán, conmovieron hondamente al noble corazón del joven general.

Todavía quiso en la lucha de su ternura y su resentimiento lanzar una mirada acusadora al senado, testigo silencioso de aquella escena; pero el llanto que a pesar suyo se agolpó repentinamente a sus párpados, veló los rayos de sus pupilas de fuego, y avergonzado de su debilidad a la par que impelido por su afecto largo tiempo reprimido, echose en brazos de su padre, y por más de dos minutos los sollozos embargaron su voz.

Conmovidos los circunstantes, conservaron igualmente silencio, y el senado dio visibles muestras de haber depuesto su severa gravedad.

Levantó por último la cabeza el caudillo republicano, y dijo con profunda emoción:

—Hoy hace veintisiete años que vine al mundo, y en aquel día la patria y mi padre, fieles a sus dioses y celosos de su libertad, diéronme el valor que siempre distinguió a los tlaxcaltecas y la independencia de carácter que debe caracterizar a un republicano. ¡Hace veintisiete años, y la patria y mi madre me demandan hoy el sacrificio de mis convicciones!... ¡me arman a nombre de extranjeras divinidades, para entronizar tiranos!... Los ultrajes que pudiera atraerme mi justa resistencia no me reportarían afrenta; pero ha llegado a mi corazón la voz del padre que me engendró, y no me siento bastante fuerte para comprar mi gloria a precio de lo que juzga su dicha.

Hoy hace veintisiete años que vine al mundo, y desde aquel día pertenezco a Tlaxcala y al que me dio vida para servir a Tlaxcala.

Dispongan de mí Tlaxcala y mi padre; pero no caiga sobre el que obedece la responsabilidad del indigno mandato. He dicho, padres de la república; apenas el Sol haya velado sus rayos para no alumbrar nuestra afrenta, cincuenta mil guerreros saldrán conmigo para Tezcuco.

Desapareció tan luego como hubo terminado estas palabras en medio de vítores de los asistentes, y según lo ofreciera, a la última hora de la tarde se vio salir un ejército numeroso, en cuyo centro brillaba a la tibia luz del crepúsculo la orgullosa enseña de la república, que era una águila blanca en campo rojo, encumbrándose altiva, fijos los ojos en un Sol de oro.

—¡He recobrado a mi hijo! —decía llorando de alegría el anciano Vargas—; y sin embargo, un amargo presentimiento oprimió su pecho al pronunciarlo y se le oyó murmurar con acento trémulo:

—Hay felicidades parecidas al relámpago; lucen al estampido del rayo que mata, y llevan en pos oscuridad profunda.

Capítulo V. Xicotencalt

Dos días después de haber entrado en Tezcuco el ejército de Tlaxcala, saliendo a recibirlo a distancia de algunas millas Cortés y sus capitanes, que se esmeraron en honrar y festejar a porfía al bizarro Xicotencalt, pregonose a son de tambores y trompetas el asedio de México y las ordenanzas que durante él debían observarse escrupulosamente. En el mismo día hizo alarde de su gente el tlatoani de Tezcuco, que había aprontado para auxiliar a su protector cerca de treinta mil hombres, y llegó de Chalco y de los otros pueblos aliados una fuerza casi tan respetable como aquella, comandada por entrambos señores chalquenos y el arrogante príncipe de Otumba.

Magnífico aspecto ofreció en la revista general que pasó entonces Cortés, la reunión de tantos ejércitos de diversas naciones, confundiendo sus banderas bajo el pendón de Castilla, enarbolado en aquella tierra extranjera y remota por una hueste de mil y cincuenta aventureros, que no ascendía a más, aun después de tan repetidos refuerzos, el número de españoles.

En la noche de aquel día, antevíspera del señalado para el cerco de México, en hora avanzada, cuando ya todas las tropas se habían recogido a sus cuarteles y yacían en descanso los moradores de Tezcuco, un hombre de elevada estatura, envuelto en un ancho manto a manera de albornoz, se paseaba lentamente a las orillas del solitario lago; parándose de vez en cuando para echar una mirada triste al sitio en que levantaba la metrópoli imperial las elegantes torres de sus enormes teocalis.

Imposible nos fuera describir ahora la situación de espíritu que privaba del general reposo a aquel encubierto personaje, sin recordar que en las mismas fatales riberas y con aspecto igualmente melancólico, hemos visto, en tiempo no lejano todavía, al valiente Cacumatzin condenado por el destino a no ver lucir los albores de aquel nuevo día que debía disipar con su presencia las nocturnas sombras en que envolvía los amargos pensamientos de su devorante insomnio.

Tan tristes como aquellos, pero de distinta naturaleza, eran los que agitaban al desvelado incógnito que ahora nos ocupa y cuyo nombre dejará de ser un misterio para nuestros complacientes lectores, si paran mientes en una observación que vamos a indicarles, y es que a los tibios rayos de la Luna, que se avecina a su ocaso en el instante mismo en que ofrecemos a su vista al paseador solitario, se puede distinguir por la abertura de su manto, que agita algún tanto la brisa de la noche, que son blanco y rojo los colores de su vestidura. Superflua, empero, nos parece esta advertencia, pues deteniéndose por cuarta o quinta vez en actitud pensativa, vueltos los ojos hacia Tenoxtitlan, articula por último estas palabras, que no pueden dejarnos ninguna duda respecto al nombre de aquel que las dice:

—¡Oh Tenoxtitlan, Tenoxtitlan!, ¡muy niño he aprendido a aborrecer tu nombre, y hoy, avergonzado delante de ti, compadezco y envidio tu destino! ¿Saldrás vencedora o destrozada?... ¡Qué importa!, erguida o en escombros, te quedará tu gloria; al paso que tu antigua enemiga, ora triunfe, ora sucumba, solo conservará la mengua de haber venido a tu suelo para cargarte las cadenas que ha echado vilmente sobre su propio cuello.

No dijo más, porque agolpábanse a su mente multitud de ideas y de reflexiones que era imposible pudiera expresar el labio. Después de haber hecho el sentimiento filial el sacrificio impremeditado de sus íntimas convicciones, sintió Xicotencalt debilitarse aquel impulso, ruborizose de su flaqueza, y más de una vez le asaltó la tentación de volver atrás y rendir a los pies de su padre, causa querida de su vergüenza, una vida que detestaba, si había de serle forzoso mancillarla, exponiéndola voluntariamente en defensa de extranjeros tiranos. Jamás, sin embargo, fueron tan violentos los combates de su alma como en la noche a que nos referimos. Clavados estaban en su pensamiento todos los recuerdos de aquel día: la declaración solemne del próximo asedio, el bando pregonado, los bergantines ocupando la zanja por donde habían de botarse al lago; todos aquellos preparativos ejecutados con admirable orden y diligencia, y por último, tantos pueblos rebeldes y traidores aprestados a entronizar con sus armas a un monarca desconocido, bajo el dosel de los legítimos reyes; todas estas circunstancias, presentes a su imaginación, le sugerían acerbas reflexiones, y llegó a parecerle no solamente loca e indigna, sino también criminal y cobarde, la ayuda que iba a prestar su brazo a la violenta agresión de los españoles contra un príncipe infamemente vendido por sus propios vasallos, y con injusticia perseguido por los huéspedes ingratos que hallaron en su antecesor Moctezuma la benévola cuanto imprudente acogida causadora de la ruina de aquel infeliz monarca.

Había visto aquel día la formidable fuerza que reunía ya el invasor; conocía por experiencia las extraordinarias ventajas que le prestaban su táctica y la disciplina de su tropa, así como la superioridad de sus armas, y al pensar en la sangre que iba a derramarse en aquella lucha, al concebir la posibilidad de que sucumbiera el imperio, no pudo menos de conmoverse, horrorizándose enseguida al preguntarse a sí mismo: ¿y cuál será en aquel caso la suerte de Tlaxcala? Instrumento hoy de la ambición ajena, ¿qué debe esperar de aquellos cuyo yugo haya impuesto ella por su propia mano al poderoso de los Estados del Anáhuac?...

—¡Oh ilusa y caprichosa república! —exclamó el joven guerrero—, exaltado por tales ideas. ¿Deberé ceder a tus locas exigencias y a los indiscretos ruegos de un padre cuya razón se ofusca con los hielos de setenta inviernos? ¿Pelearé aquí bajo las órdenes de un jefe extranjero para conquistar a su dueño los tronos americanos, mientras que adormecido en engañosa confianza no escucha tu senado una voz leal que sin cesar le grite: «¡Levántate insensato! ¡Levántate, que aun es tiempo, y acaso no lo será mañana! ¡Levántate y mira a la patria, que hoy alucinada por tu acento olvida imprudentemente su gloria, pero que desengañada más tarde te pedirá cuenta de su libertad, porque su libertad será sumergida en esos ríos de sangre que van a correr por este suelo a perderse en este lago! ¡Para ti no hay alternativa después de la lucha fatal! ¡Aquel que venza será tu dueño!»

Terminado este soliloquio proferido con vehemencia y como si realmente lo estuviese escuchando el senado, quedose sumido en honda y larga meditación. Después tornó a pasearse agitado, y luego a pararse nuevamente con aire pensativo.

Era indubitable que fluctuaba, durante aquellas horas, entre abrazar decididamente o desechar para siempre una resolución temeraria que le sugería su mente; pero cuando observó que comenzaban ya a colorearse ligeramente las nubes del Este y que en breve debía aparecer el Sol, cesaron de súbito sus vacilaciones, calose hasta las cejas la capucha de su manto, empuñó su pica, que había clavado en la húmeda arena de la ribera, y echó a andar apresuradamente.

Seis horas después, los otros jefes del ejército tlaxcalteca dieron aviso a Cortés de que faltaba de Tezcuco el general Xicotencalt, y un mayeque tezcucano declaraba haberlo encontrado a dos leguas de la ciudad, solo, disfrazado, dirigiéndose, según las apariencias, a la frontera de la república. Ordenó el caudillo español que los mismos comunicadores de aquella noticia corriesen, en compañía de algunos teutlis tezcucanos, a alcanzar al fugitivo, rogándole se volviese inmediatamente al campamento, y ordenándoselo expresamente a nombre de la república, si no bastaban a apartarle de su resolución las instancias y los consejos.

Fatigado Xicotencalt por tantos días de secretos pesares y agitaciones, por una larga noche de vigilia y por tres leguas que anduvo sin descanso, detúvose en un pueblecillo del territorio de Tezcuco, y allí le encontraron alojado en humilde choza los emisarios de Hernán.

Sorprendido a vista de ellos, pero sereno y resuelto, escuchó su mensaje sin interrumpirlos ni dar señales de disgusto o aprobación, hasta que hubieron agotado toda su elocuencia para encarecerle la fealdad de su deserción y lo indispensable que era para su gloria, y aun para la seguridad de su vida, se volviese con ellas a prestar sus servicios a la causa de la república, que se había identificado con sus aliados.

El joven caudillo limitó su contestación a estas breves cuanto enérgicas palabras:

—Si soy un reo y merezco la muerte, a presentarme voy a aquellos que tienen únicamente el derecho de juzgarme. Decid vosotros al que os envía, que al abandonar su campo no huyo de los peligros, sino de la infamia, y que sobre aquel recaerá ésta que ose interpretar con malicia la conducta de un guerrero que siempre fue el primero en lanzarse al combate y el último en retirarse, cuando se lidiaba por la libertad y el honor de la república, no por los intereses de los advenedizos codiciosos. Nada más tengo que deciros, ni nada más os escucharé que lo que ya expresasteis.

Los comisionados tuvieron que volverse a Tezcuco sin haber conseguido su objeto, y Xicotencalt, después de dos horas de descanso, continuó su camino, coordinando el discurso que pensaba dirigir al senado a fin de arrancarle, si era posible, de su funesto empeño.

—Si nada alcanzo, pensaba, si son como otras veces sordos a mi voz, ciegos a la verdad, entonces dispongan de mi vida, mas déjenme mi honor. Envidiada será algún día mi muerte, si la recibo por haber defendido la libertad de mi patria, prefiriendo el sepulcro a la ignominia.

Embebido en estos pensamientos continuaba su marcha a paso regular, cuando percibió a su espalda el galope de dos o más caballos, que al parecer se iban aproximando. Desviose un poco a la vereda del camino, cobijándose bajo las pomposas ramas de un florido mamey, y volviendo los ojos al punto de donde partía el rumor. Poco después distinguió claramente que venían efectivamente hacia él cuatro soldados españoles de caballería corriendo a media brida, y seguidos por un alguacil que montaba también una yegua cordobesa perteneciente a Cortés. Las miradas examinadoras que echaban sin cesar a uno y otro lado del camino, indicaban suficientemente que iban en pos de alguno, y Xicotencalt no dudó ni un instante ser objeto él mismo de aquella pesquisa.

Extraño hubiera sido no le descubriesen los jinetes, y vergonzoso para su orgullo el hacer esfuerzo por ocultarse; así, apenas vio próximos a los que al parecer le buscaban, salioles al encuentro con frente severa y ademán firme. Apenas conocía algunas voces de la lengua castellana; pero haciéndose comprender más por la elocuencia del gesto que por la de las palabras, dijo con dignidad:

—¡Teutlis!, ¿es a mí a quien buscáis? Diríjome a mi país y nada tengo que ver con vosotros.

Los soldados, fieles ejecutores de un mandato cruel, le clavaron sus lanzas en el pecho, y levantándolo del ensangrentado suelo en que cayó moribundo, le ahorcaron de una de aquellas ramas que le habían cobijado.

—¡Tlaxcala! ¡Padre! —fueron las últimas palabras que articuló el infeliz. Su cuerpo quedó allí abandonado a la voracidad de las auras,[96] y los ministros de la ejecución sangrienta volvieron veloces a comunicar a Cortés el cumplimiento de su sentencia inhumana.

Con tan criminal ingratitud respondió aquel jefe a los favores de su anciano amigo don Lorenzo de Vargas, y ni aun nos es dado presumir, para atenuar en cierto modo la desagradable impresión que tal hecho produce en nuestras almas, que un secreto pesar, una lágrima vertida en la soledad, haya sido consagrada a aquella ilustre víctima de una política terrible, pues

---

96 El aura es una especie de buitre, aunque más grande. Su plumaje es negro con aguas verdosas, la cabeza roja, el pico de un amarillo pálido. Despide un olor fétido, y es tan aficionado a la carne muerta, que bien puede decirse con un apreciable escritor que ha publicado hace algunos años un álbum curioso de aves americanas, que esta ave tropical es un verdadero agente de salubridad pública que limpia aquellos países de todos los restos de la muerte.

era aquel un día sobrado importante para que pudiesen tener lugar en el ánimo de Cortés otros pensamientos ni cuidados que los multiplicados y graves que debían forzosamente acompañar a la grande empresa cuyo éxito iba definitivamente a decidirse entonces.

En la mañana del 13 de mayo de 1821[97] mientras las aves carnívoras celebraban abundante banquete con el cadáver del héroe de Tlaxcala, ocupó el lago de México la flota de Cortés, desplegando con arrogancia el pendón español entre el estruendo de doce cañonazos que la hicieron saludo, y los jubilosos gritos con que atronaban la ribera los ejércitos auxiliares.

Capítulo VI. Cerco de México

Reservándose Hernán Cortés al mando de su pequeña armada, había dividido su gente en tres cuerpos, a las ordenes de Sandoval, Alvarado y Olid, que marcharon el mismo día en que los bergantines ocuparon el lago, sobre Tacuba, Coyoacan e Iztacpalapa para atacar a la capital por aquellos tres puntos importantes a Oriente, Poniente y Mediodía.

Contenía entonces Tenoxtitlan las principales fuerzas del imperio: la más escogida juventud y los más afamados caudillos de todas las provincias, se hallaban reunidos en la amenazada metrópoli, extendiéndose tan numerosos ejércitos a todas las ciudades vecinas.

El Sol que había iluminado con sus primeros rayos la salida que hicieron en Tezcuco las huestes agresoras, en tanto que reflejaban las tranquilas ondas del lago, a par de los resplandores de su fecunda llama, las tendidas banderas españolas, vio también saludar su nacimiento con voces de patriótico entusiasmo a la multitud guerrera que llenaba las plazas de México, cubriendo por todos lados sus anchurosas calzadas. Allí en torno del supremo estandarte del imperio, ondea la matizada enseña de Zopanco, la lúgubre insignia de Mexicalcingo, que es negra con estrellas rojas; la argentada de Tepepolco, que deslumbra con su brillo al desplegar el viento su pelícano coronado; la de Tula, ostentando en campo verde sus dos torres de nácar; la de Xochimilco, que jamás vio por tierra su cocodrilo azul; la de Atlixco, cuyas guirnaldas de rica pedrería no alcanzan a agitar los hálitos del céfiro; la de Cuautitlan, blanca y ligera como espuma, levantando al menor

---

97   Fue el 13 de mayo según Bernal Díaz del Castillo; Robertson dice que el 28 de abril.

soplo sus floripondios de oro; la singular de Quahnahuac, que se compone de dos anchos jirones color de fuego, sujetos al mástil por una garra de león, trabajada de finísima plata; otras muchas, en fin, que nos sería imposible especificar. Bástenos decir que allí se encuentran los altivos moradores de Popoloqui, los bizarros hijos de Malinalco, los siempre inquietos de la bella Tozantla, los del antiguo Zopi, los que huellan la volcánica tierra de Colima, los que escuchan el perpetuo arrullo del mar Pacífico en las frescas riberas de Acapulco; los que habitan las ásperas gargantas de las sierras de Tuspa, y el Zapoteca agreste, y el belicoso Minxe, y el opulento Olancho, que funda su ciudad sobre ruinas de oro, y el montaraz Tantamanca, cuyos dominios fragosos se han hecho tan célebres bajo el nombre de San Luis de Potosí; y el voluptuoso Mescalense y el Zacualco de corteses modales, y el que respira todo el año deliciosos aromas en los vergeles de Totonilco... por último, todos los pobladores de las amenas orillas del lago de Chapala, así como también los que beben las aguas del Hiaqui, los que miran regados sus natales campos por las ondas del Napeztle, y los que se aduermen al ruido de las cataratas del Río Grande.

Guatimozín recorre por sí mismo las compactas filas de aquella multitud de ejércitos y les dirige breves y elocuentes arengas, a que responden con sus alaridos de guerra. Alta lleva el príncipe la visera, que deja ver sus juveniles facciones, desfiguradas por la cruel enfermedad cuyos vestigios se conservan en su tez, animadas aquel día con una expresión de casi sobrehumano ardimiento. El soberbio penacho de su casco de oro entrega a los caprichos del viento anchas pencas de verdes y encarnadas plumas; cubre su pecho y espalda triple coraza de apretado algodón, revestida de primoroso tejido de hilos de plata, y suben trenzadas hasta sus rodillas, donde termina su ancho faldellín blanco festoneado de púrpura, las delgadas correas de piel de cíbolo que sostienen sus ligeras sandalias. Uno rica espada de Toledo, inapreciable despojo del enemigo, pende a su diestra en magnífico tahalí sembrado de turquesas y esmeraldas; lleva al brazo izquierdo un enorme escudo, y revuelto al derecho el manto imperial, que es verde guarnecido de armiño.

A las diez de la mañana dieron los españoles su primer ataque, cargando a un mismo tiempo las tres divisiones sobre los puntos designados y poniéndose en movimiento los bergantines, que hasta aquel instante se mantuvieran a la capa.

Resistieron las fuerzas mexicanas la triple acometida con imponderable firmeza; pero los mayores esfuerzos del emperador se dirigieron contra la flota que comandaba Cortés y que parecía formidable a gentes que no se habían habituado a ver otros barcos que sus piraguas.

Cuajose de estas en un momento la inmensa extensión del lago, y aprovechando la calma que reinaba entonces, se arrojaron osadamente a fuerza de remos, al encuentro de los bergantines. La lucha hubiera sido sangrienta si, prolongándose la calma, conservara su posición la flota mexicana; mas levantose a poco el viento terral, tendieron sus velas los buques españoles y con ímpetu irresistible traspasaron aquel muro de apiñadas canoas, que dispersándose como bandada de palomas al tiro del cazador, los dejaron absolutos dueños de aquel campo líquido, en el cual era indisputable su superioridad. No igualaban empero a estos resultados los obtenidos por las fuerzas terrestres. Habían rechazado los tacubenses la división de Alvarado, que hubo de contentarse con la única, aunque no pequeña ventaja, de haber roto los acueductos de Chapultepec, que proveían de agua a todas las poblaciones del lago.

Sandoval no alcanzaba mejor suerte. Después de un encarnizado combate con los de Iztacpalapa, se vio aquel capitán en precisión de suspender el ataque; mientras que Cristóbal de Olid, tercamente empeñado en posesionarse de Coyoacan, hubiera pagado cara su pertinacia a no acudir oportunamente en su auxilio la flota de Cortés.

Hizo tronar éste sus cañones contra los teocalis en que se hacían fuertes varios tercios guerreros; pero aun así no consiguió amedrentar a los coyoacanos, que bajo la misma boca de los cañones botaban al lago sus piraguas preñadas de guerreros, y cubrían el aire con espesa nube de dardos y flechas.

Esta desesperada resistencia hizo conocer al caudillo la dificultad de que pudieran conseguir su objeto las otras dos divisiones sin el apoyo que podía prestarles, y mandó inmediatamente al socorro de Alvarado cuatro bergantines y tres a Sandoval, quedándose con seis para sostener a Olid.

Apoyados en esta fuerza, atacan de nuevo vigorosamente sus respectivos puntos los tres cuerpos del ejército; rompen las barricadas que habían hecho los sitiados para defender las calzadas, franquean las trincheras y se esfuerzan por penetrar hasta la misma capital, cegando con los escombros de los edificios que entregan a las llamas, los canales y puentes rotos por el enemigo.

La defensa, sin embargo, es tan bien ordenada, pelean los mexicanos con tal bravura, que a pesar de aquellas primeras ventajas no logran los invasores ninguna completamente decisiva, y retroceden por último después de doce horas de continuada lucha. Los sitiados se apresuran entonces a reparar sus fortificaciones, y el emperador, que ha peleado personalmente en las calzadas, en vez de buscar reposo a sus fatigas, pasa la noche presenciando por sí mismo las obras que se hacen para la defensa; designando los batallones que han de montar las trincheras, y dictando las disposiciones necesarias para que pueda llegar a la metrópoli abundante bastimento por medio de las piraguas; pues teniendo el contrario cortadas sus comunicaciones con tierra, y destruido el acueducto de Chapultepec, no puede abastecerse como de costumbre, ni tiene más aguas que las saladas del lago.

En tanto que así se desvela aquel ilustre monarca, bellísimo y patético es el cuadro que presenta en palacio su interesante familia.

Durante el combate de aquel día la emperatriz y princesas habían permanecido en el gran teocali de Huitzilopochtli, uniendo sus silenciosas preces a los cantos de los sacerdotes, que imploraban al poderoso numen a favor de sus fieles adoradores; mas retiráronse del templo a la proximidad de la noche, y pasaron las largas horas de ésta esperando inútilmente a Guatimozín y sus deudos.

Rodeaban a Gualcazinla la preciosa Otalitza, la enlutada Tecuixpa, la bella Teutila, la siempre inconsolable Miazochil y otras varias princesas hijas o hermanas de los tlatoanis del lago, que habían juzgado prudentemente que en aquellos días de peligros, debían colocar cerca de la emperatriz a los tímidos seres que les eran queridos. Así es que en la noche a que nos referimos reunía la cámara regia de Gualcazinla, además de las beldades nombradas, de las cuales la menos joven, que era la viuda de Moctezuma, no llegaba a treinta años todavía, las más hermosas e ilustres damas de los Estados vecinos. Allí descollaba entre otras por su elevada y majestuosa talla, la hermana del malogrado príncipe de Matalcingo, esposa del de Atenco; allí esparcía el destello de sus grandes ojos negros, extraordinariamente vivaces, la esbelta princesa de Zopanco, hembra de antigua y esclarecida prosapia, pues llevaba en las venas azules que se trasparentaban por su finísima tez, la sangre de los tultecas: allí exhalaba amorosos suspiros por el bizarro señor de Xochimilco la única hija del opulento régulo de Atixco, tan blanca entre sus compatriotas, tan delicada y tan bella, que la llaman generalmente Meztlixochilt.[98] Allí, en fin, se encuentran las dos matronas de Tacuba, madres de Guatimozín y Netzalc, la varonil princesa de Tlacopan, que no ha consentido en el tálamo nupcial a su esposo desde el día en que volvió la espalda al enemigo, las dos jóvenes esposas del enamorado e inconstante Izcapeczuma, tlatoani de Tepepolco, y en torno de ambas, bellísimas esclavas que las usurpan muy a menudo los pasajeros afectos del infiel marido.

Encima de una mesa de primoroso mosaico[99] arde en ancha copa de oro el odorífico tecopalli, en honor de los tepixtotones, y alrededor de ella, envueltas entre las blancas nubes de aquel humo fragante, están sentadas en sillones de la exquisita madera conocida con el nombre de palo gateado, las regias hembras que acabamos de designar a nuestros benévolos lectores.

—La hermana del Sol ha desaparecido ya de los campos azules en su carro de marfil, dejando llena de luto a la tierra que se entristece con su ausencia, dice después de una hora de general silencio, la esposa del emperador: sin duda es ya corrida la mitad de la noche y aun no viene a reposar bajo la protección de sus dioses domésticas, aquel que es la gloria de los aztecas y la delicia de mi alma.

---

98 Meztlixochilt quiere decir flor de la Luna.
99 Una de las cosas en que más se distinguían los mexicanos, era en las labores de mosaicos. Hacíanlas no solamente de piedras, sino también de plumas; tan delicados estos, que es imposible dar una idea de su perfección a los que no han tenido ocasión de admirar alguna muestra de ella.

—No te apesadumbres sin embargo, hermana mía querida, articula con musical acento la tierna Otalitza. Los teutlis del rayo[100] se han retirado a sus campamentos apenas reclinó Tonatioh su cabeza encendida en el lecho que le guardan los vientos de Occidente, velado entre cortinas de púrpura. Ya hemos oído de boca de los oficiales de tu esposo que ha salido salvo del combate, y que con él están libres de toda desgracia los guerreros que son más caros a nuestro corazón.

—Los guerreros de la sangre de Moctezuma —exclama con sonora voz la altiva princesa de Ateneo—, no piensan en el descanso cuando puede turbarlo el clarín del enemigo. El emperador y sus tlatoanis cumplen su deber tanto en medio de las sombras como al resplandor del día; solo vendrán a nuestros brazos cuando puedan decirnos: «Dormid tranquilas, esposas; la cabeza que reposamos en vuestro seno ha recibido de Huitzilopochtli la corona del triunfo».

—Pronto podrán decirlo, añade la intrépida matrona de Tlacopan; los dioses han decretado la ruina de los monstruos orientales, y el corazón me dice que antes que vuelva Meztli a asomar en el cielo su pálido semblante, habrán visto mis ojos humear la sangre del último de ellos en la piedra de los sacrificios y conocerán mis dientes el sabor de su carne.

—Eso que dices, ¡oh matrona!, prorrumpió con calor la joven Tecuixpa, es mitad bello y mitad horroroso. Yo no soy más que una doncella cuyo pecho está escaso de vida aunque todavía no ha sentido el frío de dieciocho inviernos; pero me parece que no está bien en una mujer cuyo seno ha sido fecundado, esa hambre de carne humana. Tus hijos se llenarán de gloria presentando corazones enemigos en el altar de Huitzilopochtli; pero besarán con horror tu mano, si cuando la tiendas para bendecirlos, los salpicas con sangre.

—¡Calla, Tecuixpa! —exclamó estremeciéndose la bella Meztlixochilt—, he oído el melancólico canto del guanabá;[101] la desgracia nos está amenazando. ¡Ay de mí! ¿Por qué mi amante adornó su casco guerrero con el brillante penacho del ave siniestra?... ¡Lleva la muerte sobre su cabeza!

---

100 Los españoles.
101 El guanabá es un ave hermosísima, pero singularmente triste; habita por lo común en los lugares cenagosos. Su canto es lúgubre, y en concepto del indio, anuncio infalible de desventura.

Oíase en efecto la voz tristísima de aquel pájaro americano, cuya pluma pudiera rivalizar con el marabú de África, y un silencio pavoroso reinó por algunos minutos en la asamblea femenina.

Poco después llegaron a palacio el emperador y sus tlatoanis; pero las hermosas, no depusieron en sus brazos la tétrica tristeza de que súbitamente se hallaran poseídas, y al enjugar la emperatriz el honroso sudor que bañaba la regia frente de su esposo, decíale en voz baja y con trémulo acento:

—¡El guanabá ha entonado su canto a las orillas del canal! ¡Bendice a tu hijo, Guatimozín, porque la hora de la desgracia está cerca!

Capítulo VII. El plan de los treinta días y su modificación

A pesar de su gran talento, no acertaba Hernán Cortés a formar los planes más acertados contra una ciudad de la situación de México, al paso que comprendía perfectamente Guatimozín todos sus medios de defensa.

Desde el día 13 de mayo, en que se dio como visto el primer ataque a aquella gran capital, hasta el 12 de junio, en el cual se modificó algún tanto el primitivo pensamiento, siguiose sin alteración aquella singular manera de combatir la ciudad, reducida a no atacarla sino a la luz del Sol, dejando por consiguiente a los bloqueados la facilidad de hacer inútiles todas las ventajas alcanzadas sobre ellos durante el día.

Semejante plan, sostenido por ambas partes con igual vigor y perseverancia, no proporcionó ni a una ni a otra resultados decisivos.

Escaseaban los víveres en la ciudad, pues dos bergantines recorrían incesantemente la laguna dando caza a las canoas que conducían bastimento; vieron los mexicanos muchas veces con los primeros albores colgados de las entenas de los buques a infelices abastecedores que habían sido sorprendidos en mitad de la noche; pero no siempre era superior la vigilancia de los asediadores a la cautela de los asediados, y el hambre no había llegado todavía a completar con sus horrores la situación de éstos.

Con mayor o menor pérdida, ganaba Cortés cada día las calzadas de México, y cada día era rechazado de ellas, retirándose sin otra ventaja que la de haber arruinado algunas casas y roto las estacadas y trincheras, que la siguiente mañana volvían a aparecer repuestas por el enemigo.

Cansado de tan larga resistencia y convencido por último de la insuficiencia de aquel género de ataque, modificolo en parte, y los combates se sucedieron desde entonces con más continuidad y encarnizamiento.

Tarea enojosa y sobrado ardua sería para nosotros el hacer detallada relación de aquella desesperada lucha en la que así unos como otros contendientes, no encontraban alternativa sino la de la victoria o la muerte.

Infatigable el desvelo en entrambos campos, siempre sobre las armas de día y de noche, ya bramase el huracán, ya lloviese rayos la tempestad, con calor o frío, con aguas o con nieblas, siempre en acecho para sorprenderse recíprocamente, siempre igualmente activos y vigilantes, la incesante pugna se prolongaba, haciéndose su éxito más dudoso cada día.

En efecto, varia era por entonces la fortuna como si vacilase en pronunciar el decisivo falto. Si en un ataque consiguió Alvarado asolar a Tacuba, en otro vio huir desbaratada Olid del suelo de Coyoacan a la división de su mando. Si el celo de Cortés velaba para impedir la entrada de víveres al enemigo, burlábale no pocas veces la astucia de éste, y armándole diestras celadas, alcanzó una vez la sorprendente ventaja de apresarle uno de sus mejores bergantines.

En vano el gran capitán español hacia uso de su notable pericia, desplegaba su singular energía, hacía alarde continuo de su personal arrojo; los mexicanos se defendían con tanta decisión como perseverancia, animándolos con su ejemplo el mismo emperador, que disputaba palmo a palmo el terreno a que se lanzaba con sobrada temeridad el enemigo.

Así se mantenía indecisa la victoria todavía cuando acudió oportunamente la traición a determinar el éxito, acelerando la hora de la lamentable catástrofe.

Hallábanse al lado de Guatimozín, como ya hemos dicho, casi todos los régulos de los dominios del lago, y aprovecharon aquella circunstancia tres hombres ambiciosos, igualmente dignos de execración. El uno, deudo lejano del tlatoani de Iztacpalapa, había quedado por la ausencia de éste con el gobierno de su capital; era otro un general del imperio, colocado al frente de una división de Coyoacan para la defensa de aquella importante ciudad, que se había batido hasta entonces con superior denuedo, y el tercero, un personaje de Churubusco, hombre astuto, poderoso y que gozaba considerable influencia, debida en parte a su opulencia, en parte a un talento particular que poseía para captarse la pública benevolencia.

Conviniéronse estos tres perniciosos magnates, y entablando secretas comunicaciones con el enemigo, se comprometieron vilmente a entregarle las ciudades en que residían, mediante la promesa solemne de ser reconocidos régulos de ellas bajo la protección de Castilla.

Fácil es adivinar que aceptaría Cortés sin la menor duda, otorgando cuantas seguridades demandaban los ilusos rebeldes, que cumplieron por su parte las ominosas condiciones del pacto poniendo en poder de aquel jefe las plazas que custodiaban.

Tan inesperado golpe afligió sensiblemente el ánimo del emperador, al paso que restituyendo al enemigo la ya vacilante confianza, le animó a aventurar un ataque general y decisivo, para el cual reforzó su ejército con las gentes de guerra que guarnecían las poblaciones recientemente vencidas.

Distribuyó con acierto sus divisiones; formó un plan más seguro y de más rápidos resultados que el hasta entonces seguido; publicó por ordenanza que a medida que fuesen avanzando sus ejércitos, cegasen los canales y acequias para facilitarse la retirada en caso de desgracia, y dando por sí mismo a sus capitanes instrucciones detalladas de la manera con que en cualquier evento deberían conducirse, señaló definitivamente el día 29 de junio para aquel grande ataque, que en su concepto debía ser el postrero.

Ninguna de aquellas prevenciones se escapó a la vigilante observación del monarca mexicano. Comprendió que era llegado el día solemne en que se decidieran los destinos del imperio, y no obstante las últimas desgracias, no obstante los conflictos que ya empezaba a ocasionar la suma escasez de víveres, no obstante, en fin, la íntima convicción que le apenaba de estar irrevocablemente fallada la suerte de los aztecas, a la proximidad de aquel momento decisivo sintió arder en sus venas con nueva energía el entusiasmo santo del amor patrio; creciose su audacia, iluminose su inteligencia y hasta tal punto se extendió su decisión heroica, que hubiera impuesto asombro a la enemiga fortuna sino fuese ciega la inhumana.

No desmerecedores de tan ilustre soberano, cercábanle respirando saña sus poderosos tributarios, entre los que se distinguían por su mayor ardimiento los dueños de aquellos dominios entregados por la traición. Es el tlatoani de Iztacpalapa un anciano brioso cuyos blancos cabellos contrastan singularmente con la fogosidad de sus negros ojos, chispeantes en el fondo de sus redondas órbitas: los otros dos aun no han llegado al comienzo de su sexto lustro, pero llevan ambos en torno de su casco de plata el cordón rojo que divulga su procedencia regia, y el número de borlas que da testimonio de su gloria.

Entre tantos guerreros esclarecidos mirase a una amazona que, recelando se haya entibiado por el frío de cincuenta y siete diciembres, ya pasados sobre la frente de su marido, el ardor marcial con que dieciocho años antes conquistara su corazón soberbio, ha cubierto con la coraza del soldado su fecundo seno, ha oprimido su espalda con el pesado carcax, y empuñando la lanza y embrazando el escudo, corre a dar ejemplo a los dos hijos, criados a sus pechos, que entrados apenas en la época de la pubertad, van a tener por ensayo de su fuerza aquella lucha de muerte.

Nuestros lectores no necesitarán de nuestra afirmación para reconocer en aquella denodada hembra a la varonil Quilena, princesa de Tlacopan.

Rayos despiden sus ojos a la sombra de su visera de concha perfilada de oro; vivaz sonrosado colora sus pronunciadas facciones, que aunque privadas ya de la frescura intacta de la juventud primera, conservan todavía aquella enérgica hermosura que hizo olvidar al régulo tlacopano, vástago de los antiguos reyes Colhuas, que era sangre tarasca la que la animaba con agradable brillo.

Colocose la altiva hembra delante de su marido, llevando a sus lados a los dos jovencitos, frutos de su himeneo, a los que exhorta con notable elocuencia a preferir la muerte a la ignominia.

—Mi seno —les decía, éste serio— que os dio vida y os abrigó nueve lunas, será el escudo de vuestros corazones mientras deba conservar en ellos dos altares a la patria, dos alientos generosos aceptos al gran Huitzilopochtli; pero si los sintiese temblar, si los viera cubrirse con pavoroso miedo... esta mano que sostuvo vuestros primeros pasos, se alzaría para clavar en ellos el dardo deshonrado en la vuestra.

Dignos de aquella madre, los dos príncipes tlacopanos respondían balbucientes de cólera y clavando en ella miradas centelleantes:

—¡Desgraciada de ti si fueras osada en expresar ese injurioso recelo sin recordarnos que el pecho que lo abriga nos alimentó con su sangre!

El ejemplo de Quilena, aunque no exactamente imitado, produjo su efecto en el ánimo de las bellas habitadoras del alcázar imperial. Vioselas durante la noche que precedió al solemne día, reunidas en la cámara de la emperatriz, sentadas formando círculo en blandos almohadones y ocupadas las unas en emplumar saetas, las otras en preparar bálsamos para los heridos, y alguna hubo que ensayase su delicado brazo a disparar la piedra de la honda, resuelta a no permanecer ociosa dentro de aquellos muros cuando llegase el momento decisivo.

Apenas aparecieron los primeros albores, sintiose el movimiento de entrambos campos, y las princesas dominando la ansiedad que crecía por instantes en sus corazones, entonaron en coro un himno guerrero en honor de Huitzilopochtli, formando particular contraste los marciales conceptos con las melifluas voces que los expresaban.

La agitación se aumentaba rápidamente. Atravesaban sin cesar las calles nuevos ejércitos que acudían a las calzadas; oíase de vez en cuando dominando los alaridos de la multitud, la voz enérgica de los jefes que exaltaban su coraje con breves y furibundas arengas; por último, retumbó en los aires la primera descarga de la fusilería enemiga que anunció haberse comenzado la pavorosa lucha.

Viose en aquel instante al emperador volar de una a otra parte, do quiera que era mayor el peligro, señalando su paso con inauditas proezas. Do se levanta su arrogante penacho en medio de nubes de pólvora, allí acude la muerte a recibir víctimas. Do se deja oír su acento poderoso, allí se enciende el heroísmo y se fija la victoria. Su acero no descarga golpe que no sea mortal, su arco no despide flecha que yerre una vez el blanco.

Pero carga de repente la caballería enemiga por los tres puntos de ataque. Truenan al mismo tiempo los cañones de los buques, decidiendo el éxito de la batalla que se verificaba en las aguas entre la flota de piraguas mexicanas y la de igual clase con que auxiliaban a Cortés las ciudades aliadas; crece la carnicería, corre a arroyos la sangre sosteniéndose con igual desesperación la contienda; mas comienza por fin a desordenarse el ejército imperial y Cortés por un lado y Sandoval por otro logran ganar la calzada, traspasando las aberturas practicadas en ella, y penetran ya en la ciudad siguiendo al enemigo que aunque haciendo cara todavía, se va a toda prisa retrayendo.

En el ardor y regocijo de su triunfo, olvidan los españoles cegar las aberturas: resuena sin cesar la voz de Cortés que les grita ¡adelante! y obedecen los ejércitos con tan irresistible ímpetu, que se les ve romper por entre la multitud contraria como basas al través de mi muro de papel.

—¡Compañeros! —exclama entonces—, Tenoxtitlan es nuestra. ¡A Tlaltelulco! ¡Marchemos a tomar posesión de Tlaltelulco! ¡Que no se oculte el Sol sin ver ondear en la torre del gran teocali la bandera de Castilla!

—¡A Tlaltelulco! —repiten a grito las vencedoras tropas, que en su entusiasta fervor no echan de ver que el enemigo en cuyo centro se han metido, los tiene completamente cercados, y que una muchedumbre de canoas preñadas de guerreros acaba de apoderarse de la acequia que ha dejado sin cegar su irreparable descuido.

No se retiran ya las huestes mexicanas, hanse multiplicado como por encanto, y firmes y compactas, presentando un céntuplo muro erizado de lanzas, se extienden formando un círculo en torno de los invasores. En vano buscan salida, en vano conociendo Cortés que ha sido, como otra vez en Tacuba, víctima de una astuta maniobra del enemigo, arde en furor, embravece con su acento a su gente atrevida, manda romper a su caballería y se lanza él mismo hacia el sitio en que ve tremolado el estandarte imperial con tan temeraria pujanza, que a pesar de la triple hilera que le escuda, el oficial que lo sostiene siente apenas en su cabeza el golpe dirigido por aquella mano poderosa, y cae en tierra abatiendo la venerada insignia.

En vista de tal desastre, a que presta incalculable valor la superstición mexicana, un alarido de pavura resuena en el campo; pero lanzándose veloz como el rayo un guerrero atrevido entre la nube de polvo y la lluvia de saetas con que oscurece el aire el enemigo, levanta y enarbola con un grito de triunfo el abatido pendón, y mientras lo sostiene con su izquierda, clava el acero que empuña su diestra en el pecho del generoso bruto que acaba de hollarlo con sus herraduras.

El ejército mexicano aclama con unánime voz al de aquella hazaña, y al oír el nombre de Guatimozín, al comprender quién es el adversario que viene a oponérsele frente a frente, aunque desmontado y herido, el jefe español siente crecer su ira; excita con furibundos gritos a sus estrechados escuadrones y acomete con tan desesperada rabia, que no hay cosa que pueda resistirle.

Mas hace una seña el emperador mexicano; repítese de fila en fila con la velocidad de un golpe eléctrico, y atruena la ciudad retumbando hasta los montes vecinos un estruendo súbito y extraño.

Los españoles, que no comprenden su origen, suspéndense involuntariamente al escucharlo; mientras que poseídos los mexicanos de frenético furor, lánzanse a ellos con embriaguez de sangre, y como si en cada uno de aquellos lúgubres y misteriosos sonidos entendiesen la voz del Omnipotente ordenando el desprecio de la vida y dictando por soberano decreto la satisfacción de la venganza.

Capítulo VIII. Derrota de Cortés

La inspiración de Guatimozín había sido digna de su talento. Aquellos graves y solemnes sonidos eran los ecos poderosos del caracol sagrado, custodiado en el gran templo de Huitzilopochtli por más de trescientos sacerdotes destinados exclusivamente a la guarda y al cuidado de tan venerado objeto. Solo el hueiteopixque o sumo sacerdote gozaba el privilegio de hacer resonar aquel instrumento santo, y solo se verificaba aquello en las ocasiones de inminente peligro para la patria.

El coraje de los mexicanos, exaltado hasta el frenesí por el celo religioso que aquellos ecos despertaban, costó caro a Hernán Cortés el día a que nos referimos. En balde se afanó por sostener el brío de sus tropas; cedía completamente éste ante la rabiosa perseverancia del enemigo. Cubierto de cadáveres el campo de la lucha, enrojecidas por arroyos de sangre las aguas del lago, desordenadas ya las huestes invasoras, buscando inútilmente camino de fuga, y más ensañado el vencedor a proporción que se mostraba más desalentado el vencido, llegó la noche a tender su lóbrego manto a aquella desastrosa escena. Solo así podía encontrar salvación el ejército derrotado, que a prolongarse el día, la hubiera buscado en vano. Las sombras propicias a la fuga y siempre esquivadas por los mexicanos, que creían funesto para ellos cualquier combate que no alumbrase el Sol, favorecieron la retirada que por último verificó Cortés no sin grandísima fatiga, y después de dejar en el campo 11.000 muertos del ejército indio, veinte o treinta de los suyos, contándose entre ellos el bizarro Olea, que sucumbió defendiendo a aquel jefe como otra vez lo había hecho, aunque con mejor fortuna. Además de tan considerable pérdida, había sufrido el ejército invasor la de tres mil prisioneros que le hizo el enemigo, siendo sesenta de ellos soldados españoles, de los más apreciados por su caudillo.

—Este desastre no fue el único que experimentase en tan infausto día la temeraria gente, que hiciera por tanto tiempo a la victoria inseparable de sus banderas.

Pedro de Alvarado, que al comienzo de la batalla había obtenido considerables ventajas, perdiolas completamente cuando presentándosele de súbito una nueva hueste mexicana, arrojó a su campo, a guisa de prenda de reto, cinco cabezas españolas acompañándolas con estas aterradoras palabras:

—¡Allí tenéis a vuestro jefe y a sus mejores capitanes! Esas cabezas os enviamos para que sustituyan a la que vamos a quitar a vuestro Tonatioh, que así llamaban a Alvarado aludiendo a su hermosura.

Aquella ficción produjo el efecto que esperaban sus autores. Consternados los soldados a vista de aquellos sangrientos despojos, que según les decían, eran los de Cortés y sus oficiales; suspenso el mismo Alvarado a tan inesperado golpe, y acometido con indecible brío por aquella fuerza repentinamente aparecida y tan orgullosa con los trofeos de una reciente victoria, el éxito de la lucha no fue por largo tiempo dudoso. En el momento en que desbaratada la división invasora comenzaba a retraerse, perseguida encarnizadamente por el enemigo, los lúgubres sonidos del caracol de Huitzilopochtli acabaron de consumar la derrota de la una, llevando hasta el delirio el coraje furibundo del otro.

Nada pudiéramos decir que hiciese formar al lector idea tan exacta y terrible de los horrores de aquella retirada, que costó el capitán español la tercera parte de su gente; nada tan expresivo en su sencillez y desaliño como las palabras que refiriendo este desastre risa el ya tantas veces citado Bernal Díaz del Castillo. «Nos íbamos retrayendo, dice, oyendo tañer un como atambor de tristísimo sonido, digno instrumento de demonios, que retumbaba tanto que se oía desde dos o tres leguas de distancia. Era aquella una señal que mandaba dar a los suyos el emperador de México para que entendiesen que habían de hacer presa o morir sobre ella. Retumbaba aquel sonido lastimando el oído, y oyendo los enemigos no sabré decir con qué rabia se metían entre nosotros, que si Dios no nos salvase imposible fuera lograrlo.»

En medio de aquel conflicto que nos hace comprender el historiador cuyas palabras acabamos de transcribir, y del otro no menor en que se hallaron al mismo tiempo Cortés y Sandoval, los bergantines no podían prestarle los auxilios que de ellos se prometieran. Uno había sido apresado, otros se hallaban encallados en las enormes piedras y multitud de varas que con este objeto dispuso en la laguna el enemigo, cercándolos en tanto una flota de piraguas que con la incesante guerra que les hacían, no dejaban ocasión a los que estaban en ellos para procurar sacarlos de aquella estacada que los inmovilizaba.

Solo cuando el viento de aquella noche tan favorable a los derrotados se hizo sentir en el lago, pudieron los buques romper los obstáculos que los detenían, y tendiendo majestuosamente sus velas, se abrieron paso al través del movible muro de canoas, que los siguió sin embargo con más diligencia que buen éxito.

La retirada quedó de este modo efectuada completamente, aunque con la pérdida que era consiguiente a sus dificultades, y causando en el ánimo de Cortés uno de aquellos momentáneos pero dolorosos desalientos de que jamás se hallaron exentos los hombres audaces que nacieron destinados a grandes y difíciles empresas.

Herido, fatigado, escuchando todavía el jubiloso clamoreo con que celebraban el triunfo los mexicanos, paseábase delante de su tienda el caudillo español en la última hora de aquella noche de desastres. Cruzados los brazos sobre el pecho, abatido el semblante, meditabundo el gesto, deteníase de vez en cuando para levantar al cielo una mirada melancólica y casi acusadora, mientras escuchaba con estremecimientos nerviosos los lamentables ayes que exhalaban en torno suyo los innumerables heridos.

Otra figura igualmente pensativa y silenciosa se destacó de entre las sombras y se acercó paso a paso con grave lentitud hacia el paraje en que se había detenido el desconsolado jefe. Era Sandoval, su capitán predilecto, su amigo querido. Al conocerlo le tendió la diestra con muda expresión de gratitud, porque pensó que aquel, partícipe en otros días de sus triunfos y hoy de sus reveses, venía, como era justo, a prestarle alivio en su quebranto, o a compartirlo al menos. Dolorosa fue cual inesperada, la impresión que le causaron las primeras palabras que oyó salir de aquellos labios queridos, y acaso fue éste uno de los más sensibles pesares que devoró su gran corazón durante aquel período amargo y glorioso de su agitada vida.

—¡Qué es esto! —articuló con áspero tono el ingrato capitán—. ¿Es una derrota vergonzosa el postrer resultado de los colosales proyectos, de las altas esperanzas que vuesa merced nos está hace tanto tiempo anunciando? ¿Es éste el triunfo de sus ardides de guerra y de su decantada fortuna?

Guardó silencio Cortés un breve instante porque las lágrimas habían a su pesar humedecido sus párpados: magnánimo empero aun en los momentos de mayor exacerbación, dijo por último con imponente calma:

—Los hombres, amigo Sandoval, no son responsables de los caprichos del hado o de las disposiciones del cielo: la gloria no la da el éxito, sino la grandeza de la empresa. Si los reveses que lamentamos son obra de mis desaciertos, advertírmelos podéis y aun acusarme de ellos: si son efecto de adversa suerte, cruel seríais a la par que injusto en demandarme cuenta.

Apartose del capitán concluyendo esta frase; pero la herida que acababa de recibir su alma, pareció sacarla de su breve entumecimiento. ¡Venceré! —se dijo con aquella energía de voluntad, con aquella fuerza de convicción que en cualquier empeño es una prenda segura de victoria—. ¡Venceré!, pese al diablo, y esta mano que tantas ofensas deja impunes por intereses más elevados, plantará en este suelo ignorado, antes de que el estío acabe de agostarlo, el madero del Gólgota que hará eterno en él la memoria de mi nombre.

El Sol comenzaba a aparecer en aquel momento alumbrando un espectáculo que debía ser atrozmente doloroso para los españoles.

A la distancia a que se hallaban de México llegaron a sus oídos los sonidos de los tambores y clarines acompañados por la alegre vocería del pueblo; y poniéndose en observación, no tardaron en comprender la causa de aquel alboroto.

¡Los míseros prisioneros eran conducidos al sacrificio!

Capítulo IX. Nuevos esfuerzos de Guatimozín para salvar al imperio

El triunfo obtenido no había cegado al emperador respecto a los peligros de su situación.

Desmembrado su imperio de las importantes provincias que le había quitado la sagacidad o la fuerza del enemigo; receloso de nuevas traiciones, porque bien conocía los bandos y parcialidades que se agitaban por intereses opuestos en cada uno de los Estados que le estaban sujetos; seguro de la tenacidad de Cortés, en quien el reciente desastre había producido más cólera que desaliento, hallábase muy distante de la imprudente confianza que fundaran en su actual fortuna la mayor parte de sus príncipes y generales, y redobló sus esfuerzos a fin de separar de la causa de los invasores a los pueblos americanos.

Sus embajadores se repartieron inmediatamente por todos los Estados vecinos, llevando para apoyar sus proposiciones pacíficas, trofeos de la gloriosa victoria. Cada una de las provincias recibió una cabeza enemiga o un miembro de los caballos muertos en la refriega, en testimonio de la protección que los dioses concedían al imperio y como indicio palpable del destino que debían esperar todos aquellos que uniesen su causa a la de los extranjeros, objetos miserables de la cólera divina.

Los sacerdotes por su parte anunciaban en altas voces revelaciones celestes, profetizando el próximo e inevitable exterminio de los monstruos de Oriente.

—Cansado está Tezcalepuzca —decían—, cansado está de sufrir los ultrajes de esos impíos y ha ordenado a Tonatioh salga en breve a iluminar la sangrienta hora de la justicia. Huitzilopochtli se ha levantado indignado de su carro de fuego, y ha hecho resonar en nuestros oídos estas tremendas voces:

«Sobrado tiempo he dejado a Tlacatecolt someter mi pueblo amado a pruebas amargas y vergonzosas, de las cuales ha salido con gloria, acrisolando su valor en la desventura. Tiempo es ya de que terminen los desastres del imperio que me adora y que ha llevado mi nombre por cuanto mira desde su trono excelso el Dios de luz para quien nada es desconocido. Tiempo es ya de que mis altares vuelvan a lavarse cada día con sangre de los enemigos de mi pueblo, y que se levante éste grande y fuerte entre todos los del mundo, como la ceiba gigante en medio de los frágiles arbustos. Venga Tlacatecolt a apacentarse en dolores, a beber lágrimas, a recrear su oído con la armonía de los gemidos; pero guárdese de buscar por víctimas a aquellos a quienes yo cobijo con mi escudo. Allí están los impíos que han venido de tierras desconocidas para traer a las tierras de mis adoradores sus extranjeras deidades. ¡Ellos son tuyos, oh implacable Tlacatecolt! ¡Son tuyos ya, y la victoria no volverá jamás a tenderle sus palmas!

¡Desdichados de aquellos a quienes halle la luz de la venganza cerca de los impíos! ¡Desdichados de aquellos que se retiren de mis altares santos para rendir tributo a dioses desconocidos!...»

Mientras que por tales medios procuraba el emperador privar al enemigo de los auxiliares que componía la mayor parte de su ejército, no se descuidaban tampoco en fortificar nuevamente la capital, ni en enviar continuamente pequeños ejércitos que inquietasen a Cortés impidiéndole el reorganizar su gente y aumentarla con refuerzo de sus aliados. Con este último objeto había cortado todas las comunicaciones del ejército invasor con las provincias seducidas, y aun extendió su empeño a impedir las que tenían unas con otras las tres divisiones que formaban a aquel Era esto imposible atendida la superioridad de los bergantines sobre las embarcaciones mexicanas, que por muchas que fuesen, jamás podían oponerse al ímpetu de aquellos; pero alcanzaban ya ventajas muy superiores a aquella los esfuerzos del monarca.

Las profecías de sus teopixques y sus mensajes benignos a la par que amenazadoras habían producido sus efectos. Los aliados de Cortés comenzaban a abandonarle; ni un solo mexicano, excepto los de Tezcuco, permaneció en el campamento español: los mismos tlaxcaltecas, sabedores ya de la muerte dada a Xicotencalt por orden de Cortés, y desalentados por el revés que había sido expiación a aquel crimen, se entibiaban de día en día en el fervoroso celo con que hasta entonces sirvieron a la causa extranjera. Muchas compañías se habían fugado, y aun las que se mantenían por miedo o lealtad, daban repetidas muestras del deseo que sentían de volverse a sus hogares.

No ignorando Guatimozín ninguna de dichas circunstancias y viendo que escaseaban nuevamente los víveres y el agua, pues tornaba el enemigo a dar infatigable caza con sus bergantines a los abastecedores, determinó tomar la iniciativa para sacar a aquel de en aparente inacción, y obligarle si era posible a levantar el asedio.

Dividió sus ejércitos en tres, a imitación de Hernán, y poniendo al frente de cada cuerpo uno de sus más acreditados generales, ordenó fuesen atacados simultáneamente los reales españoles. El combate fue largo, y dudoso el éxito hasta el fin en la parte en que mandaba Olid, de donde últimamente fueron rechazados los acometedores. Mas favorable la fortuna a la división que cayó sobre el campo de Sandoval, mantúvose imparcial sin dar su definitivo fallo, de modo que sobreviniendo la noche se suspendió el combate, sin que pudiera ni uno ni otro contendiente blasonar del triunfo. Alvarado por su parte alcanzó mejor éxito, pues desde el primer encuentro consiguió ventajas considerables y vio retroceder al adversario.

Aquellos nuevos triunfos fueron de inmensa utilidad a Cortés, pues disiparon algún tanto los terrores de sus aliados. Desde entonces tornaron a unírsele varios tercios de Chalco, Otumba, Mezquique y demás ciudades amigas: Tezcuco le envió un refuerzo de dos o tres mil hombres, y los tlaxcaltecas, reanimados así por la nueva prueba que acababan de tener de la buena suerte de sus amigos, como por el sagaz y elocuente discurso que con motivo de esto les dirigió el jefe de aquellos, mostráronse arrepentidos de su pasada tibieza, jurando que en lo sucesivo no volverían a dudar de las promesas del Malinche.

En vano intentó Guatimozín oponer un nuevo obstáculo a la multitud ilusa que corría otra vez ansiosamente a ligarse al destino de los aventureros; las amenazas y profecías no realizadas habían debilitado ya el prestigio de ellas, y vio con desesperación crecer a su propia vista, con las fuerzas de su imperio, las del invasor que se aprestaba a destruirlo.

Viose en breve Cortés al frente de un ejército de ciento cincuenta mil hombres, y recelando nueva mudanza en las disposiciones de aquellos inconstantes aliados, solo pensó en los medios de apresurar el nuevo ataque que intentaba dar a México con todo el lleno de sus fuerzas.

Hizo cegar las aberturas de las calzadas, pidió y recibió prontamente de Veracruz pertrechos abundantes; y sin que pasase un solo día sin tener que sostener combate con los asediados enfurecidos por el hambre, que ya comenzaba a esparcir sus horrores, llevó a cabo sus preparativos con inalterable serenidad.

No se descuidaba tampoco el emperador en sus aprestos de defensa, formando un plan que hace honor a su talento; pero presentía su grande alma la catástrofe de que iba a ser testigo, y era ya su aparente fortaleza aquella triste calma de la desesperación suprema.

Era el 15 de julio: hacía sesenta y dos días que había comenzado el cerco de la capital, y todo anunciaba que los sitiadores iban a dar término a él con uno de aquellos ataques que no permiten otra alternativa que la total derrota o el completo triunfo.

Aguardaba Guatimozín aquel día decisivo, habiendo tomado las más prudentes medidas para asegurarse un éxito favorable; pero era profunda su encubierta tristeza.

Había tomado en brazos a su amado hijo, y clavando los ojos en su hermoso semblante, contemplábale con muda y dolorosísima emoción. Una tropa de guanabás entonaba en aquel instante su lúgubre canto a las orillas del canal.

Gualcazinla se presentó consternada: undulaba destrenzada sobre su bella espalda la negra madeja de sus profusos cabellos, y su suelta túnica de color de rosa dejaba advertir las formas deliciosas de su abultado seno, agitado por movimientos de terror.

—¡Guatimozín! —dijo arrodillándose a los pies del joven emperador—: después de muchas noches en que los dioses han rehusado a mis ojos la grata ceguedad del sueño para que viesen sin cesar las miserias que nos cercan, dormime hoy un instante en brazos de Otalitza que me cantaba en voz baja el himno de la esperanza. ¡Desventurada!, los dioses la han desmentido: al despertar asustada por una horrible pesadilla en la que imaginaba verte con mi hijo en brazos, así cual ahora te veo, bajo una enorme mole que se te venía encima, ha llegado a mis oídos la voz del ave siniestra, que no por vez primera nos está anunciando que se aproxima el infortunio. ¡Guatimozín!, escucha mis acentos con respeto, porque voy a proferir palabras graves como las de un moribundo, y es éste un día solemne. Eres mi esposo por la voluntad de nuestros padres y la elección de nuestro corazón; eres mi esposo ante los dioses y en presencia de los hombres; sangre tuya es la que corre por las venas de ese tierno infante que tuvo principio en mi seno: pues bien, Guatimozín, yo me revisto ahora de la santidad de todos esos derechos y a nombre de ellos te suplico y ordeno que si está decretada la ruina del imperio de Acamapit, si México sucumbe...

Los sollozos ahogaron la voz de la emperatriz, y tan conmovido como ella, guardó silencio Guatimozín, hasta que haciendo la magnánima princesa uno de aquellos esfuerzos sublimes de voluntad que se sobreponen al sentimiento, articuló con rápido acento y patético ademán:

—¡No sea esclavo nuestro adorado hijo! ¡Mi mano es demasiado débil... soy mujer!, ¡soy madre! Jamás tendría valor para darle la libertad con la muerte. Júralo tú, júrame que lo harás, ¡oh esposo querido de mi alma! Con aquel solo golpe acabarás dos vidas, y la madre y el hijo entrarán libres de infamia en los palacios del Sol.

Guatimozín, embargada la voz por el dolor y la ternura, sintiendo agolparse a sus ojos lágrimas ardientes que cayeron gota a gota por espacio de algunos minutos sobre la angélica cabeza del tierno Uchelit, intentó en vano articular de un modo inteligible el juramento formidable que lo demandaba su mujer.

—¡No puedo! —dijo por último con ahogada voz—, no puedo llevar tan lejos el esfuerzo de mi alma. Apretando entonces entre sus brazos a los dos objetos queridos, lloró largo tiempo sin proferir palabra. Lloraba también Gualcazinla, y el niño en tanto sonreía con inocente orgullo, viéndose en posesión de la hermosa cabellera de su madre, que enredaba a su placer con infantil malicia.

—Escucha, Gualcazinla —dijo por último el monarca—. Me has pedido un juramento superior a las fuerzas del débil mortal. Pero existen los dioses. No he profanado jamás sus augustos altares, ni abusando del poder que me han concedido, me he hecho merecedor de la ignominia. Solamente aquellos reyes tiranos de sus pueblos, azotes de la humanidad; aquellos que fatigando al destino, abusan de sus favores y se atraen una mudanza espantosa, expiación justa para ellos, venganza legítima para el universo; solo aquellos, repito, deben temer que se vean siervos los frutos de su tálamo regio: ¡tan formidables sentencias, suele pronunciar la severa justicia de Tezcalepuzca! Pero yo no he degradado nunca la dignidad del hombre para merecer verla degradada en mi familia. Los dioses soberanos no me arrojarán la infamia si me rehusan el triunfo; y a ellos solos, ¡oh esposa querida de mi corazón!, a ellos solos debemos confiar la futura suerte del hijo de nuestro amor. Engendrado ha sido en inocencia: ningún baldón le trasmití con mi sangre: ¡si queda huérfano sobre las ruinas de un imperio destruido!..., ¡de aquel imperio bajo cuyo solio se meció su cuna!, si queda huérfano, ¡oh madre infeliz!, ¡los dioses velarán por él! ¡Los dioses no abandonan jamás al desvalido en la tierra!

Al concluir estas palabras púsose en pie, depositando al niño en brazos de la princesa, que permaneció arrodillada, y poniendo las manos sobre aquellas cabezas queridas y alzando al cielo los ojos con expresión sublime, bendíjolas tres veces con acento solemne, encomendándolas fervorosamente a la piedad de los inmortales.

En el instante en que los últimos ecos de su voz morían en su garganta, embargada por la emoción, sintiose en palacio notable movimiento y presentose al punto en la cámara regia el príncipe de Tacuba.

—¡Hermano mío! —exclamó—: llegado es, el momento: ¡el enemigo está en las calzadas!

Desapareció como una nube al impulso del viento la tristeza que oscurecía el semblante del emperador: terrible majestad se imprimió de repente en su pálida frente; esfuerzo sobrehumano centelló en sus soberbios ojos, y lanzose fuera de aquel aposento, en que acababa de sentir tan tiernas y dolorosas emociones, con aspecto tan imponente y tan amenazador, que asombrada y trémula Gualcazinla, no osó desplegar los labios ni aun para pronunciar un adiós que podría ser el último.

Capítulo X. Embajada

Al salir el emperador del alcázar, hallose en medio de innumerables príncipes y generales: que acudían a su encuentro presurosos.

—A las calzadas, ¡oh tlatoanis! —exclamó al verlos con acento indignado—. ¡El enemigo nos llama a ellas y aun no habéis volado a responderle!

—¡Engañado estás, hueitlatoani! —dijo al punto el más antiguo de los generales—: ¡engañado estás! —repitieron todos.

Detúvose sorprendido el monarca, y tomando la palabra el señor de Xochimilco, añadió, no sin dar señales de su alegría:

—Los españoles y tlaxcaltecas que se han aproximado a la ciudad, traen desplegada la bandera blanca, y solo vienen custodiando, hasta dejarlos fuera de peligro bajo la salvaguardia de tu imperial palabra, a tres teutlis prisioneros, encargados de proponerte la paz.

—Sean recibidos dignamente esos embajadores —respondió Guatimozín— ya sean mexicanos, ya extranjeros; su misión es sagrada e inviolables sus personas.

Enseguida preparose a escucharlos, reuniendo en el salón de audiencias a sus ministros y consejeros.

Vivísima impresión produjo en la ciudad la entrada de aquellos nuevos plenipotenciarios, que llegaron a palacio entre oleadas del pueblo y bajo la protección de una escolta mexicana.

Turbados estaban al presentarse a su rey; echábase de ver que no juzgaban muy honorífica la proposición de que eran portadores, y solo después de haber sido alentados con benévolas palabras que les dirigió Guatimozín, osó expresarse en los términos siguientes el más audaz de los tres.

—¡Señor!, ¡mi señor!, ¡gran señor!, el Malinche Hernán Cortés, de quien nos hacen esclavos los azares de la guerra, nos envía a ti para que sepas de nuestros labios sus intenciones y deseos.

Agradecido eternamente aquel jefe a los muchos favores y señaladas honras que le dispensó el gran Moctezuma, no puede olvidar, en medio de los horrores de la sangrienta lucha que sostiene contra ti, que eres deudo del nombrado monarca, que has sentado contigo en el trono imperial a una hija de aquel, y que te albergas en una ciudad que fue hospitalaria en otro tiempo a sus extranjeras legiones. Tiembla la mano del Malinche al levantarse para destruirla, acongójase su ánimo al concebir los desastres que van a llover sobre el imperio, con quien tan solemne alianza ha pactado a nombre de su rey, y antes de dar el último golpe te conjura por nuestra voz a detenerlo, aceptando la paz con las condiciones siguientes:

Primeramente desarmarás sin tardanza a tus ejércitos y los harás salir de tu capital.

En segundo lugar convocarás asamblea de todos tus tlatoanis y ratificarás con ellos el vasallaje reconocido al soberano español.

En tercero...

—¡No digas más! —exclamó con ímpetu el joven emperador—. Muda para siempre debiera de quedar tu lengua después que se ha mancillado articulando tan vergonzosos acentos.

—¡Tlatoanis y teutlis! —prosiguió dirigiéndose a la asamblea—; ya habéis oído cuáles son las primeras condiciones de paz que nos propone el enemigo: innecesario juzgo indicaros ya cuáles serán las últimas: creo que se deducen naturalmente.

Jamás en mi reinado aceptará el imperio de México un yugo ignominioso: jamás ocupando Guatimozín este trono, permitirá sea sometido a ningún trono extranjero; ¡sepultarme sabré antes en sus míseros escombros! Pero soy rey por el libre voto de los electores de México; soy rey que al ceñirse la sagrada corona contrajo el deber imperioso de hacer felices a sus pueblos. Si los desastres con que nos amenaza el enemigo os parecen más graves y cercanos que los que veo envueltos en la paz engañosa que rechazo; si fatigados de tan prolongada y sangrienta guerra queréis a toda costa terminarla; en fin, si en la alternativa de morir o ser esclavos os sentís capaces de vacilar algún día, pronto estoy a descender del excelso puesto a que me habéis encumbrado, y a devolver a los que me la dieron la corona augusta que conservándose en mis sienes, no será humillada nunca a las plantas de extranjero tirano.

Los rumores que se levantaban en la asamblea apagaron las últimas palabras de aquel breve discurso. Era extraordinaria la agitación y contrarios los efectos que había producido.

Muchos se arrebataban de entusiasmo y aplaudían con frenesí al emperador: otros se resentían de la duda manifestada por aquel, como un ultraje inmerecido; algunos, con sentimientos enteramente diferentes, juzgaban exagerado el recelo y excesiva la soberbia que se oponía a una paz cuyas condiciones no eran en su concepto tan alarmante ni vergonzosas como las veía Guatimozín. Ni aun faltó quien se atreviese a indicar que debía aceptarse la abdicación de dicho príncipe, ofreciendo la corona a Hernán Cortés. En honor de la verdad y del nombre mexicano, debemos confesar, sin embargo, que los partícipes de las dos opiniones últimamente expresadas, estaban en corta minoría, compuesta casi toda de débiles ancianos.

En el momento en que la agitación era más viva y más difícil la situación del emperador, obligado a presenciar los debates ocasionados por su discurso, abriose con estrépito la maciza puerta de aquella suntuosa estancia, y presentose el hueiteopixque revestido de todas sus insignias, precediendo a más de cincuenta sacerdotes que formaban a su espalda un grupo lúgubre y extraño, envueltos hasta la cabeza en sus largos mantos negros, que arrastrando por detrás, iban barriendo el pavimento.

El pontífice se detuvo en mitad de la sala del consejo, y rompiendo el profundo silencio que impusiera su repentina aparición, dijo con grave tono e imponente ademán:

—Los dioses me han revelado, en la soledad del templo, que se reunían en este sitio los príncipes mexicanos para escuchar proposiciones de paz dictadas por el impío. Los dioses me han revelado ¡oh Guatimozín!, que tu heroico corazón las rechaza indignado, prefiriendo la muerte a la ignominia. ¿Pero quiénes son —añadió con aterrador acento—, quiénes son los cobardes que se quejan de tu constancia? ¿Quiénes los blasfemos que se atreven a pronunciar que es aceptable la alianza con los enemigos de los dioses? ¡Levanten la voz en mi presencia! ¡Levántenla y caerán heridos de muerte por el santo furor que siento arder en mi pecho y centellear en mis ojos!

Huitzilopochtli ha temblado de ira en su sagrado altar. Tezcalepuzca se ha arrepentido de haber criado al hombre, indigna hechura de su mano omnipotente. ¡Respiren aquellos que han encendido los divinos furores, y a su vil soplo crecerá devorador el incendio y ni cenizas quedarán de ellos!

Concluyó de hablar el hueiteopixque en medio del mismo general silencio que reinara al comenzar; pero tomó la palabra un momento después el tlatoani de Tepepolco y dijo:

—No existe a mi entender en esta asamblea individuo alguno que sea capaz de cobardes votos, atreviéndome a asegurar sin temor de que ni una voz se levante a desmentirme, que tú, ¡oh teoteutli!,[102] puedes volver tranquilo al teocali venerado, asegurando a los dioses que jamás permitiremos en sus altares deidades extranjeras, y que tú ¡oh soberano hueitlatoani!, tú, siempre digno varón en tus sentimientos, siempre gran monarca en tus preceptos, no debes recelar nunca flaqueza o deslealtad en los que aprenden de tu ejemplo. A ti solamente reconocemos por emperador, y contigo rechazamos cualquier otro ultraje, dispuestos a morir antes que a capitular.

Unánime fue entonces la voz que se levantó victoreando a Huitzilopochtli, a Guatimozín y al pontífice y todos juraron perecer con las armas en la mano.

—¡Sea como lo decís! —exclamó el gran sacerdote—; si así lo cumplís, Huitzilopochtli os proteja y os premie Tezcalepuzca!

—Y ¡ay de aquel —añadió el emperador poniéndose en pie con ademán firme y severo—, ay de aquel que perjuro e infame ose en lo sucesivo articular la palabra paz o prestar a ella su oído! Reo de muerte lo declara mi voz, y como traidor será deshonrado, ora vista la coraza del guerrero, ora la negra capucha del teopixque o el regio manto del tlatoani.

—¡Guerra! ¡Guerra! —gritaron todos.

—¡Guerra hasta morir o vencer! —dijo con furibundas voces el pontífice—. ¡Yo os la ordeno e impongo a nombre de Huitzilopochtli!

—¡Guerra! —repitió el emperador arrojando a los pies de los embajadores el dardo que tenía en su diestra—. Esto habéis de decir, ¡oh teutlis! al general que os envía. ¡Guerra sin tregua hasta el total exterminio de uno de los dos ejércitos!

—Llevad esta contestación que da el imperio a sus odiosos perseguidores y quedaos entre ellos, pues México rechaza a los indignos hijos de su suelo que han osado pisarlo siendo portadores de tan infame mensaje.

—¡Guerra! ¡Guerra! —resuena una vez y otra dentro y fuera del palacio—. ¡Guerra!, es el eco que por todas partes escuchan los plenipotenciarios al volverse avergonzados y confusos al campamento español, llegando a ser tan dolorosa la impresión de su vergüenza, tan terrible para sus corazones aquel testimonio de la ira general que les acusaba, tan profundo su dolor al verse desechados de su príncipe, que al atravesar el puente para ir a reu-

---

102 Señor sagrado o caballero de Dios.

nirse a la escolta enemiga que los acompañara hasta la entrada, detúvose de repente uno de ellos, y vuelto a los otros dos:

—No voy más adelante —dijo—; no me engendró mi padre para vivir siervo y deshonrado. Mi patria y mi rey me desprecian; tienen razón, porque manché mis labios pronunciando proposiciones indignas. ¡A lavarlos voy de su baldón!

Dijo y se arrojó a las aguas, siguiéndole a ellas, sin vacilación y por impulso simultáneo los otros dos infelices a quienes tan funesta misión encomendara Cortés.

Sus cadáveres, recogidos algunas horas después por los soldados españoles a las orillas del lago, fue la sola contestación que recibió el jefe. Violos, y comprendió que era preciso exterminar o ser exterminado. La muerte de sus emisarios, ya fuese un acto de rigor del monarca mexicano, ya de desesperación por parte de las mismas víctimas, dejaba en claro una verdad que no era grata al caudillo: la de que no era posible sujetar a aquel pueblo sin aniquilarlo.

—¡Compañeros! —dijo entonces a sus capitanes—. ¡A los primeros rayos del Sol de mañana, daremos el último ataque a la capital de México!

Capítulo XI. Quilena y sus hijos

En el momento en que acababa de dar aquella orden, recibió aviso el jefe de que un numeroso ejército de las provincias de Matalcinchi, Zaltepec, Cohuixchi y Malinalco se aproximaba cautelosamente con el objeto de atacarle por la espalda al tiempo en que intentando penetrar en México, le saliese al frente Guatimozín con todas las fuerzas reunidas en aquella capital. Colocado de este modo el español en medio de dos ejércitos enemigos que el uno le atajase el paso, el otro le cortase la retirada; teniendo además por único campo de batalla la extensión de las calzadas, en que no era dado maniobrar libremente a la caballería, hubiérale sido difícil, sino imposible, salir con bien de tan apurada posición, en la que se prometían los mexicanos destruirle completamente.

Frustróseles aquella esperanza con el oportuno aviso que, como hemos dicho, recibió, Cortes la víspera del día en que se había propuesto penetrar en Tenoxtitlan, pues tomando sus disposiciones con la actividad que le era característica, hizo salir inmediatamente a Sandoval y a Tapia, con la necesaria fuerza, al encuentro de los que intentaban sorprenderle. No pasé aquel movimiento desapercibido por los sitiados, y comprendiendo su objeto, enfureciéronse de tal modo con el malogro de sus esperanzas, que tomando la iniciativa como otras veces, se arrojaron denodadamente a presentar la batalla.

Sostúvola el ejército de Cortés en las tres calzadas en que simultáneamente fue atacado, y aunque no podamos decir que alcanzase esta vez considerables ventajas, creemos suficiente la de haber conservado su posición haciendo últimamente suspender el combate al fatigado enemigo.

Sandoval y Tapia batían en tanto con igual fortuna a la hueste auxiliadora, haciéndola retroceder y obligándola por fin a retraerse en desorden a las provincias de que saliera.

Viéndose libre del peligro de la proyectada sorpresa, dejó Cortés descansar su gente algunos días, y atacó enseguida la capital según lo tenía dispuesto, resuelto a penetrar en ella a todo trance y habiendo ordenado bajo severas penas que a proporción que se fuesen posesionando de las calles, se derrocasen sus casas, sin dejar piedra sobre piedra, dirigiendo todos los esfuerzos a cegar con escombros los canales hasta convertir en tierra firme lo que era entonces agua.

Estábase en uno de los últimos días del mes de julio cuando publicó Cortés esta orden terrible, que condenaba a la destrucción más completa que jamás se ha visto a la hermosísima y suntuosa ciudad de los emperadores aztecas, célebre monumento de su civilización y grandeza, próximas a desaparecer sin dejar a la posteridad ni un vestigio que las acreditase.

Diose en efecto el ataque según el nuevo plan de ir ganando palmo a palmo el terreno y asolando la ciudad al paso, para no dejar a su espalda al ejército conquistador sino ruinas que sirviesen a la retaguardia para cegar los canales. De este modo ganáronse aquel día algunas calles, no bastando a impedirlo la desesperada resistencia que opusieron los mexicanos. Cebábanse en el pillaje y en la destrucción las huestes tlaxcaltecas, y al verlas correr furiosas con el hacha en la mano, arrasando los más hermosos edificios con alaridos de feroz complacencia, decíanles con amarga sonrisa los infelices dueños:

—Mal hacéis ¡oh guerreros de Tlaxcala!, en echar por tierra nuestras habitaciones. Si salimos vencedores, vosotros habréis de reedificarlas; si triunfáis, también seréis vosotros los que las levantaréis para los españoles.

Los tlaxcaltecas hacían burla de aquel exacto raciocinio y continuaban con ahínco su obra de devastación. Doloroso es imaginar aquella regia capital condenada a ser arrasada por un puñado de advenedizos extranjeros que tenían por ejecutores a pueblos americanos.

Era el principal anhelo de Cortés llegar a posesionarse de Tlaltelulco y de los fuertes teocalis, que en caso necesario podían prestarle alojamiento capaz de defensa; mas fueron vanos aquel día todos sus esfuerzos dirigidos a este objeto, pues en el instante de asaltar el gran edificio de Huitzilopochtli, dejose oír por segunda vez en el curso de aquella guerra el terrible sonido del caracol sagrado, y apenas escucharon aquellos lúgubres ecos, cuando guerreros, sacerdotes y hasta mujeres se lanzaron furiosos a la defensa del templo, siendo ésta tan denodada y sostenida, que tuvo al fin Cortés que abandonar su empeño.

Quedó, empero, la plaza alfombrada de cadáveres mexicanos, y luego que se hubo replegado abandonando el campo el enemigo, atronaron aquel vasto recinto los lamentables gritos de las mujeres, que reconocían entre los muertos a sus esposos, padres, hermanos o hijos.

Viose últimamente atravesar por entre ellas hollando con planta temeraria tantos despojos de la muerte, a una amazona de viriles proporciones. Teñida estaba su espada de a dos manos en sangre del adversario, y corría la de sus propias venas por una ancha herida que se veía en su desnudo brazo, sin que ella diese muestra de apercibirse de ello. Como la noche iba ya desapareciendo sus opacas sombras, seguían a la heroína seis esclavos que agitaban en las manos gruesas coabas encendidas, cuya rojiza luz reverberaba en los lagos de sangre que se formaban en la plaza.

Salió al encuentro de la amazona, desprendiéndose de un cadáver que tenía entre sus brazos, tina hermosa joven a quien en vano intentaba apartar de aquel sitio la servidumbre que la acompañaba.

—¡Quilena! —dijo con amargos sollozos a la mujer guerrera—. Tú que entiendes de heridas, ven y dime si es verdad que no hay ya remedio para el que es la mitad de mi vida. Destrozado tiene el pecho en que reinaba mi imagen, inmóvil el corazón que solo latía de amor. Ven, en nombre de los dioses, ¡oh Quilena!, y dime si es cierto que no existe ya mi esposo.

Acercose la matrona y puso su ensangrentada diestra sobre el pecho del que era algunas horas antes uno de los más gallardos príncipes mexicanos. Enseguida dijo sin la menor señal de emoción:

—Está muerto el tlatoani de Zopanco; ya no tienes esposo, hija de los tultecas.

—¡Muerto! ¡Muerto! —repitió arrancándose los cabellos la acongojada viuda.

—¡Muerto como mis dos hijos! —repuso con aterradora calma Quilena—. ¡Sígueme, no están lejos! Ven y me ayudarás a sacarlos de entre ese montón sangriento.

Dijo, y se adelantó con paso firme hacia el paraje en que había visto caer, durante lo más recio del combate, a las tiernas víctimas que entonces buscaba. Apartando por sí misma algunos de los cadáveres que allí estaban hacinados, descubrió en efecto a los dos jovencitos, muertos casi al mismo tiempo uno al lado del otro. Echábase de ver que el que sobreviviera algunos minutos se había esforzado, en el supremo momento de la agonía, por abrazarse estrechamente al ya helado cuerpo de su hermano, y tan violenta en efecto debió haber sido la contracción de sus músculos en aquel postrer abrazo, que costó trabajo desasir los dos cuerpos.

—¡Helos aquí! —dijo la princesa tlacopana con ojos enjutos y acento sombrío y profundo.

—Nacieron en un día y en un día han abandonado la tierra. No presumía yo que había de perderlos tan pronto que tan pronto me quedaría sin hijos. Porque no tengo ya hijos; ellos eran solos.

La princesa de Zopanco contemplaba aquella escena con doloroso asombro.

—Consuélate, ¡oh Atahualca! —prosiguió Quilena pasándola por el rostro su mano manchada de sangre—. Tu marido y mis hijos han muerto con gloria: ¡dichosos ellos que han exhalado el último gemido, al compás del himno de triunfo que entonaba su pueblo! ¿Quién puede decir cuales serán los últimos sonidos que escucharán moribundos los que ensordezcan para siempre mañana?...

Suspendiose un momento, fijando en el cielo, que era por cierto oscuro y tempestuoso, una larga mirada con la que parecía demandarle los secretos del porvenir; luego bajola y la clavó en sus hijos, diciendo sin verter una lágrima:

—¡Dormid en paz, pobres niños! El Sol os guarda en sus jardines eternos las flores de vuestra decimasexta primavera, que no quisisteis esperar en el mundo de los hombres. El seno en que os formasteis queda desolado, como campo de perpetuo invierno; pero helo llenado con sangre caliente de vuestros matadores, y no iré a buscaros a los alcázares celestes sin haberme tres veces abrevado en ella.

Diciendo estas palabras, cargó sobre sus espaldas uno de los cadáveres; ordenó a sus esclavos hacer lo mismo con el otro, y dijo a la atónita y afligida Atahualca:

—Ven tú también con tu marido; los aullidos de estas mujeres cobardes que vienen a atormentar a sus muertos, me hacen daño en el oído. Pronto se presentarán los guerreros a recoger a los heridos y a quemar los cadáveres: alejémonos con los nuestros.

La joven princesa obedeció sin hablar, colocando el cuerpo de su esposo en unas andas preparadas al efecto por sus servidores.

Cuando salieron de aquel campo de carnicería, preguntó tímidamente la viuda:

—¿A dónde iremos?

—A arrojarlos al lago —respondió sin inmutarse la amazona—. No quiero que las cenizas de mis hijos queden en este suelo; porque... escúchame Atahualca, y no digas nada de esto a los guerreros; porque me dice el corazón que este suelo pertenecerá muy pronto a los extranjeros.

—¿Tendrás valor para hacer lo que dices? —repuso la descendiente de los tultecas—. Yo no lo tengo, Quilena; no serán mis manos las que arrojen al agua el adorado cuerpo de mi esposo.

—El agua es más libre que la tierra —dijo con su terrible calma la hija de los tarascos—; en ella por lo menos no imprimirán sus huellas los viles robadores que han venido para apropiarse nuestra tierra. ¡Ea!, ¡redobla el paso, mujer sin espíritu! La noche es profunda, cantemos en voz baja la canción de la muerte.

—Cantemos —dijo Atahualca—, y reciba propicio Tlaoc el depósito que vamos a confiarle.

Las dos mujeres continuaron en efecto tristísima salmodia y desaparecieron como sombras a las orillas del lago.

Una hora después, Atahualca entraba sola con sus esclavos en el alcázar imperial, y erizado el cabello decía a Gualcazinla:

—Encontré a mi esposo entre los muertos, y sin embargo, menos me ha horrorizado la vista de su cadáver sangriento, que el espectáculo que acabo de contemplar.

—¿Vuelven acaso los enemigos? —preguntó asustada la emperatriz.

—No he visto más enemigos —respondió la viuda— que dos infelices prisioneros que tenía Quilena en un lugar oculto cerca del lago. Allí la he visto degollarlos por su mano, beber su sangre con rabiosa sed, y diciendo que no la había aplacado, lanzarse por fin a las aguas, abrazada con sus dos hijos muertos. El lago se ha tragado aquellos cuerpos, lo mismo que el de mi marido.

Capítulo XII. Toma Alvarado el teocali y entra Cortés en Tenoxtitlan

En el día que siguió a aquel en que ocurrieron los referidos sucesos, siendo apenas las nueve de la mañana y en el momento mismo en que Cortés arengaba a su gente, dispuesto a penetrar por segunda vez en la capital y a no perdonar fatiga para posesionarse del teocali, observaron algunos oficiales que salían de las altas torres de aquel edificio espesas columnas de humo, que no podían ser vapores del incienso que los sacerdotes quemaban ordinariamente en aquella hora.

Llamada la atención del caudillo hacia esta novedad, hizo que subiesen a una pequeña altura varios de sus soldados, procurando descubrir el origen de ella, y tan grande fue su sorpresa como su júbilo al saber que en medio de las llamas del incendio que consumía ya una parte de aquel notable edificio, ondeaba con majestad, iluminada por rojizos reflejos, la bandera española.

En efecto, Alvarado con un ataque súbito por el lado de Tacuba, acababa de penetrar en México y de posesionarse del teocali. El momento no podía ser más favorable; aprovecholo Cortés, y ordenó al punto la entrada de sus fuerzas en la ciudad.

A pesar de la consternación en que pusiera a los mexicanos la vista del incendiado templo, resistieron esta vez como siempre con heroica decisión; pero nada era bastante a contener ya el ímpetu de los ejércitos invasores.

Viose ocupada algunas horas después la gran plaza de Tlaltelulco por la caballería española, y a las tropas auxiliares recorriendo las calles de aquella hermosa capital, que con infatigable diligencia iban convirtiendo en ruinas. ¡Jamás se ha verificado tan completo saqueo! ¡Jamás se escribirá en la historia de las conquistas victoria tan sangrienta!

No saciadas, empero, las feroces hordas después de asolar gran parte de la ciudad, corrieron al palacio disputándose el honor de descargar el primer golpe del hacha en aquella mansión regia. Habíala abandonado ya la familia imperial. Guatimozín, después de defender a palmos con inútil constancia el suelo de su capital, se había retirado por último completamente derrotado y teniendo por único refugio uno de los grandes arrabales, que rodeado por todas partes de agua, prestaba recursos a la resistencia. A él se trasladaron al punto todos los moradores del palacio, en medio de la general perturbación, y a él también la mayor parte de la gente que escapara de la horrible matanza. La población de Tenoxtitlan había sido reducida en aquella sola mañana a casi la mitad de su número.

Cortés, no obstante la alegría natural de su triunfo, se sintió dolorosamente afectado por el espectáculo de tan inaudita carnicería y ordenó suspenderla.

—«Acordé (dice aquel jefe en una de sus cartas al rey) dejar de combatir algunos días, porque me ponía en mucha lástima y dolor que pereciese aquella multitud, y quise otra vez ofrecerles la paz.»

Hízolo así efectivamente, y debía esperar ver aceptada la capitulación que proponía, por duras que fuesen sus condiciones, pues era en sumo grado deplorable la situación de los vencidos.

Encerrados en el recinto de aquel barrio, situado en la laguna; escasísimos de víveres, reducidos a beber agua salobre, y sin tener ya ni aun las armas necesarias, ninguna esperanza lisonjera podían alimentar; su único medio de salvación era un convenio con el enemigo, y el emperador debía aceptarlo, según el juicio de Cortés, por más que pudieran resistirlo sus fanáticos sacerdotes y sin pararse a considerar si le era o no honorífico. Aun no había comprendido el caudillo el fuerte temple de aquella alma, verdaderamente real; no había adivinado, no, que el destino lo concedía por víctima a uno de aquellos seres magnánimos, que eclipsados al resplandor de otra gloria enemiga, quedan muchas veces confundidos en las páginas históricas de sus inevitables desastres; hasta que inspirada algún día la entusiasta mente del poeta, descubre, al través de las nubes del inmerecido infortunio, la santa aureola de la olvidada gloria, y siente lo que en hermosísimos versos ha consignado en ocasión solemne uno de nuestros poetas.

> Héroes, si ya no dioses, el inmenso
> vulgo los llama; mas en tanto incienso
> yo mi corazón no ofusco;
> que de Belona en el dudoso empeño
> donde nuestra fortuna airado el ceño,
> allí los héroes busco.[103]

Guatimozín, por única contestación a la ofrecida paz, juntó sus maltratados ejércitos y se arrojó denodadamente a buscar en el combate esperanza de salvación o término de conflicto.

Encarnizado, terrible fijé aquel combate en que luchaban cuerpo a cuerpo, por decirlo así, la desesperación y la fortuna. El heroísmo de aquellos a quienes había señalado para víctimas, detuvo suspenso muchas horas el fallo de la victoria. Cortés, impaciente a la par que asombrado viendo que todos sus esfuerzos no alcanzaban a obtener las ventajas apetecidas y que había alcanzado el enemigo favorable situación, resolvió recurrirá un ardid de guerra empleado otras veces contra él. Pidió gente a otro real de los suyos, y ordenó se mantuviera emboscada en cierto paraje designado, al cual procuró llevar al contrario, aparentando retraerse.

Recelando el engaño Guatimozín, siguiolo al principio con cautela y cuidando no desamparase el campo la mayoría de su ejército. Fingieron empero con tal destreza desorden y confusión los fugitivos, que lograron

---

103 Arriaza, en su oda a la batalla de Trafalgar.

completamente alucinarle, hasta llevarlo con todas sus fuerzas al sitio prevenido. Apenas hubo conseguido su objeto, dio Hernán Cortés la señal convenida, y saliendo de su escondite los caballos y peones enviados por Alvarado a Olid, cayeron sobre su espalda con irresistible pujanza.

La derrota fue entonces completa. El emperador alcanzó con no poca dificultad la retirada, dejando en el campo casi la mitad de su gente.

No decayó empero con el nuevo desastre la gran fortaleza de su ánimo. Desechando con indignación las reiteradas proposiciones de capitulación que por entonces le dirigió el vencedor, tornó a organizar su hueste y a provocar el combate.

En tanto que aquel infeliz príncipe hacia con asombro del enemigo aquellos últimos esfuerzos de resistencia, que bien pudieran compararse a las convulsiones de un moribundo, el hambre reinaba con todos sus horrores en el arrabal que prestaba asilo a su imperial familia y a las reliquias de los seiscientos mil moradores de la destruida metrópoli.

Véanse de continuo vagar por las calles famélicas tropas de mujeres y niños, cuyos llantos y gemidos desgarrarían el más empedernido corazón. Muchos de aquellos desventurados caían muertos a las puertas de la casa que habitaba la emperatriz, a la que iban a demandar limosna; limosna que necesitaba tanto como ellos aquella princesa desventurada. La hija de reyes se alimentaba entonces con yerbas y raíces, afanándose en balde por volver a llamar a sus pechos el primer sustento de su hijo, para quien no tenía un pedazo de pan. El tierno infante, acosado por el hambre, aplicaba una vez y otra con infructuoso afán sus pálidos labios a aquellas fuentes de vida.

Estaban exhaustas, y sus repetidos esfuerzos hicieron brotar sangre en vez del licor apetecido.

Tuvo entonces la infeliz madre un momento de suprema desesperación, y viósela llevar entrambas manos al delicado cuello del inocente, como si intentase ahogarlo. Las fuerzas le faltaron al ejecutar aquel acto tremendo, y prorrumpiendo en lágrimas:

—¡Oh pedazo querido de mis entrañas! —exclamó regando con ellas la desfallecida cabeza del infante, reclinado lánguidamente sobre su enflaquecido seno—. ¡Por qué delito he merecido de los dioses tan horrendo castigo! ¡Habré de verte entre mis brazos con la agonía del hambre, escuchando ese quejido doloroso con que me pides inútilmente pan! ¡Oh!, ¡hijo mío!, ¡hijo mío!, la saña de Tlacatecolt arrojó tu alma de los palacios del cielo para encarnarla en mi vientre. Mi vientre te echó al mundo en una noche de desgracia, y acudieron genios malignos para mecer tu cuna. ¡Pero qué has hecho tú, pobre inocente!, ¡qué has hecho tú para que así te persigan los espíritus! ¿No fuiste engendrado en bendecido tálamo? ¿No ardió tecopalli el día de tu nacimiento en honor de los tepixtotones?

—No te canses, desdichada madre —respondió con apagada voz Miazochil, que también lloraba sobre la cabeza de su hambriento hijo—. Condenada fue por sus ingratos dioses la descendencia de Moctezuma. No tornará mi acento a implorar jamás a esas deidades injustas.

—Toma la imagen de la Virgen de los Dolores, añadía sollozando Tecuixpa. Tómala, ¡oh pobre hermana mía!, y ponla sobre tu pecho para que atraiga a él sustento para Uchelit. Ella también es madre, ella también vio morir a su único hijo, y le vio con sed sin tener agua que darle.

—¿Y piensas, hermana, que tendrá compasión de mi niño esa diosa extranjera que protege a nuestros enemigos?

—No lo sé, Gualcazinla; no lo sé, pero Velázquez me dijo muchas veces que la madre de su Dios era buena para todas las madres.

—¡Implórala pues, ¡oh Tecuixpa! ¡Implora a esa divinidad de Oriente a favor de mi hijo! Yo no me atrevo a enojar a nuestros dioses, por tiranos que sean con mi desventurada familia.

En el momento de terminarse este diálogo triste, presentose cubierto de polvo y de sangre el príncipe de Tacuba.

—¡Somos vencidos! —dijo con sombrío acento—. El enemigo nos ha arrollado y está entrando en el arrabal. ¡Seguidme! Tengo todavía un refugio para vosotras, pobres mujeres.

—¡Mi esposo! ¿Dónde está mi esposo? —gritó la emperatriz.

—Tu esposo ha hecho más de aquello que parecía posible a un mortal —respondió Netzalc—. Huitzilopochtli respiraba en su pecho y las sombras de los reyes tepanecas y aztecas se llenaron de orgullo al contemplar desde lo cielo sus portentosas hazañas. Pero tu esposo ha sido herido y yace ahora en brazos de sus servidores en el asilo a que quiero conducirte.

—¡Vamos allá! dijo la emperatriz; pero tu esposa está doliente y no puede seguirnos, tu hermana ha sido herida por la mano de Tlacatecolt, y perturbada la mente por visiones horribles, no hace más que llorar y gemir tendida en el pavimento.

—Fuerzas tengo para llevar a ambas sobre mis espaldas —replicó el príncipe.

—Vamos al punto a buscarlas; no hay instante que perder. El enemigo invadirá en breve todo el barrio.

—Esfuérzate, corazón mío —dijo tristemente la emperatriz poniéndose en marcha con su hijo en los brazos—. ¡Esta agonía no puede ser ya larga! ¡Vamos!, morirás al menos, ¡oh hijo adorado de mis entrañas!, en el seno de tu padre. El de tu madre, estéril ya e inútil, no puede darte más que sangre floja de mujer cobarde.

En el momento en que la familia imperial acababa de abandonar aquel asilo, las tropas enemigas llegaban a posesionarse de él.

Capítulo XIII. Últimos esfuerzos

La pluma se nos cae de la trémula mano al emprender la pintura del cuadro sangriento que nos presenta la imaginación y que bosquejado vemos con tan terribles colores en las páginas de aquella conquista inhumana aunque gloriosa.

Clementes los extranjeros en comparación de los americanos, intentaron en vano poner término a la carnicería en que se cebaban sus feroces auxiliares. «Fue grandísima la mortandad, dice Cortés, porque usaban de tal fiereza nuestros amigos tlaxcaltecas, que por ninguna vía daban a ninguno la vida, por más que fueran de nosotros reprendidos y castigados.»

Las reliquias guerreras guarecidas en un solo punto del barrio, fortificado por albarradas, enviaron un mensaje a Cortés pidiéndole, según refiere aquel jefe, que pues era hijo del Sol este astro daba vuelta con tanta brevedad a todo el mundo, que fuese diligente como él y los acabase de matar.

Cortés, sin embargo, suspendió la persecución, y por respuesta de esta extraña petición, envió a Guatimozín uno de los magnates que había quedado prisionero, para que en su nombre le prometiese clemencia, decidiéndolo a entregarse con los restos que conservaba, puesto que ninguna esperanza podía quedarle ya.

Herido, como ya sabemos, estaba el emperador, y rodeado en el lecho de dolor por su mísera familia, atormentada por el martirio de la hambre. La situación no podía ser más desesperada; ninguna prueba más difícil de sostener que la que sufrió el invencible ánimo de aquel infortunado príncipe cuando se le presentó en aquellas circunstancias el emisario del enemigo.

—Ninguna esperanza nos resta —díjole este entre sollozos—; el imperio mexicano está dando su último aliento. Salva al menos tu vida y la de tu familia, ríndete a discreción y alcanzarás clemencia.

Indignado el emperador, incorporose trabajosamente en su lecho, y mandó se echase de su presencia al cobarde que tal consejo se atrevía a proferir.

—Descendientes de Chimalpopoca —dijo enseguida a los príncipes que le cercaban—. La patria nos ordena no deponer las armas mientras tengamos un solo palmo de tierra en que poder pelear. ¿Hay alguno de vosotros que prefiera a una gloriosa muerte la vida demandada a la compasión del enemigo?

—¡La muerte! ¡La muerte queremos! —exclamaron a una voz los tlatoanis.

—¡La muerte! —repitió con acento profundamente doloroso la emperatriz—. Vosotros la recibiréis peleando. ¡Pero mi hijo... vedle... tiene hambre!

Aquellas palabras produjeron increíble efecto en aquellos corazones animosos que acababan de optar gloriosamente entre la gloria y la salvación, y exhalaron sollozos y vertieron lágrimas, que acompañó con las suyas el mismo Guatimozín.

Tomó en brazos a su hijo, mientras varios de sus deudos corrían a buscar a toda costa algún sustento para el inocente, y contempló con inexplicable agonía sus hermosas facciones descoloridas y lánguidas. La pobre criatura le tendía sus manecitas heladas en actitud de quien espera, y al ver que nada recibía, volvíase a su madre con infantiles gestos de aflicción, y llorando con gemidos tan débiles que le destrozaban el alma.

Los deudos de Guatimozín recurrían en tanto a un ingenioso engaño para alcanzar algunos comestibles para aquella mísera familia. Aparentando disposiciones favorables a los deseos del enemigo, le despacharon una embajada con algunas ropas a guisa de regalo y como prenda de pacíficas intenciones. Reducíase el mensaje a proponer a Cortés les diese pasajera tregua hasta que el siguiente día fuese a conferenciar con él personalmente el emperador a la plaza de Tlaltelulco, para tratar de la capitulación. El ardid obtuvo favorable éxito: Cortés, que deseaba sinceramente poner un término a tantos horrores, se prestó gustoso a la demanda, y correspondió el presente enviándolos gallinas y maíz, que abundaban en el campamento tanto como escaseaban en el otro.

Fieles al empeño contraído, no obstante la causa que lo había motivado, presentáronse a Cortés en el día y paraje de la cita cinco señores mexicanos, y le expresaron que no pudiendo acudir el emperador por hallarse enfermo, venían ellos en su nombre a manifestarle que en manera alguna consentiría nunca en capitular; que no se creyese dueño del imperio por haber destruido la capital, pues infinitas provincias lejanas que se armaban quedaban en aquel momento para acudir al socorro de su rey y vengarle si perecía en la lucha.

Esta atrevida declaración fue hecha, sin embargo, con singular templanza y cortesía, escuchando después con atención igual a la que con ellos usara el vencedor, las nuevas instancias de éste para que desistiesen de una obstinación que no podía salvarlos.

Insistió de tal modo Cortés en aquel empeño, que ellos ofrecieron por último emplear toda su influencia a fin de decidir al emperador, si bien confesando que dudaban mucho del éxito, y despidiéndose después con tanta cordialidad como si acabasen de pactar realmente la más honorífica y ventajosa alianza.

Cortés suspendió las hostilidades por dos días, haciendo en aquel breve tiempo repetidos esfuerzos para atraer a Guatimozín; pero fueron todos igualmente infructuosos, y se decidió por fin rendirlo con las armas.

Cercó en efecto el día aquel último refugio de los infelices aztecas, atacándolo a la vez por tierra y por agua. Conociendo los príncipes la imposibilidad de defenderse largo tiempo, rogaron al emperador abandonase con su familia aquel pedazo de arrabal, que era lo único que conservaba de su dilatado imperio.

—De poca utilidad ¡oh adorado hueitlatoani!, puede sernos tu persona en este sitio —le decían—, y si logras ponerte en salvo con tu estandarte sagrado y llegar a alguna ciudad amiga, llamarás a ella a todos los varones de tus apartados dominios y formarás con ellos un poderoso ejército con el cual tornarás a recobrar las ruinas de tu capital, lanzando de este suelo al enemigo.

Desechó Guatimozín aquel consejo por parecerle cosa indigna y sujeta a malas interpretaciones el abandonar a sus gentes en el supremo conflicto, ordenando que en lugar suyo tentasen la salida propuesta los tlatoanis de Tacuba y Tezcuco, encargándose de reunir, en el caso que lograsen eludir la vigilancia del enemigo, la fuerza de todas las provincias distantes y conducirlas contra el enemigo.

Inútilmente le representaron oponiéndose a esta disposición, que nada podía alentar tanto a aquellos vasallos y moverlos a la guerra como ver y escuchar a su monarca, lanzado de su regia ciudad por los enemigos de los dioses; así como sería funesta la consternación que se derramaría por todos los dominios si con la noticia de los recientes y ulteriores desastres recibiesen también la de haber perecido aquel, en cuya augusta persona veían simbolizado el imperio.

Todas estas razones no bastaron a decidir al heroico joven, que resuelto a participar la muerte de sus leales defensores, púsose a su frente apenas convaleciente de sus heridas, y opuso al enemigo la más desesperada resistencia. ¡Inútil debía ser, sin embargo! ¡Aquel era el momento señalado por el destino para el postrer aliento del moribundo poder de los aztecas! ¡Momento pavoroso que no nos sentimos capaces de describir! Momento que reasumió, según declara el mismo conquistador, tantos y tales horrores, que en tiempo ninguno pudiera verse cosa tan lamentable, ni crueldades tan recias en generación alguna.[104]

Embarazaban el paso por todas partes montones de cadáveres. Mujeres, ancianos y niños acosados por el hambre corrían sobre ellos a arrojarse en las lanzas enemigas, y era tan lastimoso aquel cuadro de desolación, con tan triste concierto de llantos y alaridos verificó su entrada el vencedor, que no había corazón, según su propia afirmación, que no se quebrantase.

---

104 Son palabras de Cortés en su carta tercera al rey.

El olor de tanta sangre y de tantos cadáveres obligó a los españoles a salir precipitadamente de aquella parte de la ciudad, ya desde muchos días antes infestada por la peste que introdujera la miseria. En aquella sazón presentose ante Guatimozín, flaco, amarillo, cadavérico el anciano hueiteopixque.

—¿Qué haces aquí, llorando como una mujer sobre las ruinas y los muertos? —exclamó con eco lúgubre y severo—. ¿Réstate algo que hacer todavía en este campo de desolación, o esperas que vuelva el enemigo a imprimir en tu frente el sello de servidumbre?

—¡Espero la muerte! —respondió el príncipe.

—Un rey no muere voluntariamente sin hacerse criminal —respondió el pontífice— mientras existen todavía pueblos que le fueron confiados por los dioses y a los que aun puede salvar de ignominiosa esclavitud. ¡Guatimozín! Huitzilopochtli me ha hablado; su poderosa voz ha resonado en mi oído en medio del fuego del enemigo, de los gritos de las mujeres desoladas y de los gemidos de los moribundos.

—«¡Hueiteopixque! (Me dijo el dios), pruebas terribles está sufriendo mi pueblo, pero prometido tengo el día de la victoria. No desmaye, pues, el joven coronado en cuyo pecho he infundido mi soberano aliento. Tiempo hubo en que sus progenitores, vencidos por poderosas naciones, tuvieron que abandonar su tierra y yo les di otras mejores y más dilatadas y fundé para ellos este imperio onmipotente que sucumbe hoy por los esfuerzos de Tlacatecolt. Pero ¿desde cuándo ha sido Tlacatecolt más poderoso que yo? ¿Desde cuándo está autorizado mi pueblo protegido a desconfiar de su salvación? Salga al instante el emperador de esta ciudad arrasada, en la que velará con triste vigilancia el genio de las ruinas; yo le ordeno poner en salvo su sagrada persona para que juntando nuevos ejércitos de un confín al otro de la tierra que he sometido a su poder, vuelva a vengar sus ultrajes y a reedificar mis templos.»

Esto dijo Huitzilopochtli, ¡oh Guatimozín!, y es llegada la hora de que obedezcas su mandato supremo.

—Yo juro obedecerlo, ¡oh hueiteopixque! —respondió el emperador—; pero deber mío es no dejar este suelo mientras tenga un soldado para defenderlo. Aparta la vista de estos muertos y verás que aun me cercan numerosos guerreros que antes de yacer como aquellos, pueden tributar muchas víctimas a sus sangrientos manes. Veo que no es posible escapar todos los que aquí nos hallamos, porque tan gran flota de piraguas no podría alejarse sin ser apercibida del enemigo; pero tampoco es posible que yo me resuelva a dejar tantos infelices condenados a perecer; arrostrar debo con ellos el peligro, y cuando todos me falten, si el cielo me permite sobrevivirlos, entonces será cumplido el mandato de dios que tanto nos abandona.

—Criminal es tu queja y criminal tu resistencia —dijo con severo acento el pontífice—; tu culpa será funesta al desgraciado imperio que has regido, Guatimozín; yo te lo repito a nombre de Huitzilopochtli, y ¡ay de ti si desatiendes mis palabras! Solo abandonando este imperio puedes tener esperanzas de recuperarlo algún día. Solo desentendiéndote de la suerte de algunos miles de tus vasallos, puedes salvar millones de ellos a quienes pertenece tu vida. He dicho.

Alejose pausadamente al concluir estas palabras y desapareció entre las ruinas.

Permaneció el emperador sombrío y silencioso por largas horas. La noche mientras tanto había llegado a la mitad de su curso, y los tlatoanis se habían aprovechado de ella para prevenir una flota de cincuenta piraguas, a la mayor de las cuales fueron transportadas inmediatamente la emperatriz y princesas.

Los bergantines estaban entonces a bastante distancia; pero velaban sobre la cubierta vigilantes centinelas que no perdían uno solo de los movimientos del enemigo.

Capítulo XIV. Guatimozín prisionero

A mitad de aquella noche terrible, el hambre, la pestilencia de la atmósfera, la desesperación, en fin, llegada a su mayor altura, hacían salir del pequeño recinto que aun conservaban, a infinitas familias mexicanas. Unas se lanzaban al campo enemigo demandando la muerte a grandes gritos, otras se arrojaban al lago, cuyas orillas aparecieron a la mañana siguiente cubiertas de cadáveres.

«El agua salada que bebían (dice Cortés), el hambre, el mal olor de tantos muertos que estaban allí en montones, sin que hubiese donde poner los pies (porque en muchos días no echaron al agua ningún cadáver para que no topasen con ellos los bergantines y supiésemos su necesidad), todo había causado tal mortandad, que pasaron de cincuenta mil ánimas las que entonces faltaron. Las mujeres y niños se salían viniéndose a nosotros, y andaban ahogándose otros muchos en aquel lago donde estaban las canoas.»

A pesar de tantos horrores, Guatimozín persistía obstinadamente en morir en aquel sitio con las armas en la mano, y reunía y animaba a las míseras reliquias de sus ejércitos, para que defendiesen hasta el último trance aquel triste cementerio, que tal podía llamarse el único pedazo de tierra que le quedaba de su vastísimo imperio.

—¡Sálvate!, salva a mi familia y a la tuya —decía a Netzalc—, en las últimas horas de la noche. Mi deber me prescribe no abandonar este suelo mientras tenga un palmo libre donde asentar la planta. Pero mi esposa, la tuya, tantas infelices mujeres nacidas a la sombra del solio y que hoy no tienen asilo sobre la tierra, bien merecen de ti este sacrificio.

Huye, hermano, antes que recoja sus sombras la propicia diosa madre de los misterios: huye, y busca refugio en lejana comarca que no hayan los inmortales maldecido en su ira.

—Ellos te ordenan partir —respondía gravemente el príncipe tacubense—, y mi hermano no será sordo a la voz de los dioses de sus padres. Las princesas están con tu esposa en la más ligera de nuestras piraguas; más se llenarán de guerreros dispuestos a custodiarla; pero no partiremos sin ti.

—Los guerreros —repuso el emperador—, deben morir peleando: llenad esa flota de mujeres y niños. ¡Pobres seres desvalidos!, a ellos es a quienes debemos salvar, si es posible todavía salvación.

Los tlatoanis de Tezcuco, Iztacpalapa, Xochimilco, Tepepolco, Coyoacan y otros muchos, acudieron también a unir sus ruegos a los de Netzalc; pero todo fue en vano. A los primeros albores del día, el monarca mexicano se presentó denodadamente al frente de sus restos guerreros a presentar combate al enemigo.

¡Esfuerzo heroico y desesperado!

Su éxito no podía ser dudoso, y sin embargo, con tal tenacidad se sostuvo, que el Sol que lo había visto comenzar a la luz de sus primeros rayos, llegó lentamente a su ocaso sin que hubiese todavía terminado.

Comenzaba la noche a desplegar sus opacos velos cuando Hernán Cortés, vencedor al cabo, tomó posesión de aquel campo de muertos. Los sacerdotes y los pocos príncipes que sobrevivían al último y horrible destrozo, corrieron entonces a las piraguas, llevándose casi por violencia al infeliz emperador, que había esperado en balde una muerte gloriosa entre las balas del enemigo.

La flota comenzó a alejarse a fuerza de remos de aquellas sangrientas riberas; pero los bergantines a toda vela entraron de golpe y rompieron por medio de ellas. García Holguín, que comandaba uno de aquellos, echó de ver que en la más grande de estas iban personas que por su aspecto y traje parecían ser de rango superior, y mandó a sus ballesteros asestar todos sus tiros a aquel punto.

Observolo Guatimozín y tomó entre sus brazos por instinto a las dos prendas de su amor; pero antes que se hubiese ejecutado la orden impía, Netzalc, que estaba de pie cerca de su hermano guareciéndole con su escudo, gritó con atronadora voz:

—¡Deteneos! ¡Respetad la vida del emperador!

Al momento mandó García suspender a su gente, y pasando a la piragua hizo prisionera a la familia imperial.

Toda la flota se entregó inmediatamente que vieron preso al monarca, y con tan importante presa dirigiose García al campamento de Cortés.

Acompañaban al augusto cautivo su esposa e hijo, la viuda de Moctezuma, las princesas Tecuixpa, Teutila, Otalitza, Flor de la Luna (Meztlixochitl) y otras igualmente jóvenes hermosas; como también los señores de Tacuba, Iztacpalapa, Tezcuco, Xochimilco y Coyoacan, únicos que habían sobrevivido a la matanza del último combate.

Recibíalos el conquistador en medio de sus capitanes y ondeando sobre su cabeza la triunfante enseña de Castilla.

Acercose a él Guatimozín con aspecto, aunque melancólico, lleno de dignidad y entereza, hasta tocar con su desatinada diestra la rica empuñadura del toledano acero que llevaba el vencedor, y díjole en alta voz:

—He hecho cuanto he podido en defensa de mi imperio: los dioses han inutilizado mis esfuerzos. De cobardes es matarse por su mano cuando se ven vencidos; de vencedores clementes ahorrar al valiente la deshonra de la esclavitud. Clava esa espada en mi pecho.

—¡Guatimozín! —respondió el caudillo asiéndole la mano—; no has caído en poder de bárbaro vencedor que no sepa apreciar el heroísmo de tu resistencia. La esclavitud no será nunca el destino de un tan esclarecido monarca, y tu imperio reconocerá el poder de las invencibles armas españolas sin perder al digno soberano que por tanto tiempo las ha resistido.

—Tu prisionero soy —repuso algún tanto conmovido el augusto cautivo—; Huitzilopochtli me ha entregado a merced de tu voluntad, y tengo bastante fortaleza para resignarme a mi suerte; pero he allí a mi esposa y a mi hijo: sé clemente con ellos y con tantas mujeres infelices, esposas todas o hijas de príncipes.

Acompañó a estas últimas palabras del emperador lastimero coro de sollozos y gemidos, que exhalaban las que eran objeto de su solicitud. Cortés se adelantó respetuosamente a saludarlas y procuró consolarlas con afectuosas palabras.

Trató con distinción a los príncipes que las acompañaban, ordenó se las sirviese abundante refresco; y rogando a todos los ilustres prisioneros, especialmente a Guatimozín, que confiasen en él y no recelasen ultraje alguno, púsolos bajo la custodia de Sandoval, y mandó conducirlos a Coyoacan y alojarlos en el mejor edificio de aquella ciudad.

Así quedó subyugado después de un sitio de noventa y tres días el gran imperio de México, en 13 de agosto de 1521 a la hora de vísperas. En el instante en que Guatimozín y su familia salían para su prisión en medio de soldados españoles, una espantosa tempestad se desencadenó bramando sobre aquella tierra esclavizada.

A la luz fatídica de los relámpagos que iluminaban su marcial figura como ciñéndole la aureola de su sangrienta gloria, levantose Cortés, y haciendo resonar su poderosa voz entre el fragor de los truenos:

—¡Compañeros! —dijo—: por terminada doy nuestra grandiosa empresa. De hoy más tendrá dos mundos a sus plantas el muy alto y muy ilustre señor don Carlos de Austria, y un nuevo timbre de perdurable gloria la patria de los Cides y de los Guzmanes. Alabemos, señores, la omnipotencia de Dios, plantando por siempre la cruz en el suelo de esta Nueva España, y usemos misericordia con los vencidos, así por generosidad como por nuestra propia conveniencia. La sombra de autoridad que conservemos al príncipe cautivo nos servirá para sujetar sin que sea preciso valernos de las armas las numerosas provincias de este vastísimo imperio. Granjeándonos su afecto y el de sus opulentos deudos, conseguiremos además la posesión de los tesoros, que según pública voz tienen cuidadosamente encubiertos, y que por violencia no nos descubrirían jamás.

Una voz grata y casi meliflua hizo oír en aquel instante estas atroces palabras:

—¡Lo descubrirán en el tormento!

Era la de Alvarado.

Mirolo con indignación el jefe imponiendo silencio con imperioso ademán, y repitió lentamente:

—Señores, por generosidad y por conveniencia debemos ser clementes con los deudos de Moctezuma. Yo lo aconsejo como amigo, interesado en vuestra gloria, y lo mando como jefe autorizado para adoptar cuantas medidas juzgue oportunas al mejor y más completo éxito de la empresa acometida.

Retirose a su alojamiento apenas terminó su breve discurso; pero la soldadesca se quedó murmurando, oyéndose circular todavía durante algunas horas la tremenda palabra arrojada allí por el implacable Alvarado.

Guatimozín en tanto había sido instalado con su mujer e hijo en una de las habitaciones más espaciosas del palacio de Coyoacan. En otros aposentos del mismo fueron alojados los príncipes y princesas que le acompañaban.

Respetable fuerza española custodiaba el edificio; pero permitíase la entrada a los criados de los augustos presos.

La noche era verdaderamente horrible. Jamás tan fiera tempestad se había visto hasta entonces en aquellas regiones.

El emperador, empero, hablaba tranquilamente con su esposa, teniendo en brazos a Uchelit.

—Los dioses —decía—, no han hecho al hombre solo para la ventura; sujeto nació a las vicisitudes inseparables de su frágil existencia, y por eso fue dotado de una alma inteligente, firme e inmortal, capaz de dominar la flaqueza del cuerpo. Rey o esclavo, el hombre debe ser siempre hombre. Mayor ignominia merece si se abate bajo el peso del infortunio que si se desvanece embriagado por el ambiente de la prosperidad. Tú, ¡oh mitad la más cara de mi alma! Tú debes recordar que lo eres en estos amargos momentos. Unida estás a mí con indestructible lazo, y bien puede decirse que somos ambos una sola existencia. ¡Esfuerza, pues, tu corazón, ¡oh esposa mía!, y que el tirano no vea jamás en tu frente la humillación de sierva!

—Digna soy de tu amor —respondía la princesa—, porque he sabido ahogar mis sollozos y reprimir mis lágrimas: mírame bien, Guatimozín, enjutos están mis ojos. Pero ¿cuál será la suerte de nuestro pobre hijo?... Esto es lo que me dice sin cesar el corazón con honda y tristísima voz: ¿cuál será la suerte de nuestro pobre hijo?

—¿Por ventura no reconocen unánimes todos los hombres un Dios criador suyo y del universo? —repuso el monarca—. Cualquiera que sea la diversidad de nombre con que le adoran los mortales, ese grande espíritu existe, y reina eternamente sobre sus hechuras. ¿Querrás en tu dolor negarle la bondad, o no ves en tu mismo entendimiento la prueba de su omnipotencia? Ese Dios, ¡oh adorada de mi pecho!, ese Dios velará por nuestro inocente niño.

—Sea como dices —dijo suspirando la emperatriz, que estampó al mismo tiempo un largo beso en la frente de su hijo—. Siempre ha sido para mí tu acento como bajado del cielo: en circunstancia alguna he dudado de la verdad de tus palabras; porque eres para tu esposa la imagen en la tierra de ese espíritu supremo de sabiduría y de justicia. En él y en ti descansa mi ánimo.

—¿Quién puede saber —repuso el emperador—, lo que sucederá mañana y al día siguiente a mañana? Éramos poderosos y hemos hoy desvalidos. ¿Quién nos asegura que otra mudanza no puede sobrevenir súbitamente? La esperanza es una hija del cielo desposada perpetuamente con el hombre. Yo no me divorciaré de ella y espero todavía.

—¡Espera, sí —dijo Gualcazinla—! El corazón me dice también que aun no ha terminado esto, que aun hay algo más allá de nuestra presente desventura. Esperemos, sí, esperemos, esposo mío. Tienes razón en decirlo; ¿quién puede leer en lo que está por venir?

Habíase reclinado en las rodillas de su esposo, a cuyos pies estaba sentada, en tanto que hablaba así, y rendida por tantos días de fatiga, quedose a poco adormecida, murmurando todavía con dulcísima voz:

—¡Esperemos!

¡Ah! ¡Cuán horrible hubiera sido su despertar si un genio le revelase en su sueño cuál era el más allá que debía encontrar su esperanza! ¡El secreto que guardaba el día de mañana a su afanosa expectativa!

Capítulo XV. El martirio

Solemnizada la conquista a par que con fiestas religiosas con profanos banquetes, tornó a atormentar a los conquistadores la sed del oro, no satisfecha conforme a su esperanza. Toda la riqueza de los templos y palacios de que se habían posesionado, no bastaba a su codicia, porque, hidrópica ésta, acrecienta su anhelo con lo que al parecer debiera templarla. Habían robado a mansalva los auxiliares americanos; decíase también que recataban algunos oficiales españoles grandes cantidades de oro y plata; pero sin embargo, se suponía generalmente que aun debían poseer considerables tesoros los príncipes cautivos, y a pesar de susurrarse igualmente que los habían arrojado a la laguna por burlar la esperanza del vencedor, insistía éste en demandarlos con inútil empeño.

Los prisioneros declaraban unánimes que ningún oro quedaba; ruegos, promesas y amenazas no eran poderosos a arrancarles una palabra que correspondiese a los deseos de sus dueños; y juzgando obstinada malicia su constante negativa, enfureciose la soldadesca, excitada al motín por algunos de los capitanes.

No se limitaban ya los rapaces aventureros a comunicarse en voz baja la necesidad de dar tormento a los infelices vencidos para arrancarles la anhelada confesión; pedíanlo en altas voces, agolpándose tumultuosamente a las puertas de Cortés, y llegó su audacia hasta el extremo de echarle en cara, en términos groseros una inculpación absurda. Reprobáronles haberse convenido con Guatimozín para recibir él solo los escondidos tesoros, vendiendo a tal precio al augusto prisionero la libertad y su protección especial.

Procuró el caudillo imponer respeto y restablecer la disciplina por cuantos medios estaban a su alcance; pero imposible era reprimir la osadía de una tropa vencedora y ansiosa de premio después de tantas fatigas. En aquellas circunstancias no le pareció a Cortés conveniente el rigor, y viendo que eran vanos todos sus esfuerzos, que los motines se repetían adquiriendo de día en día más alarmante carácter, cedió por fin a las feroces exigencias de su desmandada gente, y decretó el tormento para el emperador y su hermano el príncipe de Tacuba, que eran, según las murmuraciones del vulgo, los convenidos con él.

El día 23 de mayo, a las nueve de la mañana, se presentaron los bárbaros ejecutores de aquella inicua sentencia, en la prisión del monarca. Acababa de hacer su frugal desayuno con su esposa e hijo, y sorprendido del aspecto sombrío y amenazador que a la primera mirada observó en los verdugos, preguntó con alguna emoción:

—¿Qué queréis de mí, oh teutlis? ¿Por qué asustáis a mi familia llegando aquí con gesto tan siniestro?

—Te has obstinado neciamente en no confesar el paraje en que ocultas tus riquezas —dijo con áspero tono el intérprete Aguilar—, y el general Cortés te ha condenado a sufrir la cuestión del tormento hasta que reveles tu secreto.

—No te entiendo —repuso el príncipe recobrada ya su serena dignidad—, aunque bien se me alcanza que debo morir. El tormento, has dicho, me arrancará el secreto de mis tesoros: he afirmado con palabra de rey que nada poseo ya en el mundo; y cualquiera que sea la muerte que me destinéis, nada podré deciros en contra de tan solemne declaración.

—Lo dirás en el tormento, no lo dudes, idólatra tenaz —replicó con feroz sonrisa uno de los soldados—. Otros más fuertes que tú han cedido a esta clase de interpelación. ¿Sabes lo que es el tormento? No es la muerte, no, es cien veces peor. Estás sentenciado a tener hoy por tálamo regio unas parrillas candentes. ¿Entiendes ahora? Vas a ser quemado a fuego lento.

Un grito penetrante y desgarrador se escapó del pecho de Gualcazinla, y cayó en tierra como herida de un rayo. El tierno infante comenzó a llorar con grandes sollozos, como si un funesto instinto hiciese sentir a su corazón lo que no podía comprender su débil entendimiento.

—¡Crueles sois!, ¡oh teutlis!, ¡crueles sois con exceso! —dijo con amargura el augusto preso—. ¿Por qué habéis dicho esas cosas en presencia de esta infeliz mujer? ¿No podíais aguardar a que estuviéramos fuera de este aposento?... Porque supongo que no ejecutareis vuestra sentencia aquí, delante de mi esposa y de mi hijo.

Conmovidos a su pesar los verdugos, guardaron silencio por un instante, y aun hubo uno que se acercó a Gualcazinla en ademán de socorrerla. Desecholo suavemente Guatimozín rogándole que hiciese entrar a alguna de las criadas de la emperatriz, y tomando a ésta y a Uchelit entre sus enflaquecidos brazos, oprimiolos largo tiempo sobre su corazón. Viendo entrar luego a las sirvientes, hízoles seña de que se aproximasen; depositó en el regazo de una al afligido niño, besándolo en la frente y en los ojos, y díjole con afectuoso acento pero entera voz:

—Sosiégate, alma de mi vida: ¡tu llanto va a despertar a tu madre, que duerme, sosiégate por amor de ella!

Tornó a besarlo una vez y otra, sin soltar a su esposa, cuya desmayada cabeza sostenía sobre su seno. Después contemplola un momento con mirada llena de ternura, y se la entregó a las mujeres que la cercaban llorando.

—Cuidad de ella —les dijo—; echadla agua en el rostro y en el pecho, y cuando vuelva en su acuerdo, decidla que marché sereno; que nunca debe abatirse aquel que tiene libre el alma de baldón y crimen; que es madre y los dioses la ordenan vivir para su hijo.

Notando que en el desaliño de su vestidura se había descubierto el hermoso seno de la princesa, quitose el manto imperial que llevaba siempre en sus hombros y echolo sobre el exánime y bellísimo cuerpo que devoraban con lascivos ojos los inhumanos testigos de tan patética escena.

—Estoy a vuestra disposición —les dijo entonces, y salió tranquilamente en medio de ellos, deteniéndose un minuto al dintel de la puerta para echar una última mirada a los objetos queridos que allí dejaba.

—¡Guatimozín, esposo mío!... —murmuró a la sazón Gualcazinla, que comenzaba a salir de su dilatado síncope.

—¡Cuidad de ella! —repitió el príncipe, y se apresuró a alejarse.

Apenas traspuso aquellos tristes umbrales, cuando se encontró con Netzalc, que era escoltado por otros soldados españoles.

—¡También tú! —exclamó, y flaqueando un momento su constancia, echose en brazos de su hermano prorrumpiendo en lágrimas.

—¡Basta de detenciones! —articuló ásperamente el oficial de la escolta, y repuesto con prontitud el monarca, dijo con entereza apartándose de su hermano:

—¡Vamos!

Netzalc indignado dirigió a los verdugos algunas palabras ofensivas, y su heroico compañero le impuso silencio con un gesto expresivo, aconsejándole durante todo el tránsito serenidad y sufrimiento.

—Los dioses nos envían todas estas pruebas amargas —le decía—; pero saldremos triunfantes de ellas y mereceremos gloriosas recompensas por nuestra resignación y firmeza.

Llegaron al sitio escogido para el martirio, donde ya esperaba impaciente la desenfrenada soldadesca, que acogió a sus víctimas con gritos de júbilo feroz. Preparadas tenían ya las parrillas en que debían sufrir el tormento del fuego, y se las señalaban aquellos bárbaros diciéndoles sarcásticamente:

—Mirad qué magníficos lechos vais a tener, ¡réprobos! ¿Os complaceréis en descansar en ellos primero que declarar dónde ocultáis los tesoros?

Mirábanlos los príncipes con expresión de desprecio, y se adelantaron con seguro paso y majestuosa actitud al encuentro de los verdugos que venían de examinar los instrumentos del suplicio.

Cuando intentaron sujetarlos con violencia:

—No es necesario —dijeron ambos a la par, y se recostaron con calma en el infernal lecho. En un momento en que la agudeza del tormento arrancó un gemido al joven príncipe de Tacuba, volvió los ojos hacia él su impertérrito hermano reconviniéndolo por su flaqueza; y como alegase el mártir por disculpa la violencia del dolor, acallole con estas célebres palabras:

—¡Cobarde! ¿Estoy yo por ventura en tálamo de flores?

Asombrado de tanto heroísmo, a la par que indignado profundamente de la crueldad de los implacables ejecutores, que lo contemplaban sin emoción, corrió Cortés a arrancar de sus manos a las ilustres víctimas, y dominando a la feroz muchedumbre con la poderosa energía de su voz:

—¡Desgraciado de aquel —dijo— que vuelva a demandar tan bárbara prueba! ¡Estos infelices no tienen oro o tienen bastante valor para morir callando!

Dispersose el gentío, no sin murmurar, y los mártires fueron restituidos a su prisión en unas andas, ordenando Cortés pasase inmediatamente a visitarlos el más acreditado de los cirujanos de su ejército.

Cuando se vio Guatimozín en brazos de su esposa, solo pensó en consolarla, y disimulando sus atroces dolores:

—No es nada —la dijo—. Esto pasará pronto, Huitzilopochtli me ha prestado su esfuerzo y no se ha deshonrado tu esposo.

Por única contestación, la emperatriz, que lo había escuchado con estúpida calma, soltó una carcajada profunda.

¡¡Estaba loca!!

Dos horas después sacaban un cadáver de aquella casa. Era el de la linda Otalitza.

Aquella delicada organización había sucumbido al dolor moral de imaginar el tremendo suplicio, de cuyos positivos tormentos saliera vencedora la constancia de sus hermanos.

Cortés en tanto daba disposiciones para el reparto de los tesoros, ya que se había perdido la esperanza de aumentarlos, y hacía publicar un bando ordenando a los mexicanos la reedificación de la destruida ciudad.

Epílogo

Tres años, poco más o menos, habían transcurrido desde que se verificaron los sucesos que quedan referidos en el último capítulo de esta historia, y amanecía uno de los más hermosos días de invierno que pueden admirarse en aquellas privilegiadas regiones. Apenas aparecieron en Oriente sus primeros albores, pusiéronse en movimiento todas las habitaciones de un pequeño pueblo de la provincia de Acala, en donde a la sazón se había detenido Hernán Cortés hallándose en viaje para otra más lejana.

Cualquiera que hubiera entonces observado la inquieta curiosidad que sacaba tan temprano de sus modestas casas a los naturales del país, y el aspecto grave y casi amenazados con que se presentaban los soldados españoles, que saliendo en piquetes de sus provisionales cuarteles, iban cubriendo todas las calles de la población que desembocaban en la plaza mayor; cualquiera, repetimos, habría adivinado que algún acontecimiento notable, alguna operación importante debía tener lugar en las primeras horas de aquel día.

En efecto, no serían todavía las ocho cuando otro piquete de caballería vino a situarse en la plaza, y desde las torres del teocali que en ella se encumbraba y desde las azoteas vecinas vio en aquel instante entre la multitud curiosa y alarmada un objeto nuevo y extraño para sus ojos: ¡una horca que durante la noche se había levantado en el centro de la dicha plaza!

Comprendiendo por instinto el uso a que estaba destinado aquel instrumento ignominioso, los acalenses se estremecieron horrorizados, y muchos de ellos huyendo de tan funesto espectáculo, abandonaron la ciudad y corrieron a esconderse en los fragosos montes que la cercaban.

En la meseta del teocali, donde aun en veían los escombros del derruido altar de Huitzilopochtli, hallábanse cómodamente colocados y en disposición de contemplar muy a sabor la sangrienta escena de que iba a ser teatro aquel recinto, dos hermosas mujeres, ninguna de las cuales llegaba todavía a treinta años. Ambas vestían a la usanza española; pero fácil era conocer que no era aquel traje natural a la una. Su color, el carácter de su fisonomía, la pequeñez de sus manos y pies y la viciosa pronunciación con que hablaba el castellano, indicaban bien a las claras su procedencia americana. La otra era una andaluza de ojos árabes y brillantes, que hacía con motivo de la ejecución que iba a contemplar, grata memoria de los autos de fe y de las corridas de toros que algunos años antes habían sido recreo de sus años juveniles.

Atendiendo a la plática de aquellas dos damas mientras se presentan los actores todavía desconocidos de la tragedia cuyo desenlace se prepara, podrán enterarse nuestros lectores de la exposición de ella.

—Mirad qué bizarros y galanes están nuestros soldados —decía la española—; ¿sabéis, doña Marina, que son como fino oro que sale más puro y hermoso después de sufrir en el crisol la acción devoradora del fuego? Tantas penalidades y fatigas como ha soportado nuestra gente en este largo y trabajoso viaje en que hemos atravesado escabrosas montañas, páramos desiertos, ciénagas pestilentes, con fríos y calores, con sed y con hambre, no han abatido en manera alguna los bríos de esos corazones verdaderamente españoles.

—Razón es que aprendan de su jefe —respondió la indiana—; al emprender esta penosísima peregrinación (que así puede llamarla) ha dado el gran Cortés, nuestro amo, nueva prueba de aquel espíritu denodado y firme, para el cual no existen imposibles. Justo hubiera sido que después de tantos trabajos gloriosos le concediese el cielo descanso; pero ya veis cuán afanosa vida ha destinado al héroe. Sujetas ya la mayor parte de las provincias que formaban el vastísimo imperio mexicano, lucha ahora el ilustre conquistador con la ambición culpable de sus mismos compañeros.

—Todavía dudo yo, si he de hablaros con verdad, todavía dudo, doña Marina, sea cierta la rebelión de Olid. Hele tenido siempre por capitán honrado y pundonoroso, y se me hace dificultoso creer que se haya levantado con las fuerzas que le fió el general para la conquista de esos pueblos adonde nos dirigimos.

—Así al menos se asegura —repuso la indiana—, y como el otro oficial enviado contra él no ha dado en tanto tiempo noticia alguna de su persona y comisión, el jefe ha creído indispensable venir por sí mismo a castigar cual conviene a esos oficiales insubordinados.

—¡Capricho singular ha sido el suyo en traer consigo a los reyezuelos indios!... ¿no os parece, doña Marina? No están avezados esos idólatras a las fatigas que soportan con tanta serenidad los españoles a quienes

conforta nuestro señor J. C. y el bienaventurado Santiago. Además, imprudencia grande me parece, y así se lo he dicho a mi marido, que hiciese
atravesar por estas provincias recién conquistadas al que fue un soberano:
¡ya veis los resultados! Se han conmovido todos los caciques a vista de su
señor prisionero y se ha tramado la infernal conjuración, que a no haberse
descubierto, nos privaría ya de nuestro incomparable caudillo.

—Eso se dice —repuso doña Marina moviendo la cabeza con aire de
duda—. El traidor general mexicano que entregó a los conquistadores una
de las ciudades del lago durante el asedio de la capital, es el que depone
en contra del que fue su rey. Ninguna prueba ha dado sin embargo para
acreditar su dicho.

—¿Os acordáis de los nombres de los culpables? Son tan raros que se
me olvidan.

—Los culpables, según la afirmación del delator —dijo suspirando
Marina—, son muchos, muchísimos, pues pretende que se hallan comprendidos en la fraguada conspiración todos los tlatoanis de los dominios que
hemos atravesado, y otros varios convenidos con aquellos; pero se designa
como a motores y jefes del levantamiento proyectado a Guatimozín, Netzalc
y Coanacot, que son los sentenciados a muerte afrentosa por la justicia de
nuestro amo.

—Helos visto muchas veces durante el camino, y por cierto, doña Marina,
que los tres son muy guapos moros para ser indios. El gran cacique tiene un
aire de majestad que no me parece natural en hombre de esa raza.

Los otros dos, que según tengo entendido son sus deudos, no son tan
bien parecidos ni tienen tanta gravedad en la fisonomía; pero ambos se
distinguen entre la chusma de su gente por el aspecto soberbio, y cierto no
sé qué indicio seguro de que no carecen de cierto género de finura. ¡Pobres
bárbaros! Os digo con toda verdad, doña Marina, que me pesa en el alma
verlos conducidos a tan amargo trance.

—El ejército todo participa de vuestros sentimientos —dijo con mal repri-
mida tristeza la americana—. No hay ni un solo individuo que no lamente
esta desgracia, porque los infelices cuya ejecución vamos a presenciar, han
soportado su infortunio con tal valor y paciencia, que imponen respeto y

compasión a los más fieros soldados, que por otra parte, no juzgan su delito bastante comprobado.[105]

Bien alcanzo, sin embargo, que deben morir el Malinche no pudo dejarlos en México porque hubiera sido peligrosa para la tranquilidad de aquella capital la permanencia en ella de tan importantes presos, no estando allí el único cuya autoridad reverencian con pavura los vencidos; pero su compañía en estos ingratos caminos no deja de ser sumamente embarazosa. Al fin han sido reyes poderosos; respétanlos todavía y los quieren más a causa de su desventura todos los pueblos por medio de los cuales tenemos que atravesar, y si no es cierto que se haya hablado de un levantamiento a su favor, de temer es que pueda tratarse de ello en lo sucesivo. Por estas y otras muchas razones que se me ocurren comprendo la necesidad en que se ve nuestro dueño de quitar del mundo a esos infelices que bien quisiera perdonar su benignidad si no lo desaprobase su prudencia.

Marina acababa de dar con estas palabras la única explicación probable del hecho que vamos a referir, la única excusa verosímil de un acto de crueldad que inmotivado sería horroroso y que en vano quisiéramos justificar apoyándolo en la sospechosa acusación de un súbdito traidor, que no obtuvo crédito ni entre los mismos españoles, por más que aparentase Cortés prestárselo completo.

—Mucha pena me causa —dijo la bella andaluza— oíros decir que estas muertes más son dictadas por la política que por la justicia.

—No he pensado en expresar eso —repuso vivamente alarmada la antigua querida de Cortés—. Todo lo que hace el Malinche es justo y acertado, y no me corresponde a mí, mísera sierva enriquecida con sus beneficios, no me corresponde a mí el juzgar los actos de su sabiduría.

---

105 Hablando de la supuesta conjuración dirigida por Guatimozin, se expresa del modo siguiente B. Díaz del Castillo, testigo ocular de aquellos sucesos. «E díjose que el gran cacique de México y su pariente el de Tacuba, que iban con nosotros, habían puesto en plática nos matar a todos y volverse a México a juntar sus grandes poderes y a ponerse a levantar, etc., etc. El Guatemuz dijo (añade dicho historiador) que no salía de aquel concierto, y que nunca tuvo pensamiento de salir con él, y declaró el de Tacuba que entre él y Guatemuz habían dicho que más valía morir de una vez que cada día en aquel camino, viendo la gran hambre que pasaban, y sin haber más probanza condenolos Cortés». Más adelante dice: «E fue la muerte que les dieron muy injustamente dada, y pareció mal a todos los que aquella jornada hacíamos».

—Me place vuestra humildad —replicó la española; pero decidme—; ¿debe también morir aquella india alta, delgada, no fea aunque morena, que ha venido con nosotras y que tan pronto está llorando como riendo? Nosotras dos y ella somos las únicas hembras bastante atrevidas para haber acompañado a nuestros héroes en esta expedición penosa, y me interesa aquella pobre por el valor con que ha sufrido todas las penalidades de tan largo camino.

—Esa mujer por quien preguntáis —dijo con melancólico acento la americana— es Gualcazinla, hija del gran Moctezuma y esposa del infortunado Guatimozín, último emperador de México. Murióesele su hijo único en este maldito viaje, porque la tierna criatura no pudo resistir a tantas privaciones y trabajos; pero la pobre madre apenas se apercibe de la falta del niño: ¡está loca!

—Si está loca, no la matarán como a su marido, porque aun cuando haya conspirado también, harto la excusa su demencia.

—Nadie acusa a la pobre mujer —dijo Marina—; pero acto sería de piedad el hacerla morir. ¡Qué tiene que esperar ya en el mundo esa desventurada princesa! ¡Muerto su marido quedará sola, muy sola! Su madrastra ha abrazado la verdadera religión e igualmente su hermana, a quien llaman los mexicanos Tecuixpazin, y doña Isabel Moctezuma los españoles.

—¡Ah! ¿es hermana de la loca aquella linda joven que dicen ha llorado por tanto tiempo la muerte de Velázquez de León, y que debe casarse pronto con otro de nuestros capitanes?

—Así lo ha dispuesto nuestro dueño, y la pobre Tecuixpa obedecerá, porque ningún apoyo tiene ya en el mundo, y está al lado de su madrastra, que es una pobre mujer débil y medrosa, que no desea más que complacer a los vencedores para que le conserven la vida y los señoríos de su hijo. Otra hermosa mexicana habréis conocido también, y voy a causaros mucha sorpresa cuando os diga quién es.

—¿Habláis acaso de la mujer de Andrade?

—Sí, la mujer del español que nombráis es esposa legítima, según la religión de su país, de uno de los reos que vamos a ver ejecutar. Es Teutila, princesa de la casa de Tezcuco, casada con Netzalc, rey de Tacuba. Enamorose de ella el oficial que actualmente la posee y... ya la conocéis...

el vencedor siempre impone la ley al vencido. Dícese, sin embargo, que la mujer de Andrade protesta sin cesar contra su nuevo enlace y pide como merced la prisión de su primer esposo.

—¡Tonta! —dijo con expresivo gesto la viva andaluza—: pero mirad, doña Marina, agítase la gente en la plaza; sin duda vienen ya los reos.

Así era en efecto: apenas se habían proferido las últimas palabras del diálogo que escrupulosamente hemos escrito, cuando comparecieron en la plaza, en medio de numerosa guardia, los tres príncipes sentenciados. Venían exhortándolos varios frailes franciscanos, y al llegar al pie del patíbulo volviose a ellos Guatimozín y les dijo con voz tan entera y clara, que fue perfectamente oída de un extremo al otro:

—Gracias os doy, ¡oh teopixques españoles!, por la generosa piedad que nos habéis dispensado, y pues sois ministros de un Dios a quien llamáis infinitamente misericordioso, usad de misericordia con una mujer infeliz, privada de la razón, que queda por mi muerte desamparada en la tierra.

Luego con más solemne entonación:

—¡Muero inocente! —exclamó—, muero inocente aunque se me haya condenado a la muerte de los facinerosos. ¡Hernán Cortés! Dios te demande cuenta de esta sentencia; yo la bendigo porque me liberta de una vida desventurada aunque soportada con digna resignación.

Abrazó enseguida a sus dos compañeros de infortunio y subió con paso firme la fatal escalera, mientras ellos se postergaban a besar la huella que sus plantas dejaban en la tierra, diciendo al mismo tiempo:

—Dichosos somos en morir contigo y juntos entraremos, ¡oh magnánimo hueitlatoani! en los palacios del Sol.

El verdugo en tanto se había apoderado de su víctima: el nombre de Gualcazinla resonó acompañado de un tristísimo adiós; a la voz que lo pronunciara sucedió un grito profundo y penetrante: Guatimozín pendía ya de la cuerda funesta, su mujer acababa de aparecer al mismo tiempo pálida y desgreñada en la meseta del teocali.

Su doloroso grito había atraído a aquel punto todas las miradas.

—¡La loca! ¡la loca! dijeron todos, y las dos damas testigos de aquella escena, que habían hecho ademán de huir al ver de súbito en medio de ellas aquella figura lastimosa, tornaron a acercársele movidas de piedad.

Gualcazinla contemplaba con ojos enjutos el cuerpo de su esposo meciéndose en el aire con los convulsivos estremecimientos de la última agonía; pero había desaparecido repentinamente de su rostro aquella expresión de estúpida demencia que hacía tres años llevaba sin cesar impresa. Un golpe terrible dado a su corazón había trastornado su entendimiento; otro golpe igualmente doloroso acababa de restituirle la razón.

—Ven con nosotras, pobre mujer —la dijo la bella andaluza—; me inspiras cariño y deseo consolarte.

—¡Gualcazinla! —añadió Marina sin poder reprimir el llanto—; he sido súbdita de tu padre; deber es mío cuidar de ti en los días de tu desamparo. ¿Quieres vivir conmigo bajo la protección del muy grande y muy poderoso vencedor don Hernando Cortés?

—¡Hernán Cortés!... ¡Hernán Cortés!... —repitió por dos veces la princesa con el aire de quien se afana por coordinar sus recuerdos—. ¡Él fue quien mandó dar tormento a mi marido... él es, no hay duda! ¡Él es quien ha ordenado lo asesinasen hoy!

Maravilladas se miraron las dos damas, que no esperaban ciertamente escuchar palabras tan cuerdas; la americana, empero, se apresuró a decir:

—Puesto que comprendes que acaba de morir tu esposo, resígnate, Gualcazinla, con tu suerte, y sabe que esta sentencia ha sido necesaria... y justa. No nos toca a nosotras, mujeres ignorantes, poner en tela de juicio las determinaciones del ilustre dueño que nos impuso el destino.

—¡Él ha sido, pues! —volvió a decir Gualcazinla—: ¡Hernán Cortés!... ¡sí, bien me acuerdo ya de todo! Él envileció a mi padre, profanó nuestros templos... y luego, ¡repito que bien me acuerdo!, luego arrasó nuestras ciudades, grabó la marca de la esclavitud en la frente de nuestros príncipes; dio tormento al más grande y heroico de todos ellos... ¡a Guatimozín mi esposo, a quien hoy ha mandado matar en presencia de esa muchedumbre!... ¡Todo lo comprendo!... ¡y mi hijo!... ¡mi hijo ha muerto también hambriento y abrasado por el ardor del Sol en ese infernal camino que nos hizo emprender para pasear de pueblo en pueblo nuestra humillación e infortunio!... ¡Hernán Cortés! ¡sí, lo conozco! ¡lo conozco muy bien!

—¡Como demente estás hablando, ¡oh Gualcazinla! —dijo Marina desmintiendo con la expresión de su semblante los conceptos que expresaba—.

No hay sentido ni verdad ninguna en las palabras que dejas escapar en tu enajenación mental. Tu marido ha muerto porque delinquió; tu hijo es muy dichoso en la mansión celeste, adonde acoge el verdadero Dios a las almas inocentes. No pienses más eso y ven conmigo. Vivirás a mi lado querida y respetada, y te protegerá piadoso y bueno el jefe español a quien calumnias en tu locura.

—¡Tú eres su esclava!... ¡sí!... ¡también me acuerdo! ¡Estás siempre con él! articuló lentamente la princesa, y luego como iluminada de súbita inspiración, centelleante y casi terrible la mirada, trémula la voz, palpitante el pecho:

—Vamos —exclamó—. Vamos, vivir quiero contigo.

Clavó los ojos una vez más todavía en el cadáver, de su marido, y enseguida ella y las dos damas se ocultaron de la vista de los espectadores. Durante el anterior diálogo había sido ejecutado Netzalc, y pocos minutos después lo fue Coanacotzin. El gentío se dispersó silencioso, las tropas volvieron a sus cuarteles, y pasó aquel día sin que ocurriese ninguna otra novedad que la de haber dado Cortés la orden terminante de continuar la marcha al amanecer del próximo.

Durante las primeras horas de la noche había estado el jefe varias veces en la habitación de su querida, que era uno de los aposentos del gran edificio en que él mismo se hallaba alojado. Allí le había sido presentada por Marina la infeliz viuda de Guatimozín a quien hospedaba piadosamente bajo su techo, y Hernán Cortés la trató con afecto, ofreciéndola suerte más benigna para lo sucesivo. Inútil parecía, sin embargo, todo aquello, pues a juzgar por el aspecto y obstinado silencio de Gualcazinla, el destello de razón que había dado su entendimiento en el instante en que presenció la muerte ignominiosa de su marido, se había extinguido completamente, dejándola en una demencia de carácter más triste y sombría que aquella que lo antecediera.

Las diez de la noche serían cuando el caudillo se recogió en su estancia, y Marina condujo a su huéspeda al dormitorio que se le había preparado.

Gualcazinla se echó en el lecho sin contestar y cuando se retiró Marina, quedábase ya, en apariencia al menos, profundamente dormida.

Aun no era llegada, empero, la mitad de la noche cuando la guardia percibió extraordinario ruido hacia el paraje en que reposaba Cortés, y acudiendo presurosos algunos soldados, vieron salir del aposento a Cortés, medio desnudo, pálido, ensangrentado, casi despavorido.

—¡Mi general! —exclamaron todos—: ¿qué desgracia acontece a vuesa merced? ¿De qué proviene la sangre que le corre por el rostro?

Detúvolos el jefe, en ademán de penetrar en la estancia de que acababa de salir, y limpiándose la sangre con un pañuelo que le alargó uno de los soldados, dijo vacilante tras un breve silencio:

—No es nada a decir verdad... una pesadilla... un golpe en la frente: ya lo veis, la herida es muy leve: retiraos.

Obedeció la guardia, y en el momento en que quedó solo el caudillo, apareció en igual desorden que él y saliendo de la misma estancia su dama doña Marina.

—¿Os ha hecho mucho daño? —dijo llegándose a Cortés con afanosa agitación—. ¿Esa sangre?...

—Sale de una herida ligera —respondiole en voz baja—: el brazo de la insensata desmayó por fortuna al descargar el golpe, y vos, Marina, vos le caísteis encima como una leona, no dejándole tiempo para asegundar el golpe.

—¡De buena habéis escapado, señor mío! —repuso estremeciéndose la indiana—: el puñal de que se posesionó la frenética loca era el más agudo de todos los vuestros: felizmente mi sueño es como el de la liebre, y me prestan los celos el olfato maravilloso del perro. Sí, dueño y señor mío; cuando se aproxima a vos una mujer, percibo su olor aun hallándome distante.

—¿Pero qué habéis hecho de esa infeliz? —preguntó Hernán, correspondiendo con una caricia a la apasionada mirada que al decir sus últimas palabras le había clavado la ardiente americana.

—¡La he ahogado! —respondió ella con acento sombrío.

—¡La habéis ahogado!...

—Sí; inanimada yace como si jamás hubiera existido.

—¿Y qué haremos ahora, Marina, para encubrir estos sucesos? Vergonzoso sería para mí aparecer matador de una mujer ahogada... ¡y vos... ¡Marina! no echéis en olvido que estáis casada ya y que yo tengo también una esposa!

—No os inquietéis —dijo Marina con amarga sonrisa—: sé que debo fidelidad al marido que me habéis dado, y aun cuando por vos le olvide, bien sabéis, señor, que respeto siempre vuestra paz doméstica y cuido de no dar disgustos a la feliz mujer que lleva vuestro nombre. Nadie tiene que saber que me hallaba dichosamente a vuestro lado cuando la desgraciada Gualcazinla intentó asesinaros.

Llevaré el cadáver a su lecho y divulgaré mañana que se suicidó en un exceso de locura. Ahora, señor mío, dejadme vendar la herida, restañando con mis labios vuestra preciosa sangre.

—¡Sois incomparable, Marina!...

—Es que os amo, os adoro cual nunca sabrán amar mujeres que no hayan nacido bajo el Sol ecuatorial que alumbró mi cuna —dijo apasionadamente la indiana—. ¡Eres, ¡oh dueño mío!, más hermoso que el cielo! ¡Es que tú eres mi Dios, y el foco de grandeza, sabiduría y heroísmo de donde yo tomo todos mis pensamientos y adonde dirijo todos mis afectos! No digas más que esto: ¡di que te amo con todas las fuerzas de mi alma! Con esto me retratas: yo no soy más que eso, una mujer loca de amor por ti.

La voz que al día siguiente circuló en el ejército está consignada en las siguientes líneas de Bernal Díaz del Castillo:

«Andaba Cortés mal dispuesto y pensativo después de haber ahorcado a Guatemuz y su deudo el señor de Tacuba sin tener justicia para ello, y de noche no reposaba, e pareció que saliéndose de la cama donde dormía a pasear por una sala en que había ídolos, descuidose y cayó, descalabrándose la cabeza: no dijo cosa buena ni mala sobre ello, salvo curarse la descalabradura, e toda se lo sufrió callando.»

Libros a la carta

A la carta es un servicio especializado para
empresas,
librerías,
bibliotecas,
editoriales
y centros de enseñanza;
y permite confeccionar libros que, por su formato y concepción, sirven a los propósitos más específicos de estas instituciones.

Las empresas nos encargan ediciones personalizadas para marketing editorial o para regalos institucionales. Y los interesados solicitan, a título personal, ediciones antiguas, o no disponibles en el mercado; y las acompañan con notas y comentarios críticos.

Las ediciones tienen como apoyo un libro de estilo con todo tipo de referencias sobre los criterios de tratamiento tipográfico aplicados a nuestros libros que puede ser consultado en Linkgua-ediciones.com.

Red ediciones edita por encargo diferentes versiones de una misma obra con distintos tratamientos ortotipográficos (actualizaciones de carácter divulgativo de un clásico, o versiones estrictamente fieles a la edición original de referencia).

Este servicio de ediciones a la carta le permitirá, si usted se dedica a la enseñanza, tener una forma de hacer pública su interpretación de un texto y, sobre una versión digitalizada «base», usted podrá introducir interpretaciones del texto fuente. Es un tópico que los profesores denuncien en clase los desmanes de una edición, o vayan comentando errores de interpretación de un texto y esta es una solución útil a esa necesidad del mundo académico.

Asimismo publicamos de manera sistemática, en un mismo catálogo, tesis doctorales y actas de congresos académicos, que son distribuidas a través de nuestra Web.

El servicio de «libros a la carta» funciona de dos formas.

1. Tenemos un fondo de libros digitalizados que usted puede personalizar en tiradas de al menos cinco ejemplares. Estas personalizaciones pueden ser de todo tipo: añadir notas de clase para uso de un grupo de

estudiantes, introducir logos corporativos para uso con fines de marketing empresarial, etc. etc.

2. Buscamos libros descatalogados de otras editoriales y los reeditamos en tiradas cortas a petición de un cliente.